MAN**H**ATTAN
by Goldmann

Buch

Chappie wird von seiner Mutter und seinem Stiefvater an die Luft gesetzt – das schnelle Ende einer ohnehin wenig idyllischen Kindheit. Zum Einstieg in das neue Leben auf der Straße läßt er sich tätowieren und nennt sich von nun an Bone. Er schließt Freundschaft mit einer dubiosen Motorradgang, deren Geschäfte nicht ganz legal sind, bis ihn ein kleines »Mißverständnis« zwingt, die Kleinstadt im Mittleren Westen zu verlassen, in der es mehr Underdogs, Familienväter ohne Jobs und bizarre Typen gibt als schwarze und weiße Steuerzahler zusammen. Die Freundschaft mit dem Rastafari I-Man führt Bone dann nach Jamaika, wo sein Leben gründlich auf den Kopf gestellt wird. Denn I-Man plant den Deal seines Lebens, und als Bone plötzlich auch noch seinem leiblichen Vater und dessen attraktiver junger Geliebten gegenübersteht, wird es plötzlich gefährlich.

»Dieses Buch steht in einer Reihe mit *Huckleberry Finn* und *Der Fänger im Roggen* – Huck Finn mit Irokesenschopf, nur daß es keine Tante Sally mehr gibt, die sich um ihn kümmert.«
New York Book Review

Autor

Russell Banks, geboren 1940 in New York, arbeitete als Schuhverkäufer und Fensterbauer, studierte, unterrichtete an verschiedenen Universitäten und lebt heute als Autor in Upstate New York. Er veröffentlichte Gedichte, Erzählungen, Essays und mehrere Romane, für die er unter anderem mit dem John-Dos-Passos-Preis und dem Preis der American Academy for Arts and Letters ausgezeichnet wurde. *Gangsta Bone* ist bereits in vierzehn Sprachen übersetzt und wird gerade von Carl Franklin verfilmt.

Von Russell Banks ist bereits erschienen

Der Gejagte. Roman (44082).
Das süße Jenseits. Roman (44083).

Russell Banks

GANGSTA BONE

Roman

Aus dem Amerikanischen
von Hans M. Herzog

Die Originalausgabe erschien 1995 unter dem Titel
»Rule of the Bone«
bei Harper Collins Publishers, New York

Umwelthinweis:
Alle bedruckten Materialien dieses Buches
sind chlorfrei und umweltschonend.

Manhattan Bücher erscheinen im Goldmann Verlag,
einem Unternehmen der Verlagsgruppe Bertelsmann.

Taschenbuchausgabe 8/98
Copyright © der Originalausgabe 1995
by Russell Banks
Copyright © der deutschsprachigen Ausgabe 1996
by Luchterhand Literaturverlag GmbH, München
Die Nutzung des Labels Manhattan
erfolgt mit freundlicher Genehmigung
des Hans-im-Glück-Verlags, München
Umschlaggestaltung: Design Team München
Satz: Uhl + Massopust, Aalen
Druck: Graphischer Großbetrieb Pößneck
Verlagsnummer: 54062
MD · Herstellung: Katharina Storz/Str
Made in Germany
ISBN 3-442-54062-3

1 3 5 7 9 10 8 6 4 2

Inhalt

1 Faß bloß nichts an   7

2 Alles ist vergeben   22

3 Die Kanadier   30

4 Die Adirondack Iron   47

5 Für tot gehalten   63

6 Totenkopf und Knochen   89

7 Bone herrscht   113

8 Die Soul Assassins   137

9 Schulzeit   154

10 Wieder zu Haus, wieder zu Haus, heißa hopsa   184

11 Der Kaiser schickt Soldaten aus   197

12 Über den Fluß und durch den Wald   208

13 Yesterday Man   224

14 Über den Jordan   238

15 Sonnige Zeiten   249

16 Starport   270

17 Alles Gute zum Geburtstag, Bone   282

18 Bone wird Einheimischer   302

19 Zweifel   323

20 Bone telefoniert nach Hause   334

21 Bones Rache   349

22 Segel setzen   369

1

Faß bloß nichts an

Bestimmt glaubt ihr, ich hab mir das hier alles nur ausgedacht, um mich irgendwie besser oder schlauer anzuhören, als ich es in Wirklichkeit bin, oder um so zu tun, als hätte ich tierisches Schwein gehabt, aber so isses nicht. Viele Dinge, die mir in meinem Leben passiert sind und zu denen ich gleich kommen werde, lassen mich eher hundsgemein, vollkommen dämlich oder nur als tragisches Opfer der Umstände erscheinen. Was zwar nicht unbedingt beweist, daß ich die Wahrheit sage, aber wenn ich es drauf abgesehen hätte, mich besser oder klüger darzustellen oder so, als hätte ich mein Leben voll im Griff, dann hätte ich das ja tun können. Aber die Wahrheit ist halt interessanter als alles, was ich mir ausdenken könnte, und aus diesem Grund erzähle ich euch das alles überhaupt.

Jedenfalls kann man sagen, daß mein Leben in dem Sommer interessant wurde, als ich vierzehn war und total auf Gras abfuhr, aber keine Kohle hatte, um welches zu kaufen, und mich deshalb im Haus nach irgendwas zum Verticken umsah, doch da war nicht viel. Meine Mutter, damals noch so was wie meine beste Freundin, und mein Stiefvater Ken hatten ein ganz annehmbares Häuschen, das Mom vor ungefähr zehn Jahren bei der Scheidung von meinem richtigen Vater bekommen hatte und von dem sie bloß sagt, es sei eine Hypothek, kein Haus, während sie über meinen Vater fast gar nichts sagt, ganz anders als meine Großmutter. Meine Mom und Ken hatten beide irgendwelche miesen Jobs und überhaupt nichts, was man hätte klauen können, jedenfalls nicht, ohne daß sie es sofort gemerkt hätten. Ken war drüben auf dem Luftwaffenstützpunkt für die Wartung zuständig, also so 'ne Art Hausmeister, bloß nannte er sich Gebäudeinstandhaltungstechniker, und meine Mom war Buchhalterin in der Klinik, was genauso 'n Luschenjob ist, weil man den ganzen Tag lang stupide auf einen Computerbildschirm stiert und blöde Zahlen eintippt.

Eigentlich fing alles damit an, daß ich nach der Schule durch unser Haus streifte, um irgendwas zu finden, was nicht langweilig war, Pornobücher, Videos oder auch Kondome. Ganz egal. Und wer weiß, vielleicht hatten sie ja sogar irgendwo ihren eigenen kleinen Grasvorrat versteckt. Meine Mom und besonders Ken fuhren zu der Zeit mächtig auf Alkohol ab, aber vielleicht, denke ich mir, sind sie ja gar nicht so übel drauf, wie es rüberkommt. Möglich ist alles. Es war ein kleines Haus, vier Zimmer, Küche, Bad, ein Wohnwagen, der auf Backsteinen stand wie ein richtiges Haus, nur ohne Keller, Garage oder Dachboden; diesen Wohnwagen hatte ich mir seit meinem dritten Lebensjahr mit meiner Mom und meinem richtigen Dad geteilt, bis er auszog, da war ich gerade fünf, und danach wohnte ich mit meiner Mom und Ken dort, der mich adoptierte und mein Stiefvater wurde – ich kannte den Schuppen also wie meine Mundhöhle.

Ich dachte, ich hätte bei uns zu Hause in jeder Schublade rumgeschnüffelt, jeden Schrank durchsucht und unter jedem Bett und allen andern Möbeln nachgesehen. Ich hatte sogar alle alten Reader's-Digest-Romane rausgekramt, die Ken auf dem Stützpunkt gefunden und mit nach Hause gebracht hatte, um sie vielleicht eines Tages zu lesen, aber vor allem, damit sie im Wohnzimmer was hermachten, jedenfalls hatte ich sie der Reihe nach aufgeschlagen und nach Geheimfächern durchforstet, die man mit 'ner Rasierklinge reinschneiden kann, um jede Menge Kram drin zu verstecken. Nichts. Jedenfalls nichts Neues. Außer ein paar alten Fotoalben von meiner Großmutter, die meiner Mom gehörten und auf dem obersten Brett des Wäscheschranks in einer Schachtel lagen. Meine Mom hatte sie mir vor ein paar Jahren gezeigt, und ich hatte sie komplett vergessen, wahrscheinlich, weil es hauptsächlich Fotos von Leuten waren, die ich nicht kannte, Cousinen, Tanten und Onkel meiner Mom, aber als ich sie jetzt wieder durchblätterte, fiel mir ein, daß ich einmal nach Fotos von meinem Vater aus der Zeit gesucht hatte, als er noch gesund und munter gewesen war und hier in Au Sable gewohnt hatte, aber gefunden hatte ich nur ein einziges. Auf dem sah man ihn, meine Mom und sein Auto, und ich hatte es damals wie eine geheime Botschaft angestiert, weil ich nie ein anderes Foto von ihm gesehen hatte. Man hätte meinen können, wenigstens Großmutter hätte noch ein paar andere Schnappschüsse aufgehoben, aber denkste.

Allerdings lag in derselben Schachtel noch so 'n Stapel Briefe mit 'm Band drum rum, die mein Vater meiner Mom in den paar Monaten nach seinem Auszug geschrieben hatte. Die hatte ich noch nie gesehen, und sie stellten sich als echt ziemlich interessant heraus. Wie es schien, machte mein Vater den Versuch, sich gegen die Vorwürfe meiner Mom zur Wehr zu setzen, er habe uns wegen einer gewissen Rosalie verlassen, die, so meine Mom, seit Jahren seine Freundin gewesen sei, während er behauptete, Rosalie sei nur eine ganz normale, befreundete Arbeitskollegin gewesen und so weiter. Er hatte eine gute Handschrift, schön ordentlich und mit Buchstaben, die sich alle in dieselbe Richtung neigten. Rosalie bedeute ihm nichts mehr, schrieb er, sie sei nun unwichtig für ihn, schrieb er, sei es immer gewesen. Er sagte, er wolle zurückkommen. Fast tat er mir leid. Allerdings glaubte ich ihm kein Wort.

Außerdem brauchte ich die Briefe, die ihm meine Mom geschrieben hatte, nicht, um ihre Seite der Geschichte zu kennen, weil ich mich an so manches noch erinnerte, obwohl ich noch ein kleines Kind war, als das alles passierte. Wenn er so ein toller Typ gewesen ist, warum hatte er sich dann dünne gemacht und uns niemals auch nur einen Cent sehen lassen oder nicht wenigstens ein einziges Mal versucht, seinen eigenen Sohn wiederzusehen. Meine Großmutter hat gesagt: »Denk einfach nicht mehr an ihn, bestimmt amüsiert er sich irgendwo in der Karibik oder sitzt wegen Rauschgift im Gefängnis.« Und weiter: »Du *hast* gar keinen Vater, Chapie. Vergiß ihn.« Da kannte sie nichts, meine Großmutter, und wenn ich mal wieder an meinen richtigen Vater dachte, bemühte ich mich, zu sein wie sie. Sie hatte wohl keinen Schimmer davon, daß meine Mom die Briefe meines Vaters aufbewahrte. Jede Wette, daß es mein Stiefvater auch nicht wußte.

Jedenfalls kam ich eines Nachmittags früher von der Schule nach Hause, ich hatte nämlich die letzten beiden Stunden geschwänzt, was auch egal war, weil ich sowieso keine Hausaufgaben gemacht hatte und beide Lehrer zu der Sorte gehörten, die einen aus dem Klassenzimmer schmeißen, wenn man mit leeren Händen aufkreuzt, als ob das 'ne Strafe wäre, die tatsächlich den Effekt hätte, daß man es das nächste Mal besser macht. Ich kramte also im Kühlschrank rum, machte mir ein Sandwich mit Wurst und Käse, trank eins von den Bieren meines Stiefvaters und ging dann ins Wohnzimmer, wo ich mir 'ne Runde MTV reinzog und mit Kater Willie spielte, der aber Angst bekam und schließlich abzischte, als ich ihn aus Versehen auf den Kopf fallen ließ.

Dann drehte ich meine Runden. Ich wollte unbedingt was zu kiffen finden. Schon seit ein paar Tagen war ich nicht mehr high gewesen, und nach so langer Zeit wurde ich jedesmal ziemlich nervös und unruhig und ärgerte mich irgendwie über die Welt, hatte das Gefühl, daß alles und jeder hinter mir her war, daß ich ein Nichtsnutz und Versager war, was ja auch zutraf. Doch mit ein wenig Rauch wären all mein Ärger, meine Nervosität und meine erbärmlichen Minderwertigkeitskomplexe sofort wie weggeblasen. Es heißt, vom Kiffen würde man paranoid, doch bei mir war das genaue Gegenteil der Fall.

Ich hatte es schon beinahe aufgegeben, im Haus irgendwas Klaubares zu finden – wenn so Sachen wie der Fernseher, der Videorecorder oder die Stereoanlage verschwänden, halt alles, was sich irgendwie versetzen ließ, würde das sofort auffallen, und ansonsten hatten sie nur langweilige Haushaltsgeräte, Heizdecken, ein Waffeleisen, einen Radiowecker, lauter Kram, den man eh nicht verscheuern konnte. Wertvollen Schmuck besaß meine Mom nicht, außer vielleicht ihren Ehering, den ihr mein Stiefvater geschenkt hatte und um den sie ein Riesentrara machte, der aber in meinen Augen aussah wie ein Ring von Woolworth, außerdem trug sie ihn immer am Finger. Die beiden hatten überhaupt keine vernünftigen CDs, nichts als Siebziger-Jahre-Schrott auf Kassetten – Discofieber, Easy Listening und so 'n Zeug. Das einzige, was mir noch einfiel, um zu Geld zu kommen, war, ein richtig großes Ding zu drehen, wie etwa den Lieferwagen meines Stiefvaters stehlen, während der gerade schlief, aber so was hatte ich noch nicht drauf.

Ich nahm mir noch mal ihren Kleiderschrank vor, kniete mich hin und tastete an den Schuhen meiner Mutter vorbei in die Dunkelheit, bis ich gegen etwas stieß, was ich beim letzten Mal für irgendwelche zusammengefalteten Decken gehalten hatte. Doch als ich die Decken betastete, merkte ich, daß da was Großes und Hartes drinsteckte. Ich zog den ganzen Klumpatsch raus und fand zwei schwarze Aktentaschen, die ich vorher noch nie gesehen hatte.

Ich saß im Schneidersitz auf dem Fußboden, nahm die erste Aktentasche auf meinen Schoß und dachte noch, sie ist bestimmt verschlossen, als sie zu meiner Überraschung aufsprang; die eigentliche Überraschung kam allerdings, als ich den Deckel aufklappte und ein in drei Teile zerlegtes automatisches Gewehr vom Kaliber .22 vor mir liegen sah, komplett mit Putzstock, einem Reinigungsgerät und einer Schachtel Munition. Es war nicht schwer, die Teile zusammenzubauen, die Flinte hatte sogar ein Zielfernrohr wie bei dem Gewehr eines Attentäters, und in Null Komma nichts war ich auf'm Lee-Harvey-Oswald-Trip, stand neben dem Schlafzimmerfenster, schob mit der Spitze des Laufs den Vorhang zur Seite, zielte auf alles mögliche auf der Straße und machte dabei peng, peng! Ich knallte ein, zwei Hunde ab, verpaßte dem Briefträger ein paar Salven und ballerte eine Zeitlang auf die Fahrer vorbeibrausender Autos.

Dann fiel mir die andere Tasche ein, ich ging zurück zum Schrank, hockte mich hin und machte sie auf. Sie enthielt jede Menge Tüten, dreißig oder vierzig mit Münzen gefüllte Tüten, hauptsächlich alte Vierteldollar und Fünfcentstücke mit einem Indianerkopf drauf, aber auch einige sehr seltsam aussehende Centmünzen, die vielleicht Anfang des letzten Jahrhunderts geprägt worden waren. Ausgezeichnete Entdeckung! Das Gewehr gehört garantiert Ken, denke ich mir, und er hat es in der Aktentasche versteckt, weil meine Mom immer sagt, sie habe Angst vor Schußwaffen, und die Münzen auch, denke ich mir, wären sie nämlich von meiner Mom, hätte ich es sicher gewußt, weil sie mir damals noch so ziemlich alles erzählt hat. Außerdem war sie für Hobbys nicht zu haben. Aber Ken war eindeutig der Typ, der 'ne coole Knarre hatte, ohne daß er sie mir zeigte oder auch nur davon erzählte, er sammelte ja auch so 'n Scheiß wie exotische Bierdosen und Kaffeebecher als Andenken an die verschiedenen Vergnügungsparks, die er besucht hatte, und stellte sie in seine Regale, damit sie jeder sah, erzählte mir aber dauernd, ich solle gefälligst die Finger davon lassen, weil ich seine Sachen nie so zurückgäbe, wie ich sie bekommen hätte, womit er eigentlich sogar recht hatte.

Ich zerlegte das Gewehr, packte es wieder in die Aktentasche und nahm dann ein paar Münzen aus sechs verschiedenen Tüten, damit er nicht merkte, daß welche fehlten, falls er zufällig mal nachsah. Anschließend wickelte ich die beiden Taschen wieder in die Decke und verstaute das Ganze hinter den Schuhen meiner Mutter, genauso wie ich es vorgefunden hatte.

Ich hatte vielleicht zwanzig Münzen, alles Kleingeld, keine größer als 'n Vierteldollar, und die brachte ich in die Pfandleihe an der Water Street in der Nähe der alten Gerberei, wo einige Jungs, das wußte ich, das ganze Zeug versetzten, das sie ihren Eltern geklaut hatten, Schmuck und Uhren und so was. Der Alte in dem Laden sagte kein Wort und sah mich noch nicht mal an, als ich die Münzen auf dem Tresen ausbreitete und ihn fragte, wieviel er mir dafür geben wolle. Er war so 'n großer fetter Typ mit dicker Brille und riesigen Schweißflecken unter den Armen, und er raffte die Münzen zusammen und schleppte sie nach hinten in sein Büro, kam ein paar Minuten später wieder raus und sagte: »Achtzig Dollar«, was mich echt umgehauen hat.

»Hört sich gut an, Mann«, sagte ich zu ihm, und er bezahlte mich in Zwanzigern, und als ich rausging, wurde ich allein schon von der Vorstellung high, wieviel Stoff ich für achtzig Piepen kriegen konnte.

Ich hatte einen sehr guten Freund, Russ, den seine Mom im Frühling rausgeworfen hatte und der mit ein paar älteren Typen, die Headbanger und Biker waren, in der Innenstadt in der Wohnung über dem »Video Den« hauste, einem Videoverleih. Russ war sechzehn, hatte die Schule geschmissen und arbeitete als Teilzeitkraft im Video Den, und zu ihm ging ich hin, wenn ich mal irgendwo kiffen oder einfach bloß relaxen wollte, bevor ich nach Hause mußte. Russ war in Ordnung, aber die meisten Leute, sprich: meine Eltern, hielten ihn für einen Versager, weil er auf Heavy Metal und so was stand und 'ne Menge Drogen nahm. Damals war er ziemlich scharf drauf, daß ich mich tätowieren ließ, weil er selber 'ne Tätowierung hatte und das cool fand, was auch stimmte, aber ich wußte, was meine Mom sagen würde, wenn ich mit 'ner Tätowierung ankäme. Ich machte sie und Ken sowieso schon wahnsinnig mit meinen miesen Noten, so daß ich jetzt an so 'm blöden Sommerkurs teilnehmen mußte, und außerdem waren sie angenervt, weil ich mittlerweile mit Irokesenschnitt und Ring durch die Nase rumlief und allen im Haus ganz generell gehörig auf den Sack ging, wie Ken oft sagte, und ihnen nicht genug half, und ich merkte, daß besonders Ken allmählich die Schnauze gestrichen voll von mir hatte. Noch mehr Ärger, als ich schon hatte, konnte ich nicht gebrauchen.

Ist schon erstaunlich, wie schnell gutes Gras alle sein kann, wenn man das nötige Kleingeld hat, um welches zu kaufen, besonders wenn man mit ein paar Freunden raucht wie ich mit Russ und diesen älteren Typen, die bei ihm wohnten. Das waren sogenannte Biker, keine Hell's Angels, und einige hatten nicht mal Motorräder, aber sie waren mindestens genauso gewalttätig, so daß ich ihnen nur schlecht was abschlagen konnte, wenn sie reinkamen und sahen, wie Russ und ich auf dem Küchentisch Joints drehten. Nach ein paar Tagen war mein Vorrat aufgeraucht, und ich mußte wieder die Aktentasche aus dem Schrank holen, um mich mit neuen Münzen einzudecken. Da ich schon mal dabei war, baute ich auch das Gewehr wieder zusammen, stellte mich ans Fenster und schoß auf irgendwelche Phantasieziele unten auf dem Bürgersteig, oder ich saß einfach auf dem Fußboden und schoß, Peng, in den finsteren Schrank rein.

Der Sommerkurs ging seinem Ende zu, und ich wußte, ich würde in mindestens zwei von drei Fächern durchfallen, die ich brauchte, um wenigstens in die neunte Klasse versetzt zu werden, und das würde meine Mom in den Wahnsinn treiben und meinen Stiefvater stinksauer machen, der ohnehin schon seine eigenen privaten Gründe hatte, mich nicht zu mögen, aber darüber möchte ich jetzt nichts sagen, jedenfalls rauchte ich deshalb haufenweise Dope, sogar mehr als gewöhnlich, schwänzte ziemlich regelmäßig den Unterricht und trieb mich bei Russ rum. Russ und die Biker waren damals meine einzigen Freunde. Mein Stiefvater hatte sich neuerdings angewöhnt, in der dritten Person von mir zu reden und mich nie direkt anzusprechen oder auch nur anzusehen, außer wenn er glaubte, ich merkte es nicht, oder wenn er besoffen war. Beispielsweise sagte er zu meiner Mutter: »Frag *ihn*, wo er heute abend hin will. Sag *ihm*, er soll den Scheißmüll runterbringen. Frag *ihn*, warum er in zerrissenen Klamotten rumläuft und Ohrringe trägt wie irgend so 'n Mädchen und Ringe in seiner Nase hat, Herrgott noch mal«, sagte er dann, obwohl ich direkt vor ihm saß und fernsah.

Für ihn war ich jetzt Moms Sohn und nicht mehr seiner, obwohl er mich adoptiert hatte, als ich acht war, die beiden geheiratet hatten und er zu uns gezogen war. Als ich noch ganz klein war, war er – von einigen für mich wesentlichen Ausnahmen abgesehen – ein ganz annehmbarer Stiefvater gewesen, könnte man sagen, aber als ich in die Pubertät kam, zog er sich irgendwie aus der Familie zurück und trank unheimlich viel Alkohol, wofür meine Mom inzwischen mich verantwortlich machte. Wenn er mich nicht mehr mochte, war mir das egal, von mir aus, aber sie sollte nicht bloß mir die Schuld daran geben. Teilweise lag es auch an ihm.

In dem Sommer bediente ich mich häufig aus der Münzsammlung im Schrank, nahm aber immer nur wenige Münzen aus den sechs oder sieben verschiedenen Tüten und kam allmählich auch dahinter, welche am wertvollsten waren, etwa die Zehncentstücke mit der Frau drauf oder die Fünfer mit dem Indianerkopf, und dann nahm ich bloß noch die und gab mich mit den anderen meistens gar nicht erst ab. Manchmal gab mir der Pfandleiher fünfzig Dollar, dann wieder bekam ich über hundert. Eines Tages sagt er zu mir: »Wo hast du diese Münzen her, Kleiner?« und ich tische ihm die traurige Geschichte von meiner verstorbenen Großmutter auf, die mir die Münzen hinterlassen hat, so von wegen ich könne immer nur ein paar auf einmal verkaufen, weil mir nur das von ihr geblieben sei und ich nicht die ganze Sammlung auf einmal hergeben wolle.

Keine Ahnung, ob er mir glaubte, jedenfalls hat er mich nie wieder danach gefragt, sondern einfach nur die Knete rübergeschoben, die ich dann in Gras umsetzte. Als guter Kunde kaufte ich es mittlerweile nicht mehr von den paar älteren Jungs, die damals an der Schule und draußen im Einkaufszentrum dealten, sondern von einem Spanier in Plattsburgh, einem gewissen Hector, der sich im Chi-Boom's rumtrieb, einer Art Club unten an der Water Street. Ich kaufte so viel Stoff, daß Hector mich für einen Dealer hielt, und wenn ich was übrig hatte, verkaufte ich auch wirklich ein paar Beutel an Freunde von Russ' Mitbewohnern, aber das meiste rauchten Russ und ich weg, und die Biker.

Eines Abends kam ich gegen Mitternacht von Russ nach Hause. Damals fuhr ich noch auf so 'm BMX-Rad mit diesen wulstigen Reifen durch die Gegend, einem Weihnachtsgeschenk von meiner Mutter. Dieses Rad war sozusagen mein Markenzeichen, so wie für andere Jungs das Skateboard, und ich hatte mir angewöhnt, es nachts mit ins Haus zu nehmen und im Flur abzustellen. Bloß, als ich diesmal mit dem geschulterten Fahrrad die Treppe raufkomm, geht auf einmal die Tür vor meiner Nase auf, und da steht mein Stiefvater, und direkt hinter ihm meine Mom mit rotverheultem Gesicht. Ich merke gleich, daß er stinksauer und vielleicht besoffen ist, und denke natürlich, daß er sie verdroschen hat, wär ja nicht das erste Mal, deshalb donnere ich ihm mein Rad voll in die Magengrube, und er kriegt den Lenker ins Gesicht, daß seine Brille wegfliegt, und auf einmal schreien alle rum, mich eingeschlossen. Mein Stiefvater reißt mir das Rad aus den Händen und schmeißt es die Treppe runter, und nun raste ich aus und beschimpfe ihn mit den finstersten Ausdrücken, die mir einfallen, Schwuchtel und beschissenes Arschloch, während er mich an den Armen packt und ins Haus zerrt und sagt, ich soll verflucht noch mal das Maul halten wegen der Nachbarn, und meine Mutter brüllt mich an, als ob ich derjenige wäre, der sie verdrischt und die Fahrräder von Kindern durch die Gegend schleudert, und nicht ihr eigener Mann, verdammt noch mal.

Endlich ist die Tür zu, und wir keuchen alle und glotzen uns an, bis mein Stiefvater sagt: »Geh ins Wohnzimmer, Chappie, und setz dich. Wir haben Neuigkeiten für dich, Mister«, und da fallen mir die Münzen ein.

Auf dem Couchtisch liegt die Aktentasche, und sie ist zu, und einen Augenblick lang denke ich, es ist die mit dem Gewehr, aber nein, als mein Stiefvater sie aufmacht, sehe ich gleich, daß es die mit den Münzen ist, und mir wird zum erstenmal klar, daß nicht mehr sehr viele übrig sind. Das war ein ziemlicher Schock. In sämtlichen Plastiktüten waren nur noch wenige Geldstücke drin, und einige waren sogar völlig leer, obwohl ich mich nicht daran erinnerte, daß ich sie leer geräumt und dummerweise in der Aktentasche gelassen hatte, aber es sah ganz so aus. Ich Vollidiot. Meine Mom setzte sich aufs Sofa und betrachtete die geöffnete Aktentasche, als wär's ein Sarg mit 'ner Leiche drin, und Ken sagte, ich solle mich auf den Sessel setzen, was ich auch tat, während er zwischen mir und dem Tisch stand und die Arme verschränkte wie 'n Cop. Er hatte die Brille wieder aufgesetzt und sich ein wenig beruhigt, war aber, das wußte ich genau, immer noch total stinkig, weil ich ihm mit dem Rad eins verpaßt hatte.

Als ich dasaß und die paar restlichen Münzen sah, fühlte ich mich wie ein erbärmlicher Blödmann. Mir fiel ein, wie ich mich das erste Mal gefühlt hatte, als ich die Aktentasche öffnete und in ihrem Inneren einen endlosen Dope-Vorrat sah, als wäre sie die Gans, die goldene Eier legt. In diesem Augenblick fing meine Mutter an zu heulen wie üblich, wenn ich so richtig Scheiße baue, und ich machte Anstalten aufzustehen und sie zu trösten, indem ich um Verzeihung bat, wie ich das meist tue, aber Ken sagte, ich solle ja sitzenbleiben und verdammt noch mal das Maul halten, obwohl ich noch keinen Ton gesagt hatte.

»Chappie, das ist das Allerschlimmste, was du je gemacht hast!« sagte meine Mom und schluchzte noch heftiger los. Kater Willie wollte auf ihren Schoß klettern, aber sie schob ihn unwirsch weg.

Ken sagte, ihm sei inzwischen scheißegal, was ich von anderen stehle oder wieviel Dope ich kaufe, das sei mein Problem und nicht seins, und er habe mich sowieso aufgegeben, aber wenn ich anfing, meine eigene Mutter zu bestehlen, sei für ihn die Grenze überschritten, vor allem bei so was Unersetzlichem wie diesen Münzen. Er sagte, ich hätte verdammtes Glück gehabt, daß ich nicht sein Gewehr genommen habe, denn dann hätte er auf jeden Fall die Polizei geholt. Sollte die sich doch darum kümmern. Er sei es leid, einen Schnorrer, Dieb und Drogensüchtigen durchzufüttern, zu beherbergen und einzukleiden, und wenn es nach ihm ginge, würde er mich jetzt auf der Stelle aus dem Haus schmeißen, aber das lasse meine Mutter ja nicht zu.

Da sagte ich zu ihm: »Ich dachte, es wären *deine* Münzen«, woraufhin er ausholte und mir richtig fest seitlich gegen den Kopf schlug.

»Sie haben deiner *Mutter* gehört!« sagte er mit so 'm leicht fiesen Unterton, und dann flippte meine Mutter irgendwie aus und kreischte, sie hätten *ihrer* Mutter gehört, die habe sie ihr zusammen mit ein paar anderen wertvollen Erinnerungsstücken schon vor Jahren geschenkt, und irgendwann hätten die Münzen mir gehören sollen, und sie wären wirklich wertvoll gewesen, aber jetzt hätte ich sie ja gestohlen und nun könne sie sie auf keinen Fall mehr an mich weitergeben. Niemals.

»Es waren doch bloß Münzen«, sagte ich, was zwar blöde war, aber mir fiel nichts anderes ein, und ich kam mir sowieso so richtig dämlich und hinterhältig vor, warum also nicht irgendwas sagen, das so klang, wie ich mich fühlte. »Viel wert waren sie sowieso nicht«, meinte ich, und da knallte mein Stiefvater mir wieder eine, aber diesmal voll aufs Ohr, wobei er einen Ohrring rausriß, was mächtig weh tat. Aber der Anblick meines Bluts brachte ihn offenbar erst so richtig auf den Geschmack, weil er mir anschließend noch ein paar semmelte, und zwar jedesmal fester, bis meine Mutter ihn schließlich anschrie, er solle damit aufhören.

Was er dann auch tat, und als er sich in der Küche sein Bier holen ging, stand ich auf und sagte, immer noch zitternd, aber laut und deutlich: »Ich hau hier ab!«

Keiner von beiden machte Anstalten, mich aufzuhalten, oder sagte auch nur: »Wo willst du denn nur hin«, und so ging ich durch die Tür, schmiß sie so fest zu, wie ich konnte, griff mir mein Rad, das er bös hingeworfen hatte, und fuhr direkt zu Russ rüber, der mich auf einer versifften alten Couch im Wohnzimmer pennen ließ.

Kaum waren meine Mom und Ken am nächsten Morgen zur Arbeit gegangen, fuhr ich rüber zum Haus und holte meine Klamotten und andere Sachen. Aus dem Wäscheschrank nahm ich ein paar Handtücher und eine Decke, aus dem Bad etwas Shampoo, und dann stopfte ich alles in zwei Kissenbezüge. Ich wollte gerade gehen, als mir die letzten paar Münzen einfielen, und ich sagte mir: Warum suchst du nicht den Rest und nimmst ihn mit, schließlich sollten die Münzen ja eines Tages sowieso dir gehören. Ich kam mir hart und kalt vor, als ob sich langsam so 'ne Verbrechermentalität in mir breitmachen würde, und ich fand es komisch, daß ich mir die Geschichte mit meiner Großmutter ausgedacht und dem Pfandleiher erzählt hatte und sich jetzt herausstellte, daß ich damit gar nicht so falsch gelegen hatte.

Ich deponierte meine Sachen neben der Haustür, holte mir ein Bier aus dem Kühlschrank, machte es auf und ging wieder in das Schlafzimmer von meiner Mutter und Ken. Ich wußte, daß das Sprichwort »Hast du'n Joint, bist du mein Freund« zutraf, und wenn ich bei Russ absteigen wollte, ließ ich besser was zu kiffen rumgehen, bis ich 'n Job oder so fand.

Ich hielt es zwar für eher unwahrscheinlich, daß sie die Münzen wieder in den Schrank gelegt hatten, aber nachsehen konnte nichts schaden, und als ich in die Dunkelheit griff, lagen die beiden in die Decke gewickelten Aktentaschen tatsächlich da wie am ersten Tag, als ich sie entdeckt hatte. Bestimmt hatten Ken und meine Mutter geglaubt, nach der letzten Nacht hätte ich zuviel Schiß, um wieder zuzulangen, aber irgendwie war ich wohl schon so weit gegangen, daß ich vor nichts mehr wirklich Angst hatte. In der ersten Aktentasche lagen die restlichen Münzen, vielleicht fünfzig oder sechzig Stück in einem halben Dutzend Beuteln, und die nahm ich an mich. Dann öffnete ich die zweite Tasche und setzte wie üblich das Gewehr zusammen, lud es diesmal aber, nur um zu sehen, wie man das machte, weil... das war wohl meine letzte Gelegenheit.

Ich stand gerade neben dem Fenster und zielte durch das Fernrohr auf einen kleinen Jungen, der auf der anderen Straßenseite Dreirad fuhr, da hörte ich hinter mir die Schlafzimmertür knarren, als käme jemand vom Flur herein. Ich fuhr herum, doch es war nur Kater Willie, der auf das Bett meiner Mutter gesprungen war. Ich muß irgendwie ausgerastet sein, denn ich habe das Gewehr auf ihn gerichtet und abgedrückt, aber es passierte nichts. Der alte Willie schlich auf dem Bett näher, schnüffelte an der Mündung des Laufs und sah aus, als wollte er sie jeden Moment ablecken. Ich drückte noch mal ab, wieder nichts, und da merkte ich, daß das Gewehr gesichert und der Abzug blockiert war.

Ich suchte die Sperrvorrichtung, doch als ich sie fand, sprang Willie gerade vom Bett und verschwand zu seinem Glück im Schrank, denn kaum war er außer Sicht, sah ich mich plötzlich mit der Knarre in der Hand stehen und raffte allmählich, was ich ihm beinahe angetan hätte, und da mußte ich heulen, es zog sich von meinem Magen über den Brustkorb bis hoch in den Kopf, und schließlich stand ich schluchzend da, die blöde Knarre von meinem Stiefvater in der Hand, die letzten Beutel mit den Münzen von meiner Großmutter auf dem Boden und daneben die schwarzen offenen Aktentaschen. Nichts schien mehr wichtig zu sein, weil alles schiefging, was ich anpackte, und so ballerte ich einfach drauflos. Peng, peng, peng! Hauptsächlich schoß ich auf das Bett von meiner Mutter und meinem Stiefvater, bis das Magazin leer war.

Dann kam ich zu mir, als erwachte ich aus 'ner Trance. Ich hörte auf zu heulen, legte das Gewehr aufs Bett, kniete mich hin und wollte Willie dazu bringen, aus dem Schrank zu kommen, aber er war zu panisch. Ich redete mir ihm, als wär er meine Mom, sagte ganz schnell und mit hoher Stimme: »Tut mir leid. Tut mir leid«, so wie ich es als kleiner Junge gemacht hatte, wenn was Blödes passiert war.

Keine Frage, der Kater traute mir nicht mehr. Wie er da weit hinten in der dunkelsten Schrankecke hockte, halb irre vor Angst, sah er genauso aus, wie ich mich fühlte, und deshalb dachte ich mir, daß ich ihn wohl am besten in Ruhe ließ. Ich hob die Münzen auf und ging.

Ich brachte meinen Kram rüber zu Russ, wo ich blieb, bis die letzten Münzen und das Gras aufgebraucht waren und Russ sagte, die älteren Typen wollten nicht mehr, daß ich bei ihnen rumlungerte. Von Hector kriegte ich ein paar Beutel Gras auf Kredit, damit ich auf eigene Faust dealen konnte, woraufhin die älteren Typen sagten, daß ich wenigstens bis zum Ende des Sommers die Wohnzimmercouch haben könnte, wenn ich nur immer schön für genügend Gras sorgte, und genau das machte ich, schließlich war ich ja jetzt Dealer.

In diesem ersten Sommer und auch noch im Herbst dachte ich manchmal daran, nach Hause zu gehen, um mit meiner Mom und sogar mit meinem Stiefvater Frieden zu schließen und ihnen anzubieten, das Geld für die Münzen zurückzuzahlen, sobald ich Arbeit hätte, aber ich wußte, daß ich sie nie ersetzen könnte, weil… es ging nicht ums Geld. Die alten Münzen meiner Großmutter waren sozusagen mein Erbe. Außerdem fürchtete sich meine Mom vor Ken und wollte ihn bei Laune halten, und da er aus mir nur bekannten gewissen Gründen erleichtert war, mich endlich sozusagen aus den Augen und aus dem Sinn zu haben, würde sie mich nie und nimmer nach Hause kommen lassen. Also versuchte ich es erst gar nicht.

2

Alles ist vergeben

Und so ging den restlichen Sommer und den ganzen Herbst über alles einigermaßen gut. Doch unbewußt entwickelte sich bei mir so langsam eine regelrechte Verbrechermentalität. Ich wußte, es war illegal, den Bikern Stoff zu verkaufen, doch das machte es für mich noch lange nicht zum Verbrechen; ich wurde also nicht zum Verbrecher, weil ich irgendwelche richtigen Verbrechen begangen hätte, sondern weil sich meine Einstellung zu meiner Mom und zu Ken und anderen Normalos so nach und nach veränderte.

Ich kam deswegen zwar nicht ins Gefängnis oder so, aber der Tag, an dem ich damals im Einkaufszentrum Champlain Mall in Plattsburgh in einem Geschäft für Damenunterwäsche beim Klauen erwischt wurde, ist für mich der eigentliche Anfang meiner Verbrecherlaufbahn. Das heißt, ich fühlte mich damals zum erstenmal als Krimineller. Es passierte am ersten Weihnachten, nachdem mich meine Mutter und Ken rausgeworfen hatten, ich war vierzehn und pennte in Russ' Wohnung bei den Bikern an der Water Street in Au Sable Forks. Sie ließen mich immer noch auf ihrer versifften Couch schlafen, weil ich sie mit Gras versorgte, und das sogar oft genug auf Kredit, aber wenn ich da war, hing ich meistens in Russ' Zimmer rum. Die Biker waren älter als wir und immer voll unter Drogen. Einmal sah ich, wie sich einer von denen 'ne Linie Koks voll ins Auge rieb, was ich echt abartig fand. Außerdem haben sie Unmengen gesoffen.

Russ war sechzehn und arbeitete halbtags im Video Den, abends sind wir dann häufig in seinem Camaro zur Mall rübergefahren, wo ich ein bißchen Gras an die anderen Kids vertickt hab, dann sind wir noch geblieben, bis die Läden zumachten, und haben uns an die Mädchen rangemacht. Aber meistens lief da gar nichts, und so hockten wir nur auf den Bänken rum und sahen den vielen ätzenden Pärchen bei ihren Weihnachtseinkäufen zu. Weihnachten sind die Malls immer proppenvoll mit lauter Leuten, die sich beschissen fühlen, weil sie nicht genug Geld haben, und sich deshalb ständig streiten und an den Armen ihrer Kinder zerren. Weihnachtslieder, blinkende Lichterketten und Burschen in Weihnachtsmannklamotten sollen dafür sorgen, daß man seine Probleme vergißt, doch in Wirklichkeit läuft es genau andersrum. Jedenfalls bei mir, und unter anderem deshalb hab ich immer gern erst mal 'ne Tüte geraucht, bevor wir dort hinfuhren.

An diesem einen Abend etwa zehn Tage vor Weihnachten hatte ich nichts zu kiffen und mußte an meine Mom und Ken denken, wie es wohl sein würde, wenn sie zum erstenmal allein feierten, und ich fragte mich, was sie am Heiligabend machen würden. Normalerweise soffen sie sich mit 'ner Mischung aus Eierflip und Bourbon einen an – meiner Mom zufolge ein Geheimrezept meiner Mutter – und sahen sich Weihnachtssendungen in der Glotze an. So um die 11-Uhr-Nachrichten rum packten wir die Geschenke aus, die wir von den anderen bekommen hatten, umarmten und bedankten uns, dann gingen sie in ihr Schlafzimmer und kippten aus den Latschen, während ich im Bad 'ne Mordstüte rauchte und mir mit Willie MTV reinzog, bis ich einschlief. Es war ganz okay, aber nicht gerade ideal. Aber immerhin hatten wir einen Baum und 'ne Lichterkette im Fenster und all so 'n Zeug, und letztes Jahr war es ziemlich cool, weil ich von meiner Mom eine spitzenmäßige Lammwildlederjacke bekam und von Ken eine Timex-Armbanduhr. Damit ich auch mal pünktlich nach Hause käme, sagte er. Ihr hatte ich einen von diesen langen indischen Seidenschals gekauft, die sie offenbar wirklich gern mag, und Ken bekam von mir ein Paar gefütterte Autofahrerhandschuhe. Alle waren zufrieden, trotz Eierflips.

Aber seitdem war viel passiert. Als erstes und Wichtigstes: Sie hatten mich aus dem Haus geworfen. Doch es hatte auch damit zu tun, daß ich einen Irokesenschnitt hatte, mir Nase und Ohren durchstechen ließ und in der Schule laufend Scheiße baute, und obwohl sie mich nie dabei erwischt hatten, wußten meine Mom und Ken schon lange, daß ich schwer am Kiffen war, weshalb ich die Münzen ja überhaupt erst geklaut hatte. Als ich zu Hause auszog, geschah das wohl in so 'ner Art beiderseitigem Einvernehmen.

Wenn ich gewollt hätte, hätten sie mich wieder aufgenommen, aber nur, wenn ich ein total anderer Mensch geworden wäre, was nicht nur unmöglich, sondern auch ungerecht war, weil ich einfach nicht mehr wußte, wie ich mich aus all den Schwierigkeiten raushalten sollte. Ich muß wohl damals als kleines Kind, mit fünf oder sechs, nachdem mein richtiger Vater aus- und Ken eingezogen war, einen Knacks abgekriegt haben, ohne es zu wissen.

Es brachte zwar nichts, trotzdem stellte ich mir diese Szene vor: Ich überrede Russ, mich am Haus meiner Mom und Ken abzusetzen. Mein ganzes Zeug, darunter mein berühmtes BMX-Rad, liegt in Russ' Camaro, und wir laden es aus und stellen es auf den Bürgersteig. Doch außerdem habe ich noch eine riesige Tüte mit Geschenken für meine Mom und meinen Stiefvater dabei, wirklich hervorragende Teile, einen Tischgrill, eine Mikrowelle, vielleicht sogar ein wenig Schmuck und ein schniekes Nachthemd für Mom, und für Ken eine Polaroid-Kamera, eine tragbare Schwingschleifmaschine und einen Polo-Skipullover. Dann fährt Russ weg, und ich stehe ganz allein auf dem Bürgersteig. Das Haus ist dunkel, von der Lichterkette um die Eingangstür, der Terrassenbeleuchtung hinten und den elektrischen Kerzen in den Fenstern mal abgesehen, außerdem blinken die Weihnachtsbaumkerzen durch die Vorhänge im Wohnzimmer, wo sie sich, wie ich weiß, Bill Cosbys Weihnachtssendung oder so was ansehen. Es ist Heiligabend. Ein wenig schneit es. Sie sind echt traurig, weil ich nicht bei ihnen bin, wissen aber nicht, wie sie mich nach Hause holen können, ohne daß es so aussieht, als würden sie nichts von all dem krummnehmen, was ich ihnen angetan habe – die Münz-sammlung klauen und kiffen und mir einen Irokesenschnitt machen lassen und bei Russ und den Bikern einziehen und die Schule komplett schwänzen, was sie mittlerweile vermutlich spitzgekriegt haben, und für Hector den Latino im Chi-Boom's Gras dealen, was sie nicht wissen, obwohl ich mich frage, wovon ich ihrer Meinung nach die letzten Monate gelebt habe, von der Wohlfahrt vielleicht? Außerdem wissen sie nicht, daß ich mir immer noch keine Tätowierung hab machen lassen, obwohl Russ ein echt cooles Tattoo auf dem Unterarm hat und mich ständig belabert, ich solle mir auch eins machen lassen.

Weiter stelle ich mir vor, daß ich zur Tür gehe und klopfe, und wenn meine Mom aufmacht, sage ich: »Frohe Weihnachten, Mom«, irgendwie beiläufig und mit ganz normaler Stimme, und dann halte ich ihr die Tüte entgegen, in der sämtliche Geschenke in unglaublich glänzendes Papier eingewickelt sind, komplett mit Schleifen und allem Pipapo. Und sie muß heulen wie immer, wenn sie aufgeregt ist, und schließlich kommt mein Stiefvater zur Tür und fragt, was los sei. Ich begrüße ihn genauso wie meine Mom: »Frohe Weihnachten, Ken.« Und zeige ihm ebenfalls die Tüte mit den Geschenken. Meine Mom öffnet die Tür, nimmt mir die Tüte ab, reicht sie an Ken weiter und schließt mich in die Arme, lange und echt mütterlich. Ken schüttelt mir die Hand und sagt: »Komm doch rein, mein Junge.« Dann gehen wir ins Wohn-zimmer, wo ich die Geschenke verteile, und alles ist vergeben.

Sie haben keine Geschenke für mich, was ihnen natürlich peinlich ist, und sie entschuldigen sich, aber das macht mir rein gar nichts. Wichtig ist nur, daß ihnen gefällt, was ich für sie be-sorgt habe, und das tut es. Später trinken wir Eierflips und sehen fern, und dann schaut Ken aus dem Fenster und sieht mein Rad, meine Klamotten und alles andere draußen auf dem Bürgersteig stehen, und weil es schneit, sagt er zu mir: »Mein Junge, warum holst du deine Sachen nicht rein?«

Als ich beim Ladendiebstahl geschnappt wurde, das war im Victoria's Secret, so einer schicken Boutique für Damenunterwäsche, hatte ich den Laden schon verlassen und ein seidiges grünes Nachthemd in meiner Jackentasche verstaut. Der Wachmann, ein Schwarzer namens Bart, den ich übrigens persönlich kannte, weil ich ihm mal Gras verkauft hatte, legte mir die Hand auf die Schulter, drehte mich um und brachte mich in ein Büro hinter dem Laden, wo der Geschäftsführer des Ladens und der Leiter des Wachschutzes hockten, denen ich schließlich Namen und Telefonnummer meiner Mom verriet, nachdem sie mich eine Weile schikaniert hatten. Bart, der Schwarze, der mich geschnappt hatte, mußte wieder raus, Kontrollgänge machen, und als er an mir vorbeikam, starrte ich ihm fest ins Gesicht, doch dem war das egal, weil er wußte, daß ich ihm nicht an den Karren fahren konnte, ohne mich noch schlimmer reinzureiten. Und eine halbe Stunde später kommen sie natürlich an, meine Mutter und mein Stiefvater, sie wirkt verängstigt und beunruhigt und er bloß sauer, aber keiner von beiden redet mit mir, nur mit dem Geschäftsführer und dem Leiter des Wachschutzes. Während sie sich unterhalten, muß ich mich allein in einen Lagerraum neben dem Büro setzen, wo ich das »Rauchen verboten«-Schild anstarre und mir dauernd wünsche, ich könnte jetzt 'ne Runde kiffen; ein paar Minuten später kommt meine Mutter händeringend rein, das Gesicht rot vom Weinen.

Sie sagt: »Sie wollen dich *festnehmen*! Und Ken ist einverstanden. Er findet, es wäre das beste für dich«, fährt sie fort, »aber ich versuche ihnen klarzumachen, daß wir *alle drei* in diesem Jahr eine Menge Familienprobleme hatten und du darauf nur irgendwie reagierst.« Und weiter: »Ich probiere, dich da rauszuholen, verstehst du das? Wirklich?«

Ich sagte: »Klar versteh ich das.«

Dann fuhr sie fort: »Wenn du da reingehst und sagst, daß es dir leid tut und du mit uns nach Hause kommst und dich von der Mall fernhältst, werden sie den Ladendiebstahl wohl nicht weiter verfolgen. Und Ken wird einverstanden sein. Natürlich ist er beunruhigt und ziemlich verärgert, und peinlich ist ihm das alles auch, aber er kommt schon drüber weg, wenn du dich in Zukunft etwas besser anstellst und dich nicht wieder in solche Schwierigkeiten bringst. Vielleicht ist das deine letzte Chance, Mister«, sagt sie zu mir. »Also komm«, und damit nahm sie mich am Arm und bugsierte mich zurück ins Büro, wo mein Stiefvater mit dem Geschäftsführer des Ladens – so 'm mittelalterlichen Glatzkopf mit roten Hosenträgern und 'ner Fliege – und dem leitenden Wachmann scherzte, der 'ne Knarre an seiner Hüfte hängen hat wie so'n echter Cowboy-Verschnitt, bestimmt 'n ehemaliger Bulle. Die drei sind mittlerweile Kumpels geworden und mustern mich und meine Mom, als wären wir Insekten.

»Na los«, sagte meine Mom zu mir und schob mich einen Schritt vor. »Sag ihnen, was du mir gesagt hast.«

Ich hatte ihr überhaupt nichts gesagt, wußte aber, was sie von mir hören wollte. Irgendwie fühlte ich mich seltsam, als wär ich in 'm Film und könnte sagen, was ich wollte, ohne daß es in der richtigen Welt irgendwas bedeutete. Alle glotzten mich an und warteten darauf, daß ich sagte, was sie hören wollten, doch ich sah auf meine Füße runter und meinte nur: »Mein Freund wollte mir fünfzig Piepen leihen, aber er hat sein Geld nicht rechtzeitig gekriegt.« Ich hatte keine Ahnung, warum ich das sagte, aber nachher fühlte ich mich ziemlich gut, beinahe witzig.

»Na bitte, was hab ich gesagt!« sagte mein Stiefvater zu seinen Kumpels. »Der Knabe hat überhaupt kein Unrechtsbewußtsein! Was zum Teufel wolltest du eigentlich mit so 'm dünnen *Negligé*?« fragte er lachend und hielt es zwischen Daumen und Zeigefinger hoch, als sei es ein Pornokostüm oder so was und ich sollte es tragen.

Eher würd ich mir die Zunge abbeißen, als ihm darauf zu antworten, darum stand ich einfach nur da, und nachdem ein, zwei Minuten vergangen waren, ohne daß jemand was gesagt hatte, packte meine Mutter mich am Arm und führte mich wieder in den Lagerraum. »Hör zu, Mister!« sagte sie, jetzt ernsthaft böse. »Ich gehe jetzt noch mal da rein, und vergiß nicht, ich bin es, die sich für dich stark macht! Du mußt mir versprechen, wenn ich sie dazu bringe, dich gehen zu lassen, kommst du mit nach Hause und alles wird anders. Das meine ich ernst, *anders*! Hab ich dein Wort drauf? Na?«

»Ja«, sagte ich, und sie ging zurück ins Büro. Durch die Wand hörte ich die vier streiten, die hohe flehentliche Stimme meiner Mutter und die tiefe mürrische Stimme meines Stiefvaters und gelegentlich Kommentare des Geschäftsführers und des Wachmanns. Mir kam es wie Stunden vor, aber bestimmt dauerte es nur ein paar Minuten, bis meine Mutter wieder rauskam – lächelnd diesmal –, mich fest an sich drückte und auf die Wangen küßte. Sie hielt meine Hände in ihren, sah mich an und sagte: »Es geht in Ordnung. Sie lassen dich laufen. Ken hat sich in dieser Sache schließlich doch noch auf meine Seite geschlagen, aber wie gesagt, es ist deine letzte Chance. Komm schon, wir verschwinden von hier«, sagte sie. »Ken wartet vorne am Eingang von Sears mit dem Wagen auf uns. Meine Güte«, sagte sie dann lächelnd. »Du wirst so groß, Schatz.« Was natürlich nicht stimmte. Ich war nicht mal so groß wie sie, und sie ist ziemlich klein.

Als wir in die Mall kommen, sitzt da Russ auf 'ner Bank beim Springbrunnen mit 'm Jungen, den ich nicht kenne, und zwei Mädchen von der Plattsburgh High-School, die Zigaretten rauchen und so tun, als ob die Typen gar nicht da wären. »Hör mal, Mom«, sagte ich. »Meine ganzer Kram ist noch in Russ' Wohnung, klar? Ich fahr noch mal eben mit ihm hin und bring's dann rüber. Du und Ken, ihr könnt ja schon mal ohne mich vorfahren.«

Sie schien leicht verwirrt. »Was? Warum können wir nicht einfach jetzt mit dir zusammen da hinfahren und deine Sachen holen? Du mußt nicht mit Russ fahren.«

»Nein, nein«, widersprach ich. »Die Wohnung ist abgeschlossen. Ich muß unbedingt mit Russ hin, weil ich keinen Schlüssel habe. Außerdem schulde ich ihm immer noch zwanzig Dollar Miete. Und ich krieg meine Sachen erst, wenn ich ihm das Geld gegeben habe. Gibst du mir zwanzig Dollar, Mom?«

Ich war pleite und hatte kein Gras mehr, wußte aber, daß Russ welches hatte. Ich hatte fest vor, mit ihm und den Mädchen, mit denen er quatschte, einen durchzuziehen und in seinem Camaro durch Plattsburgh zu fahren.

»Nein«, sagte sie. »Nein! Natürlich gebe ich dir kein Geld. Ich begreife das nicht. Weißt du denn nicht, was da drin gerade passiert ist? Weißt du denn nicht, was ich gerade durchgemacht habe?«

»Hör mal, Mom, gib mir einfach das Geld. Ich brauche das Geld.«

»Was sagst du da?«

»Gib mir das Geld.«

»Was?«

»Das Geld.«

Sie schaute mich mit diesem merkwürdigen und ängstlichen Blick prüfend an, als würde sie mich nicht oder beinahe nicht erkennen, und plötzlich verspürte ich ein neues Gefühl von Macht und hatte dabei nicht mal Schuldgefühle. Dann griff sie in ihre Handtasche, holte einen Zwanziger raus und reichte ihn mir.

»Danke«, sagte ich und küßte sie auf die Wange. »Bis später dann, wenn ich meine Sachen von Russ geholt habe.«

Sie hielt sich die Hand vor den Mund und ging mit ein paar kurzen Schritten von mir weg, drehte sich dann um und verschwand in der Menge. Und ich weiß noch, daß ich, als ich zu Russ und den anderen rüberging, dachte: Jetzt bin ich ein Verbrecher. Jetzt bin ich ein richtiger Verbrecher.

3

Die Kanadier

Weihnachten kam und ging wie Donnerstag oder Freitag und nichts änderte sich. Ich lungerte zwar immer noch in der Mall rum, war aber noch kein echter Obdachloser, bis ich eines Abends allein hinfuhr, denn die Biker in Russ' Bude hatten drei Tage lang pausenlos Meths geschluckt, waren mies drauf und hatten Russ und mich schließlich rausgeworfen, weil wir nichts mehr zu kiffen hatten. Russ sagte, er wolle ein paar Tage bei seiner Mutter relaxen, aber das konnte ich ihm unmöglich nachmachen, nicht wo meine Mom und mein Stiefdaddy bei jedem Anruf von mir sofort auflegten, wegen allem, was neulich nach meinem Ladendiebstahl passiert war. Russ sagte, in seinem Auto könne ich nicht schlafen, das habe er bei seiner Mom abgestellt, und die sei strikt dagegen, und so hatte ich keine Bleibe mehr, weshalb ich an dem Abend zur Mall getrampt bin, obwohl ich weder Kohle hatte noch Gras, um damit Kohle zu machen.

Es schneite, und so'n Typ von der Air Force, der zum Stützpunkt unterwegs war, nahm mich in seinem Wagen mit, und unterwegs murmelte ich andauernd: »Arschloch, Arschloch, Arschloch« vor mich hin, die ganze Zeit, seit er mich in Au Sable aufgelesen hatte. Ich wollte jetzt wirklich nach Hause zu meiner Mom oder sonstwohin, wo es warm und gemütlich war, aber ich wußte nicht, wie ich es anstellen sollte. Der Air-Force-Typ dachte bestimmt, ich hätt'n Trip eingeschmissen oder so, weil er mich gar nicht fragte, was los sei, sondern mich wie 'n Haufen Scheiße an der Autobahnauffahrt absetzte und Gas gab.

Ich schlenderte eine Weile in der Gegend rum, bis ich schließlich am Springbrunnen im Zentrum der Mall, eigentlich so 'ner Art Kreuzung, landete und jemanden suchte, von dem ich was zu rauchen schnorren konnte, da entdeckte ich ein kleines Mädchen, das aussah, als hätte es sich verlaufen. Sie hatte ein rotgeweintes Gesicht, heulte aber gerade mal nicht, sondern sah sich um, suchte wahrscheinlich ihre Mom, und ich sagte: »He, Kleine, wie geht's denn so? Haste dich verlaufen oder was?« Sie war vielleicht acht oder neun, strähnige blonde Haare, zerschlissenes rotes Kleid und Turnschuhe, keine Strümpfe. Das Kleid und das mit den fehlenden Strümpfen fiel mir auf, weil… es war kalt draußen und schneite, und es war ungewöhnlich, daß ein kleines Kind in so 'm dünnen Kleidchen und fast barfuß rumlief. Sie stand am Springbrunnen und schaute hin und her wie so 'n kleines rumstreunendes Kätzchen, das mitten auf der Straße steht, während links und rechts die Autos vorbeirasen.

»Na komm, Kleine«, sagte ich, stand auf und kam wohl ein wenig zu rasch näher, weil sie einen Satz von mir weg machte. »Lieber Himmel, ich tu dir doch nichts«, sagte ich.

Dann spüre ich sozusagen den langen Arm des Gesetzes, eine schwere Hand auf meiner Schulter, und als ich mich umdrehe, sehe ich, daß diese Hand schwarz ist und einem der Wachleute gehört, nämlich Bart, diesem Typ, dem ich mal 'n bißchen Gras verkauft habe und der mich trotzdem beim Ladendiebstahl hopsgenommen hat, obwohl ich doch bloß einen kleinen Weihnachtseinkauf machen wollte, um bei Mom mal wieder gut angeschrieben zu sein. Bart stammt aus Rochester, war mal beim Militär, is nicht gerade 'ne Halogenleuchte.

»Chappie«, sagt er zu mir, »was zum Teufel willst du schon wieder hier? Hab dir doch gesagt, du sollst deinen kleinen nichtsnutzigen Arsch hier raushalten.«

»Hey, wir sind in Amerika, Wichser. Weißt du nich mehr? Land der Freien, Heimat der Tapferen! Kacke, Mann.«

»Erzähl mir hier kein'n Scheiß. Du lungerst rum. Verzieh dich jetzt endlich, eh ich dich mit all dem Abfall rausschmeiße.«

»Wo kriegst'n du jetzt was zu kiffen her, Mann?« frage ich ihn, damit er sich an die ursprüngliche Form unserer Beziehung erinnert, die er wohl am liebsten vergessen hätte. »Rauchst du immer noch diese Gras-Koks-Joints?« sage ich.

»Chappie«, sagt er zu mir, »leg dich verdammt noch mal nicht mit der Polizei an. Das wär extrem dämlich.«

»Du bist doch bloß 'n Mietbulle, Mann. Ich warte hier auf jemanden«, erwidere ich.

»Warte draußen weiter. Und zwar 'n bißchen dalli«, sagt er und dreht mich mit einer Hand um die Achse, was ihm leichtfällt, denn er ist ein ziemlicher Schrank, während ich für mein Alter eher klein bin. Da sagt er: »Du hast ja 'ne hübsche Wildlederjacke an, Chappie. Wem haste die denn geklaut?«

»Die hat mir meine Mom letztes Jahr geschenkt, Arschloch«, antworte ich ihm, was zufällig stimmt, und schlendere in Richtung Sears.

»Na klar«, sagt er, lacht und verzieht sich langsam in die entgegengesetzte Richtung. Dreht seine Runde. Er weiß, daß ich nur den Sitzplatz wechsle, mich zu 'ner anderen Kreuzung in der Mall begebe, macht sich aber nichts draus, weil erst Jungs wie ich ein wenig Farbe in seinen ansonsten total drögen Job bringen.

Ein paar Minuten später komme ich an Victoria's Secret vorbei, dem Fachgeschäft für schicke Damennachthemden und -unterwäsche, wo mich Bart letzten Monat beim Ladendiebstahl hopsgenommen hat, weshalb ich mit besonderem Interesse durch die Schaufenster gucke und das kleine Mädchen von vorhin in dem roten Kleidchen bemerke. Nur war sie diesmal in Begleitung, so ein Fettwanst mit großer schlabbriger Nase, narbiger Haut und dünnen schwarzen Haarsträhnen, die er sich wie ein Strichcode seitlich über den Kopf gekämmt hatte. Er hielt die Kleine an der Hand, als wäre er ihr Onkel. Nicht ihr Vater. Als wollten sie jemandem ein Geschenk kaufen, aber ich komm nicht dahinter, wem. Der Kerl war nicht der Typ, der 'ne Frau oder auch nur 'ne Freundin hatte, seine Klamotten waren völlig zerknittert, und außerdem hatte er noch sein Marinejackett falsch zugeknöpft.

Ich weiß nicht, aber irgendwas an dem Kerl erregte meine Aufmerksamkeit, als ob ich ihn von irgendwoher kennen würde, obwohl das nicht stimmte. Ich beobachtete durch die Scheibe, wie der Typ anscheinend Damenstrumpfhosen kaufte, haufenweise, sechs oder sieben Packungen, und während er die Verkäuferin übertrieben freundlich zuquatscht, steht die Kleine neben ihm, als wäre sie im Halbschlaf oder vielleicht bekifft. Aber um high zu sein, ist sie noch zu jung. Glaub ich jedenfalls. Ich denke mir, daß sie von irgendwoher angereist sind, beispielsweise aus Kanada. Und daß sie verdammt müde ist. Sind bestimmt Kanadier, denke ich mir, und als ich gerade weitergehen will, kommen sie raus, und der Typ mustert mich unverwandt, als wollte er sagen: Verdammt, was bist'n du für einer? Er sagt zwar nichts, aber man hat das Gefühl, daß er noch nie jemanden mit 'm Irokesenschnitt oder Nasenring gesehen hat, was man sich bei Kanadiern durchaus vorstellen kann.

Keine Ahnung, warum ich ihn für einen Kanadier hielt. Mein Stiefvater kommt angeblich aus Ontario, aber dieser Typ sah ihm überhaupt nicht ähnlich. Wenn mein Stiefvater nicht gerade trinkt, ist er nämlich äußerst adrett und gepflegt, ein echter Kontrollfreak mit seinem Bürstenhaarschnitt und den Bügelfalten in den Jeans, und meine Mutter hält ihn für Gott persönlich, weswegen ich mich anstrengen soll, so zu werden wie er. Logisch. Natürlich hält der mich für 'n kompletten Versager, aber das geht in Ordnung, denn ein richtiger Mann ist in seinen Augen Arnold Schwarzenegger oder General Schwarzkopf oder jeder andere mit Schwarz im Namen, weil er im Grunde ein beschissener Nazi mit 'm Alkoholproblem und etlichen anderen Problemen ist, so sehe ich das. Total kraß finde ich, daß ihm meine Mom diesen Quatsch abgekauft hat und mir ständig weismachen wollte, ich hätte ja so ein Glück, Ken als Stiefvater zu haben, obwohl ich genau wußte, daß das Gegenteil der Fall war, und er wußte es auch.

»Is irgendwas?« frag ich den Kanadier, weil der mich immer noch so penetrant anglotzt, doch der lächelt nur und sagt: »Aber nein«, nimmt das kleine Mädchen bei der Hand und geht weg, total locker. Ich sehe ihnen 'n Weilchen nach und frage mich, warum sie so entspannt wirken, vor allem er, schließlich sind sie doch so weit von zu Hause weg, denn obwohl die Grenze nur etwa eine Stunde von hier entfernt liegt, ist Kanada doch ein riesiges Land, und sie sehen eindeutig schmuddelig aus, als wären sie seit einer Woche unterwegs, und man sollte meinen, sie müßten langsam froh sein, endlich am Ziel ihrer Reise anzukommen. Außerdem ist es merkwürdig, daß er die Strumpfhosen gekauft hat, es sei denn, so was kriegt man in Kanada nicht.

Jedenfalls hatte ich an diesem Abend nichts Besseres zu tun, und deshalb folgte ich ihnen in einigen Metern Abstand und außer Sichtweite. Vermutlich war ich nur neugierig wegen dem Typ, dachte aber auch, er hätte vielleicht 'n paar Zigaretten. Ich weiß noch, daß es draußen kalt war und schneite. Ich dachte, vielleicht hat er eins von diesen großen Campmobilen, oder sie schlafen in einem Kleinbus, den er draußen auf dem Parkplatz abgestellt hat, und er läßt mich da bis morgen pennen oder bis die Biker kein Speed mehr haben und Russ und ich wieder in unsere Bude über dem Video Den in Au Sable können. Und so folge ich dem Kerl und dem kleinen Mädchen in den Wiz und wieder raus und zu Foot Locker, wo der Typ der Kleinen tatsächlich ein Paar Socken kauft, die sie gleich im Laden anzieht, während er wartet und sich umschaut und mich fast beim Spionieren ertappt, und nach 'ner Weile merke ich, daß ich völlig überdreht bin, als liefe ich auf einer Million Umdrehungen pro Minute, mein Herz hämmert wie verrückt in der Brust, und die Hände sind echt übel verschwitzt. Keine Ahnung, was damals passiert ist, aber auf einmal war mir so, als würde ich den Kanadier und das kleine Mädchen wie durch einen Tunnel sehen, besonders das Mädchen, um das ich inzwischen echt besorgt war, als würde ihr bald was Schreckliches zustoßen, was sie nicht kommen sah, aber ich. Am liebsten

hätte ich ihr ein paar wichtige Dinge über die Menschen ver-
klickert, wollte aber nicht, daß sie es jetzt schon erfuhr, sie war
noch zu klein.

Verrückt, aber solange ich sie nicht direkt ansah, sondern statt
dessen den Typ neben ihr, ihren Onkel oder was, bekam ich keine
Zustände, wollte von dem Typ bloß was zu rauchen schnorren
oder so. Aber sobald ich zu der Kleinen rübersah, glaubte ich, es
würde gleich was Gräßliches passieren, so als würde ein riesiges,
häßliches graues Ding in der Form von so 'm Tyrannosaurus rex
oder Kanada auf 'ner Landkarte über den gesamten Vereinigten
Staaten von Amerika hängen und jeden Moment abstürzen oder
zerbrechen und lawinenmäßig auf mich runterknallen, so daß ich
nicht mehr atmen kann, weshalb ich jetzt ganz schnell ein- und
ausatme, wie ich's mal bei Kater Willie erlebt habe, als ihm ein
Haarknäuel im Hals steckte und er einen Buckel gemacht, den
Kopf gegen den Wohnzimmerteppich gedrückt und dabei diese
hastigen kleinen Würggeräusche von sich gegeben hat. Mein
Stiefvater kam aus der Küche und hat ihn quer durchs Zimmer
getreten, weil er Angst hatte, daß sich Willie auf dem Teppich er-
bricht, woraufhin der statt dessen in meinen Schrank gekotzt hat,
was ich aber nie jemandem erzählt hab. Ich hab's einfach selber
weggewischt.

Die Leute wissen einfach nicht, wie Kinder denken, haben's
wohl vergessen. Aber als Kind ist es so, als hätte man 'n Fernglas
vor die Augen geschnallt und könnte nichts sehen, was nicht im
direkten Brennpunkt der Linsen ist, weil man vor allem anderen
zu großen Schiß hat oder vieles einfach nicht versteht, obwohl es
die Großen von einem erwarten, weshalb man sich andauernd
völlig beschränkt vorkommt. Tausend Sachen laufen total an
einem vorbei. Ständig baut man Scheiße, und 'ne Menge, von
dem die Leute erwarten, daß man es mitkriegt, rafft man gar
nicht, so wie ich damals, als meine Großmutter mich nach meinem dreizehnten Geburtstag fragte, ob ich die zehn Dollar und
die Glückwunschkarte bekommen hätte, die sie mir geschickt

hatte. Als ich sagte, das wüßte ich nicht, hat sie es meiner Mom gepetzt. Doch es stimmte, ich wußte es wirklich nicht. Und damals nahm ich noch keine Drogen.

Das kleine Mädchen in dem roten Kleid hatte, genau wie ich in ihrem Alter, so'n Fernglas vor den Augen und sah genausowenig, daß sie in Gefahr war, wie ich es damals hätte sehen können, nur war es bei ihr jetzt anders, weil sie ja mich hatte, der ihr helfen konnte, während ich damals niemanden hatte.

Als sie in den Imbiß- und Restaurantbereich gingen, folgte ich ihnen in geringem Abstand, und als sie bei Mr. Pizza haltmachten und ein paar Stücke bestellten, wurde mein Hunger plötzlich so übermächtig groß, daß ich nicht mehr im Hintergrund bleiben konnte, mich hinter den Typ stellte und fragte: »Ey, Mann, ham Sie 'n bißchen Kleingeld übrig, damit ich mir'n Stück Pizza kaufen kann, Mann? Ich hab den ganzen Tag nichts gegessen«, sag ich zu ihm, was fast die Wahrheit ist, sieht man von ein paar kalten Pommes ab, die mir Russ am Morgen in seinem Auto gegeben hat.

Das kleine Mädchen hielt ein Pizzastück in der einen und 'ne Coke in der anderen Hand und suchte nach 'm Sitzplatz. Ich lächelte sie an, als wären wir alte Freunde, aber ihr tierisch ernster Gesichtsausdruck änderte sich nicht, und ich denke: Was soll's, sie hat Schiß, sie kann Freund nicht mehr von Feind unterscheiden, das kann ich nachfühlen, doch plötzlich hab ich das Gefühl, mein Gesicht wird von einem grellen weißen Licht angeleuchtet, das meine Wangen und die Stirn wärmt und so gleißend hell ist, daß es mich fast blendet. Der Kanadier sieht mich an, starrt mir beinahe direkt in die Augen, was die Leute bei mir nie tun, nicht mal Kinder, liegt vermutlich an meinem Irokesenschnitt, meinen Ohrringen und dem Nasenring, außerdem geb ich mir Mühe, die Leute von diesem Geglotze abzubringen. Aber weil mich das kleine Mädchen abgelenkt hatte, wurde ich von der geballten Aufmerksamkeit dieses Typs überrascht, und bevor ich mich dagegen wehren konnte, redet er schon wie ein

Wasserfall auf mich ein, wie ich es bei einem Kanadier überhaupt noch nie erlebt habe.

»Ach, du armer Junge, du siehst wirklich halb verhungert aus«, sagt er zu mir. Und weiter: »Ich werd dir ein Abendessen spendieren, junger Mann, ich kauf dir was Ordentliches zu essen, damit du 'n bißchen Fleisch auf deine jungen Knochen kriegst«, und damit macht er einen Schritt zurück und betrachtet mich kopfschüttelnd.

Anscheinend hab ich mich getäuscht, denke ich. Von wegen das kleine Mädchen ist in Gefahr und dieser Typ irgendein kanadischer Psychopath, das gab's wohl nur in meinem Hirn, war ein Produkt meiner fiebrigen Phantasie, und ich hatte mir alles bloß ausgedacht, weil mein Stiefvater aus Ontario stammte und weil mir eingefallen war, wie ich mich als kleines Kind gefühlt hatte. Dieser Typ ist bloß ein total normaler Amerikaner, denke ich, der zufällig 'ne ganze Menge redet. Und er mag mich. Und echt interessant ist er auch.

»Was würde dir munden, mein Bester?« fragt er mich. »Unter deiner Jacke bist du dürr wie 'ne Bohnenstange.«

Ich sage zu ihm: »Alles«, und er bestellte mir ein Stück Pizza und 'ne Coke, genau wie dem Mädchen, was nicht gerade üppig ist, wenn man kurz vorm Hungertod steht, also bitte ich ihn um was zu rauchen, während wir warten, und da stellt sich heraus, daß er Camel Lights hat, womit er sich irgendwie endgültig als Amerikaner entlarvt. Als meine Bestellung kommt, trägt er die Sachen zu dem Tisch, wo das kleine Mädchen sitzt, und macht uns miteinander bekannt. Er stellt die Kleine als Froggy vor alias Froggy der Gremlin.

»Hallo«, sage ich und verrate ihnen meinen Namen. Froggy kriegt offenbar überhaupt nichts mit.

»Ich bin Buster«, sagt der Typ, zeigt mit dem Daumen auf sich, und ich muß lachen.

»Buster! Is' ja kraß. Wieso Buster?«

Darauf er: »Hall-o, Kinder, hall-o, hall-o, hall-o! Ich heiße Buster Brown und wohne in einem Schuh. Und das ist Froggy der Gremlin«, fuhr er fort und wedelte in Richtung von dem Mädchen, das ihn weitgehend ignorierte, als sei es solche Spielchen schon gewöhnt. »Da drin könnt ihr auch nach ihr suchen!« sagte er.

Und so redete er, praktisch immer dasselbe mit verschiedenen Stimmen, während ich mein Stück Pizza aß, meine Zigarette rauchte und weitgehend meinen Mund hielt. Mir fiel auf, daß die kleine Froggy ebenfalls still war. Sie starrte bloß auf ihr Essen, mampfte, bis es alle war, und sah sich dann die Leute an, die in der Mall an uns vorbeigingen.

Als ich Buster fragte, ob Froggy sein Kind sei, antwortete er: »Mehr als mein Kind, Chappie, und doch weniger. Sie ist mein *Protegé*. Im Laufe der Jahre hatte ich Dutzende Protegés, und sie bewirkten, daß ich mich immer wieder wie ein Phönix aus der Asche meiner Vergangenheit erhob. Meine Protegés sind meine frühere und meine zukünftige Schauspielerlaufbahn.«

»Cool«, sagte ich. »Was ist ein Protegé?«

»Wer etwas kann, Chappie, der tut es, und wer nichts kann, der unterrichtet. Ich konnte früher mal was, kann es aber jetzt nicht mehr, deshalb unterrichte ich. Ich war einmal Schauspieler, mein Junge, kein sehr berühmter, aber nichtsdestotrotz erfolgreich. Ich hatte immer meinen Teil an Film- und Fernsehrollen. Heute bilde ich junge Schauspieler und Schauspielerinnen aus, heute mache ich aus jungen Menschen wie Froggy hier Protegés, und das verlängert mein Leben als Schauspieler wie eine Herzverpflanzung und dehnt meine eigenen frühen Begabungen und meine frühere Ausbildung in die Zukunft, ins Unendliche aus.«

»Wahrscheinlich verstehst du überhaupt nichts von alledem«, sagte er dann und bot mir noch eine Zigarette an. »Du bist noch viel zu jung.«

Ich denke mir: Der Typ ist nie im Leben Schauspieler, nicht mit diesem pockennarbigen Gesicht und 'ner Nase wie 'n Pilz, obwohl er als junger Mann mit vollem Haar und ohne diese Wampe vielleicht gar nicht mal so übel ausgesehen hat. Aber wie er redete, das war wirklich cool. Ich hörte ihm gern zu, und ob er die Wahrheit sagte oder nicht, war mir eigentlich egal. Wenn er sprach, sah er mich direkt an und gab mir das Gefühl, daß ein Scheinwerfer auf mich gerichtet sei, ich mitten auf einer Bühne stünde und man sich alles, was ich sagte, total aufmerksam und unheimlich respektvoll anhörte.

Er erzählte, als ganz junger Mann habe er 1967 mal in einem Streifen mit Jack Nicholson und Peter Fonda gespielt, der *The Trip* hieß, vermutlich irgend so'n Reisefilm, von dem ich aber noch nie gehört hatte; von Jack Nicholson in *Batman* hatte ich aber schon gehört und war natürlich echt beeindruckt. Er fragte mich nach meinen Plänen, ob ich nicht gern ein Fernsehstar in New York City und Hollywood werden würde, aber ich sagte: »Bloß nicht.«

Ich wußte, er war nur so'n alter Schwuler, der mich anbaggerte, was mir nichts ausmachte, weil er so interessant quatschen konnte, aber auch weil ich bei der Aufmerksamkeit, die er mir schenkte, das Gefühl hatte, sozusagen in der Sonne zu schmoren, außerdem hatte er mich natürlich mit Zigaretten versorgt und mir sogar noch ein zweites Stück Pizza gekauft, diesmal mit Salami.

Ich hatte keine Angst vor Buster, jedenfalls nicht um mich, obwohl er viel größer war als ich, denn meist sagt man solchen Typen, was man macht und was man nicht macht, und dann halten sie sich mehr oder weniger dran. Aber ich wußte nicht, was mit der kleinen Froggy ablief. Sie saß am Tisch und schien mit offenen Augen zu träumen, und ich dachte, der Typ gibt ihr bestimmt irgend 'ne Dröhnung, Methaqualon oder Pink Ladies vielleicht, aber wenn ich ihn dazu bringen könnte, sie in Ruhe zu lassen und sich auf mich zu konzentrieren, käme eventuell der Wachmann Black Bart oder so vorbei, würde sie sich schnappen und dahin zurückbringen, wo sie hergekommen war.

Es war wie ein Plan aus einem Film oder einer Fernsehsendung, ich weiß, aber meistens beruhen solche Filme auf Tatsachen. Außerdem fuhr ich auf diesen Buster Brown echt ab, wurde inzwischen komischerweise sogar eifersüchtig auf Froggy – falls also Black Bart nicht kam und sie fand und zum Büro für vermißte Kinder, oder wie das hieß, brachte, war mir das egal, solange ich ihre Stelle bei Buster einnehmen konnte.

»Warum sagt Froggy eigentlich nie ein Wort?« fragte ich Buster, und der schwafelte irgendwas davon, daß Frösche nicht reden, sondern quaken oder einen mit Piepen und Quieken nächtelang wach halten, und dann erzählte er, welche verschiedenen Froscharten es gab, bis ich meine Frage praktisch mehr oder weniger vergessen hatte. So ging er mit Fragen um. Ständig wechselte er das Thema und redete viel über mich, was mich daran hinderte, zu sehr über ihn oder Froggy nachzudenken. Komisch, er war so häßlich, daß man sich neben ihm regelrecht schön vorkam, was ja normal war, andererseits war er aber so klug, daß er andere dazu brachte, sich selber auch klug zu fühlen und nicht dumm, wie es kluge Leute sonst tun, beispielsweise mein Stiefvater oder frühere Lehrer von mir.

Während er so vor sich hin brabbelte, merkte ich, daß Froggy irgendwann vom Tisch aufstand und ihr Tablett mit dem Papierabfall zum Mülleimer brachte. Sie kippte das Zeug rein, stellte das Tablett auf den entsprechenden Stapel und zog los; sie ging durch die Mall zurück zu dem Springbrunnen, wo ich sie das erste Mal gesehen hatte. Sie schlich sich nicht etwa davon, und Buster war es offenbar egal, allerdings glaube ich nicht, daß er sie hatte gehen sehen. Als sie dann weg war, wußte er wohl, daß sie nicht mehr da war, aber seit ich aufgekreuzt war, schien das kleine Mädchen irgendwie nicht mehr für ihn zu existieren, und deshalb interessierte ihn nicht, ob sie weg war oder nicht. Mir war das aus verschiedenen Gründen recht, daher wollte nicht ausgerechnet ich ihn mit der Nase drauf stoßen, daß sich sein Protegé abgesetzt hatte, und fragen, was er denn davon halte. Ich zog sozusagen einfach ein und trat an ihre Stelle.

Ich überlegte gerade, ob Buster wohl high war, so wie er redete, vermutlich Koks, und ob er mich mal probieren ließ, als er mich fragte, ob ich nicht Bock auf Probeaufnahmen hätte.

»Klar«, sagte ich. »Wann?«

»Och, jederzeit. Heute abend, wenn du willst.«

»Klar«, sagte ich, stand vom Tisch auf, kippte wie Froggy den Abfall in die Tonne und ging mit Buster in die Mall hinaus und auf den Ausgang hinter Sears und J. C. Penney zu, wir bewegten uns also in entgegengesetzter Richtung zu Froggy. Jetzt war ich froh, weil sich alles so prächtig entwickelte nach diesem miesen Anfang – daß Russ und ich von den Bikern aus unserer Bude geworfen wurden und er zu seiner Mom zurückging, was für mich nicht in Frage kam, und die Kälte und der Schnee und weder Kohle noch Drogen. Als ich jetzt mit dem coolen Buster Brown bei Sears vorbeischlappte, sah es so aus, als wären alle meine Probleme gelöst, wenigstens vorübergehend.

»Wenn ich mit zu dir gehe«, sage ich zu ihm, »solltest du 'n bißchen Geld rüberwachsen lassen. Für die Probeaufnahmen und so«, sage ich.

»Das kommt drauf an.«

»Worauf?« frage ich und bleibe abrupt stehen, damit er weiß, daß es mir ernst ist.

Darauf er: »Na, auf verschiedene Dinge, Chappie. Beispielsweise darauf, wie sehr die Kamera dich mag. Womöglich bist du absolut unfotogen, auch wenn das bloße Auge deine Schönheit sofort bemerkt. Deshalb spricht man von *Probe*aufnahmen, Chappie. Die mußt du *bestehen*.«

Darauf ich: »Gib mir erst mal zwanzig Piepen im voraus bar auf die Kralle oder such dir'n anderen Protegé. Und Sex mit dir mach ich nich. Kein Ficken oder Blasen. Nur die Probeaufnahmen.«

»Nur die Probeaufnahmen«, wiederholt er lächelnd, zieht einen Zwanziger aus der Tasche und reicht ihn mir. »Du bist ja ein harter Verhandlungspartner, Chappie«, sagt er.

Na ja, ich hatte sozusagen einen guten Lehrer. In diesem Moment muß ich an meinen Stiefvater denken, rufe mir kurz sein Gesicht in Erinnerung, eigentlich eher die Umrisse seines Kopfes im Dunkeln, also nicht wirklich sein Gesicht, und seinen Geruch nach Schnaps und Rasierwasser und das sandpapierne Kratzen von seinem Kinn an meiner Schulter und meinem Hals. Ich denke kaum noch an diese Dinge, es sei denn, meine Mom will mir mal wieder weismachen, wie glücklich ich mich schätzen könne, daß er mein Stiefvater ist, was sie nicht mehr getan hat, seit mich die beiden wegen Diebstahl und Drogenkonsum und so weiter aus dem Haus gejagt haben.

»Wieso hast du eigentlich die vielen Strumpfhosen gekauft?« fragte ich Buster, als wir durch die Tür neben Sears auf den Parkplatz traten. Es schneite inzwischen ziemlich heftig, und auf dem Parkplatz standen kaum noch Autos. In einiger Entfernung schaufelten zwei Schneepflüge in der Gegend rum.

»Strumpfhosen! Wie kommst du drauf, daß ich so was habe?« fragte er und schwenkte die Victoria's-Secret-Tüte in die Höhe.

»Hab gesehen, wie du sie gekauft hast, Mann.«

»Aha, du bist mir wohl gefolgt? Hast Detektiv gespielt, was? Und jetzt glaubst du, du hast mich erwischt«, sagte er. »Bloß hab vielleicht eher ich dich erwischt.« Darüber lachte er, als wäre es ein großartiger Witz.

»Was haste denn, 'ne Freundin oder was?« Wegen der Strumpfhosen glaubte ich allmählich wieder, daß er doch Kanadier war. Hier unten sieht man 'ne Menge Kanadier allen möglichen Kram kaufen, den sie zu Hause nicht kriegen.

»In einer Strumpfhose würdest du echt toll aussehen«, sagt er zu mir.

»Schon klar«, sage ich. »Schlag dir das aus der Birne. Vergiß das ganz schnell, Mann.« Ich fragte ihn, wo sein Wagen stünde, und er antwortete, hinten neben J. C. Penney. Dann fragte ich, wo seine Bude sei, und er sagte, nicht weit von hier. »Gut«, sagte ich, »weil... ich fahr heut nacht nämlich nich mehr nach Kanada.«

Darauf er: »He, null Problemo, Chappie. Null Problemo.«

»Schon klar«, sage ich. Seite an Seite gehen wir weiter, dicht neben dem Gebäude, damit wir vor Wind und Schnee geschützt sind, und als wir an den großen Schaufenstern von J. C. Penney vorbeikommen, fällt mir auf, daß vor uns ein Mann an einer der Auslagen werkelt und jede Menge nackte Schaufensterpuppen herumschiebt. Als wir näher kommen, sehe ich, daß die Puppen sozusagen zerlegt sind, ihre Arme und Hände liegen auf dem Boden, einige haben nicht mal Köpfe und andere keine Haare. Brüste haben sie zwar, aber weder Brustwarzen noch Schamhaare. Sie sehen wie Erwachsene aus, aber irgendwie auch wie Kinder. Dann verschwindet der Typ, der sie aufbaut, durch eine Tür in dem Kaufhaus, um ihnen Kleider oder so was zu holen, und ich bleib am Fenster stehen und sehe mir die vielen Körperteile an.

»Komm schon, Chappie«, sagte Buster. »Für heute abend reicht's mit dem Schaufensterbummeln.«

»Ja, Moment noch«, sagte ich. So hatte ich Schaufensterpuppen noch nie gesehen, völlig nackt, und ihre Arme und Köpfe sahen aus wie abgehackt. Bei dem hellen Oberlicht in dem Fenster erinnerte das Ganze an einen Sezierraum in 'nem Leichenschauhaus. Es war mit Abstand das Scheußlichste, was ich je gesehen hatte, jedenfalls damals, was eigentlich merkwürdig ist, weil ich schon vorher 'ne Menge wirklich ätzender Scheußlichkeiten erlebt hatte.

»Komm schon, wir hauen hier ab«, sagt Buster, als hätte er plötzlich Schiß, wir könnten gesehen werden.

Darauf ich: »Ich glaube, ich will deine Probeaufnahmen nich machen, Mann.«

»Laß den Scheiß, Chappie. Wir haben eine Abmachung.«

»Nein«, sage ich und weiche ein paar Schritte zurück. Ich konnte mich noch immer nicht von den Schaufensterpuppen losreißen. Ich kam mir vor wie in einem Traum und wollte nicht aufwachen, aber neben meinem Bett stand dieser Buster Brown und rüttelte an meiner Schulter.

Und er sagte: »Da wären noch meine zwanzig Dollar, Kleiner.«

In diesem Moment machte ich kehrt und raste los. Ich lief den Weg zurück, den wir gekommen waren, vorbei an Sears, auf den Eingang der Mall zu, ich hörte Busters Füße hinter mir herstampfen und ihn brüllen: »Du kleiner Drecksack! Gib mir mein Geld zurück!«

Buster war eindeutig stinkig und für einen alten Knacker ziemlich gut zu Fuß, weshalb er nur ein paar Schritte hinter mir war, als ich durch die Tür rannte. In der Nähe war niemand zu sehen, nur ganz weit hinten beim Springbrunnen, aber ein Stückchen weiter weg entdeckte ich ein »Notausgang«-Schild und eine Tür, die ich vielleicht hinter mir abschließen konnte, sobald ich durch war. Ich lief hin, riß sie auf, rannte durch und schmiß sie in dem Moment ins Schloß, als Buster dort ankam. Allerdings war sie von innen nicht zu verriegeln, weshalb ich den Griff festhielt und mich dagegenstemmte, während Buster von der anderen Seite zog, bis ich sie schließlich nicht mehr zuhalten konnte, losließ und Buster der Länge nach hinschlug.

Ehe er sich aufgerappelt hatte, zog ich die Tür wieder zu und raste durch einen langen schmalen Korridor. Wie in einem Videospiel-Labyrinth gingen von dem Hauptgang Türen und andere Flure ab, und wegen der vielen Neonröhren war es sehr hell, aber Menschen sah man keine. Irgendwann blieb ich stehen, linste um eine Ecke zurück und lauschte nach Buster. In einiger Entfernung hörte ich Schritte, jemand lief, aber ich wußte weder, ob es nur tropfendes Wasser war oder tatsächlich er, noch wußte ich, ob er in die Gegenrichtung lief oder mich jeden Moment von hinten anspringen würde. Ich wußte nicht mal, wie ich wieder in die Mall zurückkommen sollte, wo die Leute waren.

Als ich wieder zu laufen anfange, komm ich mir vor wie ein kleines Kind, das sich auf irgendeinem Rummel im Spiegelkabinett verlaufen hat, und gerate in Panik. Ich gehe durch einen Flur, biege links ab, komme in eine Sackgasse, mache kehrt und gehe denselben Weg zurück, den ich gekommen bin. Gleich darauf renne ich durch einen anderen Flur, und als ich durch eine Tür hetze, an der »Ausgang« steht, bin ich in einem Flur, der genauso aussieht wie der, aus dem ich gerade gekommen bin. Mittlerweile bin ich völlig planlos. Man könnte meinen, ich wäre vom Planeten Erde entführt und auf'm neuen unbewohnten Planeten abgesetzt worden. Ich glaube, es fehlte nicht mehr viel und ich hätte losgeheult.

Auf einmal stieg mir Essensgeruch in die Nase. Als ich eine Tür vor mir aufstieß, hätte ich beinahe ein riesiges Büfett aus rostfreiem Stahl umgeworfen, das mit allen möglichen dampfenden Gerichten in großen Pfannen beladen war. Ich bin zwar wieder in der Mall, aber mitten im Restaurantbereich hinter dem Tresen von dem China-Imbiß »Wang's Pavillon«, und drei Chinesen und eine winzige Chinesin starren mich ganz entsetzt an. Alle vier brabbeln gleichzeitig auf chinesisch los und fuchteln mit ihren Händen vor sich rum, als wären sie stinksauer.

Ich sag bloß: »Macht mal halblang, Mann, bleibt cool, verdammt, wollt ihr wohl cool bleiben, Herrgott noch mal!« Aber anscheinend verstehen sie kein Englisch. Es war spät, und Kunden hatten sie ohnehin keine in ihrem Laden, trotzdem führten sich diese Leute auf, als wäre ich irgendein ausgeklinkter Terrorist. Ich halte ihnen Busters Zwanziger hin und sage: »Hey, Mann, ich will doch bloß'n bißchen Chopsuey«, und da halten sie 'ne Weile den Mund und glotzen mißtrauisch auf den Schein, als wäre es kein amerikanisches Geld. Doch dann werfe ich einen Blick über ihre Köpfe auf den Platz vor den Restaurants und sehe Buster kommen.

Ich erstarre, und die Chinesen folgen meinem Blick, drehen sich langsam um, und dann sehen sie ihn auch und begreifen wohl, daß er der Bösewicht ist, vor dem ich davonlaufe, denn sie sagen nichts mehr, sondern setzen einfach ihre Arbeit fort, schrubben ihre Pfannen, stapeln Tabletts und so fort. Dann fiel mir auf, daß Buster Froggy den Gremlin dabeihatte. Er hielt sie an der Hand wie eine Flickenpuppe. Sie sah jetzt echt müde aus, als wäre sie eingenickt.

Die beiden gingen langsam an Wang's vorbei, raus aus dem Eß-
bereich und die Mall runter in Richtung Ausgang zum Parkplatz,
und ich sah ihnen noch so lange nach, bis sie aus meinem Blickfeld verschwunden waren. Dann fühlte ich mich unsagbar traurig. Schuldgefühle hatte ich auch, weil mich der Mut verlassen
und ich beim Anblick der Schaufensterpuppen beschlossen
hatte, nicht Froggys Platz einzunehmen.

»Was du wollen?« fragte mich der Oberchinese.

Als ich auf irgendwelche grünen und braunen Teile in einer
Pfanne zeigte, füllte er das Zeug in eine Styroporschachtel, und
ich zahlte und bekam mein Wechselgeld. Gerade wollte ich zur
Vordertür raus, als ich Black Bart durch den Imbißbereich schlen-
dern sah, er wirkte ziemlich stoned, ganz so, als hätte er irgendwo
was zu kiffen abgestaubt. Es war spät, und abgesehen von den
Menschen, die dort arbeiteten, war die Mall leer, und Bart trieb
wie jede Nacht die letzten paar Jugendlichen, die sich dort noch
rumtrieben, und die Penner, die auf den Bänken 'ne Runde ratz-
ten, zusammen und scheuchte sie mit seinem Kifferlächeln in die
kalte verschneite Nacht hinaus.

Aber nicht mich. Mit meiner Essensschachtel huschte ich
durch die Tür hinter Wang's Pavillon und kehrte nach hinten in
das Korridorlabyrinth zurück, durch das ich so lange streifte, bis
ich endlich einen Besenschrank entdeckte, in dem ich schlafen
konnte. Bart fand erst etwa zwei Wochen später heraus, daß ich
Nacht für Nacht dort gepennt hatte. Inzwischen war mit den Bikern wieder alles in Butter, und Russ' Mutter hatte ihn rausgeschmissen, weil er eines Nachts ihren ganzen Schnaps weggesof-
fen und dann die Wohnung auseinandergenommen hatte, so daß
wir wieder in unsere alte Bude über dem Video Den in Au Sable
zogen. Russ bekam dasselbe Zimmer wie vorher, und ich mußte
auf der Couch im Wohnzimmer schlafen, doch das war mir egal,
ich wußte nämlich, solange mein Stiefvater noch bei meiner
Mutter lebte, würde ich niemals dorthin zurückkehren.

4

Die Adirondack Iron

Anfangs und dann den ganzen Winter über verkaufte ich nur kleine Mengen Dope an die Biker, was cool war, denn damals dealten erstens jede Menge Jugendlicher in Au Sable hauptsächlich in der Schule, wo ich mich sowieso nicht blicken ließ, aber sie trieben sich auch überall sonst im Ort rum, so daß wir wie ein Schwarm Fliegen waren, und eine davon zu sein war nicht besonders riskant, da es so wenig Fliegenklatschen gab. Und zweitens hatte ich nicht das Gefühl, etwas Unrechtes zu tun, auch wenn es verboten war. Besonders dann nicht, wenn ich an die Auswirkungen von dem ganzen Alk dachte, die ich damals bei den Motorradrockern, bei meinem Stiefvater und sogar bei meiner Mom beobachtet hatte, ohne daß ich da jetzt in die Einzelheiten gehen will. Außerdem konnte ich nur so meine Bude in der Wohnung über dem Video Den bei Russ und seinen Mitbewohnern, den Bikern, halten.

Ich selber war damals mächtig am Kiffen, hätte aber problemlos aufhören können, wenn ich einen guten Grund gefunden hätte, was aber nicht der Fall war, denn ständig high sein war immer noch besser als dauernd down, und andere Möglichkeiten gab's für mich nicht. Doch das war cool, solange ich'n Dach überm Kopf, genug zu futtern und Freunde hatte.

Russ war mein Freund. Und auch die Biker waren meine Freunde, wenn auch älter und mehr oder weniger unberechenbar. Russ hatte sich mit ihnen wegen seiner Arbeit im Video Den zusammengetan, wo er schon gejobbt hatte, bevor er die Schule abgebrochen hatte und zu Hause rausgeschmissen worden war, weil er Drogen nahm. Doch es war bloß ein Teilzeitjob, und weil er sich die Wohnung über dem Videoladen nicht leisten konnte, machte er einem Typ, den er kannte, das Angebot, bei ihm einzuziehen; er hieß Bruce Walther und war trotz seines Aussehens ein ziemlich umgänglicher Biker.

Doch bald schleppte Bruce seine Freunde mit in die Wohnung, weil sie so 'ne Art Gang waren, auch wenn er sie Familie nannte. Er betonte das beim Sprechen. »Diese Jungs gehören zur *Familie*, Mann. Scheiße auch, seine *Familie* läßt man nicht im Stich.«

Und so zogen sie ein, immer wieder andere, immer vier oder fünf auf einmal, manchmal mit ihren Freundinnen, die sie Alte oder Pißnelke oder Fotze nannten, dieselben Typen blieben jedenfalls nie lange da wohnen. Die Bude war eine große muffige Dreizimmerwohnung, die hauptsächlich mit kaputten alten Möbeln vollgestopft war, und sie gehörte Rudy LaGrande, dem Boß vom Video Den. Herd und Kühlschrank funktionierten zwar, aber ich weiß noch, daß das Klo im Winter häufig verstopft war. Russ zahlte zwar die halbe Miete, bekam als Zimmer aber nur die Speisekammer neben der Küche, wo er eine Matratze auf dem Boden liegen und seine alte Stereoanlage von zu Hause stehen hatte, außerdem seine Heavy-Metal-Kassetten und seine *Playboy*-Sammlung, und all das benutzten die Biker ganz nach Belieben, weshalb Russ die Tür abschloß.

Daß mich meine Mom und Ken wirklich nicht mehr sehen wollten, stand fest, und so ließ ich mich dauerhaft auf dem versifften alten Sofa im Wohnzimmer nieder, was in Ordnung war, solange die Biker nicht gerade die Sau rausließen, wie so oft, und soffen, bis sie irgendwann auf meiner Couch umkippten und Löcher reinbrannten oder im Schlaf kotzten. Manchmal, wenn sie sich mit Speed zudröhnten, rasteten sie aus, so daß Russ und ich in seinem Auto oder sonstwo pennen mußten, doch solange ich die Biker mit Stoff versorgte, durfte ich umsonst und alles in allem ungestört in der Bude wohnen, daher beschwerte ich mich nicht. Ich mußte das Gras mehr oder weniger zum Selbstkostenpreis abgeben, damit die Biker es nicht von anderen Jugendlichen oder direkt bei Hector, dem Latino, kauften, der es nur als eine Art Großhändler in Sandwichtüten an Jugendliche abgab, weil das für einen Dealer in 'ner Kleinstadt die sicherste Methode ist. Doch es gelang mir trotzdem, ab und zu ein bißchen Knete und gelegentlich ein Tütchen für mich abzuzweigen. Außerdem brauchte ich damals nur Geld zum Rauchen und fürs Essen, das ich mir meistens in der Mall reinzog, denn wenn ich irgendwas mit auf die Bude brachte, aßen es die Biker. Ich war ganz klar ein Kleindealer und obendrein meistens pleite, aber sehr gefährlich oder irgendwie verwerflich war das alles nicht, und meine materiellen Bedürfnisse waren gering.

Und für einen Jungen ohne Zuhause führte ich ein ziemlich interessantes Leben. So sorgten die Biker immer dafür, daß man wachsam blieb. Bruce war so was wie der Oberbiker, weil er im Golfkrieg gewesen war und 'ne Menge über Araber, das Leben in der Wüste und Waffen wußte, und er hatte überall auf Brust und Rücken und die Arme rauf und runter diese unglaublichen Tätowierungen von Arabern mit Schwertern zwischen den Zähnen und Haremsdamen und all so'n Kram. Den ganzen Tag lang stemmte er in Murphys Fitneßstudio Gewichte, behauptete, dort Trainer zu sein, trieb sich aber bloß da herum und durfte die Gewichte gratis benutzen, weil er als gute Reklame galt. Seine Arm- und Brustmuskeln waren so groß wie Schinken, und deswegen und wegen seiner Tätowierungen trug er fast nie ein Hemd, außer wenn er im Winter ins Freie ging, dann zog er seine Lederjacke an, ließ aber den Reißverschluß offen. Für einen Menschen besaß er einen unglaublichen Körper, als stamme er vom Gewichtsheberplaneten, er hatte riesige Ringe in den Brustwarzen und rasierte sich mehrmals in der Woche seine Brust- und Bauchhaare. Normalos machten Bruce immer jede Menge Platz, den er sich auch nahm, als würde er ihm sowieso zustehen, als wäre er ein Bulle, und das, obwohl er Bullen haßte und sie Schweine nannte. Bruce verwendete eine ganze Menge von diesen alten Hippie-Wörtern.

Ich glaube, er war der klügste von den Bikern, die als Gruppe nicht besonders clever waren. Russ war clever. Jedenfalls cleverer als ich und sogar als Bruce, aber ich war natürlich noch zwei Jahre jünger als Russ, Bruce dagegen war schon um die Dreißig. Intelligent oder nicht, Russ war damals erst sechzehn und mußte sich daher nicht nur von Bruce, sondern von allen Bikern echt viel Scheiß gefallen lassen, und zwar oft ziemlich üblen Scheiß; als sie sich beispielsweise einen dieser alten Bikerfilme angesehen hatten, mußte er sich eines Abends mitten auf den Grand-Union-Parkplatz stellen, während sie mit ihren Harleys Achten um ihn herumfuhren, um rauszufinden, wer ihm am nächsten kam, ohne ihn zu rammen. Ich saß in Russ' Camaro, sah zu und hoffte inständig, daß ihnen nicht einfiel, daß ich auch noch da war, was zum Glück nicht passierte, denn sie waren zu weggetreten und drauf versessen, Russ zu quälen, der ihnen wohl auf die Nerven ging, weil er so clever war und weil der Typ vom Video Den den Mietvertrag auf seinen Namen ausgestellt hatte, so daß Russ die Miete kassieren mußte. Außerdem redete Russ gern zu viel und großspurig, vor allem, wenn er Schiß hatte, und vor den Bikern hatte er oft Schiß, und dafür bestraften sie ihn dann auch noch gern.

Wenn man als Kind mit großen Tieren zu tun hat, gewöhnt man sich an, entweder das kleine Tier zu spielen oder Leine zu ziehen. Russ fiel es schwer, das kleine Tier zu mimen, er hatte aber wegen seiner alten Freundschaft mit Bruce, wegen seines Jobs und der Wohnung die Biker am Hals, und ich hatte, wegen meiner Situation zu Hause und weil ich für einen festen Job noch zu jung war, Russ am Hals, also *waren* wir, wie Bruce sagte, gewissermaßen eine Familie, ob wir nun wollten oder nicht, ganz so wie es in richtigen Familien auch ist.

Natürlich hätte es immer noch schlimmer kommen können, deshalb klagten Russ und ich nicht und gingen auch nirgendwo anders hin. Die Stadt Au Sable war so was wie unser Heimatstützpunkt. Hier lebten unsere Eltern, hier waren wir mal kleine Kinder gewesen und hatten mit ihnen zusammengewohnt. Außerdem hatten wir hier unsere Freunde. Hier und oben in der Mall von Plattsburgh.

Die Biker fuhren ausnahmslos Harleys oder hatten vor, sich demnächst eine zuzulegen. Alles andere war Japsscheiß oder Krautscheiß oder Britenscheiß. Ihnen gefiel nur Amischeiß – röhrende Harleymotoren. Bruce sagte immer, Harleys seien Stahlrösser, Mann. Verdammte Stahlrösser. Er wiederholte sich gern, wahrscheinlich, weil er sonst nur mit Leuten redete, die's beim erstenmal nicht rafften. Weil er so aufs Gewichtheben fixiert war, hatte er die Biker »Adirondack Iron« genannt, und das hatten sie sich auf ihre Lederjacken gemalt und verkehrt rum auf die linken Unterarme tätowieren lassen, so daß man es lesen konnte, wenn sie den Arm zum Gruß hochstreckten, als wären sie 'ne richtige, ernsthafte Motorradgang oder so 'ne ausländische Skinhead-Band. Sie wirkten besser organisiert, als sie waren. Sie redeten, als ginge es in ihrem Leben einzig und allein darum, zu den Adirondack Irons zu gehören, was ja stimmen mochte, aber einige von ihnen hatten irgendwo 'ne Frau und sogar Kinder, die sie gelegentlich besuchten, wenn ihnen das Geld ausging.

In Wirklichkeit waren die Adirondack Iron und bis zu einem gewissen Grad auch Bruce allesamt Arschlöcher, die keine richtige Arbeit kriegten, weshalb sie die ganze Nacht durchsoffen und tagsüber schliefen oder einfach auf der Veranda hinter dem Haus herumlümmelten, um sich Russ' Kassetten anzuhören, oder auf dem Hof an ihren Maschinen schraubten. Sie waren wie Hunde, und Bruce war der Rudelführer, so was wie 'n deutscher Schäferhund oder einer dieser großen Huskies aus Alaska. Er traf Entscheidungen und erteilte Befehle, die von den anderen entweder befolgt oder geflissentlich ignoriert wurden.

Roundhouse, einer der Typen, der mir mal gestanden hatte, er heiße eigentlich Winston Whitehouse, war unglaublich fett und hatte sich, wie er behauptete, seit der dritten Klasse nicht mehr die Haare geschnitten und sich noch nie rasiert oder den Bart gestutzt, so daß er mittlerweile wie ein Yeti aussah. Roundhouses gesamter Körper war von den Augen bis zu den Zehennägeln, einschließlich Hals und Arme von den Schultern bis zu den Händen mit einer Art Pelz bedeckt, und wenn er aufstand, rechnete man damit, einen Schwanz zu sehen. Er war aus New Hampshire oder so ähnlich, wo sein Onkel ein berühmter Mörder war, und wenn Roundhouse nicht mit seinem Onkel angab, redete er bloß vom Ficken und Blasen, als könnte er nicht genug davon kriegen. Er hatte einen Stapel geklauter Kreditkarten, die er ausschließlich für Telefonsex mit Asiatinnen einsetzte. »Wähl-'ne-Japse« nannte er das, sein schönstes Freizeitvergnügen, aber sobald echte Frauen in der Nähe waren, stöpselte er seine Kopfhörer in Russ' Anlage, soff sich einen an und knackte irgendwann weg. Allerdings hatte er eine echte kirschrote, vielbewunderte 67er Electra Glide; dieses Motorrad liebte er heiß und innig, und wenn er nicht mit dem Telefon auf dem Klo hockte und sich einen runterholte, baute er unten im Hof seinen Bock auseinander und wieder zusammen. Eigentlich war er harmlos und gutmütig, und gleich nach Bruce, den ich wegen seinen Muskeln irgendwie bewunderte, mochte ich Roundhouse noch am ehesten.

Dann war da aber noch ein gewisser Joker – seinen richtigen Namen habe ich nie erfahren –, ein kleiner untersetzter Kerl mit 'm Kopf wie 'n Spaten, winzigen platten Augen und Unmengen von Narben im Gesicht. Er hatte einen weißgebleichten Bürstenhaarschnitt, und seine Tätowierungen bestanden alle nur aus Wörtern, »Megadeth« und »Terminator« und »Suck«, ja sogar ein paar ganze Sätze wie »Leck mich« und »Satan lebt«. Ich glaube, alle Biker waren bewaffnet, aber Joker hatte die meisten Knarren, und die reinigte, polierte und tätschelte er so gern wie die anderen ihre Maschinen, was wohl nur zu verständlich war, denn er besaß keinen eigenen Bock, sondern hatte immer nur vor, sich demnächst einen zu kaufen. Er hatte eine wirklich coole kleine blaue Smith & Wesson Ladysmith, Kaliber .38, die er seine Muschibüchse nannte, und eine riesige einschüssige 44er Magnum von Thompson mit 'm 16-Zoll-Lauf, die für ihn seine Schwanzwumme war.

Doch im allgemeinen gab Joker selten ein Lebenszeichen von sich und sprach mit kaum jemandem, am allerwenigsten mit mir; trotzdem war er der Biker, vor dem ich ständig Schiß hatte, auch wenn er nicht zugedröhnt war. Um seinen Hals, der ihm direkt von den Ohren bis an die Schultern reichte, trug er ein schweres Ketten-Würgehalsband, falls irgend so ein Idiot trotz der Tattoos und Waffen immer noch nicht begriffen hatte, was Sache war. Wenn Bruce sich langweilte, schnappte er sich manchmal Jokers Kette, zog fest daran und rief: »Bei Fuß, Joker! Bei Fuß!« Dann knurrte Joker, schnappte und sabberte und riß an der Kette, bis er im Gesicht rot anlief und kaum noch Luft bekam, und wenn Bruce losließ, zog er sich keuchend und winselnd zurück, als habe man ihn gemeinerweise um eine 1-A-Zerfleischung betrogen.

Aber ich kam ganz gut durch den Winter, weil sich mein Stiefvater – vermutlich dank meiner Mom – dazu durchgerungen hatte, mich wegen meines weihnachtlichen Ladendiebstahls nicht den Bullen zu übergeben, solange ich keine Anstalten machte, wieder bei ihnen aufzukreuzen, was eigentlich komisch war, denn die Bullen hatten mich meinen Eltern nur unter der Bedingung mitgegeben, daß ich wieder zu ihnen zog und die achte Klasse wiederholte. Die neue Regel hieß einfach: Belästige weder deine Eltern noch die Polizei, sonst hetzen die einen die anderen auf dich. Ich mußte lediglich beiden aus dem Weg gehen und keinen von beiden auf mich aufmerksam machen, indem ich etwa wieder zur Schule ging, wo mich sowieso keiner haben wollte. Was nicht schwer war, da beide gern in die andere Richtung schauten, sobald ich ihr Blickfeld kreuzte – meine Eltern, weil sie wegen meinem Benehmen, meinem Drogenkonsum und meinem generell flippigen Äußeren ständig knatschig waren und sich meiner schämten, jedenfalls meine Mom, und die Bullen, weil ich als Krimineller mehr Arbeit als Ruhm brachte, bloß noch einer von diesen obdachlosen bekifften Aussteigern, der kleine Mengen Dope unter das Volk mischte.

Doch selbst die Bullen wissen, daß ein bißchen Gras keinem schadet. Wenn sie einen festnehmen, wollen die meisten sowieso bloß was für sich selbst abziehen, und wenn sie dir erst deinen Stoff abgeknöpft haben und du ihnen die Stiefel leckst, versprichst, nie wieder zu kiffen, und ihnen auf Knien dankst, weil sie dich vor einem Leben in Sucht und Verbrechen bewahrt haben, behalten sie deine Drogen und lassen dich laufen. Falls sie nicht noch wegen irgendwas anderem hinter dir her sind, lohnt sich der ganze Papierkram einfach nicht. Meiner Erfahrung nach gilt das fürs ganze Leben: Wenn man den Papierkram nicht wert ist, lassen einen die Erwachsenen in Ruhe. Außer den wirklich dämlichen Leuten und natürlich den Geisteskranken, denen es ums Prinzip geht. Die machen einem das Leben schwer.

Es war Frühlingsanfang und nachts immer noch eisig kalt, aber die Tage wurden wärmer, und allmählich schrumpften die alten grauen Schneeverwehungen, und die unzähligen Haufen gefrorener Hundekacke und auch der Müll, sämtliche Papierabfälle und alle verlorenen Klamottenteile der letzten Monate kamen überall in der Stadt aufgetaut und durchweicht wieder zum Vorschein, besonders aber in unserem Hof hinter dem Video Den.

Nicht gerade meine Lieblingsjahreszeit. Im Winter sorgt der Schnee dafür, daß die Wirklichkeit irgendwie sauber und weiß ist, aber im Frühling sieht man alles viel zu sehr so, wie es ist. Wenn das feste Eis schließlich schmilzt, läßt es tierisch viele tiefe Schlaglöcher zurück und Spalten in den Straßen und auf den Bürgersteigen, und die Schneewehen hinterlassen riesige, schwarze, ölige Wasserpfützen. Der gefrorene Boden taut und verwandelt sich in tiefen Matsch und schlabbriges totes Gras.

Die Nächte sind noch okay, weil man nicht viel sieht, und außerdem ist es so kalt, daß alles wieder gefriert, aber tagsüber wird der Himmel immer blaßgelb wie eine alte Matratzenfüllung.

Das gibt ein unheimliches Licht, und die Stadt sieht aus, als hätte sie gerade einen hundertjährigen Krieg hinter sich und alle hätten vergessen, wofür sie gekämpft haben, und deshalb fällt es ihnen schwer, nun, wo alles vorüber ist, noch die rechte Begeisterung aufzubringen.

Vermutlich wegen des langen Winters und weil sie so viel im Haus bleiben mußten, hatten sich die Biker in letzter Zeit Slamdancing angewöhnt. Es war mehr Stoßen als Tanzen, und sie brauchten nicht mal Musik dazu, sondern schlurften einfach wie ein Haufen Frankensteins durch die Wohnung und stießen dabei ihre Körper gegeneinander oder sprangen mit beiden Beinen auf den Fußboden, was wegen ihrer Motorradstiefel einen Heidenlärm machte und alles in allem ziemlich angenehm war. Damit meine ich angenehm für sie und für mich auch, obwohl ich selbst nie mitmachte, sondern nur von der Küchentür aus zusah und mich bemühte, ihnen nicht in die Quere zu kommen, und immer sprungbereit war, um mich notfalls aus dem Staub zu machen.

Eines Abends waren wir so stoned wie selten, echt schwer bedröhnt, und es waren zwei annehmbare Bräute dabei, die Bruce und Joker drüben in Keene bei Purdy's aufgabelt hatten, was 'ne respektable Kneipe ist, kein Bikerschuppen, und um sie zu beeindrucken, fingen die Typen irgendwann an, große Tequilas und Bier in sich reinzuschütten, und Roundhouse hatte seine alte, wirklich wüste Pearl-Jam-Kassette in Russ' Recorder geschoben und mit Slamdancing angefangen. Ihm fiel wohl keine andere Methode ein, um die Bräute auf sich aufmerksam zu machen. Er wurde ziemlich wild, die vielen Haare und das ganze Fett hopsten, wummerten und prallten auf den Fußboden, und als das die Frauen offenbar anmachte und sie es lustig fanden, machten die anderen Typen mit, und im Handumdrehen knallten alle gegeneinander, während die Frauen zusahen.

Die Bräute waren eindeutig keine Schlampen, aber auch nichts Besonderes. *Keine* Babes. Sie hatten einen eigenen Wagen und waren über Dreißig, praktisch im Alter meiner Mutter und genauso rund um die Mitte und fettärschig wie sie, aber mich fanden sie echt süß. Christie hieß die, die sagte, daß ihr mein Irokesenschnitt gefiel, und sie hatte ein »Fuck You I'm From Texas«-T-Shirt an, aber keinen BH, so daß man ihre Brustwarzen sehen konnte, was cool war, und die andere, Clarissa, trug ein T-Shirt mit der Aufschrift »Mein nächster Mann wird normal sein«, aber sie zog sich gleich Bruces Lederjacke an, so daß ich nicht spitzkriegte, ob sie 'n BH anhatte. Bruces Brustwarzen konnte man allerdings sehen, da er wie üblich kein Hemd trug, und seine kleinen goldenen Brustwarzenringe auch, deren Anblick mich immer nervös machte, doch wenn man die nicht ansah und so klein war wie ich, mußte man entweder auf seinen rasierten Bauch, seinen Brustkorb oder seine Tattoos glotzen, deshalb versuchte ich, ihn besser gar nicht anzusehen. Aber dann brüllte er immer gleich los: »Scheiße, was is eigentlich los mit dir, Chappie, hast du irgendwas? Guck mich gefälligst an, wenn ich verdammt noch mal mit dir rede, Chappie.«

Darauf ich: »Ey, alles easy, Alter«, und starre ihm in die Augen, die so blau und kalt wie die von Joker sind, aber schön, und dann lächelt er zu mir runter, als habe er einen bedeutenden Gegner aus dem Rennen geschlagen, dabei hätte er mich wie einen Floh zerquetschen können, wenn er gewollt hätte.

Die Musik war mächtig laut, Pearl Jam ist zwar Grunge, aber laute Grunge-Musik, auch wenn man sie leise stellt, und die Adirondack Iron hatten die Lautstärke sowieso voll aufgedreht, so daß ich mir allmählich Sorgen machte, ob der Boden bei all dem Slamdancing schlappmachen würde, als ich mich plötzlich umdrehe und ein ziemlich angesäuerter Russ hinter mir durch die Tür kommt. »Verflucht noch mal, Ruhe hier oben!« brüllt er. »Die Alte ist unten und kocht vor Wut!«

Die Alte war Wanda LaGrande, die Frau von Rudy, dem das ganze Gebäude und der Video Den gehörte und der den Rest vermietete; allerdings stand abgesehen von unserer Bude alles andere ständig leer, was an dem baufälligen Zustand des Gebäudes und wohl auch daran lag, daß sich die Adirondack Iron hier eingenistet hatten. Und die Wohngegend war auch nicht erste Sahne.

Bruce hört mit dem Herumhopsen auf, kommt rüber, legt seinen mächtigen verschwitzten Arm um Russ' magere Schulter und sagt: »Was steht an, kleiner Mann? Das is 'ne Party, Mann. Is 'ne verdammte Party. Reg dich ab, okay?«

Russ windet sich aus dem Arm und meint: »Die Alte unten hat mich wegen der Miete angemacht und faselt wieder was von Zwangsräumung, falls wir nich 'n paar Kröten rausrücken, und jetzt nehmt ihr ihr die Entscheidung ab. Ernsthaft, Mann, ich brauche Kohle von euch«, sagt er.

Bruce lächelt sein typisches Lächeln, greift nach unten, hebt Russ hoch wie ein Plüschtier, das er auf dem Rummel gewonnen hat, und küßt ihn auf die Nase. Immer noch lächelnd sagt er: »Am Arsch, kleiner Mann« und springt dann wieder zu der Gruppe zuckender Slamdancer, läßt sie mit seinen muskulösen Schultern gegen Wände und Möbel prallen. Clarissa, die Bruces Jacke trägt, sitzt mit 'ner Dose Genny in der Hand in einer Ecke, winkt mich zu sich und klopft neben sich auf den Boden, damit ich rüberkomme. Kein Zweifel, sie sah inzwischen weniger wie meine Mom und mehr wie ein Babe aus.

Doch dann sagt Russ zu mir: »Komm runter, Mann. Wanda steht auf dich, vielleicht kriegt sie bessere Laune und kommt auf andere Gedanken, wenn du dabei bist.«

Ich denke mir: Na schön, warum nicht, schließlich isses ja auch meine Bude, und ab und an muß ich auch mal ein bißchen Verantwortung übernehmen, und so gehen wir gemeinsam die wacklige Außentreppe runter zum Video Den. Wanda tat gerne so, als hätte ihr Mann sie mit der Geschäftsführung des Video Den betraut, doch in erster Linie war sie eine planlose Alte, mit einem Säufer verheiratet, der sie gelegentlich losschickte, damit sie die Tageseinnahmen aus der Kasse holte und so viel Miete einsammeln ging, wie sie bei Russ abstauben konnte, um dann Alk davon zu kaufen. Sie waren wohl beide schon mehrmals verheiratet gewesen und inzwischen mehr oder weniger aus Bequemlichkeit zusammen. Zum Glück redete sie für ihr Leben gern über Dickdarmkrebs, weil ihr Vater, etliche Brüder und Exmänner daran gestorben waren, und meist brachte Russ sie dazu, endlos lange Vorträge über Dickdarmkrebs zu halten, bis sie vergaß, nicht nur die Miete zu kassieren, sondern manchmal sogar die Kasse zu leeren, was es Russ und mir leichter machte, 'n bißchen Knete abzuzweigen, ehe wir den Rest abends bei der Bank einzahlten und hinterher konnte er immer behaupten, sie hätte es genommen, als sie im Laden war.

Weil sie seit 'm halben Jahrhundert betrunken waren, hatten Leute wie Wanda und Rudy LaGrande ein sehr kurzes und unzuverlässiges Gedächtnis, könnte man sagen, und wenn man sie nicht zu sehr gegen sich aufbrachte, konnte man daraus leicht Kapital schlagen. Russ fuhr drauf ab. Ich weniger, ja, irgendwie mochte ich ihre Krebsgeschichten sogar. Sie fing immer ganz am Anfang an, als ihr Vater oder Bruder oder sonstwer noch gesund war und nichts ahnte, und endete mit all diesen ekelhaften Einzelheiten über seinen schmerzhaften und unheimlich langwierigen Tod, was cool war. Das sollte dazu führen, daß man heilfroh war, nicht selbst an Dickdarmkrebs zu leiden, und bei mir hat das auch voll funktioniert. Nachher freute ich mich riesig, daß ich so was nicht hatte, und das machte sie glücklich.

Doch an diesem einen Abend war Wanda zufällig ungewöhnlich heftig mit der Welt im Zwist und ließ sich auch nicht dadurch ablenken, daß anscheinend jemand Interesse an ihren Dickdarmkrebsgeschichten zeigte, nicht mal mein Interesse reichte. Draußen war es kalt, um die siebzehn Grad unter Null, und es ging ihr ziemlich gegen den Strich, daß ihr Mann Rudy sie mitten in der Nacht losgeschickt hatte, um Kohle und frischen Alk zu besorgen, bevor die Schnapsläden schlossen, und um ihre Wut an jemandem auszulassen, hatte sie im Video Den die Geschäftsführerin raushängen lassen und Russ in jeder Hinsicht das

Leben schwergemacht. Außerdem hatte sie der Lärm von oben offenbar daran erinnert, daß wir volle zwei Monate mit der Miete im Rückstand waren. Darum war Russ raufgekommen, um die Jungs zur Ruhe zu bringen.

Doch als wir durch die Tür kommen, steht Wanda hinter der Theke, vor sich die leere Geldschublade der Registrierkasse, und kaum sieht sie uns, schmeißt sie Russ' Wildlederjacke nach ihm. Eigentlich war es ja meine, die von meiner Mom, aber ich hatte sie Russ für fünfundzwanzig Piepen verkauft, die ich in 'ne halbe Tüte Gras investieren wollte, immer unter der Voraussetzung, daß ich sie zurückkaufen konnte, sobald ich den Stoff vertickt hatte, was allerdings noch nicht geschehen war. Für die Zwischenzeit hatte mir Russ seine alte Jeansjacke gepumpt.

Da ruft sie: »Russell, du bist ein Dieb! Sieh dir das an! Hier! Da ist kein einziger Cent drin! Nicht einer!«

Wanda ist eine kleine Frau, rund und energisch wie 'ne junge Tussi, mit krausen, schwarz gefärbten Haaren, viel schlecht aufgetragenem Make-up, und sie kleidet sich immer wie für eine Verabredung mit 'm Handelsvertreter, was vermutlich bedeutet, daß sie irgendwann mal recht gesellig gewesen ist. Sie sagt zu Russ: »Zufällig weiß ich genau, daß *Pretty Woman* heute zurückgegeben wurde und hätte bezahlt werden müssen, genau wie einige andere Filme, die ausgeliehen waren, als ich gestern und vorgestern nachgesehen habe. Gib mir deinen Ladenschlüssel, Russell, rück sofort damit raus. Du bist fristlos entlassen.«

Es stimmte, er hatte geklaut. Außerdem wußte ich, daß Russ an dem Tag die Videos nicht ordnungsgemäß ausgeliehen hatte oder für die, die zurückgebracht worden waren, nicht kassiert hatte, sondern wie so oft einen ganzen Stapel an seine Freunde verliehen hatte, im Tausch für einen Job oder gelegentlich auch nur für 'ne Kippe oder um Mädchen zu beeindrucken. Und *Pretty Woman* gehörte zu diesen schnulzigen Liebesfilmen, die Mädchen scharf machten, weshalb er den Streifen von einer zur anderen weiterreichte, seit es ihn auf Video gab.

Mit besonders einschmeichelnder Stimme sagt er: »He, he, also wirklich, Wanda, nun machen Sie mal halblang, der olle Rudy hat *Pretty Woman* ausgeliehen. So was macht er ständig, wie Sie wissen, und er unterschreibt nie und zahlt auch nicht für die Filme. Bestimmt hat er ihn für Sie ausgeliehen. Heute morgen hat er ihn persönlich wieder hergebracht, glaub ich. Bestimmt hat er ihn für Sie mit nach Hause genommen und vergessen, es Ihnen zu sagen, oder ihn im Wagen liegen lassen, oder Sie beide waren zu beschäftigt oder…«

»Erspar mir deine Ausreden!« brüllt sie. »Du willst doch nur das Thema wechseln. Hau bloß ab hier, Russell«, fährt sie fort, inzwischen ruhiger geworden. »Raus! Samt all deinen Freunden da oben, dieser verdammten Motorradrockerbande. Schaff sie raus, Chappie. So leid es mir tut, du auch. Raus!«

»Schön und gut, das ist leichter gesagt als getan«, sagt Russ und sieht zur Decke rauf, die total bebt und mittlerweile die ersten Farb- und Putzbrocken verliert. Man konnte Pearl Jam ziemlich gut hören und beinahe sogar die Texte verstehen.

»Untersteh dich, mir zu drohen. Ich könnte jederzeit die Polizei rufen«, sagt sie. »Die schaffen euch raus.«

»Das könnten Sie. Allerdings, und ob. Gewiß könnten Sie die Polizei rufen, Wanda. Aber falls es hier mal brennen sollte, ist die Bude 'ne Mausefalle«, gab er zu bedenken. Dann sagte er zu ihr, wenn die Bullen kämen, würden sie das Gebäude wahrscheinlich für unbewohnbar erklären und räumen lassen, und sie müßte den Laden dichtmachen. »Kein Video Den mehr, Wanda. Nix.«

Das verunsicherte sie. »Verschwindet bloß bis zum Wochenende«, sagte sie. »Ihr alle.«

Russ war eine Weile still und ganz schön down. »Ich bezweifle, daß Sie jemanden finden, der an unserer Stelle da oben einzieht«, sagt er. »Wer sonst sollte diese Bruchbude mieten?«

Sie schürzt ihre orangen Lippen. Sie denkt nach. Dann sagt sie: »Zwei Monate plus diesen Monat, ihr schuldet mir zweihundertvierzig Dollar.«

Genau, und die könne er ihr viel einfacher abzahlen, sagte er, wenn sie ihm nicht kündige, sondern ihm einen Teil der Miete von seinem Lohn abzöge, beispielsweise dreißig Dollar die Woche, dann hätte sie in einem einzigen Monat die Hälfte seiner Schulden von ihm bekommen, und den Rest werde er garantiert von Bruce und den anderen eintreiben. Garantiert.

»Nein«, sagt sie, wild entschlossen. »Du bist und bleibst gefeuert. Du hast uns bestohlen, Russell.« Von nun an werde sie den Laden selbst leiten, sagte sie ihm, und er müsse die Miete halt irgendwie anders aufbringen.

Er stritt sich noch eine Weile mit ihr, aber es kam nichts dabei rum, sie hatte sich entschieden, die Wohnung mußten wir zwar noch nicht sofort räumen, aber Russ war seinen Job los, das stand fest.

Schließlich verließen Russ und ich den Video Den und setzten uns schweigend auf die Hintertreppe. Ich wußte, daß Russ scharf nachdachte, was er sehr gut kann. Er hatte sein Kinn in die Hände gestützt, und es kam sozusagen Rauch aus seinen Ohren.

Ich sagte: »Was haste vor, Mann? Willst du dir drüben in der Mall 'n Job suchen?«

»Genau, Chappie. In der Mall. Da muß man sich ganz hinten anstellen, Mann. Da drehen Leute mit Studienabschluß die Big Mäcs um und schleppen den Müll raus. Vergiß es, Mann.«

»Vielleicht könntest du ja deinen Camaro verticken. Dafür kriegst du leicht deine acht-, neunhundert Mäuse. Vielleicht mehr.«

»Und ob mehr, darauf kannst du deinen Arsch verwetten. Problemlos anderthalb Mille. Aber das kommt nicht in die Tüte, Mann. Zwischen mir und dem völligen Nichts steht nur noch dieses Auto.«

»Also was dann?« Mich trieb mehr als eine diffuse Neugier, denn irgendwie war ich von Russ abhängig, er war zwei Jahre älter und überhaupt. Russ war für mich genau das, was sein Camaro für ihn war: das einzige, was mich vom absoluten Nichts trennte.

»Tja«, sagt er und nickt in Richtung Biker, »da oben stehen 'ne Menge von diesen leeren Wasserpfeifenteilen, du weißt schon, diese Bongs. Vielleicht sorg ich dafür, daß sie mit Gras gefüllt sind. Außerdem hat mir Hector gesagt, wenn ich mit Speed dealen will, hätte er immer welches vorrätig. Diese Typen haben vielleicht kein Geld für die Miete, aber für Alk und Drogen haben sie immer welches.«

»Speed. Herrje, ich weiß nicht«, sagte ich. »Das Zeug hat's in sich, Mann.« Ich dachte: Wenn Russ anfängt, irgendwelche Drogen an die Biker zu verdealen, wird er mich aus dem Geschäft drängen, aber auch, daß Speed zu verscheuern was anderes war als gelegentlich mal 'n Beutel Gras. Damals war ich noch ein Kind und konnte Recht nicht besonders gut von Unrecht unterscheiden, aber da Russ clever war und ich ihm vertraute, sagte ich: »Warum dealst du nicht nur mit Meth, okay? Du verkaufst Speed und überläßt den Kiff mir, Mann. Das ist sozusagen meine Spezialität, weißt du?«

»Na klar. 'türlich, Mann. Das ist cool«, sagte er, überlegte aber angestrengt weiter, machte bereits präzise Pläne, in denen ich vermutlich eher keine Rolle spielte. Außer als sein unfreiwilliger Komplize.

5

Für tot gehalten

Etwa um diese Zeit herum hatte ich wieder Sehnsucht nach meiner Mom. Keine richtige Sehnsucht, weil ich ja wußte, daß sie mich nicht zurückhaben wollte, sondern ich fragte mich, was sie zu gewissen Tages- oder Nachtzeiten gerade machte, während ich so merkwürdige Dinge trieb, daß sie todsicher geglaubt hätte, ich würde daran sterben und in die Hölle kommen, wenn sie davon gewußt hätte. Eigentlich *trieb* ich diese merkwürdigen Dinge ja auch weniger, als daß ich sie mit ansah, aber das hätte meine Mom auch schon versucht zu verhindern. Jeder hätte das getan.

Manchmal wachte ich beispielsweise morgens auf meinem Sofa im Wohnzimmer auf, und einer der Biker, Joker oder Raoul oder Packer, kniete gerade in einer Ecke, die Hose um die Fußknöchel, und nahm irgendeine mir unbekannte Frau von hinten, während sich Roundhouse daneben in einem Sessel lümmelte, sich einen runterholte und dabei eine Flasche Genny hinter die Binde goß. Es war ziemlich widerlich.

Dann zog ich mir die Decke über den Kopf und dachte daran, daß meine Mom wohl gerade aufstand und in ihrem alten Flanellmorgenmantel und den rosa Plüschpantoffeln in die Küche kam, um Kaffee zu machen und Kater Willie zu füttern. Mein werter Stiefpapa schnarchte noch hinten im Schlafzimmer, und in diesen wenigen Minuten, die sie allein war, machte meine Mom die Küchenglotze an, zog sich die Frühstückssendung *Today* rein und ließ Willie auf ihrem Schoß hocken, während sie am Tisch saß, ihren Kaffee trank und ihre erste Kippe rauchte.

Willie fehlte mir wirklich, und manchmal nahm ich mir vor,

ein Kätzchen mit in die Wohnung zu bringen. Zu dieser Jahreszeit gab es überall in der Stadt junge Katzen, und die Leute schenkten einem einen ganzen Wurf, wenn man ihn haben wollte. Aber ich war mir leider nicht so sicher, ob die Biker es nicht umbringen würden. Und so hing ich bloß den ganzen Vormittag auf der Couch rum und trauerte statt dessen dem ollen Willie nach.

Mittlerweile stand Bruce nur mit seinem Suspensorium – so 'nem komischen Hodenschutz – bekleidet in unserer Küche vor der Spüle, wo sich lauter Teller stapelten, die von alten Essensresten total verkrustet waren, und tierisch viele Töpfe rumstanden. Er rasierte sich als Vorbereitung auf seinen täglichen Gewichthebereinsatz in Murphys Fitneßstudio mal wieder die Stoppeln von seinem gigantischen Brustkorb und dem waschbrettflachen Bauch, während sich im Bad irgendein dürrer, grauhäutiger und pickliger Dauerschwäzter, den Bruce am Abend zuvor aus Plattsburgh angeschleppt hatte, einen Schuß setzte, ohne jedoch den Anstand zu haben, vorher die Tür zu schließen. Russ war auf seinem Zimmer, das er von innen abgeschlossen hatte, und schlief bis in den späten Nachmittag, angeblich weil es in der Wohnung nur tagsüber ruhig genug zum Pennen war, aber meiner Ansicht nach nahm er inzwischen selber von dem Speed, das er verkaufte, und verquatschte gern die ganze Nacht mit seinen Kunden.

Auch wenn er nicht high war, stand Russ auf große Themen, Gott und das Universum und so weiter, aber durch das Meth schienen all diese Dinge in einer gewaltigen kosmischen Verschwörung zusammenzuhängen, wie Algebra, nur real, und da ich mich eh nicht für Mathe oder irgendwelche anderen wichtigen Dinge interessierte und mir das alles wegen meinem zarten Alter noch viel zu hoch war, redete Russ lieber mit den anderen Typen, besonders wenn sie auf Speed waren. Für mich war das bloß dummes Gelaber, aber für sie war es Wirklichkeit.

An den meisten Tagen trampte ich zur Mall rüber und hing da mit ein paar Jugendlichen rum, die ich kannte, bis das Einkaufszentrum dichtmachte und uns dieser verdammte Wachmann Black Bart oder einer seiner bescheuerten Helferlein rausschmissen; dann trampte ich wieder zurück nach Au Sable und nahm 'ne Mütze voll Schlaf, und wenn sie nicht gerade wieder Gras von mir wollten, ignorierten mich die Adirondack Iron weitgehend, als wäre ich ihr Maskottchen oder so was. Häufig zogen sie mich wegen meinem Irokesen auf, weil... für sie war das mega-out, aber für mich war es mein Markenzeichen. Daran erkannten mich die Leute.

Einmal wollte ihn Joker abschneiden. »Leg dir 'ne *Glatze* zu, Mann«, sagte er, »du siehst aus wie so'n Scheißhippie. Wer hat 'ne Schere, gebt mir irgend 'ne Scheißschere«, rief er und packte mich am Arm, so daß ich mich nicht bewegen konnte.

Natürlich hatte niemand eine Schere. »Nimm 'n Messer«, sagte einer. »Skalpier das kleine Arschloch. Er sieht sowieso aus wie 'n Scheißindianer.«

»Wenn du meinen Irokesen mähst, Mann, dann schneid ich dir die Eier im Tiefschlaf ab«, sagte ich zu Joker.

Zum Glück war Bruce da und griff ein. Er schnappte sich Jokers Halsband und sagte: »Bei Fuß, Joker. Bei Fuß! Chappie hier ist mein kleiner Kumpel, und mir gefällt er so, wie er ist. Er ist mein kleiner Kampfhahn«, sagte er und zerwühlte meinen Haarkamm.

»Ey, du kannst mich auch mal«, sagte ich; da lachte er, und Joker ließ die Sache mit den Haaren endgültig fallen, trotzdem versuchte er, mir immer wieder Angst einzujagen, wenn er ein Messer in der Hand hatte, was nicht allzuhäufig vorkam, da er lieber mit Schußwaffen rummachte.

Dann trampte ich eines Nacht von der Mall mit so 'm Typ aus der Stadt zurück, der bei Sears angestellt war und auf dem gesamten Heimweg nach Au Sable klassische Musik von einem Sender oben in Vermont spielte, was cool war und ziemlich ungewöhnlich klang, und dabei mußte ich viel an Mom und Willie und mein früheres Leben denken, aber nicht an meinen Stiefvater, weshalb ich unheimlich milde gestimmt war, als ich die Treppe zur Wohnung raufkam. Es war April, der meiste Schnee war geschmolzen, das schwarze, ölige Wasser war in den Fluß abgeflossen, der Schlamm getrocknet, die Luft sogar nachts warm und feucht, ich roch die Knospen der Bäume und Büsche, Flieder und so weiter, und bei dem Rauschen von dem Fluß, der fast einen Kilometer entfernt war, mußte ich aus irgendeinem Grund an Kleinkinder auf einem Spielplatz denken.

Die Tür war seltsamerweise abgeschlossen, so daß ich eine Weile dagegen hämmern mußte, bis sie sich schließlich einen Spalt weit öffnete und Russ rausguckte.

»Ist bloß Chappie«, ruft er nach hinten.

»Scheiße, laß mich rein«, sage ich.

Darauf er: »Momentchen noch« und schließt die Tür wieder ab. Ich warte also, und einigermaßen schnell kommt er zurück und läßt mich in meine eigene Wohnung rein, ein echter Hammer. »Verfluchte Kacke, was geht hier vor?« frag ich. Mir fällt sofort auf, daß es ziemlich dunkel ist. Im Wohnzimmer brennen nur Kerzen, in der ganzen Wohnung sind die Lampen ausgeschaltet.

Russ sagt: »Bleib bloß cool, Mann.«

Wir gehen ins Wohnzimmer, wo schon Bruce und Joker und Roundhouse und zwei andere Typen rumhängen, die in letzter Zeit in unserer Bude gepennt haben, ein gewisser Packer aus Buffalo, der eine Oldtimermaschine fährt, eine 77er FLH, ein Liebhabermodell mit verchromten Auspuffrohren und allen Schikanen, und sein Kumpel Raoul, der einen vergammelten Chevy-Pickup fährt und wie Joker zu den Bikern gehört, die immer irgendwie kraß drauf sind, als wären sie nicht nur auf die Leute sauer, die Motorräder haben, sondern auch auf Typen wie Russ und mich, die gar nicht unbedingt welche haben wollen. Ich konnte damals gerade erst mit Skateboards und BMX-Rädern umgehen, und Russ hatte natürlich seinen Camaro.

»Haste Stoff?« fragte mich Bruce. Überall im Wohnzimmer standen große ungeöffnete Kartons mit Aufschriften wie »Sony

Trinitron«, »Magnavox« und »IBM« rum, und die Jungs saßen da und sahen ziemlich geschafft aus, als hätten sie die Kartons eben erst raufgeschleppt.

Ich hatte in einer Tasche einen Beutel Tropicana für den Eigenbedarf und in der anderen Tasche einen zum Verkauf, darum sagte ich: »Klar« und reichte ihn rüber. »Vierzig Piepen, Mann«, sagte ich. »Das hab ich selbst bezahlt«, sagte ich, was nicht ganz stimmte, weil ich Hector zwanzig dafür gegeben hatte. »Was sind das für Kisten?« fragte ich Bruce.

Keine Antwort. Dann sagte Bruce zu Packer: »Gib dem Kleinen dreißig«, was der zu meiner Überraschung auch tat. Ich dachte mir, ich hätte fünfzig sagen sollen, weil es Tropicana war und kein Zeug, das hier in der Gegend angebaut wird, dann hätte ich vielleicht vierzig gekriegt und von Russ meine Wildlederjacke zurückkaufen können.

Bruce stopfte einen Bong, einen von diesen wasserpfeifenähnlichen Teilen, und sie ließen sich eine Weile volldröhnen, uns gaben sie natürlich nichts ab, was tierisch öde war, darum gingen Russ und ich auf sein Zimmer und teilten uns 'ne Tüte Gras mit Koks. »Was is Sache mit den Kartons?« fragte ich ihn.

»Halt dich zurück, Mann. Du hättest vorhin den Mund halten sollen. Da sind Fernseher drin, Mann. Und Computer und Videorecorder. Alles mögliche. Brandneu.«

Das waren extrem gute Neuigkeiten, weil wir in der Bude weder eine Glotze noch einen Videorecorder hatten; auf einen Computer konnte ich allerdings gut verzichten. Doch ein Videorecorder wär geil, weil ich kein Video gesehen hatte, seit Russ nicht mehr im Video Den arbeitete. Und mir fehlte mein MTV, besonders Nachtsendungen wie »Headbangers Ball« und andere Heavy-Metal-Programme.

Doch die Freizeitelektronik war nicht für unser Privatvergnügen bestimmt, wie ich rasch herausfand. Bruce und die anderen horteten das Zeug, bis sie es einem Typ aus Albany liefern konnten, der ein Lagerhaus hatte und die Geräte als Großhändler an

Araber und Juden verkaufte, die unten in New York City irgendwelche Läden besaßen. Bruce und die anderen wurden nach Gewicht bezahlt. Soviel zu Fernsehern, Computern und so weiter, und die Kartons durfte man nicht öffnen, weil sie später in New York als nagelneu verkauft werden sollten, mit Garantie und allem.

»Woher kriegen sie die?« fragte ich.

»Von Service Merchandise, Mann. Drüben in der Mall.«

»Wahnsinn! Aber *wie* kriegen sie die Dinger? Brechen sie einfach ein und klauen das Zeug?«

»Nee, Mann. Sie holen's direkt von der Laderampe, noch während der Geschäftszeit. Sie sind einfach am frühen Abend mit Raouls Pickup vorgefahren, haben neben richtigen Kunden gehalten, die ihre bezahlte Ware abholten, haben den Wagen vollgepackt, Mann, und sind weggefahren. Dieser Wachmann, der Schwarze, Bart, der hat alles eingefädelt. Es war Bruces Idee, ist sein Ding.«

»Cool«, sagte ich und nahm einen tiefen Zug von dem Joint.

Russ sagte: »Yeah, ich will die Jungs dazu bringen, mir ein Stück von dem Kuchen abzugeben. Da steckt ein Schweinegeld drin, und weil Black Bart als Insider mitmacht, kann man uns unmöglich erwischen, Mann. Vielleicht fällt dabei sogar für dich was ab.«

»Cool«, sagte ich, dachte aber, daß es irgendwie falsch war, in dieser Größenordnung zu klauen. Es war was anderes, wenn ich von meiner Mom so 'ne alte Münzsammlung klaute oder Weihnachten beim Ladendiebstahl erwischt wurde, weil ich ihr ein Versöhnungsgeschenk organisieren wollte. Außerdem war ich für beide Aktionen gleich bestraft worden, und solange ich mich von zu Hause fernhielt, hatte ich deswegen auch kein schlechtes Gewissen mehr. Das hier war etwas anderes und würde entsprechend schwer bestraft werden, deshalb wollte ich nichts damit zu tun haben. Ich hatte in meinem Leben schon genug Mist gebaut und konnte auf mehr von der Sorte verzichten.

Daher klauten also nur Bruce und seine Bande – Joker, Round-house, Raoul und Packer – und Russ, wenn sie ihn mitmachen ließen, Fernseher und anderes Zeug, und eine Zeitlang schlepp-ten sie alle Abende immer mehr neuen Kram in unsere Woh-nung, bis die Bude aussah wie ein Lagerhaus und sämtliche Zim-mer mit den großen Kartons zugestapelt waren, so daß wir drüber wegklettern mußten, um raus- oder reinzukommen. Der Typ aus Albany war wohl noch nicht zur Warenübernahme bereit. Die Tür war immer abgeschlossen, und außer mir und Russ wurde niemand mehr reingelassen, wahrscheinlich weil Bruce und die anderen befürchteten, daß wir womöglich nach Hause zu unseren Eltern gehen und es denen oder der Polizei verraten würden, wenn sie uns rauswarfen, außerdem waren wir mehr oder weniger dafür zuständig, daß ihnen die Drogen nicht ausgingen. Ein oder zwei Biker bewachten ständig die Wohnung, wenn auch meistens stoned oder im Tiefschlaf, und mich und Russ schickten sie Fut-ter und Kippen holen und auf kleinere Botengänge, zusätzlich or-ganisierten wir ihnen Drogen, für die sie ausnahmsweise sogar mal löhnten.

In dieser Zeit kam ein schöner Batzen Knete rein, vermutlich Spesen von dem Typ in Albany, oder vielleicht verkauften sie ne-benbei einen Teil von dem Zeug privat, so daß ich zum erstenmal genug Bares hatte, um mir in der Mall ein paar Vergnügungen zu gönnen, beispielsweise Videospiele oder gelegentlich mal 'n Kino-film. Russ erstand bei Pet Boys eine Garnitur neuer Bezüge aus Schaffell für die Sitze von seinem Camaro, auf denen er gleich in der ersten Nacht mit einer Schülerin von der Plattsburgh High-School vögelte, was er mir später netterweise bis ins kleinste De-tail erzählte. Das klang zwar ganz okay, aber ich war noch nicht soweit.

Russ redete viel über die Fernsehgeräte und den übrigen Kram. Er fand den ganzen Deal echt aufregend und wollte, daß die Bi-ker ihn bei ihren Verbrechen mitmachen und auch mich einstei-gen ließen, aber die Adirondack Iron hatten keinen Bock, Russ oder mir ein Stück von ihrem Kuchen abzugeben, und wurden stinksauer, wenn Russ versuchte, sie dazu zu überreden, besonders Bruce.

Als sie eines Abends mal wieder eine Ladung Kartons in die Wohnung schleppten, lief Russ runter, um ihnen zu helfen, und griff sich eine Kiste, worauf Bruce sagte: »Verpiß dich, Kleiner! Rühr den Scheiß nie wieder an! Verstanden? *Nie wieder!*«

Ich stehe gerade am oberen Treppenende und halte Raoul und Joker die Tür auf, die einen riesigen Zenith-Fernseher mit 68-Zentimeter-Bildschirm in die Bude schleppen, und denke mir, Russ sollte nicht drängen, denn wenn man irgend jemand auf keinen Fall drängen durfte, dann Bruce. Aber Russ läßt nicht locker. Er sagt: »Ey, also echt, Bruce, auf mich könnt ihr euch verlassen, außerdem bin ich sowieso schon euer Komplize. Du könntest mich genausogut beteiligen und wie die anderen für die anstehenden Jobs einteilen. Adirondack Iron, Mann!« schließt er grinsend und streckt den Arm zum Gruß hoch, so daß Bruce seine Tätowierung sieht.

Ich mach die ersten Schritte die Treppe runter, um Russ vielleicht abzulenken oder so was, bevor er sich in zu große Schwierigkeiten reinreitet, aber schon hat Bruce den Karton, den er gerade trug, vorsichtig auf der Ladefläche von Raouls Pickup abgestellt, als wolle er beide Hände frei haben, um Russ nach Strich und Faden zu vertrimmen, und er sagt: »Was zum Teufel soll das heißen, *Komplize?*«

»Na, du weißt schon, ich bin schließlich umgeben von Diebesgut, Mann. Deshalb kann man mich wegen Beihilfe drankriegen. Ich könnte zwar immer sagen, ich hätte nicht gewußt, was in den Kisten ist oder woher ihr sie habt, aber wer weiß, womöglich glauben sie mir nicht.«

»Drohst du mir etwa, du kleines mieses Arschloch?«

»Moi? Mais, keinesfalls, Mann! Ich will bloß genausoviel wie die anderen. Ich gehe ja schließlich das gleiche Risiko ein wie sie. Außerdem könnt ihr Hilfe gebrauchen. Was hältst du von, sagen wir, 'nem halben Anteil? Weil ich ja minderjährig und noch nicht strafmündig bin.«

Bruce sieht mich ein paar Stufen hinter Russ auf der Treppe stehen und sagt: »Wie steht's mit dir, Chappie? Machst du auch mit bei diesem Scheiß? Drohst du mir wie dieses Arschloch hier?«

Da ich Russ nicht in den Rücken fallen will, gebe ich eine Antwort, mit der ich ihm vielleicht helfen kann, ohne mir zwangsläufig zu schaden.

»Er ist doch bloß high, Mann«, sage ich, was in jedem Fall stimmte; Russ hatte den ganzen Nachmittag lang Speed gefressen und war ganz schön auf Touren. »Komm schon, Russ, wir machen erst mal 'ne Pause«, sage ich und packe seinen Arm, doch er reißt sich los.

»Niemand droht hier irgendwem«, sagt er. »Ich verhandle nur, mehr nicht.«

Darauf Bruce: »Ich verhandle nicht mit irgendwelchen abgefuckten Arschlöchern. Ich fick sie. Ich fick sie mit meiner Faust.« Und dabei beugt er sich ganz dicht zu Russ rüber. »Weißt du, was das ist, Kleiner? Ein Faustfick?«

Keine Ahnung, ob er's wußte, ich jedenfalls nicht, aber es klang nicht gerade erstrebenswert, darum sagte ich: »Er weiß es, Mann, keine Sorge, er weiß es. Er ist bloß high«, sagte ich, packte Russ jetzt fest an beiden Schultern und zerrte ihn regelrecht von Bruce weg, obwohl sich Russ diesmal nicht wehrte und insgeheim wohl froh war, daß ich da war und ihn rettete, ohne daß er selber zurückstecken mußte.

Was er natürlich nicht zugab. Er führte sich auf, als hätte ich Bruces Arsch gerettet, nicht seinen. Ich bugsierte ihn auf den Fahrersitz seines Wagens, und bald fuhren wir die 9N am Ausable River entlang in Richtung Jay und Keene, zwei kleine Kaffs, in denen schon längst die Bürgersteige hochgeklappt waren. Russ' Camaro war glücklicherweise das einzige Auto auf der Straße, denn er war nicht nur aufgekratzt, sondern auch wütend; diese Mischung machte ihn zu einem guten Redner, aber jämmerlichen

Autofahrer. Wenn ich mal wieder ins Lenkrad griff und uns zurück auf die Straße manövrierte, die ziemlich schmal und windig war, der gottverdammte Fluß direkt zu unserer Linken, erhob er keinen Einspruch, bemerkte es offenbar nicht einmal.

Russ wollte sich nicht nur rächen, sondern auch noch daran verdienen, und er hatte eine neue Idee, wie wir beides schaffen konnten, wobei ich allerdings mit seiner Verwendung des Wörtchens *wir* ganz und gar nicht einverstanden war.

»Wir müssen folgendes tun«, sagte er, »wir nehmen jeweils einen oder zwei Videorecorder und verkaufen sie selber. Bloß die Videorecorder, Mann. Das fällt denen nie im Leben auf, die Arschlöcher haben ja nicht mal eine Inventarliste. Die Videorecorder brauchen kaum Platz, die verstauen wir in meinem Kofferraum, bis wir sie ausladen können. Wir spezialisieren uns auf Videorecorder, verstehste, und verkaufen einen nach dem anderen zum halben Preis. Neu gehen sie für, na, drei-, vierhundert Dollar das Stück weg. Wir verkaufen sie für hundertfünfzig oder sogar noch weniger. Egal für wieviel, der Reingewinn liegt immer bei hundert Prozent. Den teilen wir, fünfundsiebzig zu fünfundzwanzig, weil mir der Wagen gehört und ich meistens mit den Käufern verhandeln werde.«

»Wem willst du sie verkaufen?« fragte ich und lenkte den Wagen mit der linken Hand zurück auf die Straße, so daß wir gerade noch haarscharf an einem abgestellten Campingbus und einer ganzen Reihe von Ahornbäumen vorbeischlitterten.

»Tja, mal überlegen.« Er überlegte etwa zehn Sekunden lang. »Zunächst mal an Rudy LaGrande«, sagte er dann. »Olle Rudy hat mir immer erzählt, er wollte im Laden Videorecorder verleihen, könne sich aber keine neuen leisten und gebrauchte taugten nix, weil dauernd Reparaturkosten anfielen. Genau, der olle Rudy würde bestimmt mindestens fünf oder sechs nehmen.«

»Bruce wird merken, wenn fünf oder sechs fehlen.«

»Nicht wenn wir immer nur einen aus der Wohnung holen, und zwar von verschiedenen Stapeln. Wir schleppen sie einfach ganz frühmorgens raus, wenn die andern alle schlafen, am nächsten Tag holen wir noch einen und so weiter. Karo einfach.«

»Ich weiß nicht recht, Mann. Bei den Typen ist das riskant. Die sind alle bewaffnet, Mann.«

»Chappo-Baby«, sagte er, »wir riskieren sowieso, hopsgenommen zu werden, also können wir genausogut davon profitieren. Scheiß auf diese Typen, Mann.«

»Ja, aber das ist Diebstahl.«

»Diebe bestehlen ist nicht dasselbe wie Normalos bestehlen. Vergiß nicht, Diebe sind keine Opfer, Mann. Außerdem«, erklärte er, »ist das eine Art Aufstieg. Moralisch gesehen.«

»Was soll das heißen, Aufstieg?« fragte ich, griff wieder ins Lenkrad, zog den Wagen nach rechts und sorgte so dafür, daß wir ein Bahnübergangsschild um vielleicht dreißig Zentimeter verfehlten.

»Vom Dealen zum Stehlen, Mann. Also ehrlich, was ist besser? Denk mal drüber nach. Beides ist verdammt illegal, also was ist besser? Haben dir denn deine Eltern gar nichts beigebracht?«

»Nichts darüber, welcher Unterschied zwischen dem Drogendealen an Biker-Arschlöcher und dem Klauen von Videorecordern besteht, die vorher auch schon irgendwo geklaut wurden«, sagte ich. »Was aber nicht heißt, daß es keinen gibt.«

»Keinen was?«

»Keinen Unterschied, Mann.« Mir fiel ein, wie Russ gesagt hatte, meine Eltern hätten offenbar versäumt, mir so einiges über Recht und Unrecht beizubringen, und daß ich jetzt in meiner Lage das meiste davon selbst rauskriegen müsse. Alle, Russ und die Biker, Black Bart und Rudy LaGrande, wahrscheinlich auch Wanda und dieser abartige Buster Brown aus der Mall, in dessen Pornofilm ich hätte mitspielen sollen, mein Stiefvater und vielleicht sogar meine Mom, alle außer mir glaubten anscheinend, der Unterschied zwischen Recht und Unrecht liege auf der Hand. Für sie war anscheinend all das Recht, womit man ungestraft davonkam, und Unrecht, wenn einem das nicht gelang, aber ich kam mir dämlich vor, weil ich das nicht auch wußte. Es war wie beim Unterschied zwischen dealen mit kleinen Mengen Gras oder dealen mit Speed – es gab einen, das wußte ich, aber ich kannte ihn nicht. Die ganze Geschichte jagte mir Angst ein. Man hatte dabei das Gefühl, wenn man auch nur einen Schritt zu weit ging, könnte man nie wieder zurück und wäre dazu verdammt, von nun an ein kriminelles Leben zu führen. Da jeder zumindest einmal im Leben diesen Schritt machte und etwas Unrechtes tat, waren alle verdammt. Jeder war ein Verbrecher. Sogar meine Mom. Nur als Katze wie Willie oder als kleines Kind wie ich früher war man kein Verbrecher, aber für einen fast ausgewachsenen Jugendlichen wie mich war es fast unmöglich, sauber zu bleiben.

Ich beschloß, daß ich zur Zeit nicht ein noch schlimmerer Verbrecher werden wollte, als ich ohnehin schon war, und sagte zu Russ, ich würde ihm nicht helfen, den Bikern die Videorecorder zu klauen. Er nannte mich Blödmann und Schlappschwanz, war aber im Grunde wohl erleichtert, weil… jetzt konnte er den gesamten Profit allein einstreichen; allerdings mußte ich erst sozusagen eine Art Schweigegelübde ablegen. Woran ich mich auch halten wollte. Auf keinen Fall würde ich meinen besten Freund verpfeifen, eigentlich meinen einzigen Freund, wenn man Bruce und die Biker und ein paar von den Typen nicht mitzählte, die ich aus der Mall kannte.

Wir fuhren eine Zeitlang in der Gegend rum, und dann sagte er, er mache sich Sorgen um mich, weil ich die Gelegenheiten, die sich mir boten, um in der Welt voranzukommen, so einfach an mir vorbeiziehen lasse. »Genau«, sagte ich, »beispielsweise schwerbewaffneten Psychos geklaute Videorecorder klauen.«

»Hier geht's um eine Speditionsfirma, Mann. Mehr nicht. Ich bin Spediteur, und mir isses egal, was ich befördere, woher es stammt und wohin ich es bringe. Damit sollen sich andere rumschlagen.«

»Mir ist es nicht egal«, sagte ich.

»Tja, siehste, das unterscheidet uns beide, Chappo-Baby. Und genau deshalb mache ich mir Sorgen um dich. Du kannst nicht den Rest deines Lebens die Adirondack Iron mit Gras beliefern, Mann. Du mußt an deine Zukunft denken. Bikergangs, die kommen und gehen, Mann.«

Ich sagte: »Yeah«, erwähnte aber nicht, daß genau das der Hauptgrund dafür war, warum ich mir nicht die Adirondack-Iron-Tätowierungen mit dem gepflügelten Helm auf meinen Arm hatte machen lassen, denn Bikergangs kommen und gehen. Die sind *echt* nicht deine Familie.

Danach redeten wir nicht mehr viel, und schließlich wendete Russ in Keene und fuhr zu unserer Bude zurück, wo zu meiner Überraschung Bruce und die anderen offenbar froh waren, uns zu sehen, wohl weil sie während unserer Abwesenheit Schiß bekommen und sich gedacht hatten, wir würden besser auf freundliche als auf grobe Behandlung ansprechen. Sie waren dumm, aber nicht nur dumm. Ich merkte, daß sie nervös waren, weil sie den ganzen geklauten Kram am Hals hatten und zwei Knaben, die wußten, wo das Zeugs herkam.

Gleich am nächsten Morgen in aller Herrgottsfrühe setzte Russ seine Speditionsfirma in Gang. Ich lag auf meiner Couch und schlief, doch als er vorbeikam, wachte ich auf und beobachtete mit einem halbgeöffneten Auge, wie er einen Panasonic-Videorecorder von einem Kartonstapel neben meinem Kopf hob, ihn sich unter den Arm klemmte und aus der Wohnungstür schlenderte, als brächte er den Müll runter. Ich bewegte mich erst, als er weg war, hob dann langsam den Kopf und linste um die Ecke ins Schlafzimmer nebenan, wo Bruce mit dem Gesicht nach unten und, von seinem Suspensorium abgesehen, nackt auf einer Matratze, die auf dem Boden lag, alle viere von sich streckte und schnarchte wie eine Kettensäge. Ich warf einen Blick auf den Stapel Videorecorder neben mir, aber obwohl ich gesehen hatte, wie Russ erst vor ein paar Sekunden einen davon runtergenommen hatte, wirkte der Stapel genauso groß wie vorher, was mich mächtig beruhigte; trotzdem war ich anschließend zu nervös, um wieder einzuschlafen.

Doch keinem der Bande fiel auf, daß etwas fehlte. Am folgenden Morgen wiederholte Russ das Ganze und am nächsten Morgen auch, und sogar als er von zwei verschiedenen Stapeln je einen Videorecorder und an einem anderen Tag einen Laptop nahm, änderte sich nichts. Das Wohnzimmer und die restliche Wohnung wirkten immer noch vollgestopft mit großen ungeöffneten Kartons voller Freizeitelektronik. Ich persönlich merkte natürlich den Unterschied, weil ich gesehen hatte, wie sie weggetragen wurden. Aber die Biker wurden Tag für Tag gegen zehn oder elf allmählich wach und streunten wie immer auf der Suche nach was Eßbarem oder einem morgendlichen Bier und Kippen durch die Wohnung, und keiner merkte, daß was fehlte.

Nur Russ, der fehlte, was sogar die Biker irgendwann so ungewöhnlich und auffällig fanden, daß mich Bruce eines Morgens fragte: »Wo ist dein Kumpel? Hat er 'n Job oder was? Normalerweise hängt der Sack in sei'm Zimmer rum und pennt den ganzen Tag.«

»Scheiße, frag mich mal was Leichteres«, antwortete ich, merkte aber, daß Bruce mißtrauisch war, obwohl er nichts sagte, sondern nur mit seinem Suspensorium bekleidet neben der Küchentür stand, in der Hand ein halbleeres Glas von der pulverisierten Muskelnahrung, die er in einen Liter Orangensaft rührte und jeden Morgen trank. Er hatte sein eigenes Privatglas, das niemand sonst benutzen durfte, das er aber nie spülte, also hätte es sowieso niemand angerührt. Mit dem Fuß stieß er die Tür zu Russ' Zimmer ein Stück weit auf, sah sich drinnen um und rührte dann weiter sein Frühstück um.

»Er hat nicht wie sonst seine Tür abgeschlossen«, sagte er.

»Kommt bestimmt bald wieder«, sagte ich, dachte aber, daß Russ sie wahrscheinlich nicht abgeschlossen hatte, damit sie glaubten, er würde in seinem Zimmer liegen und pennen, statt gerade in Plattsburgh oder sonstwo geklaute Elektrogeräte zu verticken.

»Wenn du ihn heute siehst, finde raus, ob er mir bis heute

abend ein paar Trips besorgen kann. Heute nacht werden wir nämlich das ganze Zeug übergeben«, sagt Bruce. »Und dann mach ich hier 'n Faß auf, Mann.«

»Null Problemo«, sage ich. Den Ausdruck hatte ich von diesem Buster Brown in der Mall aufgeschnappt, und mir fiel ein, daß ich ihn immer dann benutzte, wenn ich eine Scheißangst hatte.

»Ja«, sagt er lachend, kippt sein Orangengesöff runter und wischt es sich mit dem Handrücken vom Kinn. »Null Problemo. Du bist mir schon ein lustiger kleiner Knirps, Chappie«, sagt er und macht ein paar Schritte in Richtung Wohnzimmer. »Ein lustiges kleines Stück Scheiße.« Doch dann ändert sich seine Miene, als sei soeben ein neuer und durchaus nicht willkommener Gedanke bis in sein Hirn vorgedrungen, und er sagt: »Hast du was von diesem Zeug weggeschafft, Chappie?«

»Ich? Absolut nich, Mann. Du hast gesagt, ich soll nichts davon anfassen. Ich hör doch auf dich, Mann.«

»Ja«, sagte er, und dann ging er langsam ins Wohnzimmer, wo ich noch auf der Couch lag, meine Decke bis unters Kinn um mich gewickelt, und er sah sich ziemlich mißtrauisch im Zimmer um. »Irgendwas stimmt hier nicht, Mann. Irgendwas stimmt überhaupt nicht.«

Ich beschließe zu schweigen. Ich denke: Bereite dich aufs Weglaufen vor, obwohl ich nur mit 'ner Unterhose und einem T-Shirt bekleidet bin. In Gedanken gehe ich meinen Fluchtweg durch, zuerst in Russ' Zimmer, das ich von innen verriegeln kann, dann durchs Fenster auf das Dach der hinteren Veranda, auf den Boden und zur Straße raus… und dann weiter?

Es sah ziemlich hoffnungslos aus. Fast wünschte ich, Russ käme hereinspaziert, würde sehen, was vor sich ging, alles zugeben und mich retten, aber ich wußte, daß er das niemals tun würde.

Bruce sagt: »Du und dein kleiner Kumpel, ich glaube, ihr seid da ganz schön tief in die Scheiße getreten, Chappie.«

»Wie meinst'n das?«

»Hier fehlt alles mögliche. Videorecorder, so wie's aussieht. Und 'n paar Laptops. Und eins ist völlig logisch. Alles andere is zu groß für euch zwei kleine Ärsche, das könnt ihr euch nich krallen, ohne daß es einer merkt. Ihr habt mich beklaut, Chappie. Das is 'n Hammer!«

Natürlich stritt ich alles ab, was die halbe Wahrheit war, weil ich Bruce gar nichts gestohlen hatte, und halb gelogen, weil ich behauptete, Russ ebenfalls nicht. »Nicht daß ich wüßte.« Das fügte ich hinzu. Wohl um die Lüge ein wenig abzumildern. Doch kaum hatte ich es gesagt, fühlte ich mich einsam, weil ich mich von Russ distanziert hatte, und dann spürte ich Schuldgefühle, echte Schuldgefühle, weil ich wußte, wie das in Bruces Ohr klingen mußte. Je mehr Macht man hat, desto eher kann man das Richtige tun, nämlich das, wobei man nicht erwischt wird, aber ich hatte damals überhaupt keine Macht, mich erwischte man immer, weshalb ich ständig das Falsche tun und die Wahrheit sagen mußte. Ich war der Arsch vom Dienst und mußte aufpassen, daß nicht immer alle auf mir rumhackten.

»Nicht daß du wüßtest«, sagte er. »Soso, aha. Schönen Dank auch. Eigentlich wollte ich euch beide erledigen, damit ich den Schuldigen auch garantiert erwische, aber jetzt muß ich bloß einen umlegen. Dich habe ich sowieso immer besser leiden können als ihn. Das wird ein Kinderspiel, Russ umzulegen, den kleinen Dreckskerl.«

Joker stand inzwischen neben Bruce und hatte offenbar das ganze Gespräch mit angehört. »Wenn du den einen umlegst«, sagte er, »mußt du auch den anderen umlegen.«

»Tja, wahrscheinlich hast du recht«, sagte Bruce seufzend. »Es sei denn, du bist uns behilflich«, meinte er zu mir.

»Klar. Was soll ich denn machen?«

»Wo ist Russ jetzt?«

Joker lehnte am Türpfosten und spielte mit seiner kleinen blauen 38er, seiner Muschibüchse. Ich hörte, wie die anderen im hinteren Zimmer aufstanden. Roundhouse wankte auf uns zu, rieb sich mit der einen riesigen Faust die Augen und kratzte mit der anderen Krümel und andere Reste aus seinem Pelz. »Was 'n los? Holt Chappie was zu futtern?«

»Die kleinen Arschlöcher haben unsre Fernseher und so was geklaut, Mann«, sagte Joker.

»Wow! Herrje, das is verflucht dämlich von ihnen.«

Bruce fragte mich noch mal, wo Russ sei, und ich antwortete wahrheitsgemäß, ich hätte keinen blassen Schimmer, was er mir wohl auch abkaufte. Weiter behauptete ich, ich hätte noch gepennt, als er abgehauen sei, was zwar gelogen war, aber er nahm es mir auch nicht ab. Immerhin kommunizierten wir beide noch einigermaßen erfolgreich miteinander. Bruce befahl Roundhouse, er solle 'ne Rolle Isolierband aus seinem Werkzeugkasten holen, was der auch tat, und dann wickelte er meine Hände hinter meinem Rücken und meine Füße an den Knöcheln zusammen, hob mich hoch, hievte mich über seine Schulter wie ein Lamm, das zur Schlachtbank geführt werden soll, und trug mich in Russ' Zimmer neben der Küche, wo er mich mehr oder weniger sanft auf Russ' Matratze ablegte.

»Ich hab noch keine Ahnung, was ich mit dir mache«, sagte er. »Wir müssen halt abwarten und sehen, was Russ bei seiner Rückkehr zu seiner Verteidigung vorbringt. Doch so bist du jetzt erst mal aus der Schußlinie.«

Joker stand hinter ihm und sah zu. Als Bruce ging, senkte er den Lauf seiner Knarre dicht an meinen Kopf und machte: »Peng.« Dann ging er lachend mit den anderen zurück ins Wohnzimmer.

Von der Tür aus sagte Bruce: »Wenn du den Mund hältst, kleb ich ihn nicht zu. Nicht einen verdammten Laut, verstanden?«

Ich nickte, woraufhin er ging und die Tür hinter sich zumachte, aber ich hörte, wie sie im Wohnzimmer beratschlagten, was als nächstes zu tun war. Joker stellte gleich klar, daß er erst mich und dann Russ umpusten wollte, aber die anderen waren unentschlossen und wohl auch ein bißchen ängstlich. Sogar

Bruce, der auf 'ne Menge Dinge stehen mochte, aber nicht auf Mord. Insgeheim war er schwul oder S/M oder sonst irgendwas Krasses, weil er gerne Schwule belästigte, wenn er sie in der Öffentlichkeit sah, und sich von Tunten in Parkanlagen oder Busbahnhofsklos einen blasen ließ, um sie anschließend gnadenlos zu vermöbeln und nachher damit anzugeben, und obwohl er Bodybuilding machte und Gesundheitsfutter fraß, war er nicht nur drogensüchtig, sondern auch ein echter Dieb. Aber wenn man nicht gerade so 'n abgedrehter Psycho wie Joker ist, zieht man irgendwo 'ne Grenze, und meiner Meinung nach war für Bruce bei kaltblütigem Mord an Jugendlichen absolut Sense. Was für mich aber keine Beruhigung war.

Eine Weile lag ich da und sah zu Russ' Anthrax- und Metallica-Postern hoch. Russ hatte seine Bude so ausstaffiert, daß sie mehr wie ein richtiges Zuhause wirkte, mit tierisch vielen netten dekorativen Kleinigkeiten wie den gelb-braun karierten Vorhängen, die er irgendwo im Müll gefunden und vor das einzige Fenster gehängt hate, oder der eisernen Stehlampe und dem kaputten Sessel. Doch es dauerte nicht lange und ich fing an zu frieren, weil ich nur meine Unterwäsche trug und keine Decke hatte, weshalb ich nach Bruce brüllte, er solle mal kurz reinkommen, was sich wohl so anhörte, als wollte ich ihm verraten, wo Russ sei.

Er kam auch gleich rein, schien aber ziemlich enttäuscht, als er rausfand, daß er nur Russ' elektrisches Heizgerät einschalten und mir 'ne Decke geben sollte. Außerdem wußten Joker und die anderen nun, daß ich um Hilfe rufen konnte, wenn ich mich traute, deshalb sagten sie Bruce, er solle dem kleinen Wichser den Mund zukleben, womit sie mich meinten, was Bruce dann auch tat, wobei er sorgfältig darauf achtete, meine Nasenlöcher nicht abzudichten, damit ich noch ordentlich atmen konnte. Dann holte er meine Decke aus dem Wohnzimmer und schmiß sie über mich. Er zog den Stecker von Russ' Glotze raus, die neben dem Fenster stand, stöpselte das Heizgerät ein und drehte es auf volle Leistung.

Die Stereoanlage und eine Handvoll Kassetten nahm er mit, blieb aber an der Tür noch kurz stehen und schaute auf mich runter, als verabschiede er sich für immer. Ich blinzelte zweimal zum Abschied, einmal stand normalerweise für Hallo, doch das peilte er wohl nicht. Er schüttelte nur den Kopf, als empfinde er gleichzeitig Mitleid und Abscheu für mich. Dann machte er die Tür zu und verrammelte sie von draußen mit Russ' Vorhängeschloß, was nicht besonders clever war, da Russ den Schlüssel hatte. Aber clever fand ich Bruce sowieso nie. Nur interessant und vielleicht nicht ganz so blöde wie die anderen.

Bald darauf höre ich Megadeth durch die Wände wummern, rieche den Rauch von Gras und Pizza, höre, wie der Kühlschrank auf- und wieder zugeht und Bierdosen aufgerissen werden. Die Adirondack Iron haben mit dem Frühstück begonnen, das, wie ich weiß, bis zum Abend dauern wird, bis entweder der Typ aus Albany endlich sein Zeug abholt oder Russ den größten Fehler seines Lebens macht und nach Hause kommt, je nachdem, was zuerst eintritt.

Irgendwann im Laufe des Nachmittags wurde es in Russ' Bude echt heiß, deshalb wand ich mich aus der Decke und merkte, daß ich mich sogar ein bißchen bewegen konnte. Es gelang mir aufzustehen, dann hopste ich zum Fenster und schob mit dem Kopf die Vorhänge zurück, so daß ich hinaussehen konnte. Direkt unter dem Fenster parkte Raouls zerbeulter alter Chevy-Pickup in der schmalen Zufahrt zwischen dem Video Den und dem alten geschlossenen staatlichen Schnapsladen. Ich dachte mir, falls vielleicht jemand hier raufschaute, sähe er mich von oben bis unten mit Klebeband zugekleistert und wie verrückt merkwürdige Blinzelsignale machen, damit er endlich nach oben käme und mich rettete.

Eine ganze Weile stand ich vor dem Fenster wie eine Schaufensterpuppe, die für Knabenunterwäsche Reklame machte, doch ich wartete darauf, jemanden zu sehen, egal wen, einen Passanten, einen Bullen, Rudy LaGrande, Russ, der seinen Camaro hinter Raouls Pickup parkte, oder einen Kunden, der aus dem Video Den kam, und vor allem bloß keinen Biker, und als ich gerade anfing einzunicken, sah ich Wanda aus dem Video Den kommen, sie machte wohl früher zu als sonst. Da sie kein einziges Mal nach oben sah, sondern einfach die Zufahrt in Richtung Straße hinunterging, donnerte ich meinen Kopf gegen die Fensterscheibe, woraufhin sie stehenblieb und kurz zurückschaute, um abzuchecken, ob der Lärm wohl aus dem Videoladen kam. Ich wiederholte das Wummern, was sie aber nur davon überzeugte, daß das Geräusch nicht aus dem Laden kam; sie setzte ihren Weg fort und verschwand um die Ecke.

Bald darauf wurde es dunkel, und ich wußte, daß mich nun niemand mehr am Fenster sehen konnte, selbst wenn er zufällig nach oben schaute. Ich hopste rückwärts bis zur Stehlampe, wo ich mich mühsam umdrehte, sie mit den Händen in meine Richtung kippte, anknipste und dann zurück zum Fenster schleifte, so daß sie mich direkt anstrahlte. Da die Party im Wohnzimmer immer noch in vollem Gange war, hörte mich keiner.

Etwa eine Stunde später sah ich endlich Russ' Camaro in die Zufahrt einbiegen und hinter Raouls Pickup halten. Als Russ die Scheinwerfer ausschaltete, sah ich ihn nicht mehr, doch sobald ich hörte, wie die Wagentür ins Schloß fiel, schlug ich mit dem Kopf volle Kanne gegen die Fensterscheibe. Das tat ich ziemlich regelmäßig, aber mit leichten Abwandlungen, damit es nach Absicht klang; doch nach drei oder vier Minuten dachte ich, daß er mich nun entweder gehört hatte oder auch nicht, und wenn nicht, war es ohnehin zu spät, dann kam er wahrscheinlich gerade jetzt die Treppe rauf und spazierte ins Wohnzimmer, wo die bekifften Biker rumlagen, sich seine Kassetten reinzogen und nur darauf warteten, erst ihn und dann mich kaltzumachen.

Plötzlich pocht es neben meinem Kopf ans Fenster, und ich schrecke auf. Es ist Russ, der auf dem Dach der hinteren Veranda steht. Er grinst mich an, schiebt das Fenster hoch und steigt wie jeden Abend ins Zimmer. Durch das offene Fenster weht so ein kühler frischer Wind, und ich denke: Freiheit, Mann, Freiheit.

Russ lächelt, mustert mich von oben bis unten und sagt: »Hey, was'n Sache?« Ich schüttele bloß den Kopf und verdrehe die Augen in Richtung Wohnzimmer. »Du siehst aus wie so 'ne Scheißmumie«, sagt er und macht sich daran, mir das verdammte Klebeband von Händen und Knöcheln zu ziehen. Das Klebeband um meinen Mund zog ich selbst ab, weil es an Haaren und Ohrringen riß und ein wenig weh tat.

»Nicht reden«, sagte ich zu ihm, sobald mein Mund wieder frei war. »Scheiße, wir müssen hier abhauen, Mann. Sie haben rausgefunden, daß du ihren Kram geklaut hast. Die bringen dich um.«

Russ sah sich kurz im Zimmer um und hörte sich den Lärm aus dem Wohnzimmer an. »Wo ist mein Vorhängeschloß?« fragte er. »Haben sie dich damit eingeschlossen?«

»Genau, aber mach hinne, bloß weg hier. Und red leise, Mann, die sind verdammt noch mal direkt nebenan!«

»Nur die Ruhe. Sie müßten die Tür eintreten, um uns zu erwischen. Moment mal«, sagte er dann, »zieh dir 'n paar Klamotten an. Draußen isses kalt.«

»Vergiß die Klamotten, Mann, ich will bloß meine Haut retten.«

Doch er ging rüber in eine Ecke und fischte mir aus einem Klamottenstapel eine alte Jeans und ein Flanellhemd raus, die ich rasch überzog und hochrollte, weil sie zu groß waren. Er hatte auch Strümpfe und ein paar olle Turnschuhe. Dann machte er was ziemlich Seltsames. Er zog meine Wildlederjacke aus und gab sie mir.

»Hat mir sowieso nie richtig gepaßt«, sagte er. »Zu klein. Wo ist meine Jeansjacke?« fragte er und sah sich um.

»Im Wohnzimmer, Mann. Schlag dir die aus dem Kopf.«

Er zuckte mit den Schultern, lächelte, wühlte wieder in dem Klamottenstapel, kramte ein altes New York Islanders-Kapuzenshirt raus und zog es an.

»Okay, los, wir zischen ab«, sagte er, doch als ich mich zum Fenster umdrehte, roch ich plötzlich Qualm und sah, daß die Vorhänge an ihrer Unterkante, wo sie auf dem Heizgerät lagen, angekokelt waren. Es war meine Schuld, ich hatte sie selbst gegen das Heizgerät geschoben.

Offenbar bestanden sie aus so'ner leicht entflammbaren Kunstfaser, waren inzwischen verdammt heiß geworden, und es sah ganz danach aus, als würden sie wegen dem frischen Luftzug am offenen Fenster jeden Augenblick in Flammen aufgehen. Und tatsächlich, als ich mich eben in Bewegung setzte, um die Vorhänge vom Heizgerät wegzuziehen, huschte da so 'ne blaue Feuerzunge die eine Seite hoch an der Oberkante entlang und raste die andere Seite runter, so daß die Vorhänge praktisch explodierten, als wären sie mit Benzin getränkt.

»Ach du Scheiße, nichts wie weg!« sagte Russ. Wie ein Zirkuslöwe durch einen brennenden Reifen hechtete er durch das Fenster, und ich folgte ihm hinaus in die Finsternis.

Als wir zur Dachkante kamen und uns umdrehten, um an Pfosten nach unten zu rutschen, sah man durch das Fenster nur noch Feuer, und das gesamte Zimmer schien in Flammen zu stehen. Es war eine Mischung aus schön und schrecklich, vermutlich wie im Krieg. Das Zimmer ging plötzlich in Flammen auf, als wäre es von einer dieser Smart Bombs getroffen worden, und als Russ und ich wieder festen Boden unter den Füßen hatten, drehten wir uns um, standen da und starrten verblüfft auf das Schauspiel da oben.

Wir hätten uns in Russ' Auto setzen und mit Vollgas verschwinden sollen, wollten uns aber wohl den Brand ansehen. Wir stolperten rückwärts, weg vom Haus und über den Hof zur Garage, wo die Harleys standen, und ein paar Minuten später sahen wir Roundhouse, Joker, Raoul und Packer die Treppe aus der Wohnung runterlaufen, daher verzogen wir uns von der Garagenvorderseite in die Büsche daneben.

Russ sagte: »Komm schon, mir nach«, und dann stiegen wir

durch einen kaputten alten Zaun und kamen hinter dem ehemaligen Schnapsladen raus. Er ging zu einer Hintertür, öffnete sie und betrat einen großen Lagerraum, von wo aus wir durch das Seitenfenster in aller Ruhe das Feuer beobachten konnten. Uns umgaben haufenweise leere Whiskey- und Weinkisten, in deren Mitte ich auf einmal einen Stapel von zehn oder zwölf ungeöffneten Kartons entdeckte. Videorecorder und Laptops. Ich berührte Russ' Schulter, und als er sich umdrehte, zeigte ich nur auf die Kartons.

Darauf er: »Ach ja, ich weiß. Ich hatte leichte Schwierigkeiten, sie vor Ort abzusetzen. Ich dachte, vielleicht könnte ich mich mit dem Typ aus Albany einigen. Das verstehst du doch?«

»Klar«, sagte ich und wandte mich wieder dem Brand zu. Schon versperrten zwei Feuerwehrwagen die Zufahrt. Blinklichter rotierten, Sirenen ertönten, Polizeiwagen fuhren vor, Feuerwehrleute verlegten Schläuche durch Gasse und Zufahrt und eilten mit Äxten bewaffnet die Treppe hinauf.

Die Biker standen immer noch im Halbdunkel vor der Garage und sahen zur Wohnung hoch. Mir fiel auf, daß Bruce nicht dabei war. Sie standen nur einen oder zwei Meter von uns entfernt, und ich sah, daß sie eine Scheißangst hatten, sogar Joker, der zu den anderen sagte, sie müßten alle schleunigst die Biege machen. »Vergeßt die Geräte.«

»Scheiße, wo steckt eigentlich Bruce?« fragte Roundhouse laut, sehr beunruhigt.

Packer sagte: »Ich glaube, er ist noch mal rein, den Kleinen holen.«

»Scheiß auf den Kleinen!« sagte Joker. »Scheiß auf Bruce. Scheiß auf den Elektrokram. Wir müssen hier weg, Mann. Hier wimmelt's nur so von Bullen.«

In aller Eile schoben Roundhouse und Packer ihre Maschinen aus der Garage und ließen die Motoren an. Joker setzte sich hinter Roundhouse, Raoul stieg hinter Packer auf, und dann brausten die beiden riesigen Harleys mit den vier Bikern durch die Zufahrt, an dem Pickup und Russ' Camaro vorbei holperten sie über Schläuche und wichen Feuerwehrleuten aus, bis sie an der Straße rechts abbogen und verschwanden.

»Haste das gehört?« fragte ich Russ.

»Was?«

»Bruce ist noch da oben, Mann. Er glaubt, ich bin in deine Bude eingesperrt. Er versucht, mich zu retten!«

»Stimmt. Und ich hab den Schlüssel«, sagte Russ, und seine Stimme klang merkwürdig ruhig.

»Ich muß ihm sagen, daß ich in Sicherheit bin!«

Doch als ich mich umdrehte und gehen wollte, packte mich Russ am Arm und sagte: »Du kannst da nicht rauf, Mann. Dazu isses jetzt zu spät.«

Ich warf einen Blick auf das Feuer und sah, daß er recht hatte. Die gesamte Wohnung stand in Flammen, und inzwischen brannten auch der Dachboden darüber, die leeren Schaufenster und sogar der Video Den. Ein paar Feuerwehrleute, die die Treppe rauf in die Wohnung gegangen waren, stolperten wieder zur Haustür raus und kamen genau in dem Augenblick sicher unten an, als das ganze Treppenhaus samt Veranda in einem gewaltigen Funken- und Flammenregen zusammenkrachte.

Das Feuer machte einen irrsinnigen Lärm, wie ein startendes Düsenflugzeug, dazu Sirenen und Feuermelder und Feuerwehrleute, die über Lautsprecher irgendwelche Befehle brüllten. Überall schlängelten sich ihre Schläuche und spritzten mit unheimlichem Druck wahnsinnige Wassermengen ins Feuer, doch fast schien es, als wäre das Feuer lebendig und das Wasser seine Nahrung, die es nur noch wachsen und hungriger werden ließ. Draußen auf der Straße entdeckte ich Wanda und Rudy La-Grande in einer Menschenmenge, aber dann drängte die Polizei alle außer Sichtweite zurück, und ein dritter Feuerwehrwagen fuhr vor. Ich bildete mir ein, auf der gegenüberliegenden Straßenseite etliche Leute zu sehen, die ich kannte, darunter auch meine Mom und meinen Stiefvater, aber das war wohl eine optische

Täuschung, die von dieser Heidenangst und der ganzen gottverdammten Aufregung kam.

Ziemlich bald war den Feuerwehrleuten wohl klargeworden, daß sie das Haus unmöglich retten konnten, und so fingen sie an, die angrenzenden Häuser mit Wasser zu bespritzen, damit die nicht auch noch in Brand gerieten; das, in dem Russ und ich steckten, war auch dabei. Ich hörte das Wasser aufs Dach prasseln, und ein Trupp Feuerwehrmänner lief am Fenster vorbei zur Rückseite des Gebäudes. Allmählich füllte sich der Lagerraum mit Rauch, und wir mußten tierisch husten, unsere Augen brannten wie verrückt, und die ersten Funken schwebten aus dem Dunkel oben an der Decke wie Glühwürmchen nach unten.

»Los, laß uns hier abhauen, Mann«, schlug ich vor.

Darauf er: »Und mein Kram? Ich kann doch meine Elektronik nicht hier stehenlassen!«

»Es ist nicht dein Kram. Nie gewesen.«

»Bruce und die anderen, die haben es doch *geklaut*!«

»Ja, und du hast es ihnen geklaut. Bruce ist jetzt tot, und die anderen sind weg.«

Als käme ihm der Gedanke zum erstenmal, sagte Russ: »Die Bullen werden womöglich denken, ich hätte das alles geklaut.«

»Scheiß drauf, Mann. Laß das Zeug verbrennen. Das ist jetzt unsere einzige Chance.«

»Und mein Auto? Ich brauch mein Auto.«

»Vergiß es. Wir sind Verbrecher, Mann. Du kriegst schon noch 'ne zweite Chance. Vielleicht haben wir Glück, und die Leute sehen deinen Wagen und glauben, wir wären auch verbrannt«, sagte ich, lief zur Tür und dachte, so hätte es sein müssen: ich, Russ und Bruce zusammen im Feuer krepiert, zu drei Aschehäufchen verbrannt, umgeben von Unmengen verkohlter Freizeitelektronik. Ich wußte nicht, wie sich Russ' Mutter damit abfinden würde, aber meine wäre zuerst mal traurig, dann käme sie drüber weg, und mein Stiefvater wäre insgeheim sogar froh, weil er so tun könnte, als hätte er was unheimlich Wichtiges verloren.

Doch sonst würde sich niemand groß Gedanken darüber machen. Außer vielleicht Black Bart, da er nun 'ne Menge Warenlieferungen in den Wind schießen und außerdem auf seine Geschäfte mit den Bikern verzichten mußte, dazu noch auf einen Straßenjungen, der ihm seinen täglichen Joint verkauft hatte. Aber allen anderen waren wir vollkommen gleichgültig.

Russ war einen Schritt hinter mir, und als ich die Tür aufstieß, erschreckte ich zwei Feuerwehrmänner, die ihre Äxte hochgehoben hatten, um sich einen Weg ins Lagerhaus zu bahnen.

»Großer Gott! Was zum Teufel treibt ihr da drinnen!« brüllte der vordere der beiden. »Raus hier, aber 'n bißchen dalli!« sagte er, und ich erwiderte: »Wir sind schon weg, Mann!« Und so war es auch.

6

Totenkopf und Knochen

Wir rasten wie irre durch mehrere Gärten und schlugen dann den Weg zum Fluß ein, wo ein schmaler, gewundener, mit Backsteinen gepflasterter Weg aus der guten alten Zeit, als die Fabrik noch in Betrieb war, unter der Main Street Bridge verläuft. Dort unten kann man direkt neben dem Wasser stehen, das einem im Frühling bis an die Füße reicht, und sich einen Joint reinziehen oder einfach rumhängen und reden, ohne daß einen andere sehen oder hören, weshalb sich Kids da vermutlich seit Generationen rumtreiben.

Wegen dem Feuer, das jeder in Au Sable sehen wollte, fiel es uns leichter als vermutet, den Ort zu verlassen, ohne gesehen zu werden, aber natürlich suchte noch niemand nach mir und Russ. Sie wußten noch nicht, daß wir vermißt wurden und als tot galten.

Daß uns keiner sehen sollte, war meine Idee. Russ sagte: »Vielleicht sind sie so damit beschäftigt, den Brand zu löschen und seine Ausbreitung zu verhindern, daß sie meine Geräte nicht bemerken und wir sie uns später holen können.« Außerdem machte er sich Sorgen wegen seinem Auto. Russ ist nämlich ziemlich materialistisch.

Ich antwortete: »Kommt nicht in die Tüte, Mann. Feuerwehrleute sind echt clever und haben was gegen unbeantwortete Fragen.« Die seien nicht wie Bullen, sagte ich zu ihm, die sich einfach Russ' geklaute Videorecorder und Computer unter den Nagel gerissen hätten, als wär es Weihnachten, und uns dann nicht für den Diebstahl, sondern für irgendein anderes Verbrechen eingebuchtet hätten. Brandstiftung beispielsweise, obwohl es nur ein Unfall war. Und wenn sie oben in der Wohnung erst mal Bruces Leiche gefunden hatten, die man wegen seiner Golf-kriegs-Tätowierungen problemlos identifizieren konnte, falls er nicht total verschmort war, würden sie versuchen, uns wegen Mord dranzukriegen, obwohl uns 'ne Menge Leute gern einen Verdienstorden verliehen hätten, weil wir ihnen die Biker vom Hals geschafft hatten, und denen war's egal, wie.

Mit dem, was Bruce zugestoßen war, wollte ich jedenfalls nichts zu tun haben. Ich wollte nicht mal daran denken. Er war mein Freund gewesen und hatte versucht, mich zu retten. Es war einfach Pech, daß Russ mich schon gerettet hatte.

»Wir müssen jetzt eins machen, Mann«, sagte ich zu ihm, »nämlich schleunigst vom Erdboden verschwinden. Falls uns jemand sieht, haben wir mehr Fragen am Hals, als wir beantworten können.«

»Junge, meine Mom wird vielleicht sauer sein«, sagte er.

»Vergiß es, Mann. Deine Mom ist wie meine Mom«, entgegnete ich. »Die werden beide entweder glauben, wir wären mit Bruce bei dem Brand draufgegangen, und echt traurig sein oder aber wie üblich keinen Plan haben, wo wir sind, und dann isses ihnen auch scheißegal.«

Russ' Mom war nicht verheiratet und hatte, anders als meine, auch keine feste Arbeit, sie war 'ne Art Nutte, arbeitete in 'ner Kneipe in der Nähe vom Air-Force-Stützpunkt, log, was ihr Alter anging, und erzählte den Typen, die sie mit nach Hause brachte, Russ sei ihr Neffe, und das war auch der Grund, warum er mit fünfzehn überhaupt von zu Hause abgehauen war. Sie war ein Babe, und deshalb zog ich meine Mom seiner Mom vor, obwohl er besser dran war als ich, weil er sich nicht mit so 'm blöden Stiefvater rumärgern mußte.

Wir blieben etwa eine Stunde lang unter der Brücke, lausch-ten den Pkws und Lastern, die über uns hinwegholperten, und dem pausenlosen Rauschen des Flusses, der nur ein paar Zentimeter unter uns dahinfloß, und ab und an mal 'ner Sirene, wenn die Feuerwehrwagen aus den umliegenden Kaffs zu Hilfe kamen. Ein Feuer gehört zu den wenigen Dingen, die die Leute heutzutage noch zusammenbringen. Die Brücke war ein großer steinerner Bogen, und wenn wir von da unten hochschauten, sahen wir ein Stück hell erleuchteten Himmel, als wäre da, wo wir mit den Bikern gewohnt hatten, ein nächtliches Baseballspiel im Gange, was in mir den tierischen Wunsch weckte, mich unters Volk zu mischen, deshalb sah ich besser gar nicht erst nach oben.

Am liebsten hätte ich 'ne ordentliche Tüte geraucht, aber keiner von uns hatte Gras dabei, darum unterhielten Russ und ich uns eine Zeitlang über Bruce, was er für ein cooler Typ gewesen war und was für Arschgeigen die anderen waren, weil sie ihn einfach so zurückgelassen hatten.

»Er hatte Soul, Mann«, sagte Russ. »Weißen Soul. Verstehste?«

Ich sagte: »Klar«, wollte aber eigentlich nicht mehr über Bruce reden, weil ich ganz schön durch 'n Wind war. Irgendwann spähte ich nach draußen, bemerkte, daß der Himmel wieder dunkel wurden, und dachte mir, wir sollten besser das Weite suchen, solange die Leute von dem Brand noch einigermaßen abgelenkt waren und glaubten, wir wären vielleicht darin verkohlt. Russ hatte ungefähr zehn Dollar und eine fast volle Schachtel Zigaretten dabei, ich hingegen nichts als die Klamotten auf meinem Leib, aber Russ sagte, er kenne in Plattsburgh ein paar Spitzentypen, die in einem Bus wohnten, bei denen könnten wir unterkriechen, so lange wir wollten, ohne daß es jemand spitzkriegte, weil da ständig verschiedene Kids abstiegen und vorübergehend wohnten, aber niemand auf Dauer, außer den Typen, denen der Bus gehörte.

Allerdings konnten wir Au Sable nicht verlassen und nach Plattsburgh kommen, ohne entdeckt zu werden, und da wir Russ' Camaro nicht mehr hatten, beschlossen wir, uns zu Stewart's rüberzuschleichen, einem Supermarkt, der auch nachts geöffnet war und wo man auf die Schnelle noch so Kleinigkeiten wie Zigaretten oder Bier kaufen konnte, und manchmal ließen die Leute sogar ihren Wagen mit laufendem Motor davor stehen. Durch Sträßchen und Gärten kamen wir zu Stewart's, ohne daß uns jemand sah, und dort versteckten wir uns hinter 'm Müllcontainer neben dem Laden und warteten. Es war ziemlich kalt, aber da ich meine Wildlederjacke und Russ sein Islanders-Kapuzenshirt anhatte, ging es einigermaßen.

Eine ganze Reihe Pkws und Pickups fuhren vor, und etliche von den Leuten kannten wir sogar, aber es waren Einheimische, die die Peilung hatten und den Motor ausmachten. Später kamen die auswärtigen Löschfahrzeuge und ein paar freiwillige Feuerwehrleute mit ihren blauen Blinklichtern auf den Armaturenbrettern vorbei, und der eine oder andere hielt tatsächlich und tankte oder kaufte drinnen irgendwas, doch obwohl sie von außerhalb waren, stellten sie immer brav den Motor ab und nahmen ihre Schlüssel mit.

Dann fuhr ein Pickup vor, ein roter, praktisch neuer Ford Ranger. Am Steuer saß ein freiwilliger Feuerwehrmann, vermutlich aus Keene oder irgendeinem anderen Kaff, wo so spät nichts mehr geöffnet hatte. Ein paar Minuten später kam er mit einer vollen Einkaufstüte nach draußen, stieg in seinen Wagen und wollte gerade zurücksetzen, da hielt er plötzlich wieder an, sprang aus der Fahrerkabine und ging bei laufendem Motor langsam zurück in den Laden, als habe er was vergessen, was er seiner Frau mitbringen sollte, und wär jetzt tierisch sauer deswegen.

Russ lief zum Supermarkt, sah kurz durchs Fenster und kam dann wieder zum Müllcontainer zurück, die Luft sei rein, der Typ stecke mit dem Kopf in der Speiseeiskühltruhe. Wir flitzten über den Parkplatz, Russ sprang auf der Fahrerseite in den Wagen, ich setzte mich neben ihn, und weg waren wir.

Zuerst dachte ich, Russ fuhr in die falsche Richtung, was aber nur ein Täuschungsmanöver war, damit der Typ oder sonstwer, der seinen Pickup vom Parkplatz kommen sah, glaubte, wir würden nach Westen in Richtung Lake Placid statt nach Osten, also

nach Plattsburgh, fahren. Ein paar Straßen weiter bog er links ab
und brauste auf der River Street zurück, die später River Road
heißt und außerhalb der Stadt auf einer alten Holzbrücke über
den Fluß führt, bis sie ein paar Kilometer weiter in die Hauptstraße nach Plattsburgh mündet.

Ein paar Minuten später rasten wir mit hundertdreißig Sachen
auf der Route 9N nach Osten, rauchten die Kippen von dem
Feuerwehrheini aus 'ner Stange Camel Lights, die ich in seiner
Einkaufstüte gefunden hatte, und lachten wie bescheuert. Wir
fanden noch andere feine Dinge – ein Zwölferpack große Dosen
Budweiser, Frito Mais-Chips, Kartoffelchips und ein paar Mo-
natsbinden, wahrscheinlich für die Frau von diesem Burschen,
was Russ natürlich zu einigen seiner Schweinewitze animierte,
aber das war mir egal, weil... wenigstens in diesem Moment
waren wir frei, frei, einfach nur wir selber zu sein, bei runterge-
kurbelten Fenstern und vollaufgedrehter Heizung zu rasen, Zigaretten zu paffen, Junk-food zu essen, Bier zu saufen und das Radio
lauter zu stellen, so daß »Serve the Servants« von Nirvana über
den Sender WIZN aus den Boxen dröhnte. Es war echt geil. Wir
machten sogar das blaue Blinklicht an, wer uns sah, sollte nämlich denken, wir seien unterwegs zu einem Brandeinsatz.

Russ sagte: »Jawoll!« und ballte die Faust, und ich sagte auch:
»Jawoll!« und tat das gleiche, kam mir aber ein bißchen albern
vor, nach allem, was passiert war. Aber ich schätze, das Leben ist
kurz, man muß es feiern, wenn man kann, und das haben wir ja
auch getan.

Wir blieben der Autobahn fern, schalteten das Blinklicht aus,
weil wahrscheinlich Staatsbullen unterwegs waren, fuhren auf
Nebenstraßen bis Plattsburgh und stellten den Pickup auf dem
Parkplatz einer Gebrauchtwagenfirma ab, wo fünfzig oder sechzig
gebrauchte Trucks auf ihre Käufer warteten. Inzwischen war es
etwa Mitternacht, kaum noch Verkehr, und nur wenige Ortspo-
lizisten waren im Einsatz, die sich bestimmt im Dunkin' Donuts

ihre Kaffeedröhnung gönnten, daher war die Gefahr, erwischt zu werden, eher gering.

Nachdem Russ mit dem Schraubenzieher aus dem Handschuhfach die Nummernschilder abmontiert hatte, sah der Ranger des Feuerwehrmenschen genauso aus wie alle anderen Pickups auf dem Gelände. Russ war der Meinung, man würde das Fahrzeug erst entdecken, wenn es jemand kaufen wollte oder wenn sie mal 'ne Inventur machten, und dann ließ es sich unmöglich zu uns zurückverfolgen. Russ war ein ziemlich fähiger Verbrecher, und auch wenn er was zum erstenmal anging, kam es einem so vor, als hätte er es gerade erst letzte Woche mindestens zweimal gemacht.

Die Nummernschilder steckte er in die Tüte zu dem Bier und dem übrigen Kram, weil er dachte, wir könnten sie vielleicht verkaufen, wenn wir jemandem begegneten, der Autos klaute, und dann machten wir uns zu Fuß zu den Typen auf, die in dem Bus wohnten, was nicht sehr weit war, wie Russ sagte.

Es war noch hinter etlichen alten Lagerhäusern und Schrottplätzen, wo keine normalen Häuser oder Läden mehr standen, und man mußte durch ein Loch in einem Maschendrahtzaun steigen und ein weites Feld überqueren, auf dem die Leute alte Reifen und Kühlschränke und so weiter abgeladen hatten. Da draußen im Dunkeln war es irgendwie unheimlich, wenn man die Einkaufstüte über den holprigen krümeligen Boden hinter sich herschleifte, der Wind blies und alles feucht und verrostet roch, als wäre man auf 'ner Giftmülldeponie oder so ähnlich. Russ sagte, er sei erst einmal hier gewesen, als er ein Mädchen nach Hause gebracht hatte, das er in der Mall aufgegabelt hatte und das, wie sich später herausstellte, mit so Crackheads aus Glen Falls in dem Bus pennte, die ursprünglich nach Montreal zu 'nem Greatful-Dead-Konzert fahren wollten, aber nie dort ankamen.

Ich fragte ihn, ob sie auch ein Crackhead gewesen sei. Soviel ich wußte, war ich noch keinem begegnet. Ich kannte zwar 'ne Menge Kids, die ein paarmal Crack genommen hatten, aber das waren bloß normale Jugendliche wie ich.

»Sie stand auf Crack, ja. Sechzehn wär sie, hat sie behauptet, ich glaube aber, sie war noch echt jung. Vierzehn oder so. Vielleicht dreizehn.«

»Wow! Dreizehn. Das ist jung. Für Crack, meine ich. Du hast doch wohl nicht mit ihr gevögelt, oder?«

»Lieber Himmel, nein, Chappie. Wofür hältst du mich eigentlich, für 'n perverses Schwein? Sie wollte sowieso bloß Geld für Crack haben, und ich war pleite. Aber anderen hat sie für bloß zwei Dollar einen geblasen, und dann hat sie sich bedröhnt. Das war irgendwie nicht mein Ding, verstehste?«

»Ja, klar«, sagte ich, und eine Weile gingen wir schweigend weiter. »Diese Typen, denen der Bus gehört«, fragte ich dann, »sind das Crackheads?«

»Keine Ahnung. Vermutlich, kann schon sein. Aber sie sind cool!« sagte er. »Das sind Studenten oder so.«

Ich sah den Bus erst, als wir praktisch davor standen. Es war ein alter, verbeulter, völlig abgefuckter Standardschulbus aus der Zeit vor Vietnam mit zerdepperten Scheinwerfern, die – hauptsächlich kaputten – Fenster waren innen mit Pappe abgedeckt, und er hatte keine Räder, geschweige denn Reifen. Der Bus stand ein wenig schief auf der Erde, als wäre er dort hingeschleppt und samt dem restlichen Müll mitten auf dem Feld abgeladen worden. Gelb war er zwar immer noch, aber die Farbe war verblichen, und irgendwer hatte Peace-Zeichen, Hippieblumen und ein paar Deadhead-Slogans auf die Seiten gemalt, und als wir näher kamen, stank es echt kraß, als hätten die Leute eine Menge in seine unmittelbare Umgebung gekackt und gepißt.

Ganz vorne war eine Tür, gegen die klopfte Russ und fragte: »Hey, Mann, is wer zu Hause?«

Jemand hob eine Ecke der Pappe an, die das Fenster neben der Tür abdeckte, musterte uns und ließ die Pappe wieder runter. Von drinnen war ein Wühlgeräusch zu hören, gefolgt von einer Männerstimme, die sagte: »Wir wollen nichts, wir haben nichts, 's is' scheißspät, haut ab.«

Darauf Russ: »Hey, Moment mal, Mann, ich bin's, Russ. Mein Kumpel und ich, wir haben Bier dabei.«

Der Wind wehte recht heftig, und hier draußen war es eindeutig kalt und unheimlich, so daß ich es kaum erwarten konnte, endlich in den Bus gebeten zu werden, obwohl es vielleicht keine allzu gute Idee war. Von diesem Bus gingen echt negative Schwingungen aus. Wir warteten ein paar Minuten, und ich wollte Russ gerade vorschlagen, die Sache abzublasen, obwohl ich keine Ahnung hatte, wo wir sonst hingehen sollten. Vielleicht könnten wir ja in ein Möbellager einsteigen, dachte ich. Ich hatte mal von ein paar Kids gehört, die genau das getan und einen ganzen Winter dort abgehangen hatten; plötzlich ging die Tür auf und ins Freie trat ein langer dürrer Typ mit 'm dünnen Mickerbart, picklig und mit schulterlangen Haaren, an dem mir als erstes auffiel, daß er echt deftig roch, als hätte er seit mindestens einem Jahr nicht mehr gebadet.

»Hey, Mann«, sagte Russ, »was steht an? Kennste mich noch? Ich war mal hier, Mann. Ich hab damals die Braut hergebracht, die mit den beiden Typen aus Glen Falls zusammen war.«

Der Knilch mustert erst Russ und dann mich mit so 'nem echt abgedrehten Kifferlächeln. »Wer is'n das?« fragt der Typ und zeigt mit seinem langen knochigen Finger auf mich, daraufhin verrät ihm Russ meinen Namen, und der Typ sagt seinen. »Richard, Mann. Richard.« Anschließend bückt er sich und steckt seine Nase in meine Einkaufstasche, und auf einmal macht er 'ne totale Wandlung durch und sagt: »Na, na, na, was haben wir denn hier? Ein Bierchen, ein Tütchen Chips, ein wenig hiervon und ein wenig davon. Und Nummernschilder! *Gestohlene* Nummernschilder, jede Wette! Mmhmm! Sogar ein paar *Damen*binden haben wir dabei«, sagt er und zieht die Binden raus. »Die brauchen wir doch wohl nicht, was?« und schmeißt sie in die Dunkelheit, greift wieder in die Tüte, zieht ein Bier raus und sagt: »Ist wie Halloween, nur werden diesmal die Erwachsenen von den Kindern beschenkt.« Und so redet er weiter, echt schnell und hektisch, eine Art Selbstgespräch, aber eigentlich auch wieder nicht, als könne er einfach seinen Grips beim Reden nicht einschalten, weshalb er seiner Zunge das Schwafeln überläßt.

Offenbar erinnerte er sich nicht an Russ, aber auch nicht daran, daß er sich nicht an ihn erinnerte, als wäre er innen leer, und was man zu ihm sagte, hopste ein paar Sekunden lang wie Flummies oder Flipperkugeln in seiner Birne rum, bis es am Boden liegenblieb. Nachdem Russ eine Zeitlang versucht hatte, mit dem Typ ein normales Gespräch zu führen, wendete der sich abrupt ab und ging in den Bus zurück, ließ aber die Tür offenstehen, und so folgten wir ihm.

Es war zwar dunkel, aber weil ein paar Kerzen brannten, konnte man ganz gut sehen, und ich merkte gleich, daß noch ein anderer Typ da war, der genau wie Richard aussah, groß und spindeldürr, die gleichen langen Haare, den verfilzten braunen Bart und die Pickel, das gleiche dreckige T-Shirt und die abgefuckten Jeans. Der saß auf dem Busfahrersitz, stützte die nackten Füße auf das Lenkrad und glotzte starr geradeaus, als führe er irgendwohin und lenkte mit den Füßen.

Russ sagt: »Was steht an, Alter?«

»Ihr müßt noch für 'ne Fahrkarte löhnen«, antwortet der Typ, woraufhin Russ ihm eins von unseren Bieren gibt, das der Typ aufmacht und in Null Komma nichts in sich reinschüttet, als wär er am Verdursten.

»Das ist James«, sagt Russ zu mir. »Er und Richard sind Brüder.«

»Ach nee«, sage ich.

Obwohl man die meisten Sitze herausgerissen hatte und der Bus innen erstaunlich geräumig war wie 'n Wohnwagen, konnte man es nicht gerade gemütlich nennen. Auf dem Boden lagen drei oder vier alte Matratzen, einige echt modrige Schlafsäcke, ein paar Wohnzimmersessel, aus denen das Polstermaterial herausquoll und die aussahen, als stammten sie von der Müllkippe, ein aus Brettern und Backsteinen bestehender Tisch, der mit Stapeln von dreckigen Töpfen und Tellern beladen war, olle Klamotten, Zeitungen, Zeitschriften, und auf dem Boden lag eine Art alter brauner Bettvorleger, der tierisch stank und aussah, als hätten sie ihn aus einem abgesoffenen Schiff geholt, an der Decke und auf den Pappwänden hingen Poster, beispielsweise ein zwei Jahre altes von einem Red-Hot-Chili-Peppers-Konzert und von Oldie-Kapellen wie Aerosmith, auf die vermutlich Studenten noch stehen.

Eigentlich fand ich das alles ziemlich zum Kotzen, dachte mir aber, es sei besser als gar nichts, und Richard und James wirkten nicht gerade gewalttätig, was nach den Bikern beinahe erholsam war, also trat ich ein, nahm wie ein Fahrgast auf einem der alten Sitze Platz, machte ein Bier auf und aß ein paar Fritos. Russ tat das gleiche, er quatschte allerdings auch ein Weilchen mit Richard und James, aber so ist Russ nun mal, er redet mit jedem, und die meisten Leute reden mit ihm.

Er erzählte immer noch von den Bikern und dem Brand und so weiter – wie mir auffiel, allerdings nicht von den geklauten Videorecordern und Fernsehern –, als ich wahnsinnig müde wurde und mich auf dem Sitz zurücklehnte. Der war aus Kunstleder, fühlte sich an meinem Gesicht kühl an und roch genauso wie die Schulbussitze damals, als ich noch ein kleines Kind war, nämlich nach Käsebroten und saurer Milch. Ich weiß noch, kurz bevor ich in dieser Nacht, der ersten Nacht in meinem neuen Leben, einschlief, dachte ich, daß es unheimlich cool wäre, einen richtigen Bus zu haben, der auch funktionierte, ihn innen wie ein Haus einzurichten und sein Leben lang damit durchs Land zu düsen, anzuhalten, wenn einem danach war, 'ne Weile mit Jobs 'n bißchen Asche zu machen und wieder loszuziehen, wenn einen die Unruhe packte. Manchmal konnte man Verwandte und Freunde mit dabeihaben und manchmal allein sein, aber eigentlich, und das wäre das Beste daran, könnte man wie früher die Pioniere in ihren Planwagen sein Leben ganz allein bestimmen.

»In diesem Bus, Mann, in genau diesem Bus sind James und ich zur Schule gefahren, als wir noch klein waren«, sagte Richard.

»Cool«, sagte Russ. Es war ziemlich spät am Vormittag, wohl so kurz vor zwölf, als ich schließlich aufwachte, James war weg, aber Russ und Richard unterhielten sich zur Abwechslung mal wie normale Menschen, daher aß ich noch 'n paar Fritos und hörte einfach zu. Reden konnte ich sowieso nicht, weil ich von den Fritos zu durstig wurde und das Bier alle war, wie ich sah, und was anderes gab's nicht, weder fließendes Wasser noch Strom für'n Kühlschrank oder so, allerdings wirkte der Bus tagsüber nicht so abgefuckt wie nachts. Sonnenstrahlen fielen durch die Risse in der Pappe, und da die Tür offenstand, kam etwas frische Luft rein. Leider roch es immer noch ein wenig nach Giftmülldeponie, als hätte man da draußen 'ne Million alte Autobatterien vergraben.

Richard erzählte endlos lange, wie er, sein Bruder und seine Schwester täglich mit diesem Bus zur Schule gefahren seien, nur dieses eine Mal wären sein Bruder und er krank zu Hause geblieben, und genau an diesem Tag sei der Bus über einen Steilhang gefahren und in einen Steinbruch gestürzt.

»*Arschviele* Kinder sind dabei draufgegangen, aber meine Schwester, Mann, die blieb heil«, sagte er. »Na, vielleicht nicht gerade heil, sie hat mächtig was abgekriegt, den Rücken gebrochen und hockt jetzt in 'nem Rollstuhl. Aber hör zu, dieser Scheißbus, Mann, ich und mein Bruder James, wir saßen an diesem schicksalsträchtigen Tag nicht in dem Bus, also war der Bus sozusagen ein gutes Karma für uns und ein schlechtes Karma für meine Schwester Nichole und so ziemlich alle anderen Kinder außer James und mir im gesamten Kaff Sam Dent. Da kommen wir her, Mann. Du kennst es, du bist aus Au Sable, stimmt's?«

Russ sagte, klar, er wisse, wo Sam Dent läge, nämlich in der Nähe von Keene, wo eine Tante von Russ lebte, die Schwester seiner Mutter, die manchmal als seine Mom ausgegeben wurde. »Hab aber nie was von 'nem Schulbusunfall da gehört«, sagte er. »Das hätte ich doch wohl mitkriegen müssen.«

»*Is lange* her, Mann. Acht, zehn Jahre. Bist noch zu jung, kannst dich nicht dran erinnern. War echt 'ne Riesensache, Fernsehen und alles, Prozesse, die ganze Chose. Aber jetzt zu dem Scheiß*bus*, Mann. Nach dem Unfall wollte keiner das Ding anrühren, verstehst du? Außer mir und James, weil wir an dem Tag zu Hause geblieben waren. Er war wie *verflucht*. Als wir dann unseren Schulabschluß gemacht und hier an der State Uni Studienplätze gekriegt haben, weil wir damals echte Baseballtalente waren, gab es den Bus zwar immer noch, aber keiner wollte ihn haben; und so bekamen wir ihn gratis von der Schulbehörde, und der Bursche, dem die Autowerkstatt in Sam Dent gehört, hat ihn hierhergeschleppt und genau da abgesetzt, wo er noch heute steht, denn aus der Zeit, bevor James und ich unser Studium abbrachen, kannte ich den Typ, dessen Vater dieses Grundstück gehört, und dem war's scheißegal. Wir brauchten bloß 'ne Bleibe zum Fetenfeiern, wir und die Mannschaft und unsere Freunde vom College, und dieser Bus wurde verdammt *berühmt*, Mann! Aber irgendwann haben wir hier gewohnt, denn unser Alter war irgendwie stinkig auf uns, weil Nichole an dem Unfall beteiligt war und wir nicht, der wollte uns zu Hause nicht mehr sehen, außerdem wußte er, daß wir Drogen nahmen, weshalb wir überhaupt erst achtkantig aus dem Team geflogen sind und im College Scheiße gebaut haben. Aber scheiß auf den Alten, nächsten Herbst geh ich zurück aufs College«, sagte er. »Ohne Scheiß. James und ich, Mann, wir kriegen das mit links wieder auf die Reihe und kommen ins Team zurück und kriegen die alten Stipendien wieder und *zack*! Bringen diesen Bus *auf Vordermann*, verstehse? Wir besorgen uns so 'n Dieselgenerator und 'n tragbares Klo und leiten mit 'm Schlauch von einem der Lagerhäuser Wasser hier raus. Das wird cool, Mann. Denn dieses Ding hier hat'n gutes Karma, Mann. Das kannste *fühlen*«, sagte er, schloß die Augen und ließ die Hände seitlich zittern wie Fischflossen. »Dieser alte Bus wird *erbeben*, Mann! *Par-ty!*«

Was für ein unglaublicher Arsch, denke ich und stehe auf, um zu verschwinden und was Trinkbares aufzutreiben.

»Wo willst du hin?« fragt Richard laut und ziemlich grob.

»Durst«, bringe ich gerade noch raus, weil mein Hals von dem Bier gestern und den Fritos heute morgen so trocken war. Außerdem hatte er mir einen ganz schönen Schrecken eingejagt.

»Hör zu, du kleines Stück Scheiße!« schrie er plötzlich ganz hektisch vor Aufregung. »Ich kenn dich nicht, Mann, also bleibst du schön hier, bis ich *sage*, daß du gehen kannst. Hier kann man nicht einfach kommen und gehen, wie's einem paßt, Mann! Du kannst reinkommen, und du kannst wieder rausgehen, aber nur, wenn *ich* es sage. Ich oder mein Bruder James. Kein anderer. Ich und James geben hier die Befehle, Mann.«

In diesem Moment trat James persönlich ein, schmiß seinen Rucksack auf den Fahrersitz und holte Lebensmittel und andere vermutlich geklaute Sachen heraus, hauptsächlich Zeugs in Dosen wie Chili und Haschee sowie 'ne Dose Diet Coke; ich war so frei, sie aufzumachen und 'n großen Schluck zu trinken, weil ich so nervös war, doch da niemand ein Wort sagte, reichte ich sie den anderen weiter.

James warf Richard und Russ, die auf einer Matratze lagen, eine Zeitung zu und sagte: »Diese Typen sind berühmt, Alter. Das ist doch euer Feuer, stimmt's?« sagte er zu Russ. »Ihr seid im *Press-Republican* vorne auf der Titelseite, Mann.«

Richard breitete die Zeitung vor sich und Russ auf der Matratze aus, und ich flitzte zu ihnen rüber und las über ihren Schultern mit. Da stand es, FEUER IN AU SABLE ZERSTÖRT 3-FAMILIEN-HAUS, und darunter, in kleinerer Schrift: *1 Toter, 2 Jungen vermißt*. Man sah ein Foto von unserer alten Bude und dem Video Den mit Rauch, Flammen, Feuerwehrautos und Leitern, alles von vorne, aus der Perspektive der schaulustigen Gaffer aufgenommen. Der eine Tote war natürlich Bruce, aber bis zur Unkenntlichkeit verbrannt, stand da. Und die beiden vermißten Jungen wären Russ und ich, deren Namen man erst bekanntgeben würde, wenn ihre nächsten Verwandten verständigt worden seien. Inzwischen waren sie ja wohl verständigt worden, Russ' und meine Mom, mein Stiefvater und meine Großmutter. Ich hätte ganz gern gesehen, daß sie auch meinen leiblichen Vater verständigt hätten, da er genauso mit mir verwandt war wie irgendein anderer. Man sollte ja meinen, die Bullen würden sich bemühen, ihn zu finden. Aber er war wohl wie ich, vermißt, vermutlich tot. Dennoch, ich an seiner Stelle würde wissen wollen, ob mein eigener Sohn bei 'nem Brand draufgegangen ist.

»Cool«, sagte Russ. »Erste Sahne.«

»Wieso erste Sahne?« fragte ich.

»Da steht nichts über meine Sachen drin. Du weißt doch, was ich meine?«

»Klar«, sagte ich. Russ ist ein ziemlich sturer Bock. Er nahm an, daß keiner seine geklauten Videorecorder und Computer entdeckt hatte und daß sie immer noch im Hinterzimmer des ehemaligen staatlichen Schnapsladens darauf warteten, eines Tages von ihm abgeholt und vertickt zu werden.

»Dann werdet ihr beiden also vermißt?« fragte Richard.

»Stimmt. Und man hält uns für tot«, sagte ich.

»Wow! Das ist 'n echter Hammer. Als würdet ihr gar nicht existieren, Mann.«

Richard fand die Vorstellung, daß wir nicht existierten, wirklich aufregend, und er stellte Russ und sogar mir 'ne Menge Fragen darüber, was wir jetzt so vorhätten.

»Das ist, als wärt ihr *unsichtbar*, Mann! Ihr habt weder Fingerabdrücke noch Fußabdrücke oder sonstwas! Stellt euch vor, ihr habt keine *Vergangenheit*, Mann! Als wär man tot, ohne dazu erst sterben zu müssen. Das ist dermaßen cool! Ich beneide euch echt«, sagte er.

Dann schaltete er ab, wurde plötzlich ernst und angespannt und sagte zu James: »Hast du unser Crack mitgebracht, Mann? Ist der Typ aufgetaucht? Hat es geklappt?«

James sagte: »Ja, ja, ja«, und dann verzogen sich die beiden nach hinten in den Bus, wo sie wohl ihren Bong oder was auch immer hatten, und ließen mich und Russ mit der Zeitung allein, luden uns jedenfalls nicht ein mitzukommen. Ich war auch gar nicht so scharf drauf, im Gegensatz zu Russ, aber vermutlich teilen Crackheads ohnehin nicht. Allein schon zu wissen, daß Richard und James sich gerade zudröhnten, weckte in mir den Wunsch nach was zu kiffen, aber bei den Einkäufen war nur etwas Brot und Mortadella, und so belegten und aßen wir ein paar Sandwiches und tranken die Diet Coke aus. Wieder und immer wieder zogen wir uns den Artikel über das Feuer rein, als enthielte er irgend 'ne verschlüsselte Geheimbotschaft von Bruce oder von unseren Moms wie etwa: »Kommt nach Hause, alles ist vergeben.«

Schließlich sagte Russ: »Ich muß mein Tattoo loswerden.«

»Klar«, sagte ich. »Aber das hält doch ewig, oder?« In Wirklichkeit hatte ich fast vergessen, daß er überhaupt tätowiert war.

Er rollte seinen Ärmel hoch, streckte den Unterarm aus, die untere Seite nach oben, und sah ihn sich eine Weile an, als gehörte er jemand anderem.

»Scheiß auf diese Typen«, sagte er. »Weißt du was? Ich hasse sie, nach dem, was sie Bruce und uns alles angetan haben, Mann. Dieses Ding hätt ich mir nie machen lassen sollen.«

Es war ein grüner Nazihelm mit schwarzroten Adlerflügeln an den Seiten, oben drüber stand *Adirondack* und drunter *Iron*, gar nicht besonders groß, etwa wie ein halber Dollar.

»Warum gehst du nicht zu 'm Tätowierer und läßt ihn was anderes draus machen?« fragte ich.

»Nämlich?«

»Keine Ahnung. Was Größeres, mit viel Schwarz drin. Zum Beispiel einen riesigen schwarzen Panther, kurz bevor er springt und lebendiges Fleisch zerreißt und zerfetzt, mit gefletschten Zähnen, Krallen, gelben Augen und allem. Oder vielleicht so 'n schwarz-orangefarbenen Schmetterling, wie heißen sie doch gleich, Monarchfalter. Oder 'nen schwarzen Typ. Ich hab mal 'n Tattoo von diesem Malcolm X gesehen, über den sie 'n Film gedreht haben, und das war cool, weil es auf 'm Weißen echt auffällig war.«

Die Idee mit dem Panther gefiel Russ am besten. »Das wird meine neue Identität«, sagte er. »Mein Markenzeichen. Ich gehe in den Untergrund, Mann. Vielleicht ändere ich sogar meinen Namen.«

»In was?«

»Weiß nich. Vielleicht Buck. Was meinste?«

»Mit Nachnamen heißt du Rodgers, du Arsch. Willste Buck Rodgers heißen? Ein Scheißastronaut?«

»Dann ändere ich meinen Nachnamen eben auch.«

»Wie wär's mit Zombie, das ist cool. Dann wärst du Buck Zombie, der Untote.«

»Warum nicht«, sagte er, aber ich wußte, er würde es nicht machen, weil Russ trotz allem nicht radikal genug war, um ein echter Verbrecher zu werden. Im Grunde war er ein Astronaut.

»Für den Fall, daß die Biker je wieder nach dir suchen sollten, legst du dir am besten auch 'ne neue Identität zu«, schlug er vor. »Die sind garantiert sauer, weil du entwischt bist.«

»Richtig sauer sind sie auf dich, Buck. Weil du ihre Elektronik geklaut hast. Aber mich halten sie für tot. Mich und Bruce.«

»Irgendwer erzählt ihnen garantiert mal, er hätt so 'ne Mall-Ratte namens Chappie gesehen. Obdachloser Knabe mit Irokesenschnitt. Du fällst mächtig auf, Mann. Ich für meine Person, ich gehe verdammt noch mal in den Untergrund. Neuer Name, neues Tattoo, neues Spiel – neues Glück. Verstehste?«

»Tja, ich werd' wohl meine Haare wachsen lassen. Hatte ich sowieso vor«, sagte ich. Ich fuhr mit der Hand über den mittlerweile ganz schön stoppeligen, ehemals kahl rasierten Teil meines Schädels.

»Deinen Namen solltest du auch ändern. Versteh mich nicht falsch, Mann, aber für mich war Chappie immer irgendwie 'n ätzender Name.«

»Scheiße, immer noch besser als Chapman«, sagte ich. »Aber Zombie klingt ziemlich gut.«

Er lachte und sagte: »Ja, Zombie! Scheißzombie. Buck und

Zombie. Und keine Nachnamen. *Road warriors*, Mann. Amerikanische Gladiatoren! Wie in *Mortal Kombat!*« sagte er und verpaßte mir einen Karatetritt und dann noch 'n Karateschlag, und ich gab sie zurück – hoher Tritt, tiefer Tritt, hoher Schlag, tiefer Schlag, Abblocken, Drehung, Sprung und ducken, und im Handumdrehen kicherten wir unkontrolliert in der Gegend rum und fielen auf die Matratze, beinahe als wären wir stoned, dabei hatten wir in Wirklichkeit mächtig Schiß und lachten und fielen um, damit wir nicht darüber nachdenken mußten, was uns angst gemacht hatte.

Russ glaubte, wir müßten etwa hundert Dollar löhnen, um seine Tätowierung ändern zu lassen, obwohl ich nichts dagegen gehabt hätte, einen Teil des Geldes für später und für Grundbedürfnisse wie Gras und Lebensmittel aufzuheben; doch die Nummernschilder gehörten in erster Linie ihm, weil er sie vom Pickup des Feuerwehrmannes abmontiert hatte, und nur er hatte am Steuer gesessen, was hieß, daß der Wagen auch weitgehend seiner war, deshalb ging es wohl in Ordnung, wenn er bestimmte, wie wir das Geld ausgaben. Ich wäre sowieso nie auf die Idee gekommen, die Nummernschilder und den Wagen an Richard und James zu verscherbeln, die meiner Meinung nach sowieso kein Geld hatten, außer für Crack, aber Russ hatte eine Nase fürs Verkaufen. Er weiß, wann Leute was haben wollen, und er weiß, daß sie das nötige Kleingeld beschaffen können, noch bevor es ihnen selbst klar ist.

Es hat bestimmt nicht geschadet, daß Richard und James bei diesem Deal ganz schön zugedröhnt waren, ich muß aber zugeben, daß sich alles in Russ' Worten extrem attraktiv anhörte, besonders als er ihnen vorschlug, den Pickup auf dem Gelände einer Gebrauchtwagenfirma zwischenzulagern, wenn sie ihn nicht benutzten. »Fahrt einfach immer zu verschiedenen Händlern«, sagte er, »stellt ihn zwischen den Wagen ab, die zum Verkauf stehen, nehmt die Schilder mit nach Hause, und sie kommen euch nie auf die Schliche. Will einer 'ne Testfahrt machen und sie finden die Schlüssel nicht, werden sie denken, jemand hat Scheiße gebaut, und am nächsten Abend stellt ihr den Wagen einfach woanders ab. Die restliche Zeit gehört er euch. So wie er jetzt uns gehört.«

»Das ist unglaublich *raffiniert!*« rief Richard. »Hab ich recht, James? Ist das nicht raffiniert?«

»Ja«, sagte James. »Aber was kostet uns das?«

»Fünfhundert Mäuse«, sagte Russ. »Und die Nummernschilder gibt's gratis dazu. Die Schilder braucht ihr unbedingt. Es ist ein Ranger, Vierradantrieb, Mann, fast neu.«

Sie sagten: »Vergiß es«, und Russ feilschte eine Weile mit ihnen herum, bis er sich schließlich auf hundert Dollar runterhandeln ließ, fünf Zwanziger, die Richard von einer Rolle Geldscheine schälte, und Russ nahm sie mit trauriger Miene entgegen, als hätten die beiden ihn jetzt so richtig übers Ohr gehauen. Er gab ihnen genaue Anweisungen, wo sie den Pickup finden würden, und sie drohten natürlich, uns beide kaltzumachen, falls er nicht da sei. Für Crackheads hatten sie offenbar 'ne Menge Geld, übrigens auch für Studenten, aber Russ erklärte, sie hätten früher mal College-Darlehen bekommen, die sie immer noch ausgäben, obwohl sie im letzten Herbst vom College geflogen wären.

Dann zog Russ meine Wildlederjacke an, drängte mir sein Kapuzenshirt auf, zog mir die Kapuze über, damit man meinen Irokesen nicht sah, und wir machten uns zu so 'nem bekannten Tätowierladen in der Stadt auf. Doch vorher unternahmen wir noch 'n kleinen Abstecher in den Stadtpark zu dem kleinen öffentlichen Badestrand, wo die Jugendlichen um die Picknicktische herumlungerten und Gras kauften, und genau das taten wir auch auf die Schnelle bei so 'm großen rothaarigen Burschen, den ich vom Sehen her kannte, und danach teilte ich mir mit Russ 'ne Tüte und wir relaxten erst mal. Wir hatten ganz schön lange nicht mehr relaxt.

Die Sonne schien, und als der Rothaarige sich verpißt hatte, waren nur noch wir zwei da draußen, und es war warm und friedlich. Wir saßen auf einem Picknicktisch und unterhielten uns nicht mal. Hingen bloß unseren Gedanken nach. Der Champlain-See ist riesig, und man kann bis ganz rüber zu den Green Mountains in Vermont sehen, die bestimmt ihre vierzig Kilometer weit weg sind, und das Wasser glitzerte, als wäre es mit nagelneuen Silbermünzen bedeckt, und der Himmel über uns war leuchtend blau mit turmhohen aufgequollenen Wolken auf der Vermonter Seite. Möwen kreischten und schossen wie winzige Papierdrachen am Strand vorbei, vom See wehte ein frischer Wind rüber, den man hinter uns durch die Bäume brausen hörte, die rötlich schimmerten und wegen der vielen neuen Knospen hellgrün waren. Es war ein richtiger Frühlingstag, und auch wenn ich nicht gerade scharf darauf war zu erfahren, was als nächstes passieren würde, hatte ich zum erstenmal das Gefühl, daß der schlimmste Winter meines Lebens endlich hinter mir lag.

Als wir irgendwann merkten, daß wir Kohldampf hatten, organisierten wir uns bei dem Imbiß an der Ecke Bay und Woodridge Street ein paar Pizzastücke und 'ne Coke und brachen in Richtung Tätowierladen auf, der nur ein paar Straßen weit weg war. Unterwegs fiel mir in den Zeitungskästen am Straßenrand ein paarmal der *Press-Republican* auf, ich blieb stehen, sah das Foto an und las die Titelseite noch mal durch.

»Möchtest du einen als Andenken kaufen?« fragte Russ, der ja das Geld hatte. »Vielleicht sollten wir 'n Stapel nehmen, was meinste? Für unsere Enkel.«

»Zombies haben keine Enkel«, gab ich zu bedenken. »Bucks übrigens auch nicht«, fuhr ich fort, dachte aber, daß sie durchaus könnten, wenn sie wollten, und so wie ich Russ kannte, wollte er wahrscheinlich.

»Bedien dich, Mann«, sagte er, warf einen Vierteldollar und ein Zehncentstück in den Schlitz und räumte den Kasten aus, neun oder zehn Zeitungen, die er alle unter den Arm klemmte wie ein Zeitungsjunge in einem dieser alten Filme. Extrablatt, Extrablatt, das müssen Sie lesen. Obdachloser Junge verschwindet bei Großfeuer. Einheimischer Motorradfahrer verbrannt. Eltern fassungslos. »Ich kann nicht glauben, daß er nicht mehr da ist!« sagt weinende Mutter. »Im Grunde war er ein guter Junge«, sagt Stiefvater. Gesamte Stadt trauert.

Der Tätowierladen nannte sich Art-O-Rama, weil der Tätowierer Art hieß. Es war ein echt abgefuckter alter Laden in einer Gasse neben 'ner Seitenstraße, der zwar nicht gerade umwerfend aussah, aber in der Gegend berühmt war, weil nicht nur Luftwaffenpiloten vom Stützpunkt, sondern auch jugendliche Punks bedient wurden, falls sie Ausweise hatten, auf denen stand, daß sie achtzehn oder älter waren, was auf Russ und mich natürlich zutraf. Keiner von uns kannte den Typ persönlich, aber seine Arbeit hatten wir schon an diversen Jungs gesehen, die wir in der Mall getroffen hatten, und sie gefiel uns. Außerdem hatte sich Russ seine original Adirondack-Iron-Tätowierung von einem Harley-Mechaniker in Glen Falls machen lassen, der nur für Harley-freaks arbeitete, selber Biker war und sämtliche Biker im Norden des Staates New York kannte, zu dem konnten wir also unmöglich gehen.

Art war so 'n gruftiger Typ, Mitte Vierzig oder Fünfzig, dessen ganzer Körper – jedenfalls das, was man davon sah – mit den abgefahrensten Tattoos übersät war, hauptsächlich feuerspeiende Drachen und bunte asiatische Symbole, keine uncoolen Sachen wie etwa die amerikanische Fahne, Betty Boops oder Herzchen mit Pfeilen, wie es einige von diesen alten Säcken haben. Wenn er auch nur eine leichte Bewegung machte, bewegten sich alle Tätowierungen mit, als wäre seine Haut total lebendig und hätte so was wie 'n eigenes Bewußtsein und als gehorche sein Körper, der in dieser Haut steckte, ihren Befehlen wie bei einer Schlange.

Russ erzählte ihm, was er wollte, nämlich eine Überdeckung, woraufhin ihm Art diverse Pantherbilder zeigte, und nach einigem Hin und Her entschied sich Russ endlich für das, was mir wegen den smaragdgrünen Augen und den Zähnen auch am besten gefiel. Art sagte, die Überdeckung allein koste fünfzig Dollar oder er kriege fünfundsiebzig für die Überdeckung plus eine neue Tätowierung in gleicher Größe, und Russ konnte nicht anders, er mußte mit dem Typ handeln, bloß handelte er für mich, nicht für sich selber, wie mir auf einmal klarwurde, als Art zu mir sagt: »Okay, Kleiner, was soll's, heute ist sowieso nichts los, such dir irgendwas von dem Kram hier aus« und mir ein ziemlich zerfleddertes altes Buch mit Zeichnungen hinhält.

»Dreißig Piepen für den Panther und dreißig für die zweite, wenn du dir eins von diesen hier aussuchst«, sagte er, zündete sich eine Zigarette an und machte sich sofort an Russ' Unterarm zu schaffen, während ich das Buch mit den Vorlagen durchblätterte.

Das Surren der Nadel war wie 'n Flügelschlag von so 'm Kolibri und klang überhaupt nicht gefährlich, und wenn ich mal zu Russ hochsah, verzog er nicht eine Miene vor Schmerz oder so.

»Tut es weh?« fragte ich ihn.

»Nö«, antwortete er. »Es fühlt sich an, als hätte man einen Eiswürfel auf 'm Arm, nur am Anfang ist es eher heiß und pikst ein bißchen.«

Auf einige von den Zeichnungen stand ich eher als auf andere, zum Beispiel Palmen mit Sonnenuntergang oder einen heulenden Wolf auf 'm Berg, dachte mir aber, die wären wohl eher was für Ökofreaks, Müslis und so 'n Volk als für Kids wie mich. Die abgetrennten Köpfe, aus deren Augenhöhlen Schlangen krochen, die bluttriefenden Messer und die Joker mit den großen roten Zungen waren ganz okay, aber zu offensichtlich für Metal-Fans, und auch wenn ich zur Zeit tatsächlich 'n bißchen auf Heavy Metal stand, konnte man nie wissen, was die Zukunft so brachte. Ein Tattoo ist für immer und ewig, selbst wenn man sich wie Russ 'ne Überdeckung machen läßt, deshalb sollte man sich für ein Motiv entscheiden, mit dem man wachsen kann.

Dann entdeckte ich, was ich wollte. Es sah aus wie eine Piratenfahne, aber ohne Fahne, nur der Totenkopf und die gekreuzten Knochen dahinter, was mich an Peter Pan erinnerte, in so 'm Buch, das ich mal als kleines Kind hatte und aus dem mir meine Großmutter immer vorgelesen hat, wenn ich das wollte. Es war mein Lieblingsbuch. Ich weiß noch, daß ich mir die Bilder aus nächster Nähe angeguckt habe, wie man es als ganz kleines Kind halt so macht, und Großmutter nach der Fahne fragte, die mir irgendwie angst gemacht hatte, aber Großmutter sagte, damit wollten Käpten Hook und die Piraten den Leuten bloß weismachen, sie seien böse, dabei wollten sie nichts weiter, als vergrabene Schätze finden. Es ist eine gute Geschichte. Auf der Suche nach seinem verlorenen Schatten kommt Peter Pan in eine große Stadt, wo er echt reiche Kids kennenlernt, deren Eltern sie nicht mögen, weshalb er ihnen beibringt, wie man fliegt, und sie zu einem Versteck auf eine Insel mitnimmt, wo sie alle möglichen Abenteuer gegen Käpten Hook und die Piraten bestehen. Eine Indianerprinzessin und die unsichtbare Fee Tinker Bell helfen Peter Pan und den reichen Kids, die Piraten zu besiegen, und sie sind da auf 'ner echt geilen Insel gelandet, die Niemals-Land heißt, weil es dort keine Erwachsenen gibt und man immer Kind bleiben kann. Aber irgendwann fehlen den Kindern ihre Eltern, und sie wollen nach Hause und wie normale Menschen erwachsen werden, deshalb müssen sie Peter Pan allein auf seiner Insel zurücklassen. Die Geschichte endet also ziemlich traurig. Auch wenn er zum Schluß seinen Schatten bekommt.

Jedenfalls dachte ich mir, ein Tattoo ist was wie 'ne Fahne für einen einzelnen Menschen, und entschied mich für die Piratenfahne mit Totenkopf und gekreuzten Knochen, wie die von Käpten Hook, nur ohne den Totenkopf. Bloß die gekreuzten Knochen. Den Totenkopf fand ich schon irgendwie abartig, außerdem war ich mir sicher, daß er mich irgendwann anöden würde, wenn ich ihn erst mal ein paar Jährchen lang angucken müßte, aber bei den gekreuzten Knochen dachte ich an »X kennzeichnet die Stelle«, an Malcolm X aus dem Film, an »Der Schatz liegt hier«, an Straßenkreuzung und all so 'n Zeug. Und wenn sie es sahen, würden die Leute auch ohne den Totenkopf denken, ich sei tierisch böse, und das war cool. Und wenn ich mich ansah, würde ich immer an Peter Pan denken und wie mir als kleinem Kind meine Großmutter das Buch vorgelesen hat. Russ hielt es auch für eine erstklassige Wahl, meinte dabei aber nur das Böse. Ihm das andere zu erzählen hielt ich für überflüssig.

Ich ließ das Tattoo von Art auf die Innenseite meines linken Unterarms machen, genau wie Russ, so daß ich es anderen zeigen konnte, wenn ich den Arm zum Gruß hochstreckte oder mit jemandem die Hand abklatschte, und es mir selbst zeigen konnte, indem ich einfach den Arm umdrehte und nach unten sah. Das Tätowieren war viel schmerzhafter, als Russ gesagt hatte, und das Ding brannte permanent, solange Art daran arbeitete, und war nachher wund, aber als er fertig war, sah es wirklich oberaffengeil aus, bloß war die Haut drum rum tierisch rot und irgendwie entzündet. Es war aber ein echtes Kunstwerk. Die gekreuzten Knochen hatten an den Enden große Gelenke wie Schenkelknochen oder so ähnlich und waren unheimlich detailgetreu rübergekommen. Der Typ konnte zeichnen.

»Voll geil, Alter!« rief Russ, und wir beide klatschten die erhobenen linken Hände zusammen. »Du hast die oberscharfen Knochen!« sagte er zu mir. Ich merkte, daß Russ wünschte, er hätte sich keinen Panther machen lassen, doch jetzt war es zu spät.

»*So* solltest du heißen«, sagte er. »Bone wie Knochen. Wegen deiner Tätowierung. Vergiß Zombie, Mann, das klingt, als stündest du auf Voodoo oder irgend so 'n okkulten Scheiß. Bone ist hart, Mann. Hart. Und es ist verdammt universell, Mann.«

»Yeah. Vergiß Zombie. Bone ist cool«, sagte ich, und ich meinte es ernst und sah mich schon als Bone, den Knochen. »Willst du immer noch bei Buck bleiben?« fragte ich ihn. Ich fand, Buck & Bone klang nicht besonders gut. So country- und westernmäßig. »Wie wär's mit Panther?« schlug ich vor, damit er sich wegen seines Tattoos vielleicht besser fühlte, aber bei so'm

Redetalent wie Russ hielt ich eigentlich Panther für keinen coolen Namen, das sagte ich bloß so.

»Nö. Erst mal bleib ich bei Buck«, sagte er. »Wie die Firma Buck, die Messerhersteller. Oder wie ein großer Zwölfender, ein Hirsch, englisch *buck*, wie in der Magenbitterwerbung.«

»Ja. Oder wie der Daddy von Bambi.«

»Leck mich, du Arsch«, sagte er. Ich merkte, daß er stinkig war und sich von mir wegen seinem Namen und seines Tattoos gekränkt fühlte.

»Komm schon, Mann, ich hab doch bloß 'n blöden Witz gemacht. Bone ist ein großer Spaßvogel, mußt du wissen.«

Er sagte: »Schon gut«, bezahlte den Typ für seine Tätowierungen, und wir gingen. Abgesehen davon, daß Russ sauer war, fühlte ich mich echt ausgezeichnet, als wäre ich ein neuer Mensch mit neuem Namen und sogar 'nem neuen Körper und als wäre meine alte Identität als Chappie nicht tot, sondern nur ein Geheimnis. Das macht ein Tattoo, es bewirkt, daß dein Körper eine Art Spezialanzug für dich ist, den du an- oder ausziehen kannst, wann immer dir danach ist, und wenn ein neuer Name cool genug ist, macht er genau das gleiche. Hat man beides auf einmal, bedeutet das Macht. Es ist die gleiche Macht, die diese Superhelden mit den Geheimidentitäten haben, weil sie von einer Persönlichkeit zur anderen wechseln können. Egal, für wen du ihn gerade halten magst, Mann, der Bursche ist garantiert immer jemand anderes.

7

Bone herrscht

Nachdem wir Art fürs Tätowieren bezahlt hatten, blieben Russ nur noch knapp dreißig Dollar, was unsere Optionen sozusagen einschränkte, wir hatten nichts mehr zu verscheuern, außer vielleicht meine Wildlederjacke. Die und die neuen oder zehn *Press-Republicans*, die Russ unterwegs für ein bißchen Kleingeld loswerden wollte, aber es war schon Nachmittag, und das gemeine Volk zeigte wenig Interesse. Außerdem hatten wir, von dem Schulbus abgesehen, keine sichere Bleibe, und dort wollte Russ clevererweise nicht hin, als ich ihn daran erinnerte, daß die Crack-Brüder garantiert Scheiße bauen und sich schnappen lassen würden, während sie gerade in unserem geklauten Pickup durch die Gegend kutschierten.

»Crackheads, Mann, die machen bescheuerte Sachen«, erinnerte ich ihn.

»Ja, aber die Typen sind Studenten«, wandte er ein.

»Am Arsch, Mann. Spielt keine Rolle, ob das Studenten sind. Nur ein Pfeifenlutscher gibt dir hundert Mäuse für die Nummernschilder und die Schlüssel von 'nem Pickup, den jemand dreißig Kilometer weiter vor 'nem Stewart's geklaut hat«, sagte ich zu ihm. »Und sobald sie diese Ärsche schnappen, hängen die's uns an und verraten unsere Geheimidentitäten an die Bullen, die uns sofort hopsnehmen, wenn wir zum Bus zurückkommen.«

Russ sagte: »Schon, aber Richard und James kennen doch unsere Geheimidentitäten gar nicht, sondern bloß unsere alten«, und ich mußte ihn darauf hinweisen, daß das ein und dasselbe war, jetzt waren nämlich Chappie und Russ unsere Geheimidentitäten, nicht Bone und Buck. Keine Ahnung, warum, aber ich konnte es einfach nicht ab, ihn Buck zu nennen. Ein wenig sah er wie ein *buck* aus, ein junger Hirsch, ein Vierender vielleicht, schlaksig, mit langem Gesicht, glatten braunen Haaren und Segelohren, aber wenn ich ihn mit seinem neuen Namen anredete, konnte ich das immer bloß in leicht hämischem Tonfall machen, sonst stolperte ich drüber und sagte beinahe Duck oder Fuck oder Kack. Wer so gut reden konnte wie Russ, hätte sich wirklich 'n Namen einfallen lassen können, der einem leichter über die Lippen kam und einen auf angenehmere Gedanken brachte.

Jedenfalls war er auch der Meinung, es sei jetzt zu gefährlich, zum Bus zurückzugehen, und er mußte zugeben, selbst wenn niemand den Crack-Brüdern glaubte, sobald sie anfingen, alles auszuplaudern, um sich aus 'ner Anklage wegen Autodiebstahls rauszuwinden, indem sie ihn zwei armen, vermißten und mutmaßlich toten Jugendlichen anhängten, von denen sie in den Zeitungen gelesen hatten, würden die Cops den Schulbus garantiert trotzdem wenigstens eine Zeitlang beobachten.

Aber irgendwohin mußten wir. Schließlich konnten wir nicht in der Mall rumhängen, wo uns Joker oder einer der Biker sehen könnte, von den Bullen ganz zu schweigen, obwohl ich annahm, daß sich die Biker mittlerweile nach Buffalo oder Albany abgesetzt hatten. Und mit oder ohne neue Identität – wir konnten die Stadt trotzdem nicht verlassen und nach Florida oder Kalifornien trampen, um dort trotz unseres jugendlichen Alters ein neues Leben anzufangen. Jedenfalls nicht, bevor sie uns von der Vermißtenliste strichen und bloß das »mutmaßlich tot« stehen ließen und die Leute nicht mehr nach uns Ausschau hielten, ob wir, die Daumen hoch, neben der Autobahn in Richtung Süden standen. Das konnte Monate dauern.

Ich fragte mich, ob sie unsere Fotos wie die von anderen vermißten Jugendlichen auf Milchkartons drucken würden. Irgendwie hoffte ich das, auch wenn das neueste Foto, das meine Mom von mir hatte, aus der sechsten Klasse stammte, als ich elf war, lange Haare hatte und total beknackt aussah und sogar noch jünger, als ich ohnehin war. Ich stellte mir immer vor, daß all diese vermißten Jugendlichen in Arizona oder so zusammen in irgend 'ner Bude hausten, mittlerweile dick befreundet waren und sich jeden Morgen beim Frühstück tierisch einen ablachten, wenn einer zum Kühlschrank latschte und einen ganzen Karton Milch für die Corn-flakes rausholte.

Russ überlegte ein Weilchen und sagte dann, er wisse von 'm Sommerhaus drüben in Keene, von seiner Tante aus 'n Stück die Straße runter, der Tante, als deren Sohn ihn seine Mom früher immer ausgegeben hatte, wenn sie irgendwelche Kerle aus der Bar abgeschleppt hatte. Er mochte die Tante, sie war die coole ältere Schwester von seiner Mom, verheiratet, hatte ein paar eigene Kids, natürlich nicht Russ. Bevor er offiziell bei seiner Mom auszog, hatte Russ manchmal im Haus seiner Tante gepennt, und er und seine Cousins waren in der Nachbarschaft in Sommerhäuser eingestiegen, wenn die Besitzer gerade nicht da waren. Es gäbe da ein Haus im Wald, sagte er, einen knappen Kilometer von der Straße entfernt, in der seine Tante wohne, das habe keine Alarmanlage oder so was, und man könne tierisch leicht einsteigen, die Leute kämen nur im Sommer dorthin, aus Connecticut oder so. »Das is' wie 'n richtiges Hotel, Mann. Die haben da sogar für Notfälle Lebensmittel gebunkert und 'ne Glotze und alles.«

Da wir noch genug Kohle für den Bus nach Keene hatten, der einen bloß ein paar Kilometer von dem Haus entfernt rausließ, entschieden wir uns dafür. Russ gab es endlich auf, für 'n bißchen Kleingeld seine Zeitungen an den Mann bringen zu wollen, und schmiß sie in den Müll, bis auf die Titelseite, die er von einer Zeitung abriß. »Für das Album, Mann«, sagte er. Dann gingen wir rüber zum Trailways-Busbahnhof, um die Abfahrtszeiten abzuchecken.

In ungefähr einer Stunde sollte ein Bus nach Glens Fall und zu noch weiter südlich gelegenen Kaffs fahren, der auch in Keene hielt, und so drückte ich mich auf dem Klo rum, während Russ die Fahrscheine kaufte. Er hatte sich überlegt, daß uns eventuell ein Bulle entdecken könnte, wenn man uns beide zusammen in der Öffentlichkeit sah. Daher wartete ich, und beim Warten fiel mir ein, daß Bruce immer gern hierhergekommen war, um sich von Schwulen einen blasen zu lassen, die er dann anschließend gnadenlos vermöbelte, was mir ziemlich eigenartig vorkam, obwohl – offenbar fand niemand sonst was dabei. Hinterher gab er damit an, und die anderen waren ganz scharf darauf, es auch mal zu probieren, doch gemacht hat es wohl nie einer. Nicht weil es gegen ihre Prinzipien gewesen wäre – so was hatten sie ja praktisch nicht –, sondern eher, weil sie Schiß davor hatten, sich von 'nem Typen einen blasen zu lassen. Bloß von Frauen ließen sie sich gern einen blasen. Schwule haben sie nur aufgemischt, um ihnen dann Schotter und Uhren abzuknöpfen. Ich hab den Unterschied nie richtig geschnallt, hab gedacht, sich einen blasen lassen ist schließlich, sich einen blasen lassen, aber ich war ja noch ein Kind.

Bald war der Bus abfahrbereit, und Russ kam und gab mir meinen Fahrschein und sagte, ich sollte nicht mit ihm zusammen einsteigen, mich ganz nach hinten setzen und aufpassen, wann er in Keene ausstieg, und ab da wollten wir dann wieder zusammen weiter. Er stieg als erster ein, nach ein paar Minuten ging ich hinterher und stellte mich an, zwischen uns etwa zehn Leute. Die ganze Zeit rechnete ich halb damit, beim Einsteigen von einer Polizistenhand zurückgerissen zu werden, aber ich stieg ohne Zwischenfall ein, vorbei an Russ, der in der dritten Reihe hockte, und ich tat so, als ob ich ihn nicht kennen würde, und setzte mich allein in die letzte Reihe.

Ich blieb aber nicht lange allein. Kaum fuhr der Bus aus dem Bahnhof, verließ so 'n muskulöser, rotgesichtiger, etwa achtzehnjähriger Typ mit großem Adamsapfel seinen Platz, ein Typ, den ich wegen seines Bürstenhaarschnitts für 'n Mitarbeiter der Luftwaffe hielt, obwohl er gerade keine Uniform anhatte. Er setzte sich neben mich, kramte sofort seine Halbliterflasche Pfirsich-schnaps raus, nahm einen Schluck und bot mir auch einen an, was ich stumm ablehnte, weil... von Bier abgesehen macht mich Alk immer tierisch müde, und ich wollte meine Haltestelle nicht verpassen.

Der Typ war ein Vielschwätzer auf dem Weg nach Hause zu seiner Freundin in Edison, New Jersey, die zu ihrem eigenen Be-sten mit keinem anderen bumste, sonst würd er ihr innen Arsch treten blablabla. Zur Air Force gegangen war er wegen Desert Storm und dem Golfkrieg, der gerade in vollem Gange gewesen war, als er die Schule beendet hatte, aber jetzt war er sauer, weil das amerikanische Militär zur Zeit bloß hungernde Nigger in Afrika versorgte blabla, während er am liebsten so 'n paar Scheiß-araber fertigmachen würde, alles klar bla?

Ich reagierte nicht, was nicht besonders clever war, denn jetzt wurde er neugierig und wollte von mir wissen, wohin ich führe.

»Nach Israel«, sagte ich, denn das war mir spontan eingefal-len.

»Donnerwetter«, sagte er. »Na, da haste 'ne Menge Araber, denen du's zeigen kannst, Mann. Diese PLO und so was. Biste Jude?«

»Allerdings. Aber kein gewöhnlicher Jude«, fuhr ich fort. Ich sagte, ich gehöre zu einem uralten Stamm umherziehender Juden, die sich – was ich mir ausgedacht hatte – Leviten nannten, was übersetzt soviel wie Rindenesser heiße, und wir seien die Nach-kommen des Verschwundenen Stammes, der sich noch vor den Wikingern in Kanada und im Norden des Staates New York nie-dergelassen habe. Im Lauf der Zeit hätten zwar manche von uns Indianer und Indianerinnen geheiratet und die alten jüdischen Sitten aufgegeben, doch einige seien bis heute gläubig geblieben, und jetzt wanderten wir allmählich zurück in unser Heimatland Israel, wo wir gewisse Fähigkeiten ziemlich gut gebrauchen könn-ten, die wir uns während unseres jahrhundertelangen Zusam-menlebens mit den Indianern angeeignet hätten.

»Donnerwetter«, sagte er. »In Israel? Was wär'n das für Fähigkeiten?«

»Och, beispielsweise Feinde in felsigem Gelände verfolgen, in der Wüste tagelang ohne Wasser auskommen oder Folter ertragen.«

»Aber du kennst dich mit so 'm Kram doch gar nicht aus«, wandte er ein. »Du bist doch noch 'n Kind.«

»Das gehört zu unserer frühesten Erziehung. In der Reservation verbringen wir etliche Jahre damit, indianische Fähigkeiten zu lernen, für den Fall, daß es irgendwann noch mal zu 'ner Nazi-Erhebung kommt, und in den Sommerferien und später geben unsere Väter diese ganzen jüdischen Überlieferungen an ihre Söhne weiter. Die Mütter bringen ihren Töchtern andere Dinge bei.«

»Als da wären?«

»Das verraten sie uns nicht. Juden und Indianer halten Jungen und Mädchen weitgehend getrennt, mußt du wissen.« Der Typ war jetzt voll bei der Sache, genau wie ich, und ich saß da, flunkerte ihm auf dem ganzen Weg bis Keene die Hucke voll und hätte fast nicht bemerkt, wie Russ seinen Platz verließ, als der Bus von der Straße bog und neben einem Restaurant hielt. »Ich muß gehen«, sagte ich zu dem Typ.

»Ich dachte, du willst nach Israel.«

»Schon, aber mein alter Vater wohnt hier in der Nähe, und ich muß mich von ihm verabschieden und dem Grab meiner Mutter einen Besuch abstatten. Er ist nämlich einer der Juden, die eine Indianerin geheiratet haben«, sagte ich, nahm meine Kapuze ab und zeigte ihm meinen Irokesenschnitt, der zwar mangels Haarspray und wegen der Kapuze nicht mehr hochstand und um den mittlerweile jede Menge Stoppeln rumwuchsen, aber wie 'n Halbindianer sah ich damit allemal aus, wenigstens für diesen Typ aus New Jersey.

»Ey, viel Glück, Mann«, sagte er und drückte mir fest die Hand. »Wie heißt du?«

»Bone.«

»Cool«, sagte er und winkte, als ich aus dem Bus stieg und mich zu Russ gesellte, der auf dem Restaurantparkplatz schon ungeduldig auf mich wartete.

Wir brauchten ungefähr eine Stunde, bis wir an die Abzweigung zum Sommerhaus gelangten; ständig bergauf auf einer miesen Schmuddelstraße, an der hauptsächlich kleine mickrige Häuschen standen mit Plastik vor den Fenstern und rostenden alten Autos dahinter. Ab und zu kamen wir an einer Auffahrt vorbei, die im Wald verschwand, wo neben der Straße steinerne Pfeiler und geschnitzte Edelschilder mit Namen wie »Brookstone« oder »Mountainview« standen. Reiche Leute wollen zwar nicht unbedingt, daß man ihre Sommerhäuser von der Straße aus sieht, aber offenbar soll man auch nicht ganz vergessen, daß es sie gibt.

Auf dem Schild, an dem wir abbogen, stand »Windridge«, und um Autos fernzuhalten, hatten sie vor die Auffahrt eine Kette gespannt, über die wir einfach rüberstiegen, dazu ein großes »Betreten verboten«-Schild und jede Menge »Jagen verboten«-Schilder mit Einschußlöchern; auf diese Weise sagten ihnen die Einheimischen: Ihr könnt uns mal. Die lange schmale Auffahrt führte an großen alten Fichten vorbei, durch die der Wind pfiff. Es war kalt da und irgendwie unheimlich, und der Boden unter unseren Doc Martens war von diesen ganzen Fichtennadeln tierisch weich, als wir weitergingen, schweigend, was an unserer Nervosität lag, und daran waren weniger die »Betreten verboten«-Schilder unten an der Straße schuld als die ganze Atmosphäre, die an dieses gruselige Kindermärchen erinnerte, wo in einer Waldhütte am Ende des Weges eine böse Hexe lauert.

Doch als wir aus dem Wald traten, stand da statt einer Hexenhütte ein riesiges, dunkelbraunes, an einen Hang gebautes Blockhaus mit mehreren Veranden und Terrassen samt hektargroßen Rasenflächen und einem abgedeckten Swimmingpool, einem Tennisplatz, Garagen und etlichen Häuschen für Gäste und dergleichen. Sie hatten sogar ihre eigene Satellitenschüssel. Es war ohne Frage das größte und schickste Haus, das ich persönlich je gesehen hatte. Es war wie so 'ne Plantage.

»Diese Leute wohnen hier echt nur in den Ferien?« fragte ich Russ.

»Ja. Meine Tante arbeitet dann als Putzfrau für sie«, sagte er. »Der Typ ist 'n wichtiger Professor oder so, und seine Frau ist Künstlerin. Ich glaub, die sind ziemlich berühmt.«

Vor den Fenstern hingen Holzläden, und das Haus sah ziemlich einbruchsicher aus, aber Russ sagte, er hätte sich 'ne Möglichkeit ausgeguckt, da einzusteigen, als er einmal seiner Tante geholfen hatte, im Pickup seines Onkels Müll auf die Kippe zu fahren. »Du glaubst gar nicht, was die für geilen Kram wegschmeißen, Mann. Gute Sachen. Meine Tante behält das meiste. Ihr halbes Haus ist mit dem Zeug ausgestattet, das diese Leute auf den Müll werfen.«

Wir gingen den Hang rauf am Haus entlang zu dessen Rückseite, wo im ersten Stock so 'n kleiner vergitterter Balkon vorstand. Russ kletterte an einem Stützpfeiler hoch, und während er an einer Hand da oben hing, schnitt er mit dem Taschenmesser in seiner anderen Hand das Gitter durch und zog sich auf den Balkon hinauf. Ich folgte ihm, und als ich oben ankam, hatte er schon eine Glasschiebetür aufgestemmt und das Haus betreten, ich schob also den Vorhang beiseite und schlenderte ebenfalls hinein, als wohnten wir da und beträten das Gebäude immer so.

Wegen der Fensterläden und zugezogenen Vorhänge war es so dunkel im Haus, daß man kaum was sah, aber ich roch frische Farbe und dachte mir, hier ist normalerweise bestimmt die Frau des Hauses mit ihren Kunstwerken zugange. Gerade wollte ich die Vorhänge an den Glastüren aufziehen, als Russ sagte: »Laß das, Mann. Mein Onkel ist so was wie der Hausmeister. Sie bezahlen ihn, damit er einmal die Woche vorbeikommt und nachsieht, ob es Anzeichen für 'n Einbruch gibt.«

Eine Zeitlang stolperten wir auf der Suche nach Kerzen durch die Dunkelheit und betraten gerade einen Flur, der vom Atelier abging, als plötzlich direkt neben mir eine Telefon losklingelt, was mir einen Mordsschreck einjagt. Dann hören wir eine Männerstimme: »Hi, hier ist Windridge! Wenn Sie mit Bib oder Maddy Ridgeway sprechen möchten, erreichen Sie uns unter 203-555-5101, wo wir Ihren Anruf gern entgegennehmen. Auf diesem Gerät können Sie leider keine Nachrichten hinterlassen. Byebye!«

»Herrgott noch mal! Was war denn *das* für 'n Scheiß?« sagte ich.

»Das ist ein Anrufbeantworter, Blödmann. Das heißt aber, daß der Strom eingeschaltet sein muß«, sagte Russ und betatschte so lange die Wand neben der Tür, bis er den Schalter fand und eine Deckenlampe anknipste. »Es werde Licht, Mann!« sagte er.

Danach waren wir so was wie richtige Hausbewohner. Wir schlenderten durch die gesamte Hütte, durchsuchten Schränke, Schubläden und Vitrinen, checkten alles durch, als wären unsere Eltern übers Wochenende verreist. Nur die Tür zum Atelier schlossen wir ab und betraten diesen Raum ausschließlich, wenn wir ins Freie gehen mußten, weil Russ Schiß hatte, sein Onkel könnte das Licht durch die Vorhänge sehen, wenn er vorbeikam. Aber man konnte tierisch viele Schlafzimmer durchstöbern, die mit geschlossenen Fensterläden versehen waren, und ein Arbeitszimmer mit haufenweise Bücherregalen, diversen ausgestopften Tierköpfen und Vögeln und eine gigantische Küche und eine Vorratskammer mit Hunderten Konservendosen Tomatensauce, Suppen und Bohnen, allen möglichen Lebensmitteln in Dosen, darunter ausgefallene Sachen, von denen ich noch nicht mal was gehört hatte, geräucherte Austern, Anchovis oder Wassernüsse. Außerdem hatten sie Riesengläser voll mit merkwürdig gefärbten Spaghetti, ausgefallenen Reissorten, Haferflocken, Instantkaffee, Instanteistee und Instantpulver für Fruchtsaft, was man halt so brauchte, dazu einen großen Gefrierschrank und zusätzlich noch zwei komplette Kühlschränke, allerdings nicht angeschlossen und leer.

Natürlich waren die Heizkessel abgestellt, im Haus war es kälter als draußen, und es roch feucht und modrig, weil es den ganzen Winter über zugesperrt war, trotzdem war es gemütlich, und Russ sagte, sobald es dunkel würde und niemand mehr den Rauch sähe, könnten wir im Wohnzimmer ein Feuer machen, und wahrscheinlich stünden irgendwo sogar 'n paar Heizgeräte rum. Nach unserem letzten Erlebnis mit 'm Heizgerät hielt ich das für keine besonders gute Idee und hatte deshalb die stille Hoffnung, er möge keine finden, und so war's dann auch.

Als ich in der Küche an einem Wasserhahn drehte, kam nichts raus, und das sagte ich Russ. »He, das Wasser ist abgestellt. Wie sollen wir pissen und scheißen, Mann? Wir können nicht mal abwaschen.«

Russ sagte, vielleicht würden wir noch rauskriegen, wie wir das Wasser selber anstellen könnten, und so suchten wir eine Weile rum, bis wir die Kellertür fanden, und als wir da runtergingen, entdeckten wir auf Regalen neben der Treppe 'ne Wahnsinnscampingausrüstung einschließlich Schlafsäcken, von denen wir zwei zum Pennen mitnahmen, weil auf den Betten weder Laken noch Decken lagen. Nach einer ganzen Weile fanden wir doch noch das Rohr, mit dem Wasser aus dem Brunnen ins Haus geleitet wurde, und Russ legte bloß den Hebel am Rohr um und knipste den Pumpenschalter auf »An« und ein paar Sekunden später hörten wir im ganzen Haus die Rohre gluckern und klopfen. »Es werde Wasser!« sagte Russ. Dann stellte er den elektrischen Wasserboiler an und sagte: »Es werde *heißes* Wasser!«

Unsere Schlafsäcke legten wir auf die beiden Betten im großen Schlafzimmer im ersten Stock, das ein eigenes Bad mit rundum beleuchtetem Spiegel hatte wie bei 'nem Filmstar, und nachdem wir wegen der guten Beleuchtung jeder ein paar Pickel ausgequetscht und ausgiebig unsere Tattoos betrachtet hatten, gingen wir wieder in die Küche und kochten uns 'n paar von diesen abartig grünen Spaghetti.

Es waren zwar ziemlich gute, aber ein wenig klumpige Spaghetti. Wir machten sie mit Tomatensauce, in die wir Thunfisch aus der Dose gemischt hatten, nahmen an dem langen Eßzimmertisch Platz, aßen von großen Tellern mit Goldrand und tranken dazu aus super edlen Kelchgläsern Instanteistee, aber natürlich ohne Eis. Russ saß an einem Ende der Tafel, ich an dem anderen, und wir unterhielten uns wie Bib und Maddy Ridgeways fast erwachsene Söhne, die in den Ferien von ihren teuren Privatschulen hergekommen waren, während Bib und Maddy drüben in Connecticut noch mehr Asche machten, um uns noch mehr tolle Sachen zu kaufen.

»Würdest du mir freundlicherweise das Salz reichen, lieber Bruder?«

»Aber mit Ver-*gnügen*, und wie wäre es mit einer weiteren Portion dieser ausgesprochen exzellenten grünen *Spaghetti*? Das ist die Farbe des Geldes, ist das nicht eine gar *köstliche* Idee? Ich werde Butler Jerome veranlassen, noch ein wenig mehr davon aufzutragen.«

»*Verbindlichsten* Dank, lieber Bruder, wie *aufmerksam* von dir.«

So gut wie in dieser ersten Nacht in dem Sommerhaus hatte ich mich schon lange nicht mehr gefühlt, obwohl ich wußte, daß es nur vorübergehend war und wir eigentlich Einbrecher waren. Doch weil ich eh schon vor dem Gesetz floh und eindeutig auf ein Leben als Verbrecher festgelegt war, störte es mich wenig, daß ich jetzt auch noch ein kleiner Einbrecher war. Wenn man so wie wir erst mal sämtliche Brücken zur Vergangenheit hinter sich gelassen hat, kann man nicht mehr zurück. Nah oder fern gibt es nicht mehr, alles ist gleich: verschwunden.

Nach dem Abendessen sahen wir noch eine Weile fern, aber weil wir mit der Satellitenschüssel nicht klarkamen, war das Bild miserabel und außerdem kriegten wir nur Kanal 5 aus Plattsburgh rein. Wir sahen uns mit einem Auge Sally Jessy Raphaels Talk-Show an, aber dann kamen die Lokalnachrichten mit 'm Bericht über den Brand, eigentlich das gleiche wie in der Zeitung, bloß mit weniger Einzelheiten, außer daß man jetzt davon ausging, wir seien im Feuer umgekommen, weswegen wir nicht mehr als vermißt galten. Das brachte uns echt in Hochstimmung, und wir schwenkten die Fäuste, sagten: *Jawollo!* und hofften inständig, daß sie unsere Mütter interviewten, aber der Nachrichtenheini machte bloß mit irgend so 'm öden Kram über Steuern weiter, die ab heute fällig werden sollten.

Als nach den Nachrichten *Jeopardy* lief, schalteten wir die Glotze aus und gingen die Kassetten und CDs der Ridgeways durch, aber die hatten nur Klassik, und Russ sagte, »vergiß den Scheiß«, obwohl ich gegen ein bißchen Klassik nichts einzuwenden gehabt hätte. Mir fiel ein, wie sehr es mir damals gefallen hatte, als ich mit diesem Typ von der Mall nach Au Sable getrampt war. In der Küche stand aber ein tragbares Radio, und wir fanden einen ziemlich guten Rocksender aus Lake Placid, der laut und deutlich reinkam und so Grufties wie Elton John und Bruce Springsteen spielte, und Russ und ich hatten unseren Spaß, indem wir uns eine Zeitlang über sie lustig machten.

Später, als wir wußten, daß es dunkel war, suchten wir nach etwas Brennholz, und als wir im Haus keins fanden, fiel uns auf, daß 'ne Menge Möbel – vor allem im Wohnzimmer – aus alten Stöcken und Holzklötzen bestanden, in erster Linie naturbelassene Birkenäste, an denen noch die Rinde und so was hing, jede Menge wacklige Stühle und Tische, als hätte sie ein kleiner Junge für sein Baumhaus gezimmert. Sie sahen nicht aus, als würden sie reichen Leuten irgendwas bedeuten, deshalb machten wir mit einem von den Stühlen Feuer und legten uns dann auf ein paar Kissen von der Couch vor den Kamin und relaxten total.

Irgendwann wurde uns klar, daß es ziemlich perfekt wäre, wenn wir etwas Gras hätten, und Russ setzte sich in den Kopf, daß die Ridgeways Kiffer waren, schließlich waren sie ja so was wie berühmte Künstler, und seine Tante hatte ihm sogar gesagt, sie hätte beim Putzen welches gesehen.

»Wo hat sie es gesehen?« fragte ich.

»Keine Ahnung, hat se nie gesagt. Aber komm, wir schnüffeln

mal 'ne Runde hier rum«, sagte Russ, sprang auf und tastete in sämtlichen Tischschubladen, im Schreibtisch und sogar hinter den Büchern auf den Regalbrettern rum. »Na los, Bone, hilf mir mal, ja?« sagte er.

Ich konnte mir zwar nicht vorstellen, daß einer echt seinen Grasvorrat zurücklassen würde, wenn er das Haus den Winter über verrammelte, half ihm aber trotzdem bei der Sucherei, bloß damit er den Mund hielt.

Ich kramte eine Zeitlang in der Küche rum und ging dann nach oben in das große Schlafzimmer, wo unsere Schlafsäcke lagen, und durchwühlte die Schränke und Kommoden, fand aber nichts. Dann zog ich die Schublade von einem Nachttisch auf und starrte plötzlich auf einen Frühstücksbeutel, in dem etwa zwanzig kleine, säuberlich gerollte Joints lagen.

Spitzenmäßige Entdeckung.

Dann sah ich etliche Kondome und dachte mir, vielleicht liegt hier sogar 'n bißchen Koks rum, denn wenn man soviel Glück hat, wird man habgierig; daher griff ich in die hinterste Ecke der Schublade und spürte etwas, was ich sofort als 'ne Knarre und 'ne kleine Schachtel Munition identifizierte.

Die Joints und die Kondome nahm ich mit nach unten und zeigte sie Russ, aber die Waffe und die Munition nicht, erzählte ihm nicht mal davon, ohne zu wissen, warum, außer vielleicht, weil er so leicht erregbar ist und ich sie ihm nicht anvertrauen wollte. Jedenfalls teilten wir die Joints brüderlich, und ich gab ihm alle Kondome, weil ich nicht wußte, wann ich sie brauchen würde, wenn überhaupt, und er sagte, er wollte sie haben, schließlich sei Vorsicht die Mutter der Porzellankiste, und er freue sich darauf, 'n paar von den Babes hier vor Ort zu vögeln. Dann fläzten wir uns auf den Teppich vor das Kaminfeuer, jeder rauchte einen Joint, und es war ein perfekter Abend.

Später wollte ich von ihm wissen, wann die Ridgeways normalerweise aus Connecticut hier aufkreuzten.

»Is noch lange hin, Mann«, antwortete er. »Wahrscheinlich

erst im Juni, die kommen erst, wenn die Kriebelmücke nicht mehr sticht. Nur die Ruhe, Mann. Die nächsten paar Monate ist das hier unser Zuhause, Mann.«

»Und dein Onkel, kommt der nicht zwischendurch mal rein und checkt alles?«

»Nö. Der macht nur das Nötigste. Er fährt hier raus, sieht sich um und steigt meistens nicht mal aus'm Wagen. So etwa eine Woche bevor sie herkommen, rufen die Ridgeways ihn wohl an, dann fährt er raus und stellt das Wasser, den Heizkessel und so was an.«

»Wie erfahren wir, wann wir abhauen müssen?«

»Wir müssen einfach die Ohren spitzen, ob sein Wagen die Auffahrt raufkommt, dann hauen wir auf demselben Weg ab, wie wir gekommen sind.«

»Und danach?«

»Hä?«

»Wenn er hier ist und wir abgehauen sind. Wohin gehen wir dann?«

»Keine Ahnung. Lieber Himmel, Bone! Alles zu seiner Zeit.«

Da dachte ich, daß Russ irgendwie nicht so tief in diesen neuen Way of Life eingetaucht war wie ich. Wenn ich die Sprache auf Florida oder Kalifornien oder das Leben nach dem Sommerhaus brachte, redete er von was anderem oder sagte: »Alles zu seiner Zeit«, als ob die Zeit nicht schon längst gekommen wär. Offenbar hatte ich mich völlig verändert, meine ganze Einstellung, sogar meine Frisur, aber er hatte sich kein bißchen verändert. Ich war jetzt eindeutig Bone, aber Russ war immer noch Russ.

Nach den ersten paar Tagen verging die Zeit irgendwie immer langsamer, bis man schließlich das Gefühl hatte, daß sie stehengeblieben war. Es wurde tierisch langweilig. Wir konnten nicht mal aus den Fenstern und auf die Berge sehen, weil alle Fenster verrammelt waren und es drinnen dunkel blieb, so daß wir Tag und Nacht alle Lampen brennen ließen und schliefen, wann uns danach war, nämlich fast immer. Wir sahen 'ne Menge fern, immer diesen einen miesen Sender aus Plattsburgh, den man nur ganz verschneit reinbekam, und versuchten es mit irgendwelchen ätzenden Brettspielen, die wir fanden, natürlich kein Ersatz für Videospiele, aber die Ridgeways hatten wohl nichts übrig für Videospiele. Allerdings hatten sie 'n paar von diesen Jane-Fonda-Aerobicvideos, die wir uns reinzogen und 'ne Weile wegen Janes hautengem Trikot voll geil fanden, bis für uns das Gekreisch irgendwann unerträglich wurde. Meist aßen wir Spaghetti und zur Abwechslung mal Reis oder Haferflocken und tranken Eistee, Instantkaffee oder Saft aus Pulver – insgesamt Kost, von der man ganz schnell die Schnauze voll hat.

In dem Arbeitszimmer mit den Tierköpfen und ausgestopften Vögeln standen Hunderte von Büchern rum, aber sogar die waren öde, wenigstens die paar, die ich versuchte zu lesen, weil ich durch die Titel auf die Idee gekommen war, sie könnten vielleicht was mit Sex zu tun haben, beispielsweise *Evolution und Verlangen*, ein Scheißteil von einem Buch, bei dem ich nicht mal die erste Seite schaffte. Noch 'n Buch fällt mir ein, *Jenseits des Lustprinzips*, das ich für 'n Sexhandbuch hielt, aber es waren keine Bilder drin, und eins, das sich *Finnegans Wake* nannte und bei dem ich auf 'n Krimi mit 'ner spannenden Handlung getippt hatte, aber es war in irgend 'ner merkwürdigen Sprache geschrieben, die zwar hauptsächlich aus englischen Wörtern bestand, aber in Wirklichkeit 'ne Fremdsprache war. So was hatten sie haufenweise. Keine Ahnung, warum Leute Bücher schreiben, die normale Menschen nicht lesen können, ich konnte es jedenfalls nicht, dabei war ich im Lesen immer ziemlich gut gewesen.

Russ' Onkel kam ein paarmal vorbei, wendete und fuhr wieder weg, ohne seinen Pickup zu verlassen, doch für den Fall, daß er beschloß, doch mal auszusteigen, um beispielsweise die Türen zu überprüfen, schlossen wir sie gar nicht erst auf, sondern verließen und betraten das Haus immer über denselben Balkon, wie beim erstenmal, und achteten jedesmal darauf, das aufgeschnittene Fliegengitter wieder festzumachen, daß jemand eingebrochen hatte, merkte man nur, wenn man ganz dicht rankam. Meist blieben wir im Haus, und wenn wir ins Freie gingen, trieben wir uns bloß im Garten rum. Erstens, weil wir weder Auto noch Geld hatten und uns am Arsch der Welt befanden, wo sich die Kids höchstens bei Stewart's oder in einem Restaurant unten an der Hauptstraße aufhalten konnten. Und zweitens, weil Russ' Tante und Onkel und seine Cousins sowie zahlreiche andere Einheimische Russ sofort erkennen würden, wenn sie ihn sähen, und dann wüßten sie, daß wir doch nicht tot waren.

Außerdem wurde es nach den ersten paarmal öde rauszugehen. Wir liefen dann ein Weilchen übers Grundstück und sahen uns zum fünfzigstenmal den netzlosen Tennisplatz und den leeren Pool und so weiter an, aber da draußen gab's einfach nichts Vernünftiges, mit dem wir was hätten anfangen können, etwa einen Basketball mit Korb oder BMX-Räder. In einem Holzschuppen fanden wir etwas kleingehacktes Feuerholz, aber da man es nur schwer über den Balkon ins Haus hieven konnte, zertrümmerten wir immer noch Möbel, wenn wir abends ein Kaminfeuer haben wollten. Wir nahmen aber nur den aus Stöcken und Zweigen zusammengebastelten Kram, nicht die guten Stücke.

Im Hausinneren wurde es allmählich echt kraß, unsere Brennholzquelle ging rasch zur Neige, und überall surrten Unmengen von diesen blöden Fliegenschwärmen herum, vor allem in der Küche, wo sich das Geschirr praktisch bis zur Decke stapelte und der Mülleimer überquoll. Keiner von uns stand auf Spülen, deshalb nahmen wir immer neue Teller, und als wir irgendwann keine mehr fanden, drehten wir sie einfach um und aßen von der anderen Seite, und bei den Töpfen dachten wir uns, die kann man auch unabgewaschen verwenden, schließlich werden ja beim Kochen die Bakterien abgetötet. Außerdem lag 'ne Menge Zeugs rum, das wir nicht weggepackt hatten, weil wir nicht mehr wußten, wo es ursprünglich herkam, oder weil uns einfach nicht danach war, Sachen ordentlich wegzuräumen, die wir benutzt oder mit denen wir bloß mal eben rumgemacht hatten wie diese ganzen Puzzles, die wir sofort aufgegeben hatten, sobald wir merkten, wie kitschig das fertige Bild sein würde, und Badetücher und leere Dosen mit Tomatensauce und Mr. Ridgeways Klamotten, die wir mittlerweile anzogen, obwohl sie ausgebeult und eindeutig uncool waren, grünkarierte Hosen, Hemden mir Krokodil und Altherren-Boxershorts, die ich sogar ab und an ganz gern trug, allerdings über der grünen langen Hose, nicht drunter. Das Haus war ein echter Saustall.

Vielleicht hat es uns fertiggemacht, ewig eingesperrt zu sein, oder es lag daran, daß wir uns saumäßig langweilten und das Haus langsam zu 'ner Art Müllkippe mutierte – keine Ahnung, aber nach ein paar Wochen gerieten wir beide uns immer wieder in die Haare, bloß blöde Streitereien über Kleinigkeiten, wer die Spaghetti kochen sollte oder ob wir *Jeopardy* gucken wollten oder nicht, was ich mir in meiner Verzweiflung angewöhnt hatte, aber Russ sagte, er fände diese ganzen Klugscheißer zum Kotzen, die sämtliche Antworten noch vor ihm wüßten, dabei tat er sowieso nur so, als ob er sie wüßte.

Es war keine große Sache, aber wir gingen uns sozusagen aus dem Weg. Wir legten sogar unsere Schlafsäcke in verschiedene Schlafzimmer und benutzten jeder ein anderes Bad, so daß wir uns an manchen Tagen überhaupt nicht begegneten, allerdings hätten wir auch gar nicht mehr gewußt, ob Tag oder Nacht war, wenn nicht die Sendungen in der Glotze gewesen wären oder einer von uns zufällig mal das Haus verlassen hätte.

Natürlich hatten wir das ganze Gras schon längst aufgeraucht, und Zigaretten gab's auch keine, was die miese Stimmung vermutlich noch steigerte. Wenn wir gerade mal nicht schliefen, waren wir für ein normales Gespräch zu aufgedreht oder zu gelangweilt. Ein paar Joints, 'ne Packung Camel Lights und 'n paar Bier hätten die Lage zwischen uns garantiert entspannt, aber wohl auch nur ein, zwei Tage. Warst du erst mal fast dein ganzes

Leben lang high, ist es ziemlich schwer, auf einmal nett zu sein, wenn du's eigentlich nicht bist.

Ich hatte schon mal drüber nachgedacht, wie es wohl wäre, wenn ich und Russ allein reisen würden, statt hier zusammen festzuhängen, als eines Abends oder vielleicht auch Morgens – ich wußte es nicht, weil ich seit geraumer Zeit keinen Blick in die Glotze geworfen hatte und seit mindestens zwei Tagen nicht mehr draußen gewesen war – Russ in das Gästezimmer geschlurft kommt, in dem ich zu der Zeit pennte, und sagt: »Chappie, ich muß mit dir reden.«

»Bone.«

»Klar, Bone. 'tschuldige. Hör zu, ich werd wohl abhauen, Mann«, sagte er. Echt beiläufig, als wollte er mal eben duschen oder so.

»Was soll'n das heißen? Abhauen?«

»Na, zurückfahren eben.«

»Zurück? Und wohin? Zu deiner Mom?«

»Das nun nicht gerade«, antwortete er. Ihm schwebte vor, zum Haus seiner Tante zu gehen, ja, er hatte sie sogar schon angerufen. Nur um sie zu dem Thema schon mal vorab auszuhorchen, sagte er. Er habe ihr aber nicht gesagt, von wo aus er anrief, versicherte er mir, weil ich einigermaßen panisch wurde, außerdem habe er ihr nicht verraten, daß ich bei ihm wäre. Natürlich hatte sie gefragt, was mit dem anderen Jungen sei, der in dem Feuer war, und er habe geantwortet, er wisse nicht, was aus ihm geworden sei. Er sei in jener Nacht allein zu der Wohnung in Au Sable gekommen, habe gesehen, daß das Haus in Flammen stand, und sei davongelaufen, vor lauter Schiß, weil er wußte, wie viele Sachen die Biker gestohlen und dort gelagert hatten. Er habe befürchtet, wegen Beihilfe an einem Verbrechen, das er nicht begangen hatte, hopsgenommen zu werden.

»Und was hat sie gesagt? Komm heim zu Tantchen, Russell, alles vergeben und vergessen?«

»Na hör mal, Mann, relax. Sie hat bloß gesagt, ich könnt 'ne

Weile bei ihr bleiben, bis ich alles wieder geregelt hätte, mit den Cops und meiner Mom und so weiter. Und das werde ich dann wohl auch tun, Mann.«

»Das geht schon in Ordnung.«

»Ich werd ihnen sagen, ich hätte die ganze Zeit über allein oben bei den Crack-Brüdern in Plattsburgh gewohnt. Du weißt schon, im Schulbus.«

»Klar. Egal.«

»Sei nicht knatschig, Mann.«

»Was ist mit dem Pickup, den wir geklaut haben? Haste das deinem Tantchen etwa auch gestanden?«

»Das kann uns keiner beweisen, Mann.«

»Na gut«, sagte ich. »Egal. Is cool.«

Er wirkte echt froh und streckte seinen Unteram mit dem blöden Panthertattoo raus, als sollte ich es küssen. Ich lag in meinen Schlafsack gepackt auf meinem Bett, die Arme drinnen, aber als Russ mit seinem ausgestreckten Unterarm so dastand, sah er so albern und erbärmlich aus, daß ich meinen eigenen Arm rauswand, hochstreckte und seinem mit meinem Tattoo 'ne Art Kuß verpaßte.

»*Jawollo!*« sagte er.

»Ja. Wann willst du los?«

»Weiß nicht. Sofort, nehm ich an.«

»Okay. Bis irgendwann mal«, sagte ich und drehte mich zur Wand.

»Ey, hör mal, wenn du mich brauchst, Mann, dann ruf einfach bei meiner Tante Doris an. Sie weiß, wo ich stecke, auch wenn ich gerade woanders bin.« Ihre Telefonnummer hatte er schon auf einen Zettel geschrieben, den er mir gab, als wär's seine Visitenkarte oder so was. »Ich glaub nicht, daß ich mich mit meiner Mom zusammenraufe«, sagte er. »Wahrscheinlich bleib ich hier in Keene und gehe wieder zur Schule und such mir 'n Job auf'm Bau.«

Ich bedankte mich, mir fiel aber nichts ein, was ich sonst noch hätte sagen können, also probierte ich es erst gar nicht. Er brabbelte noch eine Weile weiter über seine Tante Doris und seinen Onkel George und seine Pläne für ein neues Leben, bis schließlich auch er keine Worte mehr fand, und dann schwieg er ein paar Minuten lang, und ich hörte, wie er von einem Fuß auf den anderen trat, als ob er endlich 'n schlechtes Gewissen hätte, und er sagte: »Tja, bis die Tage, Mann«, und dann verließ er das Zimmer.

Ein paar Minuten später, als ich wußte, daß er das Haus verlassen hatte, fing ich an zu heulen. Das dauerte aber bloß 'n paar Sekunden, denn je mehr ich drüber nachdachte, desto wütender wurde ich, daß Russ mich so hatte sitzenlassen. Erst begeht er jede Menge Verbrechen, wie sich aus der Kasse vom Video Den bedienen, Speed an die Biker verdealen und ihre Freizeitelektronik klauen – so nach dem Motto: Hey, und es ist ja nichts dabei, Russ ist einfach ein junger Krimineller, der sich auf der Leiter der Verbrecherkarriere weiter nach oben vorarbeitet, und im Handumdrehen erkenne ich selbst, wie sinnvoll ein Verbrecherleben ist, und wir klauen gemeinsam einen Pickup, rennen vor den Bullen weg, verticken den Pickup an die Pfeifenlutscher, lassen uns tätowieren, brechen in das hübsche schicke Sommerhaus der Ridgeways ein und schlagen alles kurz und klein. Weil wir nämlich jetzt Verbrecher sind, und Verbrechern ist Privateigentum scheißegal, die nehmen sich einfach, was sie wollen, und schmeißen es weg, wenn sie fertig damit sind, und während Normalos high davon werden, daß sie Arbeitsplätze haben und so Sachen wie Häuser, Pickups, Aktien und Wertpapiere besitzen, werden wir Verbrecher high, weil wir Drogen nehmen, Musik hören, unsere Grundrechte wahrnehmen und mit unseren Freunden zusammen sind. Russ immer an meiner Seite, mein Komplize, bis er ganz plötzlich feststellt, der Preis sei ihm verdammt noch mal zu hoch, weil nämlich Normalos wie die Ridgeways, die Tante Doris' und Onkel Georges dieser Welt einen nicht mehr respektieren. Schlimme Sache. Ganz übles Ding. Sie haben uns überhaupt noch nie respektiert, wenn wir nicht bereit waren, dieselben Dinge zu wollen, die sie wollten. Nie haben sie uns, so wie wir waren, respektiert, als Menschen wie sie, nur eben Kinder, die von den Erwachsenen ständig fertiggemacht werden, weil wir nicht genug Geld haben, um sie davon abzuhalten. Scheiß auf sie. Scheiß auf ihn. Scheiß auf alle.

Ich warf meinen Schlafsack runter, marschierte schnurstracks in das Schlafzimmer, wo die Pistole lag, nahm sie samt der Schachtel Munition, ging dann runter in den Keller, holte einen Rucksack und schmiß Waffe und Munition sowie 'ne kleine Campingausrüstung hinein, ein Kochgeschirr mit Feldflasche, ein Beil und sogar 'n Verbandskasten, dann band ich einen frischen Schlafsack am Rucksackgestell fest. Danach durchstreifte ich das Haus und wählte etliche Gegenstände aus, die meiner Ansicht nach fürs Überleben notwendig waren, 'ne Taschenlampe, 'n paar Handtücher, die restlichen geräucherten Austern, für die ich 'ne echte Vorliebe entwickelt hatte, und 'n Teil von den übrigen Lebensmitteln. Ich nahm einen von Mr. Ridgeways Pullovern, seine letzten sauberen Strümpfe, die verbliebene Unterwäsche, dazu 'n paar andere Klamotten und zog ein cooles Arbeitshemd aus Flanell an, das ich im Schrank gefunden hatte – das einzige Kleidungsstück von ihm, das ich mir vielleicht sogar selber gekauft hätte, wenn ich bei Kasse gewesen wäre –, sowie 'ne schlabbrige alte Jeans, die mir mit sozusagen bis zu den Knien hochgekrempelten Hosenbeinen halbwegs paßte, und natürlich meine alte Wildlederjacke, die mir Russ korrekterweise dagelassen hatte. In einer Jackentasche fand ich den zusammengefalteten Zeitungsausschnitt über das Feuer, an das er wohl nicht mehr erinnert werden wollte, ganz im Gegenteil zu mir, ich wollte es nie vergessen.

Dann betrachtete ich mich in dem Filmstarspiegel im großen Bad, und die Klamotten sahen – wenn auch einigermaßen schäbig – ganz akzeptabel an mir aus. Ich weiß noch, wie ich auf einmal dachte, daß ich anders aussah als früher. Ich war zwar immer noch ein Jugendlicher und ziemlich klein für mein Alter, sah jetzt aber eher aus wie einer, der aus freien Stücken ein Outlaw war, und weniger wie ein Straßenjunge, der so tat, als wär's ihm scheißegal, daß ihn keiner haben wollte. Zum erstenmal seit einem Jahr nahm ich meinen Nasenring und auch meine Ohrringe ab und legte sie auf die Ablage. Einen Moment lang fühlte es sich komisch an, als müßte ich niesen, aber dann kam ich mir so normal vor wie noch nie. Genauso war es mit meinen Haaren. Im Medizinschränkchen fand ich eine Schere und schnitt den Irokesen ganz ab, so daß ich überall kurze Haare hatte und aussah wie einer, den sie eben erst aus dem Knast entlassen hatten.

Es war ein komisches Gefühl, wenn man vor dem Spiegel stand und sich selbst sah, als wäre man sein eigener bester Kumpel, ein Typ, mit dem man sich immer und ewig rumtreiben wollte. Mit diesem Jungen konnte ich ans Meer reisen, das war einer, mit dem ich mich gern in fernen Städten wie Kalkutta, London oder Brasilien treffen wollte, ein Junge, dem ich vertrauen konnte, der außerdem humorvoll war, geräucherte Austern aus der Büchse, gutes Gras und ab und an mal 'ne große Pulle Bier mochte. Wenn ich mein restliches Leben lang allein wäre, dann aber bitte mit diesem Typ.

Noch eins tat ich, bevor ich das Ridgeways Anwesen verließ, ich sah mich nämlich nach Sachen um, die ich vielleicht in Cash umwandeln könnte. Viel war es nicht, wenn man von Dingen absah, die zu groß zum Tragen waren wie der Fernseher, der Videorecorder, etliche edle Teller mit Goldrand und ein paar antike Möbel und Bilder, die ich für sehr wertvoll hielt, aber genau wußte ich es nicht. Ich nahm dann einen kleineren ausgestopften Vogel, der mir persönlich ziemlich gut gefiel – Waldschnepfe heißt er wohl –, und steckte ihn in eine Plastiktüte, außerdem einen Stapel Klassik-CDs, aber diese Sachen würde ich wohl zu meinem Privatvergnügen behalten und nicht verscherbeln, sofern mir nicht jemand eine beträchtliche Summe Bares bot. Ansonsten war in dem Haus nicht mehr viel übrig, woran ich meine kriminelle Energie hätte austoben können und das ich nicht schon benutzt, gegessen, im Kamin verbrannt oder bloß kaputtgemacht und mitten auf dem Fußboden liegengelassen hatte.

Ich stand mitten in dem riesigen Wohnzimmer mit der hohen Decke mit dem gewaltigen Panoramafenster an einem Ende, das normalerweise einen phantastischen Blick auf die dahinterliegenden Adirondack Mountains freigab, die man wegen der hölzernen Fensterläden nicht sehen konnte, und ich dachte immerzu nach, ob ich was vergessen oder noch ein letztes Teil übersehen hatte, das man hätte klauen können. Bestimmt war ich immer noch unglaublich sauer, weil Russ einfach abgehauen war oder so, denn ich machte etwas Ultrablödes und unnötig Gewalttätiges, was mir aber ein ungeheuer gutes Gefühl verschaffte. Ich griff in meinen Rucksack und holte die Pistole samt Munition raus. Die kleine neunkalibrige schwarze Smith & Wesson lag schwer und massiv in meiner Hand, und beim Durchchecken entdeckte ich, daß sie schon geladen war, als hätte Mr. Ridgeway sie gleich rechts neben seinem Bett liegen gehabt, damit er bloß in seine Kiff- und Kondomschublade greifen und, ohne auch nur aus dem Bett steigen zu müssen, jeden wegpusten konnte, der sich ins Haus schlich, um seine Frau zu vergewaltigen und seine Wertsachen zu stehlen.

Ich brauchte zwar nicht zu zielen, tat es aber trotzdem, hielt wie im Fernsehen die Waffe mit beiden Händen, sagte: »Keine Bewegung, du Arschloch!« und schoß auf das Flachglasfenster vor mir. Der Lärm war unglaublich, als käme er eher von einer Naturkatastrophe als von dem kleinen Metallgegenstand in meiner Hand. Ich feuerte noch mal. Der dritte Schuß schaffte es, machte das Fenster sozusagen kalt, und mit einemmal zerbrach die ganze Scheibe und fiel wie ein Vorhang, der in einer Million Stücken zu Boden kracht. Es war 'n ziemlich schöner Anblick, und ich stand 'ne Zeitlang da und ließ das Ganze in meiner Phantasie noch 'n paarmal wieder abspulen.

Dann ging ich mit knirschenden Schritten über die Glasscherben, drückte fest gegen die Fensterläden, so daß die Haltehaken kaputtgingen, und als die Läden zurückschwangen, ergoß sich das Tageslicht ins Haus und füllte es wie eine Flutwelle. Ein paar Blauhäher kreischten, über mir sah ich einen Habicht langsam seine Kreise ziehen und hörte den Wind durch die Kiefern wehen, als ströme 'n Fluß über glatte Steine. Ich stand da, hielt der warmen Frühlingsluft und dem Mittagslicht mein Gesicht entgegen, schaute über die weiten, gewellten und vergilbten Rasenflächen unter dem Haus, an die sich das weite, baumbestandene Tal anschloß, sah dann zu den dahinter liegenden dunkelblauvioletten Bergen hoch, die zerklüftet, krumm und massig ein gewaltiges Becken bildeten, das vor mir aufragte, und kam mir vor, als stünde ich auf'm Vorhof von so 'ner Burg, von wo aus ich die gesamte Welt überblicken konnte.

Ich legte die Pistole auf die Fensterbank, hielt die Hände als Trichter vor meinen Mund, und wie ein Wolf, der den Mond anheulte, brüllte ich, so laut ich konnte: »Bone!«

»*Bone!*

Bone *herrscht!*

Bo-*oun-n-n* heee-ee *rrr-sch-sch-t*!«

8

Die Soul Assassins

Vermutlich wäre es höflicher gewesen, wenn ich vor meiner Abreise im Sommerhaus der Ridgeways ein bißchen saubergemacht hätte, besonders wegen dem kaputten Panoramafenster, aber ich dachte mir, wenn ich das Haus versaut und mehr oder weniger demoliert, wie es jetzt war, zurückließ, müßten sie Tante Doris und Onkel George 'n ordentlichen Zuschlag zahlen, damit sie an meiner Stelle Ordnung schafften. Vielleicht stellten sie sogar Russ ein, wo der doch so scharf auf 'n Job war. Ein bißchen Fremdkapital in die hiesige Wirtschaft pumpen, so sah ich das in erster Linie, und dann warf ich mir ohne einen weiteren Gedanken oder langes Federlesen meinen Rucksack über, schnappte mir die Mülltüte mit meinen CDs und dem ausgestopften Vogel, trat durch den Fensterrahmen auf die Terrasse, echt froh, endlich da wegzukommen, und schlenderte die Treppe runter zur Auffahrt und weiter bis zur Straße.

Als ich an dem Stewart's in Keene unten am Hügel angelangt war, mußte ich mich zum erstenmal seit einiger Zeit fragen, welche Richtung ich einschlagen wollte, Westen oder Osten. Die Straße durch den Ort wand sich nach Westen durch die Adirondacks ins Nirgendwo, vermutlich nach Fort Drum und Kanada, Hunderte von Kilometern nur kleine Landstraßen, kleine Kaffs und ab und zu ein Skiort. Nach Osten brachte sie einen zum Northway, der Autobahn, die Montreal mit Albany verband, und von meinem Standpunkt aus war Albany für mich das Tor zum übrigen Amerika und zur großen weiten Welt.

Rucksack und Tüte stellte ich auf die Straße und trampte Richtung Osten. Ich hatte weder 'ne Karte oder so was noch einen Cent, auch keinen genauen Plan, außer daß ich den Norden des Staates New York verlassen wollte, wo ich bis dahin mein ganzes Leben verbracht hatte, ich wollte mich sozusagen treiben und das Schicksal für alles übrige sorgen lassen, als wär ich 'n Junge vom Mars und eben erst auf der Erde gelandet.

Eine ganze Reihe Pkws und Pickups braußten ohne Augenkontakt und ohne anzuhalten vorbei, sie machten höchstens zum Tanken oder Einkaufen bei Stewart's halt, und langsam verlor ich den Mut und fragte mich schon, ob ich wohl die ganzen verfluchten fünfundzwanzig Kilometer zur Autobahn latschen sollte, wo es, anders als hier in Keene, immerhin Durchgangsverkehr gab, als plötzlich ein alter dunkelgrüner Chevy-Kleinbus mit der seitlichen Aufschrift KIRCHE DER BENACHTEILIGTEN HEILIGEN um die Kurve gefegt kommt. Er fährt langsamer, als ob mich der Fahrer abcheckt, bis er schließlich weiter oben auf der Straße hält, und ich denke: Scheiß drauf, Christen sind auch Menschen, obwohl es so aussieht, als säße bloß einer drin, und ich laufe zu der Stelle, wo er angehalten hat, zieh die Tür auf, werf Rucksack und Tüte rein und steige ein.

Ich hatte mich noch nicht mal richtig umgesehen, da schnurrt der alte Kleinbus schon mit ungefähr hundertdreißig Sachen los, die schöne Bergwelt fliegt unscharf vorbei, und aus dem Kassettenrecorder dröhnt »No Mo Hoes 4 Bo« von Bodo B Street, ein meines Wissens nach jedenfalls bei schwarzen Kids damals ziemlich angesagter Gangsta-Rap-Song. Ich denke mir gerade, für 'n Christen spielt der Typ 'ne ganz schöne coole Mucke, vielleicht isser gar kein Weißer, und als ich mich umdrehe und ihn mir zum erstenmal so richtig gründlich ansehe, brauche ich bloß 'ne Sekunde, um ihn zu erkennen. Und ob der weiß ist! Ich bringe nichts weiter raus als: »Scheiße!«

Er grinst zu mir rüber und sagt: »Hiya, Kid. Hi-ya, hi-ya, hi-ya! Kennst du mich noch?«

»Klar, Mann. Dich kenn ich.«

Er ist der pockennarbige Pornoheini aus der Mall, Buster Brown. Er hält mit beiden Händen das Lenkrad umklammert, tritt das Gaspedal voll durch, und der Bus jagt wie 'n raketenbestückter Stealthbomber auf 'nem Einsatzflug durch Keene. Wir witschen sozusagen unter dem Radar durch und sind für jedes Flakfeuer zu schnell. Ein Blick aus dem Fenster zeigt mir, daß es zum Boden viel zu weit ist und ich garantiert an Bäumen und Felsen zerschmettern würde, falls ich die Tür aufmachte und spränge, und wir nähern uns der Schallmauer, fliegen zu schnell und zu tief, als daß ich den Knopf für den Schleudersitz betätigen könnte, ohne mir von der Wucht beim Herausschleudern sämtliche gottverdammte Knochen zu brechen, also denke ich mir: Was soll's, Mann, werd locker und laß das Schicksal seinen Lauf nehmen.

»Wie geht er, wie steht er, Buster?« sag ich zu ihm.

»Oh!« Er lachte. »Kann nicht klagen, mein Junge. Kann nicht klagen.«

»Ach ja? Wo ist Froggy? Dein Protegé. Ist sie noch bei dir?«

»Ah, ja, La Froggella. Die gute alte. Direkt hinter dir, Kleiner«, sagte er und machte mit dem Daumen so'ne Schlenkerbewegung nach hinten in den Ladebereich des Kleinbusses. Als ich mich umdrehte und zwischen dem hinten herumliegenden Müll, den Kisten und Koffern und Konzertplakaten, einer Matratze und so weiter herumsuchte, entdeckte ich sie schließlich zusammengerollt in einer Ecke, wo sie offenbar mit einem Walkmann auf und dem Daumen im Mund wie ein Baby lag und schlief. Sie war barfuß, hatte dasselbe alte rote Kleid an wie beim letztenmal und sah auch jetzt nicht besonders gesund aus. Schlimmer als beim letztenmal.

»Hält sie 'n Nickerchen?« fragte ich ihn.

»Ja. Ein Nickerchen.« Lächelnd fragte er mich, wo es denn hingehen sollte.

Am besten sagte ich das Gegenteil von dem, wohin *er* meiner

Meinung nach unterwegs war, deshalb antwortete ich: »Nach Norden, Plattsburgh«, obwohl ich genau in die entgegengesetzte Richtung wollte.

Nicht sehr schlau, wie sich herausstellte. Buster müsse auch nach Plattsburgh, sagt er, direkt in die Stadt in eine Kneipe namens Chi-Boom's, ob ich davon schon mal gehört hätte?

»Ja«, sage ich, aber er hört mich nicht mal, er ist wieder auf Speed oder vielleicht auch Koks, bloß glaub ich nicht, daß er für Koks das nötige Kleingeld hat. Er schwätzt ungefähr so schnell, wie er fährt, quasselt über dieses und jenes, als wollte er mir irgendwas verkaufen, bloß daß ich nicht rauskriege, was, außer vielleicht sich selber. Im Chi-Boom's treffe er sich mit 'ner Band, deren Manager er sei, die wolle er bezahlen und nach einem letzten Auftritt ausmustern. Er arbeite nun wieder im Showgeschäft, sagt er. Bloß sei er jetzt im geschäftlichen Bereich tätig, statt selber aufzutreten, da komme zwar einerseits mehr Geld rüber, andererseits sei aber auch die Verantwortung größer, zumal die Musiker heute keine Profis im altmodischen Sinne des Wortes und unzuverlässig seien, man müsse sie behandeln wie Kinder. »Besonders die Nigger«, sagt er dann, und dieser rassistische Ausdruck überraschte mich ziemlich, schließlich hatte er das Tape von Bodo B Street laufen, als könne er nicht genug davon kriegen, und mir war aufgefallen, daß auf dem Vordersitz seines Busses und hinten auf dem Boden jede Menge Kassetten mit echt heavy Gangsta-Rap rumflogen.

Aber offenbar ist Buster Brown ein Mann der Gegensätze, ein Typ, der auf den ersten Blick für 'n Kind sorgt, das er, wie sich später rausstellt, für seine Pornofilme mit Dope abfüllt, der Straßenkindern helfen, sie gleichzeitig aber auch lutschen und ficken will, ein Christ in einem christlichen Kleinbus, der, wie sich dann herausstellt, als ehemaliger Schauspieler mit englischem Akzent auf der Suche nach Kids ist, die seine Protegés sein sollen, und der, wie sich dann weiter rausstellt, als Weißer Gangsta-Rap mag und eine Band managt, aber sie Nigger nennt, und der, wie sich dann wieder weiter rausstellt, ein Doper auf Speed, Koks oder

vielleicht auch Crack ist und, wie sich schließlich wiederum rausstellt, für ein armes, kleines, obdach- und heimatloses Mädchen
sorgt und so weiter, in einer Art Teufelskreis. Buster Brown war
wohl der unheimlichste Bursche, dem ich je begegnet war, und
ich traute ihm so ziemlich alles zu, sogar kaltblütigen Mord an
einem Jugendlichen, deshalb nahm ich ihn mit der bei ihm erforderlichen größten Vorsicht und mit Humor.

Außerdem kam mir wieder der Gedanke, Froggy zu retten, dabei verfiel ich diesmal aber – und darauf bin ich total stolz – nicht
wieder auf die Idee, ihren Platz einzunehmen, ein Zeichen dafür,
wie sehr ich mich in den vergangenen Monaten verändert hatte,
seit aus Chappie Bone geworden war.

»Was bedeutet eigentlich der Kirchenwagen, Mann?« fragte
ich ihn. »Stehst du jetzt auf Jesus und so 'n Zeugs? Bist du endlich
erleuchtet worden, Mann?«

Er lachte: »Erleuchtet! O ja, allerdings bin ich erleuchtet worden, mein witziger kleiner Freund. Du wärst erstaunt, wie nützlich in diesem unseren riesigen und religiösen Land schauspiele-
rische Fähigkeiten sein können. Ein Mann, der allem äußeren
Anschein nach ein Mann der Religion ist – ergo: ein Mann wie
ich –, findet in Amerika immer Kost und Logis. Um als Mann der
Religion bekannt zu werden, mein Junge, ist, neben gewissen
sprachlichen Fertigkeiten und dem üblichen Anschein von Ehr-
lichkeit, ein *Zeichen* erforderlich. Halte Ausschau nach einem
Zeichen!« sagte er mit einem irren Lachen. »Andere Requisiten
sind nicht erforderlich. Der Rest, mein Kleiner, ist pure Schau-
spielerei. Aber halte nicht nach einem Zeichen Ausschau, wie es
die drei Könige aus dem Morgenland eines Nachts zufällig am östlichen Himmel erblickten. Oder nach einem Zeichen, wie es die
beiden Marias sahen, als sie zum Grab Jesu kamen und es leer vor-
fanden. Nein, halte eher nach den profanen Zeichen Ausschau,
wie du sie auf der Seite meines Wagens vorfindest, dem Zeichen
von der Kirche der Benachteiligten Heiligen, einem Zeichen, das
sich, kaum geschrieben, rasch weiterbewegt.«

»Ja«, sagte ich. »Warum der benachteiligten Heiligen? Heißt das soviel wie behindert?«

»Behindert wohl kaum, aber ja, benachteiligt sehr wohl, denn es sind die Heiligen, die einer breiteren Öffentlichkeit noch nicht bekannt sind. Sie sind, sagen wir mal, nur untereinander bekannt. Und natürlich dem HERRN dort droben. Ihm auch. Mein Zeichen ist somit ein Zeichen des Erkennens, eine Zunftfahne, ein geheimer Händedruck und eine Begrüßung, und wohin auch immer ich komme, treten andere wie ich vor und bieten mir Kost und, wie gesagt, Logis, oder ich bin wie im vorliegenden Fall selbst in der Lage, anderen, die weniger Glück hatten als ich, Kost und Logis anzubieten. Und im Grunde konnte ich erst auf diese Weise damit anfangen, hier oben im Norden Musikgruppen zu engagieren«, sagte er plötzlich mit einer anderen Stimme und verwandelte sich in den Bandmanager und Agenten, der ein gigantisches Rapkonzert organisiert hatte, jedenfalls nannte er es gigantisch, an dem vier oder fünf Rapgruppen aus dem Süden des Bundesstaates teilnahmen, die mir alle unbekannt waren, was aber nicht viel heißen mußte, da ich sowieso nicht auf Rap stehe, nicht mal auf die Beastie Boys, die Weiße und echt gut sind.

Das Konzert war vom Studentenausschuß oder so ähnlich beim Plattsburgh-Ableger der SUNY in Auftrag gegeben worden, was die Staatsuniversität von New York ist. Buster gab mir eine gedruckte Broschüre, in der stand: WIR HABEN EINEN ANSCHLAG AUF EUCH VOR – DAS SOUL-ASSASSINATION-KONZERT und die versprach, an der SUNY würden lauter Bands wie House of Pain und der Stupid Club und so weiter auftreten. Ich war ganz schön beeindruckt. Trotz allem, was ich über ihn wußte – Buster war eindeutig cool.

Dann sagte er, er wisse noch, daß ich ihm etwas Geld schulde, was stimmte, zwanzig Dollar, und ich leugnete es auch gar nicht, sondern sagte nur, das mit dem Ficken und Lutschen könne er vergessen und die Probeaufnahmen auch. »Ich nehme jetzt meine Karriere sozusagen selber in die Hand«, sagte ich. »Hast du das verstanden, Mann?«

»Keine Sorge, mio caro. Keine Sorge.« Er sei gerade unterwegs, um sich mit den Hooligans zu treffen, einer von den Bands, die seien aus Troy, hätten gerade 'ne Platte aufgenommen, und er solle sie in das Motel bringen, wo sie während des Konzerts absteigen würden. Dem konnte man nicht so recht folgen, weil es einfach irgendwie zu kompliziert war, vor allem so, wie er es erzählte, denn er war ja high, aber selbst wenn er es nicht gewesen wäre, hätte ich es wohl auch nicht verstanden. Jedenfalls schuldete er diesen Hooligans Geld von irgendeinem anderen Konzert, das sie unten in Schenectady gespielt hatten, und falls er sie nicht bezahlte, würden sie nicht beim Soul-Assassination-Konzert auftreten, und weil er schon soviel Geld für Spesen ausgegeben hatte, sah er sich gezwungen, bei den Brüdern der Benachteiligten Heiligen eine Sonderkollekte einzutreiben, und hoffte, daß ich meine zwanzig Piepen dazu beisteuerte, die ich ihm ohnehin schuldete.

»Scheiß drauf«, sagte ich. »Das läuft nicht. Außerdem bin ich völlig abgebrannt, Mann. Und ich hab bloß 'n paar CDs. Klassik, Mann, falls du sie kaufen willst. Ich könnte dir welche im Wert von zwanzig Dollar abtreten, und wir sind quitt. Zwei, vielleicht drei CDs. Wie neu, Mann. Von reichen Leuten, Professoren.«

Er sagte: »Vergiß es«, aber wenn ich wollte, könnte ich meine Schulden abarbeiten, indem ich ihm half, in Plattsburgh mit den Hooligans fertig zu werden.

»Was muß ich'n da machen, Mann? Bin nich' in Stimmung, irgendwas Gefährliches zu tun«, sagte ich. »Vergiß nicht, ich bin immer noch 'n Kind. Ich hätte aber nichts dagegen, bei dem Konzert als Roadie zu arbeiten.«

»Yeah, yeah, yeah«, sagte er. Ich könne Roadie sein, das gehe in Ordnung, und heute abend müsse ich nichts weiter tun, als seine Anweisungen zu befolgen und beispielsweise das Geld unter Verschluß zu nehmen, das er den Hooligans schulde, und es ihnen erst zu geben, wenn er es sagte, und auf keinen Fall früher, denn zuerst müßten sie irgendeinen Vertrag unterschreiben, den er vom Studentenausschuß bekommen habe, so daß er später seinen Anteil bekäme, wenn die dann die Bands bezahlten. Ich sollte auf das Geld aufpassen, falls die Hooligans es ihm abnehmen und am folgenden Abend das Konzert geben wollten, ohne den Vertrag zu unterschreiben, den Buster brauchte, um seinen Anteil zu kriegen.

Ich schätze, Manager einer Band zu sein ist so was Ähnliches, wie ein Blutegel zu sein, und es ist schwer, das Geld, das dir zusteht, zu kriegen, ohne daß die Band zuerst ihres bekommt, die wiederum auch nicht glauben darf, sie kriegte ihr Geld, ohne daß du zuerst deins hast, sonst kratzen sie dich einfach vom nächsten Felsen ab. Es ist 'ne komplizierte Sache. Jedenfalls war ich einverstanden.

»Hast du da in deinem Rucksack ein gutes Versteck?« fragte er mich. »Womöglich kommen diese Scheißnigger noch auf die Idee, mich oder den Wagen zu durchsuchen, aber dich werden sie nicht anrühren. Du bist ja nur ein Kind«, sagte er und lächelte sein ekelhaftes schmallippiges Lächeln.

»Eigentlich wollte ich Froggy das Geld anvertrauen«, fuhr er fort. »Aber sie ist, sagen wir mal, ein wenig schwer von Begriff. Und als ich dann dich am Straßenrand stehen sah… Tja, mein Junge, mein Junge, wenn dich nicht der Himmel geschickt hat! Halleluuu-ja! Und gelobt sei der Herr.«

»Yeah. Die Wege des Herrn sind unerforschlich«, sagte ich, was meine Großmutter immer zu sagen pflegte, um merkwürdige Dinge zu erklären.

Inzwischen waren wir an der Autobahn angekommen, und Buster bog mit dem Minibus in die linke Auffahrt Richtung Norden ab, nicht gerade die Richtung, die ich ursprünglich hatte einschlagen wollen, aber jetzt konnte ich wirklich nicht mehr viel dagegen tun. Außerdem meldete sich mein Verbrecherhirn wieder zu Wort und gab zu bedenken, wenn Buster dämlich oder bedröhnt genug war, um mir das Geld der Hooligans anzuvertrauen, bestand die durchaus reelle Chance, ihm einen Teil davon abzuknöpfen, bevor ich mich aus dem Staub machte. Und dann war da noch Froggy, deren Rettung mir jetzt, ehrlich gesagt, absolut machbar schien, die Ampel stand auf Grün, alles klar.

Gegen fünf Uhr nachmittags, also um die Zeit, zu der sich Buster mit diesen Hooliganstypen verabredet hatte, bogen wir auf den Parkplatz vom Chi-Boom's ein, und Buster warf einen Blick auf die Autos und sagte, sie wären wohl noch nicht da. Zwei Läden weiter an der Bridge Street war ein McDonald's, und Buster ging los, um für alle 'n paar Big Macs und Pommes zu holen, mich ließ er mit Froggy im Bus zurück. Ich fragte sie: »Willste abhauen, Mann? Willste weg von Buster?«

Sie sah mich aus ihrer Ecke dahinten an wie ein mißtrauischer, geprügelter alter Hund, nicht etwa wie ein normales kleines Mädchen und sagte kein Wort, sah nur kurz zu mir auf und dann auf ihre nackten Füße und zupfte am unteren Saum ihres Kleides rum. Ich merkte, daß sie nicht mehr wußte, was sie eigentlich wollte, wie es Buster natürlich am liebsten war und weshalb er sie unter Drogen setzte, und so beschloß ich auf der Stelle, daß es, wenn ich ihr tatsächlich helfen wollte, unumgänglich war, sozusagen Busters Platz einzunehmen und ihr zu sagen, was sie wirklich wollte, und es dann für sie zu erledigen. Das war zwar nicht mein Stil, normalerweise laß ich die Leute tun, was sie wollen, oder ich laß sie auch gar nichts tun, wenn sie das wollen, aber diesmal war ich hundertprozentig bereit, ihr die Entscheidung abzunehmen und zumindest vorübergehend über sie zu herrschen.

»Wir hauen hier zusammen ab«, sagte ich zu ihr. »Bleib einfach cool und überlaß alles mir, Mann. Ich weiß, wo wir uns verstecken können, bis ich rauskriege, wo du wirklich zu Hause bist. Vielleicht hast du ja Eltern.«

Dann war Buster mit den Bic Mäcs und dem anderen Kram wieder da, quasselte über Gott und die Welt, als wären wir schon ewig prima Kumpel, ich, er und Froggy, und als hätten diese Rapper, die Hooligans aus Troy oder Albany oder sonstwo, vor, uns alle drei übers Ohr zu hauen und nicht nur ihn, und als wäre nicht er es, der sie übers Ohr hauen wollte. Buster nahm eine daumendicke Rolle Geldscheine, sah hauptsächlich nach Fünfzigern aus, schob sie mir in die Hand und sagte, ich solle sie tief unten in meinem Rucksack verstauen, wo niemand nachsehen würde.

So 'ne Stelle gäbe es in meinem Rucksack nicht, sagte ich zu ihm, weil es nämlich wirklich keine gab und außerdem weder er noch sonstwer meine Pistole sehen sollte, das war die neunkalibrige Knarre, die ich den Rideways weggenommen hatte, mittlerweile *meine* Pistole. »Aber hey, ich hab da'n ausgestopften Vogel«, sagte ich und zog die olle Waldschnepfe aus der Mülltüte. »Und der ist innen ganz hohl. Ich kann das Geld in den Vogel stecken«, sagte ich zu Buster, was ich auch tat, schob einfach die Geldscheinrolle in das, was wohl sein Arschloch gewesen wäre, wenn man es nicht zu dem netten, kleinen, beutelartigen Innenraum gemacht hätte, den ich schon vor geraumer Zeit vergeblich nach Drogen durchsucht hatte. »Guck mal«, sagte ich zu ihm, und dann legte ich die CDs und die olle Waldschnepfe auf alles andere oben in den Rucksack, für jeden gut sichtbar.

»Genial, schlichtweg genial!« sagte er, lehnte sich in seinem Sitz zurück und hielt ein kurzes Nickerchen, während es langsam dunkel wurde und Autos auf den Parkplatz fuhren, und nach 'ner Weile war ein Mordsbetrieb, Pickups und Motorräder und alle möglichen Pkws kamen und fuhren wieder. Buster war jetzt hellwach und beobachtete jeden ankommenden Wagen, aber immer noch ließen sich keine schwarzen Rapper aus Troy blicken, bloß Weiße, offenbar Einheimische, feiste Burschen mit Schnurrbärten, zottigen Haaren und dicken Hälsen, dazu ein paar Frauen in engen Jeans und Cowboystiefeln sowie der eine oder andere Biker und, wenn man vom Teufel spricht, da waren sie, die gottverdammten Adirondack Iron, wenigstens ein paar von ihnen, Joker, Roundhouse, Raoul und Packer, diesmal jeder auf seiner eigenen Harley.

Natürlich erwähnte ich sie Buster gegenüber nicht, ich ließ

mich nur tief in meinen Sitz sinken, damit sie mich auch nicht durch Zufall sehen könnten, wenn sie direkt am Kleinbus vorbei und ins Chi-Boom's gingen. Als ob es nicht schlimm genug wäre, daß ich mich mit dem durchgedrehten Pornokönig Buster Brown rumschlagen mußte, jetzt hatte ich auch noch die Adirondack Iron am Hals. Diese Typen durften mich auf keinen Fall auch nur von ferne zu sehen bekommen.

Und kurz danach trafen endlich Busters Rapper ein, vier Schwarze in so 'ner Rostlaube, 'nem 79er Galaxie, die massigen Burschen mit ihren Kopftüchern, Chicago-Bulls-Sweatshirts, Kapuzenshirts und Filo-Turnschuhen sahen aus, als stammten sie wie 'n Marsjunge von einem anderen Planeten, bloß daß ich der Marsjunge und heute nacht incognito unterwegs war, ganz im Gegensatz zu den Hooligans.

Buster sprang aus dem Wagen, lief herum, klatschte ihre erhobenen Hände ab und begrüßte sie in ihrem schwarzen Straßenjargon (was beinahe peinlich ist, wenn es ein anderer Weißer mit eigenen Augen und Ohren bezeugen muß), und als allererstes fragten sie ihn nach dem Geld.

Sie unterhielten sich da draußen ein paar Minuten lang, und ich konnte das meiste hören. Die Rapper wollten ihre Auslagen von Buster im voraus bezahlt kriegen, sonst würden sie den Vertrag nicht unterschreiben, und er entgegnete, er bekäme das Geld von den Veranstaltern erst, wenn sie den Vertrag unterzeichnet hätten blablabla, aber er habe ein paar Motelzimmer für sie, sagt er weiter, und er schieße ihnen das Essen vor, bis sie nach dem Konzert ihr Honorar erhielten und so weiter.

Die Rapper wissen zwar, daß und warum Buster lügt, aber sie wissen nicht, wann *genau* er lügt, was sozusagen sein Trumpf ist. Der größte Hooligan hatte eine Sonnenbrille auf und sah so gefährlich aus, als könnte er Busters Gehirn durch dessen Gaumendach nach unten reißen. Er legt einen seiner autoreifengroßen Arme um Busters abfallende Schultern und sagt sehr ungehalten: »Mann, was wir brauchen, is 'n Drink, und wenn einer

den kauft, dann du, weil wir sonst *verflucht* noch mal anders nich'
an so 'n Scheißdrink rankommen, verstehste mich, Alter. Jetzt
gehn wir mal rein und bequatschen diese ganze abgefuckte
Kacke«, sagt er, und, wie verlangt, ist Buster ein braver Junge und
trabt mit ins Chi-Boom's; mich und Froggy lassen sie mit diversen Sachen – aber am wichtigsten: mit dem Geld – im Kleinbus
zurück.

»Komm schon, Mann, hauen wir hier verflucht noch mal ab!«
sagte ich, packte Froggy bei der Hand und zerrte daran. Doch sie
zog ihre Hand weg und wollte offenbar nicht abhauen. »Was ist
denn, Froggy, willst du diesen Typ nicht loswerden? Herrgott
noch mal, das ist doch 'n Widerling.«

»Der wird stinksauer sein«, sagt sie mit 'm winzigen Stimm-
chen, das ich praktisch zum erstenmal höre, und mir denke, vielleicht ist sie erst sechs oder sieben, also sogar noch jünger, als ich
dachte. »Ich soll hierbleiben und warten, bis er wiederkommt«,
sagt sie.

»Na los, Mann. Das ist deine einzige Chance, die Rapper
haben ihm ordentlich angst gemacht«, sagte ich und griff wieder
nach ihrer Hand, doch sie entzog sich mir und wich bis an die
Seite des Busses zurück. Ich stieg um den Sitz rum zu ihr in den
Laderaum, doch sie verkroch sich, als ob sie Schiß vor mir hätte.
»Mach mal 'n Punkt, Froggy, ich tu dir doch nichts. Ich will doch
bloß 'n bißchen helfen, damit du von diesem Ekel wegkommst
und vielleicht bei 'ner richtigen Familie wohnst; vielleicht sogar
deine Mom und deinen Dad findest. Hast du irgendwo richtige
Eltern?« fragte ich sie. Allmählich fragte ich mich, ob außer in
der Glotze überhaupt noch wer richtige Eltern hatte.

Sie sagte ja.

»Wo stecken die denn?«

»Keine Ahnung. Wohl zu Hause.«

»Wo ist denn zu Hause?«

»Keine Ahnung. Weit weg. Milwaukee«, sagte sie.

»Lieber Himmel, das ist wirklich ziemlich weit weg. Wie zum

Teufel bist du eigentlich bei Buster Brown gelandet? Ist er dein Onkel oder was?«

»Nein«, antwortete sie. Er sei ein Bekannter ihrer Mom gewesen, und ihre Mom habe sie ihm gegeben.

»Dich ihm *gegeben*?«

»So war's wohl. Ja. Sie konnte nicht mehr für mich sorgen, und mein Daddy war irgendwo anders. Im Gefängnis.«

»Herrje! Hat sie dich womöglich sogar an ihn *verkauft*? Also wirklich, Buster ist ja schließlich nicht dieser beknackte Doktor Spock oder sonst irgend 'n Fachmann für Kinderpflege. Wenn man sein Kind so 'nem Typ wie Buster Brown anvertraut, dann läßt man sich dafür *bezahlen*, klar?«

Sie sagte ja, bestimmt hatte er ihrer Mom was gezahlt, was mir einleuchtender vorkam, besonders wenn ihre Mom Crack nahm und vielleicht Aids hatte oder so was und das Geld unbedingt brauchte und ihr Kind nicht mehr versorgen konnte. Ich hatte von Müttern gehört, die das getan hatten, was mich über das Leben in Familien zwar nicht gerade in Jubelgeschrei ausbrechen ließ, aber immerhin war es verständlich. Aber das hieß auch, daß es schwierig für mich werden würde, Froggy bei 'ner normalen Familie unterzubringen, vorausgesetzt, ich konnte sie erst mal überreden, von Buster wegzulaufen. Treue ist was Seltsames, sie meldet sich, wenn man nicht damit rechnet, und die Menschen, die sie am wenigsten verdienen, kriegen offenbar am meisten davon, besonders wenn sie von kleinen Kindern kommt.

»Hör zu, wir müssen hier verdammt noch mal Leine ziehen, bevor Buster mit den Rappern Frieden schließt, zurückkommt und seinen Schotter wiederhaben will. Das ist unsere einzige Gelegenheit. Ich kenn da eine tolle Bleibe, wo wir 'ne Weile unterkriechen können, so 'n echter Schulbus, ist zu 'ner Art Wohnwagen umgebaut worden, in dem man hausen kann.« Ich sagte ihr, wenn es ihr da mit mir nicht besser gefiele, als hier Busters Gefangene zu sein, könnte sie zu ihm zurückkehren oder sogar zu ihrer Mom nach Milwaukee fahren, dann würde ich ihr von Busters Geld einen Busfahrschein kaufen. »Es ist nämlich verboten, kleine Kinder zu kaufen und zu verkaufen«, sagte ich zu ihr. »Wenn du ihn sitzenläßt und dahin gehst, wo du verdammt noch mal hinwillst, geht das also in Ordnung. Das hier ist Amerika, und Amerika ist ein freies Land, Froggy. Sogar für Kinder.«

Ich hatte sie, glaub ich, fast überzeugt, als ich auf einmal ein Krachen höre und vielleicht einen Meter vor dem Kleinbus das Fenster der Bar zersplittert wie oben bei den Ridgeways, nachdem ich auf das Panoramafenster geschossen hatte, und eine Flasche fliegt nach draußen, und dann fliegen zwei Leute hinterher, einer weiß, der andere schwarz, und der Weiße ist Joker und der Schwarze der Rapper, nicht der Riese, sondern einer von den kleineren, und auf einmal steckt Buster mittendrin und versucht, Joker von dem Rapper runterzuziehen, hinter ihm her kommt Packer angelaufen und zieht Buster eins mit der Bierflasche über, und Roadhouse und Raoul brüllen rassistische Parolen wie: »Stecht den Scheißnigger ab«, was natürlich die restlichen Hooligans ins Freie lockt, die über die Biker herfallen, als wär's der größte Spaß, den sie in diesem Monat bisher gehabt haben – einen Trupp Motorradrocker-Ärsche von der kanadischen Grenze nach Strich und Faden zu verdreschen. Buster liegt blut-überströmt auf dem Boden, wo beide Seiten auf ihm rumtram-peln, der Oberhooligan verkloppt Joker, als wär der 'n Bettvor-leger, und die anderen Hooligans wehren sich ziemlich gut gegen eine rasch größer werdende Meute aus der Kneipe, die sich nor-malerweise nicht auf die Seite von Bikern schlagen würden, es sei denn, die Hautfarbe spielt mit rein.

Plötzlich sieht es so aus, als wär auf dem Parkplatz des Chi-Boom's ein ausgewachsener Rassenkrawall im Gange, und ich denke mir, als nächstes mischen die Bullen bei der Schlägerei mit, und wahrscheinlich sind sie sogar schon von ihrem Donut-Imbiß oder sonstwo hierhin unterwegs.

»Na komm, Mädchen, wir machen uns unsichtbar«, sagte ich zu Froggy, schob die Seitentür von dem Minibus auf, griff sie am

Handgelenk, schnappte mir mit der anderen Hand meinen Rucksack, der übrigens mehr wog als Froggy, und zerrte sie aus dem Bus raus zu dessen Rückseite. Dann rannten wir Seite an Seite los, jetzt war sie wirklich voll mit dabei, wir beide huschten zwischen den Autos her bis auf die Bridge Street und gebückt durch die Margaret Street auf eine Gasse zu, die ich kannte, und da kamen die Bullen auch schon, aber sie sahen uns nicht.

Eine halbe Stunde später hatten wir das Geheimloch erreicht, das mir Russ in dem Maschendrahtzaun am Feld hinter den Lagerhäusern gezeigt hatte. Ich hielt den Zaun hoch, während Froggy drunter durchkroch, und dann kam ich nach, nahm ihre Hand und führte sie über das unheimliche, windzerzauste, finstere Feld zu dem alten kaputten Schulbus, der mitten in dem hohen Gras stand. Als wir dort ankamen, sah es unverändert aus, keine Lebenszeichen, aber in seiner unmittelbaren Umgebung stank es nicht mehr so schlimm wie früher. Ich klopfte ein paarmal an die Tür, wartete und kopfte noch mal, aber niemand antwortete.

»Schätze, die ollen Crack-Brüder sind hopsgenommen worden oder stiftengegangen«, sagte ich, zog die Tür auf, trat ein und stellte meinen Rucksack ab. Froggy kam hinterher, blieb beim Fahrersitz stehen und betrachtete den Bus, der gar nicht so übel aussah, wozu wahrscheinlich beitrug, daß es dunkel war und wir nichts weiter sehen konnten als die Umrisse der wenigen übriggebliebenen Sitze, der Matratzen und der alten Bretter, die auf den Hohlblocksteinen lagen.

»Was hältst du davon?« fragte ich.

»Es ist dunkel.«

Da fiel mir die Taschenlampe in meinem Rucksack ein, und als ich sie eingeschaltet hatte, sahen wir uns alles sorgfältig an und stellten fest, daß die Crack-Brüder offenbar ihren ganzen Kram ausgeräumt und sozusagen nur die Möbel dagelassen hatten, dem Geruch nach zu urteilen war seit mindestens einem Monat niemand mehr hier gewesen. Es roch sauber und trocken, als hätte jemand gelüftet, und mir fiel auf, daß ein Teil der Pappen, die vorher die Fenster bedeckt hatten, abgenommen worden waren und einige Fenster offenstanden. Als ich durch den Bus nach hinten durchging, leuchtete ich mit der Taschenlampe in die Ecken, hinter die Sitze und so weiter, bis ich ganz ans Ende kam, wo ich die hinterste Sitzbank ableuchtete und einen Körper dort liegen sah.

Ich sagte nichts, um Froggy, die ein Stück hinter mir ging, keinen Schrecken einzujagen, sondern ließ den Lichtkegel langsam an den Beinen von dem Typ hochwandern – ich sah, daß es ein Typ war und er Turnschuhe von Wal-Mart und Jeans trug –, ich leuchtete weiter bis zu seinen Händen, die auf dem Bauch lagen, und da sah ich, daß es ein Schwarzer in 'nem karierten Flanellhemd war, aber Wunden oder Blutspuren waren noch keine zu sehen, und dann kam ich zu seinem Gesicht, und da lag er auf dem Rücken und lächelte zu mir hoch, als hätte er gerade mitgehört, wie ich Froggy einen urkomischen Witz erzählt hatte, graue, von Fältchen umgebene offene Augen in einem breiten kaffeebraunen Gesicht mit riesiger platter Nase und tiefen Falten um den breiten Mund und über seinen Augenbrauen, fast wie Schützengräben, und eine Unmenge Dreadlocks schlangen sich wie ein Natternkissen um seinen Kopf.

Er verzog den Mund und sagte: »Macht's dir was aus, die Lampe nach unten zu halten, Mon? I-Man sieht *nuttin'*, wenn ihm's Licht so in die Augen scheint.«

»Logo«, sagte ich und senkte den Strahl der Taschenlampe.

»Das Licht muß Mon *aus*'n Augen scheinen, damit er gut sieht«, fuhr er fort, und sein Lachen kam von tief unten aus seinem Brustkorb.

Rassenmäßig betrachtet wurde das für mich allmählich ein echt ungewöhnlicher Abend. In meinem ganzen Leben hatte ich wohl noch nie an einem einzigen Abend so viele Schwarze gesehen, und das waren auch nicht die üblichen Schwarzen wie der Wachmann Bart in der Mall und der eine oder andere Luftwaffentyp, den man in der Stadt sah. Das waren echt schwarze Schwarze, fast so was wie Afrikaner.

»Was tust du hier, Mann?« fragte ich und hielt die Lampe nach unten, wie er es haben wollte.

»Dasselbe wie du, Mon.«

»Nämlich?«

»Will nach Hause, Mon. Will bloß nach Hause.«

»Tja, wir wohl auch«, sagte ich. Dann stellte ich mich und Froggy vor, und er sagte, er heiße I-Man, und schüttelte wie ein ganz gewöhnlicher Weißer meine Hand, damit ich mir einigermaßen normal vorkam, was auch gelang. Dann ließen sich Froggy und ich auf eine von den Matratzen nieder, ich deckte meine Jacke über sie, und sie schlief sofort ein. Ich lag da und dachte über alles nach, was passiert war, bis ich plötzlich das süße vertraute Aroma von brennendem Marihuana roch und I-Man von seinem Sitz ganz hinten rief: »Willste 'n Spliff rauchen, Mon?«

Ich sagte: »Klar«, ging nach hinten, und wir rauchten und redeten eine Weile, und noch ehe die Nacht vorbei war, wußte ich, ich war dem Menschen begegnet, der mein bester Freund werden würde.

9

Schulzeit

Es fällt mir schwer, an diese Zeit zurückzudenken, als ich mit I-Man und Froggy in dem Bus wohnte, und nicht von einem riesigen Gefühl der Dankbarkeit überwältigt zu werden, auch wenn ich nicht weiß, wem ich danken soll, was ich damals auch nicht wußte, da I-Man selber nie irgendwie Anerkennung oder Dank für sich in Anspruch nahm und alles, was mir ungewöhnlich vorkam, für ihn bloß normal war.

Vielleicht *war* es ja normal, und wenn etwas ungewöhnlich oder abartig war, dann das Leben, das ich bis dahin geführt hatte. Denn bis zu diesem Zeitpunkt war das Leben für mich ungefähr so, wie mit 'm Anzug aus Benzin durch die Hölle zu laufen.

»Man muß Lob und Dank sagen, Mon«, sagte I-Man immer, wenn ich mal wieder fallenließ, wie cool jetzt alles sei, wo ich, Froggy und er draußen auf dem Feld hinter den Lagerhäusern nördlich von Plattsburgh zusammen in dem Schulbus wohnten.

Darauf ich: »Yeah, klar, aber wem soll ich Lob und Dank sagen?« Darauf lächelte I-Man jedesmal sein sanftes Lächeln und sagte: »Jah«, worunter er sich wohl Gott oder vielleicht auch Jesus vorstellte, aber auch das wieder ganz anders, weil I-Man schließlich ein alter Schwarzer und Jamaikaner war. Ich hatte keine genaue Vorstellung von Jah, weil die ganze Angelegenheit noch ziemlich neu für mich war, und als er mir erzählte, Jah sei in Wirklichkeit dieser afrikanische König der Könige namens Haile Selassie, der die Weißen aus Afrika vertrieben und sein Volk befreit habe, dachte ich mir, daß Weiße so was wohl nicht schnallten oder I-Man mit 'ner anderen Bibel als unserer arbeitete.

Es gab übrigens einige weiße Amerikaner, die gleichzeitig Rastafaris waren, ich hatte sie in der Mall oder anderswo beim Trampen oder so gesehen, hauptsächlich Kids, die auf Kiffen standen und eine passende Religion dazu suchten, weshalb sie sich die Haare lang wachsen ließen und zu Locken drehten und Wachs und anderes Zeug reinschmierten, damit sie Dreadlocks draus machen konnten, und wenn solche weißen Rastas von Jah erzählten und Sachen sagten wie: Jah sei Lob und Dank, Mon, was sie hauptsächlich bei Bob Marley aufgeschnappt hatten, dann erwähnten sie diesen Haile-Selassie-Typen nie. Ich wußte aber, daß sie in Wirklichkeit von Gott und Jesus und all so was redeten, sich IHN bloß als uralten Schwarzen vorstellten wie Malcolm X mit 'm grauen Bart, damit sie sich selber auch als Schwarze vorstellen konnten, als ob's bloß darauf ankäme, kein junger weißer Amerikaner zu sein und nicht den Gott seiner Eltern anbeten zu müssen, weshalb die Haile-Selassie-Geschichte unter den Tisch fiel – dabei war sie wichtig.

Nun war aber die Realität oder jedenfalls der Teil der Realität, zu dem Götter und Heilande und so was gehören, für I-Man etwas anderes als für uns weiße amerikanische Kids. Vermutlich war sie für ihn auch etwas anderes als für schwarze amerikanische Kids, aber natürlich kann ich dazu nicht viel sagen, weil ich selbst keins bin. Also echt, wer weiß schon, wie sich junge Schwarze aus Amerika Gott vorstellen? Wenn man von den Kunstwerken ihrer Eltern und Kirchenliedern und so was ausgeht, dann stellen sie sich IHN vermutlich ganz ähnlich vor wie wir, nur ist ER bei ihnen vielleicht nicht ganz so daneben.

Na ja, jedenfalls immer, wenn I-Man mir sagte, ich solle Jah danken und lobpreisen, weil ich gerade mal wieder gesagt hatte, wie cool alles sei, dann hörte sich das für mich so an, als sollte ich dem Affengott danken oder dem hundertarmigen Gott mit dem Elefantengesicht oder irgendwem ähnlich Abgedrehten. Aber da ich zum erstenmal im Leben richtig gut drauf war, erschien es mir, wenn ich richtig drüber nachdachte, sinnvoller, solchen Göttern zu danken als dem bärtigen, weißen, amerikanischen Methodistengott und Seinem dürren Sohn Jesus, die zu lobpreisen und denen zu danken mir meine Mom, mein Stiefvater und meine Großmutter als kleinem Kind in der Kirche beigebracht hatten. Damals hätte ich gelogen, schließlich gab es für mich nicht gerade massenhaft Gründe, dankbar zu sein, außer vielleicht dafür, daß mich mein richtiger Vater hatte sitzenlassen, daß mir mein besoffener Stiefvater widerwärtige Besuche in meinem Zimmer abstattete, daß meine Mom sich in den dumpf-weinerlichen Glauben einlullte, alles sei in Ordnung, und meine Großmutter ständig jammerte. Damals Gott und Jesus zu danken und zu lobpreisen wäre wirklich kraß gewesen, und das wußten sie wohl auch. Sie selber sind weder damals noch heute regelmäßig in die Kirche gegangen, manchmal noch nicht mal an wenigstens einem Sonntag im Monat, sondern nur gerade oft genug, um bei den Nachbarn klarzustellen, daß sie keine Katholiken oder Juden waren, und darauf kam es ihnen wohl hauptsächlich an.

Das Komische an Religion ist, egal ob es sich um die von weißen Rastaknaben oder sogar um die von meiner eigenen Mom handelt, daß es meist um etwas anderes als Lobpreisung und Dank geht. Jedenfalls den Menschen, die lobpreisen und danksagen. Eigentlich hatte ich über so'n Kram nie groß nachgedacht, bevor ich damals im Sommer I-Man kennenlernte, und dann verging noch eine Weile, bis mir klarwurde, daß ich mich echt damit beschäftigte und allmählich selber ein paar bahnbrechende neue Erkenntnisse gewann. In Sachen Religion unterschied sich I-Man von jedem anderen mir bekannten Menschen, er war echt religiös, könnte man wohl sagen, aber auf eine Weise, wie sie Gott oder Jesus oder sonstwem damals in Israel vorgeschwebt haben mußte, als ihnen der Gedanke kam, Religion wäre vielleicht gar keine schlechte Idee für Erdmenschen, die so egoistisch und unwissend waren und sich aufführten, als würden sie ewig leben, und zwar vollkommen verdient.

Für I-Man war die Religion vor allem ein Mittel, um dafür zu danken und zu preisen, daß er am Leben war, weil eigentlich niemand *ein Recht hatte*, am Leben zu sein. Man konnte ja nicht losziehen und es sich irgendwie verdienen. Außerdem half ihm die Religion dabei, seine Ernährung zu steuern und sein Leben generell in den Griff zu kriegen, weil echte Rastafaris weder Schwein noch Hummer oder sonstwas essen durften, das er »Getötetes« nannte und womit er hauptsächlich Fleisch meinte, aber auch kein Salz, weil Afrikaner, wie er mir sagte, gegen Salz allergisch seien. Und alkoholische Getränke waren auch nicht erlaubt, sagte er, was auf die Beziehung zwischen Rum und der Sklaverei zurückzuführen war, etwas, was ich erst später begriff. Jedenfalls mußte alles natürlich sein, sagte er, und das war der eine Grund, weshalb er aus dem Farmarbeiterlager weggelaufen war, weil es da so viel unnatürliches Essen gab, und der zweite Grund, weshalb er getürmt war, waren die vielen Insektenvernichtungsmittel, mit denen die Apfelbäume gespritzt wurden.

Er war im April mit einem Trupp von Wanderarbeitern aus Jamaika gekommen, und der Arbeitsvermittler hatte ihm vorher nicht gesagt, daß er in Amerika, obwohl es ein freies Land war, seine Religion nicht ausüben könne, weil die Nahrungsmittel hier voll von Getötetem, Salz und Chemikalien seien. Deshalb machte sich I-Man einfach aus dem Staub. Vereinbart war, daß sie im Frühling an den Apfelbäumen arbeiteten, und dann sollte derselbe Trupp im Juni mit dem Bus nach Florida fahren, den ganzen Sommer über für eine andere Firma Zuckerrohr schneiden und im Herbst wieder zurückkommen und Äpfel ernten. Hatte man erst einmal unterschrieben, konnte man nicht vor Ablauf eines halben Jahres aussteigen, ohne sein gesamtes bis dahin verdientes Geld und seine Arbeitserlaubnis zu verlieren, wenn man also das Lager verließ, war man so was wie ein internationaler Gesetzloser, ein illegaler Einwanderer und außerdem pleite.

Ich sagte, ich sei auch ein Gesetzloser und Bone sei nicht mein richtiger Name, und I-Man erwiderte, jeder ehrliche Mann sei ein Gesetzloser, und wenn ein freier Mann keinen Sklavennamen tragen wolle, müsse er sich einen neuen aussuchen. Seinen Sklavennamen wollte er mir nicht verraten, er sagte, er brächte ihn nicht über die Lippen, und ich sagte ihm meinen auch nicht, den gottverdammten Nachnamen meines Stiefvaters. Allerdings erzählte ich ihm, ich hätte einmal zwei Namen gehabt, Chappie und noch einen, doch jetzt hätte ich nur noch einen, Bone. Das fand er cool.

Er war der mit Abstand interessanteste Typ, der mir bisher über den Weg gelaufen war. Ich stand auf seine Dreadlocks, diese vierzig oder fünfzig langen, dicken, schwarzen Peitschenschnüre, die ihm fast bis zur Taille hingen, was übrigens gar nicht so lang war, wie es sich anhört, weil er für einen Erwachsenen ziemlich klein war, etwa meine Größe, aber sehr muskulös, besonders für einen so alten Burschen, ich schätze ihn mal auf etwa fünfzig. Die Dreadlocks waren nur achtzig Zentimeter lang, aber hätte man sie aufgedröselt, hätten sie wahrscheinlich bis zum Boden gereicht, weil… seine Haare waren drahtig und geringelt, wie halt die Haare der Schwarzen von Natur aus sind, und er hatte sie nicht mehr geschnitten seit seiner Erleuchtung, sagte er, und das war, als er zum erstenmal *I-self* begegnet, also zum Rasta geworden war. So redete er halt. Rastas, erzählte er mir, sollten sich weder die Haare schneiden noch sich rasieren, was für ihn kein Problem war, da in seinem Gesicht nicht mehr Haare wuchsen als in meinem, also eigentlich gar keine. Etwas an seinem Aussehen ließ mich vermuten, daß er wenigstens zum Teil Chinese war, aber als ich ihn fragte, sagte er: »Nein, hundert Prozent reines afrikanisches Blut.«

Besonders interessierte mich natürlich, daß sozusagen ein Gebot des alten afrikanischen Königs der Könige lautete, alle Rastafaris sollten so ziemlich täglich Ganja rauchen. Sie rauchten, um zu den Höhen aufzusteigen und in die Tiefen vorzudringen, wie es I-Man ausdrückte, womit er aber wohl bloß high werden meinte. High zu werden war für ihn 'ne Art religiöse Erfahrung, und das ging in Ordnung, aber so, wie er es erzählte, war Religion auch ein Mittel gewesen, sich der Kontrolle der Weißen, also vor allem der Engländer, zu entziehen, die, wie er sagte, seine Ahnen aus Afrika geholt und auf Jamaika und in vielen anderen Gegenden versklavt hatten. Als die Engländer später herausfanden, daß man mit Kolonien billiger und weniger unerquicklich reich werden konnte als mit der Sklaverei, und zwar ohne London verlassen zu müssen (außer im Urlaub), schenkten sie allen ihren Sklaven die Freiheit und kolonisierten sie statt dessen. Und als dann später die englische Königin starb und sie Jamaika die Freiheit geben mußten, erfanden die Amerikaner und Kanadier den Tourismus, was, wie er sagte, das gleiche wie Kolonisation war, bloß mußten die Bürger der Kolonie nichts herstellen oder anbauen.

Ich mochte seine Ausdrücke, »Ahnen« und »unerquicklich« und so weiter, die das Thema Geschichte für mich zum erstenmal interessant machten, und wenn man bedachte, daß es sich um eine Religion handelte, wirkte der Rastafarianismus ziemlich vernünftig, wenigstens so, wie ihn I-Man erklärte. Ich konnte mir nicht vorstellen, daß ein weißer Junge darauf abfahren kann, ohne daß es irgendwie getürkt wirkt wie bei den Kids mit Dreads, die mir dann und wann mal aufgefallen waren, aber er sagte, klar, wenn man nur genug Ganja rauchte, konnte man es durchaus schaffen, denn sobald man erst mal zu den Tiefen des Verstehens durchdrang und *I-self* kennenlernte, also sich als Rasta gefunden hatte, sah man, daß alles und alle dasselbe *I-and-I* waren. »Eine Liebe«, sagte er. »Ein Herz. Ein Ich. *One love. One heart. One I.*«

Ich sagte ihm, ich sei noch nicht soweit, mich so intensiv darauf einzulassen, aber wenn ich älter und ins Ausland gereist wär und Sex, Fleischessen und ein paar andere wichtige Erfahrungen hinter mich gebracht hätte, wäre ich vielleicht bereit, die Tiefen des Verstehens abzuchecken, wo alles und alle dasselbe waren. Doch zur Zeit interessierten mich noch die Unterschiede.

Daß es damals, in der Nacht, als Froggy und ich in dem Schulbus aufgetaucht waren, so gut gerochen hatte, lag daran, daß I-Man den Bus in ein Gewächshaus verwandelt hatte. Natürlich sah ich das erst am nächsten Morgen, weil es bei unserer Ankunft dunkel und ich zum erstenmal seit ziemlich langer Zeit wieder bekifft und ein bißchen von der Rolle war von allem, was passiert war, doch kaum wachte ich auf, sah ich zuerst das Sonnenlicht, das durch die Fenster fiel, und dann unglaubliche Pflanzen in Dosen und Gläsern, in hölzernen Bottichen und alten Fässern. Sie waren überall im Bus, wo die Sonne an sie herankam, auf Brettern und Sitzen und Plastikkästen, sie hingen an Drähten von der Decke, sogar vorne auf dem Fahrersitz und auf dem Armaturenbrett standen welche, und ich hatte das Gefühl, in einem wunderschönen, tropischen Garten aufzuwachen statt in einer ehemaligen Crackhöhle, die noch früher mal ein Schulbus gewesen war.

Ich setzte mich auf und schaute mich um. Es waren vor allem junge und noch kaum belaubte Pflanzen, doch was da wuchs, sah echt krautig und grün aus, es gab alle möglichen Gemüsesorten, von denen ich einige wie Mais und Tomaten mit Namen kannte, andere mußte mir I-Man später erklären, zum Beispiel Kartoffeln, Erbsen und grüne Bohnen, Kohl, Bataten, Paprika und dieses jamaikanische Zeug, das Calalu heißt, aber aussieht wie Spinat, und sogar Möhren, ein paar Gurken und Kürbisse waren da. Selbstverständlich baute er Gras an. Das erkannte ich problemlos, obwohl die Pflanzen erst ein paar Zentimeter hoch waren. Wenn man genug kifft, entwickelt man einen sechsten Sinn dafür, als würde man zu so 'nem Drogenspürhund. Wenn man sie gießt oder wenn es geregnet hat, steigt dieser Geruch in die Luft, den man schon aus großer Entfernung wahrnimmt wie bei Lilien oder Rosen, und als ich an besagtem ersten Morgen aufwachte und einatmete, wußte ich, das war der Geruch frisch gegossener Cannabispflanzen. I-Man hatte lauter Schlauch- und Rohrstückchen miteinander verbunden und in die Töpfe und Gläser gelegt und weiter in die nächsten Behälter, und an den Verbindungsstellen tröpfelte Wasser aus winzigen Löchern, die er in die

Schlauchstücke gebohrt hatte, man hörte es permanent tröpfeln. Bei dem leichten Wind, der durch die Fenster wehte, und dem Rascheln der Blättchen, die sich aneinander rieben, und dem Geruch frischen grünen Marihuanas in der Luft machte das Aufwachen Spaß. Mächtig Spaß. Es war wie im Garten Eden.

Mir fiel auf, daß der Schlauch durch das Fenster neben dem Lenkrad in den Bus geleitet wurde, und als ich aufstand, sah ich draußen, daß er über das grasbewachsene Feld nach hinten führte, und da war I-Man, der sich in einiger Entfernung in schlabbrigen grünen Shorts und einem gelben T-Shirt bei einem der alten Lagerhäuser rumtrieb, wo er vermutlich einen Wasserhahn angezapft hatte. Dann schaute ich mich um, suchte Froggy, fand sie aber nirgends. Ich brüllte: »Ey, Froggy, wo steckst du, Mann?« Keine Antwort, und deshalb dachte ich mir, sie hat sich bestimmt erschreckt, als sie sich beim Aufwachen in diesem seltsamen Garten wiederfand mit dem kleinen, alten, schwarzen Kauz, der so komisch redete, und kaum war er gegangen, um das Wasser anzustellen, hatte sie sich wohl davongestohlen und auf die Suche nach Buster gemacht, was ich natürlich nicht hoffen wollte. Weder er noch sonstwer durfte meinen jetzigen Aufenthaltsort erfahren, außerdem fand ich irgendwie, daß ich jetzt persönlich für Froggy verantwortlich war und sie mit I-Mans Hilfe bei richtigen Eltern unterbringen mußte, anstatt sie bei 'nem Typ zu lassen, der vielleicht Rapgruppen managen und eine religiöse Organisation leiten mochte, aber für mich der psychopathische Pornokönig von Plattsburgh blieb, der Kinder mit harten Drogen gefügig machte.

Dann schaute ich wieder aus dem Fenster, sah I-Man über das Feld auf den Bus zukommen, und neben ihm geht Froggy und hält seine Hand, als wär sie sein Kind. Als sie näher kommen, erkenne ich, daß er wie ein Verrückter auf sie einredet und sie auf die verschiedenen Sorten Unkräuter, Gräser und Blumen hinweist, ihr anscheinend allerhand beibringt, und wahrscheinlich ist es das erstemal in ihrem ganzen Leben, daß ihr jemand irgendwas Gutes beibringt.

Sie gaben ein echt hübsches Bild ab, die beiden, und ich mußte an dieses Buch denken, *Onkel Toms Hütte*, das ich mir aus der Bücherei geliehen und in der siebten Klasse für so 'ne komische Buchbesprechung gelesen hatte, aber meine Lehrerin war stinksauer geworden und hatte mir 'ne Fünf gegeben, weil ich gesagt hatte, es wäre ziemlich gut, wenn man bedächte, daß es eine Weiße geschrieben habe. Meine Lehrerin war selber eine Weiße und hielt mich für respektlos, was aber nicht stimmte. Ich wußte einfach, das Buch wäre anders geworden, wenn es, sagen wir mal, 'n Schwarzer oder sogar 'ne schwarze Frau geschrieben hätte, und es wäre auch besser geworden, weil... dieser alte Onkel Tom hätte mächtig auf die Kacke gehauen, und wahrscheinlich hätten sie ihn gelyncht oder so, aber das wär's fast wert gewesen. In dieser alten Zeit der Sklaverei waren die Weißen *echt* voll Scheiße drauf, und das hab ich in meiner Buchbesprechung sagen wollen, und daß sich die weiße Lady, die es geschrieben hatte, Mühe gegeben hatte, es nicht zu sein, mehr nicht. Natürlich sind die Weißen immer noch voll Scheiße drauf, was echt keine Überraschung ist, aber manchmal vergeß ich das, so wie damals bei dieser blöden Buchbesprechung.

Jedenfalls hatte sich Froggy sofort mit I-Man angefreundet, ihm ihr Vertrauen geschenkt und Dinge erzählt, die sie mir wohl nicht erzählen wollte, vermutlich, weil ich sie eher an Buster erinnerte als I-Man, schließlich war ich ja weiß, und überhaupt waren Buster und ich ja mal so 'ne Art Kumpels gewesen. Außerdem wußte sie, daß ich Busters Knete eingesackt hatte, was ihm ja vielleicht ganz recht geschah, aber mich nicht unbedingt vertrauenswürdig wirken ließ. Allerdings kann man ein Gesetzloser oder Verbrecher und trotzdem vertrauenswürdig sein, beziehungsweise Polizist oder Geistlicher und das genaue Gegenteil. Aber Froggy war jung, noch mehr oder weniger auf andere Leute angewiesen, und sie wußte das noch nicht. Mir war klar, daß sogar I-Man nicht etwa die Wahrheit sagte, wenn er beispielsweise behauptete, er habe seinen Stoff selber aus Jamaika mitgebracht, obwohl ich an dem Geruch sofort merkte, daß er von Hector stammte, der einem nur was davon abgab, wenn man für ihn dealte, also dealte I-Man wohl. Und er klaute auch, nämlich das Wasser und vermutlich einige der Materialien für sein Gewächshaus – auch wenn er sagte, er fände sie bloß im Abfall anderer Leute und in Müllcontainern – und diversen anderen Kram wie Seife, Kerzen, Shampoo und sogar die Samen, die er sich angeblich aus dem weggeworfenen Gemüse bei Sun Foods holte, dem riesigen Supermarkt drüben in der Mall, aus dem er seine gesamten Lebensmittel bezog, bis sein Garten soweit war.

Mehr aß er nicht, Obst und Gemüse nach der Ital-Methode gekocht, wie er sagte, eine besondere Rastafari-Zubereitung, die wohl der alte Haile Selassie in Afrika ausgeklügelt hatte und die ganz einfach hieß: kein Salz, und als Ölersatz und zum Würzen mußte man zerkleinerte Kokosnüsse und jede Menge scharfe Paprikaschoten verwenden. Es schmeckte zwar etwas eigenartig, ich hab mich aber ziemlich schnell daran gewöhnt, besonders an die paar Spezialitäten wie den Zionsaft, der aus Möhren gemacht wird, und an Akkra, die leckeren, frittierten Bohnenteigtaschen, über die man eine Sauce aus Chilis, Zwiebeln, Tomaten und Limonen gießt; der aus Kürbissen, Bataten, Bananen, Kokosnüssen zubereitete Ital-Eintopf schmeckte sehr gut, genau wie der Dreadnut-Pudding, den man aus Erdnüssen und Zucker macht. I-Man hatte sich im Freien unter einem Stück Wellblech, das auf Pfählen befestigt war, so was wie 'ne komplette Küche gebaut, damit er sogar bei Regen kochen konnte. Aus Steinen und einigen Eisenstäben hatte er sich einen Grill gebastelt, er kochte in ein paar alten Töpfen und aß aus etlichen Tellern, die aussahen, als hätte er sie irgendwo im Müll gefunden, aber sie waren astrein, und als Spüle nahm er eine alte Plastikschüssel und fließendes Wasser aus seinem Schlauch, und da er sich nur von Gemüse und Obst ernährte und täglich rüber zu Sun Foods ging, brauchte er keinen Kühlschrank oder so was.

Weiß nicht, warum, wahrscheinlich weil ich dadurch das Gefühl bekam, unabhängiger zu sein, so wie früher die Jäger und Sammler, aber das Organisieren von Lebensmitteln fand ich riesig, wenn man im Gebüsch hinter dem Supermarkt herumlungerte und wartete, daß sie das Zeug rausschmissen, das gerade schlecht wurde, angequetscht war oder ein bißchen kaputt, so daß sie es nicht mehr verkaufen konnten, und dann kam ich angehechtet, sobald die Typen vom Supermarkt abgehauen waren, und stopfte ein paar tolle Sachen in meinen Rucksack, Kokosnüsse mit einem einzigen Riß und Kürbisse, die hingefallen und zerbrochen waren, und alle möglichen Salat- und Blattgemüsesorten und einzelne Zwiebeln und Kartoffeln aus zerrissenen Beuteln und so weiter, genug, um sämtliche obdachlosen Kids in Plattsburgh zu ernähren, wenn sie sich nur darum gekümmert hätten. Aber die meisten Obdachlosen sind keine Vegetarier und auch keine Rastafaris mit eigener Freiluftküche wie wir damals, sie stehen mehr auf Fastfood oder Essensreste von Restaurantketten wie Chuck E. Cheese oder Red Lobster, in deren Nähe wir wegen dem Getöteten sowieso nicht gingen, so daß wir die Sachen bei Sun Foods so ziemlich für uns allein hatten. Abgesehen von dem Typ, den wir Katzenmann nannten, der dort immer im Abfall herumwühlte und miaute wie eine Katze, und zwei echt steinalten Burschen, die dienstags und freitags kamen, vermutlich Schwule, einer davon mit Glatze und der andere mit Metallkrücken, auf die er sich stützte, während er einen Stoffbeutel für die Sachen aufhielt, die der andere aus dem Abfall wühlte. Die standen aber hauptsächlich auf Gebäck und altes Brot, und der Katzenmann suchte nach Hot dogs und Salami und so 'm Kram, der schlecht geworden, aber immer noch eßbar war, jedenfalls wenn man sich für 'ne Katze hielt.

Täglich gingen wir bei Sun Foods unser Futter sammeln, ich und Froggy und I-Man, sonst bewegten wir uns kaum vom Bus weg, außer daß I-Man alle paar Tage mehrere Stunden lang verschwand, um, wie ich wußte, ein bißchen zu dealen, damit er und jetzt auch ich immer was zu kiffen hatten, was cool war. Ich wußte zwar, wo er es kaufte, aber nicht, wo er es verkaufte, und fragte ihn nach keinem von beidem, wohl weil davon bloß wieder schlechte Erinnerungen aus der Zeit hochkommen würden, als ich mit Russ und Bruce und den Adirondack Iron in Au Sable über dem Video Den wohnte, was mir inzwischen vorkam, als wäre es Jahre her und in einem ganz anderen Land gewesen.

Jetzt marschierten wir alle drei immer frühmorgens, nachdem alle Pflanzen gewässert waren, durch die Felder hinter den Lager-häusern und tauchten am Rand des Mall-Parkplatzes hinter dem Officemax wieder auf, das gleich neben dem Sun Foods lag, so daß wir einfach kommen und gehen konnten, ohne gesehen zu wer-den oder auch nur eine einzige Straße überqueren zu müssen. Das war gut so, wir drei wären nämlich aufgefallen, ein kleines Mädchen, ein schwarzer Rastafari mit Dreadlocks und ein weißer Jugendlicher, obwohl ich ohne meinen Irokesenschnitt nicht mehr so herausstach wie früher. Trotzdem, es lag an der Mi-schung. Und Buster war immer ein Grund zur Sorge.

Damals waren wir gut drauf, ich jedenfalls war es, und zum erstenmal schien auch die kleine Froggy gut drauf zu sein. Nach ein paar drogenfreien Tagen benahm sie sich allmählich normal; vermutlich hatte Buster ihr Quads, Methaqualon, ins Essen ge-mischt und ihr nichts gespritzt, was gut war, weil man als Kind ohne Übelkeit von Quads runterkommen kann, und mehrmals ertappte ich sie sogar beim Lachen, zum Beispiel, als I-Man in zwei oder drei Töpfen gleichzeitig das Abendessen kochte und dabei kleine Rasta-Tanzschrittchen und Hip-Hop-Bewegungen machte oder als ich mit dem Schlauch Mist baute und mich von oben bis unten naß spritzte. Bei so was kriegte sie einen Lachan-fall und hielt sich für den Fall, daß jemand zusah, eine Hand vor den Mund, wie um schlechte Zähne zu verbergen, dabei hatte sie ein prima Gebiß, abgesehen von zwei Vorderzähnen, die ihr aus-gefallen waren, weil… sie war erst sieben und hatte immer noch ihr Milchgebiß. Obenrum trug sie jetzt ein altes T-Shirt von I-Man, auf dem »Come Back To Jamaica« stand, außerdem eine von Mr. Ridgeways karierten Boxershorts, mit einer Sicherheitsnadel auf ihre Größe getrimmt, und I-Man hatte ihr aus einem alten Reifen und Lederriemen ein Paar Sandalen gemacht und mir auch, als Ersatz für meine alten Doc Martens, die laut I-Man militaristisch waren. Genau wie I-Man trug ich jetzt nur noch ein T-Shirt und Cutoffs, abgeschnittete Jeans.

Da es mittlerweile warm war und I-Man die größeren Pflanzen, Maissetzlinge und Tomaten, vom Bus ins Freie umpflanzte und den Garten überhaupt vergrößerte, arbeiteten wir alle drei viel draußen, und Froggy und ich kriegten immer mehr Farbe und sahen echt gesund aus. Zum erstenmal bekam ich ziemlich gute Armmuskeln, und Froggy war beeindruckt, als ich sie ihr zeigte. I-Man zeigte ich sie natürlich nicht, der war ja viel muskulöser als ich, und obwohl es mehr oder weniger natürlich war, daß ich neben ihm, dem Erwachsenen, mickrig aussah, wär's mir trotzdem peinlich gewesen.

Jedenfalls brachte er eines Tages ein paar alte Spaten und einen Rechen mit, die er angeblich in einem städtischen Park gefunden hatte, was wahrscheinlich stimmte, aber sie waren wohl kaum von den Parkarbeitern auf den Müll geworfen oder aus Versehen verlegt worden, und am nächsten Tag beorderte er uns aufs Feld, wo wir das Gras lösten, die Erde abschüttelten, umgruben und so was alles, bis es ein richtiger Garten wurde, allerdings ein Garten, wie ich ihn noch nie gesehen hatte. Er bestand aus einem einzigen, keinen halben Meter breiten Streifen, der in wirren Schleifen und Kreisen irgendeinem geheimnisvollen Plan in I-Mans Kopf folgte und sich um den Bus herum und an der Küche vorbeiwand, bis er sich schließlich durch das hohe Gras des Feldes wegschlängelte. Ich fragte mich, wie dieser Streifen wohl von oben aussehen mochte, ob er den Tier- und Götterbildern glich, die die Weltraummenschen unten in Südamerika gemacht hatten, und I-Man antwortete mir auf meine Frage, das wisse er nicht, nur Jah wisse es und Jah lenke I-and-I.

Er gab aber präzise Anweisungen, wo wir graben sollten, und

steckte alles mit Pflöcken und einem Seil genau ab, immer gefolgt von mir und Froggy, die wir mit unseren Spaten den Boden umgruben, der erstaunlicherweise keine Steine enthielt und dunkel, krümelig und fruchtbar aussah. Offenbar folgte I-Man einer regelrechten Ader aus gutem Boden, tatsächlich dem einzigen weit und breit, denn wenn er auf dem Feld einfach ein rechteckiges Gartenstück umgegraben hätte, zehn, fünfzehn Meter im Quadrat, ganz normal, dann wäre da nichts gewachsen, weil der größte Teil dieses Feldes, genau wie der größte Teil der gesamten Gegend aus Steinen und Geröll bestand und an vielen Stellen Chemiemüll herumlag. Unter dem Feld, auf dem wir damals arbeiteten und wohnten, befanden sich jedenfalls alte Chemikalien aus der Zeit, als sie da draußen noch Gifte und radioaktives Zeug für den Fall gelagert hatten, daß wir von den Russen angegriffen würden, aber I-Man hatte irgendwie den einzigen schmalen Streifen Erde ausfindig gemacht, der nicht verseucht oder gefährlich oder auch nur steinig war, in dieser Gegend hatte ich nämlich noch nie so schwarze, fruchtbare Erde gesehen, denn alles, was er pflanzte, schlug an, wuchs wie irre und sah so gesund aus wie Lebensmittel aus der guten alten Pionierzeit.

Damals ging es auf Ende Juni zu, und so blieb es ziemlich lange hell, wir drei saßen daher gerne nach dem Abendessen bei geöffneter Tür auf der Treppe des Busses, ich und I-Man pafften einen gigantischen Spliff, und wir redeten über alles mögliche, eigentlich redete vor allem er, und Froggy und ich versuchten einfach zu verstehen, weil… er war so was wie unser Lehrer in Lebenskunde und wir seine Schüler, sie in der Vorschule oder in der ersten Klasse, ich vielleicht in der dritten, und zwischen I-Mans Weisheiten kam es zu langen Pausen, in denen wir alle drei bloß dasaßen und gemeinsam den Grillen lauschten und dem Wind, der die langen Grashalme und die Maisstiele und alle anderen Pflanzen im Garten zum Rascheln brachte, und wir sahen zu, wie die Sonne unterging und der Himmel so rot wie Marmelade wurde und schmale silbrige Wolkenstreifen vorbeischwebten, und in dem dunkelblauen

Himmel über uns leuchtete ein Stern nach dem anderen, wie echte Diamanten, und dann schwebte weit hinten der alte Mond über die Baumwipfel, und das Feld sah im Mondlicht so unglaublich friedlich und schön aus, daß es nur schwer vorstellbar war, wie mir dieser Ort vor nicht allzulanger Zeit unheimlich und irgendwie ätzend vorgekommen war und ich es kaum hatte erwarten können wegzukommen. Jetzt hatte ich in dem alten Wrack von einem Schulbus auf diesem verdreckten Feld wohl zum erstenmal ein richtiges Zuhause und eine richtige Familie gefunden.

Aber natürlich war es keine richtige Familie, und I-Man und ich konnten weder so was wir Froggys Eltern noch etwa ihre älteren Brüder sein, denn sie war noch ein ziemlich kleines Kind, und ich selber war auch noch ein Kind und ein Outlaw, und I-Man war Jamaikaner und ein illegaler Einwanderer, der versuchte, sich durchzuschlagen und irgendwann nach Hause zu kommen, ohne daß ihn vorher die amerikanische Regierung erwischte. Außerdem war Froggy die richtige Tochter irgendeiner Frau, und wie abgefuckt sie auch sein mochte, wir waren verpflichtet, ihr Froggy zurückzubringen, falls sie bei ihrer Mom sein wollte, oder ihr – falls nicht – eine andere Mom zu suchen. Da Froggy ein Mädchen und noch ein kleines Kind war, brauchte sie offensichtlich eine Mom dringender als mich und I-Man, wir fanden uns damit ab und versuchten, mit ihr drüber zu reden.

I-Man sagte zu ihr: »Da draußen, Froggy, irgendwo im kalten, wilden Hinterland von Amerika, gibt's bestimmt 'ne Mama, die weint, wenn de jetz' nach Hause kommst, Kind, die weint, weil's Zeit wird, daß de nach Hause kommst. Und 's tut ihr leid, Froggy, daß se ihr armes Baby nach Babylon verkauft hat.«

Ich schlug vor, vielleicht mit Froggys Mom zu telefonieren und mal vorzufühlen, wie sie zu der Sache steht, und danach zu entscheiden, was zu tun sei, und das fand I-Man okay, wenn Froggy einverstanden wäre, aber sie sagte bloß: »Nein, redet von was anderem.«

Es dauerte zwar Wochen, aber wir kriegten immerhin aus ihr heraus, daß ihre Mom Nancy Rilay hieß und Froggy glaubte, sie lebte in Milwaukee im Bundesstaat Wisconsin oder hätte jedenfalls dort gelebt, bevor Buster kam und Froggy abgeholt hatte, was aber schon lange her war, und wahrscheinlich wohnte sie da sowieso nicht mehr. Nicht, daß Froggy etwa weinte, als wir uns mit ihr über eine Rückkehr zu ihrer Mom unterhielten, sie sagte bloß ein paar Worte, blickte starr geradeaus, biß sich auf die Unterlippe und bekam einen stumpfen Blick. Lange war sie nicht weg gewesen, das wußte ich, nur ungefähr ein halbes bis ein Jahr, es kam ihr bloß unheimlich lange vor, weil sie noch ein so kleines Kind war, drum sagte ich immer wieder: »Laß uns die Auskunft anrufen und rausfinden, ob deine Mom im Telefonbuch steht, das kann nichts schaden«, bis sie irgendwann einverstanden zu sein schien und o-*kay* sagte.

Es war ein warmer Juliabend, und zwar der Unabhängigkeitstag am 4. Juli, weil ich noch weiß, wie später unten am See das Feuerwerk gezündet wurde, und abends gegen halb acht erlaubte uns Froggy endlich, ihre Mom anzurufen. Vorher hatte sie wohl ganz einfach befürchtet, daß ihre Mom, wenn sie anrief, sagen würde, sie dürfe nicht nach Hause kommen – was wohl eine ganz natürliche Angst war –, oder daß ihre Mom gar nicht erst mit ihr reden würde, aber I-Man und ich hatten uns mittlerweile eine ganze Zeit lang intensiv um sie gekümmert und ihr immer wieder erzählt, was Moms wirklich für ihre Kinder empfinden, egal wie sie sich manchmal benehmen, so daß Froggy den Menschen allmählich ein bißchen mehr vertraute. Damit hatten wir's wohl geschafft.

Aber hauptsächlich ich hatte sie ganz schön bequatschen müssen, wohl weil I-Man nicht allzuviel davon hielt, Leute zu etwas zu überreden, was gut für sie war, nicht mal kleine Kinder wie Froggy, die angeblich zu jung sind, um schon zu wissen, was gut für sie ist, aber als sie an diesem einen Abend schließlich sagte: O-*kay*, sie würde mit ihrer Mom reden, wenn ich sie ans Telefon bekäme, da schlugen wir drei unseren üblichen Weg quer durch das Feld ein, auf dem inzwischen Unmengen Blumen wuchsen, Gänseblümchen und Goldrute und so was, schlüpften unter dem alten Maschendrahtzaun durch, gingen zum Officemax und dann zur Vorderseite vom Sun Foods, wo eine Telefonzelle stand und kaum Leute waren, weil es der 4. Juli und schon ziemlich spät war. Ich ging voran, Froggy hinterher, und I-Man kam als letzter.

I-Man hatte nicht ganz unrecht, allerdings drückte er seine Meinung nicht in Worten aus, nur durch Taten, was typisch für ihn war, außerdem blieb man so auf Zack und lernte, selbständig zu denken. Aber wenn man Kinder dazu bringt, zu ihrem eigenen Besten etwas zu tun, was sie gar nicht wollen, kann das ziemlich gefährlich sein und funktioniert eher selten. Eigentlich weiß ich nicht, ob es überhaupt funktioniert, außer man steht gerade mitten auf der Straße und sieht nicht, daß ein Zehntonner auf einen zurast, und 'n netter Mensch schubst einen beiseite und sagt, es ist zu deinem eigenen Besten. Aber sogar in solchen Fällen wäre man allein und auch viel streßfreier zur Seite getreten, wenn man die Sache überschaut hätte, und wäre womöglich noch sauer geworden, weil irgend so 'n Idiot einen herumgeschubst hat.

Ganz allgemein war es so, daß ich selbst in meinem bisherigen Leben noch nie etwas getan hatte, nur weil meine Mom, mein Stiefvater, Lehrer von mir oder irgendwelche Erwachsenen, die Macht über mich hatten, behaupteten, es sei zu meinem eigenen Besten. Scheiße, nein! Und wenn mir das jemand sagte, ging jedesmal so was wie 'ne Alarmanlage unter meiner Motorhaube an, und ich hörte bloß noch: *Wuup, wuup, wuup*, dachte: Da will einer was Wertvolles klauen, und machte gewöhnlich das genaue Gegenteil. Meistens stellte sich das auch nicht unbedingt als Geniestreich heraus, aber wahrscheinlich hätte ich es gar nicht erst gemacht, wenn es nicht jemand drauf angelegt hätte, daß ich zu meinem eigenen Besten das genaue Gegenteil tat.

Und doch flehte ich Froggy regelrecht an, ein Kind, das kleiner war als ich, ihre Mom anzurufen (so wie E.T. nach Hause telefoniert hat), obwohl sie es offenkundig gar nicht wollte. Ihre Mom hatte sie vermutlich an Buster verkauft, um für das Geld Crack zu kaufen, und trotzdem konnte ich wohl einfach nicht glauben, daß ihre Mom nicht doch glücklich und unendlich erleichtert wäre, endlich von ihrem verlorenen Kind zu hören, ganz gleich, was passiert war, und umgekehrt ebenso.

Ich ging in den Supermarkt und wechselte einen von Busters Fünfzigern, was mir eine gründliche Überprüfung durch den Typ vom Kundenservice einbrachte, nachdem sich die Kassiererin geweigert hatte, mir den Schein zu wechseln. Sie hielten ihn wohl beide für 'ne Fälschung, in dieser Gegend keine Seltenheit, weil die Grenze in der Nähe ist und daher alles mögliche geschmuggelt wird etc., aber ich sagte zu dem Typ, draußen warte mein Vater in einem Spezialfahrzeug für Behinderte, weil… er sei ein Vietnamkriegsveteran in 'm Rollstuhl, und selber zum Geldwechseln reinzukommen sei für ihn furchtbar anstrengend, deshalb machte ich das, um für ihn seinen Anwalt anzurufen, denn er müsse nach Washington, um vor Gericht über den Kampfstoff Agent Orange auszusagen. Was den Typ schließlich überzeugte, so daß er den Schein rasch kleinmachte. Keine Ahnung, warum, aber ich bringe diese Geschichte immer mal wieder gern an den Mann, seit ich mal in der Zeitung davon gelesen hatte und dachte, Agent Orange wär so was wie'n echt cooler Spion gewesen, der in Vietnam zuerst für die CIA gearbeitet hatte, und als er merkte, wie abgefuckt der Krieg war, die Seiten gewechselt und sich damit einverstanden erklärt hatte, für die Veteranen in Washington auszusagen wie in dem Film mit Tom Cruise. Vielleicht hatte ich das in den Nachrichten auf MTV gesehen, weil… Zeitungen lese ich eigentlich nicht, es sei denn zufällig, also wenn ich gerade auf 'ner Parkbank sitze und da liegt eine auf dem Boden und glotzt mich an.

Jedenfalls kam ich mit 'm Haufen Vierteldollarmünzen und 'ner Handvoll kleiner Scheine wieder raus, rief die Auskunft in Milwaukee, Wisconsin, an und fragte nach Nancy Rilay. Es gab einen Eintrag unter N. Rilay, also rief ich da an, und nach dem ersten Klingeln meldete sich eine Frau, als hätte sie neben dem Telefon gesessen und gewartet, daß ihre Tochter anrief.

Sie sagt: »Hallo?«, und ich frage: »Spreche ich mit Nancy Rilay?«, was sie bejaht, und ich frage weiter: »Haben Sie eine kleine Tochter?«, daraufhin wird sie auf einmal schrecklich mißtrauisch und fängt an mit: »Wer ist da?« und: »Was wollen Sie?« und: »Was soll die Fragerei?«

»Meine Tochter ist bei ihrer Großmutter«, behauptete sie. Ich merke sofort, daß sie an der Crackpfeife hängt, 'n Crackhead ist, man hört das an dem Summen, das in ihrer Stimme mitschwingt, als wär ihr Anschluß gestört.

Froggy starrt die ganze Zeit auf ihre Gummireifensandalen, und I-Man checkt ab, ob die wenigen Kunden, die gerade mit vollbeladenen Einkaufswagen aus dem Laden kommen, ihn die Wagen für ein bißchen Kleingeld zu ihren Autos schieben lassen, aber die Leute sagen natürlich ganz schnell nein, nie im Leben würden sie ihre kostbaren Einkäufe diesem grinsenden, schwarzen Kerlchen mit den zu weiten Shorts, seinem »Come Back To Jamaica«-T-Shirt und einer rot-grün-goldenen, pilzförmigen Rastamütze auf dem Kopf anvertrauen, in der all seine Dreadlocks zusammengerollt sind wie die mystischen Gedanken Jahs. Doch auf einmal sagt so ein buckliges altes Pärchen: »Ja, vielen Dank auch, junger Mann«, und schon schiebt ein glücklicher Rasta ihren Einkaufswagen über den Parkplatz, man kann also nie wissen, obwohl bei Weißen meiner Erfahrung nach, wenn sie mit Jugendlichen und Schwarzen zu tun haben, die echt alten und schwachen Menschen gutgläubiger sind als gesunde Leute mittleren Alters oder auch jüngere, vermutlich weil die älteren Herrschaften nicht mehr sehr lange zu leben haben.

»Hören Sie, Mrs. Rilay«, sagte ich zu ihr, »ich hab hier ein kleines Mädchen, ist meine Freundin und behauptet, Sie seien ihre Mom. Oder wenigstens heißt ihre Mom genauso wie Sie.«

Es folgte ein kurzes Schweigen, und ich hörte, daß sie 'ne

Fluppe rauchte, und wünschte, ich hätte auch eine, und schwor mir, sobald ich aufgelegt hatte, von Busters Knete welche zu kaufen. So ist das mit Zigaretten, sie bringen einen dazu, anderer Leute Geld auszugeben. Endlich seufzt sie und sagt: »Wie heißt sie?«, und da wird mir plötzlich klar, daß ich sie bloß als Froggy kenne, und ich gerate in Panik, lege meine Hand über die Muschel und sage: »Froggy, verdammte Axt, wie heißt du wirklich, Mann?«

Sie braucht ein Weilchen, als fiele es ihr selber nicht ein, dann guckt sie in Richtung Parkplatz und sagt nur: »Froggy.«

»Also echt, Mann, so hat *Buster* dich genannt. Wie heißt du *wirklich*? Welchen Namen hat dir deine *Mom* gegeben?«

»Rose«, sagte sie.

»Wow«, sagte ich. Rose. »Das ist ja *unglaublich*!« – Ich wünschte, ich hätt das früher gewußt.

»Sie heißt Rose«, sagte ich zu ihrer Mom.

»Von wo rufen Sie an?« fragte die Frau. »Ist sie okay? Meine Tochter war zu Besuch bei ihrer Großmutter, müssen Sie wissen. Da wohnt sie zur Zeit.«

»Yeah, am Arsch, Mann.«

»Sind Sie Polizist oder was? Ich finde, du hörst dich wie ein Kind an, ich glaub, du bist bloß ein verdammtes Kind. Irgendein verdammtes Kind, erzählst Scheiße, willst mich durcheinanderbringen. Da kann ich drauf verzichten.«

»Ich bin wirklich ein Kind, gute Frau. Ich heiße Bone und bin in Plattsburgh, New York. Und Ihre Tochter Rose is nich bei ihrer Großmutter. Sie steht hier neben mir, und es geht ihr gut, wenn Sie's wissen wollen. Sie ist jetzt bei Freunden. Sie sollten mal mit ihr reden, Mann. Und falls Sie wollen und sie's auch will, schicke ich sie morgen mit'm Bus zu Ihnen zurück, Fragen werden keine gestellt.«

Darüber lachte sie. »Ach ja? Ich glaube, du bist bloß irgend 'n Knabe, der mich konfus machen will. Bist du etwa Jerry? Bestimmt kenn ich dich irgendwie, und du hast bloß einen merkwürdigen Sinn für Humor. Ich spreche mit Jerry, stimmt's? Jerry aus der Gegend von Madison.«

Langsam war mir dieses Biest richtig zuwider. »Sagt Ihnen der Name Buster Brown irgendwas, Mann?«

Damit hatte ich sie am Haken.

Sie sagte: »Okay, ich will mit ihr reden«, und dann gab ich Froggy den Hörer. Rose.

Sie nahm ihn und sagte: »Hi, Mom.« Nicht, daß sie weinte oder so was. Sie zeigte fast überhaupt keine Gefühle, sagte bloß dauernd ja oder nein, während ihre Mom anscheinend auf sie einredete. Ich hätte wirklich gern erfahren, was, aber an Roses Verhalten ließ sich nichts ablesen. Vielleicht war es: Tut mir leid, komm bitte nach Hause, ich liebe dich, mein Kind. Oder aber: Ruf nie wieder hier an, du kleines Miststück, ich *hab* keine Tochter. So oder so, Roses Blick und Stimme blieben unverändert.

I-Man drehte eine Runde und checkte mal kurz, was Sache war, bevor er sich noch etwas Kleingeld verdiente, und ich erzählte ihm, was passiert war, und er nickte nur kurz, als belaste das seinen Kopf nicht – ein Ausdruck, den er gern benutzte –, und dann zog er wieder los auf der Suche nach weiteren alten Leuten mit Einkaufswagen, denn offenbar war er ganz gut im Geschäft. Ich fand's immer wieder erstaunlich, daß die Leute I-Man mochten, wenn sie ihn reden ließen, obwohl sie ihn nicht verstanden. Er war ein echter afrikanischer Charmebolzen.

Irgendwann reichte mir Rose den Hörer und sagte nur: »Sie will mit dir reden.«

Ich hielt die Hand über den Hörer und fragte sie: »Is' jetzt alles in Butter, Rose? Möchtest du dorthin zurück?«, woraufhin sie nur mit den Schultern zuckte, als wäre ihr alles egal, was eindeutig kein gutes Zeichen war. Ich bereute allmählich, daß ich Busters Fünfziger kleingemacht und sie in diese Lage gebracht hatte. »Mußt nicht zu ihr, wenn du nicht willst«, sagte ich. »Aber zu *irgendwem* mußt du. Zu 'nem Normalo, meine ich. Wegen Schule und so.«

Sie sagte: »Klar, weiß ich. Is' schon in Ordnung.«

Ich sagte zu ihrer Mom: »Was gibt's?«

»Hör zu, ich kenn dich zwar nicht, aber du bist wohl in Ordnung. Lebt Rosie bei dir oder deiner Familie oder was? Was ist da Sache?«

»Die Sache ist die, daß ich sozusagen bloß ein Straßenjunge bin und sie mehr oder weniger bei'm Freund und mir pennt. Dafür ist sie zu jung. Sie is' ja bloß 'n kleines Mädchen, verdammt noch mal! Ich muß also für sie ein richtiges Zuhause finden. Und es schien mir logisch, bei Ihnen anzufangen.«

Nichts. Nur das Rauschen einer schlechten Verbindung.

»Es ist ganz einfach, Mrs. Rilay: Sie sind ihre Mom. Und dank dieses Buster Brown hab ich zufällig genug Geld, um ihr 'ne Fahrkarte nach Milwaukee in Wisconsin zu kaufen. Wenn Sie das wollen. Sie ist bereit. Und Sie?«

Immer noch nichts. Was für ein unglaubliches Miststück, denke ich.

»Zum Teufel auch, Rose is' bloß 'n kleines Mädchen und Sie sind Ihre Mom. Bedeutet Ihnen das gar nichts?«

»Schon«, sagte sie schließlich. Es folgte die nächste lange Pause.

»Wie sieht's nun aus, Mrs. Rilay? Rose hat mir erzählt, ihr Dad ist im Knast. Wie haben Sie sich entschieden?«

»Tja«, sagte sie. »Das klingt alles toll. Aber ehrlich, wie soll ich sie denn ernähren, wenn sie hier ankommt? Ich bin arbeitslos. Ich bin krank. Begreifst du das? Das ist ein verdammtes Problem. Ich bin pleite. Und ich bin krank. Verschiedenes.«

Es folgte ein tiefer, langgezogener Seufzer, als warte sie darauf, daß ich irgendwas Mitfühlendes von mir gab, wozu ich aber keinen Bock hatte, deshalb sagte sie nach 'ner Weile: »Na schön, dann mach's halt so, von mir aus. Kauf ihr 'ne Fahrkarte nach Hause zu ihrer Mutter. Das ist doch 'ne feine Sache, oder? Ich brauche sie, und sie braucht mich, ein Kind braucht seine Mutter. Na ja, ich merke, daß du sie magst, und sie mag dich, ihr seid ja wohl Freunde, und das ist ja auch ganz entzückend. Aber ich bin eben ihre Mutter. Übrigens, hör mal, wenn du willst, kannst du ihr ruhig ein bißchen Geld in 'n Umschlag stecken, zum Beispiel, wenn sie in den Bus steigt. In 'ne kleine Handtasche oder was, wo's sicher ist. Verstehste? Für Rosie. Das kannst du doch wohl für sie tun. Damit ich für sie sorgen kann, sobald sie hier ankommt. Ihr 'n paar anständige neue Klamotten kaufen und so was. Vielleicht 'ne bessere Bleibe finden. Dann kriegt sie ihr eigenes Zimmer. Das verstehst du doch? Gott, wie ich sie liebe. Ehrlich, und wie!«

»Gut, okay«, sagte ich und fragte sie dann, ob sie Rose noch irgendwas sagen wolle, aber sie sagte nein, alles klar. »Setz sie einfach morgen früh in den Trailways-Bus«, sagte sie zu mir, »schreib die Telefonnummer auf und gib sie Rosie, damit sie anrufen kann, wenn sie am Busbahnhof von Milwaukee ankommt«, und dann würde sie kommen und Rose abholen. Es sei nicht weit, sagte sie. »Und vergiß das Geld nicht. Damit ich ihr was zum Anziehen kaufen kann und vielleicht eine neue Wohnung für sie finde. Außerdem ist es Sommer, und eine Klimaanlage könnten wir wirklich gut brauchen«, meinte sie.

»Klar, das glaub ich.« Dann hängte ich den Hörer ein. Mir war wegen der Geschichte ziemlich unwohl, aber jetzt war es zu spät, außerdem hatte ich keine bessere Idee, genausowenig wie I-Man, aber ihn würde das, wie ich wußte, nicht beunruhigen, weil... von seinem Gemüsebeet und anderen täglich anfallenden Tätigkeiten abgesehen, stand I-Man nicht auf Ideen, Pläne und dergleichen. Meistens nahm er die Dinge, wie sie kamen, und paßte sich spontan an. Er war das Gegenteil von meinem Freund Russ und den meisten Amerikanern, die ausrasten, wenn sie bis zum Ende ihres Lebens nicht alles durchgeplant haben, und ich muß zugeben, ein wenig von dem steckte auch in mir. Mittlerweile war es ziemlich dunkel geworden, in der Ferne hörten wir es wummern und knallen, und I-Man schaute hektisch zur Innenstadt von Plattsburgh und dem Park am See hinüber und sagte mit gerunzelter Stirn und schiefem Mund zu mir: »Hört sich an, als kommt die Army und will I-and-I an'n Arsch.«

Ich sagte: »Nein, das ist bloß das Feuerwerk«, aber er hatte echt Schiß, was ich merkte und erstaunlich fand, weil ich I-Man vorher noch nie auch nur einen Deut ängstlich erlebt hatte.

»Es ist doch bloß der 4. Juli, Mann«, erklärte ich ihm. »Unabhängigkeitstag und so. Das machen wir jedes Jahr, jagen tonnenweise Feuerwerkskörper in'n Himmel, um uns an die vielen Kriege zu erinnern, die Amerika gewonnen hat, und an die vielen Leute, die dabei draufgegangen sind. Das ist wie so 'n scheiß Kriegstanz, Mann. Wir feiern unsere schwer erkämpfte Freiheit, andere Leute abzuschlachten.«

»Kommt mit«, sagte er, nahm Roses Hand, winkte mir, ihnen zu folgen, und brachte uns um das Gebäude herum hinter den Sun-Foods-Supermarkt, wo die ganzen Müllcontainer und Laderampen waren, unser privater und einziger Lebensmittelstützpunkt. In einer Ecke war eine Stahlleiter in die Mauer eingelassen, und I-Man half Rose mit den Worten hinauf: »Nu los, Kleine, rauf nach oben. Nu los, bloß keine Angst, Kleine. Jah beschützt die Kurzen.«

Sie kletterte langsam nach oben, eine Hand nach der anderen, und I-Man gab mir ein Zeichen, damit ich ihm folgte, was ich auch tat, während er direkt hinter mir herkam und irgendwie hektisch von einer Seite zur anderen und nach hinten spähte, als erwartete er, daß jeden Augenblick die Marineinfanterie auf den Parkplatz gerast kam und uns mit Maschinengewehrsalven eindeckte. Anscheinend war so 'ne illegale Einwanderung ein schwerwiegenderes Vergehen, als ich gedacht hatte, weil es ein Verbrechen gegen die Gesellschaft war statt gegen eine einzelne Person oder einen Laden wie beim Klauen oder sonstigem verbotenem Kram, in dem sich meine kriminellen Aktivitäten erschöpften. Als die Feuerwerksknallerei immer lauter wurde, konnte ich I-Mans Angst schon besser nachvollziehen, das hörte sich mehr nach 'm Einmarsch oder einer größeren Militäraktion als nach einer Feier an, und vielleicht war das Dach des Supermarkts die sicherste Stelle im Ort.

Wir kletterten über die Brüstung und gingen mit knirschenden Schritten über den Kies auf dem Flachdach, vorneweg der geduckte I-Man, der uns an die Dachkante lotste, wo wir hinter einer niedrigen Betonbrüstung mit spitzenmäßigem Blick auf den Parkplatz unter uns und die restliche, ganz in fahles oranges Licht getauchte Mall Stellung bezogen. Auf den Straßen herrschte kein Verkehr, in den Parkbuchten standen nur ein paar Autos rum, und Fußgänger sah ich überhaupt keine, so daß die ganze Gegend echt merkwürdig und einsam aussieht wie in 'nem Science-fiction-Film, wo alle aus der Stadt rausfahren, um zu sehen, an welcher Stelle die fliegenden Untertassen gelandet sind, und man uns irgendwie ganz allein zurückgelassen hat.

Nach ein, zwei Minuten fühlte sich I-Man offenbar sicher, wurde ein bißchen lockerer, und wir sahen uns das Feuerwerk an, das unten am See abgefackelt wurde und von uns hier oben echt gut zu sehen war. Eigentlich hatten wir wohl die besten Plätze in der Stadt. Gerade schossen sie die großen, rot-weiß-blauen Schwärmer nach oben, die beim Steigen so 'n langes *Wuuusch* ertönen lassen, Farbfontänen in den dunklen Himmel zeichnen und dann so ein lautes Wummern wie Donnergrollen von sich geben, und das wiederholte sich ständig, aber mit anderen Farbfontänen, Gold und Grün und Hellblau und Rosa und sogar Gelb, bis selbst I-Man einsah, daß es sich nicht um eine Militäraktion handelte, mit der man sämtliche illegalen Einwanderer zusammentreiben wollte, von denen es im ganzen Ort sowieso höchstens zehn gab.

Später erfuhr ich natürlich, daß I-Man eigentlich recht hatte, wenn auch nicht in dieser einen Nacht, aber es ist *wirklich* eine gute Idee, sich immer ein sicheres Versteck zu suchen, wenn man was hört, das man für Schüsse hält, weil es meistens auch Schüsse *sind*, und wenn man mehr als einen oder zwei Schüsse hört, sind meistens mehr als eine oder zwei Schußwaffen beteiligt, und wenn mehr als eine oder zwei Schußwaffen beteiligt sind, dann schießt wahrscheinlich die Polizei oder das Militär auf das Volk. Und das Volk, so sagte I-Man manchmal, sind *wir*. Das hab ich später auf Jamaika erfahren, aber in dieser Julinacht in Plattsburgh wußte es I-Man schon, nur ich noch nicht, sonst wär ich bestimmt genauso in Panik geraten wie er.

Als er sich etwas beruhigt hatte, erzählte ich ihm von meinem Telefonat mit Froggys Mom und offenbarte ihm Froggys richtigen Namen, der ihm genauso gut gefiel wie mir.

»Der Name is *irie*, Mon, stark. Echt wahr, Mon, du warst nie 'n Frosch«, sagte er zu ihr. »I-and-I weiß das. Bone auch. Bist 'ne Rose, Mon. Wie die berühmte Rose von Rose Hall auf Jamaika, die Frau hat all ihre Todfeinde gekillt und ihre Geliebten, mit Zauberei, die se aus Afrika geholt hat. Hast dich gemausert von ner Froggy zu 'ner Rose, Mon, und so lernste I-self besser kennen und dringst tiefer ein in die Tiefen von I.«

Er lächelte in ihr trauriges Gesicht hinunter und sagte: »*Spitzen*mäßig!«, ein Ausdruck, den er von mir aufgeschnappt hatte und jetzt bei jeder sich bietenden Gelegenheit benutzte, was cool war, weil ich mir 'ne Menge kleiner Ausdrücke und Wörter von ihm angeeignet hatte und ab und zu das Gefühl brauchte, im Gegenzug auch ihm was bringen zu können. Obwohl ich natürlich wußte, daß seine Art zu reden viel interessanter war als meine und er nur höflich war. Und doch gab es mir immer einen kleinen Kick, wenn er *Spitzen*mäßig! oder *Jawollo!* sagte.

Ich erzählte ihm, daß ich eingewilligt hatte, Rose am Morgen zu ihrer Mom zu schicken, darauf guckte er ein bißchen skeptisch, zog eine Augenbraue hoch, preßte die Lippen zusammen und sagte kein Wort, weder in die eine noch in die andere Richtung. »Es ist besser so«, sagte ich.

»Muß wohl«, sagte er.

»Das meinst du doch auch, Rose?« fragte ich, aber es war eigentlich keine Frage, und das war ihr auch klar. Sie nickte bloß mechanisch, als gehorchte sie mir, statt zu sagen, was sie wirklich dachte.

»Zieht euch das rein«, sagte I-Man da und benutzte wieder einen meiner typischen Ausdrücke, was bedeutete, wir sollten uns das Feuerwerk ansehen. Der Himmel war jetzt wirklich hell erleuchtet, was nach Krieg der Sterne oder so was aussah, eher wie die Geburt des Planeten als die Geburt dieser Nation, gewaltige Explosionen breiteten sich wie Supernovas in kreisförmigen roten, orangen und lila Wellen aus, gefolgt von donnerndem *Bum-ba-Bumm*, lange Krachsalven, die einem durch Mark und Bein gingen. Wie graue Lumpen hingen große Rauchwolkenvorhänge vom Himmel und erhellten sämtliche tieferliegende Dächer der Stadt, auch sämtliche Bäume im Park wurden wie von Leuchtspurgeschossen bestrahlt, und draußen auf dem See spiegelte sich das Feuerwerk im Wasser wider, hinter dem weit, weit hinten in der Dunkelheit im Staate Vermont die Stadt Burlington lag. Und wenn man die Augen zusammenkniff, sah man, daß auch das Feuerwerk der Vermonter dort in deren Dunkelheit aufstieg. Weiter unten am anderen Seeufer sah man die Feuerwerke der kleineren Orte, Häfen und Bootsliegeplätze; auf unserer, der New Yorker Seite weiter südlich explodierten Feuerwerkskörper in Willsboro, während die Bewohner von Westport Raketen in ihre Variante derselben Dunkelheit schossen, die auch über uns lag. Und sogar weiter landeinwärts, oben in den Adirondack Mountains, sahen wir das blaßgelbe Leuchten und das rot-blaue und silbrige Pulsieren des Feuerwerks in Lake Placid sowie drüben in Keene, wo, wie ich annahm, wohl Russ mit seiner Tante Doris und seinem Onkel George und den Cousins zusah, und weiter hinten im Tal in Au Sable, wo sie ihr Feuerwerk auf dem Sportplatz abschossen, saß meine Mom auf der Tribüne, sie und ein paar Arbeitskolleginnen vielleicht oder meine Großmutter, und alle machten *Ah-h-h!* und *Oh-h-h!*, wenn die Raketen hochstiegen und die leuchtenden, herrlichen Farben in die Dunkelheit verstreuten. Und wahrscheinlich war auch mein Stiefvater dabei, allerdings fläzte der sich garantiert mit seinen Bierkumpanen in die Klappstühle aus Plastik und Aluminium, quatschte über

Teenagermuschis und machte Kids im allgemeinen runter, während er mit einem Auge immer 'n Blick auf die Arschbacken unter den Cutoffs eines Mädchens warf oder auf Kindertitten schielte und dabei ständig seine häßlichen Gedanken dachte, die nur ich allein kannte, aber ich war weit weg, und er konnte bloß hoffen, daß ich tot war oder auf ewig verschwunden blieb.

Am nächsten Morgen wachte ich früh auf, noch vor Rose und I-Man, nahm ein kleines Netz, in dem ursprünglich Zwiebeln gewesen waren, und tat die Sachen hinein, die Rose mitnehmen sollte – ein sauberes T-Shirt und Mr. Ridgeways Wollpulli, falls es im Bus kalt war, und diverse Lebensmittel, hauptsächlich Obst, aber auch ein Glas mit Ital-Eintopf und ein wenig Dreadnut-Pudding. Ich hatte keine Ahnung, wie lange der Bus bis Milwaukee brauchte, vielleicht zwei oder drei Tage, jedenfalls eine lange Zeit, und sie bekam bestimmt Hunger, darum dachte ich mir, daß sie gern ihr gewohntes Essen dabeihaben würde, damit sie nicht in irgendwelchen Restaurants an Bushaltestellen einkehren müßte, wenn sie nicht wollte, da kann es nämlich nachts für ein kleines Mädchen ziemlich unheimlich werden.

Außerdem legte ich noch etwas Geld in das Netz. In einen Strumpf packte ich die kleinen Scheine, mein Wechselgeld vom Vortag, als ich 'ne Schachtel Zigaretten gekauft hatte, dazu einen Fuffziger, für den sie vielleicht ein paar neue Kleider gekauft bekam, wahrscheinlich aber eher nicht. Immerhin war es den Versuch wert.

Es dauerte nicht lange und I-Man war aufgestanden, hatte ein Feuer in Gang gebracht und das Frühstück fertiggemacht, hartgekochte Eier, Bananen und Zionsaft, dann stand Rose auf und hatte ihre Reiseklamotten an, nämlich ihr altes rotes Kleid, hübsch und sauber, ihre Sandalen und eine Montreal-Expos-Baseballmütze, die ihr I-Man erst vor ein paar Wochen geschenkt hatte, und ich hatte ihr gezeigt, wie man den Schirm umklappt und nach hinten trägt, damit es cool aussieht. Wir aßen alle sehr schnell und redeten nicht viel, bis es so etwa acht Uhr sein mochte, und ich sagte: »Tja, dann woll'n wir mal, Rosie«, und reichte ihr das Netz.

»Rose«, sagte sie. »Nenn mich nicht Rosie.«

»Schon gut«, sagte ich und erklärte ihr das mit dem Geld in ihrem Strumpf, daß es ihr und nur ihr gehörte und sie es verwenden sollte, wie sie wollte oder mußte und es keinem anderen geben durfte, nicht mal ihrer Mom, wobei ich allerdings dachte: Vor allem nicht ihrer Mom.

Sie bedankte sich, und dann kam I-Man rüber, umarmte sie lange und küßte sie auf jede Wange, als wär sie seine Tochter, die den Sommer über Verwandte besuchte, und echt leise sagte er: »One love, Sister Rose. One heart. One I. Von ganzem Herzen, meine Tochter.«

Sie nickte, als verstünde sie, nahm dann meine Hand, und wir brachen auf; zurück blieb I-Man, der am Feuer stand und uns nachsah. Als wir ungefähr das halbe Feld überquert hatten, drehte ich mich um, schaute zurück, und da stand er immer noch, die Hände zu beiden Seiten herunterhängend, und auf einmal kam mir der Gedanke, ein radikaler und völlig unerwarteter Gedanke. Im gleichen Moment hob I-Man beide Hände zum Himmel, als wolle er Jah danken und ihn preisen, als kenne er meine Gedanken.

»Warte hier«, sagte ich zu Rose. »Bin gleich wieder da.«

Ich lief zurück zum Schulbus, flitzte hinein, schnappte meinen Rucksack und stopfte alle meine herumliegenden Kleidungsstücke und Sachen hinein, die Taschenlampe, die CDs und meinen ausgestopften Vogel mit Busters Geld drin, der auf meiner Matratze gelegen hatte, und mit alldem ging ich wieder nach draußen.

I-Man lächelte breit, als er mich sah, und hatte beide Hände in die Hüften gestützt.

»Na, Bone, dann kutschierst du also mit Sister Rose nach Milwaukee, Wisconsin. Das wird echt irie, kleiner Brodder.«

»Nein«, sagte ich. »Das nicht, Mann. Sie kommt auch ohne mich zurecht. Nein, ich werd wohl auch nach Hause fahren. Genau wie Rose. Ich muß *meine* Mom besuchen«, sagte ich. »Verstehst du das?«

»Irie, Bone. Das is' echt irie«, sagte er, aber er hatte für dieses Wort »irie« hundert verschiedene Verwendungen, so wie für das Wort »I«, und diesmal klang es fast sarkastisch, gemischt mit ein wenig Trauer und Überraschung.

Ich wußte nicht, wie ich darauf reagieren sollte, deshalb sagte ich nur: »Danke. Ich meine, danke für alles. Du hast mir echt 'ne Menge beigebracht, Mann. Und deshalb kann ich wohl jetzt, tja, heimfahren. Weil du mir das alles beigebracht hast. Ich glaub, jetzt kann ich meiner Mutter und sogar meinem Stiefvater gegenübertreten und rausfinden, was ich ihrer Meinung nach tun soll, und es, na ja, tun. Ich *muß* einfach hin, Mann«, sagte ich zu ihm wie 'ne Art Erklärung, und vielleicht war es ja auch eine. »Ich und Sister Rose sind uns ziemlich ähnlich«, sagte ich zu ihm.

»Brother Bone und Sister Rose«, sagte er.

»Ein Herz, eine Liebe, stimmt's?«

»Ja, Mon. Und ob. Ein I.«

»Möchtest du Busters restliches Geld?« fragte ich, griff in den Rucksack und wollte meine Waldschnepfe und die Geldscheine rausholen.

»Kommt nich' in Frage, Mon. Behalt's. Das is' nur für dich, Mon. I-and-I kann jede Menge Geld mit'm Einkaufswagenschieben beim Supermarkt machen«, sagte er grinsend und zeigte mir eine Handvoll Vierteldollarmünzen, und mehr brauchte er hier draußen wohl auch nicht, vor allem wenn Rose und ich weg waren.

»Na dann«, sagte ich. Ich streckte die Hand aus, wir gaben uns einen kräftigen Händedruck, und dann lief ich wieder über das Feld zurück zu Rose, sah mich aber diesmal nicht um, weil ich Angst hatte, ich müßte sonst weinen.

10

Wieder zu Haus, wieder zu Haus, heißa hopsa

Erst als wir am Trailways-Busbahnhof ankamen, fiel es mir auf, aber Rose und ich müssen an diesem Morgen echt abgedreht ausgesehen haben, Rose mit ihrem Kleidchen à la Waisenkind Annie und der Expos-Mütze, ich in einem von I-Mans typischen »Come Back To Jamaica«-T-Shirts und den viel zu weiten Cutoffs, die ich mir aus Mr. Ridgeways limonengrüner Hose mit den aufgenähten roten Ankern gemacht hatte, und beide latschten wir in I-Mans phantastischen selbstgebastelten Reifensandalen durch die Gegend. Außerdem trug ich damals 'ne Art Rasta-Kopftuch, ich hatte es mir aus 'm roten Farmertaschentuch gemacht, das ich eines Morgens auf dem Parkplatz von Sun Foods gefunden, mit nach Hause genommen, gewaschen und getrocknet hatte; anschließend hatte mir I-Man gezeigt, das Tuch so um den Kopf zu binden, wie es die coolen schwarzen Typen machen. Damit die Sonne ihre Haare nicht rot verbrennt, sagte er.

»Damit hab ich keine Probleme«, sagte ich zu ihm, weil meine Haare sowieso schon einen rötlichen Schimmer hatten.

»Aber I-and-I braucht 'n Deckel, der's Hirn vor der Sonne schützt«, erwiderte er, »und der's wärmt, wenn die Luft kalt und naß is. Ob nun weiß oder schwarz, Mon, das Hirn is der Schlüssel für 'n ganzen Aufbau von I-self, und wenn's nich zu heiß und nich zu kalt is', isses cool und genau richtig, und die restliche *Struktur* von I-self is' auch cool und genau richtig, ganz gleich, wie die Sonne kommt und geht.«

Zuerst dachte ich, mit dem Kopftuch sähe ich wie ein krebskrankes Kind aus, das seine Glatze versteckte, denn mein Kopf war für meinen doch irgendwie dürren Körper einfach zu groß, aber später fand ich's dann voll geil, als wär ich so 'n Gangmitglied, ein Crip oder Blood aus L.A., bloß halt die weiße Variante aus Plattsburgh, New York, und danach nahm ich es Tag und Nacht kaum mehr ab. Außerdem paßte es, wie ich fand, echt gut zu meinem Tattoo mit den gekreuzten Knochen, mit dem ich gerne angab, indem ich mit der linken Hand irgendwelche Kleinigkeiten machte, die ich normalerweise mit rechts gemacht hätte. I-Man sagte, die andere Hand zu benutzen sei für mich sowieso gut, das würde mein mentales Gleichgewicht verbessern. Als ich nun Rose die Fahrkarte nach Milwaukee kaufte, hielt ich das Geld natürlich in meiner ausgestreckten linken Hand, und der Ticketverkäufer sah mein Tattoo und sagte: »Hübsche Tätowierung, Kleiner«, und zwar in so 'm echt spöttischen Tonfall, und weiter: »Lieber Himmel, ihr Jugendlichen heutzutage!« Am liebsten hätte ich irgendwas gesagt, »Am Arsch, Mann« oder so, ließ es aber bleiben, weil er uns ja nicht weiter nerven würde, schließlich sah er uns jetzt immerhin nicht mehr so an, wie er es vielleicht getan hätte, wenn er sich nicht über mein Tattoo geärgert, sondern wir ihm nur leid getan hätten.

Ungefähr eine Stunde lang saß ich neben Rose und wartete auf den Bus nach Albany, wo sie dann in den Bus nach Chicago und später in den nach Milwaukee umsteigen mußte. Sie war total verstummt und tierisch nervös, und ich hoffte bloß, daß sie nicht sauer auf mich war oder so was, hatte aber keine Ahnung, wie ich sie danach fragen sollte, ohne daß sie noch mehr Muffensausen vor der ganzen Sache bekam als sowieso schon, deshalb saß ich bloß da und schwieg ebenfalls, bis endlich der Bus nach Montreal einfuhr und dann ein paar Minuten später die Durchsage kam, alle Reisenden nach Albany sollten einsteigen.

Außer ihr stiegen nur ein paar Passagiere zu, einige Typen von der Air Force und eine kleine alte Dame, die sich anscheinend von ihrem Sohn und ihrer Schwiegertochter verabschiedete. Für jemanden ihres Alters war die alte Dame normal weißhaarig, aber ihr Sohn, der zum Beweis seiner Zuneigung den Arm um sie legte, während er auf die Uhr schielte, damit sie rechtzeitig einstieg, war der weißeste Mensch, den ich je gesehen hatte – kurze schlohweiße Haare, Bart, Augenbrauen und Wimpern, blaßblaue Augen und rosa Haut, als hätt er 'ne Art Pigmentstörung, und seine großgewachsene magere Frau sah aus wie diese Filmschauspielerin mit der Kurzhaarfrisur, diese wieheißtsedochgleich-Jamie Lee Curtis, aber die alte Dame kam mir ganz nett vor, und deshalb hoffte ich, daß sie bis Chicago oder vielleicht sogar bis ganz nach Milwaukee mitfuhr und sich irgendwie um Rose kümmerte.

»Setz dich neben die Oma«, flüsterte ich Rose zu, ging dann zu Whitey rüber und sagte so laut, daß er und Jamie Lee Curtis mich hören konnten: »Paß bloß gut auf dich auf, Schwesterchen, und vergiß nicht, Pop hat gesagt, du sollst nicht mit fremden Männern sprechen.«

»Fährt sie allein?« fragte Whitey. Er hatte eine pinkfarbene Hose und ein weißes Polohemd an, was das grelle Pink nicht gerade milderte. Außerdem steckte ein Brillant in einem Ohr, was zwar cool war, aber eindeutig nicht normal. Die Frau trug 'n langen Jeansrock, ein gestreiftes T-Shirt und 'ne Schirmmütze mit dem Aufdruck »Mountaineer« und sah einigermaßen normal aus, daher fühlte ich mich eher zu ihr als zu ihm hingezogen, aber offensichtlich war er der Boß.

»Ja, sie fährt allein«, sagte ich. »Heim nach Milwaukee, zu unserer Mom. Ich wohne bei unserem Dad.«

»Was du nicht sagst«, sagte er. »Was macht dein Dad?«

»Fährt einen Schulbus. Kann so früh nicht hier sein, darum bring ich sie zum Bus.«

»Wirklich schade.« Dann sagte er zu der kleinen alten Dame neben ihm: »Mutter, vielleicht behältst du die Kleine im Auge. Wenigstens bis Albany. Dann hast du auch gleich nette Gesellschaft«, ergänzte er und lächelte auf sie runter, und dann war es fast so, als hätte er sie von der Leine gelassen, so wie sie sofort auf

Sister Rose losschoß, auf sie einredete und voll auf Oma gepolt war, nachdem sie sich wahrscheinlich in Gegenwart von Mister White und dessen Frau wochenlang alt und überflüssig gefühlt hatte.

Diesen Augenblick nahm ich zum Anlaß, mich ein paar Schritte zu entfernen und dann rasch weg und auf die Straße zu gehen, bevor mir die Tränen kamen oder ich mir zu große Sorgen darüber machte, was aus Sister Rose werden würde, sobald sie in Milwaukee war und es zum Wiedersehen mit ihrer Mom kam.

Etwa zehn Minuten später stehe ich mit dem Daumen im Wind auf der Bridge Street, als ein schicker silberfarbener Saab Turbo 9000 anhält, mit Whitey und Jamie Lee Curtis als Insassen. Jamie sitzt am Lenkrad, und Whitey sagt: »Hüpf rein, Kleiner«, und ich springe auf den Rücksitz und los geht's. Bald darauf ließen wir die Stadt hinter uns und fuhren Richtung Westen auf meine alte Heimat Au Sable zu, sie unterwegs zu ihrer Bleibe in Keene, wie sich rausstellte. Wir brausten also über die Fernstraße und quatschten über dies und jenes, hauptsächlich Whitey und ich, weil sich seine Frau voll aufs Fahren konzentrierte. Der Saab gehörte wohl ihr und war nagelneu, jedenfalls roch er danach, und einfach so fragte ich sie, ob sie die Ridgeways aus der East Hill Road in Keene kennen würden, worauf beide meinten: »Na klar, 'türlich.«

»Nette Leute«, sagte er, und sie lachte, als wären sie vielleicht doch nicht so nett.

»Tja, für die hab ich mal gearbeitet«, sagte ich, ohne zu wissen, warum, die Wörter kullerten mir einfach aus dem Mund wie Murmeln. Als ob ich 'ne Beichte ablegen wollte oder so was.

»Ach ja, tatsächlich?« sagte er. »Was denn?«

»Och, hauptsächlich im Garten, Gras zusammengerecht, ihren Swimmingpool saubergemacht und so was alles.«

»Du warst also da«, stellte Whitey mißtrauisch fest. Ich fragte mich, ob er von dem Einbruch und so weiter gehört hatte.

»Schon, hab aber hauptsächlich 'm Freund von mir geholfen, der regelmäßig für sie gearbeitet hat«, sagte ich und versuchte mit aller Macht, die Kurve zu kriegen.

»Ach ja?« sagte Whitey. »Und wer könnte das wohl sein?«

»Den kennen Sie bestimmt nicht. Er wohnt in Au Sable, wenn er nicht gerade in Keene seine Tante und seinen Onkel besucht. Russ Rodgers heißt er. Freund von mir.«

»Oh, Russ kennen wir!« flötete seine Frau, was ihr einen Blick von Whitey einbrachte, sie solle sich da raushalten, darauf denke ich: Scheiße, jetzt hast du's versaut, der Typ ist dir irgendwie auf die Schliche gekommen und weiß entweder mehr, als du gedacht hast, oder irgendwas, wovon du nichts weißt. Wahrscheinlich ist Russ festgenommen worden und hat alles gestanden und jedem von mir erzählt, um nicht selber in den Knast zu müssen. Bestimmt hat er sogar behauptet, ich wär an dem Diebstahl der vielen Elektronikgeräte und an dem Brand beteiligt gewesen. Plötzlich war ich stinksauer auf Russ, und zwar nicht, weil er gestanden hatte, sondern weil er sich auf irgend 'n Deal eingelassen und mich dabei belastet hatte. Er hätte seine Strafe wie ein Mann nehmen müssen, statt einen Freund anzuschwärzen.

»Sie kennen Russ?« fragte ich. »Na, so was. Wie geht's denn dem ollen Russ? Wir haben uns übrigens ziemlich zerstritten. Ich hab ihn seit über einem Jahr nicht mehr gesehen und ihm eigentlich, ehrlich gesagt, drüben auf dem Grundstück der Ridgeways bloß an ein, zwei Tagen mal geholfen. Letztes Jahr im Frühsommer«, sagte ich. »Vielleicht auch im Frühling, bevor die Ridgeways hier raufkamen aus der Gegend, wo sie normalerweise wohnen. Keine Ahnung, wo das war.«

»Connecticut«, sagte Whitey.

»Genau, Connecticut. Wie geht's ihnen denn so, den Ridgeways? Nette Leute, soviel ich weiß.«

»Oh, gut, gut«, sagte er.

Inzwischen waren wir in Au Sable angekommen, und ich sagte, sie sollten mich irgendwo rauslassen, gleich da vorn am

Grand Union wäre prima, und so fuhr die Frau rechts ran, ich stieg aus, griff mir meinen Rucksack und machte die Tür zu, als sich der Typ, dieser Whitey, aus dem Fenster beugt und fragt: »Wie heißt du, mein Junge?«

»Bone«, antwortete ich.

»Bone? Und wie weiter? Wer ist dein Dad?«

»Mein Nachname ist anders als der von meinem Dad. Weil ich nämlich adoptiert bin«, sagte ich, winkte ihm zu, sagte: »Bis die Tage« und ging ganz schnell in die andere Richtung. Bloß keine Fragen mehr, Mann. Ich hörte den Saabmotor anspringen, und als ich mich nach ein paar Sekunden umdrehte, um sicherzugehen, daß sie auch hundertprozentig abzischten, war der Wagen vielleicht dreißig Meter weit weg. Da sah ich, daß er Nummernschilder aus Connecticut hatte. Das waren sie selber, die Ridgeways, wie mir plötzlich klarwurde, und dann fiel mir siedend heiß ein, daß ich in dem Haus Fotos von ihnen gesehen hatte, mit Tennisschlägern, Pferden, ihren Kindern, ja sogar mit der alten Dame, die sie eben erst zum Bus gebracht hatten.

Da schlug so was wie eine kalte Welle aus dem Arktischen Ozean über mir zusammen, und zum erstenmal bedauerte ich, daß ich in ihrem Haus so viel Schaden angerichtet, ihre alten Möbel verbrannt, das Panoramafenster zerballert, ihre gesamten Vorräte verbraucht und alles in allem so ein tierisches Chaos hinterlassen hatte. Ich fragte mich, ob sie einen blassen Schimmer hatten, wer da gerade bei ihnen mitgefahren war, und kam zu dem Schluß, daß sie Bescheid wußten. Schließlich waren sie nicht blöde. Ich fragte mich, ob Mr. Ridgeway aufgefallen war, daß meine Cutoffs mal seine grüne Hose mit den roten Ankern drauf gewesen waren, oder ob er den Rucksack, den ich von ihm geklaut hatte, erkannt hatte und wußte, daß praktisch dessen gesamter Inhalt ihm gehörte, die Waldschnepfe und die Knarre, die Klamotten, der Schlafsack, das Kochgeschirr, die Taschenlampe und die CDs mit klassischer Musik. Das einzige, was ich besaß und ihnen nicht geklaut hatte, war die Geldscheinrolle, und die hatte ich Buster geklaut. Zu was für einem schäbigen, miesen, dreckigen Dieb hab ich mich bloß entwickelt, dachte ich, während ich am Ortsrand ankam, die Brücke überquerte und zu dem hellblauen Trailer gelangte, wo meine Mom und mein Stiefvater wohnten und wo ich auch mal mit ihnen gewohnt hatte.

Mein altes BMX-Rad stand draußen neben der Veranda und rostete vor sich hin, und es sah fast so aus, als ob ich immer noch da wohnte. Eigentlich hatte sich nichts verändert, wenigstens nicht nach außen, und so ging ich einfach die Veranda rauf zur Hintertür, als wäre ich wieder mal früher nach Hause geschickt worden, weil ich in der Schule Mist gebaut hatte, ich rüttelte an der Tür, als erwartete ich, daß sie nicht verschlossen wäre, was auch stimmte und was mich 'n bißchen überraschte, denn wenn meine Mom und Ken auf der Arbeit waren, schlossen sie normalerweise die Türen ab und legten den Schlüssel unter die Fußmatte.

Innen war die Bude ein echter Saustall, überall herumliegende Bierflaschen, überquellende Aschenbecher und umgestürzte Möbel, der kaputte Fernseher lag auf der Seite, und alles war voll mit dreckigem Geschirr und versifften Gläsern, als hätten die Biker hier gehaust und nicht meine Mom und ihr Mann Ken. In der Bude miefte es ziemlich heftig nach Schweiß, abgestandenem Bier, altem Essen und Kippen, als hätten sie 'ne Woche lang Feten gefeiert. Es war total kraß. Früher hatten sie es manchmal geschafft, sich so richtig vollaufen zu lassen, das ganze Wochenende und länger, und mich dabei völlig vergessen, aber meistens waren sie bis Montag wieder nüchtern, räumten gründlich auf und gingen wie normale Bürger zur Arbeit. Das hier war so ungewöhnlich, daß ich erst mal an der Tür stehenblieb und mich ein paar Sekunden lang fragte, ob sie vielleicht ausgezogen waren, aber es war alles ihr Zeug, die Möbel, die Kücheneinrichtung und sogar Kens Bierdosen- und Bechersammlungen, die allerdings überall verstreut waren, anstatt wie kleine Soldaten in Reih und

Glied zu stehen, worauf Mom immer achten mußte, wenn sie die Regalbretter abstaubte und putzte und ich, wenn ich eins von diesen Teilen auch nur anrührte.

Ich stellte meinen Rucksack an der Tür ab, und dann fiel mir der olle Willie ein, und ich sah mich um und rief: »Komm, Willie, komm, Willie, nun komm schon raus, Willie«, und als ich durch die Frühstücksecke ins Wohnzimmer ging, stand da mein Stiefvater Ken in dem Flur, der zu den beiden Schlafzimmern hinten führte. Er trug seine grellblaue superknappe Unterhose und ein T-Shirt und sah nicht nur echt abgefuckt aus, so als hätt er sich seit 'ner Woche weder rasiert noch geduscht, sondern hatte auch noch 'n Ständer.

»Ich hab bloß Willie gesucht«, sagte ich.

»Ach ja. Willie ist tot. Scheiße, was treibst *du* eigentlich hier? Wieso zum Teufel bist du *am Leben*, Herrgott noch mal?«

»Willie ist tot? Wieso?«

»Unter die Räder gekommen. Direkt vorm Haus. Was weiß ich. Das kümmert doch eh keine Sau.«

»*Mich* kümmert's! Wer hat ihn überfahren? Du?«

»Na klar, *dich* kümmert es«, sagte er, kam ins Zimmer, blieb mitten in dem Chaos stehen, kratzte sich am Bauch und sah sich überall um, bis er schließlich auf dem Couchtisch eine zerdrückte Schachtel Zigaretten fand. »Vielleicht hab ich ihn überfahren, vielleicht auch nicht«, sagte er. »Die Sache ist die, er ist stehengeblieben, als er besser hätte laufen sollen.« Ken durchwühlte die Schachtel Zigaretten, zog eine heraus, zündete sie an, inhalierte, sah mich ein paar Sekunden lang einfach bloß an, als ob er mich nicht recht erkennen würde, und sagte dann: »Was ist los, Trauerkloß?«

»Was soll'n das heißen?«

»Hast du dich gut amüsiert? Du läufst ja rum wie der letzte Husten.«

»Du siehst auch nicht gerade aus wie Ralph Lauren«, gab ich zurück und mußte darüber ein bißchen lachen.

»Weißt du, wir haben nie geglaubt, daß du in dem Brand beim Video Den umgekommen bist. Besonders als nur die eine Leiche gefunden wurde, und ein paar Wochen später tauchte dann dein Kumpel oben in Keene bei seiner Tante auf. Wo hast du denn die ganze Zeit gesteckt? In New York City anschaffen gewesen? Das macht ihr doch alle, ihr kleinen Drogenscheißer, stimmt's? Nichts wie hin zum Times Square, da verkauft ihr euren Arsch an reiche, alte, aidskranke Schwanzlutscher, und anschließend geht's zum Krepieren heim zu Mutti.«

»Klingt eher, als würdest *du* so was tun«, sagte ich. »Wo ist meine Mom?«

»Auf der Arbeit. Wo ich eigentlich auch sein sollte«, sagte er seufzend, setzte sich aufs Sofa und stellte die nackten Füße auf den Couchtisch, und ich sah, daß er keinen Ständer mehr hatte. »Tja, Chappie, bin froh, dich zu sehen«, sagte er. »Kein Scheiß, bin ich wirklich. Entschuldige meine dummen Sprüche eben. Es war halt… seit deinem Verschwinden waren 'ne Menge Leute echt fertig hier. Vor allem deine Mom. Deine Oma auch. Und ich auch, ob du's glaubst oder nicht. Selbst ich.«

»Tja, also, mir isses gutgegangen«, antwortete ich. »Hab bloß bei Freunden gewohnt. Also, was war hier los, Ken, habt ihr auf die Kacke gehauen?« fragte ich und machte eine Handbewegung in Richtung Müll, woraufhin er mir lächelnd antwortete, er habe vor ein paar Wochen seine Stellung auf dem Stützpunkt verloren, weil der demnächst von den Demokraten dichtgemacht würde, und als erstes müßten immer die Handwerker und Putzfrauen dran glauben, aber meine Mom sei wütend auf ihn, deswegen und wegen ein paar anderer Sachen, auf die er keinerlei Einfluß habe und die zu erwähnen sich nicht lohne, und sie hätten sich öfter mal gefetzt, sagte er, und dann sei sie für 'ne Weile zu meiner Großmutter gezogen. Offenbar komme er mit dem Haushalt nicht besonders gut klar, und ich sagte: »Ja, sieht ganz so aus.« Er kam mir wie ein echter Trauerkloß vor, wie er sich da von seinem Dreck umgeben auf der Couch lümmelte, und obwohl er derselbe

Typ wie früher war – immer noch ziemlich gut in Schuß für sein Alter, ich schätzte ihn auf um die Vierzig –, wirkte er älter, schlaffer und trauriger, als wären endlich ein paar schlechte Nachrichten bis zu ihm durchgedrungen, vor denen er sein Leben lang die Ohren verschlossen hatte.

Als ich wissen wollte, ob er und meine Mom vor der Trennung stünden, sagte er nein, sie müßten sich bloß ein wenig Freiraum lassen, weil sie bei AA mitmache, sagte er, und das stünde ihm auch bevor, wenn er sie zurückhaben wolle, und das wolle er. Er habe übrigens vor, heute zu einem Treffen zu gehen.

»Meine *Mom?*« sagte ich. »Bei den *Anonymen* Alkoholikern? Als ob sie 'ne *Alkoholikerin* wär?«

»Genau, AA oder irgendwas in der Art, so 'ne Gruppe halt, die sich drüben im Krankenhaus trifft. AA oder Al Anon oder Ali Baba oder die PLO oder irgend so 'n Kack, scheißegal, die erzählen doch alle denselben Müll. Das sind echt harte Knochen, Chappie. Ernsthaft. Die bringen dich auf den rechten Pfad und sorgen dafür, daß du auch da bleibst, und zwar auf Dauer. Aber deine Mom, die läßt nicht mehr mit sich spaßen, was das Saufen angeht.«

Anscheinend sei sie selber keine richtige Alkoholikerin, fuhr er fort, oder wenigstens behauptete sie das, aber sie gehörte wohl zu so 'ner Gruppe von Leuten, die allesamt behaupteten, ihre Ehemänner und -frauen seien Alkoholiker und Drogensüchtige et cetera, und die trafen sich einmal die Woche und unterhielten sich darüber, und wenn man seine Frau zurückhaben wollte, mußte man laut Ken zu AA gehen und den Schnaps oder die Drogen aufgeben oder wovon man sonst noch abhängig war.

»Klingt abgefahren«, sagte ich, und er fand das auch, aber er wolle sie wirklich wiederhaben, und deshalb werde er es tun.

»Brauchst du Hilfe beim Saubermachen?« fragte ich. »Vielleicht will sie wieder nach Hause kommen, wenn es hier sauber ist, und ich bin ja jetzt auch hier.« Ich dachte mir, irgendwie müßte ich sie dazu bringen, daß sie wieder hier wohnte, egal ob mit oder ohne Ken, weil… meine Großmutter wohnte in 'ner Einzimmerwohnung im Mayflower Arms in der Stadt, ohne Küche und mit so 'ner winzigen Koje als Bett, was hieß, daß meine Mom auf der Couch schlief und ich da unmöglich bei ihr wohnen konnte.

Ken hielt das für 'ne tolle Idee und lächelte zum erstenmal, aber zuerst wollte ich nachsehen, ob im Kühlschrank noch 'n Bier wär. Was ich auch tat, aber es machte mir keinen großen Spaß, weil der Kühlschrank so tierisch versifft war, und ich wußte, wenn ihn einer saubermachen mußte, dann ich. Obwohl Ken so 'n Ordnungsfreak war, hatte ich ihn persönlich nie auch nur einen Finger krumm machen sehen, um irgendwas sauberzumachen. Das überließ er immer mir oder Mom.

Als ich ihm sein Bier brachte und es ihm hinhielt, packte er mich ziemlich grob am Handgelenk.

»Was'n *das* für 'n Scheiß?« sagte er und meinte meine Tätowierung.

»Gar nichts«, sagte ich und wollte weg von ihm, aber er ließ mich nicht. »Du kleine *Fotze*!« rief er. »Du Dreck*spunze*, läßt dich tätowieren wie so 'ne bekackte Schwuchtel. Hast du auch schon 'ne Tätowierung auf deinem Arsch? Laß mal sehen, Schwuli, laß mal deinen Arsch sehen«, sagte er, langte nach meinen Shorts, und als er das tat, konnte ich mich seinem Griff entwinden. Ich lief in die Küche, und er grölte hinter mir her: »Teufel noch mal, komm zurück, jetzt fick ich dich endlich, und zwar gründlich!«

In dem Moment hätte ich leicht zur Tür rauslaufen können, und er hätte mich bestimmt nicht erwischt, schließlich war er besoffen und halbnackt, und ich bin ein guter Läufer, aber statt dessen holte ich die Pistole aus meinem Rucksack, als er gerade um den Couchtisch bog und ich sah, daß er wieder 'n Ständer hatte.

Er sah die Knarre und blieb stehen und sagte: »Also wirklich, Chappie, gib mir das Ding. Du weißt doch gar nicht, wie man damit umgeht.«

»Wetten daß, du alte Drecksau? Komm schon, damit ich dir eine verpassen kann, Mann. Ich mein's ernst. *Bitte!*« sagte ich. Ich wollte wirklich, daß er einen Schritt auf mich zu machte oder mich noch mal eine Schwuchtel nannte, eine Fotze oder Punze. Ich wollte echt von ihm hören, daß er mich ficken wollte, und zwar gründlich. Ich wollte diese Worte noch ein einziges Mal hören, mehr nicht, und daß er nur noch einen einzigen Schritt auf mich zu machte. Nur einen. Weil ich ihn umbringen wollte. In meinem ganzen Leben hatte ich noch nie etwas so intensiv gewollt, wie ich in diesem Augenblick meinen Stiefvater umbringen wollte. Aber ich wußte, ich könnte es nicht tun, wenn er mich nicht noch mal beleidigte oder noch einen Schritt auf mich zu machte. Es war, als hätte ich eine Abmachung mit Gott, als hätte Gott mir juristisch verbindlich zugestanden, diesem Wichser ins Gesicht zu schießen, aber nur, wenn er noch einen Schritt weiter ging, als er in meinem Leben sowieso schon gegangen war, nur wenn er noch einen Schritt weiter ging als in den Nächten, in denen er sich in mein Zimmer geschlichen hatte und ich seinen Schwanz anfassen und ihm einen blasen mußte, um anschließend von ihm kleiner Schwanzlutscher genannt zu werden, einen Schritt weiter als bei all den Lügen, die er meiner Mom erzählt hatte und die ich ihr erzählen mußte, damit sie nicht dahinterkam, als bei den vielen Malen, die er gesagt hatte, er würde mir den Pimmel abschneiden, wenn ich es weitersagte, und glauben würde mir sowieso keiner, weil jeder wüßte, daß es meine Schuld sei, egal, was passiert war, schließlich hätte ich ja ihm am Schwanz gelutscht, einen Schritt weiter als bei den vielen Malen, die er mich geschlagen und anschließend nachher behauptet hatte, es täte ihm leid, und die er in mein Zimmer gekommen war, um sich zu entschuldigen, sich auf mein Bett gelegt und sich dann im Dunkeln neben mir einen runtergeholt hatte. Bitte, bitte, Ken, nenn mich Fotze, nenn mich Schwuchtel, komm auf mich zu, streck die Hand aus und versuch, mir diese Knarre wegzunehmen, mich am Handgelenk zu packen, *bitte!*

Er tat es nicht. Die alte Drecksau! Er ließ sich nach hinten auf die Couch fallen, legte den Kopf in beide Hände und fing an zu heulen. Ich hatte ihn noch nie zuvor weinen sehen, er weinte wie ein kleines Kind, schluchzte, sabberte, und der Rotz lief ihm übers Gesicht, Schultern und Rücken zuckten, als wär er am Kotzen. Es war echt erbärmlich, aber er tat mir kein bißchen leid. Mir tat bloß leid, daß ich's nicht geschafft hatte, ihm ins Gesicht zu schießen, eine verpaßte Gelegenheit, die sich mir nie wieder bieten würde, das wußte ich.

Ich drehte mich um, ging in die Küche, nahm meinen Rucksack, legte den Revolver rein, ging durch die Tür und machte sie hinter mir zu. Als ich da draußen auf der Veranda stand, fühlte ich mich unglaublich ruhig und beinahe alt, als wär ich ein älterer Herr, hätte schon ein ganzes Leben hinter mir und wartete jetzt nur noch aufs Sterben. Es war ein kühler grauer Tag, und Regen lag in der Luft. Die Blätter an den Bäumen hatten sich umgedreht und silbrig verfärbt. Der Wind wehte, und eine dunkle Wolkenbank baute sich über Jay auf, wo viele Sommergewitter in Au Sable herkommen. Langsam ging ich die Treppe runter, an meinem rostenden BMX-Rad vorbei und raus auf die Straße, wo ich kurz stehenblieb, an Willie dachte und mich fragte, ob er wohl noch am Leben wäre, wenn ich mich nicht abgesetzt hätte. Ich kam zu dem Schluß, daß wahrscheinlich keiner von uns mehr am Leben wäre, wenn ich mich nicht abgesetzt hätte; dann bog ich nach links ab in Richtung Stadt, und als ich ein paar Minuten echt langsam gegangen war wie im Nebel, beschleunigte ich leicht. Ich dachte, daß ich besser einen Zahn zulegte, wenn ich noch vor dem Regen in der Klinik ankommen wollte, wo meine Mom arbeitete.

11

Der Kaiser schickt Soldaten aus

Als ich in der Klinik ankam, war ich total schlapp und zitterte an allen Gliedern. Sogar mein Unterkiefer hing runter und mein Mund stand offen, als hätt ich 'n Schock abgekriegt, weil ich irgendwas Schreckliches mit ansehen mußte, 'n ganz gräßlichen Unfall oder ein blutiges Verbrechen, und so war es ja wohl auch. Ich hatte feuchte Hände und wabbelige Knie und fürchtete, ich würde ausrasten, falls mich jemand falsch anguckte, etwa mißtrauisch oder auch nur andeutungsweise respektlos. Und ich war gefährlich, *wahnsinnig* gefährlich, weil mir seit der Begegnung mit Ken vorhin im Haus bewußt war, daß ich 'n Schießeisen dabeihatte, ich war ein Typ mit 'ner geladenen Neun-Millimeter im Rucksack, der losballern konnte, wenn er wollte, und der auf einen echten Menschen ballern konnte und nicht bloß auf den Bergblick von irgend so 'm schwerreichen Knilch. Zum erstenmal begriff ich, wie so ein stinksaurer ehemaliger Mitarbeiter oder ein geschiedener Mann, der das Sorgerecht für sein Kind nicht bekam, in ein Postamt oder 'ne Pizzeria voller Menschen gehen, seine Wumme rausziehen und losballern konnte, und es ihm scheißegal war, wen er traf. Natürlich *wollte* ich so was nicht machen, hatte aber das Gefühl, falls in den nächsten ein, zwei Stunden auch nur 'ne Kleinigkeit schiefging, könnte ich für nichts garantieren, so weit war es mit mir gekommen wegen meinem Stiefvater und der verfahrenen Situation bei uns zu Hause und in der Familie und weil der olle Willie tot war, was offenbar keinen kümmerte, und weil ich versuchte, nach Hause zurückzukehren, was aber anscheinend auch keiner auf die Reihe bekam, nicht mal ich.

Die Klinik ist ein flaches Backsteingebäude am Stadtrand in der Nähe des Baseballfeldes, wo gerade ein Spiel der Little League stattfand, und auf der Tribüne sahen ein paar Eltern zu, als ginge es um die World Series, so daß mich niemand vorbeigehen sah. Fast kam ich mir unsichtbar vor oder als ob ich einen Film sah, in dem ich mitspielte, auch wenn jemand auf dem Bürgersteig an mir vorbeiging oder auf der Straße vorbeifuhr. Alles war normal und doch seltsam, bloß daß das Unwetter näher kam und die Bäume mächtig im Wind schwankten.

Der Warteraum der Klinik war menschenleer und still wie ein Leichenschauhaus, unheimlich. Ich ging zu der Frau an der Aufnahme, ein stadtbekanntes blondes Flittchen namens Cherie, die ich aus den Erzählungen anderer Typen kannte, aber auch ein wenig von früher, als sie manchmal nach der Arbeit meine Mom auf ein Bier zu uns nach Hause begleitete, und ich fragte: »Ist meine Mom da?«

Sie schaute langsam von der Illustrierten auf, in der sie gerade las, und machte: »Hä?«

»Meine Mom. Ist sie hier? Ich will mit ihr reden, Mann.«

»Wer ist deine Mom?« fragte sie und erkannte mich offensichtlich nicht; meine Haare waren nachgewachsen, und ich trug weder 'n Irokesenschnitt noch Nasen- oder Ohrringe, die früher verhindert hatten, daß die Leute mich richtig anguckten und mein Gesicht so sahen, wie es wirklich war, und das hatte ich natürlich auch damit bezweckt. Doch jetzt war ich soweit, I-self zu akzeptieren, wie I-Man gesagt hätte, und daher war es mir scheißegal, was die Leute dachten, wenn sie mich ansahen.

Als ich den Namen meiner Mom sagte, machte es bei Cherie plötzlich klick, sie wußte, daß ich nun nicht mehr vermißt wurde oder als tot galt, was in ihrem Hirn 'ne Menge Fragen aufwarf, die ich nicht unbedingt beantworten wollte, deshalb sagte ich: »Sie ist doch noch in der Buchhaltung, oder?«

»O ja, klar. Aber hör doch mal, Chappie, Süßer, wo hast du bloß gesteckt?«

»Rufen Sie sie doch mal eben in der Buchhaltung an und sagen Sie ihr, daß ich hier im Eingangsbereich bin und was Wichtiges mit ihr besprechen will«, sagte ich, drehte mich um und ging quer durchs Zimmer in eine Ecke hinter 'ner großen Pflanze, wo ich meinen Rucksack abstellte, mich hinsetzte, die Beine übereinanderschlug und die Arme verschränkte. Ich betrachtete das »Rauchen verboten«-Schild und wartete.

Ein, zwei Minuten später tauchte meine Mom auf, völlig fertig und verängstigt, als erwartete sie nach Cheries Anruf, mich blutüberströmt oder sonstwie vorzufinden. Ich liebe meine Mom, echt wahr, trotz allem. Und besonders liebte ich sie in diesem Moment, als sie aus der Buchhaltung gestürmt kam, vorbei an Cherie hinter dem Aufnahmetresen, und als sie bei mir ankam, hatte sie wie 'ne richtige Mom die Arme ausgebreitet, so daß ich bloß aufstand, gleich irgendwie in sie reinlief und in ihr verschwand. Jedenfalls kam es mir so vor. Dann weinte sie auch schon und sagte Sachen wie: »O Chappie, Chappie, wo hast du bloß gesteckt? Laß mich dich sehen, laß dich *angucken!* Ich hab mir solche Sorgen gemacht, Schatz, ich dachte, du wärst *tot!*«

Sie erzählte mir, sie hätte fest geglaubt, ich wär bei dem Feuer verbrannt, aber Ken habe immer gesagt, nein, nein, und als dann mein Freund Russ aufgetaucht sei, habe sie allmählich zu hoffen gewagt, daß Ken recht hätte. »Und jetzt bist du *da!*« rief sie fröhlich, trat einen Schritt zurück, hielt mich lächelnd an den Armen, und ich lächelte zurück, und dann umarmte sie mich noch mal und so weiter hin und her, bis wir die Wiedersehensszene so ziemlich abgehakt hatten und uns ernsteren Dingen widmen konnten.

Sie wollte wissen, wo ich die vielen Monate gewesen sei, und natürlich, bei wem ich gewohnt hätte, und ich log ein bißchen, damit sie nicht glaubte, ich hätt mich drüben in Keene und anschließend in Plattsburgh versteckt, also praktisch die Straße runter, und somit jederzeit problemlos nach Hause kommen können. Statt dessen behauptete ich, ich hätte auf der anderen Seite des Sees in Vermont gewohnt, fast in New Hampshire, in 'ner Kommune bei so ollen Hippies, die 'ne ökologische Schule betrieben. Ich hatte zwar keine Ahnung, was das war, merkte aber, daß die Worte »ökologisch« und »Schule« meine Mom ein bißchen beruhigten, obwohl sie nicht gerade ein Hippie ist. Sie hat bloß keinen Schiß vor ihnen und glaubt, alles Ökologische ist gut, bloß zu teuer, und »Schule« war natürlich das Zauberwort. Damit hörte es sich so an, als hätte ich mich mit reichen Leuten rumgetrieben.

Sie umarmte mich noch ein wenig, erwähnte, wie gesund und braun gebrannt ich aussähe, und ich erzählte ihr, ich hätte für die Hippies 'ne Menge im Garten gearbeitet, und da jetzt alles geerntet sei und ich 'n bißchen Freizeit hätte, habe sie mir doch sehr gefehlt, weshalb ich aus Vermont rübergekommen sei, vielleicht zu Besuch, falls sie auf Besuch von mir Wert legte oder ich 'ne Weile bleiben solle oder so.

Ich war vorsichtig, weil ich nicht genau wußte, ob sie mich nach allem, was ich ihr in diesem Jahr zugemutet hatte, wiederhaben wollte, und vielleicht wurde sie ja sauer wie früher, sobald sie merkte, daß ich wohlauf war, und schmiß mir die Tür wieder vor der Nase zu, obwohl… um die Wahrheit zu sagen, hatte eigentlich nicht sie letzten Sommer die Tür zugeschlagen, sondern Ken und, wenn man so wollte, ich selber. So traurig es klingt, meine Mom hat einfach immer alles mitgemacht, was die anderen taten, und so ist sie leider immer mit ihren Problemen umgegangen. Aber jetzt nicht mehr, seit sie bei den Anonymen Alkoholikern war, auch wenn das erst mal nur hieß, bei Oma einzuziehen. Trotzdem, ich hielt es für eine vielversprechende neue Entwicklung.

Ich erzählte ihr, ich sei schon im Haus gewesen, hätte Ken getroffen und erfahren, daß Willi übern Haufen gefahren worden sei. Ja, sagte sie, das täte ihr leid, wirklich traurige Geschichte, er sei ein guter Kater gewesen. »Aber es war ein Unfall, verstehst du, so was passiert nun mal im Leben.« Sie sagte, Willi habe sich nach meinem Auszug verändert und sei kaum noch nach Hause gekommen, so daß sie nicht besonders überrascht gewesen sei, als sie ihn eines Morgens auf dem Weg zur Arbeit ein paar Häuser weiter platt wie 'ne Briefmarke auf der Straße gefunden habe.

Ich wollte das nicht hören. »Tja, äh, 'ne Menge hat sich verändert. Ken ist offenbar total heruntergekommen. Und das Haus auch«, sagte ich. »Du müßtest es mal sehen. Du wärst echt entsetzt. Ken hat mir übrigens erzählt, was passiert ist«, sagte ich zu ihr. »Nämlich daß ihr beiden euch getrennt habt und du bei Oma wohnst.«

»Ach ja? Hat er *getrennt* gesagt?«

»Keine Ahnung. Das ist mir wohl bloß in den Sinn gekommen. Aber der Typ ist doch echt verkorkst, stimmt's? Ich meine: der ist doch irgendwie krank, findest du nicht auch? So 'ne Art Perverser. Verstehst du, was ich damit meine?«

Ich suchte krampfhaft nach 'ner Möglichkeit, ihr zum erstenmal von Ken zu erzählen, ihr beizubringen, was er mir als kleinem Kind angetan hatte. Sie sollte über die ekelhaften Sachen Bescheid wissen, die sich zwischen ihm und mir abgespielt hatten, und wie widerlich ich das alles fand, und daß ich es unbedingt aus meinem Leben haben wollte, was aber nicht ging, solange ich mich mit ihm abgeben und alles geheimhalten mußte, wenn ich mit ihr zusammensein wollte. Das bedeutete, ich *konnte* gar nicht richtig mit ihr zusammensein, ich konnte mit meiner eigenen Mom nicht ganz normal zusammensein, ehe nicht ihr Mann, mein Stiefvater, ein für allemal aus ihrem Leben verschwunden war und es keine Geheimnisse mehr gab, gar keine, und das mit dem Saufen und den Anonymen Alkoholikern und seine vielen Versprechungen, von wegen er wolle jetzt trocken bleiben, war bedeutungslos; schließlich gab es dieses Geheimnis aus der Vergangenheit, das er mit sich herumschleppte, *meine* geheime Vergangenheit, den Abschnitt meines Lebens, den er zerstört hatte und den er mit ins Zimmer brachte, als hätte er Draculas Cape um die Schultern und 'ne Werwolfmaske vor den Augen, so daß ich tierisch Schiß hatte, wann immer ich ihn sah, und mich häßlich fühlte, schmutzig und schwach. Wenn Ken sich irgendwo in der Nähe aufhielt, waren meine Gefühle das genaue Gegenteil von dem, was ich empfand, wenn ich mit meiner Mom allein war, wie zum Beispiel jetzt, oder wenn ich mit I-Man oder Rose oder sogar dem ollen Russ zusammen war. Ob sie's wußten oder nicht, für sie war ich Bone, aber sobald mein Stiefvater auftauchte, war ich immer noch der kleine Chappie, der allein im Dunkeln lag. Außer ich hatte die Wumme dabei.

»Das Saufen macht ihn krank, Chappie«, sagte sie. »Der Alkohol ist schuld. Er hat eine Alkoholallergie, deshalb führt er sich so auf. Das mußt du verstehen.«

»Scheißdreck«, sagte ich.

»Nun mach mal 'n Punkt, Chappie, bitte, laß uns nicht damit anfangen. Wir wollen Ken mal ganz aus dem Spiel lassen, ja? Das ist *unser* Wiedersehen, ja? Verdirb nicht alles, Schatz. Außerdem wünsche ich, du würdest nicht fluchen.«

»Also, wie isses, läßt du dich von ihm scheiden? Ja oder nein? Das solltest du nämlich. Ich mein's ernst. Selbst du weißt nämlich nicht alles über Ken. Ich hab da Sachen gehört. Ich weiß da was.«

»Ich will überhaupt nicht hören, was du *gehört* hast.«

»Na, jedenfalls solltest du ihn jetzt sofort aus deinem Haus schmeißen, damit wir wieder einziehen und saubermachen können. Der Typ' is komplett vor'n Arsch, entschuldige den Ausdruck. Dabei ist es doch dein Haus, stimmt's? Hast du's nicht von meinem richtigen Vater bekommen? Ken ist doch bloß der Stiefvater. Ohne deine Erlaubnis darf er in dem Haus überhaupt nicht wohnen. Außerdem solltest du mal sehn, was er für 'n Saustall draus gemacht hat, echt abartig und ekelhaft.«

»Chappie, *bitte*. Misch dich gefälligst nicht in meine Angelegenheiten ein. Ken und ich geben uns gerade Mühe, unsere Beziehung wieder in den Griff zu kriegen, und das schaffen wir auch, solange du dich da raushältst.«

»Ich?« sagte ich mit 'ner Stimme so hoch und schrill wie 'ne Fahrradklingel. »*Ich? Du hältst *mich* für das Problem? Ha! Das ist 'n echter Lacher.«

Sie schaute über meinen Kopf hinweg, als wolle sie den Luftzug genießen.

»*Ken* ist das Problem, nicht ich«, sagte ich, aber ich wußte, daß es zwecklos war.

»Das stimmt einfach nicht, Chappie!« schrie sie. Jetzt war sie wütend, und schon ging's wieder los, dieselbe alte Leier. Sie sagte: »Übrigens, junger Mann, so etwa während des gesamten letzten Jahres warst du *sehr wohl* ein Problem, oder etwa nicht, sonst wären Ken und ich vermutlich besser miteinander klargekommen. Ich jedenfalls wäre sonst bestimmt nicht das ganze Jahr lang dermaßen fertig gewesen, und er hätte vielleicht nicht in dem Maße zum Alkohol gegriffen, um mit seinen Problemen und Frustrationen fertigzuwerden. Also wirklich, wer weiß, was alles anders gekommen wäre, wenn du dich nicht auf Drogen und aufs Stehlen und dergleichen verlegt hättest? Wenn du beispielsweise weiter die Schule besucht und dir ein paar anständige Freunde gesucht hättest, wer weiß, was dann anders gekommen wäre? Aber nun bist du wohlauf und wieder hier, und das ist herrlich, Chappie. Ich weiß es, jetzt raufen wir uns zusammen, Süßer, wir alle drei.«

»Auf keinen Fall.«

»Was soll das heißen? Willst du denn nicht, daß wir uns zusammenraufen?«

»Nicht, wenn du damit uns drei meinst«, sagte ich zu ihr. »Also, mit dir will ich zusammensein. Mit dir kann ich mich zusammenraufen. Aber nicht mit ihm. Nicht, wenn er dabei ist.«

»Wo?«

»Wo du bist.«

»Also, entschuldige mal, Mister, aber das ist nicht deine Entscheidung. Die liegt ja wohl bei mir, falls Ken und ich zusammenbleiben sollten. Bei mir und Ken, nicht bei dir. Wir probieren immer noch, unser Leben in den Griff zu bekommen, und ich bin nur vorübergehend zu Oma gezogen. Bis Ken sich entschließt, sein Alkoholproblem anzugehen. Und bei Oma kannst du bestimmt nicht mit mir zusammenwohnen, da ist kaum Platz für mich allein. Wenn du also mit mir zu Hause wohnen möchtest – und dazu bist du eingeladen, das sollst du wissen –, dann mußt du nun mal zuerst Ken und mich unsere Angelegenheiten regeln lassen. Was uns auch gelingen wird, und wenn es soweit ist, wirst du dich leider mit Ken abfinden müssen. Und es wird dir gefallen müssen. Und du wirst zur Abwechslung mal nett zu ihm sein. Vieles wird sich ändern, Chappie, wenn wir drei wieder so zusammenleben wie früher, bevor du damals in Schwierigkeiten geraten bist. Und du, Mister, bist derjenige, der sich am meisten ändern muß«, sagte sie. »Du und auch Ken. Ken muß auch ein paar Änderungen vornehmen«, sagte sie, als hätte sie sich zu einem gewaltigen Kompromiß durchgerungen. Dann trat sie einen Schritt zurück und verschränkte die Arme vor ihrer Brust, was immer bedeutete, daß sie einen Entschluß gefaßt, eine Entscheidung gefällt hatte und es nun keine Diskussionen mehr mit ihr gab. Man konnte bloß noch trotzig sein, ihr unverschämt und dreist seine Wut entgegenschleudern.

»*Gar nichts* hat sich geändert!« sagte ich. »Und es ändert sich nie was! Gar nichts!« Ich muß wohl gebrüllt haben, denn sie wich einen Schritt zurück, als ob sie Schiß vor mir hätte. »Du willst doch bloß wieder dieselbe alte Kiste wie früher durchziehen!« Inzwischen liefen mir die Tränen übers Gesicht. »Hör mal, Mom, bitte, bitte, bitte! Versuch's bloß mal, ja? Versuch bloß mal, mich zu verstehen.« Ich flehte sie praktisch an, wußte aber, sie würde nicht mal versuchen, mich zu verstehen, konnte es vermutlich gar nicht, nicht ohne mein Geheimnis zu erfahren, und das konnte ich ihr jetzt unmöglich erzählen. Es war zu spät. Und so brüllte ich weiter und stellte statt dessen jede Menge dämlicher Forderungen, nicht weil ich glaubte oder auch nur hoffte, sie würde diese Forderungen erfüllen, sondern weil ich stinksauer war über alles, was da ablief, und gefrustet, weil es zu spät war, irgendwas zu ändern, und außerdem hatte ich keine Ahnung, wie ich mich anders hätte ausdrücken können.

»Weißt du was, Mom? Willstes wissen? Ich verrat's dir. Du solltest dich entscheiden! Genau, du solltest dich zwischen mir und Ken entscheiden!« sagte ich. »So isses, entscheid dich, wen von uns beiden du willst. Beide kriegste nich. Das kann ich dir nämlich garantieren. Also mach schon, Mom, entscheid dich für den einen oder anderen. Ken oder ich. Machen wir Nägel mit Köpfen.«

»Hör auf!« rief sie. »Hör sofort auf damit!«

»Wer soll da neben dir stehen, Mom? Etwa dein dämlicher gestörter Suffkopp und perverser Gatte oder der Straßenjunge, der dein eigenes Fleisch und Blut ist, dein Sohn? Na los, sag schon: Der Kaiser schickt Soldaten aus, wen rufst du rüber, Mom? Mich oder Ken?«

Mir fiel ein, wie ich als kleines Kind auf dem Schulhof mit den anderen »Der Kaiser schickt Soldaten aus« gespielt hatte, und die Lehrer hielten es für ein nettes Spiel, aber es war beängstigend, zwei Reihen Kinder, die sich in einiger Entfernung gegenüberstanden, sich an den Händen hielten, und der Schüler in der Mitte rief: »Der Kaiser schickt Soldaten aus, die wollen den Chappie fangen«, und dann war ich schrecklich aufgeregt, als hätte man mich für was Besonderes ausgewählt. Ich ließ die Hände der Kinder neben mir los und ging in eine Art Niemandsland zwischen den beiden Reihen, ganz allein und ungeschützt, und alle sahen mich an, und irgendwann rannte ich, so schnell ich konnte, auf die andere Reihe zu. Ich stieß mit voller Wucht gegen die verschränkten Hände der Kids, von denen ich bloß noch weiß, daß sie größer waren als ich, denn eins war mir damals noch nicht klar: Man rief bloß die kleinsten Kinder rüber, die zu klein und schwach waren, um die Reihe zu durchbrechen. Wenn man nämlich den Durchbruch schafft, darf man zu seiner eigenen Reihe zurückgehen, und dann kann die eigene Mannschaft das kleinste Kind rüberrufen, damit es versucht, die Reihe zu durchbrechen, gelingt ihm das nicht, wird es gefangengenommen. Und so geht es hin und her, bis schließlich auf der anderen Seite nur noch ein Kind einer aus allen anderen Kindern bestehenden endlos langen Reihe gegenübersteht, und das einzelne Kind merkt, daß es keinen mehr rüberrufen kann, weil es ganz allein ist. Das war meistens der größte und stärkste Schüler auf dem Hof, ein Fünft- oder Sechstkläßler, der ganz allein da herumstand, was interessant war, denn er hatte verloren. Aber das war nie ich. Ich wurde immer am Anfang des Spiels rübergerufen und gefangen, und auch wenn ich mich beschwerte, war ich im stillen froh, daß sie mich gefangen hatten. Ich wollte nie der große starke Bursche sein und am Schluß ganz allein auf der anderen Seite stehen und nicht mehr rufen können: Der Kaiser schickt Soldaten aus, die wollen wenigstens das kleinste Kind auf dem Schulhof, die wollen Chappie fangen.

»Du... du bist... du bist ein *furchtbarer* Sohn!« brach es aus meiner Mom heraus, und sie fing an zu weinen, aber eher aus Wut als aus Trauer.

»Tja, dann dürfte dir die Wahl ja leichtfallen«, sagte ich. »Wer soll's also sein, Mom? Der Göttergatte oder der gräßliche Sohn?«

Sie rang die Hände, und ich wußte, daß ich wahrscheinlich gerade dabei war, unsere Beziehung endgültig zu zerstören, konnte aber nicht aufhören. Ihr Gesicht war dunkelrot angelaufen und hatte mehr Falten, als ich je zuvor gesehen hatte, als würde sie direkt vor meinen Augen altern, und ich wünschte wahrhaftig, ich hätte sie nicht zu dieser Entscheidung zwingen müssen. Aber ich hatte das Gefühl, mir selbst blieb keine andere Wahl, und ihr Mann, den sie geheiratet hatte, nachdem mein richtiger Vater ausgezogen war, der hatte mir diese Entscheidung abgenommen und sie für mich getroffen, so daß weder ich noch meine Mom uns frei entscheiden konnten, und Ken, derjenige, der uns die Möglichkeit genommen hatte zu wählen, war nicht mal hier.

Sie sagte ganz leise, flüsterte fast: »Dann geh, Chappie. Geh weg.«

Diesen Augenblick werde ich nie vergessen. Im Kopf habe ich ihn seither mindestens hundertmal wieder abspulen lassen. Aber kaum etwas von dem, was danach kam. Ich hab wohl okay gesagt. Ganz ruhig nahm ich meinen Rucksack und weiß noch, daß ich an den Revolver darin dachte und erleichtert merkte, daß ich nun keinerlei Bock mehr hatte, 'n Massenmörder zu werden.

»Vorher werd ich Großmutter besuchen«, sagte ich. »Bloß um mich von ihr zu verabschieden. Das hab ich bis jetzt noch nicht getan«, sagte ich. »Dann geh ich wohl zurück nach Vermont auf die ökologische Schule.«

»Mir egal«, sagte sie. Sie sah eindeutig deprimiert aus, als wäre ihr einziger Sohn gestorben, aber das stimmte natürlich nicht, er stand direkt vor ihr und verabschiedete sich von ihr. Doch vermutlich wollte sie mich tot haben, ihr war es wohl die ganze Zeit über am liebsten gewesen, daß ich vermißt war und als tot galt, statt da und so zu sein wie jetzt. Indem ich das Weite suchte, gab ich ihr gewissermaßen nur das, was sie wirklich wollte, aber um das sie nicht zu bitten wagte.

Was bin ich doch für ein braver Junge, dachte ich. »Bis die Tage, Mom«, sagte ich und ließ sie in dem Stuhl hinter der großen Zierpflanze im Wartebereich der Klinik mit ihrem abwesenden und traurigen Gesichtsausdruck sitzen, und als ich an der Tür ankam und mich umdrehte, sah sie sogar erleichtert aus.

12

Über den Fluß und durch den Wald

Als ich die Klinik verließ, regnete es ganz schön heftig, so daß ich total naß war, als ich endlich bei Oma im Mayflower-Arms-Apartments-Komplex ankam, obwohl ich fast die ganze Strecke gejoggt war, und anscheinend sah ich aus wie so 'n Kätzchen, das jemand versucht hat, in 'ner Tüte zu ertränken, denn als Oma öffnete, erkannte sie mich zuerst gar nicht, und ich mußte ihr meinen Namen sagen. »Ich bin's, dein Enkel.« Zufällig dein einziger, aber egal, sie ist alt und erstaunlich egozentrisch für jemanden, der nicht mehr lange zu leben hat. Außerdem hat sie bestimmt kurz nach dem Feuer entschieden, ich sei darin verbrannt, so daß ich jetzt für sie so was wie 'n Geist war, und niemand möchte einen Geist erkennen müssen, nicht mal den Geist seines eigenen Enkels.

Sie schlug die Hände vor ihren großen Busen und sagte: »Chappie? Bist du's wirklich? Mein Gott, ich dachte, du wärst damals bei dem Feuer überm Video Den bis zur Unkenntlichkeit verbrannt. Du weißt schon, sie haben eine Leiche gefunden«, ergänzte sie, und ich sagte: »Logo, weiß ich.«

Sie verabreichte mir die üblichen Umarmungen, wobei sie ihre Zigarette sorgsam zur Seite hielt, damit ich mich nicht verbrannte, und sie drehte den Kopf zur Seite, damit ich die riesigen Clips nicht abstreifte, die Tag und Nacht an ihren Ohren hingen. Aber sie freute sich mächtig, mich zu sehen, und als sie die Kippe erst mal in den Aschenbecher gelegt hatte, nahm sie gerne meine Hände in ihre alten weichen Hände, trat hocherfreut einen Schritt zurück, sah mich mit tränenfeuchten Augen an und be-

teuerte lächelnd, wie *glücklich* sie sei, daß ich nicht bis zur Unkenntlichkeit verbrannt worden war. Anscheinend gefiel ihr
diese Formulierung, weil… Oma benutzte sie viel öfter als nötig,
besonders wenn sie erreichen wollte, daß ich mich glücklich
schätzte, nicht tot zu sein, denn das sagte sie mir andauernd, ich
sollte mich glücklich schätzen, bei diesem gräßlichen Feuer nicht
bis zur Unkenntlichkeit verbrannt zu sein. Ob ich von diesem
Feuer wüßte, ob ich es *gesehen* hätte, wollte sie wissen, als wär das
für sie der Höhepunkt des Jahres gewesen.

Ich mag meine Großmutter und hab sie immer gemocht, schon
als ich noch klein war, weiß aber nie so richtig, was sie gerade
denkt. Das liegt wohl auch daran, daß sie's selber nicht weiß.
Außerdem zupft sie sich die Augenbrauen aus und malt dann mit
'm Bleistift oder so 'ner Art Buntstift neue, so wie sie es gern
hätte, wie sie es in 'ner Modezeitschrift gesehen hat, nämlich
ganz oben auf der Stirn, also praktisch so, als befände sie sich un-
unterbrochen in einem Zustand von so 'ner süßen Dauerüberra-
schung, so daß man meistens aus ihrem Gesichtsausdruck nicht
so richtig schlau wird. Es ist so was wie 'ne Maske. Dann hat sie
noch die Angewohnheit, eigentlich nur so zu tun, als erkundige
sie sich, wie es anderen geht, und am Ende erzählt sie in Wirklichkeit von sich selber, bloß wissen soll man es nicht, und die
meisten merken es auch nicht. Auch ich mußte mich erst daran
gewöhnen. Beispielsweise als meine Mom zu meinem dreizehnten Geburtstag für die Familie ein Abendessen kochte, da setzte
sich Oma an den Tisch, nahm meine Hand in ihre, sah mir in die
Augen und sagte: »Hättest du gedacht, daß du mal alt genug sein
würdest, eine Großmutter zu haben, die im September fünfundsiebzig wird?«

Darauf ich: »Is' ja irre, Oma! Schon mal im voraus herzlichen
Glückwunsch für den Fall, daß ich noch vor dem September ab-
kratze«, aber dann hab ich von meiner Mom 'n Anschiß gekriegt,
weil ihr klar war, worauf ich hinauswollte, auch wenn Oma es
nicht raffte. Aber ich hatte nur Spaß gemacht, und Oma kann

einen Spaß vertragen. Hauptsache, man schenkt ihr gebührend Beachtung.

Diesmal sagte sie zu mir: »Bestimmt hättest du nie geglaubt, daß du deine alte Großmutter noch mal wiedersiehst, stimmt's, Chappie?«

»Tja, is' schon echt erstaunlich«, sagte ich. »Aber ich war drüben in Vermont«, sagte ich ihr und erzählte noch das mit der Ökoschule und der Hippiefamilie, echt korrekte ältere Leute mit Kindern und so 'ner riesigen Farm, auf der sie alle lebten, auch ein paar andere Kids wie ich, die so was wie Pflegekinder wären, und die Leute bauten ihre eigenen Lebensmittel an, unterrichteten in der Scheune und machten sich die Klamotten selber, sogar die Schuhe, sagte ich und zeigte ihr meine Sandalen.

»Hübsch, diese Sandalen. Sie erinnern mich an welche, die ich mal hatte«, sagte sie. »Indianer aus Mexiko oder so ähnlich hatten sie gemacht. Gekauft hab ich sie in einem Indianersouvenirladen in Lake George. Lange haben sie nicht gehalten. Aber du siehst prächtig aus«, sagte sie. »Wie ich sehe, hast du diese ausgefallene Frisur nicht mehr, und die vielen Ohrringe und den Nasenring und das alles auch nicht.«

»Stimmt«, sagte ich. »Wegen der Schulvorschriften und so was. Das ist der einzige Nachteil«, ergänzte ich, damit sie bloß nicht glaubte, ich hätte es gemacht, um Leuten wie ihr 'n Gefallen zu tun. Als ich an der Tür mein patschnasses Kopftuch abnahm, hatte sie meine Haare gesehen und einfach zustimmend nicken müssen, und schon hätte ich mir am liebsten auf der Stelle den Kopf geschoren und mir so schnell wie möglich meine alte Irokesenfrisur wieder wachsen lassen. Und deshalb legte ich später 'n paarmal meinen Arm frei, damit sie die gekreuzten Knochen sah und einen Kommentar abgeben konnte, aber sie war wohl abgelenkt und bemerkte das Tattoo nicht oder dachte wahrscheinlich bloß, ich hätte es schon die ganze Zeit gehabt, aber nicht wie die Frisur und die Ringe wieder loswerden können, also wollte sie darüber am liebsten gar nicht erst nachdenken, und das tat sie auch nicht. So war sie halt, sie konnte über alles nachdenken, wenn sie wollte und wann immer sie wollte, oder sie beschloß halt, gar nicht drüber nachzudenken, und dann ließ sie es eben bleiben. Oma hatte immer Fingernägel zu lackieren, Augenbrauen zu zupfen und Fernsehsendungen zu gucken, dazu noch Kirche und ihr Treffen mit den Anonymen Alkoholikern. Sie ist seit einem halben Jahrhundert bei AA oder wenigstens, seit meine Mom noch ein Kind war und seit Omas Mann, Moms Dad, der mein Großvater gewesen wäre, im Suff bei einem Autounfall draufgegangen ist, ein Ereignis, das Oma ihr Schlüsselerlebnis nannte und worüber sie immer noch spricht, als wär es erst letztes Jahr passiert und im Grunde ein Segen.

Auf ihren wöchentlichen Meetings im Keller der Methodistenkirche macht Oma immer Kaffee und räumt hinterher auf und beschwert sich dann, daß die anderen das selbstverständlich finden. Ich wußte, daß sie meine Mom zu AA geschleift hatte, das probierte sie schon seit Jahren, und wahrscheinlich war es auch ganz gut so und außerdem der Grund, warum meine Mom mittlerweile bei ihr wohnte, und ich dachte mir, sobald meine Mom sicher war, daß sie auch allein weiter zu den AA-Treffen ginge, würde sie bei Oma aus- und bei Ken wieder einziehen.

Bei Oma zu wohnen war bestimmt eh kein großer Spaß. Sie hauste in 'nem miesen alten Bau gerammelt voll mit alten Sozialfällen, menschlichen Wracks und Säufern, und ihr gesamtes Apartment war kleiner als ein normalgroßes Schlafzimmer, aber mit allen möglichen Möbeln vollgestopft, von denen sie sich nicht trennen konnte. Außerdem wußte ich, wenn es ums Essen, Fernsehen, Putzen und so was alles ging, hatte garantiert Oma das Sagen, nicht Mom, auch wenn Mom Geld für Miete und Lebensmittel beisteuerte und Oma nur von ihrem Sozialhilfswerk lebte. Oma war eine absolut egozentrische, ziemlich starke Persönlichkeit, und meine Mom war zwar genauso egozentrisch, aber schwach. Irgendwie war mir die großmütterliche Variante lieber, weil man da schon viel früher wußte, woran man war, und sie einem nicht andauernd leid tun mußte. Selbst wenn ich auf meine Mom stinksauer war, konnte ich sie kaum ansehen, beispielsweise tat sie mir jetzt immer noch leid, und ich hatte Schuldgefühle. Deshalb hab ich mich wohl damals bei Oma so aufgeführt.

Ich fläzte mich aufs Sofa und rührte mich nicht, als sie händeringend jammerte, ich mache es ja ganz naß. Sie glich einem Vogel, in dessen Nest der Vogel einer anderen Gattung eingedrungen war, und nun flatterte und kreischte sie, während ich dahockte und sie keines Blickes würdigte. Ich schnappte mir die Fernbedienung, schaltete halb benommen die Programme durch und legte die Füße auf ihren Couchtisch, was, wie ich wußte, echt uncool war, aber tief in meinem Inneren war ich unglaublich sauer und total verängstigt, und den Grund dafür konnte ich weder mir noch sonstwem eingestehen. Außer natürlich, daß es offenbar mit meinem Stiefvater und meiner Mutter zusammenhing, und damit, daß ich mit ihnen nicht normal zusammenleben konnte.

Dieses Problem bestand zwar schon sehr lange, aber irgendwie hatte es mich früher nicht so fertiggemacht wie jetzt. Ganz plötzlich schien mir alles viel zu kompliziert, als daß ich es jemals in den Griff kriegen könnte, und da auch kein anderer die Peilung hatte, konnte ich niemanden um Hilfe bitten. Nur Oma, aber sobald ich zur Tür hereingekommen war und sie mich nicht erkannt hatte, war mir klar, sie würde mir auch nicht helfen. Anscheinend war ich echt unsichtbar oder so was, und keiner konnte mich sehen. Nein, eigentlich war ich eher so 'ne Art menschlicher Spiegel, der die Straße runterging, und wenn die Leute in meine Richtung guckten, sah sie bloß ihr eigenes Spiegelbild an, weil eigentlich niemand mich persönlich sah, das Kind, Chappie, nicht mal Bone, alle sahen in mir bloß ein Mittel zur Erfüllung ihrer Wünsche oder zur Befriedigung ihrer Bedürfnisse, über die sie gelegentlich nicht mal selbst Bescheid wußten, ehe ich auftauchte, was beispielsweise für die Bedürfnisse meines Stiefvaters galt.

Allerdings hätte ich wohl nicht so sauer auf meine Großmutter sein sollen, weil sie nicht offen und ehrlich mit mir umgehen konnte. Sie war alt, arm und verklemmt und fürchtete sich wahrscheinlich vor Sachen, die ich mir bisher noch nicht mal vorgestellt hatte, Monster und Dämonen, die bloß alte Leute heimsuchen, deren Leben komplett hinter ihnen liegt und die daher ausgebrannt und dumm und unglücklich wirken, denen sich auch keine Gelegenheit mehr bieten wird, das Ruder wieder rumzureißen. Man kann's so sehen: Die Party ist aus, und es war voll die Scheißparty, und es war die letzte. Kein Wunder, daß sich so viele alte Leute aufführten, als wären sie in ihrer Jugend mißhandelt worden. Ich hätte Oma helfen sollen, in den letzten Jahren ihres öden Lebens alles ein bißchen lockerer zu nehmen, ihr vielleicht helfen sollen einzusehen, daß es doch gar nicht so übel war, aber statt dessen machte ich alles nur noch schlimmer, indem ich sie erinnerte, was für ein jämmerlicher Abklatsch einer normalen Familie wir waren, sie, meine Mom und ich. Man könnte sagen, sie war der Samen, meine Mom die Pflanze und ich die verfaulte Frucht, aber wenn ich schon nicht ihr guter Enkel sein konnte, hätte ich sie wenigstens in Ruhe lassen und in meinem Versteck bleiben sollen, dann könnte die alte Dame weiter rumlaufen und den Leuten erzählen, sie sei die Großmutter von dem armen Jungen, der letztes Frühjahr bei dem Feuer im Video Den bis zur Unkenntlichkeit verbrannt worden war. Dann täte sie ihnen leid, man würde sie bedauern, und sie würde sich sauwohl fühlen.

Sie war verkabelt und ich guckte eine Zeitlang MTV, doch sie quatschte ständig dazwischen und wollte mich mit Fragen wie ob ich meine Mom oder Ken schon gesehen hätte, zum Reden bringen, aber da nickte ich bloß oder sagte yeah und sah weiter fern, schaltete die Sender rauf und runter, sobald Werbung kam und wieder zurück zu MTV zu den Musikvideos, anscheinend immer noch dieselben wie die, die ich vor ungefähr einem Jahr gesehen hatte, ehe ich zu Hause rausgeflogen war. Die meisten Musikvideos sind visuelle Headtrips mit'm Soundtrack, und ein gutes

Video ist ein schnelles unterschwelliges Contact-High, bei dem sich der User nicht anstrengen muß, um high zu werden, was cool ist, und wenn man auch nur halbwegs angeturnt ist, reicht das auch schon.

Beck, so 'n Sänger mit nur einem Namen, genau wie ich und I-Man, stand gerade in 'ner Art lila-orangem Nebel, in dem sich die Umrisse kahler toter Bäume von dem rosa Himmel abhoben, und sang davon, daß ihn auch niemand verstehe, als es Oma schließlich langte und sie rief: »*Chappie*, hab wenigstens den Anstand und stell dieses Zeug leise! Und hör gefälligst hin, wenn ich mit dir rede, junger Mann! Du bist schließlich nicht in deinem Haus, verstehst du, sondern in meinem!«

Ich knipste die Glotze aus, stand auf und sagte: »Logo bin ich nicht bei mir zu Hause. Da haste echt recht.«

Ich ging zum Kühlschrank rüber, machte ihn auf und kramte drin rum, als suchte ich was Bestimmtes, dabei war ich nicht mal neugierig, sondern wußte in dem Augenblick nur nicht, was ich tun sollte. Vermutlich wollte ich einfach nicht mehr Schaden als nötig anrichten, aber in Omas Augen sah es wohl anders aus.

»Hast du irgendwas Leckeres da drin?« sagte ich, obwohl ich gar nicht hungrig war. Ich stopfte nur die Luft zwischen uns mit Worten.

»Magst du Eiersalat? Früher warst du immer ganz *begeistert* von meinem Eiersalat«, sagte sie.

»Klar. Ich wüßte nur gern«, sagte ich und machte die Kühlschranktür wohl ziemlich fest zu, weil Oma zusammenzuckte. »Ich wüßte nur gern, ob du mir fünfzig Piepen pumpen könntest.«

»Ich?« Ihre Blicke wanderten hektisch von einer Seite zur anderen, als erwartete sie, von mir beklaut zu werden, und suchte nun nach einem Fluchtweg. »Ich… ich hab gar kein Geld, Chappie. Ich kann nicht… da mußt du schon deine Mutter fragen«, sagte sie. »Oder Ken. Frag deinen Stiefvater. Wozu willst du's denn haben?«

»Ich will es nicht haben, Oma. Ich *brauch* es. Das ist ein Unterschied.«

»Aha.«

»Vergiß es, Oma. Vergiß die fünfzig Piepen. Ich hab bloß Spaß gemacht.«

Eine Weile schwieg sie, schwiegen wir beide, dann sagte sie: »Steckst du in irgendwelchen Schwierigkeiten, Chappie? Du kannst es mir ruhig sagen, Schatz. Du kannst mir vertrauen, wirklich.« Das hörte sich an, als wollte sie sich in eine Fernsehsendung reindenken, in eine von diesen Soapoperas, die sie sich nachmittags immer reinzog, denn daher stammten solche Sprüche. Ich bin doch deine Großmutter, Schatz, und wenn du nicht mir vertrauen kannst, *wem dann?*

Ich grinste ihr aus nächster Nähe ins Gesicht, das holte sie wieder zurück, und dann sagte sie: »*Happihappi!* Happi haben, Oma! Will Happihappi haben! Kann Omama Chappie 'n bißchen Happihappi geben? Wenn sie das kann, is' Chappie nämlich gaaanz happy, dann hat er endlich auf einmal gar keine Probleme mehr.«

»Hör auf damit! Du… du bist genau wie dein Vater!« Und dann sagte sie: »Du bist genauso fies zu mir, wie er es war!«

»Was soll das heißen, Mann! Ich bin *überhaupt nicht* wie er! Darum haben mich meine Mom und er doch rausgeworfen, korrekt? Raff das endlich, Oma.«

»Ken mein ich nicht. Ich *weiß*, daß du nicht wie er bist. Aber wenn du's wirklich wissen willst, es könnte nichts schaden, wenn du ein *wenig* mehr wärst wie er. Vielleicht abgesehen von der Trinkerei.« Sie plusterte sich ein bißchen auf, und nach 'nem Weilchen fiel ihr ein, was sie hatte sagen wollen. »Nein, ich meine deinen *richtigen* Vater. Paul. Der hat genauso mit mir geredet wie du eben. Bei ihm hatte ich Angst, er würde in meinem Beisein durchdrehen, auch wenn's nie so weit gekommen ist. Trotzdem, der Mann hat mir manchmal gewaltig Angst eingejagt. Er war nicht normal.«

»Mein richtiger Vater hat dir angst gemacht? Wie hat er das gemacht? Warum?«

»Och, na ja, indem er einfach komisch dahergeredet hat, ganz schnell und unsinniges Zeug, so wie du gerade eben, und anscheinend war ihm das völlig egal. Dann dachte ich, er hätte Rauschgift genommen oder so was, so wie der geredet hat, und deine Mutter hat mir nach der Scheidung erzählt, ihrer Meinung nach hat er Kokain genommen, war vielleicht sogar süchtig, weil er soviel Geld durchgebracht hat. Er hat sehr gut verdient.«

»Gibt's nich! Koks? Mein Vater? Wow«, sagte ich. »Cool.« Zum erstenmal, seit ich ein kleines Kind war, wollte ich auf einmal unbedingt etwas über meinen Vater erfahren. Normalerweise machte ich einfach dicht, sobald im Gespräch sein Name fiel, und hatte das Gefühl, daß sie von jemandem redeten, den ich nie gekannt hatte und der sowieso keinen Einfluß auf mein Leben hatte, er brauchte mich also nicht zu interessieren etc. Aber als mein Vater auszog, war ich etwa fünf Jahre alt, also hatte ich Erinnerungen an ihn und wußte noch so manches, auch wenn meine Erinnerungen verschwommen waren und ich ihn eigentlich nicht wirklich vor mir sah, außer auf dem Bild, das ich in 'm Fotoalbum meiner Großmutter gefunden hatte. Ich meine den Schnappschuß von ihm und meiner Mom, auf dem sie vor seinem 81er Blazer in der Auffahrt zu dem jetzigen Haus meiner Mom stehen, das die beiden damals gerade gekauft hatten und das Mom später bei der Scheidung kriegte. Er ist viel größer als meine Mom, auch größer als Ken und mager und sieht irgendwie vergnügt aus, als wüßte er, daß ein Witz gerissen wurde, was aber sonst noch keiner gerafft hat, und an seinem langen Ledermantel erkenne ich, daß er ein schnieker Typ und cooler als meine Mom ist, jemand, der gern Neuwagen mit Allradantrieb fährt und sich eher umbringen als in einen von Kens türkisen Jogginganzügen aus Nylon stecken ließe. Jedenfalls wollte ich nie viel über ihn wissen, vermutlich weil er mich Ken überlassen hat, allerdings hat er mich Ken ja auch nicht direkt überlassen, ich bin mir ziemlich sicher, daß er Ken nie kennengelernt hat, das war später. Die Sache ist die, daß ich mich um das Thema »Mein leiblicher Vater« einfach irgendwie gedrückt hatte und nicht mal seinen Namen hören wollte. Paul. Paul Dorset.

Doch auf einmal stellte ich Oma haufenweise Fragen, also was er damals so gearbeitet hat und wo er nach der Scheidung hin ist und all so was. Ich schätze, sie war erleichtert, daß wir beide ein normales Gespräch führten, egal worüber, weil die Antworten nur so aus ihr heraussprudelten, und bald brauchte ich überhaupt keine Fragen mehr zu stellen, um ihre Stimmbänder zu ölen.

Sie erzählte, mein Vater habe als Medizintechniker gearbeitet, was cool war. Sie nannte ihn einen Röntgenexperten und sagte, daß er ’n Haufen Kies gemacht habe, aber ihrer Meinung nach kein großer Experte in irgendwas gewesen sei, außer im Lügen, schließlich wisse sie ganz genau, daß er keine Fachschule für Medizintechniker, ja nicht mal eine für Röntgenexperten besucht habe, auch habe er gelogen, was seine Laufbahn beim Militär anging, wo er angeblich als Rettungswagenfahrer angestellt gewesen sei. Meine Mom, die damals in der Personalabteilung der Klinik arbeitete, kannte die Wahrheit, weil sie solche Sachen überprüfen mußte, wenn sie jemanden einstellten, und nach der Scheidung, als sie ihn nicht in Schutz nahm, hat sie Oma schwören lassen, nichts zu verraten, weil Mom ihn nämlich gedeckt hatte. Er war raffiniert, mit meiner Mom hatte er sich am selben Tag verabredet, an dem er sich um den Job beworben hatte, und sie hatte sich in ihn verknallt, und als sie rausbekam, daß er diese ganzen Ausbildungsgänge nie absolviert hatte und daß er unehrenhaft aus der Air Force entlassen worden war, verriet sie es keinem, weil sie sich mittlerweile bis über beide Ohren in ihn verknallt hatte.

Mein Vater konnte ziemlich gut mit Worten umgehen, ein durchtriebenes Schlitzohr nannte ihn Oma, was mir komisch vorkam, daß mein Alter ein Schlitzohr gewesen sein soll und dann sein Talent an Oma und Mom vergeudete, beides, sagen wir mal, unheimlich leichtgläubige Menschen, besonders wenn es um die Männer ging, die sie sehr verehrten. Aber ich stellte mir gern vor, daß mein Vater seine Talente an sie und ganz Au Sable verschwendet hatte, einen Ort, aus dem Schlitzohren zwar stammen mochten, wo sie aber auf keinen Fall blieben, wenn sie im Schlitzohrigsein was taugten.

»War er aus Au Sable?« fragte ich sie. »Ist er hier aufgewachsen und hat 'ne Familie? Wenn er eine hätte, wäre ich nämlich mit ihr verwandt. Dann hätte ich Cousins.«

»Nein, er ist von außerhalb«, sagte sie. »Er kam aus dem Süden des Staates New York, was man ihm allerdings auch nicht unbedingt glauben konnte, übrigens hatte er einen merkwürdigen Akzent, als stammte er ursprünglch aus Massachusetts oder Maine, wo sie reden wie Präsident Kennedy, nasal und ohne r, was angenehm klang und ihn klüger und gebildeter wirken ließ, als er in Wirklichkeit war.«

Das fand ich cool, und wenn ich an sein Foto dachte, sah er eigentlich auch wie JFK aus. Jedenfalls stimmte der Haarschnitt. So 'ne Art junger Jack Kennedy, das war mein richtiger Dad.

»Nun verrat mir die Wahrheit, Oma, warum haben sie sich scheiden lassen?« fragte ich sie. Im Lauf der Jahre hatte man mir einiges erzählt, aber letzten Endes lief es bloß darauf hinaus, daß er nebenher seine Freundin Rosalie hatte, und die war ihm – laut diesen Briefen, die ich mal gefunden und gelesen hatte – nicht besonders wichtig gewesen, jedenfalls nicht so wichtig wie meine Mom. Wenigstens stand das in den Briefen. Aber meistens machen sich die Leute nicht die Mühe, sich scheiden zu lassen, schon gar nicht, wenn sie ein fünfjähriges Söhnchen haben, das beide Elternteile gleich liebt und braucht, es sei denn, es steckt mehr dahinter als nur ein paar oder auch ein ganzer Haufen Seitensprünge eines Partners. Und deshalb fragte ich mich, was nun wirklich dahintersteckte.

»Tja, ich war nicht gerade enttäuscht darüber, daß sie sich

scheiden ließen«, sagte sie. »Der Mann hat nichts getaugt, war wahrscheinlich rauschgiftsüchtig, was ich damals nicht wußte, und er trank zuviel, auch wenn das keine Sünde ist. Aber ich habe deiner Mutter gesagt, sie solle stark bleiben, und das blieb sie auch.«

»Was?«

»Stark.«

»Wobei?«

»Als es darum ging, sich von ihm scheiden zu lassen. Nachdem sie herausfand, daß er was mit anderen Frauen hatte. Die ganze Stadt wußte es«, sagte sie.

»Du hast *gewollt*, daß sie sich von ihm scheiden ließ?«

Sie antwortete: »Aber ja, natürlich. Ohne ihn war sie viel besser dran.«

Laut Oma hatte mein Vater behauptet, es täte ihm leid, er habe geheult und gefleht und meiner Mom gesagt, er wolle keine Scheidung, aber Oma habe dafür gesorgt, daß meine Mom einen guten Anwalt bekam, und der Richter gab ihr das Haus plus hundert Dollar Alimente die Woche, von denen sie nie auch nur einen Cent gesehen hat, und meinem Vater räumte er ein großzügiges Besuchsrecht ein, das der nie in Anspruch genommen hat, weil er dann ja was von den Alimenten hätte zahlen müssen, wenn er mich sehen wollte.

Sie hatte also verhindert, daß er mich besuchte? Ich fragte mich, ob alles anders gekommen wäre, wenn ich zu meinem richtigen Vater hätte gehen können, als ich sieben war und das mit Ken losging. Ich glaube, ich wäre zu ihm gegangen und hätt's ihm erzählt, und mein richtiger Vater wäre mit mir abgehauen, und einen Moment lang sah ich etwas vor mir, 'ne Art Bild von mir und ihm in seinem 4x4-Blazer, er sieht aus wie JFK, und ich bin sein kleiner Sohn. Hätte mir mein richtiger Vater geholfen, hätte ich keinen Schiß davor haben müssen, die Wahrheit zu sagen, wie's bei meiner Mom war, der ich es nicht sagen konnte oder bei der ich mich nicht traute, weil Ken ihr Mann war, den sie angeblich liebte, und ich durfte mich nie auch nur das kleinste bißchen beklagen, ohne daß sie mir erzählte, ich könnte mich glücklich schätzen, ihn zum Stiefvater zu haben.

»Nein«, fuhr Oma fort, »diesen Mann wollte ich nicht im selben Haus mit euch beiden haben. Auf keinen Fall. Es sei denn, er wäre bereit gewesen, die Alimente zu zahlen, die er deiner Mutter schuldete.« Oma sagte, sie hätte angeboten, zu mir und meiner Mom zu ziehen, aber mittlerweile wäre Mom mit Ken zusammengewesen, und er zog statt dessen ein. Mir war klar, daß das nicht nach Omas Geschmack gewesen war, was sie natürlich nicht zugeben konnte, sonst hätten die Leute womöglich geglaubt, sie hätte so nachdrücklich auf der Scheidung bestanden, um selbst eine bessere Bleibe zu kriegen. Oma hat ja immer und ausschließlich lautere Motive.

Ich fragte sie, ob sie wisse, wohin mein Vater nach der Scheidung verschwunden sei, denn meines Wissens war er nicht in Au Sable oder Plattsburgh geblieben. Niemand im Ort hatte ihn mir gegenüber auch nur einmal erwähnt. Man könnte meinen, irgendein geheimnisvoller Fremder, ein gewisser Paul Dorset, der aussah und redete wie JFK, wär eines Tages nach Au Sable geritten, hätte sich das hübscheste Mädel der Stadt geangelt, sie geschwängert und geheiratet und eines Tages, nach ein paar kleinen Unstimmigkeiten, sei der Fremde wieder aus der Stadt geritten und, abgesehen von dem Mädel und ihren engsten Verwandten, erinnerte sich keiner daran, daß er je da war. Als hätten sie gefragt: Wer war eigentlich dieser Maskierte? Darauf sagt er zu seinem Pferd: »Hi-yo, Silver, laß uns verschwinden!«

Oma antwortete, nach der Scheidung sei er in die Karibik geflogen, nach Jamaika oder Kuba oder sonst einem Land da unten, jedenfalls habe sie das von jemandem in der Bank gehört, von einer Freundin von ihr, die Kassiererin war und etwa ein Jahr nach der Scheidung in einem Brief die Anweisung bekam, das Konto meines Vaters aufzulösen und das restliche Geld an eine

Bank in Jamaika oder so ähnlich zu transferieren, woran sie sich zufällig erinnerte, weil gleich danach eine ganze Latte Schecks eingingen, die platzten wie Seifenblasen, aber die Bank war machtlos, denn mein Dad hatte mittlerweile das Land verlassen. Gegen ihn war ein Haftbefehl erlassen worden – weil er Schecks hatte platzen lassen und seine Alimente nicht bezahlte –, und Oma hatte meine Mutter ermutigt, den Haftbefehl zu beantragen, schließlich sei es kriminell, wenn ein Mann nicht mithalf, für Nahrung, Kleidung und Unterbringung seines eigenen Sohnes zu zahlen, oder etwa nicht?

»Schon möglich«, sagte ich. »Aber wenn er mich ein bißchen besser gekannt hätte, wäre er vielleicht eher bereit gewesen, etwas Kohle lockerzumachen und sich an den Unkosten zu beteiligen. So, wie's jetzt aussieht, wird man ihn einlochen, wenn er auch nur versucht, mich mal zu besuchen«, sagte ich.

»Das kannst du laut sagen, Mister!« rief Oma. Wenn sie wollte, konnte sie echt böse werden, ein echter Wolf im Großmutterpelz. »Und du solltest deiner Mutter dankbarer sein für alles, was sie für dich getan hat«, sagte sie. »Und Ken übrigens auch. Er war dir mehr ein Vater, als es dein richtiger Vater jemals war.«

»Jawollo, wow, Spitzenklasse, Mann! Der gute alte Daddy Ken, fast hätt ich vergessen, was *der* mein Leben lang für ein toller Typ gewesen ist. Danke, daß du mich dran erinnert hast, Mann«, sagte ich, sprang auf und stürmte durch die Wohnung, hätte am liebsten irgendwas umgeschmissen, die Bude kurz und klein geschlagen oder sämtliche Möbel aus dem Fenster geworfen und zugesehen, wie sie unten auf dem Gehsteig zersplittern, deshalb dachte ich mir: Zieh besser ganz schnell Leine, ehe du irgendwas tust, was du nachher echt bereust, ich wollte nämlich meiner Großmutter nicht weh tun oder zu sehr auf ihr rumhacken oder was von ihrem Kram kaputtmachen. Sie konnte ja nichts dafür, daß sie so war, wie sie nun mal war.

»Hör zu, ich muß raus hier, Oma«, sagte ich zu ihr, schnappte meinen Rucksack und band mir das Tuch wieder um den Kopf, das auf dem Heizkörper getrocknet war, während wir uns unterhalten hatten.

Händeringend sagte sie, hoffentlich hätte sie mich mit dem ganzen Gerede über meinen Vater nicht aus der Fassung gebracht, und ich sagte: »Ach, woher denn«, und wenn es nach mir ginge, wäre ich morgen schon in Jamaika oder sonstwo und würde ihn wenn möglich finden, weil ich ihm das eine oder andere zu erzählen hatte, das ihn unter Umständen interessieren könnte. »Was über meinen Stiefvater«, sagte ich ihr.

Da spitzte sie die Ohren. »Wirklich?« sagte sie. »Über Ken? Und zwar?«

Ich lächelte sie an und sagte: »Das möchtest du wohl gern wissen. Bloß nicht aufgeben, Omi«, sagte ich. »Wenn alles klappt, wohnst du am Ende doch noch mit Mom zusammen in ihrem Haus.«

Sie lächelte ihr unschuldiges Lächeln und meinte: »Na ja, ich hab schon darauf hingewiesen, daß sie jetzt ein Zimmer frei haben. Wo du weg warst, meine ich.«

»Klar, na, keine Sorge, ich bleibe weg. Ein klein wenig saubermachen könnte der Bude allerdings nicht schaden«, sagte ich. Ich drückte ihr einen Kuß auf die Wange und ging durch den versifften, alten, miefigen Flur bis zum Treppenhaus und die Treppen runter auf die Straße. Eigentlich konnte ich's ihr nicht verdenken, daß sie da raus wollte, und meine Mom war eine unglaubliche Nulpe, daß sie da bei ihr wohnte. Hier lief's mir kalt den Rücken runter.

Draußen auf der Straße war es fast dunkel, und es regnete immer noch. Ich hielt aber nicht den Daumen raus oder suchte nach 'ner Mitfahrgelegenheit oder so, sondern ging einfach schnurstracks zur Stadt raus und die Route 9N entlang, in Richtung Plattsburgh. Wenn ich trampte, würden mich bei meinem momentanen Glück wahrscheinlich Russ oder die Crack-Brüder aufsammeln, vielleicht auch die Ridgeways in ihrem Saab oder warum nicht der olle Buster Brown in seinem Kirchenbus? Besser ich marschierte die ganze Nacht durch den Regen, wenn ich nicht anders zurück zum Bus und I-Man kam. Außerdem hatte ich jetzt jede Menge neuen Stoff zum Nachdenken, besonders über mich und meinen richtigen Vater.

13

Yesterday Man

Ich würde sagen, die Nacht, in der ich endlos lange im Regen aus Au Sable marschierte, war so ziemlich eine der abgefahrensten Nächte in meinem Leben, bloß daß nichts passierte. Außerdem erlebte ich später noch ein paar viel abgefahrenere Nächte, und klar, ich hatte schon vorher 'ne ganze Menge Kram erlebt, den viele Normalos so leicht nicht erleben, ich denke da an die Drogen und die Biker und vielleicht einiges von dem, was ich und Russ im Sommerhaus der Ridgeways in Keene getrieben hatten. Aber auch wenn nichts passierte, war das nur rein äußerlich, denn innerlich war ich auf 'ner Art Trip, aber ohne Stoff oder so was.

Nach 'ner Weile dachte ich nicht mehr über meinen richtigen Vater und mich nach, weil es nicht genug Informationen gab, mit denen sich sozusagen meine grauen Zellen füttern ließen. Irgendwie wußte mein Hirn nicht mehr, was es mir erzählen sollte. Ich latschte also im Dunkeln auf dem Seitenstreifen neben der 9N entlang, während der Regen pausenlos auf mich niederprasselte, und ging gleichmäßig geradeaus, als wollte ich bis ans Ende des Planeten marschieren, um von dort direkt in die kalte schwarze Leere des Weltalls zu fallen. Mein Kopf war leer und mein Körper ein Laufautomat. Ab und zu kam ein Pkw oder Laster vorbei, erfaßte mich mit seinen Scheinwerfern und fuhr langsamer; dann musterte mich der Fahrer, und der eine oder andere hielt an, kurbelte die Scheibe runter und fragte, ob ich einsteigen wollte, aber weil ich einfach weiterging, hielten sie mich wohl für irgend so 'n durchgedrehten Jugendlichen oder 'n Massenmörder oder so was und gaben wieder Gas.

Ich war wirklich so was wie 'n Massenmörder. Junge bringt Familie und sich selbst um. Irgendwann hatte ich ziemlich realistische Visionen davon, wie ich mit der 9er auf meinen Stiefvater ziele, während ich dastehe, einen Fuß auf seinem Hals, und er mich anfleht, es um Gottes willen nicht zu tun, und wie ich ihm aus etwa fünfzehn Zentimeter Entfernung in die rechte Schläfe schieße. Das sah voll kraß und total echt aus, wie sein Blut und Hirn so über meinen Fuß spritzten.

Und dann betritt meine Mom den Raum – übrigens mein altes Zimmer zu Hause – und sieht, was mit Ken passiert ist, und mich mit der Knarre und das ganze Blut auf meinem Hosenbein und der Sandale verteilt, weil ich die auf Kens Hals gestellt hatte, und auch auf meiner Hand welches, weil ich die Wumme beim Abdrücken so dicht an seine Birne gehalten hatte, und meine Mom rennt durch den Flur davon und ich hinter ihr her, ich erwische sie an der Tür, denn die ist verschlossen, und als sie sie nicht rechtzeitig aufkriegt, sagt sie: »Nein, Chappie, *tu's nicht!*«

Ich tu's aber doch. Ich verpaß ihr eine direkt ins Herz. Es war wie in 'm Videospiel, bloß echt.

Als ich einen Blick aus dem Wohnzimmerfenster werfe, seh ich Oma den Weg raufkommen, ich mach ihr also die Tür auf und sie tritt ein, sieht meine Mom mit blutüberströmtem Oberkörper daliegen, die Augen verdreht, und aus dem geöffneten Mund quillt Blut, und meine Oma sagt: »Was ist hier los?«, und in diesem Moment verpaß ich ihr auch eine. Ins Herz, genau wie meiner Mutter.

Anschließend schlendere ich 'ne Weile durchs Haus und rufe nach Willie, bis mir schließlich einfällt, daß der schon längst hinüber ist, weil Ken ihn überfahren hat, und mir geht auf, daß das alles vielleicht nicht passiert wäre, wenn der olle Willie noch leben würde. Erstaunlicherweise hätte ich bloß dieses schwarzweiße Kätzchen gebraucht, das mich echt gern hatte, um meine Familie nicht umzubringen. Er wog bloß acht oder neun Pfund, soviel wie 'n Beutel Zucker, und reden konnte er auch nicht, aber in seinem pelzigen Kopf steckte so was wie der Kern eines Menschen, der mich wirklich gut leiden mochte und sich immer freute, wenn ich nach Hause kam, und der auf meinem Schoß schlief, wenn ich mal nachts allein aufblieb, um mir MTV reinzuziehen und zufrieden schnurrte, als gäbe ich ihm ein bißchen Sicherheit in einer gefährlichen Welt.

Mir fiel ein, wie ich Kens 22er Gewehr aus dem Koffer im Schlafzimmerschrank von ihm und meiner Mom geholt und auf Willie gerichtet und am Abzug gezogen hatte, aber es gesichert und kein Schuß gekommen war, so daß ich statt dessen das Ehebett von Ken und meiner Mutter zusammengeballert hatte. Damals bekam ich ungeheure Schuldgefühle, weil ich Willie fast umgebracht hätte. Man macht wohl manchmal was Schlimmes, nur um nicht was noch viel Schlimmeres zu tun, was sonst womöglich über einen gekommen wär. Junge bringt Katze und sich selbst um, hätte es geheißen, wenn Kens Knarre nicht gesichert gewesen wäre. Ken, Mom und Oma wär nichts passiert, sie hätten sogar zur Beerdigung gehen können, und danach wär ihr Leben ganz normal weitergegangen.

Da hatte Willie wohl Glück gehabt, auch wenn er später dran glauben mußte. Aber Pech für sie, weil ich schließlich doch das Schlimmste statt nur das Schlimme tat. Mir kam's so vor, als wär ich in 'nem echten Snuff-Video im Recorder und würde es mir gleichzeitig mit 'ner Fernbedienung in der Hand ansehen und dieselben drei Szenen immer und immer wieder abspielen, wobei mir jedesmal neue Einzelheiten auffielen, wenn ich auf schnellen Rücklauf drückte, nachdem ich Oma umgenietet hatte – sie steht auf, geht rückwärts durch die Tür, die Treppe runter auf die Straße, dann steht Mom auf, zerrt an der verschlossenen Tür und kommt über den Flur auf mich zu, dreht mir den Rücken zu, als ob wir Blindekuh spielten, bis sie plötzlich kehrtmacht und Ken mit seinem blutigen Kopf auf dem Boden liegen sieht, und ich stehe auf und stecke die Knarre in meinen Rucksack, und inzwischen schleicht sich Ken rückwärts aus der Schlafzimmertür...

und dann drücke ich immer wieder auf Play, und diesmal fällt mir auf, daß Ken bloß seine knappe Unterhose anhat, als er sich in mein Zimmer schleicht, und daß er 'n Ständer und seinen glasigen Säuferblick hat, bei dem ich mir vorkomme wie'n Stück Scheiße, und meine Mom ist erst mal tierisch sauer auf mich, und zwar weil ich so 'ne Sauerei gemacht und im Haus rumgeballert habe und nicht etwa wegen dem, was ich tatsächlich mit der Knarre angerichtet habe, und beim Blick von meiner Oma auf meine tote Mom am Boden ist mir klar, daß sie sich als erste überlegt, wie sie selber 'n Vorteil daraus schlagen, vielleicht sogar das Haus kriegen kann.

Stunden vergingen, es war vielleicht drei Uhr morgens und kaum Verkehr auf der Straße, aber es regnete noch, und mein Körper ging immer weiter, während der Rest von mir in dem Familienmassakervideo gefangen war und jede krasse widerwärtige Einzelheit unter die Lupe nahm und darüber nachdachte. Bei Keeseville, wo die Straße über den Au Sable River führt, hatte ich die Brücke gerade zur Hälfte überquert, als mir auffiel, wie windig es war, und auf einmal war es, als blockierte der Videorecorder, alle im Haus außer mir waren tot, und das Band lief weder vor noch zurück. Es hing bei der Szene am Ende, wo ich ums Haus laufe und nach dem ollen Willie suche. Na komm, Willie, komm raus, Willie.

Zum erstenmal, seit ich aus der Wohnung meiner Oma abgehauen war, blieb ich stehen. Ich schaute über das Brückengeländer und etwa hundert Meter tief in den Abgrund, auf die Felsen und in das tosende Wasser, das ich trotz saumäßigem Regen und tierisch starkem Wind hören konnte. Es war zu dunkel, um den Fluß oder die Felsen da unten zu sehen, und ich dachte, wenn der Junge sich selbst umbringen wollte, dann hier und jetzt. Kein Streß, kurzer Prozeß. Hinter ihm nichts als Zerstörung, Blut und Gemetzel. Vor ihm noch mehr davon.

Ich nahm meinen Rucksack ab, stellte ihn auf den Fußweg, kletterte auf das flache obere Ende eines Betonpfeilers, an dem

das Eisengeländer befestigt war, und stand nun mit ausgebreite-
ten Armen eine Weile da, lauschte, wie ganz unten das Wasser
über die Felsen toste, spürte den kalten Wind an meinem
klatschnassen T-Shirt und den Cutoffs zerren, sah rauf in den
schwarzen Himmel und ließ mir den Regen volle Kanne aufs
Gesicht prasseln. Ich zitterte vor Kälte und Nässe, und wäre das
nicht gewesen, ich hätte nicht sagen können, was wirklich passierte und was sich nur in meinem Kopf abspielte.

Allerdings war der Betonpfeiler unter meinen Füßen glitschig.
Und kaum peilte ich das, da wurde mir klar, daß ich auf keinen
Fall von der Brücke in den Abgrund stürzen und versehentlich
auf den Felsen zerschellen wollte. Ich dachte mir, ich wollte wohl
besser runterklettern und mir das Ganze noch ein wenig durch
den Kopf gehen lassen. Keine Ahnung, warum, aber mir kam es
so vor, als könne ich jetzt nichts Beknackteres tun, als mich aus
Versehen umzubringen. Ich wollte es, wenn überhaupt, unbedingt absichtlich machen. Nicht wegen irgend so 'm blöden Aus-
rutscher.

In diesem Augenblick sah ich in einiger Entfernung die Scheinwerfer eines Autos, das aus Richtung Willsboro näher kam, und
ich wollte mich umdrehen und vom Pfeiler klettern, damit ich
die Brücke verlassen hatte, bevor mich der Fahrer sah – um diese
Uhrzeit bestimmt einer von diesen Staatspolizisten. Doch als ich
mich umdrehte, rutschte mein rechter Fuß vom Rand des verdammten Pfeilers ab, der linke Fuß hinterher, und ich schwebte
einen Moment lang in der Luft, bevor ich mit beiden Händen im
Dunkeln nach etwas grapschte und die Eisenstreben des Brücken-
geländers zu fassen kriegte. Ich krallte mich fest und hing nun da,
mein gesamter Körper baumelte unterhalb der Brücke, während
das ständige Prasseln des Regens über mir und das tosende Hoch-
wasser des Flusses weit unter mir mein Hirn beschallte wie damals
diese klassische Musik von dem Sender in Burlington, die ich in
dem Autoradio gehört hatte, als ich von der Mall nach Au Sable
getrampt war. Die Musik war total sanft und tierisch entspan-

nend, lauter Geigen, Klarinetten und mindestens hundert andere Instrumente spielten ein echt starkes Lied, das sich wie in Spiralen hochschraubte und wieder nach unten sank, herumwirbelte und dann wieder aufstieg, als könnte es das ewig oder wenigstens ziemlich lange machen.

Allmählich glaubte ich fast, die Musik wäre stark genug, um mich hochzuheben und wie auf einer schönen weichen Wolke wegzutragen, wenn ich das Geländer losließe, an das ich mich klammerte wie an die Gitterstäbe einer Gefängniszelle, meine Hände waren inzwischen sowieso saukalt, und ich konnte mich höchstens noch ein paar Sekunden lang festhalten – da erreichte dieses Auto, das ich eben gesehen hatte, die Brücke, fuhr spritzend rüber und beleuchtete dabei die gesamte Umgebung mit seinen Scheinwerfern, so daß ich endlich deutlich sah, wo ich eigentlich war: Ich baumelte mitten in einem total ätzenden Unwetter etwa dreißig Meter über einem absolut mörderischen Fluß. Der Wagen war weg, aber es sah so aus, als hätte er seine Scheinwerfer dagelassen, ich erkannte nämlich immer noch, was ich in diesem Sekundenbruchteil gesehen hatte, und das jagte mir eine Höllenangst ein, deshalb zog ich mich rauf, hievte erst einen Fuß auf die Brücke, dann den anderen und wuchtete mich über das Geländer in Sicherheit.

Ich atmete nicht, ich keuchte. Meine Zähne klapperten, ich war pitschnaß, Herz und Leber fühlten sich an wie Eisklötze. Ich ging zu meinem Rucksack, der alles war, was ich auf der Welt besaß, und meine regennasse Hinterlassenschaft gewesen wäre, wenn sie ihn am Morgen dort entdeckt hätten, und dann unten auf den Felsen meinen zerschmetterten Körper. Ich öffnete den Rucksack, holte die Pistole raus, die ich – wenigstens in meiner Phantasie – zum Einsatz gebracht hatte, und warf sie im Knien über meine Schulter. Ich sah zu, wie sie durch die Luft segelte, sich dabei wie ein winziges totes Tier drehte und schließlich in der Dunkelheit unten im Abgrund verschwand. Dann stand ich auf, hängte mir den Rucksack wieder um und machte mich auf nach Plattsburgh. Nie wieder war ich dem Massenmord oder Selbstmord so nahe wie damals, und bis heute habe ich es niemandem erzählt.

Als ich irgendwann auf dem Feld hinter den Lagerhäusern ankam und den Schulbus entdeckte, wurde es langsam hell, und der verdammte Regen hatte endlich aufgehört. Der Himmel war so glänzend grau, als wäre er frisch gestrichen worden, und unten schwebten hier und da dünne weiße Wolkenfetzen. Ich stieg durch den Maschendrahtzaun, und die hohen nassen Gräser, Ambrosiapflanzen und Goldruten schlugen gegen meine nackten Beine und klebten ihre Samen an meine Haut, während ich mich dem näherte, was ich inzwischen wohl irgendwie für mein Zuhause hielt. Allerdings dachte ich damals eigentlich an kaum etwas, mir war schwindlig, ich zitterte, hatte vermutlich dreiundvierzig Grad Fieber und auf meiner Nachtwanderung schon ein paarmal bedauert, daß ich den Pullover, den ich Mr. Ridgeway geklaut hatte, am Busbahnhof Sister Rose geschenkt hatte. Das war zwar erst einen Tag her, aber damals hatte ich mir überlegt, daß sie ins Ungewisse aufbrach, während ich ja nur nach Hause fuhr, wo mir meine Eltern eigene neue Klamotten kaufen würden, also könnte ich es mir leisten, großzügig zu sein.

Wie ich zum Schulbus kam, weiß ich gar nicht mehr, nur noch, daß ich durch das Feld latschte, durch die Kräuter, die Samen und massenhaft Gänseblümchen und Sonnenhüte, und der Bus dabei groß und immer größer wurde, bis ich nichts anderes mehr sah, nur noch diesen großen, demolierten gelben Schulbus, aus dessen kaputten Fenstern statt Kindern riesige Blattpflanzen guckten, und dann klopfte ich an die Tür wie so 'n Kid, das zur Schule gefahren werden wollte, und mehr weiß ich nicht. Anscheinend konnte ich jetzt, nachdem ich hier angekommen war, endlich loslassen, so wie ich es gern getan hätte, als ich von der Brücke baumelte, denn meine nächste Erinnerung ist, daß ich im Bus auf einer Matratze aufwachte, in eine Decke gewickelt, und ein trockenes, zu großes T-Shirt anhatte wie so 'ne Art Nacht-hemd.

Ich kam mir vor wie neugeboren. Die Sonne schien durch die Fenster, ich fühlte mich warm und trocken und hörte Musik, Reggaemusik, so 'ne leichte, beschwingte Melodie mit dem Text: *Hey, Mister Yesterday, what are you doing from today?* Die war so ganz anders als die Musik, die ich auf der Brücke gehört hatte, die, wie ich jetzt raffte, böse, echt fies und wahrscheinlich von Satan geschickt worden war, so ähnlich, wie es sich angeblich anhört, wenn man Heavy Metal rückwärts abspielt, jedenfalls wurde ich in diesem Moment völlig zum Reggae bekehrt. Er füllte meinen Kopf mit Licht, und zum erstenmal seit langer Zeit war ich wie-der total froh, am Leben zu sein.

Aber ich hatte überall Schmerzen, als wäre mein ganzer Kör-per eine Kiste voller Steine, und ich konnte kaum den Kopf be-wegen, um herauszufinden, woher die Musik eigentlich kam, sie war irgendwo hinter und über mir, und plötzlich sah ich den tan-zenden I-Man, der barfuß und in seinen weiten Shorts die Dreads zum Rhythmus schlenkerte, einen Riesenspliff im Mund, der nach frischen Erdschollen und Sonnenstrahlen roch. Er führte rund um mein Bett einen spitzenmäßigen Reggaetanz auf und nickte ständig dazu, als freute er sich, daß ich wach war, sagte aber nichts, um die Musik nicht zu unterbrechen, sondern hüpfte nur mal eben vorbei und sah, wie es Mister Yesterday so ging, dann entfernte er sich wieder in den hinteren Busteil und kam ein paar Sekunden später mit 'ner dampfenden Schüssel in der Hand zurück, tanzte immer noch und zog an seinem Spliff, bis der Song schließlich zu Ende war; dann sagte er, ich müßt jetzt unbedingt diesen Kräutertee hier trinken, Mon, damit ich wieder voll in die Struktur des Lebens eintauchen und seine Fülle auskosten könnt.

Das tat ich. Es dauerte eine Weile, und manchmal kriegte ich Schüttelfrost, dann wieder schwitzte ich stundenlang, besonders nachts, und war so schwach, daß ich kaum sitzen konnte und in ein Glas pissen mußte und was nicht alles. Aber I-Man kannte jede Menge alte afrikanische Arzneien und Rastamittel aus Kräutern und anderen Pflanzen, die er auf dem Feld und in dem schattigen Wald hinter dem Supermarkt fand, auch im Stadtpark beim See, und die er nachts holte, mitbrachte, zerquetschte und sie wie 'n Tee kochte, um sie mir dann ein paar Tage lang zu verabreichen, und wenn ich morgens aufwachte, ging es mir jedesmal ein bißchen besser, bis wir ziemlich bald wieder ganz normal quatschen konnten, so wie früher. I-Man hatte noch 'ne Menge Rastaweisheiten auf Lager, und ich hatte noch 'ne Menge über das Leben im allgemeinen und über den Geist der Wahrheit und der Güte im besonderen zu lernen, wie ich bei meinem Versuch, nach Hause zurückzukehren, gerade erst rausgefunden hatte, also probierte ich, locker zu bleiben, und hörte und sah ihm zu.

Die Reggaemusik kam von ein paar Tapes und 'ner Boom Box, so 'm coolen Sony (wahrscheinlich geklaut), den I-Man von einem Knaben hier gekriegt hatte, den er Jah Mood nannte, obwohl ich wußte, daß es bloß Randy Moody war, der voll auf Reggae und Dope stand und sich verfilzte Pseudodreadlocks hatte wachsen lassen, wie sie weiße Kids haben, was er cool fand, und das stimmte ja auch irgendwie, wenn man das Original nicht kannte. Aber Randy war zu bescheuert, um den Unterschied zwischen Schwarzen und Weißen zu kennen, oder zu rassistisch, um zuzugeben, daß es einen Unterschied gab, und so war und blieb er halt ein weißer Knabe aus Plattsburgh.

Als ich das eines Morgens I-Man gegenüber mal erwähnte, lächelte der nur, streichelte beruhigend meine Hand und sagte: »Nach Jahs Weg und Wille wird auch Mood irgendwann zu *I-self* finden, aber keine Sorge, Bone, er drängt dich nich aus mei'm Herzen.« Da beschloß ich, daß ich wohl besser noch mehr zuhörte und weniger plapperte.

Keiner wußte, daß wir in dem Schulbus hausten, nicht mal Jah Mood. Nach der Festnahme der Crack-Brüder hatte der Bus in der Gegend einen tierisch schlechten Ruf, die Kids hielten sich fern und die Cops hatten ihn wohl vergessen. Mittlerweile hatte

I-Mans Ganja-Ernte angefangen, weshalb er vor der Polizei sogar noch mehr auf der Hut war als vorher, als er bloß 'n illegaler Ausländer gewesen war; tagsüber ging er jetzt gar nicht mehr vom Bus weg, außer wenn's unbedingt nötig war, also fast nie, nicht mal zu Sun Foods, sein Gemüse war ja reif, und er erzählte keinem ihm bekannten Zivilisten – also hauptsächlich Mall-Ratten und anderen Straßenkindern –, wo er wohnte, mit wem er zusammenwohnte oder wo seine Plantage war. Seine Ganjapflanzen stammten aus Samen, die er, wie er sagte, aus Jamaika eingeschmuggelt und in alten Eierkartons im Bus gezogen hatte. Dann hatte er sie überall im Feld zwischen die Unkräuter gepflanzt und gestutzt, als sie noch klein waren, so daß sie flach und breit wuchsen und man sie nicht entdecken konnte, wenn er sie einem nicht zeigte. Das waren geniale Pflanzen, und was das Anbauen und Ernten von Gras betraf, war I-Man 'ne Art verrückter Wissenschaftler, so daß wir schließlich puren Weihrauch pafften, soviel wir wollten, und in diesem Sommer wahrscheinlich das beste Dope im gesamten nördlichen Teil des Staates New York hatten. Vielleicht sogar in ganz Amerika.

Komisch, wenn man so viel Spitzendope hat, wie man will, und keinen Beschaffungsstreß, kriegt man ziemlich schnell raus, was man wirklich braucht, und mehr raucht man dann auch nicht. Kaum war die Ernte eingebracht, hab ich mich mit I-Man nie mehr so sinnlos zugedröhnt wie früher. Ich zog mir bloß morgens nach dem Frühstück einen Joint rein und relaxte bei Sonnenuntergang mit noch einem, damit ich mit I-Man sozusagen von I-zu-I reden konnte. Früher hatten Russ und ich von Hector oder sonstwo was zu Kiffen organisiert, uns ein paar große Flaschen Bier gegriffen und uns mit Birnen mit Bongs und Bier zugedröhnt, bis wir entweder nichts mehr hatten oder irgendwann einfach umkippten, je nachdem, was zuerst kam, aber ohne dabei was über uns oder die Welt zu lernen. Jetzt steckte mein Kopf ständig auf halbem Weg zwischen Frustriertsein, weil er kein Dope kriegte, und Bewußtlosigkeit von zuviel davon, bloß hatte ich mich dadurch offenbar in mein wahres Ich eingeklinkt, in das Ich, das nicht von meiner Kindheit und all dem Scheiß versaut worden war, und in das Ich, das als Reaktion darauf nicht total verkorkst war. I-Man sagte, ich würde allmählich erleuchtet, »Bone lernt jetz *I-self* kennen und schlägt den richtigen Weg ein«. Er sagte, ich machte gerade meine ersten Kinderschritte auf dem Pfad von Wahrheit und Rechtschaffenheit, der mich bald raus aus Babylon führen werde, und ich meinte: »Spitzenmäßig, Mann, das ist echt spitzenmäßig«, und da lachte er.

Und dann eines Nachts – meine Gesundheit war wieder völlig hergestellt und ich sogar kräftiger als je zuvor, was ich I-Mans Wurzeln, Kräutern, dieser ganzen Vegetarierkost und der Arbeit auf der Plantage den ganzen Sommer über zu verdanken hatte – eines Nachts also wurde ich ein paar Stunden nach dem Einschlafen wach und hörte 'ne ziemlich seltsame langsame Musik, die im Heck des Busses aus I-Mans Boom Box kam. Dort schlief I-Man normalerweise, da bewahrte er seinen persönlichen Kram auf. Mein Lager war vorne neben dem Fahrersitz, und dazwischen unternahmen wir zusammen was, bastelten irgendwas oder hingen an Regentagen einfach nur ab. Jedenfalls wachte ich auf und hörte die langsame traurige Melodie von »Many Rivers to Cross«, diesem alten Song von Jimmy Cliff über das Leben auf Jamaika, kein Reggaesong, eher so 'ne Art religiöses Lied der schwarzen Amerikaner über Sklaverei, Geduld, in den Himmel kommen und so was.

Ich stand auf und ging nach hinten zu seinem Lager, einfach weil ich irgendwie dieses seltsame starke Gefühl hatte, daß I-Man mir mit dem Song etwas verklickern wollte, und so war es auch, denn kaum nahm ich auf dem Bussitz neben seiner Matratze Platz, kam aus dem Dunkeln seine Stimme, tierisch traurig, langsam und müde. »Bone, Bone, Bone«, sagte er. »*I-and-I* muß zu viel' Flüsse überqueren.«

Er müsse zurück nach Jamaika, fuhr er fort. Er müsse zurück in die Wälder, zu den Bergbächen und der tiefblauen Karibik, um wieder unter seinen Brüdern zu leben. Da hörte ich ihn zum erstenmal über Jamaika nicht als Babylon, sondern als richtigen Ort reden, wo richtige Menschen lebten, Menschen, die er anscheinend liebte und die ihm fehlten, und ich verstand das voll und ganz, und er tat mir unheimlich leid. Dieses Gefühl war total neu und auch ein bißchen beängstigend für mich, aber ich überwand bald meine komische Angst und fragte ihn aus, woher auf Jamaika er kam und wie es da so war und ob er Frau und Kinder oder so hatte.

Er stammte aus dem Dorf Accompong ganz oben in den Hügeln, sagte er, das sei 'ne unabhängige Nation, von Aschantikriegern gegründet, die vor langer Zeit, ich glaub so kurz nach 1900, der Sklaverei entflohen waren und in einem Krieg die Briten geschlagen hatten. Er erzählte mir, er habe oben in Accompong eine kleine Plantage, und zählte alles auf, was da wuchs, Brotfrucht und Afoo-Bataten, Kokosnüsse, Calalu, Akeefrüchte und Bananen, seine *Groundation* nannte er sie, und eine Frau hatte er auch da oben und ein paar Kinder, vier oder fünf, sagte er, was irgendwie vage und deshalb komisch klang, doch mittlerweile war ich es gewohnt, daß I-Man in vielen Dingen vage war, die die Amerikaner ziemlich genau nehmen, und unglaublich präzise in Dingen, in denen Amerikaner vage bleiben, beispielsweise Geschichte und Religion, die für ihn was so Persönliches waren wie seine Zähne und Haare.

Er sprach ganz langsam, und seine Stimme klang so traurig, wie ich sie noch nie gehört hatte, und ich dachte, ich müßte heulen, ohne wirklich konkret zu wissen, weshalb, aber irgendwie ahnte ich, was kommen würde. Ich stand auf, ging zum anderen Ende des Schulbusses, wo mein Rucksack lag, holte meinen alten ausgestopften Vogel, die Schnepfe, und nahm Busters Geldscheinbündel heraus. Wieviel es war, wußte ich nicht, ich hatte es nie gezählt, was vermutlich an meinem schlechten Gewissen lag, weil ich es geklaut hatte, wenn auch nur von einem so ätzenden

Typ wie Buster. Es war schmutziges Geld, bestimmt von Kinderpornos oder noch Üblerem verdient, auch wenn Buster behauptete, er hätte es für seine Arbeit als Veranstalter von Rapkonzerten bekommen, was ich ihm nie geglaubt hatte, und deshalb beschloß ich, wenn ich es überhaupt ausgab, dann nur für absolut astreine Sachen wie beispielsweise den Busfahrschein für Sister Rose. Ich zündete neben meiner Matratze eine Kerze an und zählte es, siebenhundertvierzig Piepen, was viel mehr war, als ich erwartet hatte.

Dann ging ich wieder nach hinten, wo I-Man immer noch seine Jimmy-Cliff-Kassette spielte. Genaugenommen war es der Soundtrack von diesem berühmten jamaikanischen Film *The Harder They Come*, den ich zwar nie gesehen habe, der aber ein echter Hammer sein soll. Ich stellte meine Kerze auf den Boden und gab I-Man das Geld, diese gesamten verdammten siebenhundertvierzig Dollar. Er zog die Augenbrauen hoch und schob die Unterlippe vor – so bedankte er sich für jede Gefälligkeit, ob groß oder klein –, dann faltete er die Scheine, ohne sie zu zählen, und steckte sie in die Tasche seiner Shorts. Er sagte: »Herzlichsten, Bone.« Dann lächelte er und sagte, er müsse jetzt schlafen, I-self brauche Ruhe für 'n langen Marsch nach Hause, *the long trampoose home*, wie er es formulierte, und ich sagte: »Logo, ich auch.«

»Ich komm mit«, sagte ich. »Allerdings bloß bis Burlington auf der Vermonter Seeseite, zum internationalen Flughafen. Ich winke dir zum Abschied, Mann. So was hab ich noch nie gemacht.«

»Spitzenmäßig«, machte er mich nach, womit er mir auf seine coole Art noch mal dafür dankte, daß ich ihm die Kohle überlassen hatte, auch wenn das für mich kein allzu großes Opfer war. Ich war sogar happy, es loszuwerden. Aber I-Man fehlte mir jetzt schon mehr, als mir selbst meine Mom oder mein richtiger Vater gefehlt hatten, und als ich wieder zu meiner Matratze ging und die Kerze ausblies, heulte ich wie so 'n kleines Kind vor mich hin, obwohl ich wußte, daß I-Man mich hören konnte. Aber weil er so klug und gütig war, ließ er mich weinen und brachte mich nicht dadurch in Verlegenheit, daß er irgendwelche peinliche Versuche startete, mich aufzuheitern, und auch deswegen liebte ich ihn, und so weinte ich bis kurz vor Sonnenaufgang, und erst als der Himmel im Osten über Vermont, wo wir in ein paar Stunden auf die Fähre steigen würden, allmählich grau wurde, schlief ich schließlich ein.

14

Über den Jordan

Der nächste Tag war heiter und warm, ein guter Tag zum Reisen, wenigstens für I-Man, und ich lief hinter ihm her und versuchte, mit seiner Freude Schritt zu halten, während er durch den Bus hopste, seine Sachen in eine blaue Flugtasche aus Plastik packte, noch ein letztes Mal mit mir durch seinen Garten ging, um mir die letzten Anweisungen zu geben, damit ich seine Ganja-Ernte einbringen und trocknen und mich um das Gemüse kümmern konnte, obwohl ich inzwischen ziemlich genau wußte, wie ich mit der Plantage allein klarkam.

Einmal wurde er kurz traurig, wohl vor allem, weil er nicht miterleben würde, wie all seine Pflanzen ihre volle Reife erlangten, wie er sich ausdrückte, und er pflückte von jeder Ganjapflanze ein paar Blätter und steckte sie zwischen die zusammengerollten Dreadlocks unter seine rot-gold-grüne Mütze.

Seine Boom Box und die Reggaetapes, die er von Jah Mood bekommen hatte, wollte er mir als 'ne Art Geschenk dalassen, aber weil ich merkte, daß er sie eigentlich gern selbst mit nach Hause genommen hätte, sagte ich: »Vergiß es, Mann, ich kann jederzeit neue kriegen, du wahrscheinlich nicht«, und da zog er die Augenbrauen hoch und schob die Unterlippe vor, wie es so seine Art war, und schmiß die Kassetten in seine Flugtasche. Nach dem Frühstück aus aufgewärmten Bohnen, scharfer Sauce, übriggebliebenen gerösteten Nüssen und Zichorienkaffee setzten wir uns auf die Stufen von dem alten Schulbus, zogen uns gemeinsam einen Spliff rein und machten uns schließlich auf den Weg in die Stadt zur Fähranlegestelle.

Ich hatte auch ein paar Sachen in meinen Rucksack gepackt, was zum Anziehen, meinen ausgestopften Vogel und so weiter, persönlichen Kram halt, falls ich Gelegenheit haben sollte, den Staat Vermont ein wenig zu erkunden, auch wenn ich in diesem Moment nicht groß über meine Zukunft nachdachte, ich hatte zuviel Schiß und war zu einsam, um irgendwelche Zukunftsszenarios durchzuspielen, in denen ich ohne I-Mans Gesellschaft und Unterweisung auskommen mußte, daher wollte ich mich bloß eine Zeitlang ganz spontan treiben lassen und abwarten, was sich so ergab.

Als ich das I-Man gegenüber erwähnte, sagte er, ich sei auf dem besten Weg, ein nagelneuer Bettler zu werden, und lächelte mich freundlich an. »Wer nichts plant, bereut nichts«, sagte er. »*Praise and thanks*, Lob und Dank müssen von Tag zu Tag genügen.«

Ich erwiderte, schon klar, aber es würde mir schwerfallen, den Rest meines Lebens so zu verbringen. »Pläne machen und es dann hinterher bereuen, Mann, das is' für mich so was wie meine zweite Natur.«

»Deine erste Natur, zu der mußte finden, Mon«, erklärte er, und ich nahm mir vor, seine Worte nicht zu vergessen, was ich so ziemlich bei jedem seiner Aussprüche an diesem Morgen tat, weil… ich rechnete nicht damit, ihn jemals wiederzusehen oder von ihm zu hören. I-Man war bestimmt kein großer Briefeschreiber.

Er trug seine tierisch große Boom Box – eins von diesen gigantischen Quadrophoniegeräten, so groß wie 'n normaler Koffer – auf der einen Schulter, über die andere hatte er seine Flugtasche geworfen, und mit der freien Hand schwang er seinen Jahstock, so was wie 'ne unglaublich lange Schlange mit dem Kopf von 'm Löwen mit lauter Dreadlocks als Knauf, an dem hatte er den ganzen Sommer über geschnitzt, während wir abends um den Bus rumgesessen und Ansichten ausgetauscht hatten. Der Jahstock war gut dreißig Zentimeter größer als I-Man, so daß er wie 'n alter afrikanischer Prophet oder so aussah, was wohl auch seine Absicht war, denn eigentlich brauchte er ihn ansonsten nicht.

Als wir zur Anlegestelle der Fähre kamen, wo andere Leute warteten und uns, na ja, mehr oder weniger anstarrten, sah ich I-Man zum erstenmal seit Monaten so, wie ihn wohl Normalos sahen, die es ja nicht mal gewöhnt sind, Durchschnittsschwarzen zu begegnen, geschweige denn einem afrikanischen Propheten, und mir wurde klar, daß er auf jeden Fall ein abgefahren aussehendes Kerlchen war, ich übrigens auch, allerdings nicht so abgefahren wie er, weil ich nur ein weißer Jugendlicher war. Aber ich hatte mein Rastakopftuch um, und wir trugen beide weite Surfer-Cutoffs, unsere alten ausgeblichenen »Come Back To Jamaica«-T-Shirts, die selbstgemachten Sandalen und 'n paar geflochtene Armbänder aus dem Hanf, der wild im Graben am Ende des Feldes wuchs; wie man die machte, hatte mir I-Man irgendwann mal beigebracht.

Aber cool sahen wir aus, und ich fand's geil, wie uns die Leute erst kurz musterten und sich dann, wenn sie dachten, wir würden nicht hingucken, gegenseitig anstießen und uns blöd anglotzten, am liebsten hätte ich ihnen noch ein paar Tattoos unter die Nase gehalten, vielleicht 'n Rastalöwen oder »Jah lebt« oder ein grünes Ganjablatt. Ich nahm mir vor, mir nach I-Mans Abreise noch ein paar machen zu lassen, damit sie mich an die Zeit mit ihm erinnerten, auch wenn das alles dann schon lange vorbei war. Von den gekreuzten Knochen auf der Innenseite meines Unterarms kam zwar mein Name, aber irgendwie fand ich sie jetzt zu kalt und zu grell, sie waren einfach zu sehr mit meinem früheren Leben verbunden – als ich mich noch mit Russ herumgetrieben und I-Man noch nicht gekannt hatte –, um den Leuten zu verklikkern, daß ich jetzt auf dem besten Weg war, ein nagelneuer Bettler zu werden. Die Knochen waren so was wie das Tattoo von Mister Yesterday, Schnee von gestern, aber das ging wohl in Ordnung, schließlich hatte ich ja nicht mein Gedächtnis verloren oder so.

Nach ungefähr zwanzig Minuten kam die Fähre, und I-Man löhnte für die Tickets, er pellte die Scheine von Busters Bündel wie 'n total erfahrener und wohlhabender Mann von Welt. Das Schiff war erstaunlich groß, praktisch ein Luxusdampfer, so 'ne Art Love Boat, das eine Ladung Touristen mit ihren Autos aus dem vierzig Kilometer entfernten Vermont rüber- und 'ne frische Ladung davon zurückbrachte. Es waren hauptsächlich Urlauberfamilien in Kombiwagen, die mit Klappstühlen, Kühltaschen und Grills vollgestopft waren, neureiche Vorstadtidioten mit Sonnenbrand und ihre komischen neureichen Kids, die aussahen, als hätten sie die Schnauze voll davon, das zu genießen, was ihre Eltern geil fanden. Allerdings waren auch einige Pärchen dabei, die in Audis, BMWs, Volvos und so weiter an Bord fuhren, und Gruppen von jungen Leuten, Marke Studenten, die in den Wagen ihrer Eltern hockten, dann ein paar übergewichtige angegruftete Biker in glänzenden neuen Lederklamotten auf 'ner Spritztour, die von der Milden Sorte, wie Bruce sie immer genannt hatte, die so scheiß Japsklitschen mit Beiwagen fuhren, außerdem ein paar Pickups und Wohnwagen und einige wenige Leute, die wie wir zu Fuß an Bord kamen. Doch die meisten Passagiere waren sonnengebräunte Fitneßfreaks mit Geld, schlanke, wie Windhunde aussehende Typen in J.-Crew-Shorts und mit aus Glückskeksen geklauten politischen Slogans auf ihren bedruckten T-Shirts, die ihre Zehngangräder an Bord schoben, aber die absolute Krönung war 'ne Ladung bärtiger Müslipilger, die mit ihren Pferdeschwänzen und den plumpen Wildlederschuhen mit dicken Profilsohlen so rundum rechtschaffen und umweltfreundlich aussahen, als wären sie aus'm früheren Leben recycelt.

Mehr noch als sonst in der Mall oder so kam ich mir hier voll daneben vor. Ich fühlte mich irgendwie anders als alle anderen, als guckte ich mir im dritten Programm 'ne Wissenschaftssendung an, »Die Welt der hirnlosen Schnösel« oder so ähnlich; sowieso war ich es nach den vielen Wochen des Exils im Schulbus und anderswo nicht mehr gewöhnt, unter so Unmengen von

Menschen zu sein, schon gar nicht unter so vielen Normalos; es machte mich tierisch nervös und leicht paranoid, deshalb sagte ich zu I-Man, der es offenbar ziemlich genoß, diese ganzen Schnösel zu beobachten und von ihnen beobachtet zu werden: »Los, wir gehen rauf und genießen die nette Aussicht, Mann.«

Er sagte lächelnd: »Spitzenmäßig«, und schon gingen wir vor den anderen die Treppe rauf und erwischten auf dem obersten Deck ganz vorn zwei gute Sitze, wo I-Man, kaum hatten wir Platz genommen, seine Tüte mit dem ganzen Gras aus der Flugtasche zog und 'n dicken Spliff rollte und dann anzündete, als wären wir immer noch auf unserer Plantage und ganz allein.

Natürlich hatte ich Schiß, hopsgenommen zu werden, sagte aber nichts. Als Jamaikaner wußte I-Man vielleicht noch nicht, wie man sich in Amerika verhielt, dachte ich, andererseits war er älter als ich und, was Menschen allgemein anging, auch viel klüger, außerdem hatte ich an Bord keinen Bullen gesehen, also sagte ich mir: Scheißegal, es kommt, wie es kommt, Jah herrscht etc., und als er mir den brennenden Spliff rüberreichte, nahm ich einen tiefen Zug und war voll dabei und rasend schnell high, und als das Schiff schließlich ablegte, unter einem wolkenlosen blauen Himmel raus auf das glitzernde Wasser, legte ich sozusagen auch ab.

Wir standen auf und gingen so weit wie möglich nach vorn, bis zu einer kleinen Absperrung, von der aus wir nach unten guckten und das gesamte Schiff unter uns sahen, wir schauten bis hinauf nach Kanada im Norden und südlich bis praktisch nach Ticonderoga, zu den Green Mountains vor und den Adirondacks hinter uns, und überall um uns war das schimmernde Wasser des Lake Champlain. Unter meinen Füßen spürte ich den Motor tuckern, als ob jemand da unten im Schiffsbauch auf 'ne gewaltige Trommel schlüge. Anscheinend waren die Schnösel verschwunden, oder sie verwandelten sich in die Besatzung des Love Boats und waren damit harmlos, und ich und I-Man waren Obermaat und Kapitän unseres eigenen Schiffs, mit dem wir den

Ozean überquerten, und als wir vom Kontinent weg ins offene Meer stachen, schossen über uns die Möwen hin und her, und überall im Wasser sah man baumbestandene Inselchen.

Über die Schulter blickte ich zurück auf den Staat New York und die Stadt Plattsburgh, sah meine Vergangenheit in der Ferne immer kleiner werden, während neben mir der Prophet I-Man mit seinem Stab in der Hand stand und in die Zukunft spähte. Wir verlassen Ägypten und betreten das Gelobte Land, dachte ich, als ob ich mich in so 'ne Art Mini-Rastafari verwandelt hätte. Das hatte man wohl davon, wenn man sich mit I-Man rumtrieb, und ich wußte nicht, ob ich das gut oder schlecht finden sollte, zumal ich von weißen Rastakids wie Rah Mood nicht gerade eine hohe Meinung hatte, aber ich mußte zugeben, daß es schwer war, nicht in I-Mans Denk- und Redeweise zu verfallen, schließlich war das bei weitem interessanter als das Denken und Reden, das den meisten Menschen ingesamt so eingetrichtert wurde, vor allem uns weißen amerikanischen Christen.

Ich weiß noch, wie ich dachte, daß man irgendwie immer von einem Augenblick zum nächsten lebt und die Augenblicke vorwärts und rückwärts miteinander verschmelzen und man fast nie einen wie diesen erwischt, der sich so deutlich von allen anderen abhebt. Wie ein kostbarer Diamant kam er mir vor, und als ich ihn zwischen Daumen und Zeigefinger hoch in den Sonnenschein hielt, versprühte er jede Menge kalte blaue, weiße und goldene Lichtfunken.

Da drehte ich mich zu I-Man um und sagte: »Was sagst du dazu, Mann? Vielleicht sollte ich mit nach Jamaika kommen. Verstehst du?«

Er nickte, sagte aber nicht ja, nein oder vielleicht. Er spähte einfach weiter wie Kolumbus oder so auf das Ufer in der Ferne, während über uns die Vögel wild herumflippten und hinabstießen und der Schiffsbug das Wasser durchpflügte.

»Was sagst du dazu?« fragte ich ihn.

»Mußt du wissen, Bone«, meinte er schließlich.

»Yeah, das stimmt wohl. Ich sollte machen, was Jah von mir will. Das glaube ich. Jah herrscht«, erklärte ich.

»Is' wahr. Das mußte tun.«

»Klar, aber woher weiß ich, was das ist? Woher weiß ich, was Jah will?«

»Mit so 'm Kleinkram gibt sich Jah nich' ab, Bone.«

Da beschloß ich, es trotzdem Jah zu überlassen, was zwar nicht dasselbe ist wie entscheiden, ob man nach Jamaika geht oder nicht, ich weiß, aber so kam ich einer Entscheidung immerhin ziemlich nahe. Ich sagte: »Wenn Jah es so einrichtet, daß genug von Busters Kohle übrigbleibt, um zwei Flugtickets zu kaufen, dann kaufen wir halt zwei Tickets, und ich fliege mit dir nach Jamaika. Falls nicht, falls das Geld nicht reichen sollte, dann schau ich mich einfach 'n paar Tage in Vermont um und trampe dann zurück zur Plantage.«

I-Man hatte wohl nichts dagegen. Jedenfalls nickte er, schwieg aber. Wahrscheinlich hätte es ihm besser gefallen, wenn ich Jah nicht mit solchem Kleinkram behelligt hätte. Aber daran war nun mal meine christliche Erziehung schuld. Die Religion zu wechseln ist nicht leicht, und egal was I-Man aus reiner Höflichkeit von sich gab, ich war noch lange kein nagelneuer Bettler. Und wenn du in deinem Leben an so einem wichtigen Punkt wie diesem angekommen bist, legt deine Erziehung offenbar immer noch einen Zahn zu, ganz egal auf welche Religion oder Philosophie man als Erwachsener oder Jugendlicher wie ich zufällig am meisten steht. Wenn's hart auf hart kommt, glauben wir Christen eben gerne, daß Gott sogar die Preise von Flugtickets festsetzt.

Jedenfalls gingen wir etwa eine Stunde später in Burlington von der Fähre und fragten einen Cop nach dem Weg. Der Cop guckte zwar zuerst so, als hätte er uns am liebsten hopsgenommen, aber I-Man trat so dermaßen hochherrschaftlich auf wie der Präsident der Vereinigten Staaten oder 'n total berühmter Filmstar, daß uns der Bulle nicht nur erklärte, wie man zum Flughafen kam, sondern sogar noch sagte: »Einen schönen Tag auch,

Leute.« So redet man halt in Vermont. Vermutlich ist Vermont ganz ähnlich wie Kalifornien, bloß kalt und eher dünn bevölkert.

Am Flughafen angekommen, der vielleicht fünf oder sechs Kilometer oberhalb der Stadt auf einer Hochebene lag, sagte I-Man, mit'm Delta-Flugzeug sei er schon mal geflogen, also gingen wir zu der Tante am Deltaschalter und erfuhren auch gleich, daß wir in 'ner knappen Stunde einen Direktflug von Burlington nach Montego Bay erwischen könnten, der nur eine Zwischenlandung in Philadelphia oder so und noch eine in Miami machte. »Sie brauchen nicht umzusteigen«, sagte sie. Und da sich Jah auch um Kleinkram kümmert, reichten Busters siebenhundertvierzig Dollar nicht nur für unsere beiden Tickets, es blieben sogar noch 'n paar Scheine übrig.

I-Man sah mich an und meinte: »Na, Bone? Kommste mit?«

Ich winkte ihn beiseite, damit die Tussi am Schalter uns nicht hören konnte, und flüsterte: »Findest du es falsch von mir, wenn ich Busters schmutziges Geld für so was verschwende? Irgendwie macht mir das Sorgen, Mann. Sister Rose nach Hause zu ihrer Mom zu schicken war eine Sache, und dich nach Hause zu schicken ist in etwa das gleiche. Aber das Geld zu nehmen, um mich von zu Hause *weg*zubringen, ist doch ganz was anderes, oder?«

Er zuckte mit den Schultern, es war ihm wohl scheißegal.

»Du mußt mir jetzt echt helfen, Mann. Ich bin doch noch 'n Kind und schmutziges Geld ausgeben nicht gewöhnt. Will Jah das denn?«

Er antwortete: »Jah kennt dich, Bone, aber *du* kennst Jah nich. Erst mußte I-self kennenlernen. Er kann nich der Daddy von I-and-I sein. I-and-I muß 'n eignen Daddy finden.« Dann wies er mich freundlich darauf hin, daß ich mich schon auf dem Schiff entschieden hatte.

Ich sagte: »Okay, Mann, dann mal los, kauf zwei«, und er gab der Tante hinter dem Schalter das Geldbündel.

Sie nahm die Kohle, zählte die Scheine, gab I-Man das Wechselgeld raus und tippte auf ein paar Tasten an ihrem Computer. »Geben Sie mir bitte Ihre Reisepässe«, sagte sie; da sahen I-Man und ich uns an, und wir runzelten beide die Stirn. Hä, Reisepässe? Er war ein illegaler Ausländer und ich ein obdachloser Jugendlicher, der vermißt wurde und als tot galt, sozusagen ein Milchkartonknabe, und plötzlich schien es, als werde die Wahrheit jeden Moment ans Licht kommen.

I-Man lehnte seinen Jahstock an den Tresen, durchwühlte seine Flugtasche und zog seinen roten jamaikanischen Paß heraus, der wahrscheinlich bei der Einreise mit 'm Stempel versehen worden war, der besagte, daß man ihn nur zum Äpfelpflücken in New York und zum Zuckerrohrschneiden in Florida reingelassen hatte, und daß er erst nach Hause fliegen durfte, wenn die Firma ihr Okay gab. Die wollten garantiert das Geld für das Ticket zurückhaben, das sie für seinen Flug aus Jamaika in die Staaten gelöhnt hatten, und bestimmt war im Computer neben seiner Reisepaßnummer 'ne saftige Rechnung dafür aufgelistet. Damit konnte ich mich von meinem Flugticketgeld verabschieden. Außerdem hatte ich statt einem Paß nur diesen getürkten Ausweis, den ich in der Mall mal von 'nem Typ gekauft hatte und auf dem stand, ich wär achtzehn, aber außer dem Tätowierer Art hatte mir das nie jemand abgenommen, wenn ich den Ausweis mal benutzte, was ich insgeheim eh bloß ein paarmal getan hatte. Aber ich dachte mir: Scheißegal, Jahs Wille geschehe, fischte den Ausweis aus meinem Rucksack und knallte ihn neben I-Mans Paß auf den Tresen.

Die Deltatante nahm sich beide Papiere, zufällig sah sie aber im selben Moment I-Mans Jahstock, der sie anscheinend ablenkte, weil sie nur einen kurzen Blick auf meine Ausweiskarte und seinen Paß warf, dabei mit einem Auge den Stock anvisierte und zu I-Man sagte: »Tut mir leid, Sir, aber den dürfen Sie leider nicht mit an Bord des Flugzeugs nehmen.«

»Muß sein«, erwiderte er.

»Wie bitte?«

»Das ist so 'ne Art religiöser Kultgegenstand«, warf ich ein. »Er ist 'n Priester.«

»Ein was?«

Ich bin mittlerweile ziemlich paranoid und außerdem, was verschärfend hinzukommt, von dem Spliff auf der Fähre noch ein bißchen high, daher lasse ich einen endlosen Sermon los von wegen I-Man dürfe keinesfalls von seinem Jahstock getrennt werden, weil er sozusagen der Papst der Rastafaris sei, ein weltbekannter Religionsführer par excellence, und außerdem würde der Stock das Flugzeug und die übrigen Passagiere beschützen und so weiter, was sie total verwirrte, und inzwischen hatten sich außerdem etliche andere Leute hinter uns angestellt, die allmählich nervös wurden, und das, obwohl sie aus Vermont kamen.

Ich sage: »Der Stock ist *lebendig*, Mann. Niemand kann ihn berühren, ohne gebissen zu werden.«

Sie lächelt überlegen, na logo, packt den Stock und schreit laut: »*Auu!*«, läßt ihn sofort wieder los und steckt wie ein kleines Kind die Hand in den Mund.

Darauf nahm I-Man seinen Jahstock, seinen Paß, die Tasche und die Boom Box, ich schnappte mir meinen Rucksack, den Ausweis, unsere Tickets und Bordkarten, und wir entfernten uns wortlos. Wir gingen zu unserem Flugsteig, ließen uns durchleuchten, setzten uns und warteten auf die Aufforderung zum Einsteigen.

Nachdem wir ein paar Minuten nur so dagesessen hatten, drehte ich mich zu ihm und fragte: »Wie hast du das gemacht, Mann?«

»Was gemacht?«

»Du weißt schon. Daß der Stock sie gebissen hat. Wie hast du das gemacht?«

Er zuckte bloß mit den Achseln, als wisse er's nicht und als sei's ihm auch egal.

Ich lehnte mich zurück, schlug die Beine übereinander, lä-

chelte in mich hinein und dachte: Das wird ein voll krasses, total abgefahrenes Abenteuer. Und weiter: Bone, Mann, egal, wo
du vorher warst, jetzt bist du auf der anderen Seite.

15

Sonnige Zeiten

Obwohl wir Sommer hatten, waren unsere Mitreisenden – jedenfalls ab der Zwischenlandung in Miami – hauptsächlich Touristen, die wohl Billigangebote nutzten, zumindest erklärte das der Typ neben mir, als ich ihn fragte, warum er jetzt nach Jamaika flog und nicht im Winter.

»Wir haben Nebensaison, Kleiner. Spottbillig«, sagte er. »Außerdem ist alles inklusive. Das heißt, man muß das Hotel *überhaupt nicht* verlassen. Kapiert? Was man auch haben will, man kriegt alles direkt im Hotel. Alles klar, Jungchen?« sagte er, blinzel, blinzel, stups, stups.

»Ja, aber wollen Sie denn nicht 'n bißchen rumreisen? Vielleicht mal rausfahren und sich die Gegend ansehen, bißchen auf Achse sein, Mann.«

»Nöö. Wir wollen einen *draufmachen*!«

Womit er sich und etwa dreißig oder vierzig andere Fluggäste meinte, die alle Bierbäuche und aufgemotzte Frisuren hatten, säuregebleichte Designer-Jeans und Tanktops trugen, Männer wie Frauen, letztere machten etwa die Hälfte der Gruppe aus. Ein paar hatten schon die Strohhüte auf, die sie sich am Flughafen gekauft hatten. Ich nenne solche Leute immer Bierpinsel. Die verlassen das Haus nur ungern ohne ihre Kühltasche.

»Um einen draufzumachen, ist Jamaika aber ganz schön weit weg«, sagte ich.

Darauf er: »*Yeah!*«, als wäre das der Witz an der Sache. Sie sahen aus, als wollten sie nicht zu knapp rumvögeln, und zwar möglichst mit Schwarzen, und 'ne Menge kiffen und koksen, wären aber viel zu verklemmt, um so was in den USA zu machen, deshalb hielt ich mich da raus. Man tut wohl, was man kann und wo man kann.

Es waren ältere Singles zwischen zwanzig und vierzig aus Indiana, die offenbar alle im selben Apartmentkomplex wohnten und ätzende Jobs in Einkaufszentren oder so hatten, und anscheinend reisten sie nicht viel, denn als das Flugzeug landete, konnte man wegen der Dunkelheit hinter den Fenstern kaum was erkennen, außer den Lichtern Jamaikas, die genauso aussehen wie Lichter überall sonst auch, aber sie klatschten alle und jubelten und grölten: *»Jawollll!«* und *»Super!«*

Der Typ neben mir ballte die Faust und sagte grinsend: »Ich erkläre die Spiele für *eröffnet!«*

»Hol dir dir Goldmedaille, Mann«, sagte ich, nahm meinen Rucksack sowie I-Mans Flugtasche und die Quadratbox aus der Gepäckablage, und I-Man holte seinen Jahstock von vorne, wo er ihn auf Anweisung der Stewardeß hatte abgeben müssen, was ihn aber nicht groß gestört hatte. Vorher war ich noch nicht mal in Albany gewesen, und jetzt trieb ich mich hier im Ausland rum, was beim erstenmal ein ganz schöner Schock sein kann. Aber ich war mit I-Man unterwegs, der zwar für die meisten Leute ein Ausländer sein mochte, für mich aber so was wie mein Kumpel und spiritueller Ratgeber war, und da ich mich noch dazu in seiner Heimat befand, konnte ich jetzt locker bleiben und ihm einfach folgen, als beträte ich Albany und nicht Jamaika und als käme ich andauernd her. Als wir bei unserer Zwischenlandung in Miami ausgestiegen waren und das Flugzeug wohl aufgetankt wurde, hatten I-Man und ich uns ein bißchen im Flughafen umgesehen, 'ne Runde gepinkelt und die Partytiere aus Indiana beobachtet, wir hatten also noch nicht groß das Gefühl gehabt, irgendwo anders als im normalen Amerika zu sein, wo meistens Weiße das Sagen haben. Aber als wir in Jamaika aus dem Flugzeug stiegen, war es echt anders. Erst mal waren alle hohen Tiere schwarz, was einen als Amerikaner schon ganz schön verunsichern kann. Natürlich war ich das von meinem Zusammensein mit I-Man gewohnt, aber es war schon ziemlich merkwürdig, mit anzusehen, wie meine weißen Landsleute plötzlich ganz nervös, laut und dußlig wurden, als könnten sie die Schilder nicht lesen und als sprächen die Schwarzen kein Englisch.

Sie hatten garantiert Schiß, und als sie ihre Koffer vom Förderband holten, schrien sie rum, schnappten sich ihren Kram, ließen ihn wieder fallen und stellten sich so dämlich an, daß sich die jamaikanischen Flughafenmitarbeiter besonders aufmerksam um sie kümmern mußten, um sie dorthin zu schleusen, wo ihr Gepäck nach Drogen durchsucht und ihre Papiere gestempelt wurden. Außerdem war es zwar Nacht, aber echt heiß, und alle schwitzten wie irre, was sie nicht gewohnt waren und was sie wohl wütend machte, als hätten sie erwartet, das Land sei vollklimatisiert. Ich und I-Man hatten schon unser Gepäck und keine Formulare, die gestempelt werden mußten, denn als die im Flugzeug ausgegeben wurden, hatte I-Man gesagt, die füllen wir gar nicht erst aus. »Hat kein' Zweck, sich mit Babylon abzugeben, Bone«, hatte er gemeint, als ich mir von dem Typ neben mir den Kuli leihen wollte. »*Forget-tee*«, sagte er, was einer seiner Lieblingsausdrücke war. »*Forget-tee*. Vergisses.«

Nun, ich hatte da so meine Zweifel, schließlich überprüften die vielen Soldaten und Zollheinis so ziemlich jeden, aber ich folgte einfach I-Man und seinem magischen Jahstock, als er sich von den Amerikanern, die verzweifelt ihr Gepäck suchten, entfernte und quer durch den Raum auf einen Typ zulatschte, der neben dem Ausgang stand und wie der Chefzöllner aussah, so 'n massiger dickwanstiger Schwarzer mit Sonnenbrille, Schnauzbart, 'nem Zahnstocher im Mund und 'nem Klemmbrett in der Hand.

Wär ich allein gewesen, hätt ich 'n großen Bogen um den Kerl gemacht, aber I-Man geht schnurstracks auf ihn zu, und sie unterhalten sich 'ne Runde auf jamaikanisch, was ich I-Man noch nie hab reden hören, bisher hatte er immer englisch gesprochen, und das hatte ich auch für seine Muttersprache gehalten. Aber es gibt da noch so 'ne Eingeborenensprache, die sie nur bei ihren jamaikanischen Landsleuten verwenden. Die enthält zwar massig englische Wörter, ist aber hauptsächlich Afrikanisch, schätze ich. Später verstand ich sie ziemlich gut, aber bei den ersten paar Malen hätten die Leute französisch oder russisch brabbeln können.

Jedenfalls waren der Zollmensch und I-Man anscheinend echt gute Kumpels, denn kaum hatten sie ein paar Minuten lang über dies und jenes gequatscht, winkte der Typ uns einfach durch 'ne kleine Nebentür, und schon waren wir in dem von der Straße aus zugänglichen Hauptbereich des Flughafens, und draußen warteten jede Menge Jamaikaner mit Kleintransportern und Taxis, fünfzig oder hundert Leute, einige hielten Hotelschilder hoch, und es warteten sogar Busse und 'ne Menge Frauen, die mit Souvenirs beladene Bauchläden trugen (jamaikanische Hemden, Strohhüte und so weiter), und ein paar magere Kids standen zum Betteln bereit, außerdem große coole Typen mit Sonnenbrillen, obwohl Nacht war, sie hatten kurze schicke Locken, die Gürtel geöffnet und den Hosenstall halb offen, finster wirkende Burschen, wahrscheinlich Koksdealer, oder sie wollten bloß so aussehen, als wären sie für weiße Tussis aus Indiana jederzeit zu haben, und alle beobachteten die Ausgänge und warteten nur darauf, sich auf den ersten amerikanischen Touristen zu stürzen, der aus der Abfertigung trat. Auch ein paar Polizisten in gestreiften kurzärmeligen Hemden und blauen langen Hosen standen herum und behielten in erster Linie die jamaikanischen Zivilisten im Auge, wollten wohl verhindern, daß sie die Partytiere erschreckten, wenn die herausströmten und merkten, daß man sie noch nicht in ihren gesicherten Hotelbunker getrieben hatte.

Aber I-Man und ich, wir müssen wohl unsichtbar gewesen sein, weil uns niemand auch nur wahrnahm. Wir gingen an allen vorbei die belebte Straße hinunter zur Hauptstraße, wo I-Man links abbog, und dann marschierten wir ziemlich flott vom Flughafen weg in die Dunkelheit, bis uns plötzlich eine seltsame Stille umgab; allerdings kam es mir vor, als hörte ich ein Stück weiter links von uns Meeresrauschen. Weil die Lichter hinter uns waren, merkte ich, daß die Stadt, die ich für Montego Bay hielt, in entgegengesetzter Richtung lag, deshalb sagte ich zu I-Man: »Wohin gehen wir eigentlich?«, und er antwortete: »Nicht weit, Bone. Wir geselln uns zum Löwen in sei'm Königreich.«

»Das ist cool«, sagte ich. Aber dann gingen wir noch eine ganze Weile neben der Straße her. Ab und an sah ich in einiger Entfernung die Lichter eines Hauses, und ein Bus oder Pkw huschte vorbei, und manchmal hörte ich einen Hund bellen. Ansonsten herrschten Dunkelheit und Stille, abgesehen von dem Geräusch unserer Sandalen und dem Klicken von I-Mans Jahstock auf dem Straßenbelag. Mir gingen noch etwa tausend Fragen durch den Kopf, aber weil ich wußte, ich hätte die Antworten nicht verstanden – es war halt noch zu früh –, marschierte ich einfach schweigend hinter I-Man her. Ich war so was wie'n ahnungsloses Greenhorn. Es war unglaublich heiß und die Luft mild und total feucht, sie roch nach brennendem Holz und war von Meerwasser oder so was gesättigt, für mich ein völlig neuer Geruch, seltsam und gar nicht mal unbedingt angenehm, und ich denke, vielleicht bin ich gar nicht mehr auf meinen Heimatplaneten, sondern auf 'm anderen Planeten, vielleicht bin ich in Wirklichkeit der Erdjunge, nicht der Marsjunge, und zum erstenmal, seit unser Flugzeug in Vermont gestartet war – das war übrigens auch der erste *Flug* in meinem Leben –, denke ich, vielleicht kann ich hier gar nicht richtig atmen, vielleicht gibt's hier zuviel Sauerstoff, oder in der Luft ist irgendein übles jamaikanisches Sumpfgas, das I-Man nichts anhaben kann, weil der Kiemen hat oder so was, aber ich bin womöglich körperlich nicht richtig dafür ausgestattet, weil ich im Staat New York aufgewachsen bin. Reisen bildet, sagte ich mir immer wieder im stillen, es erweitert den Horizont etc., wünschte mir aber im Grunde meines Herzens, ich wär wieder in dem Schulbus in Plattsburgh, nichts weiter als 'ne obdachlose Mall-Ratte, die den Bullen aus dem Weg geht, sich hin und wieder 'n Joint reinzieht und sich mit 'm bißchen erbettelten Kleingeld durchschlägt, bis meine Mom endlich zur Vernunft käme und sich von Ken trennte, so daß ich nach Hause gehen und wieder mir ihr zusammen als ihr Sohn leben könnte.

In diesem Moment bog I-Man von der Straße in einen Graben und stieg über ein Steinmäuerchen. Weil inzwischen der Mond ein wenig schien, entdeckte ich auf der Mauer eine Ziege, die uns mit bleichen glasigen Augen anglotzte, und ich stierte sie an, weil ich Ziegen bisher nur von Fotos kannte und nicht wußte, ob sie bissig waren. »Komm, Bone«, sagte I-Man, und ich folgte ihm, und die Ziege machte nichts.

Wie sich herausstellte, liefen wir auf einem Weg, der sich durch Palmenhaine schlängelte, und bald waren wir am Strand und gingen auf dem Sand weiter. Wellen plätscherten ans Ufer, solche von der seltsamen, flachen, friedlichen Sorte, keine Surferwellen, wie man sie an 'nem richtigen Meer erwartet hätte, und plötzlich rissen die Wolken auf, und ein großer silbriger Mond kam heraus, so daß ich ein bißchen von der Umgebung sah, nämlich den langen Sandstrand mit niedrigem Gestrüpp an der einen Seite und den Umrissen von Palmen im Hintergrund, wie auf 'ner Ansichtskarte, und noch weiter hinten türmten sich Berge auf, und das Wasser sah im Mondschein dunkel und samtig weich aus, und die Wolken wurden ganz hell, als wären sie in geschmolzenes Silber eingefaßt. Es sah voll geil aus.

Mittlerweile fand ich diese warme, weiche, feuchte Luft ganz natürlich, und es roch eher nach einem blumigen Parfüm, nicht mehr, als hätte gerade einer in ein Holzfeuer gepißt, und ich wünschte mich nicht mehr zurück nach Plattsburgh. Ich machte mir klar, wie allein ich da oben wäre, I-Man und Sister Rose wären weg, und Russ versuchte es in der normalen Welt, und bald würde es wieder kalt, der Schnee käme von Kanada rüber, sämtliche Pflanzen und das Gemüse auf I-Mans Plantage würden erfrieren und absterben, ich würde wohl um Crack betteln und von diesem Leben so angewidert sein, daß es von da ab unter Garantie nur noch bergab mit mir ginge. Und meine Mom kam nicht mehr zur Vernunft, das war klar. Auf keinen Fall. Nein, ich mußte halt ein nagelneuer Bettler werden. Genau wie I-Man gesagt hatte.

Nach einer Weile ließen wir den Strand wieder hinter uns und folgten einem zickzackförmigen Weg zurück ins Unterholz, den ich nie gesehen hätte, wäre ich nicht hinter I-Man hergegangen. Irgendwann standen wir vor einem Bambuszaun mit 'm Tor drin, auf das ein rot-grün-goldener Löwenkopf gemalt war, und hinter dem Tor lag ein kleiner sandiger Hof, und dann nahm I-Man eine Kerze von einem Regalbrett neben einer Tür, zündete sie an und betrat durch die Tür eine Bambushöhle, die in Wirklichkeit ein Haus war, so ein abgefahrenes Haus mit 'm hohen steilen Stroh- dach wie in Afrika, die Wände waren total aus Bambus, das mit Schlingpflanzen zusammengebunden war, und es gab kleine runde Zimmer, und davon und voneinander zweigten in hundert verschiedene Richtungen Gänge ab, das Ganze erinnert mich an 'ne Ameisenfarm, die ich mal für die Schule angelegt hatte.

Wie in einem Harem lagen in den Zimmern überall an den Wänden riesige Sitzkissen, und es gab Hängematten, in denen man schlafen konnte, und niedrige Tische, und an den Türen hingen Perlenvorhänge und an den Wänden Bilder von Rasta- helden wie Marcus Garvey, laut I-Man der erste Jamaikaner, der rausgefunden hatte, wie man zurück nach Afrika kam, und Mar- tin Luther King, den ich selber erkannte, und ein afrikanischer König, in 'nem Anzug, der Mandela hieß, wie mir I-Man erzählte, als ich ihn fragte, und natürlich der Oberrasta, Haile Selassie per- sönlich, Negus von Bath-Seba, Kaiser von Äthiopien, Jah Rasta- far-i. Ich lernte 'ne Menge.

Bis auf die Fotos, Kissen, Hängematten und Perlenvorhänge war alles andere in dem Haus handgemacht, auch die Bilderrah- men aus Bambus. Es war so was wie die BAMBOO-WORLD, ein Ra- sta-Vergnügungspark und mit Abstand die coolste Bude, die ich je gesehen hatte. Weil mich das alles echt umgehauen hat, sagte ich: »Das ist cool, Mann«, was dermaßen dußlig klang, daß ich nicht fassen konnte, daß ich es gesagt hatte. Nach Plattsburgh, New York, da gehörte ich hin.

»Löwe in sei'm Königreich fürchtet keinen, Bone. Nyah Bing in sei'm Königreich, zwölf Stämme in sei'm Königreich. Bobo in sei'm Königreich«, kam es in so 'ner Art Singsang von dem Kissen, auf dem I-Man Platz genommen hatte und sich gerade aus einem riesigen Glas voll Ganja den größten Bong stopfte, den ich je gesehen hatte. »Ganz gleich, wohin wir gehen, wir sind der Löwe in sei'm Königreich. Nimm Platz, Bone, und rauch aus'm Kelch.«

Er redet nur noch Rasta-Rap, hatte wohl so was wie 'n High von seiner Heimkehr, was ganz okay war, auch wenn ich es irgendwie abgefahren fand, aber inzwischen war alles so anders als in meinem bisherigen Leben, daß es schätzungsweise nicht mehr viel gab, was mich ausflippen ließ, und weil ich außerdem dran interessiert war, selber 'ne Dröhnung abzukriegen, sagte ich: »Das ist doch so was wie deine Bude, stimmt's? Deine jamaikanische Butze? Und niemand sonst weiß davon?«

Mittlerweile inhalierte er tief, spiralförmige Rauchwolken umgaben seinen Kopf, der Kelch blubberte und waberte vor sich hin, und allein vom Passivrauchen wurde mir schon ganz anders. Er sagte: »I-an-I muß clever sein, damit sie nich über I-and-I herfalln. Leute vonner Welt, die *I-works*, das Wirken vom Ich, sehen und von I wissen, wollen über I herfalln, Lästerer wollen über I herfalln, Kritiker wollen über I herfalln, übel gesinnte Leute woll'n über I herfalln…«

»Das ist spitzenmäßig, Mann. Gib mir mal 'n Hit ab«, schlug ich vor, und er gab mir den Kelch und los ging's, in ein paar Sekunden war ich bedröhnter, als ich eigentlich sein wollte, und plötzlich hatte ich Schiß durchzudrehen, was mir beim Rauchen fast nie passiert, deshalb inhalierte ich nicht mehr, sondern tat nur so und gab den Kelch zurück an I-Man, der eben noch mir gegenüber auf dem Kissen gelegen hatte und jetzt weg war, doch zu spät, ich flog, der Haremsraum flog, die Ameisenfarm aus Bambus flog, die ganze Welt flog durch das bekannte und unbekannte Universum ins Weltall, wo sich bisher noch kein Junge so richtig hingetraut hat. Ich dachte, ich sähe I-Man, aber der verwandelte sich in einen mir bis dahin unbekannten gigantisch großen Rastamann, dessen Dreads in einem riesigen weichen Knoten auf seinem Kopf zusammengebunden waren, und noch ein paar andere Rastas gingen, oder besser: schwebten locker vorbei, und ich hörte Reggaemusik, die von irgendwoher kam, manchmal echt laut mit Worten und Gesang, dann wieder nur ganz leise, ein schwerer Beat ohne Worte, und ziemlich bald war es still.

Ich saß vornübergesackt auf einem Kissen und sah in die Kerzenflamme, als plötzlich eine Spinne von der Zimmerdecke nach unten schwebte, eine Weile über der Flamme hockte, und dann wurde es ihr vielleicht zu heiß, jedenfalls wollte sie an ihrem Spinnfaden wieder nach oben klettern. Sie strampelte und rackerte sich ab, aber zu spät, der Faden wurde zu einem heißen Draht, die Spinne ließ los und fiel in die Flamme, wo sie sofort verbrutzelte, und ihr winziger Aschenkadaver schwebte in der Hitze ein Stück nach oben, wo er irgendwo in der Luft verschwand.

Es fehlte nicht viel, und ich hätte geheult. Ich war verantwortlich, ich hatte die Kerze absichtlich unter die Spinne gestellt, es war ganz allein meine Schuld. Ich versuchte vergeblich aufzustehen, daher krabbelte ich wie ein Baby auf allen vieren auf der Suche nach I-Man durch das Zimmer und weiter durch einen dunklen Gang in der Hoffnung, vielleicht irgendwo ein ruhiges Eckchen zu finden, wo ich mich mit dem Rücken zur Wand zusammenrollen konnte, so daß sich nichts anschlich und mich womöglich überraschte, weder Ziegen noch Löwen oder rachsüchtige Spinnen, doch der Flur bog um immer noch eine weitere Ecke, bis ich schließlich an eine Tür kam, sie aufstieß und draußen im sandigen Hof war, bei klarem Himmel, und oben schwammen

Millionen Sterne wie Fischschwärme, und der Mond bestäubte alles auf Erden mit seinem trockenen, weißen, mehlartigen Pulver.

Mittlerweile konnte ich aufstehen, was ich auch tat, und schaffte es bis zu dem Tor im Bambuszaun, raus, und dann ließ ich meine Füße irgendwie selber den Weg finden, den Weg in Richtung Meer, das ich dem Wellengeräusch nach ganz gut ausmachen konnte, bis ich an den Strand kam, wo ich mich auf den weißen Sand warf und einfach nur zusah, wie immer neue Wellen nett und langsam und ohne Überraschungen ans Ufer spülten, bis mein Herz nicht mehr wimmerte und ich weniger heftig und hektisch atmete. Daß ich wieder zur Farm zurückfand, glaubte ich nicht, eigentlich *wollte* ich auch jetzt noch nicht zurück, und so beschloß ich, die Nacht über am Strand zu relaxen und erst am Tag rauszukriegen, was ich als nächstes tun wollte. Ich hatte eine ganz schöne dicke Birne. Diese Sorte Einsamkeit war mir neu. Sie schaffte es, daß ich mich auf Dauer von den Menschen zurückziehen wollte.

Das hielt natürlich nicht an. Am nächsten Morgen sitze ich am Strand und beobachte, wie weit draußen am Horizont hinter dem grauen Meer ein echt atommäßiger Sonnenaufgang abläuft, mit roten und gelben Flächen, und da draußen flippen rosa Wolken regelrecht aus, und das Wasser hat lauter Streifen wie von Blut, was man garantiert nicht sieht, wenn man sich im Staat New York am Abend vorher bis zur Besinnungslosigkeit zugekifft hat, und auf einmal hockte I-Man neben mir. Ich war echt froh, sein vertrautes Gesicht zu sehen, als wär's das Gesicht eines Verwandten, und schon fühlte ich mich nicht mehr einsam.

Er legte mir seine Hand auf die Schulter und sagte, er habe Nahrung für die Stärkung vonner Struktur und zur Behebung vom Schaden durch unsre lange Reise aus Babylon, und so folgte ich ihm nach oben zur Farm, wo ein paar andere Rastas im Hof auf den Fersen hockten, Spliffs pafften und 'n Plausch machten, wie I-Man sagte, und denen stellte er mich vor, Fattis und Buju und Prince Shabba, die er seine *Posse* nannte, wohl so was wie seine Bande.

Prince Shabba erkannte ich noch von letzter Nacht, weil er so 'ne gigantisch hochaufgetürmte Frisur hatte, und irgendwie kamen mir die beiden anderen auch bekannt vor. Sie waren jünger als I-Man, so um die Dreißig oder Vierzig, schwer zu sagen, weil es magere Burschen waren und ihre riesigen langen Dreads einen irgendwie ablenkten, außerdem haben Weiße – und sogar ich – echt Schwierigkeiten, das Alter erwachsener Schwarzer zu schätzen, bis sie 'n reifes Alter wie I-Man erreicht haben, wenn man von ihren Klamotten mal absah. Sie unterhielten sich in ihrer Eingeborenensprache, ich kriegte also nicht viel mit von dem, was sie sagten, und eigentlich beachteten sie mich nicht, auch I-Man nicht, was in Ordnung war, weil… ich dachte mir, es wär clever, wenn ich einfach bloß rumhing, die Augen aufhielt und möglichst viel lernte, bevor ich mich wieder selbständig machte, diese Typen, die sich innerlich wie äußerlich von mir unterschieden, waren nämlich ziemlich gut auf ihre Umwelt eingestellt, wodurch mir klarwurde, in welche Gefahr ich mich jedesmal begab, wenn ich was scheinbar Unverfängliches tat.

Schließlich war ihre Umwelt jetzt auch meine, und logisch, die Farm war nicht irgendein Pauschalreisehotel für Bierpinsel aus Indiana. Ich befolgte also I-Mans Anweisungen, aß, wenn er es sagte und was er sagte, trank, was er mir gab, nahm nur klitzekleine Züge vom Chillum, wenn er es an mich weiterreichte, und gab die Spliffs immer schön weiter, als hätt' ich für später noch jede Menge Nachschub zu Hause. Sich bis zur Besinnungslosigkeit vollkiffen – ohne Bone!

I-Mans Posse ähnelte ein wenig den Adirondack Iron, bloß waren sie relaxter und, wie ich zuerst dachte, gewaltfrei, bis sie manchmal so drauflosquatschten und an 'm Chillum zogen und auf einmal von irgendwelchen mir unverständlichen Geschichten völlig überdreht wurden, und plötzlich Fattis oder Prince

Shabba eine rasiermesserscharfe Machete rauszog und damit mächtig durch die Luft hieb, und alle wie irre lachten und rumgrölten. Mittlerweile verstand ich genug von ihrer Sprache, um zu wissen, daß sie sich erzählten, wie sie irgendwelchen Leuten die Köpfe abschlugen und so was. »Gib'm Teufel sein Teil mit'm Beil!« schrie dann Prince Shabba und hieb mit seiner Machete eine Kokosnuß in zwei Teile.

Und genau wie die Biker hatten die Rastas offenbar weder feste Arbeit noch Familien, wenigstens nicht auf der Farm, und die meiste Zeit hingen sie rum und kifften und brachten die Farm auf Vordermann, so wie die Biker an ihren Böcken rumbastelten, und statt headbang ließen die Rastas permanent Reggae auf I-Mans Boom Box dudeln, die sie seinen Master-Blaster nannten, bis die Batterien alle waren, und so wie Russ und ich für die Biker immer Pizza holen mußten, schickten die Rastas Fattis oder Buju, der wohl der Jüngste war, zum Batterieholen in die Stadt, allerdings wußte ich noch nicht, wie sie an Geld kamen, außer I-Man haute Busters restliche Kohle auf den Kopf. Ich hatte nichts dagegen. Für mich wollte ich's jedenfalls nicht haben, keine Frage. Ich wollte, daß es völlig weg war, und wenn man Batterien für I-Mans Blaster kaufte, war das 'ne relativ harmlose Methode, es verschwinden zu lassen.

Wir aßen hauptsächlich Sachen, die die Rastas mit ihren Macheten von den Bäumen schlugen oder aus der Erde gruben und im Hof über einem Feuer kochten, Brotfrüchte, die wie Grapefruits aussehen, aber wie Brot schmecken, und Akeefrüchte, die gekocht 'n bißchen an Rührei erinnern, außerdem die üblichen haarigen grünen Kokosnüsse, deren Fleisch sie zerkleinern und mit allem möglichen Zeug mischen, dann solche langen Bananen, die Plantains heißen und zerkleinert gebraten werden, Sauersack oder Stachelannone, innen süß und cremig wie Vanillesauce, normale Apfelsinen, außerdem die langen weißen Bataten und Calalu und so weiter... ein ganzer Garten spitzenmäßiger tropischer Früchte, die um die Farm herum zwischen Bäumen und

Büschen wuchsen, in genauso einem chaotischen schlangenförmigen Garten, wie ihn I-Man um den Schulbus herum angelegt hatte, bloß kam er einem hier natürlicher vor.

Manchmal gingen wir alle zum Schwimmen runter an den Strand, da wuschen sie ihre Dreadlocks und rieben sich anschließend überall mit grünen Blättern ab, bis sie ganz glänzend und schwarz wie Lakritze wurden, und danach spielte die Posse ein Spiel mit 'ner Art Paddel und einem Ball, das Cricket hieß und wie Baseball war, nur langsamer und mehr wie Tanzen und ursprünglich wohl aus Afrika stammte, weil sie den Ball warfen und schlugen und fingen und hin und her rannten, als wären sie 'n Rudel Antilopen. I-Man war gut in 'm andern Spiel, das sie Bowling nannten, und sie ließen ihn immer als ersten ran, und dann bowlte er immer eine ganze Weile, bloß spielte man es anders als bei dem Bowling, das ich kannte, irgendwie mit der Handfläche nach unten.

Eine ganze Menge verschiedener Leute kamen zur Farm, andere Rastas, einige normale Jamaikaner und sogar etliche Chinesen und einmal ein paar scharfe Tussis, die 'ne Weile blieben und ein, zwei Stunden kifften, bevor sie wieder verschwanden, und ziemlich bald raffte ich, daß I-Man und seine Posse nebenbei nicht zu knapp mit Ganja dealten, was so einiges erklärte. In den hinteren Räumen der Farm hatten sie sozusagen ganze Badewannen voll davon gelagert, und sie verkauften es in Papiertüten, als wär's 'n Pfund Reis oder so was. Die Farm war 'ne Verkaufsstelle für Ganja, und wenn ein schwerer Kiffer mit I-Man und seiner Posse rumhing, war das, als wär er gestorben und in den Himmel gekommen, bloß ich war jetzt ziemlich vorsichtig, weil ich täglich so viel Neues und Überraschendes erlebte, daher nahm ich nur 'n Zug, wenn es auffällig oder unhöflich gewesen wäre, es nicht zu tun.

Mein Bild von I-Man wandelte sich ein wenig, könnte man sagen. Inzwischen hatte ich einige Knarren gesehen, Prince Shabba hatte eine, 'ne Fünfundvierziger, glaub ich, und I-Man auch, in der alten Flugtasche, die er überallhin mitnahm, und dann waren da natürlich die blitzenden Macheten, mit denen diese Jungs ziemlich lässig umgingen, als wären es Schweizer Armeemesser oder so was. Außerdem wechselte massenhaft Geld den Besitzer, auch für und von Polizisten. Eines Nachts kam derselbe Fettwanst vorbei, der I-Man und mich am Flughafen unkontrolliert durchgelassen hatte, und zog mit einem Gratispfund erstklassigem, knospenbehangenem Stoff wieder ab, als hätte er seine Bestellung vorher telefonisch durchgegeben. Und alle paar Tage holten sich die coolen Typen mit offenem Hosenstall, die mir schon am Flughafen aufgefallen waren, ihre Ware ab, und ich stellte mir ihre Kunden, die Bierpinsel, vor, wie sie auf ihren Hotelzimmern Joints rollten und sich so zudröhnten, daß sie nicht mehr denken konnten und voll die Paranoia kriegten, und da taten sie mir fast leid.

I-Man, Prince Shabba und Fattis kamen und gingen oft, lieferten wohl den Stoff frei Haus oder trieben offene Rechnungen ein, und wenn I-Man das Grundstück verließ, nahm er seine blaue Tasche und seinen Jahstock mit, so daß er aussah wie ein Priester auf Wanderschaft. Er war cool, und ich war stolz darauf, unter seinem Schutz zu stehen, denn so behandelten mich die anderen. Aber meistens machte ich mich nützlich, fegte täglich den Hof und schleppte mit Buju Wasser von 'ner Zapfstelle oben an der Straße heran, wo auch 'ne Menge andere Jamaikaner mit Plastikeimern und Töpfen ihr Wasser holten, Frauen, halbnackte Kinder und ein paar affenscharfe halbwüchsige Mädchen, die sich nicht trauten, zu reden oder sonstwas zu tun, deshalb quatschten also Buju und ich, während unsere Eimer vollliefen, darüber, daß er bald zum Zuckerrohrernten nach Miami oder wie I-Man zum Äpfelpflücken nach New York fliegen und sich Sachen kaufen wollte. Laß es, dachte ich mir. Er stand auf Videokameras, Videorecorder, Fernseher mit Großbildschirm und so'n Kram, den er nicht mal auf der Farm benutzen konnte, weil… Strom gab's da keinen, aber er dachte, alles funktioniert mit Batterien.

Er war nicht viel älter als ich und ein wenig schwer von Begriff, aber nett, außerdem konnte er gut singen und kannte sämtliche Songs aus I-Mans Blaster, aber weil ich den Text immer noch nicht verstand, redete ich nicht viel, sondern hörte meistens zu. Alle außer I-Man dachten wohl, ich sei auch ein wenig beschränkt, besonders für einen jungen weißen Amerikaner, aber es kann nichts schaden, wenn einen die Leute für nicht so clever halten, wie man ist, besonders wenn man selber noch nicht so richtig durchblickt.

Dann war eines Nachmittags Prince Shabba nach Kingston oder sonstwohin verschwunden, Fattis schlief, Buju machte aus Bambusrohr Trinkbecher, und I-Man, der zu'm Deal mit'n Brüdern aufbrechen wollte, sagte, ich solle ihn begleiten. »Guck dir die Sehenswürdigkeiten von Jamaika an, Bone.«

»Cool«, sagte ich, und los ging's, durchs Gebüsch zur Straße, wo wir einen Bus bestiegen, gerammelt voll mit normalen Jamaikanern, die acht oder zehn Kilometer bis Mobay fuhren, wie man hier Montego Bay nennt, 'ne ziemlich große Stadt etwa von der Fläche Plattsburghs, bloß viel dichter besiedelt. Ich wußte nicht genau, wie lange wir auf der Farm gewesen waren, vielleicht zwei oder drei Wochen, jedenfalls ganz schön lange, und als ich nun auf den Straßen von Mobay oder in den Autos wieder Weiße sah, fielen sie echt auf und kamen mir mit ihrer käsigen Haut, den langen schmalen Nasen und Stoppelhaaren wie Außerirdische vor, und ich glotzte sie dauernd an, als gehörte ich nicht dazu, so ätzend sahen sie aus mit ihrem hektischen ruckhaften Gang und ihrer Angewohnheit, beim Reden zwar mit den Händen, aber nicht den Armen zu wedeln und sich nie richtig dicht vor ihr Gegenüber zu stellen, wenn sie jemandem begegneten, sondern Abstand zu halten und aus einiger Entfernung zu reden, ganz anders, als ich's mittlerweile gewohnt war.

Die Straßen waren heiß, überfüllt und nach einem morgendlichen Regenguß matschig, und als wir aus dem Bus stiegen, spuckten gerade zehn oder zwanzig andere Busse Unmengen von Leuten aus, die mit großen Leinenbeuteln voller Obst und Gemüse beladen waren, sogar Tiere hatten sie dabei, Hühner, Schweine und Ziegen, und da merkte ich, daß wir uns auf einem riesigen Markt unter freiem Himmel befanden, vollgestopft mit Tischen, auf denen sich alle möglichen Waren stapelten, angefangen bei Gummilatschen über Büchsenfleisch bis hin zu Zuckerrohr und mächtigen, armlangen Bataten. Das war wohl das jamaikanische Gegenstück einer Mall, mit dem Schwergewicht auf Lebensmitteln. Und genau wie in einer Mall trafen sich hier Leute, lungerten rum und aßen kleine Fleischpasteten, die man wie Tacos in einer Hand hielt, sie lutschten an Zuckerrohrstengeln und streiften aus verschiedenen Gründen umeinander herum, vermutlich wegen Sex, Klatsch und Tratsch oder auch Drogen.

Ich kam bald dahinter, daß I-Man seine üblichen allwöchentlichen Lieferungen an Leute machte, die anscheinend zu weit von der Farm entfernt wohnten oder zu beschäftigt waren, um persönlich vorbeizukommen. In seiner alten Flugtasche schleppte er etwa ein Dutzend pfundschwere »Bricks« mit sich herum, so 'ne Art Ziegel aus erstklassigem Sinsemilla-Dope, Handelsklasse A, damit ging er beispielsweise zu einem Typ, der grüne Papageien in selbstgemachten Käfigen verkaufte, sie brabbelten ein paar Minuten über dies und das, bis er irgendwann einfach das in Packpapier gewickelte Ganja rausholte und dem Mann vor den Augen der Bullen überreichte, die sich überall auf dem Markt rumtrieben. Der Papageientyp bedankte sich, verstaute das Dope unter seinem Tisch und zählte die hundertfünfzig Dollar ab, oder was gerade der aktuelle Großhandelspreis war, den ich nie genau spitzkriegte, weil ich nie irgendwelche Waagen oder so was sah und sie meistens jamaikanisches Geld benutzten, mit dem ich mich noch nicht auskannte. Ich dachte mir aber, daß I-Man und seine Posse Zwischenhändler und keine Erzeuger waren und auf der Farm das Zeug hauptsächlich als 'ne Art Großhändler verkauften, während sie hier auf den Straßen meistens sozusagen im Einzelhandel tätig waren, und je mehr man kaufte, desto preiswerter war das Pfund

Stoff, außer sie kannten einen nicht oder man war so 'n reicher Weißer, also war das wohl Marktwirtschaft wie überall sonst auch.

Apropos Kohle, inzwischen hätte ich gern eigene gehabt, weil ich die Schnauze gestrichen voll davon hatte, daß ich ständig Kippen, Bier und so was alles von I-Man und der Posse schnorren mußte, auch wenn sich nie jemand beschwerte, wohl weil die Farm 'ne Art Kommune war, und wenn ich mich mal wieder entschuldigte, weil ich sie um 'ne Craven A oder ein Red-Stripe-Bier anbettelte, während sich die Jungs bei ein paar Bier und Cricket am Strand entspannten, sagte I-Man immer: »Von jedem nach sei'm Vermögen, Bone, und jedem nach sei'm Bedürfnis.« Was ich *irie* fand, voll okay, bloß daß ohne ein bißchen Cash in den Händen meine Bedürfnisse mein Vermögen immer überstiegen. Ich hatte aber noch keinerlei Erfahrung im Arbeitsleben, außer als kleiner Dopedealer und beim Betteln um Kleingeld, und mit beidem konnte man hier nicht viel anfangen, besonders nicht mit Betteln. Doch dann entdeckte ich auf dem Markt von Mobay die vielen Weißen zwischen den Einheimischen.

Und so setzte ich mich eine Zeitlang von I-Man ab und versuchte, ein paar sonnenverbrannte Touristen mit Strohhüten und Videokameras anzuhauen, die sich die Einheimischen ansahen, Mann-Frau-Pärchen, die lassen sich manchmal leichter anzapfen, weil einer von beiden den anderen beschuldigt, er sei zu mißtrauisch, und dann gibt er – oder meistens sie – dem armen Kind ein paar Münzen. Ich gab mir tierisch Mühe, echt besorgt und verängstigt zu wirken, und sagte, ich sei auf einer Klassenreise, und meine Lehrerin und alle anderen aus der Gruppe wären schon früh im Minibus ohne mich nach Kingston abgereist, und ich bräuchte bloß siebzehn Dollar, um wieder zu ihnen zu stoßen, sonst würde das Flugzeug ohne mich zurück nach Connecticut fliegen, und ich müßte hier auf Jamaika bleiben – wahrscheinlich hätte das sogar geklappt, wenn sich die beiden von mir angeschnorrten Paare nicht als Deutsche oder Italiener oder so was entpuppt hätten. Sie zuckten bloß lächelnd mit den Schultern und schüttelten die Köpfe, no comprendo, bis ich es schließlich aufgab, nur die Hand aufhielt und sagte: »Bißchen Kleingeld, Mann?«, was wohl weltweit verstanden wird, weil sie laut und deutlich nein sagten und entrüstet taten, daß sich ein weißer amerikanischer Junge vor all diesen armen verhungerten Jamaikanern so aufführte.

Am liebsten wäre ich ein paar Gestalten von dieser Draufmachertruppe aus Indiana über den Weg gelaufen, die vermutlich erleichtert gewesen wären, ein bißchen Ganja von einem weißen Jugendlichen zu kaufen, der normales Englisch sprach, statt sich mit so unheimlichen schwarzen Jamaikanern wie I-Man abgeben zu müssen, mit anderen Worten: Ich hätte gern den Rassenfimmel meiner Mitamerikaner so richtig kräftig ausgenutzt, und wer weiß, falls es funktionierte, dann einen festen Job für I-Man und die Posse daraus gemacht, mich auf paranoide Pauschaltouristen in Hotels spezialisiert. Daß sie sozusagen ihren eigenen weißen Knaben in der Firma haben, verschafft I-Man und der Posse einen echten Vorsprung vor der Konkurrenz, was das Touristengeschäft angeht, dachte ich und fragte mich dann, ob sich I-Man das wohl schon vor langer Zeit überlegt hatte, sogar schon damals in Plattsburgh, und mich einfach ohne mein Wissen in diese Richtung beeinflußt, mich rekrutiert hatte, und das alles war so was wie 'ne Lehrlingszeit im Ganjageschäft, und wenn ich es für meine statt für seine Idee hielt, würde ich mir nie ausgenutzt oder so was vorkommen oder denken, er hätte ein unschuldiges Kind zu seinem Werkzeug gemacht.

Es war nicht wie bei Buster und Sister Rose. Will sagen, so oder so, ob nun ich als erster auf die Idee gekommen oder ob es schon die ganze Zeit I-Mans Plan gewesen war, machte es keinen Unterschied, sobald ich mich erst einmal darauf eingelassen hatte, denn zwischen der Fährfahrt über den Lake Champlain und dem heutigen Vormittag in Mobay hätte ich jederzeit sagen können: »Ich steig aus«, und I-Man hätte geantwortet: »Mußt du wissen, Bone.« Ich wollte auf keinen Fall vergessen, daß I-Man zwar meistens schon wußte, was ich tun würde, bevor ich es tat, er aber nie versucht hatte, mich in diese Richtung zu drängen.

Egal, jedenfalls bin ich gerade kurz davor zu beschließen, sozusagen meine alte Verbrecherlaufbahn wiederaufzunehmen, als ich auf der anderen Seite des Marktes noch ein weißes Paar entdeckte. Natürlich fallen sie auf, weil praktisch alle anderen schwarz oder wenigstens braun sind, und das Paar steigt aus einem schlammbespritzten Range Rover und geht zu I-Man, der sie begrüßt, als wären sie alte Bekannte. Daß es keine Touristen waren, hab ich sofort gemerkt. Beide waren älter, gut über vierzig, und braungebrannt, als hätten sie schon lange auf Jamaika gelebt, und sie sahen unglaublich cool aus, ganz klar cooler als alle anderen weißen, die ich bisher hier gesehen hatte.

Der Typ war tierisch groß, hager und glatt rasiert, hatte aber einen langen Pferdeschwanz, eine hellbraune Safarijacke, einen dieser Großwildjägerhelme, wie man sie bei Löwenbändigern sieht, und 'ne verspiegelte Sonnenbrille. Die Frau trug 'ne Rasta-Strickmütze auf dem Kopf, unter der verfilzte braune Dreadlocks rausguckten, und jede Menge Rasta-Armreifen und -Halsketten, und obwohl sie übergewichtig und schon älter war, fand sogar ich sie erstaunlich sexy, was an ihrer rot-grün gestreiften Bauchtänzerinnenhose lag, obenrum trug sie bloß ein gelbes Bikinioberteil, außerdem hatte sie tolle Titten.

Ich beobachtete von der anderen Seite des Marktes, wie I-Man dem großen Typ einen von diesen Ziegeln Gras reicht, und der Typ gibt ihm Geld, und alle verabschieden sich mit 'nem Powerhandgriff, sogar I-Man und die Frau, und stoßen ein paarmal ihre Fäuste gegeneinander, und als sich das Paar dann umdreht und zum Range Rover zurückgehen will, setzt der Mann Sonnenbrille und Helm ab und wischt sich mit dem Ärmel übers Gesicht, und auf einmal krieg ich 'n trockenen Mund und mir fallen praktisch die Augen aus'm Kopf.

Ich kenne ihn. Ich kenne sein Gesicht, ganz tief in mir drinnen, in meiner Brust kenne ich ihn. Und jetzt begriff ich zum erstenmal, warum ich mit I-Man nach Jamaika wollte. Ich wußte, er würde hier sein. Es ist mein *Vater*! Mein richtiger Vater! Mein Mund klappt auf, und ich bringe kein Wort raus, aber innerlich rufe ich ihn mit so 'ner Kleinjungenstimme: »Daddy! Daddy! Hier drüben, ich bin's, dein Sohn Chappie!«

Nicht ein einziges Mal kam mir der Gedanke, es könnte sich um eine Verwechslung handeln, er war's, das wußte ich hundertprozentig. Als ich sein Gesicht sah, hatte ich es im selben Moment erkannt, es war wie in meiner Erinnerung von damals als kleines Kind und wie auf dem Foto, das meine Großmutter hatte, und er sah immer noch wie ein großer, hagerer JFK aus, sogar mit Pferdeschwanz. Ich erinnerte mich an ihn aus der Zeit, als ich andauernd mit ihm zusammen, er mit meiner Mom verheiratet und das Leben perfekt war. Es war eindeutig mein richtiger *Vater*!

Und dann rannte ich los, ich wich Leuten aus, sprang über Ziegen und Käfighühner, ich zwängte mich die langen propenvollen Gänge rauf und runter, bis ich endlich zur anderen Seite der riesigen blechgedeckten Markthalle kam, wo ich in dem Augenblick an I-Man vorbeihuschte, als mein Vater und die weiße Frau nur etwa dreißig Meter weiter die Türen des Range Rovers zuschlugen und zwischen einer Batterie von Bussen hindurch vom Parkplatz runter auf eine schmale Straße fuhren. Mein Vater saß am Steuer, und weil sie wegen Matsch und den tiefen Spurrillen nicht sehr schnell fuhren, raste ich hinter ihnen her, mitten auf der Straße, Leute sprangen mir aus dem Weg und Hunde bellten, während ich vorbeihetzte und dabei so schnell lief wie noch nie zuvor, die Beine so lang machte, wie es nur ging, mit den Armen ruderte und brüllte: »Warte! Warte! Ich bin's, dein Sohn Chappie!«

Ich jagte sie die eine Straße hinunter und dann eine andere hinauf und war bloß ein paar Meter hinter ihnen, kam sogar fast nahe genug, um auf die hintere Stoßstange zu springen, wo ich mich am Reservereifen hätte festklammern und mitfahren können, als sie in eine größere Straße einbogen, wo der Rover einen

Zahn zulegte, aber ich rannte immer noch hinterher und brüllte, obwohl mein Brustkorb brannte und meine Beine schwer wie Eisen waren. Einmal rutschte ich aus, fiel hin, zog mir 'ne Schramme zu und saute mich total mit Schlamm ein, doch ich rappelte mich wieder auf und sah sie immer noch vor mir, wenn auch jetzt weiter weg, egal, ich lief hinter ihnen her, hinkte aber und blutete von dem Sturz an beiden Knien und einer Hand. Sie kamen im Stadtzentrum an, wo ein großer Kreisverkehr ist, aber als ich dort aufkreuzte, war der Rover schon auf der anderen Seite, zwischen uns stand ein großer Springbrunnen, und der Wagen bog nun in so 'ne Art Schnellstraße, die aus der Stadt führte, und ich hörte, wie mein Vater in den vierten Gang schaltete und aufs Gas trat, und schon verschwand der Rover um die Kurve, hatte vermutlich schon mindestens achtzig Sachen drauf.

Lange stand ich mit total wild pochendem Herzen und stechendem Brustkorb da und konnte nur an eins denken. Endlich hatte ich meinen Vater gesehen. Meinen richtigen Vater! Nach all den Jahren war ich schließlich nach Jamaika gekommen, ohne auch nur zu wissen, daß ich ihn suchte, und eines Tages fand ich ihn, ganz zufällig. Und auch wenn ich ihn wieder aus den Augen verloren hatte, war es diesmal nur vorübergehend, das wußte ich. Ich blutete und war dreckbeschmiert, aber ich hatte so'n Gefühl, als wär ich endlich aus irgendeinem dieser fiesen Alpträume aufgewacht, bei denen man glaubt, man wäre wach und erlebe das alles wirklich. Das war eine wahnsinnige *Erleichterung*.

16

Starport

Nachdem ich ein, zwei Minuten lang einfach nur wie ein volltrotteliges Kind an dem Springbrunnen gestanden, geschwitzt, nach Luft gejapst und aus Knien und Händen geblutet hatte, kam ich wieder zur Vernunft, drehte mich um und ging langsam durch die Stadt zurück. Auf dem Rückweg kamen Leute auf mich zu, die mich bestimmt hatten rennen sehen, klopften mir auf den Rücken und guckten irgendwie traurig, als wüßten sie, daß ich hinter meinem Vater hergehetzt war und ihn wieder verloren hatte. Aber das glaubte ich nicht, weil ich ihm auf meiner Suche noch nie so nahe gekommen war, und jetzt waren wir wenigstens zusammen auf derselben Insel, aber ihr Mitgefühl tat gut. In den Staaten wär das Ganze bloß so 'ne Art Volksbelustigung gewesen.

Irgendwann kam ich zurück zum Markt, wo ich neben einem Tisch mit allen möglichen Rastaschnitzereien – afrikanische Löwen, edle schwarze Männer und all so was – I-Man im Schatten stehen, einen Spliff paffen und mit dem Holzschnitzer quatschen sah, der seinen eigenen Figuren verdammt ähnlich sah. Ein Cop stand auch da, ein junger Typ mit roten Streifen an der Uniform, der sich offenbar mehr für mich als für I-Mans Spliff interessierte, und als ich näher komme, fragt mich der Bulle gleich: »Du kennst 'n?«

»Wen? I-Man? Klar, und ob«, sagte ich und dachte, vielleicht ist das ein Trick und er buchtet uns beide ein, obwohl es bisher keinerlei Anzeichen dafür gab, daß Ganja verscheuern auf Jamaika verboten war, außer vielleicht in Läden, aber sogar in Läden konnte man es kaufen, wenn man nur mit dem richtigen Typ sprach.

»Nein, Mon. Ich mein den Weißen. Doc. Kennst du 'n?«

»Und ob«, sagte ich stolz.

»Warum verfolgs' du 'n dann, Mon?«

»Er ist mein Vater. Bloß hab ich ihn schon lange nicht mehr gesehen, ich hab in den Staaten gelebt, und er wußte nicht, daß ich nach Jamaika komme. Darum ist er weitergefahren«, sagte ich. »Bestimmt hat er mich einfach nicht gesehen.«

»Doc is cool«, sagte I-Man. »Er kommt und geht, wie er will, bummelt durch alle möglichen Länder, er gib' das Tempo vor. Zeit, Material und Raum, Mon, Benzin, Kupplung und Bremsen. Technologie hat 's Sagen, Bone, Techno gib' das Tempo vor, *techno set de pace*.«

Ich sagte zu ihnen: »Na los, spart euch das Gerede und erzählt mir, was Sache mit Doc ist«, weil ich nur wußte, was mir meine Mom und meine Großmutter erzählt hatten, und das war nicht gerade viel, und der Cop lachte und sagte genau wie I-Man: »Doc is' cool. Wußte aber nicht', daß er 'n Sohn innen Staaten hat.«

»Baby Doc«, sagte I-Man und lachte auch. »Papa Doc und sein Baby.«

Sie wichen dem Thema irgendwie aus, aber ich ließ nicht locker, und ziemlich bald kam raus, daß mein Vater 'n richtiger Arzt war, der etwa hundertfünfzig Kilometer weit weg in Kingston für die Regierung arbeitete, wo er in einem großen regierungseigenen Apartment hauste, und die Frau im Range Rover, seine Begleiterin, war seine Freundin Evening Star, eine reiche Amerikanerin, die hier in der Nähe in einem *Greathouse* wohnte – was auch immer das sein mochte –, wo er sie manchmal besuchte, und dann kam er am Steuer ihres Wagens nach Mobay.

»Papa Doc is' 'n Mann, mit dem man klarkommt«, sagte I-Man. »Aber die Frau kenn' ich nich. Heißt Evenin' Star?«

Der Cop antwortete, na klar, und ob er sie kenne, so ziemlich jeder in Mobay kannte Evenin' Star, und ihr Haus kannte er auch, großes schickes Anwesen, wo jede Menge unterschiedliche Leute rumhingen, einschließlich Doc. »Die meisten sin' Schnorrer«, sagte der Cop und beschrieb uns, wo das Greathouse lag, nämlich gar nicht weit weg. Montpelier hieß der Ort, vielleicht zwölf, fünfzehn Kilometer weit in den Bergen. I-Man zuckte mit den Achseln und sagte, wenn ich wolle, könnten wir rauffahren, und ich sagte: »Spitzenmäßig. Fahrn wir.«

»Kein Problem«, sagte I-Man, und wir brachen auf; der Bulle grinste irgendwie hämisch hinter uns her, als witterte er was, das uns entgangen war, aber ich dachte mir, er wüßte halt, daß I-Man da rauffuhr, um die Absatzmöglichkeiten für Ganja abzuchecken, nicht bloß, um mir zu helfen, meinen Vater zu finden, und das fand ich auch okay. Jeder hat sein eigenes Programm, und das ist cool. Das Gute an I-Man war, daß er mir nie sein Programm aufdrückte. Anders als gewisse Leute. Er sagte immer bloß: »Mußt du wissen, Bone.«

Mit einem alten, überladenen, schnaufenden grünen Bus, der über und über mit Rastamustern bemalt war und sogar einen eigenen Namen hatte, der vorne drauf stand, nämlich Zion Gate, fuhren wir eine lange kurvige Bergstraße rauf, an deren Rand steile Felswände in Schluchten abfielen, und ganz unten sah man rostende Autos, Laster und sogar einen verunglückten Bus, alle wieder vom Dschungel überwuchert, und am Straßenrand waren kleine Hütten, vor deren Türen Kinder standen und zusahen, wie wir vorbeidüsten, und Frauen wuschen an einem Bach Klamotten. Schließlich kamen wir in ein Dorf, vermutlich Montpelier, mit ein paar Krämerläden, so wie es bei uns Stewart's und 7-Eleven gibt, bloß kleiner, und als ich ausstieg und so einen Laden betrat, um 'ne Schachtel Craven A zu kaufen, gab es da kaum was zu kaufen, gerade mal Büchsenmilch, gelben Käse, Rum und Bier, Schluß aus.

I-Man fragte die Verkäuferin nach dem Weg zum Haus von Evening Star, den sie so schnell auf jamaikanisch runterratterte, daß ich kein Wort verstand. Wir gingen wieder raus, ein Stück neben der Straße her, und bogen dann nach links in einen langen, kurvenreichen Weg ein, neben dem ein wenig zurückgesetzt in den Büschen lauter Häuschen aus Schlackenbetonsteinen mit Blechdächern standen, vor denen Ziegen im Unterholz grasten, Schweine herumtrotteten oder im Hof schliefen und kleine gelbe Hunde uns beim Vorübergehen ankläfften, außerdem sahen wir ein weißes Kind mit 'm Rasta-Kopftuch, und in einiger Entfernung ging ein Rasta mit seinem Jahstock langsam den Berg hoch. Auf unserer Wanderung bekamen wir ab und zu das weit unten liegende, leuchtend blaue Meer zu sehen. Kolibris und auch gewöhnliche Vögel flogen neben uns her, Unmengen von Schmetterlingen flatterten durch die Gegend, und nach einer Weile sah man keine Häuser mehr, nur noch den Weg, die Bäume, Schlingpflanzen, Vögel, Schmetterlinge, und über uns kreisten große schwarze Geier, die man hier John Crows nennt. Es war total still, von dem Aufstieg schwitzten wir inzwischen ganz schön heftig, und ich fragte mich, ob I-Man vielleicht die Frau im Laden falsch verstanden hatte.

Aber ziemlich bald kamen wir über den Gipfel eines Berges, von wo aus wir über die Hügel und Täler weiter unten sahen und plötzlich eine herrliche Aussicht bis runter zum Meer hatten, und ganz hinten entdeckte ich sogar Mobay, das mit seinen Schiffen, weißen Häusern und orangen Dächern wie 'ne echte Hafenstadt aussah, und einen Moment lang mußte ich an diesen phantastischen Blick auf die Adirondacks denken, den man vom Sommerhaus der Ridgeways hatte. Noch ein Stückchen weiter, und wir bogen um eine Kurve und standen vor so einem edlen alten Schild mit der Aufschrift »STARPORT«, was, wie ich wußte, der Name des Hauses, nicht der seiner Besitzer war, und fast hätte ich komplett die Orientierung verloren und wäre statt mit I-Man hier wieder mit Russ auf der East Hill Road in Keene gewesen, an dem Tag, als ich mein erstes Tattoo und den Namen Bone bekam.

Aber im Gebüsch stand eine kleine schwarze Ziege mit blauen

Augen und glotzte mich und I-Man an, was mich umgehend wieder nach Jamaika zurückverfrachtete, und dann gingen wir zwischen großen Steinsäulen hindurch und waren auf einmal in einem phantastischen, terrassenförmig angelegten Garten, wo grünes Gras und alle möglichen Blumen wuchsen, und überall standen seltsame lebensgroße Statuen von amerikanischen Tieren rum, beispielsweise Kaninchen, Füchse, Biber und all so was, alle weiß angemalt, außer den grellroten Augen, Nasenlöchern und Mäulern. Die Dinger sahen echt schrill aus. Es war jedenfalls ein ganz schön ungewöhnlicher Garten, in dem man sich Dreharbeiten für einen Film oder ein schickes Restaurant vorstellen konnte.

Die Auffahrt führte noch ein gutes Stück weiter nach oben bis zu einem riesigen, zweistöckigen, uralten französischen oder englischen Haus an der Seite des Berges, von der man Mobay und das fünfzehn Kilometer entfernte Meer sehen konnte, als beherrschte er das Land und würde von irgendeinem Herzog oder so 'm eher unbedeutenden König bewohnt. Als wir uns von unten näherten, sahen wir zu seiner Pracht hoch, als würden wir ehrerbietig auf Händen und Knien heranrutschen, dabei schlenderten wir bloß die Auffahrt rauf und versuchten, cool auszusehen, ich jedenfalls. Das Haus war steinalt, ich schätze aus der Zeit der Sklaverei, aber vorne hatte man jede Menge Säulen drangebaut, überall waren große weiße Fenster, rundherum Veranden und an den Verandawänden hier und da noch mehr Tierplastiken mit roten Augen und Mäulern. Rechts vom Haus lag ein Swimmingpool, um den wir etliche Weiße und Schwarze mit Gläsern in den Händen rumstehen sahen und ein paar weiße Frauen mit Bikinihöschen, genau wie die Typen, oben ohne. Auf der anderen Seite, links vom Haus und davor, standen ein paar Wagen, darunter der Range Rover.

Mit einemmal wurde ich tierisch nervös. Was, wenn er mir sagte, ich solle mich zum Teufel scheren? Ich wußte ganz genau, daß er mein richtiger Vater war, hatte also überhaupt keine Angst vor einer Verwechslung, aber was war, wenn er abstritt, überhaupt einen Sohn namens Chappie zu haben, den er vor fast zehn Jahren oben im Staat New York zurückgelassen hatte? Wenn er mich persönlich nicht abkonnte? Wenn er mich für zu klein oder sonstwas hielt?

Auf einmal ertönte ein lautes Dröhnen, und ich dachte, 'ne Bombe wär explodiert, aber es war ein gigantischer Musiklärm wie von 'm Live-Reggaekonzert, der vom Pool rüberdröhnte. Und zwar das Stück »Baldhead Bridge« von Culture, das ich von den Kassetten auf der Farm kannte und das aus zwei an der Poolmauer stehenden, gewaltigen schwarzen Boxen von der Größe eines Kühlschranks wummerte, wie man sie in den Staaten bei Openair-Konzerten sieht, und sie waren mit der Rückseite zum Pool aufgestellt und rockten das Universum da draußen, knallten Reggae durch die Gärten und die dschungelbedeckten Berge und das steilwandige Tal praktisch bis nach Mobay, und jetzt tanzten die Leute oben am Pool, die Titten der Frauen wackelten, und die Typen wippten mit und schnippten dazu, alle mit Spliffs und Drinks in den Händen. Die Musik war so laut und der Baß so durchdringend, daß er den Herzschlag beeinflußte, und ich dachte, jeden Moment würden die Blätter von den Bäumen fallen und die weißen Tiere zerspringen und zerbröseln.

Als wir die lange breite Treppe zur Haustür hinaufgehen, beugt sich I-Man zu mir rüber und sagt: »Jah-Verächter, Bone«, und plötzlich wirkte er sehr ernst statt wie sonst immer bloß neugierig und geduldig. Wir standen jetzt auf einer langen, breiten Veranda vor einer großen offenen Tür und konnten ins Haus sehen, vermutlich ins Wohnzimmer, das dunkel und rundum getäfelt war und in dem man lauter so elegante Sofas, lange Tische und eine große Treppe zum Obergeschoß sah, außerdem diverse, mit grünen Papageien und anderen Vögeln besetzte Vogelkäfige aus Bambus, und an den Wänden hingen 'ne Menge abgefahrene Gemälde von wilden Tieren und tropischen Landschaften, als wären sie von 'nem kleinen Kind auf'm LSD-Trip gemalt worden, und einen Moment lang wollte ich bloß weg und zurück auf die Farm, wo es normaler zuging.

Doch in diesem Moment kommt Evening Star vorbei, die weiße Rastadame des Hauses, in einem wallenden rot-gold-grünen Gewand, mit baumelnden Dreadlocks und klimpernden Armreifen, und mir fällt auf, daß sie einen nicht gerade kleinen Joint in der Hand hält, als wär's 'ne Kippe. Sie hatte die Haut einer Profi-Sonnenanbeterin, fast die Farbe einer Brieftasche, sah aber für ihr Alter ziemlich knackig aus, als würde sie regelmäßig Fitneßtraining machen und Diät halten und so was, schlank war sie zwar nicht, dafür aber ganz schön muskulös. Ein großer, schwarzer alter Labrador lief neben ihr her, und hinter dem Lab trottete eins von diesen winzigen, gelblichen jamaikanischen Hofhündchen, die normalerweise klapperdürr sind, aber dieser hier ist so fett wie 'n Taco, und beide Hunde sehen aus und tun so, als wären sie Fremde gewohnt und beinahe froh, uns zu sehen, was ich bei Hunden echt noch nie erlebt hatte.

Evening Star lächelt I-Man an und sagt: »Willkommen, Rasta! Respekt, Mon. Is' alles irie, Mon?«

Der nickt nur und dreht sich zu mir um, als ob ich was sagen sollte, aber ich krieg nichts raus. Keine Ahnung, warum, aber plötzlich funktionierte meine Zunge nicht mehr. Ich machte sogar den Mund auf, aber es wollte einfach kein Ton rauskommen.

Schließlich sagte I-Man: »Der Junge is' Baby Doc, und er sucht sein' Vater, *him lookin 'fe him fodder*, Papa Doc.«

Draußen am Pool dröhnte der Reggae, so daß man sein eigenes Wort kaum verstehen konnte, schon gar nicht I-Mans Rastagerede, daher bat sie ihn, es zu wiederholen, was er auch tat, bis sie es irgendwann zu kapieren schien, mich unheimlich freundlich und fast mütterlich anlächelte und sagte: »Oh, ihr wollt euch die *Gemälde* ansehen! Die haitianischen Bilder. Bist du ein *Künstler*?« fragte sie mich, als wär ich im Kindergarten, was ich irgendwie total ätzend fand, also sagte ich nein, merkte aber erleichtert, daß ich wieder reden konnte, und fuhr fort: »Ich suche jemanden.«

»Verstehe«, sagte sie sehr ernst, aber ich merkte, daß sie nichts verstand, darum erzählte ich ihr, ich suchte nach dem Mann, mit dem sie auf dem Markt in Mobay gewesen sei.

»Ich suche Paul Dorset«, sagte ich.

»*Paul?* Du meinst *Doc*!«

»Yeah, egal.«

»Du bist Ameri*kaner*, stimmt's? Niemand von *hier* nennt ihn *Paul*«, sagte sie. »Außer *mir*.« Sie sprach echt abgefahren langsam, wobei sie manche Wörter besonders betonte, und beim Sprechen beugte sie sich irgendwie vor und schlang sozusagen ihre Lippen um das Wort, als wollte sie's küssen, und weil einen das so tierisch ablenkte, merkte man meistens nicht, daß sie nichts besonders Wichtiges oder Interessantes von sich gab. Sie klang, als wäre sie aus den Südstaaten, Alabama oder Georgia vielleicht. Außerdem trug sie keinen BH, und wenn sie sich so vorbeugte, konnte man ihre Titten sehen, was ihr, glaube ich, ganz gut gefiel, aber auch bewirkte, daß man total vergaß, was sie gerade gesagt hatte.

»O-kay«, sagte sie. »Du und der Rasta, schön ruhig bleiben, is' alles irie, Mon, ich hol den Doc«, sagte sie, wirbelte herum und verschwand die breite geschwungene Treppe hinunter, und die Hunde folgten ihr wie Schatten; zurück blieben I-Man und ich, wir guckten einander bloß an und dachten: Was *soll* der Scheiß?

Wir schlenderten durch das Wohnzimmer, sahen uns erst die Vögel und dann die Bilder an, die wohl aus Haiti waren, und wenn man sie genauer betrachtete, waren sie eigentlich ganz nett und angenehm, man sah sie an und entspannte sich irgendwie, obwohl sie ausgesprochen merkwürdig waren. Der Raum war so was wie'n Ballsaal, die Zimmerdecke weit oben und mit Fenstern, die vom Boden bis fast an die Decke reichten und sich zur breiten vorderen Veranda hin öffneten, es wehte sogar ein Lüftchen; im Haus war es schattig und kühl, und als der Reggae so spielte und man ab und an Leute am Pool lachen und das Wasser spritzen hörte, wenn sie reinsprangen, dachte ich, dein Vater führt ja ein echt cooles Leben. Besser als es ihm je mit meiner Mom gegangen ist, soviel steht fest.

I-Man sah sich weiter hinten im Raum ein riesiges Gemälde von einem Löwen an, der im Dschungel lag, umgeben von allen möglichen anderen Tieren, die so 'n Löwe normalerweise fressen würde, und ich stand neben der Tür und sah über die terrassenförmig angelegten Gärten mit den vielen weißen rotäugigen Tieren hinunter ins Tal bis zum Meer, und eine Zeitlang beobachtete ich ein paar John Crows, die sich total gemächlich den langen Hang hinaufschraubten, immer höher kreisten, ohne auch nur die Flügel zu bewegen, während sie in den Himmel stiegen, und fast hatte ich vergessen, warum ich eigentlich hier war, als ich auf dem blitzblanken Fußboden hinter mir Schritte klappern hörte, mich umdrehte, und da stand er, mein richtiger Vater!

Klar erkannte er mich nicht, weil ich mich seit meinem fünften Lebensjahr körperlich ganz schön verändert hatte, und er wirkte leicht verärgert, als hätte ihn Evening Star bei einem Nickerchen gestört oder so. Er war unglaublich groß, wenigstens fand ich das, und hager, hatte aber trotzdem einen ziemlich guten Körperbau, außerdem 'n langen braunen Pferdeschwanz und einen Brillanten im linken Ohr, er trug weite hellbraune Shorts, Sandalen und ein schickes, weißes kurzärmeliges Hemd, das aus Seide oder so was war. Genau wie Evening Star war er braun gebrannt, bloß sah es bei ihm aus, als hätte er sich eher nebenbei gebräunt, nicht absichtlich beim Sonnenbaden, allerdings merkte ich gleich, daß er einer von diesen Typen war, die großen Wert auf ihr Äußeres legen, so wie der olle Bruce, bloß sah mein Vater viel normaler aus als Bruce. Außerdem hatte er Kohle ohne Ende, als Arzt und so.

Er fragt: »Was kann ich für dich tun?«, sieht sich dann im Zimmer um, erkennt weiter hinten I-Man und sagt: »Is' das I-Man? Yo, Rasta, *wassup*, was steht an? Respekt, Mon. Is' alles irie?« Daß er wie Evening Star so 'ne Art Pseudorasta sprach, war mir 'n bißchen unangenehm. Andererseits war es cool, daß mein Vater das konnte.

»Alles irie«, antwortete I-Man und sah sich weiter das Bild mit dem Löwen an, als wär's ein Videospiel.

»Und was ist mir dir?« fragt mich Doc. »Evening Star behauptet, du bist hier, um mich zu sehen. Kenne ich dich denn?« fragt er weiter, guckt mich dabei an und checkt mich erst mal von oben bis unten ab. Ein Stückchen hinter ihm lehnt Evening Star lässig am Geländer, zieht ab und zu an ihrem dicken Spliff, nickt zum Rhythmus der Musik im Hintergrund und legt immer mal wieder bei geschlossenen Augen 'n kleinen Tanzschritt ein. Die ist echt *voll* drauf.

»Wie heißt du denn, Kleiner?« fragte er mich, zog eine Schachtel Craven A raus und zündete sich 'ne Kippe an.

»Ich heiße Bone«, antwortete ich. »Aber… aber früher hieß ich mal Chappie. Chapman.«

»Ach ja?« sagt er und zieht die Augenbrauen hoch, als hätte er jetzt den großen Zusammenhang hergestellt, könnte es aber irgendwie noch nicht ganz glauben, sei also erst mal mißtrauisch. »Und mit Nachnamen? Bone. Bone und wie weiter?«

»Bone, nichts weiter. Aber mein Nachname war mal Dorset«, sagte ich. »Genau wie deiner.«

Er hielt mir die Zigarettenpackung hin, ich nahm mir 'ne Kippe raus, die er mir anzündete, und dabei sah ich, daß seine Hand zitterte, ein gutes Zeichen, wie ich fand.

»Na schön, Dorset«, sagt er. »Genau wie ich. Na und, heißt das, wir sind miteinander verwandt?«

Inzwischen hatte Evening Star mitgekriegt, welche Richtung unser Gespräch nahm; sie kam mit glänzenden Augen näher, und auch die Hunde waren ganz aufgeregt, als könnten sie ihre Gedanken lesen. Da beschloß ich, einfach mit der Wahrheit rauszurücken und zu sehen, was passierte, Jahs Wille geschehe etc., und schon sage ich: »Yeah. Na, logo sind wir miteinander verwandt, Mann. Ich bin dein Sohn.«

Ihm bleibt der Mund offenstehen, und er sagt: »*Du* bist Chappie?«, als hätte er eher einen einsachtzig großen Football-Auswahlspieler erwartet als so 'n schmales Hemd mit verschorften Knien, 'nem Rasta-Kopftuch, T-Shirt und Cutoffs.

Aber er grinste, als wär er echt happy, mich zu sehen, und sagte: »Laß dich anschauen! Laß mal sehen, wie du aussiehst, lieber Himmel!«, und dann nimmt er mein Kopftuch ab und sieht sich kurz mein Gesicht an, immer noch grinsend, als wär er total begeistert, mich zu sehen, was für mich 'ne Riesenerleichterung ist.

Evening Star sagt: »Ist das nicht *cool*! Ist das nicht *irre*!«, und die Hunde hopsen rum und grinsen auch, und I-Man kommt rüber und lächelt mal wieder mit vorgeschobener Unterlippe, als hätte er die ganze Geschichte eingefädelt und sei echt froh, daß sie sich für alle Beteiligten so super entwickelt. Aus den Boxen am Pool dröhnt dieser starke Song von Bob Marley, »I Shot the Sheriff«, und irgendein Typ grölt: »Cynthia, Cynthia, guck mal her!«, und dann hör ich das Sprungbrett wummern und ein lautes Platschen.

Mein Vater legte seine Kippe in einen Aschenbecher, nahm meine, legte sie dazu und faßte mich an den Schultern. Er hielt mich ein Stück von sich weg und sah mir ins Gesicht, als schaute er in seine eigene, lange zurückliegende Vergangenheit, und Tränen traten ihm in die Augen.

Dann sagte er: »Oh, lieber Himmel, Chappie, Gott sei Dank, du hast mich endlich gefunden, mein Sohn«, und dann zog er mich an seine Brust, drückte mich fest an sich, und auch in meine Augen traten Tränen, aber ich heulte nicht, weil ich zwar wußte, daß von nun an alles anders sein würde, aber nicht, in welcher Beziehung, so daß ich mich genau in einem Augenblick, der eigentlich der glücklichste meines Lebens hätte sein müssen, statt dessen fürchtete.

Er trat einen Schritt zurück, sah meine gekreuzten Knochen und fragte lächelnd: »Was ist das?«

»Das is' 'n Tattoo. Eine Tätowierung.«

»Laß mal sehen«, sagte er und zog meinen Arm zu sich hin wie ein Junkie auf der Suche nach 'ner Ader, in die er stechen konnte. »Kommt das von dem Namen Bone?«

»Andersrum stimmt's.«

Er ließ meinen Arm fallen, musterte mich von oben und lachte. »Ach, du kleiner Teufelskerl! Yeah. Yeah, du bist wirklich mein Sohn!« sagte er und nahm mich wieder in die Arme.

17

Alles Gute zum Geburtstag, Bone

Von da ab, könnte man sagen, war von morgens bis abends Action angesagt, außer wenn mein Vater zurück nach Kingston fuhr, um dort als Arzt zu arbeiten, was er an drei, vier Tagen in der Woche machte. Ich nannte das Haus übrigens nicht Starport, sondern *Das Mutterschiff*, weil das besser dazu paßte, wie Evening Star den Laden schmiß, aber ich nannte es nur im stillen und I-Man gegenüber so, denn anscheinend verstanden alle anderen da oben in dieser Beziehung absolut keinen Spaß, nicht mal mein Vater. Evening Star nahm Unmengen streunender Tiere auf, Hunde, Katzen, Ziegen und Vögel. Außerdem diese Leute, die ich Camper nannte. I-Man wußte nicht, was Camper waren, also erklärte ich's ihm, kriegte die Übersetzung aber wohl nicht so ganz hin, weil er's immer noch nicht raffte.

Die meisten Camper kamen übrigens aus den Staaten, wenigstens die Weißen und die Frauen, die übrigen waren Jamaikaner, Kerle, die sich hauptsächlich da rumtrieben, um auf Kosten der Amerikaner zu leben, die alle so ältere Künstlertypen und im Vergleich zu den Jamaikanern ungeheuer reich waren. Aber wie ich es sah, war bloß Evening Star richtig reich. Ich glaube, sie hatte total viel geerbt, unter anderem auch das Mutterschiff, und sie löhnte für alles, das fiel mir auf.

War mein Vater nicht da, beachteten mich die Camper eigentlich kaum, Evening Star auch nicht, und ich konnte irgendwie im Hintergrund bleiben und mich mit I-Man allein umsehen. Von drei, vier kleinen Nachbarskindern abgesehen, die im Garten arbeiteten und für 'n bißchen Kleingeld Botengänge übernahmen, waren die anwesenden Jamaikaner alle *Natties*, gutaussehende, junge Typen mit kurzen Dreads und einem Spitzenkörperbau; die meisten liefen barfuß rum und hatten nichts als weite Shorts an, so daß man manchmal ihre Apparate sah, und sie knutschten auf den Sofas mit weißen Amerikanerinnen rum und trieben es vermutlich später mit ihnen. Die Frauen waren eher Mittelalter, aber meistens ziemlich hip und gutaussehend, vermutlich single, oder ihre Männer waren in den Staaten geblieben, Asche machen oder so. In der Regel waren zwei oder drei von diesen Frauen da, immer andere, denn wenn Evening Star eine zum Flughafen fuhr, weil sie in die Staaten zurückmußte, brachte sie als Ersatz immer 'ne neue mit, oder ein paar Tage später kam ein Taxi den Berg rauf und setzte eine ab. Die Natties waren die ganze Zeit über so ziemlich dieselben. Daß sich ältere Frauen so aufführten, war schon irgendwie ätzend, die Natties verstand ich eigentlich schon eher, weil sie auch sonst hauptsächlich Frauen aufrissen, schließlich war Jamaika ein tierisch armes Land, aber mich hat das alles manchmal echt angekotzt.

Is' schwer zu erklären. Meistens ist mir scheißegal, was andere Leute so machen, solange sie's echt wollen. Aber irgendwie standen die weißen Amerikanerinnen auf junge schwarze Typen und trauten sich offenbar nicht, einen ganz normalen Schwarzen aus den Staaten anzumachen, der gewußt hätte, wo sie herkamen, und sie zum Teufel gejagt hätte, deshalb trieben sie's halt mit den schwarzen Typen hier, die eigentlich ständig bloß pleite waren und nicht mal jemand kannten, den sie beklauen konnten. Ich merkte, daß diese Frauen glaubten, sie wären was Besseres als die Natties, außerdem konnten sie jederzeit in die Staaten zurückdüsen und ein normales Leben führen, aber die Natties saßen hier fest und mußten immer weiter Frauen aufreißen.

Rent-a-Rasta, nannte I-Man die Burschen, er war aber wohl eher sauer, weil sie rumliefen und so taten, als ob sie wie er Jünger Jahs wären, und andauernd Rastasprüche abließen von wegen Babylon und Zion und *one Love* und dergleichen, um die Weiber zu beeindrucken; daß sie sich so billig verkauften, störte ihn wohl weniger. Diese Typen waren zwar nicht gerade Gigolos, aber ich dachte irgendwann, wenn sie welche wären, gäben sie sich viel zu billig her. Das fand *ich* ätzend, glaub ich. Sie durften zwar am Pool rumhängen, gratis massenhaft Ganja rauchen, ab und zu mal 'n bißchen Koks schniefen, sich über die Riesenboxen Reggae anhören, und für 'n Einheimischen war wohl auch das Futter auf dem Mutterschiff ziemlich gut, weil Evening Star gerne jeden Abend auf der Veranda 'ne Wahnsinnstafel mit Kerzen und allem Pipapo aufbaute, und sie vögelten mit weißen Frauen, aber das war's dann auch schon. Kein Geld wechselte den Besitzer. Ich finde, wer sich selbst verkauft, sollte wenigstens bezahlt werden, bar auf die Kralle.

Mich behandelten die Camper wie irgend so 'n Kid aus der Nachbarschaft, aber wenn mein Vater in der Nähe war, wurde ich plötzlich der kleine Prinz. Mit I-Man gingen sie allerdings um wie mit einem Filmstar, schließlich war er 'n echter Rastaman der alten Schule, besonders Evening Star und die Natties, die glaubten, I-Man wär mit Bob Marley und Toots und den Wailers und so weiter befreundet gewesen, was wohl auch stimmte, Jamaika ist ja ein kleines Land, und damals in den Siebzigern gab es sowieso nicht so viele echte Rastas, außer Bob, Toots und den anderen aus der Reggae-Posse in Kingston. Und wenn sie ihn fragten: »I-Man, hast du die Jungs *wirklich* gekannt?«, dann sagte er: »I-and-I und Ras-Bob, wir waren wie Brodders, Mon. Toots war auch cool. I-and-I und Toots und Bob, wir war'n zusammen aufer Schule, Mon.« Und dann wurde er total verträumt, als riefe er sich gerade die guten alten Zeiten im Getto in Erinnerung, deshalb wußte man nicht so recht, was Sache war, außerdem hakte bei dem Thema niemand richtig nach, weil wohl alle – sogar ich – glauben wollten, daß wir mit 'm echt coolen Typ rumhingen, der beinahe berühmt geworden wäre.

Im allgemeinen relaxte I-Man und kümmerte sich nicht weiter um das, was sich am Pool abspielte, er mußte nämlich ziemlich viel meditieren und wollte auch nichts von den Frauen, aber wenn er sich auf ein Chillium zu den Campern gesellte, was regelmäßig geschah, behandelten ihn alle, als wär er Großvater Dread und voller Rasta-Weisheit, was ja auch irgendwie stimmte. Und er stand drauf, das war nicht zu übersehen. Er redete und verhielt sich so, wie sie's von ihm erwarteten. Die Natties kamen vorbei und betrachteten seinen unheimlich eindrucksvollen Jahstock, und als einmal einer den Löwenkopf oben berühren wollte, bekam er genau wie damals die Delta-Airlines-Tante in Burlington einen gewischt, was für alle total unbegreiflich war, und alle kriegten große Augen und tierischen Respekt, obwohl ich mittlerweile eines Nachts auf der Farm, als er schlief, den Stock untersucht und rausgefunden hatte, daß I-Man bloß anstelle der Barthaare winzige Nähnadeln in den Löwenkopf und in die beiden Ohrenspitzen gesteckt hatte, die man nicht sah, wenn man nicht ganz nah ranging, und er bewegte den Stock gern ein ganz klein wenig und pikste einen mit den Nadeln, was alle dann für Rasta-Zauber hielten. Für mich war das natürlich nur ein ziemlich cooler Scherz, aber ich hielt den Mund. Ich tat einfach so, als wär ich an die Zauberei von I-Man gewöhnt, und faßte den Jahstock an, wenn ich Bock dazu hatte, denn man konnte den Nadeln total leicht ausweichen, wenn man wußte, wo sie waren.

Aber eigentlich ging's I-Man prima, weil er den Campern und ihren Freunden 'ne Menge Gras andrehte, und zwar so viel, daß er alle paar Tage zur Ameisenfarm fahren und Nachschub holen mußte. Außerdem hatte er die anwesenden Natties wohl dazu gebracht, in der Gegend ein wenig zu dealen, hatte also 'ne Art Filiale eröffnet. Für mich war es auch okay, wenigstens erst mal. Ich mochte Evening Star ganz gern, hauptsächlich weil sie mit meinem Vater zusammen war, aber sie beachtete mich auch etwas mehr, als die anderen es taten, fragte mich nach meinem Sternzeichen und so'n Kram. Und sie ließ mich beim Kochen helfen, weil ich von I-Man schon so einiges über die Ital-Küche gelernt hatte, denn so wurde da oben hauptsächlich gekocht, außer es kam gerade mal jemand aus den Staaten und brachte 'ne Menge Leckereien mit, wie sie es immer nannte, die es auf Jamaika nicht gab, beispielsweise besondere Schinken in Büchsen, Salamis und einmal sogar geräucherte Austern, an die ich mich ja damals gewöhnt hatte, als ich mit Russ im Sommerhaus der Ridgeways abgestiegen war. Natürlich aß I-Man so'n Zeug nicht, aber alle Natties langten heftigst zu, obwohl Rastafaris eigentlich weder Schweinefleisch noch Meerestiere essen dürfen, die nicht schwimmen können, was auf die Austern natürlich haargenau zutraf. Und auf andere leckere Sachen wie Krabben und Hummer. Wenn die Leute rumhockten und Schinken, Austern und so was aßen, stürzte das den ollen I-Man in eine Depression, die mehrere Tage anhalten konnte, und alle bekamen deswegen 'n Anschiß, besonders die Natties, und dann zog er sich allein ins Dunkel von einer Wohnzimmerecke zurück, verschränkte die Arme vor der Brust und grollte, deshalb aß ich das Getötete immer heimlich, auch wenn ich selber nie groß behauptet hatte, ein Rastalehrling zu sein, und nicht auf mein Image achten mußte. Ich tat es nur irgendwie aus Respekt.

Mein Vater war viel unterwegs, und wir hatten vereinbart, daß ich, während seiner Abwesenheit, als Gegenleistung für meine Unterkunft und Verpflegung im Mutterschiff aushalf, mich nützlich machte wie die Kids aus der Umgebung, und sobald er wieder da war, gaben wir beide uns schwer Mühe, ein echtes Vater-Sohn-Team zu sein, machten Ausflüge, quatschten über früher und all so was. Nicht, daß wir angeln gingen oder Baseball spielten oder sonstwas Ätzendes machten, das war nicht sein Ding und meins auch nicht. Er nahm mich eher mal im Range Rover mit nach Mobay und besorgte uns Koks von 'nem Typ, der das Holiday Inn leitete, und ein andermal fuhren wir zum Geldwechseln nach Negril zu so 'm jamaikanischen Immobilienmakler, bei dem man amerikanische Dollars zu 'nem anderen Kurs als in 'ner Bank in jamaikanisches Geld wechseln konnte, und er erklärte mir, wie so was funktionierte, was ziemlich interessant war für den Fall, daß ich irgendwann mal US-Geld in die Finger kriegen sollte.

Er war cool, aber einen normalen Vater würde man ihn wohl nicht nennen. Er sagte, ich solle besser nicht bei ihm in Kingston absteigen, er sei nämlich dauernd auf Achse und hätte bloß 'ne Einzimmerwohnung, aber ich glaube, er hatte 'ne Freundin. Er war die Sorte Mann, der eine hatte, und Evening Star war die Sorte Frau, der so was scheißegal war, solange sie ihr nicht unter die Augen kam, und dafür war mein Vater viel zu clever. Ich fragte ihn nach seinem Arztjob, und er antwortete, er arbeite in einem Krankenhaus in Kingston, wollte sich aber anscheinend nicht genauer darüber auslassen, darum bohrte ich nicht weiter nach. Es war wohl so wie damals in der Klinik in Au Sable, als er sich als Röntgenfachmann ausgegeben und meine Mom dazu gebracht hatte, ihn zu decken. Seit er Au Sable verlassen hatte, war er ganz schön rumgekommen, und spätabends, wenn sich alle anderen irgendwohin zurückgezogen hatten, saß er manchmal noch mit mir und I-Man zusammen und erzählte von seinen Reisen nach Florida oder Haiti.

Eines Nachts entschuldigte er sich sogar dafür, daß er mich als Fünfjährigen sitzengelassen hatte. »Deine Mutter war schuld, Bone«, sagte er. »Wenn sie nicht gewesen wär, hätt ich dich nie verlassen, Bone«, sagte er. Mir gefiel, daß er mich Bone nannte, obwohl er wußte, daß er das nicht tun mußte. Zu der Zeit hätte er mich nennen können, wie er wollte. Sogar Buck.

Meine Mom hatte ihn wegen nicht erfolgter Unterhaltszahlungen in den Knast werfen wollen, erklärte er, und er wußte, im Knast hätte er nicht nur sein eigenes Leben, sondern auch meins zerstört, weil er a) sowieso unmöglich Kohle auftreiben konnte, solange er im Gefängnis war, und b) wußte, daß ich in einer Kleinstadt aufwachsen mußte, wo mich jeder schief ansehen würde, wenn mein Vater 'n Knacki war, deshalb habe er das Land verlassen, bevor ihn meine Mom und der Sheriff hopsnehmen konnten. Er sagte, er habe irgendwo anders etwas Geld verdienen und es mir später heimlich schicken wollen, hätte aber nie rausgefunden, wie er es mir zukommen lassen könnte, ohne daß meine Mom und der Sheriff davon Wind bekamen. Und als meine Mom wieder geheiratet habe, konnte er ihr unmöglich Geld schicken, weil sie's einfach meinem Stiefvater gegeben hätte, der nichts weiter sei als ein Stück Scheiße. All diese Jahre, sagte er mir, habe er darauf gewartet, daß ich aus eigenem Antrieb zu ihm käme. Und das hatte ich ja jetzt getan.

Mit den vielen Schlafzimmern im ersten Stock war das Mutterschiff so groß wie 'n Hotel, und am Ende des langen Flurs oben gab es ein kleines Zimmer mit zwei Betten, das mir Evening Star am ersten Abend zugeteilt hatte. Gleich am nächsten Tag holten mein Vater und ich meine Sachen von der Farm, darunter meine alte ausgestopfte Waldschnepfe und die Klassik-CDs, die ich immer noch nicht gehört hatte, und ich zog mehr oder weniger auf Dauer dort ein, und I-Man teilte sich das Zimmer mit mir, wenn er nicht gerade auf der Farm war und neues Gras holte oder über Land reiste, um neue Filialen zu gründen oder selbst zu dealen. Die meisten Schlafzimmer im ersten Stock waren für Besucher aus den Staaten und ihre aktuellen Spielkameraden, außerdem gab es in dem Haus direkt am Pool auch ein Zimmer mit Küche und draußen im Wald beim Garten ein paar Hütten, die Cabanas hießen und in denen auch Leute schliefen.

Evening Star und mein Vater, den ich mittlerweile Pa nannte, damit ich ihn nicht wie meinen Stiefvater mit Dad anreden mußte, schliefen im großen Schlafzimmer, das nach hinten raus im Erdgeschoß lag. Dahinten hatten sie ihr eigenes Badezimmer und 'ne private vergitterte Veranda und alles, aber sie schliefen nicht richtig zusammen wie ein Ehepaar, mein Vater war nämlich so 'ne Nachteule, vermutlich weil er so gerne kokste, und Evening Star ging gern früh ins Bett und stand auch früh wieder auf, wie es so Leute häufig tun, die zwar ganz gerne kiffen, aber trotzdem alles unter Kontrolle haben wollen.

Nach einem langen Tag voller kleinkrimineller Aktivitäten mit Pa und einem Quasselabend zwischen Vater und Sohn, bei dem meistens er redete und ich zuhörte, ging ich dann für gewöhnlich um zwei oder drei Uhr morgens die breite Treppe nach oben und legte mich aufs Ohr. I-Man schnarchte dann schon, aber ich war immer noch aufgekratzt, besonders wenn ich von Pas Koks probiert hatte, darum lag ich noch stundenlang wach und hörte, wie Pa unten durch die Küche stapfte oder auf der Stereoanlage im Wohnzimmer alte Siebziger-Jahre-Musik, die Bee Gees und so 'n Zeug spielte, bis ich schließlich selber einschlief. Dann wurde ich ganz früh von der Sonne geweckt, mein Zimmer lag nämlich auf der Ostseite des Hauses und hatte keine Vorhänge, und ich hörte Evening Star unten staubsaugen, Geschirr waschen und Aschenbecher leeren. Irgendwann fragte ich mich, wann sie es je miteinander trieben.

Eines Morgens konnte ich auch nach Sonnenaufgang noch nicht einschlafen, ging also nach unten und quatschte bei einem Kaffee mit Evening Star über mein Tierkreiszeichen, ich bin nämlich Löwe, was ihr offenbar mächtig imponierte, schließlich erzählen die Rastas ja immer, Haile Selassie sei der Löwe von Judah.

»Dein astrologisches Zeichen«, sagte sie, »ist dein *Zugang* ins Universum. An dieser Stelle verläßt du die *Astra*lebene, Schätzchen, und landest auf der *planetaren* Ebene, und deshalb bestimmt es deinen *Charakter* und dein *Schicksal*!«

»Ja, aber es gibt doch noch ungefähr elf andere Zeichen, stimmt's? Insgesamt zwölf?«

»Das *stimmt*!« sagte sie total aufgeregt.

Am Arsch, denke ich im stillen. Aber ich sagte: »Das heißt, daß ein Zwölftel der Milliarden Menschen auf der Erde dasselbe Tierkreiszeichen haben wie ich, klar? Millionen und Abermillionen Leute auf der ganzen Welt sind Löwen, klar? Mit demselben Charakter und Schicksal wie ich. Bloß bin ich bis jetzt noch keinem begegnet, dessen Charakter und Schicksal meinem auch nur im entferntesten ähneln. Kannst du mir folgen? Als ob alle anderen Löwen in China oder sonstwo leben würden.«

»Nein, nein, *nein*, Süßer«, sagte sie. »Hör zu. Jeder auf diesem *Planeten* ist eine einzigartige *Schöpfung*. Es ist *sehr* kompliziert, Süßer. Paß auf. Alle haben ein *auf*steigendes Zeichen und ein *ab*steigendes Zeichen und so weiter, und die *anderen* Zeichen beeinflussen dein *Haupt*sonnenzeichen, also dein *Geburts*zeichen, je nachdem, wie *weit* oder *nah* sie sind. Es ist sehr kompliziert, Süßer. Sie sind wie *Planeten*, die gegenseitig ihre *Umlaufbahnen* um die *Sonne* beeinflussen. Weißt du was, Bone, du solltest metaphysisch gesehen einfach *offener* sein«, sagte sie. Dann fragte sie mich nach meinem genauen Geburtsdatum, und als ich es ihr nannte, sagte sie: »Das ist ja diese *Woche*, schon in drei Tagen«, was für mich 'ne echte Überraschung war, weil ich schon lange nicht mehr wußte, welches Datum wir gerade hatten, eigentlich seit ich nach meinem Aufenthalt im Haus der Ridgeways in den Schulbus zurückgekehrt war, und deshalb hatte ich gedacht, mein Geburtstag sei noch lange hin.

»Wir müssen 'ne *Party* für dich geben, Schätzchen«, sagte sie. »Eine *Geburtstags*party!«

»Das ist cool«, sagte ich. Und das stimmte, auch wenn ich wußte, daß Evening Star immer nach irgendeinem Vorwand suchte, um 'ne Fete zu schmeißen, und mehr war's auch nicht, ein Vorwand. Trotzdem, für mich hatte schon lange keiner mehr 'ne Party gegeben.

Mein Vater hatte seinen eigenen Fahrer, der für die Regierung oder so arbeitete und ihn brachte, wieder abholte und bei Verwandten in Mobay wohnte, solange Pa im Mutterschiff war, und der am nächsten Tag wieder nach Kingston fuhr, weshalb Evening Star beschloß, die Party noch am selben Abend zu feiern, weil es, wie sie sagte, das erstemal war, daß wir beide an meinem Geburtstag zusammen waren, seit ich noch ein klitzekleines Knäblein war. So redete sie, mal so und dann wieder anders, so daß man nie genau wußte, wen man gerade hörte, eben noch eine weiße reiche Lady mittleren Alters aus den Südstaaten, im nächsten Moment einen Teenager wie mich (wenn sie Worte wie geile Braut oder voll kraß benutzte) oder einen Irie-plappernden Möchtegernrasta oder eine Kindergartentante beim Sandkasteneinsatz, wie so oft, wenn wir beide allein waren. Weil sie ihr Leben lang von so vielen verschiedenen Leuten umgeben gewesen war und viele Jahre immer dieses spitzenmäßige Gras geraucht hatte, fand sie irgendwie keine Worte mehr, die stark genug gewesen wären, um die von außen kommenden Worte abzublocken, und ich fragte mich, was sie wohl dachte, wenn sie mal allein war. Mir kam sie wie 'ne Schauspielerin vor, die gleichzeitig mehrere verschiedene Rollen in mehreren verschiedenen Stücken spielte.

Zu der Zeit waren außer I-Man nur zwei Jamaikaner im Mutterschiff, Jason, so 'n bulliger Typ Mitte Dreißig, der sich für einen erstklassigen Dominospieler hielt, obwohl er nicht besonders clever war, aber ich mochte ihn, weil er mir Unterricht gab, und Toker, ein hellhäutiger Kerl mit Fu-manchu-Schnurrbart, halb Chinese, halb Afrikaner, der 'n Spitzenkörperbau hatte, wie Bruce Lee, I-Mans Gras in der Gegend verkaufte und das Mutterschiff als Stützpunkt benutzte, wo er pennen konnte, gelegentlich mal einen wegsteckte und seine Karateübungen machte. Außerdem waren in dieser Woche zwei Amerikanerinnen da, Cynthia, eine große knochige College-Professorin, die den ganzen Tag am Pool rumlag und las, bis sie sich bei Sonnenuntergang ein Chillum reinzog, anschließend gerne Rum trank und mit Jason oder Toker tanzte, und zwar gar nicht so übel für 'ne dürre Weiße ihres Alters, und dann eine jüngere Frau, Evening Stars Cousine Jan aus New Orleans, eine Dichterin, die offensichtlich auf das Lotterleben im Mutterschiff nicht so abfuhr, aber deswegen auch keinen zur Schnecke machen wollte, weshalb sie einfach mitmachte und so tat, als amüsierte sie sich königlich bei ihrer ausgeflippten Cousine auf Jamaika.

Jan interessierte sich mehr als die anderen für das »Eingeborenenleben« und verwandte viel Zeit darauf, aus I-Man und den Natties ehrliche Antworten über Themen wie Arbeitslosigkeit, Familienleben und so'n Kram rauszuholen, über die sie sonst kaum mal redeten, auch wenn sie aus eigener Anschauung 'ne Menge darüber wissen mußten. Ich mochte Jan aber, weil sie so'n angenehmes tiefes Lachen hatte, und sie lachte kopfschüttelnd los, sobald Jason oder einer der anderen Natties beispielsweise zu erklären versuchte, er wolle in den Staaten Arbeit suchen, um seine fünf Kinder und deren drei Mütter zu ernähren, und ob sie ihm helfen könne, ein Visum zu bekommen etc. Oder wenn I-Man ganz ernst wurde und Sachen sagte wie: »Auf Jamaika is' die Frau wie'n Schatten und der Mann wie 'n Pfeil«, dann lachte Jan laut los und sagte: »*Da* hast du verdammt recht, Süßer!«

An diesem Tag trieben sich Evening Star und I-Man ständig in der Küche herum und kochten für die Party, während die anderen Camper wie üblich um das Mutterschiff rumlungerten. Ich, Pa und Jason fuhren den ganzen Nachmittag lang durch Mobay und suchten vergeblich einen Typ, den Pa kannte und von dem Jason 'ne Knarre kaufen wollte, die er angeblich brauchte, um jemanden in Negril abzuballern, der das Haus seines Bruders niedergebrannt hatte. Ich glaubte kein Wort davon und Pa auch nicht, solche Geschichten hört man andauernd, aber ich wußte, daß Pa für die Waffe blechen wollte, weil Jason keine eigene Kohle hatte, Jason stünde dann in seiner Schuld, und Pa hätte so was wie seinen privaten Hilfssheriff, der seine Knarre so einsetzen würde, wie Pa es von ihm verlangte, was sich eines Tages als nützlich erweisen könnte. Aber wir fanden den Typ nicht.

Als wir abends gegen sechs zum Haus zurückkamen, baumelten überall Ballons, und zwischen ein paar Bäumen hing ein Transparent aus drei ganzen Bettlaken mit der Aufschrift: Alles Gute zum Geburtstag, Bone!!! Über die Berge dröhnte Musik aus den Boxen am Pool, wo große brennende Fackeln an Stangen befestigt waren, außerdem gab es große Kühlboxen voller Eis und

Bier Marke Red Stripe, Tische, die mit Unmengen von Platten voller Ital-Speisen sowie den üblichen jamaikanischen Bohnen und Reis beladen waren, dazu Flaschen mit Rum und andere Schnäpse, an einem Grillspieß brutzelte ein ganzer Ziegenbock, und in einem großen Topf schwappte aus dem Kopf, den Innereien und den Eiern des Viehs eine Suppe, die *Mannish Waters* hieß, Männerbrühe. Es sah wirklich so aus, als würde gleich eine unglaubliche Fete für einen heißgebliebten Menschen beginnen.

Im Nu pilgerte praktisch das ganze Dorf den Berg hinauf zum Greathouse, Familien mit kleinen Kindern, alte Leute und jede Menge Natties aus der ganzen Gegend, die mir aufgefallen waren, weil sie Tag und Nacht unten an der Straße nach Mobay relaxt hatten, sogar I-Mans dreadlockgeschmückte Posse von der Farm, Fattis, Prince Shabba und Buju, die sich echt freuten, mich zu sehen, und mit mir wie irre Hände abklatschten, außerdem ein paar mir bisher unbekannte weiße Jamaikaner, schwere Burschen mit kaffeebraunen Begleiterinnen, die spitze Stöckelschuhe trugen und jede Menge Oberschenkel zeigten, vermutlich aus Mobay, weil sie in Daimlers kamen, und Pas Fahrer war auch da mit Pas schwarzem Buick, und der Zöllner, den ich noch vom Flughafen kannte, eine riesige Menschenmasse, bis die Innenhöfe und Veranden, das Gelände um den Pool herum und sogar die Blumenbeete voll mit essenden, trinkenden und zur Musik tanzenden Leuten waren. Wenn ich hinsah, war Evening Star immer gerade da, wo was los war, wie 'ne weiße Königin mit Dreadlocks, in einem langen, fast durchsichtigen Spitzenkleid, aber ohne was drunter, die Leute umarmte und küßte, wenn sie oben ankamen, und ihnen sagte, wo Essen und Getränke und alles waren. I-Man hielt mit seiner Posse 'ne Art Besprechung über einem mächtigen Chillum ab, im Wohnzimmer direkt vor seinem haitianischen Lieblingsbild, dem mit dem Löwen, der friedlich bei den anderen Tieren liegt, die er sonst eigentlich frißt. Cynthia und Jan tanzten mit so ziemlich allen Jamaikanern, während sich Jason bemühte, so auszusehen, als ob unter anderem er hier das Sagen hätte, indem er das Soundsystem bediente, hauptsächlich Dancehall auflegte und zwischen den Songs wie der berühmte D.J. Yellowman ins Mikro rappte, und Toker gab mit seinen Schwimmkünsten an, schwamm eine Länge nach der anderen, bis es im Pool zu voll wurde, weil irgendwelche Kids reinhüpften. Mein Vater ließ sich von einer Gruppe zur anderen treiben, sah dabei total cool und überlegen aus, und wenn er mich zwischendurch mal sah, blinzelte er mir zu, als hätten wir beide ein Geheimnis, bloß daß ich es noch nicht kannte.

Ich hatte meinen Spaß dabei, einfach nur am Pool zu relaxen, 'n Joint zu rauchen, Red Stripes zu kippen und Leute zu beobachten. Ich kann's zwar nicht ab, wenn Leute »Happy Birthday« singen und klatschen, aber irgendwie wartete ich doch darauf, daß jemand die Geburtstagstorte mit den üblichen Kerzen brachte. Ich hatte mich wohl auf einen von diesen zentralen Augenblicken im Leben eingestellt, wo man vor einer großen Menschenmenge das Ende eines Abschnitts und den Beginn eines neuen begeht, auch wenn ich erst fünfzehn und nicht einundzwanzig oder vierzig oder so was wurde und auch keine Party feierte, weil ich jetzt ins Rentnerleben eintrat. Trotzdem, ich stellte mir vor, wie Pa Jason das Mikro abnahm und vor allen Leuten 'ne kleine Rede hielt, von wegen sein einziger Sohn Bone hätte nach einer schrecklichen Kindheit in den Staaten endlich zu ihm gefunden, um unter seinem Schutz von ihm hier auf Jamaika zum Manne erzogen zu werden, und während Pa noch redete, würde sich I-Man zu mir rüberbeugen und sagen: »Ganz neue Welt, Bone, ganz neue Er-fah-rung«, und nachdem Pa mit einer Träne im Auge seine Rede beendet hätte, käme er rüber, umarmte mich und sagte: »Willkommen zu Hause, mein Sohn«, und genau in diesem Augenblick würden Jason und vielleicht noch Jan eine total gewaltige, mit fünfzehn brennenden Kerzen geschmückte Torte ins Freie tragen und Evening Star ihr Glas hochhalten und singen: »Happy Birthday to Bone«, und alle einstimmen, sogar die kleinen Kids, die mich gar nicht kannten.

Aber es wurde immer später, bis schließlich die Leute gingen, außer denen, die im Garten und in den Büschen eingepennt oder auf den Sofas und Stühlen am Pool weggeknackt waren. Der meiste Alk und das meiste Essen waren weg, sogar die Mannish Waters und der Ziegenbraten, von dem Ital-Essen war allerdings noch 'ne Menge übrig, weil dieses Zeug nicht jeder mag, Jamaikaner eingeschlossen. Die Hunde streunten auf der Suche nach irgendwelchen Leckerbissen durch die Gegend, die Katzen leckten die Teller ab und spazierten zwischen den Resten auf den Tischen rum, und Jan und Jason tanzten zu einem Song von Dennis Brown, engumschlungen wie fickende Schlangen, was mich irgendwie runterzog, obwohl ich die beiden lieber mochte als die übrigen Camper. Cynthia, die College-Professorin, hatte ich kurz gesehen, als sie sich vor Stunden mit Buju aus I-Mans Posse davongestohlen hatte, und die anderen, Prince Shabba und Fattis, waren ohne ihn gegangen. Toker hatte sich wohl mit Pas weißen Freunden in einem der Daimler zu 'ner anderen Party ins Holiday Inn verzogen. Ein kühler Wind wehte und hatte die letzten Fackeln ausgeblasen und zwei Drittel des »Alles Gute zum Geburtstag, Bone!!!«-Transparents weggeweht, jetzt stand da bloß noch »Alles Gute«, die vielleicht zehn Ballons, die die Kinder nicht schon vorher zum Platzen gebracht hatten, waren weich und schrumplig geworden, und im Pool trieben Pappteller und Plastikbecher.

Das ganze Gebäude sah ziemlich versifft aus, aber wenigstens hatten sich alle amüsiert, dachte ich, nur die Geburtstagstorte wollte mir immer noch nicht aus dem Kopf, vielleicht gab es ja wirklich eine, die Evening Star wegen des großen Erfolgs ihrer Party nur vergessen hatte. Ich schlenderte eine Zeitlang über das Anwesen und suchte nach irgendwem, mit dem ich quatschen konnte, aber alle waren entweder weg oder irgendwo umgekippt. Pa war bestimmt mit den Weißen zu der Party ins Holiday Inn gedüst. Irgendwann ging ich ins Haus, vorbei am Wohnzimmer, und sah in der Küche nach. Aber da stapelten sich bloß dreckige Töpfe und Pfannen vom Kochen. Keine Geburtstagstorte.

Alles halb so wild, sagte ich mir, öffnete den Kühlschrank, holte das wahrscheinlich letzte Bier raus und sah mich gerade nach 'm Öffner um, als ich ein ziemlich krank klingendes Gestöhne aus dem Zimmerchen neben der Küche hörte, der Wäschekammer mit 'ner Liege, Dusche und Toilette für den Typ, der sich um den Garten kümmert. Vielleicht ist Jan da und muß kotzen oder sonstwer braucht Hilfe, denke ich, stoße die Tür auf und geh rein. In dem Zimmer ist es ziemlich finster, aber durch die offene Tür dringt genug Licht aus der Küche, und ich sehe Evening Star auf allen vieren auf der Liege knien, das Spitzenkleid bis zur Hüfte hochgezogen, und I-Man mit runtergelassener Hose besorgt's ihr von hinten. Er ist halb so groß wie sie, und es ist kein schöner Anblick.

In diesem Moment dreht sich Evening Star um, kriegt über ihre Schulter hinweg mit, daß ich zusehe und sagt mit finsterer Miene: »Scheiße!«, aber I-Man rammt ihn immer wieder in sie rein, als würd er gleich kommen, und so lasse ich langsam die Tür zufallen, ziehe mich mit heißem, rot angelaufenem Gesicht aus der Küche zurück und bin ungeheuer sauer, aber auch irgendwie von der Rolle, weil ich nicht weiß, warum ich sauer bin. Es kommt wohl alles zusammen. Es gibt keine verdammte Geburtstagstorte, I-Man vögelt Evening Star, und mein Vater haut ab, ohne sich zu verabschieden. Als ich wieder auf die Veranda kam, hatte ich immer noch die ungeöffnete Bierflasche in der Hand und schmiß sie, so fest ich konnte, in die Dunkelheit in Richtung Swimmingpool.

Ich hörte, wie sie auf die Fliesen knallte, und einer der Hunde, vermutlich der Labrador, jaulte auf, als hätten ihn ein paar Glassplitter getroffen, so daß ich mir wie ein Stück Scheiße vorkam. Ich lief zum Pool, aber die Hunde waren schon weg, sogar die Katzen. Überall lagen braune Glasscherben rum. Ich hatte keine Ahnung, was ich machen sollte. Ich hätte wohl saubermachen müssen, ließ es aber bleiben.

Eine Weile lief ich unterhalb vom Haus durch die Blumenbeete. Der Mond war aufgegangen, und im Mondschein fand ich die weißen Tiere mit ihren roten Augen und Mäulern echt unheimlich. Über der Gartenanlage hörte sich der Wind in den Palmen irgendwie wie die leise klagenden Stimmen der Geister von Tausenden afrikanischen Sklaven an, die dort geboren worden waren und unten in den Zuckerrohrplantagen ihr Leben lang geschuftet hatten, ausgepeitscht oder in Ketten gelegt, wenn sie sich gewehrt hatten oder fliehen wollten, und die dann jahrhundertelang, eine Generation nach der anderen, krepiert und irgendwo hinten im Unterholz verscharrt worden waren, und heute erinnerte sich niemand mehr an sie, weil der Dschungel alles überwuchert hatte, und darum konnte man nicht mal mehr hingehen und Blumen auf ihre Gräber legen. Etwas so Trauriges wie diesen Wind hatte ich noch nie gehört, und ich mußte schleunigst da weg, bevor ich anfing zu schluchzen.

Auf dem Weg zur Treppe und meinem Zimmer kam ich gerade durch das dunkle Wohnzimmer, als ich aus dem Sessel meines Vaters in der Ecke seine Stimme hörte: »Bist du das, Bone?«

Ich sagte: »Ja«, blieb aber nicht stehen, und er fragte: »Was ist Sache, Sohn?« Da drehte ich mich um, sah das glühende Ende seiner Zigarette, ging zu ihm, setzte mich in den Sessel neben ihn und muß wohl geseufzt haben, weil er fragte: »Irgendwas nicht in Ordnung, mein Junge?«

»Doch«, sagte ich. »Oder… doch nicht *ganz*.«

Er lachte, etwas zu laut, wie üblich, wenn er ’ne Weile gekokst hatte. »Hat dir irgendein süßes dunkelhäutiges Mädel das Herz gebrochen, mein Junge?«

Da erzählte ich es ihm. Es war ein Fehler, und kaum hatte ich es gesagt, war mir das auch klar, aber ich konnte nicht anders. Außerdem hätte ich nie gedacht, daß er so reagieren würde. Ehrlich gesagt hatte ich keinen blassen Schimmer, *wie* er reagieren würde, und dachte auch gar nicht groß drüber nach. Ich sagte ihm einfach klipp und klar, daß ich vor ein paar Minuten zufällig mit angesehen hatte, wie I-Man Evening Star gefickt hatte.

Zuerst war er ruhig, machte nur »Ach?« und fragte, ob sie mich gesehen hätten, was ich bejahte, aber als er wissen wollte, wo ich sie beim Ficken gesehen hätte, machte mir seine Ruhe angst, und ich log.

»Weiter unten. In den Blumenbeeten«, sagte ich.

Als er die genaue Stelle wissen wollte, behauptete ich, ich sei mir nicht sicher, vielleicht in der Nähe der Plastiken von diesen Lämmern und Füchsen und so. »Neben der großen Vogeltränke«, sagte ich schließlich, was zufällig ganz unten am Haupttor und so weit weg vom Haus war, wie man nur kam, ohne die Straße zu betreten. »Was hast du vor?« fragte ich.

»Tja, Bone, ich werd ihn wohl töten müssen.«

»Lieber Himmel! Warum das denn?«

»Warum? Was mein ist, ist mein. Nach diesem Wahlspruch lebe ich, Bone. Und wenn irgendein kleiner Nigger mein Haus betritt und sich nimmt, was mein ist, muß er dafür bezahlen. Er muß bezahlen und nochmals bezahlen, immer wieder. Und weil dieser Nigger nichts weiter besitzt als sein kleines mieses Leben, muß er eben damit bezahlen.«

»Großer Gott«, sagte ich. »Das ist ziemlich hart.« Als er sich ganz langsam und knarrend aus seinem Sessel erhob, sagte ich: »Ich dachte, es wär Evening Stars Haus.«

»*Sie* ist mein, Bone. Daher gehört mir, was ihr gehört.«

Dann ging er in sein Zimmer, kam einen Moment später wieder raus, und als er sich der Tür näherte, glitzerte der Mondschein auf der Waffe in seiner Hand, und man sah sein Gesicht, das grau und kalt war wie Eis.

»Unten bei der Vogeltränke hast du gesagt?«

»Ja.« Jetzt war ich echt panisch und wünschte wie verrückt, ich hätte nie ein Wort gesagt, aber es war zu spät.

»Hör zu, Pa, ich bleib wohl besser hier oben, wenn du nichts dagegen hast«, sagte ich.

»Mußt du wissen, Bone. Ich kann's verstehen«, sagte er und ging nach draußen, worauf ich wie ein geölter Blitz Richtung

Küche und dann Waschküche lief. Als ich ankam, knöpfte I-Man gerade seine Hose zu, und Evening Star war weg.

»Bone!« sagte er, nur leicht überrascht, mich zu sehen, als wüßte er gar nicht, daß ich ihn und Evening Star überrascht hatte. »Was'n los, Mon?« sagte er und schlenderte in die Küche, als wär er gerade draußen pinkeln gewesen und wollte sich jetzt im Kühlschrank noch'n kleinen nächtlichen Imbiß suchen.

»Hör zu, du mußt hier weg, Mann. Doc will dich alle machen«, sagte ich. Offenbar verstand er mich nicht, zog bloß die Augenbrauen hoch, schob die Unterlippe vor und streckte die Hand nach dem Kühlschrankgriff aus.

»Er hat 'ne Knarre«, sagte ich. Damit war mir seine Aufmerksamkeit sicher.

»Ernsthaft? Wo isser hin?«

»Runter zur Vogeltränke«, sagte ich. »Er ist verdammt eiskalt, Mann. Und hat seine Knarre dabei.«

»Warum will Doc I-and-I umbringen, Bone?«

»Weil du mit Evening Star gevögelt hast, Herrgott noch mal! Was glaubst du denn? Scheiße, nun leg endlich 'n Zahn zu und verpiß dich nach hinten raus«, sagte ich ihm. Da verliefen etliche alte Pfade im Zickzack durchs Unterholz, die von den Einheimischen benutzt wurden, wenn sie zu Fuß über die Berge kamen.

Er nickte, ging langsam zur Tür, die in den hinteren Gartenbereich führte, blieb dort stehen und drehte sich zu mir um. »Woher weiß Doc, daß I-and-I Evening Star gebummelt hat?«

»Tja, also, da hab ich echt keinen Schimmer. Vielleicht hat sie's ihm gesagt. Vielleicht hat er euch dabei gesehen. Er war die ganze Zeit hier, Mann, hat keine zehn Meter weiter im Wohnzimmer gesessen, und auch wenn er vollgekokst war bis unter die Kiemen, hatte er wache Sinne. Vielleicht hat er euch sogar gehört.«

»Is wahr, Bone?«

»Ja, die Wahrheit. Jetzt sieh zu, daß du Land gewinnst, Mann. Um Himmels willen, hau bloß ab, okay?«

»Kommste mit, Bone?«

»Wohin? Nicht zurück auf die Ameisenfarm, Mann. Da sucht er dich zuallererst.«

»Nich zur Farm. I-and-I geht ins *Jah-kingdom*, in Jahs Königreich. Rauf ins Cockpit, Bone, da muß I-and-I unter meinen Maroon-Brüdern sein und I-lion, der Löwe, im I-kingdom sein, Mon. Die Zeit kommt, Zeit vergeht, Zeit fliegt weg, Bone, aber I-and-I muß zurück ins Cockpit Country. Muß zurück ins fruchtbare Land meiner Geburt, Heimat aller Abkömmlinge Afrikas in Babylon. Die Babylonier könn'n da nich rein unter die Maroons. Kommste mit?« wiederholte er noch mal. »Oder bleibste auf dieser Plantage hier bei Papa Doc?«

»Findest du, das sollte ich nicht tun?«

»Mußt du wissen, Bone. Aber I-and-I zieht jetz' los ins Cockpit.«

Ich wußte nicht genau, was das Cockpit war, außer er meinte dieses Dörfchen irgendwo in der Pampa, von dem er früher im Schulbus erzählt hatte, wenn er Heimweh bekam, dann konnte ich mir die Gegend ziemlich gut vorstellen und hatte das Gefühl, daß zur Zeit einiges dafür und gegen das Mutterschiff sprach, vor allem weil mein Interesse geschwunden war, mich in Baby Doc zu verwandeln, und so sagte ich: »Yeah, ich komm mit. Ich hol bloß rasch meinen Kram und treff dich hinten.«

Er sagte: »Irie«, nahm seinen Jahstock und trat hinaus in den mondbeschienenen Garten hinter dem Haus, während ich nach oben auf mein Zimmer rannte, wo ich meinen alten ausgestopften Vogel, die immer noch ungehörten Klassik-CDs und meine wenigen Klamotten in den Rucksack warf. Ich wollte gerade den Flur entlang in Richtung Treppe gehen, als ich über das Geländer nach unten schaute und Pa mit seiner Knarre in der Hand durch die Tür ins Wohnzimmer kommen sah, wo er in so 'nem Flecken Mondlicht stehenblieb, schnüffelte und sich umsah wie 'ne Schlange und seinen nächsten Schritt überlegte. In diesem Augenblick ging die Tür zu dem Schlafzimmer vor ihm und Evening Star auf, und sie kam splitternackt in das mondbeschienene Wohnzimmer, wo sich die beiden gegenüberstanden, während ich im Dunkeln von oben zusah.

»Na komm, Doc«, sagte sie mit leiser geduldiger Stimme, als riefe sie einen ihrer Hunde. »Komm jetzt ins Bett. Die Party is aus.«

»Bone hat dich und den Nigger gesehen«, sagte er.

Sie seufzte, als wär sie echt müde, und sagte: »Ja. Ich weiß.«

»Ich muß ihn töten, verstehst du. Oder ihn töten lassen.«

»Nicht heut nacht, Liebling. Komm jetzt her.«

Dann sagte er so was wie sie sähe echt voll gut aus, wie sie da nackt im Mondschein stünde, und sie erwiderte lachend, er sähe auch tierisch gut aus wegen der Knarre in seiner Hand, was sie ganz schön antörne, und dann gehen sie langsam aufeinander zu, wobei er mit der freien Hand schon seine Gürtelschnalle öffnet, so daß ich die Gelegenheit nutze und auf Zehenspitzen zurück in mein Zimmer am anderen Ende des Flures husche. Ich ging schnell zu dem einzigen Fenster dort, öffnete es, kroch durch und auf das Dach der Waschküche, von wo ich mich mit umgeschnalltem Rucksack auf den überhängenden Ast eines großen Brotfruchtbaums schwang, an dem ich mich Stückchen für Stückchen weiterhangelte, und schließlich kletterte ich am Stamm bis runter auf den Boden, wo im Halbdunkel I-Man stand und wartete.

»Bereit, Bone?« fragte er.

»Geh du voran, Mann. Babylon liegt jetzt hinter uns«, sagte ich, und er kicherte kurz auf, drehte sich um und ging voraus in den Busch.

18

Bone wird Einheimischer

Am nächsten Tag kamen wir endlich spätnachmittags in Accompong im Cockpit Contry an, das sich, wie ich's mir schon gedacht hatte, als I-Mans Heimatdorf entpuppte, nach dem er sich damals in den Staaten so wahnsinnig gesehnt hatte. Wir mußten mit vier verschiedenen Leuten trampen, weil Accompong sehr weit von Mobay entfernt ist und nicht viele dahin fahren, deshalb mußten wir lange Zeit einfach nur am Rand der kurvenreichen Landstraßen warten; manchmal fuhren wir auf der Ladefläche von Pickups mit, die letzten sechs oder acht Kilometer von der Hauptstraße bergauf ins Dorf mußten wir sogar laufen. Als wir ankamen, war es so ähnlich, wie ich es mir vorgestellt hatte, nichts weiter als eine unbefestigte Straße, wo in der Mitte Gras wuchs, und vielleicht ein Dutzend Hütten und Häuschen, ein paar waren auch im Dschungel verstreut, außerdem lauter kleine Gemüsegärten und Bananenstauden; Kinder rannten in Unterhosen rum, alte Männer hielten im Schatten eines Brotfruchtbaums ein Nickerchen, man sah Ziegen, ab und zu mal ein Schwein, und Frauen schleppten Körbe mit Bataten auf ihren Köpfen oder holten Eimer mit Wasser vom Brunnen.

Die Gegend wurde bestimmt auch deshalb Cockpit Country genannt, weil die Landschaft so merkwürdig aussah. Im Umkreis von Meilen, so weit das Auge reicht, gibt es so was wie mächtig tiefe Krater oder Löcher, wo sich vor Urzeiten mal die Erde gesenkt hat, und alle sind von Bäumen, Schlingpflanzen, Dornbüschen und so weiter bewachsen, und die Leute, die oben im Cockpit Country leben, sind eher so was wie Gratwanderer als

Bergsteiger und gehen nur ungern in die Krater, außer sie müssen mal 'ne Ziege oder ein Kind rausholen oder sich vor der Polizei oder sonstwelchen Feinden verstecken. Wegen der unzähligen Höhlen in den Senken und dem undurchdringlichen Buschwerk haben sich die Leute eigentlich seit Jahrhunderten hier versteckt, erzählte mir I-Man. Die Leute, die dort leben, nannte man – angeblich nach dem englischen Wort für kastanienbraun – »Maroons«, weil ihre Haut einen rötlichen Schimmer haben soll, den ich jedoch beim besten Willen nicht bemerkte, für mich sahen sie wie ganz normale Schwarze aus, bloß dunkler. Aber alle stammten von ungeheuer kriegerischen Afrikanern, den Aschantis, ab, die nach ihrer Gefangennahme in Afrika per Schiff nach Jamaika gebracht wurden, wo sie bei der ersten Gelegenheit in den Busch flohen und den weißen Sklavenfängern die Hölle heiß machten, als die sie verfolgten, bis die Sklavenfänger schließlich sagten: Scheiß drauf, wieder auf ihre Zuckerrohrplantagen an der Küste gingen, die Maroons einfach da draußen sich selbst überließen und sagten, schickt uns bloß keine von diesen Aschantikriegern mehr, woraufhin die Königin von England mit Cudjoe, dem Chefmaroon, einen Friedensvertrag abschloß.

Aber heutzutage hausten dort jede Menge Ganja-Anbauer und ein buntes Häufchen von Kriminellen, die hier aufgewachsen waren, später in die Stadt zogen, da Scheiße bauten und wieder hierher zurückkamen, außerdem ein paar normale jamaikanische Bauern und so, aber im großen und ganzen lebten sie noch wie ihre Maroon-Ahnen, hatten weder Strom noch fließendes Wasser, Fernsehen, Autos oder sonstigen Komfort. Auch hatten zahlreiche Rastas da oben im Cockpit ihre Groundations, und laut I-Man kam der Name Cockpit in Wirklichkeit daher, daß sich in dieser Gegend schon immer die Nachkommen der alten afrikanischen Aschantikrieger niedergelassen hätten, um das Universum zu kontrollieren.

Auf dem Weg von Mobay, in der ganzen langen Nacht, nachdem wir vor Papa Doc aus dem Greathouse geflohen waren, und während wir hinter Mobay am Straßenrand warteten, daß uns jemand mitnahm, brachte mir I-Man all das über die Maroons, über Accompong und die alten Aschantikrieger bei, als hätte er beschlossen, obwohl ich immer noch ein weißer Knabe aus den USA war, sei ich jetzt soweit, das alles zu lernen und in meinem Alltagsleben anzuwenden. Aber ich fühlte mich elend und hatte Schuldgefühle, weil ich ja Pa gepetzt hatte, daß I-Man mit Evening Star zusammengewesen war, weshalb er überhaupt erst fliehen mußte, und wenn I-Man mich wie so 'ne Art Lieblingsschüler behandelte, machte er alles bloß noch schlimmer.

Ich war noch nicht dahintergekommen, warum ich es getan hatte, konnte auch nicht wie gewohnt I-Man fragen, wenn ich was nicht geregelt bekam, und so verlegte ich mich darauf, dem weißen Mann allgemein die Schuld zu geben und mir einzureden, Ursache für mein Verhalten seien wohl Lüge und Verrat, Verhaltensweisen, die ich mir als Kind von meinem Stiefvater und anderen Erwachsenen abgeguckt hatte, zufällig alles Weiße. I-Man hatte gerade endlos lange von den alten Aschantis und den Sklavenfängern erzählt und wie die die Aschantis mit gigantischen menschenfressenden Hunden aus Panama gejagt hatten, und ich dachte mir: Scheiß auf Babylon, Mann, Weiße sind voll am Arsch, denen kannst du nie trauen etc., als würde ich mich dadurch von der Verantwortung befreien, fast an I-Mans Ermordung durch meinen eigenen Vater schuld gewesen zu sein.

In dem Dorf Accompong wohnten vielleicht ein paar hundert Leute, und noch ein paar hundert in der näheren Umgebung, und alle sagten, sie seien Maroons und mit allen anderen verwandt, oder jedenfalls kam es mir so vor, und es war wohl auch was dran, weil… man konnte nicht das eine sein, ohne auch das andere zu sein, und deshalb waren die Maroons so 'ne Art Stamm. Das gesamte Land im Cockpit gehörte ihnen allen zusammen, und sie teilten es miteinander auf der Grundlage des Vertrags, den ihre

Urgroßväter mit der Königin von England geschlossen hatten, so ähnlich wie bei uns zu Hause die Mohawks oder andere Indianer. Nur daß die Maroons das Cockpit Country nicht Reservation nannten, es war eher 'ne Art unabhängiges Land, das auch Accompong hieß und ausschließlich von Maroons bewohnt und regiert wurde, wenigstens erzählten sie's so. Sie hatten einen Häuptling und alles und sogar einen Außenminister, echt steinalte Typen, die ich ein paarmal von weitem gesehen habe, aber geredet hab ich nie mit ihnen, weil mich I-Man kurz nach unserer Ankunft ein gutes Stück vom Dorf entfernt auf seiner Groundation unterbrachte, und da blieb ich auch so ziemlich die ganze Zeit über.

Er hat es zwar nie so gesagt, aber I-Man hat mich wohl dadurch geschützt, daß er mich weit draußen im Cockpit, ein paar Meilen vom Dorf entfernt, unterbrachte, wo ich sein tierisch großes Ganjafeld, Hunderte von Pflanzen, bewachen und mit Wasser aus einer Quelle gießen mußte, die weit unten am Fuß der Senke lag. Allerdings war es anscheinend irgendwie nicht ratsam, weiße Fremde oder irgendwelche Außenseiter im Dorf unterzubringen, jedenfalls vermittelte mir I-Man diesen Eindruck, denn als wir gerade angekommen waren und er mich mit ein paar Leuten bekannt machte, unter anderem mit der Frau, die er mir als Mutter seiner Kinder vorstellte, aber nicht als seine Frau, oder einem Cousin von ihm, der auf seinem Hof rumlungerte, sagte er: »Bone is' bloß auf Durchreise.« Außerdem war er wegen seiner Kinder in seiner Hütte kein Platz für mich. Es gab bloß zwei kleine Zimmer, in denen alle schliefen, sämtliche Kinder in einem Bett, I-Man und die Mutter der Kinder in einem anderen, und die restliche Zeit über hielten sich alle auf dem Hof auf, wo sie unter einem von Pfählen gestützten Strohdach kochten und auf kleinen Hockern oder einem alten Autositz saßen.

Aber wo ich wohnte, war es echt voll geil. Da draußen im Cockpit Country hatte ich auf einem Bergkamm mit herrlicher Aussicht und einem gerodeten, terrassenförmig angelegten Hang davor, auf dem das Ganja wuchs, meine eigene kleine strohgedeckte Bambushütte mit Hängematte zum Pennen und einem gemauerten Kamin zum Kochen, dazu die nötigen Töpfe und sonstigen Krimskrams, und drum herum wuchs massenweiße Eßbares wie Brotfrüchte, Bataten, Akees, Kokosnüsse und Calalu, dazu das, was I-Mans Alte kochte und er aus dem Dorf mitbrachte. Es war die beste Bude, die ich je hatte. Ich war echt froh und anscheinend brauchte ich das auch, da am Ende der Welt allein zu sein, mit haufenweise Zeit zum Grübeln und Mich-Erinnern, außer abends, wo I-Man meisten mit 'n paar von seinen Rasta-Cousins rüberkam und sie herumhockten, über'm Chillum meditierten, auf spitzenmäßigen, selbstgemachten afrikamäßigen Drums trommelten und manchmal nachts bis zum Morgengrauen in tranceartiges Nachdenken versanken. Ich hielt mich meistens im Hintergrund, sah und hörte zu, diese Typen waren nämlich voll kraß drauf, die erzählten, wie sie in Kingston und Mobay irgendwelche Kerle kaltmachen wollten, und interessierten sich – alle außer I-Man – nicht besonders für mich, sie hielten mich bestimmt bloß für irgend so 'n weißen amerikanischen Knaben, der auf Kiffen stand und von I-Man als Wachhund benutzt wurde.

Und da war ja auch was dran. Ich war zu der Zeit ständig bedröhnt und arbeitete tatsächlich für I-Man, der mir mal einen ganzen Tag lang beibrachte, wie man auf einem großen Tritonshorn blies, falls ihm jemand sein Gras klauen wollte. Aber es gab andere Dinge im Leben, die mich sogar noch mehr interessierten, als Gras und I-Mans Plantage zu bewachen, und das war ihm klar, deshalb kam er oft allein oder mit einem von seinen Kurzen, wie er seine Kinder nannte, von denen er vier hatte, raus zur Groundation, und nachdem er seine Pflanzen kontrolliert, eine Weile mit ihnen geredet, etwas Unkraut gejätet, die Knospen abgeknipst und mir ein paar Tricks des Ganja-Anbau-Gewerbes beigebracht hatte, machte er sich's im Hof neben der Hütte bequem und erzählte mir ein weiteres Kapitel aus der Geschichte der afrikanischen Gefangenschaft in Babylon.

Mittlerweile waren meine Haare ganz schön lang geworden, reichten mir bis an die Schultern und fielen mir in die Augen, und ich hatte mir angewöhnt, beim Nachdenken eine Strähne zwischen den Fingern zu wirbeln, was I-Man eines Tages bemerkte, als er mir gerade erzählte, wie Marcus Garvey von den Kapitalisten vergiftet worden war, weil er versucht hatte, die Afrikaner in ihrer eigenen Arche zurück ins Gelobte Land zu bringen, und I-Man stand auf, ging in den Busch, kam mit 'ner Handvoll Blätter wieder, zerrieb sie und quetschte etwas Saft aus, den ich mir in die Locken reiben sollte. Der Saft roch nach Lakritz, aber es funktionierte, denn als ich am nächsten Tag aufwachte, bekam ich richtige Dreadlocks, nichts Aufregendes, aber etwa dreißig Zentimeter lange, lockere, superelastische, dunkle rotbraune Locken, die ich nicht richtig sah, weil ich keinen Spiegel dabeihatte, aber ich konnte sie fühlen und spüren, daß sie cool aussahen. Außerdem trug ich da draußen auf der Groundation immer Shorts und kein Hemd, war also inzwischen echt tierisch braun geworden; eines Tages stand ich allein auf dem Feld, ließ aus einem Eimer Wasser auf die Pflanzen tröpfeln, wie es mir I-Man gezeigt hatte, schüttelte dabei den Kopf, um eine Mücke zu vertreiben, und sah in meinem Schatten die Dreadlocks durch die Luft wirbeln. Dann betrachtete ich meine kaffeebraunen Arme und Hände, und als ich kapierte, daß ich nicht mehr wie ein weißer Knabe aussah, stellte ich den Eimer ab und vollführte auf der Stelle einen kleinen Rastatanz im Sonnenschein.

Ist schon komisch, wie man sich innerlich anders fühlt, wenn man sein Äußeres verändert, wie schon damals, als es bloß 'n Tattoo war. Ich fand heraus, daß I-Man wirklich recht hatte, wenn man nur lange und ernsthaft genug daran arbeitet, kann man *wirklich* ein nagelneuer Bettler werden, als würde ein Zimmermann an seinem Arbeitsplatz plötzlich völlig neues Material vorfinden, so daß er seine Pläne ändern und sich ein größeres, besseres Haus bauen kann. Inzwischen redete ich sogar anders, sagte nicht mehr andauernd cool und spitzenmäßig, sondern statt dessen eher Sachen wie: Irie, Mon, und während ich früher von mir selber immer als Ich gesprochen hatte, sagte ich jetzt I-and-I, was einem das Gefühl gibt, von seinem Körper ein wenig getrennt zu sein, man hat einfach irgendwie das Gefühl, sein wahres Ich ist so was wie ein Geist, der durch die Luft schweben, dort mit dem Universum Kontakt aufnehmen und sogar vorwärts und rückwärts durch die Zeit reisen kann.

Das viele Getrommel, die langen Meditationen und das nächtliche intensive Nachdenken mit den Maroons und ihren Aschanti-Nachkommen, die im Geiste bei uns waren, wie I-Man sagte, dazu die gründlichen Unterweisungen in Geschichte und Alltagsleben, die mir I-Man gab, ganz zu schweigen von meiner regelmäßigen Teilnahme am Sakrament von Kali bei einem Chillum mit den Rastas und der täglichen Erforschung von meinem Ich, I-self, in dieser Abgeschiedenheit, mit der ich dank spitzenmäßigem Gras seit dem ersten Tag begonnen hatte, an dem ich I-Man in Plattsburgh im Schulbus kennenlernte, das alles hatte allmählich tiefe Auswirkungen auf mich, ohne daß ich es überhaupt wußte, bis ich eines Morgens in meiner Hängematte aufwachte, das Strohdach über mir ansah und wußte, ich hatte endlich mein altes Ich abgestreift und lag nackt im Universum wie an dem Tag vor fünfzehn Jahren, als ich in Au Sable, Bundesstaat New York, Vereinigte Staaten von Amerika, Planet Erde, geboren wurde.

In der Vollmondnacht, als mir die Ganjapflanzen bis über den Kopf reichten und tags darauf geerntet werden sollten, erschien I-Man mit drei von seinen Rastabrüdern aus Accompong ernst und machetenbewaffnet auf der Groundation, und als sie mir sagten, sie brächten mich jetzt in die geheime Höhle der Maroons, damit ich *de true lights of I-self* sähe, damit ich erleuchtet würde, da war ich bereit, Mann. Verdammt, und ob ich bereit war! Früher hätte ich vermutlich cool oder sonstwas gesagt und vielleicht probiert, das Ganze zu verschieben, ohne sie merken zu lassen, daß ich Angst hatte; aber jetzt sagte ich bloß: »Das wäre irie« und folgte I-Man im Mondschein direkt in den Busch, und die Brüder hinterher, und niemand sagte ein Wort.

Nicht, daß ich ehrenhalber zu einem Schwarzen gemacht werden wollte oder so was. In Wahrheit glaubte ich damals an Weisheit, daß es so was echt gab und einige wenige Menschen sie hatten, und zwar in erster Linie I-Man, und daß diese Leute sie unter den richtigen Voraussetzungen sogar an ein Kind weitergeben konnten, und ich glaubte, daß ich – bei meiner Herkunft und als weißer Amerikaner – etwas Weisheit ganz besonders gut brauchen konnte, wenn ich groß werden und mein Leben besser führen wollte als die meisten mir bisher bekannten Erwachsenen.

Ich hatte nicht das Gefühl, daß wir auf einem gewöhnlichen Weg gingen, und manchmal mußte I-Man die Macca-Büsche abhacken, bevor wir durch eine Senke gehen, über den Kamm steigen und in die nächste hinabsteigen konnten, aber anscheinend waren wir doch auf irgendeinem bekannten Weg, weil I-Man nie zögerte und sich auch nie umentscheiden mußte. Mir kam es so vor, als wären wir stundenlang unterwegs, im Zickzack steile Hänge rauf und dann wieder runter, bis sich bei mir allmählich das Gefühl einstellte, ich wär auf 'nem total anderen Erdteil als auf dem, wo ich mein bisheriges Leben verbracht hatte, als wär ich in Afrika, und ich bekam ein bißchen Muffensausen, weil ich wußte, da draußen gab es Wildschweine, die angeblich gefährlich waren, und ich war froh, daß die Brüder und I-Man Macheten dabeihatten.

Mittlerweile kannte ich die Brüder ziemlich gut, Terron, Elroy und Rubber waren über Dreißig oder sogar Vierzig, ältere Rastas mit tierisch guten massigen Dreads. Terron und Elroy waren I-Mans Vettern und so was wie Juniorpartner von seiner Groundation, und Rubber, der seinen Namen hatte, weil er sein Gesicht nach Belieben zu allen möglichen Grimassen verziehen konnte, aber meistens traurig guckte, war I-Mans Neffe und hatte im Cockpit Country seine eigene Groundation direkt neben der von I-Man. Die Typen waren echt heavy, dunkelhäutiger und finsterer als die Posse auf der Farm, Experten im Umgang mit der Machete, und ihrem Körperbau nach konnten sie einem locker die Arme ausreißen, wenn sie wollten. I-Man, der im Vergleich zu ihnen alt und winzig war, behandelte sie absolut respektvoll, und Terron verriet mir einmal, daß I-Man eines Tages, wenn er die Fülle seines Alters erreicht und seine Wanderungen unter den diversen Völkern der Welt beendet hatte, wahrscheinlich der Häuptling der Maroons in Accompong oder wenigstens ihr Außenminister werden würde.

Endlich hatten wir die Sohle von einer Senke erreicht, wo einen das Mondlicht nicht mehr beschien und man nicht mehr die Sterne sah, und so folgte ich in dieser stockfinsteren Nacht jetzt nur noch I-Mans Schritten. Auf einmal hörte ich ihn nicht mehr, blieb stehen und fragte nach ein paar Sekunden: »Yo, I-Man, wo biste, Mon?«

Rubber, der direkt hinter mir ging, sagte: »Geh weiter, Rasta.«

»Aber I-and-I seh nix mehr, *nutting*, Mon.«

»Macht nix, Mon«, sagte er und versetzte mir mit seiner Machetenspitze einen kleinen Stups gegen die Schulter, und das machte mir Beine. Weiter und immer weiter ging ich in völliger Dunkelheit, vielleicht zwei Kilometer lang, wobei ich dachte: Na, wenn ich jetzt über 'ne Klippe stürze, krieg ich das erst mit, wenn's eh zu spät ist, warum soll ich mir also Sorgen machen; da merkte ich, daß die Luft kühl wurde, als ob ein Ventilator blies, und ich spürte durch meine Sandalen, daß ich jetzt auf glattem, ebenem Fels ging, nicht mehr auf Erde oder Gras, und ich hörte tropfendes Wasser. Daß ich in einer Höhle sein mußte, war mir klar, aber es war, als hätte man mir die Augen verbunden, und ich stellte mir vor, wie Fledermäuse, Schlangen und so 'n Scheiß aus der Finsternis auf mich zugeschossen kamen, und ich kriegte am ganzen Körper 'ne Gänsehaut und hatte einen Moment lang echt Schiß, total auszurasten, daß ich mich in den Mondschein zurückkämpfen und den Rest meines Lebens in dem schändlichen Bewußtsein verbringen müßte, ausgerechnet in dem Augenblick in Panik geraten zu sein, wo ich die Erleuchtung von I-self erleben und in diese irie strahlenden Höhen von I-and-I vordringen sollte, wo ich endlich Jah begegnet wäre.

Da hörte ich ein Streichholz, sah die Flamme und I-Mans faltiges braunes Gesicht, als er einen Spliff anzündete, einmal tief inhalierte, mit demselben Streichholz eine Kerze anmachte, diese nahm und dann herumging und noch mehr Kerzen anzündete, die überall in den Spalten und Ritzen der Höhle standen. Die Dunkelheit verschwand, und überall um I-Man herum entstanden und verschwanden dunkle Schatten, als ob er dicke graue Wolldecken von einer Wäscheleine fallen ließ und dahinter einen gewaltigen Raum mit gelblich-weißen Felswänden enthüllte, die gewölbt und glatt waren, als hätte Wasser sie in Jahrmillionen aus dem massiven Fels gewaschen. Es war wie in einem riesigen Schädel, den wir durch die Mundöffnung betreten hatten. Oben führten zwei weitere Höhlen nach draußen, die aussahen wie Augenhöhlen, und ganz hinten, wo sich wohl die Wirbelsäule befand, sah ich noch ein dunkles Loch und hörte dort auch Wasser fließen, als läge da das uralte Flußbett, das sich noch tiefer und immer tiefer in die Erde hineingrub.

I-Man bedeutete mir, ich solle mich auf einen Felsvorsprung setzen, nahm dann neben mir Platz und zeigte auf ein paar rote Zeichnungen oben an der Schädeldecke, merkwürdige krakelige Zeichen und 'n paar Tiere, die ich erkannte, Schildkröten, Vögel und Schlangen, außerdem etliche gegeneinander kämpfende, mit Speeren bewaffnete Strichmännchen, aus einigen, die schon am Boden lagen, ragten Speere, andere hatten abgeschlagene Köpfe, und die übrigen prügelten auf sie ein. Diese Bilder waren hoch oben, für jemand ohne Ausziehleiter unerreichbar hoch, und die gab's damals ja noch nicht, und so fragte ich mich, wie sie zum Malen da hinaufgekommen waren.

»*Dem fly up*, Bone«, sagte I-Man. »Die ollen Afrikaner konnten fliegen wie Vögel, Mon.«

Ich dachte mir, jetzt käme irgend'ne Zeremonie, und hoffte im stillen, daß dabei nicht geschnitten werden und kein Blut fließen mußte, aber nun war ich schon so weit gekommen, ohne umzukehren, da wollte ich auch bis zum bitteren Ende gehen, ganz gleich, was alles noch abginge. Darum fällt mir 'n echt großer Stein vom Herzen, als Rubber in den Stoffbeutel greift, wo ich die Messer und Schalen zum Blutauffangen oder so ähnlich vermutet hatte, und statt dessen ein cooles kleines Chillum aus Ton rausholt, das wie eine schwangere Afrikanerin geformt ist, die mit untergeschlagenen Beinen und unter ihren dicken Titten verschränkten Armen dahockt, und I-Man füllt es sofort mit irgend so 'nem Zeug aus einem Beutel und sagt: »Das ist'n *special herb*, Bone, ein ganz besonderes Kraut«, und zündet es an. Er reichte das Chillum an Terron, Elroy und Rubber weiter, die alle gewaltige Züge nahmen, dann bekam ich es, und ich genehmigte mir wie üblich einen mittelstarken Zug und reichte es an I-Man weiter, doch noch ehe die Pfeife auch nur I-Mans Mund erreicht hatte, spürte ich, wie ich herumgewirbelt wurde, als befände ich mich in einem Faß, das einen Wasserfall hinunterstürzte, und einen Moment lang war es wieder total dunkel, und ich sah rein gar nichts, wußte nur, daß ich mich immer noch in dem Faß drehte. Dann sah ich wieder was, war aber auf einmal nicht mehr in der Höhle, sondern ganz woanders und mit komplett anderen Leuten zusammen.

Ich erinnere mich in diesem Augenblick daran, während ich davon berichte, deshalb bin ich jetzt also sozusagen an zwei Orten zugleich, hier und jetzt und damals und dort, aber als es passierte, war ich nur an einem einzigen Ort, und das war nicht in der Kalksteinhöhle im Cockpit Country auf Jamaika mit I-Man und seinen Rastabrüdern, und es war auch nicht, als hätt ich Acid geschluckt und wär auf'm Trip, wo man sich auch an zwei Orten zugleich befindet, der eine voll schräg und der andere total normal. Sogar wenn man träumt, ist man meistens an zwei Orten zugleich. Nein, das war irgendwie echt, ich konnte mich auch nicht erinnern, wie ich dorthin gekommen war, oder an irgendwelche Pläne, wie ich wieder wegkommen wollte.

Eine Trommel wurde geschlagen, unheimlich laut und langsam, wumm, wumm, wumm, und sie wurde nicht leiser, änderte sich auch nicht, wummerte einfach immer weiter, eine Art Soundtrack in 'ner Endlosschleife, der von diesem Ort hier zu kommen schien, so wie der Wind, als käme er irgendwie direkt aus den Bäumen, den Feldern, dem Himmel und nicht von außerhalb. Noch hatte ich keinen Schiß oder so was, ich ließ mich einfach treiben, entdeckte eines nach dem anderen und stellte mich darauf ein, daß ich zum Beispiel auf einem Wagen sitze und ein Gespann Ochsen – denn das waren sie wohl, wie Kühe, bloß größer – gemächlich einen Weg entlang lenke, der ein großes grünes Zuckerrohrfeld durchschneidet, und mein Wagen mit Zuckerrohr beladen ist. Im Hintergrund sieht man das Meer, an dessen Sandstrand sich Wellen brechen, weiter weg Felsbänke, über mir einen hellblauen Himmel und eine brennend heiße Sonne und im Hintergrund die dunkelgrünen Berge.

Ich bin da draußen ganz allein auf meinem Wagen, es ist heiß in der Mittagssonne, und ich brauche lange, um über das Zuckerrohrfeld zu der Baumreihe am anderen Ende zu kommen, und als ich den Baumschatten erreiche, ist es kühler, es weht eine leichte Brise, und jetzt fühl ich mich ein paar Minuten lang voll gut. Ein kleiner Bach fließt vorbei, und wo der Pfad ihn überquert, halte ich den Wagen an, laß die Ochsen daraus trinken und trinke selber auch ein bißchen, feuchte mein Kopftuch an und wische mir damit übers Gesicht.

Dann steige ich wieder auf den Kutschbock, fahre weiter und überquere noch ein paar Zuckerrohrfelder, bis ich schließlich einen kleinen Ort erreiche, wo es eine richtige steinerne Kirche, ein paar Läden und so weiter gibt und wo viele Leute rumgehen, meistens Schwarze, barfuß und in Arbeitskleidung, außerdem ein paar mehr oder weniger genauso gekleidete Weiße, bis ich zum Platz in der Ortsmitte komme, wo mehr Weiße als Schwarze sind, und die Weißen haben Strohhüte auf und so altmodische Anzüge an. Weil mich niemand beachtet, fahre ich ganz langsam vorbei, damit mir nichts entgeht, allerdings schäme ich mich dabei und will eigentlich nicht hingucken. Aber ich tu's doch.

Die Weißen kaufen und verkaufen Schwarze. Auf einer Art Bühne in der Platzmitte bietet ein Weißer einen verängstigt wirkenden schwarzen Burschen etwa meines Alters an, er muß sich umdrehen und bücken, die Backen spreizen, der Menge den Arsch und seine Eier zeigen, darunter ganz schön viele Frauen, und verschiedene Weiße bieten auf den Jungen, während ein anderer Weißer am Bühnenrand, offenbar der Auktionator, auf diesen oder jenen Bieter deutet und den Preis in die Höhe treibt. Alle tun, als sei das normal, schwarze Frauen tragen Bündel auf ihren Köpfen, und zigarrenrauchende weiße Männer unterhalten sich. Keiner weint, wirkt irgendwie verlegen oder wütend, alle sind locker, entspannt und miteinander vertraut, Weiße wie Schwarze, obwohl die Weißen ganz klar die Herren sind und den Schwarzen sagen, was sie zu machen haben, und die tun's auch, haben's aber nicht besonders eilig dabei.

Der Auktionator, ein großer, hagerer, adlergesichtiger Typ wie Pa, befiehlt dem nackten Jungen auf der Bühne, sich hinzuhocken und wie ein Frosch zu hüpfen, und alle lachen, sogar die wenigen Schwarzen in der Menge, allerdings sehe ich jetzt eine Reihe anderer Schwarzer hinter der Bühne stehen, Männer, Frauen, Kinder und ein paar Säuglinge, alle nackt, sogar die älteren, und alle sind an den Fußknöcheln zusammengekettet, sehen grindig und kummervoll aus, und von denen lacht keiner über den Jungen, der auf der Bühne rumhopst wie ein glänzender schwarzer Frosch. Sie sind wohl noch Afrikaner, für sie ist das alles noch nicht normal.

Bei alldem wird mir ganz anders, daher gebe ich meinen Ochsen einen Klaps mit dem Stock, laß sie auf dem Weg weiter aus der Stadt laufen und halt mich dabei erst mal in der Nähe vom Meer. Nach einigen Minuten gehen mir keine komplizierten Gedanken oder Erinnerungen mehr durch den Kopf, nicht mal dumme oder einfache Gedanken, ich sauge oben auf meinem

Kutschbock bloß die Sonnenstrahlen auf, genieße den Geruch des Zuckerrohrs und die leichte Meeresbrise auf meinem Gesicht, verscheuche ab und zu 'ne Fliege und überlasse alle Entscheidungen den Ochsen. Zwischen weiteren Zuckerrohrfeldern führt der Weg allmählich bergauf, bis ich an ein großes steinernes Tor komme, durch das ich fahre und den Wagen zu einer Ansammlung von scheunenähnlichen Baracken lenke, wo etwa ein Dutzend schwarzer Typen und ein paar Frauen aus verschiedenen Wagen Zuckerrohr abladen, in die eine Scheune tragen und dort stapeln. Ich sehe auch ein großes Quetschwerk, wo ein an eine lange Stange gebundener Ochse, dem man die Augen verbunden hat, seine endlosen Kreise zieht, ein Haus mit hohem gemauertem Schornstein, das eine weiße Wolke süßlich riechenden Rauchs in die Luft schickt, außerdem etliche andere kleinere Gebäude, Büros, Werkstätten und dergleichen.

Es ist eine Zuckerfabrik, und kaum fahre ich mit meinem Wagen vor, als auch schon ein Haufen älterer Typen, Frauen und Jugendlicher, alle schwarz und total verschwitzt und dreckig, rüberkommen und ihn entladen. Keiner sagt ein Wort. Sie arbeiten nur. Weil ich nicht weiß, was ich jetzt tun soll, bleib ich einfach sitzen und warte auf Anweisungen oder darauf, ob vielleicht die Ochsen wissen, was nun zu tun ist, als ich sehe, wie rechts von mir ein Weißer mit 'ner kurzen Peitsche auf eine Schwarze einschlägt. Er hat ihr das Hemd runtergerissen, und sie kauert auf allen vieren auf dem Boden, und jedesmal, wenn er sie schlägt, wackeln ihre Titten, und die ganze Zeit über höre ich dieselbe Trommel wie vorher, jetzt aber im Takt der Peitschenhiebe. Der Weiße ist schweißüberströmt und hat einen Schnurrbart wie mein Stiefvater, sieht aber nicht genauso aus, und er peitscht die Frau so mechanisch aus, als hacke er Holz, total unpersönlich und unbeteiligt, das gehört einfach zum Job. Ich sehe mich um, und die anderen Schwarzen arbeiten auch alle weiter. Gehört einfach zum Job.

Auf einmal packt mich jemand am Arm und reißt mich vom

Wagen auf den Boden. Er ist auch weiß, ohne Hemd und jung, vielleicht Mitte Zwanzig, knallhart sieht er aus mit seinen Muskeln und dem unbehaarten, muskulösen Oberkörper wie der vom ollen Bruce, aber ohne Tätowierungen oder Ringe durch die Brustwarzen oder so 'm Zeug. Kurz halten die Schwarzen inne und sehen zu mir rüber, aber dann wenden sie sich ab und arbeiten weiter. Der weiße Typ hat 'ne Art blonden Bürstenhaarschnitt und gute Zähne, er greift nach unten, schließt die Hand um meinen Arm und zieht mich vom Boden hoch, als ob ich gar nichts wiege, was ja, verglichen mit ihm, auch stimmt, und ohne ein Wort zerrt er mich hinter eine Scheune, als wär ich 'n Huhn und er wollte mir für den Koch den Kopf abschlagen. Sobald wir da hinten außer Sichtweite der anderen sind, knöpft sich der Weiße den Hosenstall auf, holt seinen riesigen Ständer raus, und ich muß ihm mit der Hand einen runterholen, während er mich total fest an sich preßt, und als er kommt, stöhnt er und küßt mich heftig auf den Nacken. Dann stopft er sein Gerät wieder in die Hose, knöpft sie zu, schubst mich halbwegs in Richtung der Wagen und der anderen Leute und folgt mir, als wäre nichts geschehen. Ich bin echt erleichtert, daß nichts Schlimmeres passiert ist, fühl mich aber trotzdem ziemlich beschissen und bin deshalb froh, daß mein Wagen leer ist, und als ich auf den Bock steige, machen die Ochsen kehrt und trotten auf der langen geschwungenen Auffahrt zwischen den Zuckerrohrfeldern zurück zu der Straße am Meer, denselben Weg, den wir gekommen sind.

Und so geht es den ganzen Tag weiter, echt langsam und hirnlos in der Sonne, wenn ich mit den Ochsen allein bin, den Wagen durch die Zuckerrohrfelder fahre und der Wagen von Schwarzen be- und entladen wird, aber sobald ich in die Nähe von Weißen komme, wird alles total abgedreht und hektisch und gewalttätig. Ich sehe, wie ein Weißer einem alten Schwarzen in die Eier tritt und anschließend einen Eimer kaltes Wasser über ihn kippt und weggeht. Ich sehe, wie sich zwei Weiße dermaßen anschreien, daß ihre Halsschlagadern anschwellen und raustreten und Spucke rumfliegt, daneben steht eine junge hübsche Schwarze, guckt auf den Boden und wartet. Ich sehe, wie ein Weißer in Anzug und mit breitkrempigem Hut auf mich zugeritten kommt, so daß ich ihm mit den Ochsen in ein Zuckerrohrfeld ausweichen muß, und der Wagen zerquetscht etwas von dem Zuckerrohr, als er vorbeijagt, woraufhin ein anderer Weißer aus dem Feld gelaufen kommt, mich nach Strich und Faden mit einem Bambusstock vertrimmt und mich als Vollidioten beschimpft. Ich sehe, wie ein Schwarzer am Stadtrand an einem Baum hängt, weiße Kinder ihn mit Steinen bewerfen, und in den Bäumen John-Crow-Geier darauf warten, daß es den Kindern langweilig wird und sie sich verpissen.

Und abends, wenn alle von den Feldern gekommen sind und sich die meisten Schwarzen in ihre Hütten hinter dem Greathouse zurückgezogen haben, das fast so wie Starport aussieht, aber nicht so schick ist und auch nicht in den Bergen liegt, muß ich den Weißen Speisen und Getränke servieren, und dabei reden sie, als verstünde ich kein Wort Englisch und wüßten nicht, daß sie nur ein Gesprächsthema haben, nämlich die Dummheit und Unehrlichkeit der Schwarzen. Es sind vier oder fünf Männer anwesend, genau weiß ich's nicht mehr, weil sie alle irgendwie miteinander verschmelzen, und in ihrer Nähe hab ich Angst, fühl mich beschissen oder versuche, ihnen aus dem Weg zu gehen, aber sie sind miteinander verwandt, Väter, Söhne und Brüder. Außerdem sind da noch zwei Frauen, eine Ehefrau und Mutter der Söhne, und eine jüngere, die entweder mit einem der Söhne verheiratet oder dessen Schwester ist, und ein paar kleine weiße Kids, die ich möglichst nicht beachte, außer ich soll ihnen was bringen oder wegnehmen.

Später sitzen die Männer draußen auf der Veranda und schauen über die Felder raus aufs Meer, das im Mondschein glitzert, und ich soll hinter ihnen stehen und mit 'nem Palmwedel die Mücken wegscheuchen, während sie trinken, rauchen, sich wegen Geld oder Sklaven Sorgen machen und wüste Geschichten über das Geschlechtsleben der Schwarzen erzählen, bis sie schließlich sagen, es sei Bettzeit, und davonwanken, und ich bleib allein zurück. Sobald die Weißen weg sind, weiß ich nicht, was ich tun soll, und so streife ich eine Zeitlang durch das große leere Haus, ehe ich nach draußen und nach hinten in Richtung Sklavenunterkünfte gehe, als völlig unerwartet I-Man und seine Maroon-Brüder Terron, Elroy und Rubber vor mir im Weg stehen, alle mit Macheten und finsterer Miene. An den Macheten klebt Blut, und quer über Rubbers Hemd ist ein dicker Blutspritzer, vermutlich von dem in der Scheune wohnenden weißen Aufseher oder auch von dem weißen Buchhalter, der in dem Bürogebäude hinter der Schmiede ein Zimmer hat.

Bevor ich ein Wort herausbringe, legt I-Man einen Finger an seinen Mund, ich soll schweigen. Dann sehe ich im Halbdunkel hinter ihnen noch eine Rotte Schwarzer, meistens Männer, aber auch ein paar Frauen mit Kleinkindern, es sind die Schwarzen, die ich den ganzen Tag lang auf den Feldern, in der Zuckerfabrik und im Greathouse gesehen habe, die Frau, die ausgepeitscht, der alte Mann, der getreten wurde, und die junge Frau, um die sich die beiden Aufseher gestritten hatten, all die Leute, die wie stumme, gedanken- und gefühllose Maschinen neben mir gearbeitet hatten.

Jetzt tragen auch sie Macheten, außerdem Sensen, Sicheln und Beile, und sie drängen sich rasch an mir vorbei und folgen I-Man und den anderen Maroons zum Greathouse. Ich möchte ihnen folgen, aber etwas hält mich zurück, als wären meine Füße plötzlich aus Blei, und ich kann nicht gehen, deshalb muß ich im Dunkel der Sträucher am Rande der großen Rasenfläche stehenbleiben und zusehen, wie die Schwarzen durch alle Eingänge in das dunkle Haus eindringen, vorn, hinten und an den Seiten. Abgesehen von dem ununterbrochenen Getrommel, an das ich mich inzwischen gewöhnt habe wie an meinen eigenen Herzschlag, und dem Geräusch des Windes, der vom Meer her in die klappernden Palmen weht, herrscht absolute Stille. Ich stehe lange da und frage mich, ob ich nicht vielleicht träume, als ich ein durchdringendes Kreischen höre, das mir das Blut in den Adern gefrieren läßt, gefolgt von Schreien und jemandem, einer Frau, die einen Moment lang wimmert, bis sie abrupt verstummt, dann fleht ein weißer Mann: »Nein, nein, bitte nicht!«, bis auch er verstummt. Dann wieder Stille. Bis ich im Haus Glas splittern höre und jemanden sehe, ein Kind, das auf allen vieren über die vordere Veranda kriecht. Es ist ein blonder, barfüßiger weißer Junge in einem Nachthemd, vielleicht fünf oder sechs Jahre alt, der über die ganze Veranda krabbelt, an ihrem Ende auf die Erde klettert und dann direkt auf die Stelle zuläuft, wo ich stehe. Plötzlich kommt er an, die Augen weit aufgerissen, die Arme wirbeln wie Pumpenschwengel und die Beine stampfen wie wild, und als er gerade vor mir vorbeilaufen will, packe ich ihn, halte ihm den entsetzten Mund zu, ziehe ihn ins Dunkel des Gebüsches zurück und lasse ihn nicht wieder los.

Gleich darauf sehe ich an der Rückseite des Hauses Flammen auflodern, und oben im ersten Stock schläg jemand die Fenster ein und wirft Sachen raus, Bücher fliegen runter, dann Geschirr, Pißpötte und eine Schneiderpuppe. Jetzt brennen die Vorhänge im Erdgeschoß, und ich sehe, wie mit Macheten und so weiter bewaffnete Schwarze aus dem Haus kommen und sich auf der uns abgewandten Seite versammeln. Ich und der zitternde weiße Junge in meinen Armen weichen ein paar Schritte ins Gebüsch zurück, als die Schwarzen kurz durchchecken, ob alle da sind, und dann loslaufen. Es sind vielleicht zwanzig oder dreißig, die blutige Macheten und Beile schwingen, als sie im Mondschein die große Rasenfläche überqueren und auf ein Eichenwäldchen und eine lange, leicht abfallende Weide zurennen, wo die Kühe gehalten werden. Jetzt steht das Haus richtig in Flammen, mächtige Funkenregen steigen auf, und der Himmel leuchtet orange und gelb.

Hinter mir schwingt sich die lange Auffahrt bis zur Straße am Meer hinunter, und in einiger Entfernung sehe ich die ersten berittenen weißen Männer kommen, der zweite Trupp ein Stückchen weiter dahinter. Die Schwarzen sind auf der Kuhweide verschwunden, und hinter der Weide liegen die Wälder, dann kommen die Hügel, und hinter den Hügeln ist das Cockpit Country. Außer mir und dem in meinen Armen schluchzenden kleinen, blonden weißen Jungen ist hier keiner mehr, keiner lebendig. Und da kommen die weißen Männer mit Gewehren und Schwertern, die im Mondschein glänzen, die Auffahrt hochgehetzt, um den ersten Schwarzen kaltzumachen, den sie sehen. Sie sind ganz versessen darauf, einen Schwarzen zu töten und sein Blut zu verspritzen, und davor kann ihn kein kleines weißes Kind retten.

Plötzlich berührt mich jemand an der Schulter, ich drehe mich um, und da steht I-Man. Er sagt: »Kommste, Bone?«

»Was is' mit ihm?« frage ich und zeige ihm den kleinen Weißen.

»*Forget-tee*, Bone. Vergiß ihn.«

Ich weine fast, als ich sage: »O Rasta, I-and-I kann's nich!«

»Mußt du wissen, Bone«, erwidert er, geht in Richtung Busch und verschwindet im Dunkeln.

Ich löse meine um den Jungen geschlungenen Arme, gebe ihn frei, und sofort rennt er auf die Reiter zu, die mittlerweile vor dem Haus angelangt sind, brüllen und in die Luft schießen, durchgedreht und wild aussehen, bis sie den Kleinen entdecken. Der weiße Anführer steigt blitzschnell von seinem Pferd, reißt den Jungen hoch in seine Arme, und der zeigt sofort auf die Stelle, wo ich mich im Gebüsch verstecke. Der kleine Mistkerl verrät mich! Der weiße Anführer trabt mit angelegtem Gewehr auf mich zu, will mich wegpusten, und andere folgen ihm, also nehme ich die Beine in die Hand, flitze hinter den Scheunen zur Zuckerfabrik, wo ich über eine Steinmauer kraxle und in das Zuckerrohrfeld plumpse, Kugeln zischen über meinen Kopf, schwirren durch das Zuckerrohr und kappen Stengel, während ich mich durch ein endloses, grünes kopfhohes Zuckerrohrmeer kämpfe und damit rechne, daß mein nächster Atemzug auch mein letzter sein wird.

Aber er ist es nicht. Weit draußen, mitten im Zuckerrohrfeld, als ich nach Luft schnappe und meine Beine fast zu schwer sind, um damit auch nur einen Schritt weiterzulaufen, schiebe ich das Büschel Zuckerrohr beiseite und sehe ein Erdloch. Schnell überprüfe ich es und merke, daß es weit in die Erde reicht und gerade groß genug ist, daß sich ein magerer Junge wie ich, aber kein normalgroßer weißer Mann durchquetschen kann. Ich werfe einen letzten Blick zurück auf das nun lichterloh brennende Greathouse und die weißen Männer, die drum herum reiten, als hätten sie es selber angezündet, und mit ihren Knarren in alle Richtungen ballern, sogar noch in meine. Dann bemerke ich, daß ein Trupp Reiter das Zuckerrohrfeld auf drei Seiten ansteckt und ein anderer Trupp zur vierten Seite an der Straße galoppiert, um dort auf mich zu warten, und so lasse ich mich auf alle viere nieder und krieche in das finstere Erdloch.

Überrascht und ein bißchen verängstigt stelle ich fest, daß das Loch immer weiter führt, es ist ein Tunnel, und im Nu wird es stockfinster, und ich höre weder Gewehrschüsse noch das Brausen der Feuer oder das Gebrüll der Weißen, sondern nur noch das Trommeln, dasselbe Trommeln wie vorher, bloß wird es immer lauter, während ich weiter durch den Tunnel krieche, mich mit den Händen vorm Gesicht vorantaste. So rutsche und krieche ich scheinbar stundenlang, und die ganze Zeit über wird das Trommeln lauter, bis ich mich endlich um eine scharfe Tunnelbiegung quetsche, vor mir ein flackerndes Licht entdecke, und schon habe ich das Tunnelende erreicht.

Ich ziehe mich nach vorn aus dem Tunnel raus, und als ich den Kopf hochrecke und mich umschaue, sehe ich, daß ich in der kerzenbeleuchteten Maroon-Höhle bin. Ich klettere aus dem Wirbelsäulenloch am hinteren Schädelende, und da entspannt sich I-Man mit'm Spliff, und der olle Rubber bearbeitet wie ein Geisteskranker eine kleine, viereckige, mit Ziegenhaut bespannte Trommel, und die anderen Rastas, Terron und Elroy, sehen aus, als hätten sie zwar geduldig darauf gewartet, daß ich zurückkomme, wären aber trotzdem erleichtert, mich jetzt endlich zu sehen, und nun abmarschbereit. Rubber hört auf zu trommeln, steht auf und reckt sich, und die anderen machen es ihm nach. Dann pustet I-Man eine Kerze nach der anderen aus und geht voran, durch den Mund in die Dunkelheit.

19

Zweifel

Danach ging alles ziemlich schnell, und ich hatte praktisch wochenlang, eigentlich bis ich Jamaika verließ, keine Zeit, dieses Erlebnis zu verdauen, daß ich sozusagen zu I-self fand und seit meiner Erleuchtung alles anders sah, wie es ja auch sein sollte.

Und so war es auch. Aber die nächsten paar Tage waren wir bloß Tag und Nacht mit der Ganja-Ernte beschäftigt; I-Man, ich und die anderen Typen schnitten mit Macheten die Pflanzen auf beiden Feldern, dem von I-Man und dem von Rubber direkt daneben, und dann schleppten wir sie zu meiner Hütte rauf, wo die Trockengestelle aus Bambus standen, und sobald die Felder leer waren, hackten wir den Boden und düngten ihn mit pulverisierter alter Fledermauskacke, die wir in Säcken aus einer weit oben im Cockpit Country gelegenen Höhle herangeschafft hatten. Es war Schwerstarbeit, schwerer als alles, was ich je gemacht hatte, und man mußte sich konzentrieren, so daß mir kaum Zeit zum Nachdenken oder Erinnern blieb, besonders weil es auch andauernd so wahnsinnig heiß war. Mein Kopf war so wie der von dem Burschen, der ich in der Sklavenzeit war, nämlich ziemlich leer, bloß hatte ich vor nichts mehr Schiß oder Bammel, schon gar nicht vor Weißen.

Kaum hatten wir den Boden vorbereitet, säten wir die Samen für die nächste Ernte aus, schleppten Wasser heran, bis die Reihen pitschnaß waren, und damit die Babypflanzen genug Schatten kriegten, hängten wir Seide an die Pfähle und befestigten daran gigantische dünne Tarnnetze, die die Armee der Vereinigten Staaten laut I-Man auf Grenada zurückgelassen hatte, als sie mit dem Einmarsch fertig und wieder nach Hause zurückgekehrt war. »Diese Tarnnetze sin jetz' in der ganzen Karibik aufgespannt, Mon. Die warn das Beste an'm Einmarsch, damit das Ganja unter jamaikanischer Sonne ungestört zum *fulfillment*, zur vollen Reife gelangt und dann nach Babylon zurückkehrt, wo's hilft, dort 'n Königreich des Friedens zu errichten. Jah macht aus'n Instrumenten der Destruktion Instrumente der *Instruktion*.«

Dann sortierten wir tagelang die Ganjapflanzen, preßten sie und verpackten sie zu Sackleinenballen, etwa hundert Stück, die wir unter einem Schuppen und in meiner Höhle lagerten, so daß ich praktisch ausziehen und meine Hängematte dahinter zwischen ein paar Bäumen aufspannen mußte. Aber nur ein paar Tage lang, erklärte I-Man. »Bald komm' der Nighthawk«, sagte er, womit er wohl irgendeinen Typ mit 'm großen Lastwagen meinte, denn den brauchte er, um die vielen Ballen von hier wegzuschaffen. Ich hatte mich nie groß nach den Einzelheiten des Ganjagewerbes erkundigt, wie etwa die Finanzierung funktionierte und so was, ich ließ mir einfach von I-Man das erzählen, was er für nötig hielt, und das war nicht besonders viel, weil ich noch so 'ne Art Knecht war und bloß das machte, was mir die älteren, ranghöheren Typen in der Posse sagten. Aber ich dachte mir, in Kingston und Mobay oder sogar in den Staaten gab es bestimmt noch ranghöhere Typen, die den Schotter für die ganze Operation vorgestreckt hatten, beispielsweise für die Tarnnetze, die Plastikeimer und die Hacken und auch für das nötige Kleingeld, denn das einzige Bargeld, das I-Man und die anderen hatten, stammte von der Dealerei unten in Mombay mit kleinen Mengen Ganja von der Farm. Aber hier oben im Cockpit hatten sie eine große Plantage, für die man Kohle brauchte, ganz egal, wieviel sie selbst arbeiteten.

Nachdem ich mich ein paar Tage lang ausgeruht und hauptsächlich um die neuen Setzlinge gekümmert hatte, weckte mich eines Morgens Rubber in meiner Hängematte und erzählte, I-Man sei unten in Mobay, wo er die letzten Einzelheiten mit

Nighthawk kläre, und er lasse uns wissen, wir sollten alles für die Auslieferung in der kommenden Nacht vorbereiten. Das hieß, daß wir sämtliche Ganjaballen auf unseren Rücken, genauer: auf den Köpfen, ungefähr fünf Kilometer weit über Berg und Tal noch tiefer rein ins Cockpit Country zu einer ebenen Fläche von der Größe eines Basketballfeldes schleppen mußten, die man am Rande einer Senke gerodet hatte, zu der keine Straße führte, so daß mir schließlich klarwurde, daß Nighthawk ein Flugzeug hatte, auch wenn einigermaßen schleierhaft blieb, wie ein normales Flugzeug auf so 'ner kleinen Piste landen und starten sollte.

Wir schufteten den ganzen Tag, und am nächsten auch, Rubber, Terron, Elroy und ich schleppten das Ganja von der Groundation zu dem Landeplatz, wo wir es unter noch ein paar von Ronald Reagans Tarnnetzen stapelten. Ich konnte nur jeweils einen Ballen auf dem Kopf tragen, die anderen aber zwei, deshalb kam ich mir mehr oder weniger nutzlos vor. Aber ihnen war das egal, und wir rissen unterwegs jede Menge Witze, weil die Stimmung ziemlich gut war. Alle spürten wohl, daß das Ende einer weiteren erfolgreichen Anbausaison und ein großer Zahltag bevorstanden, und ich fragte mich inzwischen, ob ich auch einen Teil des Gewinns abkriegen, und wenn ja, was ich damit anfangen würde. Rubber wollte sich ein Motorrad kaufen, eine Honda, sagte er ganz aufgeregt, als ob das nicht bloß so'n Japsscheiß wäre, und dann wollte er rüber nach Negril fahren und amerikanische Studentinnen vögeln. Allerdings sah Rubber ziemlich schräg aus, fast komisch, er sprach bloß Jamaikanisch und hätte meiner Meinung nach ziemliche Schwierigkeiten, bei Amerikanerinnen zu landen, selbst wenn er 'ne Harley führe, aber die gibt's wohl auf Jamaika gar nicht. Terron hatte vor, ein großes Freiluft-Soundsystem zu kaufen und DJ zu werden, zusammen mit einem Freund, der 'n Pickup hatte und die Anlage überall auf der Insel zu Tanzpartys fahren konnte, und Elroy erzählte, er wolle seiner Mutter eine Hüftoperation bezahlen, damit sie wieder gehen konnte, was ich cool fand. Bei I-Man blickte ich nicht durch, der redete ja nie über Geld, außer um es runterzumachen und Leute anzugiften, die was dafür übrig hatten, allerdings hatte ich bemerkt, daß er immer ein paar Dollar in der Tasche hatte, wenn er welche brauchte, was ich noch bei keinem anderen Jamaikaner erlebt hatte, den ich kannte. Klar, ich kannte ja bloß voll arme Jamaikaner. Aber ich hielt I-Man für einen Typ, der schon ganz früh beschlossen hatte, immer gleich zu leben, ob er nun keinen einzigen Penny oder massenhaft Kohle hatte, und dann hatte es sich halt so ergeben, daß er sich immer irgendwie in der Mitte zwischen diesen beiden Extremen einpendelte und sich so oder so keine großen Gedanken machen mußte. Und so ähnlich wollte ich's auch mit meinem Anteil halten, falls ich was abkriegte.

Jedenfalls hatten wir am nächsten Abend so gegen sieben alle Ballen zum Landeplatz gebracht und hockten dann da rum und warteten darauf, daß Nighthawk kam und die Ware abholte. Ein paar Stunden passierte gar nichts, dann tauchte plötzlich I-Man auf, trat einfach irgendwie aus dem Busch und berührte unsere Schultern, wir hatten ihn nicht gehört, bis er wirklich da war; so näherte er sich meistens den Leuten, als wär er unsichtbar hergebeamt worden und hätte sich direkt vor deinen Augen materialisiert. Allmählich nahm ich diese ganzen Geschichten, die mir Rubber und die anderen erzählt hatten, daß nämlich I-Man ein Zauberer war, einen Obi-Mann nannten sie ihn, ernst, obwohl ich ihn gekannt hatte, als er nichts anderes als ein illegaler Ausländer im Staate New York und von einer Apfelplantage geflohen war. Dann gab's da noch die vielen Storys von alten Afrikanern, die fliegen konnten. Es gab sogar eine, die mir I-Man erzählt hatte, über die berühmte Maroon-Kriegerin Nonny, die die Kugeln der Skalvenfänger mit ihrer Möse auffangen konnte, sich dann umdrehte, bückte und sie mit denselben Kugeln aus ihrem Arsch wieder beschoß.

So irgendwann nach Mitternacht stand I-Man auf und sagte: »Zeit, die Fackeln anzuzünden« und ging mit uns auf das Feld hinaus, wo Stöcke aus der Erde ragten, an denen oben getrocknete

Palmblätter festgebunden waren. Kaum hatte er die erste Fackel angezündet, hörte ich das Flugzeug, das er wohl schon vorher gehört hatte, deshalb rannten wir von einer Fackel zur nächsten und zündeten sie ganz schnell an. Als alle brannten, sah ich, daß sie 'ne Art leuchtendes Rechteck bildeten, und schon brummte das Flugzeug vorbei, flog eine große Schleife, kam aus der Gegenrichtung zurück, vielleicht in hundert Meter Höhe, knapp über den Bäumen, ging am Rand des Feldes runter, holperte drüber hinweg und hielt direkt am anderen Ende an, gleich neben der Stelle, wo wir die Ganjaballen gestapelt hatten.

Jetzt ging alles tierisch schnell. Das Flugzeug war so 'ne altmodische zweimotorige Kiste, wie man sie im Nachtprogramm in der Glotze sieht, und Nighthawk, ein fetter Weißer in Muscle-Shirt, Bermundashorts und Basketballschuhen, springt seitlich aus dem Flieger, mit 'ner Uzi bewaffnet, der ersten, die ich aus der Nähe sehe, und sagt auf amerikanisch zu uns, wir sollen verdammt noch mal 'n Zahn zulegen, er sei spät dran, als hätte er 'n Zahnarzttermin. Die Posse und ich laden auch gleich die Ballen ein, während I-Man und Nighthawk daneben stehen, zugucken, Zigaretten rauchen und wohl geschäftliche Dinge bequatschen, aber als ich gerade mit 'm Ballen auf'm Kopf an ihnen vorbeikomme, hör ich Nighthwawk fragen: »Wer ist der weiße Knabe?«

Ich reiche meinen Ballen weiter an Terron, der in der Maschine das Stapeln übernommen hat, und höre auf dem Rückweg I-Man antworten: »Baby Doc«, woraufhin der Typ sagt: »Kein Scheiß? Doc hat'n weißes Kind?«, aber ich muß weiter, weil wir 'ne Reihe bilden und Rubber mir praktisch auf die Hacken latscht, schnapp mir 'n Ballen und geh denselben Weg zurück. Diesmal streiten sie sich ein bißchen, I-Man und Nighthawk, und der sagt: »Is' mir scheißegal, was du gedacht hast.«

Als ich das nächstemal vorbeikomme, sagt Nighthawk gerade: »Mach dir keinen Kopf, Mann, morgen isses da, spätestens übermorgen.« I-Man ist eindeutig stinksauer, er hat nämlich seine finstere, verschlossene Miene aufgesetzt, die Unterlippe vorgeschoben und die Arme vor der Brust verschränkt, und gleich darauf läßt er Nighthawk stehen und hilft uns beim Beladen.

Kaum sind wir fertig, nimmt Nighthawk, ohne sich zu verabschieden oder zu bedanken, seine Uzi, steigt in sein Flugzeug, macht die Tür zu, läßt die Motoren an, und während wir vom Feld laufen, wendet er die Maschine und stellt sie in die Richtung, aus der er gekommen ist. Als sie über das kleine Feld holpert, kommt sie einem wie 'ne trächtige Taube vor, echt langsam und schwer, und ich hab meine Zweifel, ob sie mit dieser Fracht überhaupt starten kann, aber am Ende des Feldes wendet sie und kommt wieder auf uns zu, wird schneller und immer schneller, und dann hebt sie ab und rauscht über unsere Köpfe davon, knapp über die Palmen hinter uns, und in ein paar Sekunden ist sie weg, und noch ein wenig später hört man sie nicht mal mehr. Passiert war folgendes: Der Typ, der Nighthawk die Kohle für I-Man geben sollte, war zu spät aus den Staaten gekommen und wohl beim Zoll aufgehalten worden, so daß Nighthawk ohne Moneten ins Cockpit Country rausfliegen mußte, auch er selber habe noch keinen Cent gesehen, behauptete er. Aber weil schon fest vereinbart worden war, das Ganja am nächsten Tag nach Haiti zu liefern, was sich nicht verschieben ließ, sonst wär der ganze Deal geplatzt, hatte Nighthawk eingewilligt, wie ursprünglich vorgesehen zu verfahren und sich bezahlen zu lassen, sobald er aus Haiti zurückkam, und dem mußte sich I-Man anschließen.

Solche Pannen passierten anscheinend dauernd, denn kaum war Nighthawk weg, besserte sich I-Mans Laune, und ich sollte mit ihm nach Mobay kommen und ein wenig auf der Farm bleiben, was meiner Ansicht nach nur heißen konnte, daß ich genau wie der Rest der Posse am Gewinn beteiligt werden sollte. Das war spitzenmäßig, weil… ich hatte schon lange kein eigenes ehrlich verdientes Geld mehr gehabt. Seit damals, als ich Bruce und den Adirondack Irons Gras verscherbelt hatte. Außerdem war jetzt touristische Hauptsaison, und I-Mann und ich wollten meine alte Idee aufgreifen, nämlich daß ich den Partytieren in den Hotels Dope verscheuern sollte, die zu großen Schiß vor Schwarzen hatten, um von ihnen Ganja zu kaufen. Ich dachte, er hätte das total vergessen, aber wie sagte er immer: »Alles an sein' Platz, Bone. Alles zu seiner Zeit.«

Ein Bierlaster nahm uns bis Mobay mit, und am späten Nachmittag kamen wir auf der Farm an, wo wir am Abend in einem der inneren Räume mit Prince Shabba relaxten, der sagte, der Rest der Posse spielte in 'ner Reggaeband unten in Doctors Cave, ein berühmter Strand, wo sich immer reiche Weiße rumtrieben und wo man gut mit kleinen Mengen Dope dealen kann. Es war 'ne angenehm ruhige Nacht, bloß ich, Shabba und I-Man, wir hörten uns auf I-Mans Boom Box Kassetten an, rauchten was und quatschten, und am nächsten Morgen brach ich früh auf, um zu checken, was am Holiday Inn und in ein paar anderen Hotels, wo die Pauschalreisenden aus Indiana oder anderen Gegenden im Mittelwesten abstiegen, so Sache war.

In erster Linie wollte ich rauskriegen, wie schwierig es sein würde, an den Swimmingpools, den Bars und Stränden rumzuhängen, wo sich eigentlich nur Hotelgäste aufhalten durften, und mit den Leuten zu reden. Und wie ich mir gedacht hatte, war es für mich als Weißer total easy, so ziemlich überallhin zu latschen, wo ich wollte, und ich quasselte mit 'ner Menge von den Partytieren aller möglichen Altersstufen und Interessen, und im Handumdrehen hatte ich mehr Ganjabestellungen, als ich mir merken konnte, so daß ich mir von 'nem Kellner im Casa Montego Kuli und Papier leihen und Notizen machen mußte. Viel war es nicht, zehn Gramm hier, fünfzehn da, aber es läpperte sich, und ich war total begeistert.

Gegen drei Uhr nachmittags mache ich mich auf den Rückweg zur Farm, um die Ware zu holen und noch vor der abendlichen Partyzeit abzuliefern, und ich bin echt voll gut drauf, weil ich zum erstenmal für I-Man und die Posse einen Job erledige, den kein anderer übernehmen kann, auch wenn es bloß an meiner Hautfarbe liegt. Die Ameisenfarm liegt ein paar Meilen hinter Rose

Hall und abseits der Falmouth Road, und als ich den Weg hoch-
komme, der durchs Gebüsch zur Farm führt, sehe ich neben der
Straße denselben dunkelblauen Benz stehen, der kurz zuvor an
mir vorbeigerauscht war, nachdem ich aufgegeben hatte zu trampen und den Rest der Strecke zu Fuß zurücklegen wollte. Jedenfalls denke ich: Cool, das ist der Typ aus den Staaten mit der
Kohle, wie versprochen, und ich hopse den Weg runter, doch als
ich ankomme, ist kein Mensch zu sehen. Wenigstens nicht im
Hof vor dem Eingang, wo ich sie erwartet hatte. Bloß I-Mans
Boom Box spielt tierisch langsam ein Tape von Black Uhuru, als
wären die Batterien mal wieder ziemlich am Ende, und auf der
Erde liegt I-Mans Jahstock.

Ich stoße die Haustür auf und gehe in das erste Zimmer, vorbei
an der Bildergalerie mit Martin Luther King und den anderen
Helden, weiter in den nächsten Raum und immer weiter durch
mehrere andere Räume, aber da ist niemand, und Stimmen höre
ich auch keine. Komisch, denke ich, war aber neugierig genug,
um rauszufinden, wie man so'n Deal abwickelt, falls sich mir mal
die Gelegenheit bot, irgendwann selber einen abzuschließen, und
deshalb wanderte ich immer weiter durch die vielen miteinander
verbundenen Räume der Farm und rechnete hinter jeder Ecke
damit, I-Man zu sehen, wie ihm gerade eine lederne Aktentasche
voller knisternder, neuer amerikanischer Geldscheine überreicht
wird, so wie im Fernsehen.

Da drinnen isses so ähnlich wie in 'nem Videospiel-Labyrinth,
man kann tagelang im Kreis rumlaufen, aber wenn man sich erst
mal dran gewöhnt hat, weil man so wie ich da gewohnt hat, dann
weiß man eigentlich immer, wo man gerade ist, und merkt sich
auch den Weg nach draußen, obwohl es keine Fenster gibt und
man sich nur jedesmal an den letzten Raum erinnert, aus dem
man eben gekommen ist, und auch nur genau weiß, welchen man
als nächsten betritt. Jedenfalls sehe ich mitten in einem der inneren Räume, wo wir manchmal zusammengekommen waren,
um uns mit 'm Chillum zu vergnügen und 'ne Runde zu trom-

meln, als ich auf der anderen Seite der Bambuswand laute Geräusche höre, und schon wird der Vorhang weggeschoben, und Nighthawk mit seiner Uzi kommt rein, dicht gefolgt von Jason, den ich vom Mutterschiff her kenne und der auch bewaffnet ist, mit 'ner kurzläufigen blauen Neuner, und gleich hinter Jason kommt ein mir völlig unbekannter Weißer in 'ner Safarijacke.

Sie sehen alle drei echt sauer aus und wirken tierisch gehetzt. Nighthawk packt mich an der Schulter und sagt: »Verflucht, Kid, wie kommen wir hier raus?«, und der andere Weiße, bestimmt der Amerikaner mit der Kohle, sagt: »Lieber Himmel, wer ist *das* denn?«, und in diesem Augenblick wird mir klar, daß irgendwas Schreckliches passiert ist.

Jason sieht mich an, als ob er mich nicht erkennt, aber Nighthawk sagt: »Der Junge von Doc, hat mir der Rasta erzählt.«

Der Weiße in der Safarijacke meint: »*Docs* Junge? Doc hat kein weißes Kind, Mann. Der verdammte Rasta erzählt lauter Scheiße.«

»Nein, ich hab ihn gestern nacht gesehen«, entgegnet Nighthawk. »Er hat für den Rasta gearbeitet.«

Darauf sagt der Amerikaner: »Laß dir von dem kleinen Scheißer verraten, wie man hier rauskommt, und dann leg ihn um. Und beeil dich, verdammt noch mal«, sagt er und macht einen Schritt zurück, mein Blut sollte wohl nicht auf seine Jacke kommen.

Dann schubste mich Nighthawk nach hinten gegen die Wand, und ich prallte zurück, fiel zu Boden, und als ich hochsah, stand er über mir, und der Lauf seiner Uzi starrte mir ins Auge. »Sag schon, Kleiner, wo ist der verfluchte Ausgang?«

Ich sagte, sie sollten durch die Tür hinter mir gehen und sich dann immer links halten, was ungefähr stimmte, und genauer konnte ich's sowieso nicht erklären. »Ich kann euch aber besser hinbringen, als es beschreiben«, sagte ich.

In diesem Moment kam Jason mit seinem Gesicht runter zu mir und fragte: »Bone? Bis' das wirklich du mit'n vielen Dreadlocks, Mon?«

Darauf ich: »Yeah. Wie geht's so, Jason?«

Er lächelt, dreht sich zu dem Amerikaner um und sagt ihm, ich sei wirklich Docs Junge und hätte bei Doc auf dem Hügel gewohnt, sei aber vorigen Sommer mit dem Rasta abgehauen.

»*Scheiße!*« sagt der Amerikaner.

Und Nighthawk meint: »Wir sollten eh kein weißes Kind umlegen, Mann. Ganz egal, wessen Kind das ist. Bringt nichts als Ärger, besonders bei 'nem Amerikaner. Da flippt sofort die Tourismusbehörde aus.«

»Na schön«, sagte der andere. »Die Scheiß-Tourismusbehörde. Hör zu, mach, was du willst. So oder so, mir isses scheißegal, die ganze abgefuckte Insel ist ein einziges beschissenes Affenhaus. Ich hau heute abend sowieso ab.«

Auf dem Weg zum Ausgang sagt er zu mir: »Kleiner, wenn du schlau bist, gehst du zurück in Docs Haus und bleibst da, bis du groß bist. Wärst du eins von Docs schwarzen Kids, wärst du jetzt schon hinüber und 'ne Leiche. Mir isses scheißegal. Beim nächstenmal hast du vielleicht weniger Glück.«

Ich sagte: »Danke für den Tip, Mann«, und er schüttelte den Kopf, als ob er von mir echt irre schnell die Schnauze voll gehabt hätte, und verschwand im nächsten Raum. Nighthawk senkte seine Uzi und folgte ihm. Als Jason zur Tür kam, drehte er sich um, sagte: »Bis später auf'm Hügel, Mon«, grinste mich breit und sogar richtig freundlich an, und weg war er.

Als ich den Amerikaner, Nighthawk und Jason nicht mehr hörte und mir dachte, sie hätten den Ausgang gefunden, stand ich auf und klopfte mir den Staub ab. Ich wußte ziemlich genau, was ich finden würde, machte mich aber trotzdem auf die Suche. Ich sah in den ganz hinten gelegenen Zimmern nach, wo ich selber hingerannt wär, wenn sich drei Typen wie diese hätten blicken lassen, bewaffnet, aber zahlungswillig. Als ich den Vorhang wegschob, sah ich in einem der Räume den armen alten Prince Shabba mit dem Gesicht nach unten in 'ner Blutlache liegen, im Rücken, wo ihn die Uzi glatt zerrissen hatte, 'ne Menge Löcher.

Ich ging um die Leiche herum in den nächsten Raum, und da, gegenüber an der Wand, saß I-Mann vornübergesackt auf dem Sandboden, die dürren kleinen Beine ausgestreckt, Augen und Mund standen offen. Aber in seinem Gesicht war kein Leben mehr. I-Man war weg, nach Afrika geflogen. Mitten auf seiner Stirn hatte er ein ausgefranstes Loch, und hinter seinem Kopf lief 'ne Menge Blut die Bambuswand hinunter in den Sand. O Mann, er sah echt horrormäßig aus. Besonders dieses eine dunkelblaue Einschußloch, das, wie ich sah, aus Jasons Neuner stammte.

Ihr habt doch Verständnis dafür, wenn ich hier einfach weiterrede, okay?

Dann wußte ich nicht, was ich tun sollte. Schiß oder so was hatte ich keinen, obwohl es bestimmt allen Grund dazu gab. Ich wollte bloß verschwinden, möglichst weit weg von der Farm, damit ich über alles nachdenken und mit meinen Gefühlen und Gedanken ins reine kommen konnte, die damals so wirr waren wie noch nie in meinem ganzen Leben. Irgendwie kam es mir bei dieser gräßlichen Geschichte so vor, als wär ich schuld daran, und jetzt hatte ich keine Möglichkeit mehr, es wieder auszubügeln.

Als ich endlich raus in den Hof kam, stand I-Mans Boom Box da herum und war endlich genauso stumm und tot wie der alte I-Man selber. Ich hob sie auf, stellte sie auf meine Schulter, nahm I-Mans Jahstock, ging auf dem Weg zurück zur Straße, wo der Benz gestanden hatte, und wanderte in Richtung Mobay. Bei dem Gedanken, daß I-Man nach Afrika geflogen war, fühlte ich mich nicht besser. Wenn ich richtig drüber nachdachte, wie zum Beispiel jetzt, glaubte ich nichts von diesem ganzen Quatsch.

20

Bone telefoniert nach Hause

Wenn man sich als weißer Jugendlicher in einem von vielen Schwarzen bewohnten Land befindet und nicht auffallen will, treibt man sich am besten da rum, wo sich die Weißen aufhalten. Das war in meinem Fall Doctors Cave in Mobay, ein privater Strandclub mit 'm Haufen schicker Läden und Restaurants in nächster Nähe, und überall schlenderten händchenhaltend Weiße durch die Gegend, kauften ein, sonnten sich und fühlten sich sicher vor den Angriffen und Betrügereien der Eingeborenen. Und da ich jetzt kein Ganja zu verscheuern hatte, war es ein spitzenmäßiger Ort, um 'n bißchen Knete zu erbetteln, während ich mir meine nächsten Schritte überlegte.

In der ersten Nacht pennte ich auf dem Rücksitz von 'm nicht abgeschlossenen Volvo, den ich auf dem Parkplatz hinter dem Beach View Hotel an der Gloucester Avenue entdeckt hatte, und nachdem ich am nächsten Morgen trotz meiner Dreadlocks den Leuten mit der Geschichte, von wegen meine Reisegruppe junger Christen hätte mich vergessen, erfolgreich ein paar Piepen abgeschwatzt hatte, saß ich auf einer Bank, aß eine Meat Patty zum Frühstück, so 'ne kleine Fleischpastete, und laß den *Daily Gleaner*, den ich in 'nem Mülleimer gefunden hatte; auf der zweiten Seite entdeckte ich zwischen allen möglichen anderen Artikeln über Schießereien, Gemetzel mit Macheten und so eine kleine Meldung über zwei nicht identifizierte männliche Leichen, die man in Mount Zion erschossen aufgefunden hatte. So hieß der Ort, wo die Farm lag, daher wußte ich, es ging um Prince Shabba und I-Man. Zu den Bullen gehen und sie identifizieren kam für mich nicht in Frage, aber ich dachte, ich sollte vielleicht nach Accompong rübertrampen und I-Mans alter Dame und Rubber und den Jungs berichten, was passiert war, und das machte ich dann auch.

Mittlerweile hatte ich schwer an meinen Schuldgefühlen zu schleppen, hauptsächlich deshalb, weil ich I-Man in dem Augenblick, als er mich am meisten gebraucht hätte, nicht helfen konnte, auch wenn ich nicht wußte, wie ich diese Typen hätte ablenken sollen, um ihm die Flucht zu ermöglichen. Trotzdem, vielleicht wär mir irgendwas eingefallen. Ich kann ziemlich gut quatschen, besonders wenn's drauf ankommt, Weißen die Hucke vollzulabern. Und das war die andere Sache, die mir gehörig zusetzte. Daß ich weiß bin. Mehr noch als Doc zum Vater zu haben, hatte meine weiße Hautfarbe verhindert, daß ich wie Prince Shabba und I-Man umgepustet wurde. Ich wußte, wär ich nicht weiß gewesen, sondern ein echter Rastajunge, wie ich immer tat, wär ich jetzt tot.

Aber als ich an diesem Nachmittag nach Accompong kam, merkte ich sofort, daß es ein Fehler war. Sie brauchten mich nicht, um die Neuigkeit zu erfahren. Ich hätt's mir eigentlich denken können, es war allgemein bekannt, was auf der Farm passiert war – Jamaika ist echt ein kleines Land, und auch ohne Telefon verbreitet sich eine Nachricht schnell, besonders wenn es dabei um jemanden geht, der in Ganjakreisen so bekannt ist wie I-Man. Egal, ich ging als erstes zu I-Mans alter Dame, aber die wollte nicht mal mit mir reden. Ich hatte nie erfahren, wie sie hieß, I-Man hatte sie nur seine »oman« genannt, seine Frau, und die Leute mit Namen vorzustellen war nun mal nicht sein Ding gewesen, aber jetzt schämte ich mich, daß ich nie gefragt hatte. Sie war eine kleine stämmige Frau mit hartem Gesicht, und als ich an die Tür von ihrer und I-Mans Hüte klopfte, öffnete sie, ein kleines Kind auf der Hüfte, aber kaum sah sie, wer da war, scheuchte sie mich auch schon weg wie eine Fliege und schlug mir die Tür vor der Nase zu.

Alle anderen Dorfbewohner, die Typen, die im Laden und der Kneipe rumhingen, und die Kids, die echt nett gewesen waren, wandten sich einfach ab, sobald sie mich kommen sahen, oder beobachteten mich mit kalten, finsteren Mienen. Es war total kraß. Schließlich ging ich raus zur Groundation, wo Rubber allein die Setzlinge goß, aber nicht mal er wollte mich sehen oder über das reden, was vorgefallen war. Ein paarmal probierte ich, freundlich zu sein wie früher und sprach das Thema an, sagte beispielsweise: »Du hast ja wohl das mit I-Man gehört«, aber er nickte bloß und arbeitete weiter, als wär ich gar nicht da. Es sah so aus, als übernähme er die Kontrolle über I-Mans Pflanzen und wollte mich weder als Helfer noch auch nur als Zuschauer in der Nähe haben.

Die Leute bedrohten mich zwar nicht, aber zum erstenmal hatte ich das Gefühl, daß es für mich da oben unter den Maroons gefährlich sein könnte, und ich dachte mir, ich sollte mich wohl besser vor Einbruch der Dunkelheit aus dem Staub machen, ging also in meine alte Hütte rauf und holte den Rucksack und meine übrigen Sachen. Dabei sah ich in einer Ecke die alte Maschine lehnen, die mir I-Man geschenkt und deren vielseitige Verwendung er mir beigebracht hatte. Ich hatte sie als Pflug und Spaten, als Hacke und Axt, als riesiges Taschenmesser und als Schwert in einem benutzt und dachte mir, Mann, wengistens die haste dir verdient, und nahm mir also die Machete und auch die Feile zum Schärfen. Ich verabschiedete mich nicht von Rubber, ging einfach weg in Richtung Dorf und dann den langen Hang runter zur Hauptstraße.

Unten an der Straße stellte ich meinen Rucksack und I-Mans Boom Box ab, lehnte meinen Jahstock dagegen unnd wollte trampen, aber weil 'ne Zeitlang keine Fahrzeuge kamen, nahm ich mir meine Machete vor und fing an, sie mit der Feile zu schärfen. Nicht lange, und sie war rasiermesserscharf, was ich mit dem alten Haartest überprüfte, bei dem man sich ein Haar ausreißt und in zwei Hälften schneidet, und eh ich mich versah, säbelte ich meine Dreadlocks ab, eine nach der anderen. Es dauerte bloß eine Minute, und ab waren sie, lagen zu meinen Füßen, wie'n Haufen toter Schlangen. Ich bückte mich, sammelte sie auf, trug sie ein Stück weit ins Gebüsch, legte sie sanft auf den Boden und täschelte sie, wie man sich von einem lieben Freund oder einem Haustier verabschiedet, wenn man sie zurücklassen muß. Dann ging ich zum Trampen zurück zur Straße, wo mein Kram lag, und das dritte Auto hielt an und nahm mich mit. Am Steuer saß ein Baptistenprediger, ein dicker Schwarzer, der in Anzug und Schlips schwitzte und mich bis nach Mobay mitnahm, unterwegs mit seiner tiefen lauten Stimme Kirchenlieder sang und mich direkt vor Doctors Cave absetzte.

In dieser Nacht fand ich keine unverschlossenen Autos hinter den Hotels in der Gloucester Avenue, darum schlich ich mich ganz spät auf das Gelände des St.-James-Krankenhauses, so 'ne Art eingezäumter Park, und lagerte unter ein paar Sträuchern in der Nähe vom Zaun, so daß ich zur Not ganz flink rüberklettern und abhauen konnte. Da lag ich eine Weile, mit dem Kopf auf meinem Rucksack als Kissen, und dachte über meine Probleme nach, wie sehr mir I-Man schon fehlte und was ich für ein kleiner Scheißer gewesen war, daß ich zwar nicht hatte weiß sein wollen, aber andauernd jede Menge Vorteile wegen meiner Zugehörigkeit zur weißen Rasse genossen hatte, beispielsweise daß ich noch am Leben war. Kein Wunder, dachte ich, daß die Moroons wütend auf mich waren, die dachten bestimmt, ich wär an der Vorbereitung dieses Verbrechens beteiligt gewesen, arbeitete in Wirklichkeit für Nighthawk und wär bloß nach Accompong gekommen, um die Leute ein zweites Mal zu beklauen.

Ich konnte schlecht einschlafen, was natürlich an meinen total konfusen Gedanken lag, aber auch an den Krankenwagen, die rein- und rausfuhren, außerdem war auf der Straße Action angesagt, und zwar nicht zu knapp, hauptsächlich besoffene und bekiffte Touristen auf dem Rückweg von den Strandkneipen in ihre

Hotels. Aber irgendwann wurde es ruhiger, und ich nickte gerade ein, als ich einen Cop pfeifen und jemand hektisch rennen hörte. Ich linste durch den Zaun auf den Gehsteig direkt daneben, und da kamen auch schon zwei vielleicht zehn- oder zwölfjährige jamaikanische Kids wie die Irren angewetzt, und vielleicht einen halben Straßenzug weiter weg hetzte so'n Rotgestreifter mit gezogener Knarre hinter ihnen her, trillerte auf seiner Pfeife und brüllte, sie sollten stehenbleiben oder er würde schießen. Als die Kids an meinem Versteck vorbeiflitzten, schmeißt der vordere irgendwas über den Zaun, das fast auf meinem Kopf landet, eine Damenhandtasche, und schon sind sie weg; erst als kurz danach der Bulle vorbeigelaufen ist und ich sie nicht mehr höre, ziehe ich die Handtasche zu mir rüber und werfe einen Blick rein.

Es war dieser übliche Frauenkram, Schminke – Kosmetiktücher, Sonnenöl – allerdings auch ein Wildlederportemonnaie mit Druckknopfverschluß, aber leer, keine Moneten, keine Kreditkarten, erst als ich in ein Extrafach guckte, fand ich einen Führerschein aus Kentucky mit einem Foto einer gutaussehenden silberhaarigen Lady und eine Calling Card der Telefongesellschaft AT & T. Spitzenmäßiger Fund, denke ich. Wenn ich bloß die Telefonnummer dieser Frau hätte, dann könnte ich die Karte nehmen und hätte jemandem zum Reden und Anfassen, bloß gab's in dem Moment niemanden, mit dem ich reden und den ich anfassen wollte, außer I-Man, und zu ihm konnte jetzt nicht mal mehr AT & T 'ne Verbindung herstellen. Da fiel mir so'n schwarzes Adreßbüchlein auf, in dem die Alte dämlicherweise alle persönlichen Angaben eingetragen hatte, und da stand auch ihre Telefonnummer. Cool. Wenn ich wollte, konnte ich jetzt weltweit jeden anrufen, wenigstens bis die Tante den Diebstahl ihrer Karte meldete.

Ich kramte meine eigene Brieftasche aus dem Rucksack, ein kleines Leinenteil, das ich immer da aufbewahrte, weil nichts drin war außer meinem getürktem Ausweis und den paar Telefonnummern, die mir alle möglichen Leute im Lauf der Jahre gegeben hatten, und dem Zeitungsausschnitt aus Plattsburgh über das Feuer, und da war sie auch schon, die Nummer von Russ' Tante Doris in Keene, New York, die Russ mir an dem Tag dagelassen hatte, als er sich im Haus der Rideways am East Hill von mir getrennt hatte. Bis zu ebendiesem Augenblick hatte ich sie total vergessen, aber kaum gab es die Möglichkeit, kaum hatte ich die AT & T-Karte dieser Lady samt ihrer Telefonnummer in der Hand, konnte ich nur noch an eins denken, nämlich die Stimme von meinem alten Kumpel Russ zu hören.

Ich stopfte mein Zeug tiefer ins Gebüsch, weil man es dort nicht sehen konnte, es sei denn, man wußte, wo man nachgucken mußte, dann ging ich quer übers Krankenhausgelände in das Foyer, als ob ich meine Mom besuchen wollte, die dort Patientin war, und hätte bloß nicht dran gedacht, daß keine Besuchszeit war. Doch im Wartesaal saß niemand außer einer Krankenschwester, die halb eingenickt war und nicht mal aufsah, als ich quer durch den Raum zum öffentlichen Fernsprecher neben der Fahrstuhltür ging.

Ich wählte sämtliche erforderlichen Nummern, und da oben im Staat New York klingelte und klingelte das Telefon, und ich dachte: Scheiße, da isses garantiert sauspät, und bestimmt wissen die gar nicht, wo sich Russ grade rumtreibt. Und als ich schon auflegen will, höre ich Russ auf einmal persönlich »Hallo?« sagen.

»Ich bin's, Mann. Was steht an?«

»Wer?«

»Ich. Bone, Herrgott noch mal!« Bestimmt hat sich meine Stimme verändert, denke ich.

»Wer?« fragt er wieder, bis ich ihm schließlich »Chappie« sagen mußte, aber als er das hörte, hat ihn das volle Kanne umgehauen, und er ruft: »Wow, Chappie, ach, du dickes Ei, verdammt, wo *steckst* du denn, Mann?« und so weiter.

Ich antwortete ihm: »Auf Jamaika«, und er fragte: »Meinst du das Land?«, und sagte ja, und da hielt er eine Weile den Mund.

Als er sich schließlich zurückmeldete, erzählte ich ihm in Auszügen, wie ich dahingekommen war, merkte aber bald, daß ich ihn unmöglich über den neuesten Stand bringen konnte, auch wenn ich ein Jahr lang Zeit gehabt hätte. Es war einfach zuviel passiert. Außerdem hatte ich mich dermaßen verändert, daß ich's selber noch nicht begriff. Russ war zwar ziemlich clever, aber noch nie, wie man so sagt, besonders senibel gewesen, wenn es um das Leben anderer Leute ging, darum stellte hauptsächlich ich die Fragen, und wenn das Gespräch wieder auf mich kam und er fragte, was auf Jamaika so los sei, nach Drogen und Babes und so was, ging ich nicht darauf ein und wechselte das Thema.

Ich fand es erstaunlich, daß er immer noch bei seiner Tante wohnte, aber er sagte, er habe letzten Sommer für seinen Onkel auf dem Bau gearbeitet und sei dann bei ihnen geblieben, weil… die ließen ihn in 'nem Kellerraum wohnen. »Ich fühl mich wie so'n Scheißmaulwurf in seiner Höhle, Mann«, sagte er. Seine Mutter wolle praktisch nichts mehr mit ihm zu tun haben, was auf Gegenseitigkeit beruhe, sagte er, und alles, was in Au Sable passiert sei, das Feuer und so weiter, so verdrängt und vergessen, er habe sogar seinen alten Camaro zurückgekriegt.

»Rat mal, was meine erste Arbeit für meinen Onkel war«, sagte er.

»Hab nicht die leiseste Ahnung, Mann«, antwortete ich schon einigermaßen gelangweilt, aber allmählich kam mir eine interessante neue Idee. »Hör mal«, sagte ich, »ich muß dich da was fragen, Mann.«

»Also, meine erste Arbeit, klar? Ich mußte die Bude von diesen Ridgeways auf Vordermann bringen, die wir kurz und klein geschlagen hatten, weißt du noch? O Mann, das war vielleicht ein Saustall, sah mir ganz danach aus, als hättest du, nachdem ich weg war, noch extra schweren Schaden angerichtet, Mann. Tierisch viele zerdepperte Fensterscheiben, Mann. Aber keine Sorge, ich hab nie erwähnt, daß wir's waren. Oder du.«

»Danke. Hör mal, Russ…«

»Ach ja, und hör dir das mal an, Mann. Das heitert dich garantiert auf. Deine Mom und dein Stiefvater? Die sind weg vom Fenster, Mann.«

»Sie haben sich *scheiden* lassen?« fragte ich total ungläubig.

»Nein, nein, du Depp, sie sind *weg* vom Fenster. Weggezogen.«

»Aha. Wohin?«

Das wußte er nicht. Irgendwo in die Nähe von Buffalo, wo mein Stiefvater Arbeit als Gefängnisaufseher gekriegt hatte, für ihn wohl genau das richtige. Ich fragte Russ, wann, und er sagte, kurz nach dem Tod meiner Großmutter.

»Großmutter ist *tot*?« fragte ich.

»O Mann, wow, tut mir echt leid, hab ich vergessen, das konntest du ja gar nicht wissen. Wie lange warst du eigentlich auf Jamaika, Mann? Das war im Herbst, Oktober, glaub ich. Herzinfarkt oder so was«, sagte er. Einzelheiten kannte er keine, hatte es bloß von seiner Tante gehört, die wußte, daß wir beide Freunde waren.

Damit war die Sache so ziemlich geritzt. Meine Mom und mein Stiefvater waren weg, so daß ich meine Heimatstadt Au Sable urplötzlich wieder echt verlockend fand, vor allem weil Russ drüben in Keene ganz gut klarkam und wir immer noch zusammen was unternehmen konnten. Oma war tot, was ich zwar voll traurig fand, aber so schlimm nun auch wieder nicht, schließlich waren wir alles andere als dicke Kumpels gewesen, außerdem waren damit alle zukünftigen Verbindungen zu meiner Mom und meinem Stiefvater gekappt. Sie würden's nicht mal erfahren, wenn ich zurückkam. Egal, was für ein Leben ich jetzt in Au Sable führte, es würde ganz allein meins sein. Wenn ich wollte, könnte ich sogar wieder zur Schule gehen. Was bisher eher nur eine interessante Idee gewesen war, reifte jetzt zum Plan.

»Hör zu, Mann«, sagte ich, »ich will wieder zurück. Ich bin jetzt bereit für die Heimkehr.«

Das schaffte ihn. »Hierher? Ich glaub, es *hackt*«, sagte er und laberte los, was für 'n Scheißkaff Au Sable wär, und alles und jeder dort sei voll am Arsch.

Aber ich sagte nein, hier sei's mir mittlerweile zu heavy, und ich müßte unbedingt wieder in die Staaten, ein normales Leben führen und für die Zukunft alles auf die Reihe kriegen. »Vielleicht geh ich sogar irgendwann mal aufs College«, sagte ich, obwohl mir der Gedanke in meinem ganzen Leben bisher noch nie gekommen war, bis ich ihn eben aussprach, und vielleicht hatte ich ja auch gelogen. Das war ein Augenblick der Schwäche, und ich war damals mächtig von der Rolle.

»Aber ich hab keine Kohle für das Flugticket«, sagte ich ihm, und ob er mir nicht vielleicht dreihundert Dollar pumpen könnte, ich würd sie ihm sofort zurückzahlen, sobald ich 'n Job hätte, um den ich mich als erstes kümmern wolle, wahrscheinlich in der Mall.

Jetzt war er echt platt. Raffte es nicht. »Du verarschst mich doch, Mann!« sagte er. »In der beschissenen *Mall* von Plattsburgh? Und zur *Schule* willste gehen? Wo du dir auf Jamaika 'n schönen Tag machen, spitzenmäßig Rum mit Cola saufen, gigantische Spliffs aus Ganja paffen und unter dem tropischen Mond jamaikanische Babes flachlegen könntest! Ich hab gehört, jamaikanische Babes sind spitze, Mann, und sie stehen voll auf Weiße. Stimmt das?«

»Russ, es ist hier nicht so, wie du dir das vorstellst«, sagte ich. »Alles ist anders.«

»Yeah, schon, für dich vielleicht, aber wir beide zusammen da unten… Mann, dann wär alles unheimlich cool. Du bist zu jung, um allein da unten zu sein, Mann. Es gibt zu viel, was du noch nicht weißt. Ich bin jetzt siebzehn und kann dir sozusagen den Weg weisen, verstehst du? Ich sag dir was, Chapstick. Ich werd 'n paar Piepen zusammenkratzen, ich vertick meinen Camaro, so lieb hab ich dich, Mann, bloß komm *ich* da rüber, statt daß du herkommst. Diese Gegend kotzt mich an. Kotzt mich echt an. Außerdem wollen meine Tante und mein Onkel sowieso, daß ich mich hier verpisse. Sie wollen ihren Keller wiederhaben und liegen mir dauernd in den Ohren, ich soll endlich zur Scheiß-Army gehen. Aber ich kenn da so 'n Typ, der gibt mir siebenhundert Piepen für den Camaro. Bar auf die Kralle. Ist sowieso nur noch 'n Stück Scheiße. Ich vertick ihn und bin in zwei Tagen da. Sogar früher. Verdammt, morgen bin ich in Montego Bay. Wo treff ich dich denn, Mann? Sag mir einfach, wo wir uns treffen, und ich bin *da*. Wir dealen 'n bißchen mit Ganja, hängen am Strand rum, vögeln sämtliche einheimischen Babes und lassen die *Sau* raus, Mann! Und wenn du dann *immer noch* 'ne Niete sein und wieder hierherkommen, in der Mall arbeiten und bei McDonald's Kackburger wenden und wieder in die kleine rote Schule gehen willst – soll mir recht sein. Von mir aus. Ich zahl dir sogar den Heimflug.«

Ich hab nicht geglaubt, daß er morgen oder sonstwann in Jamaika aufkreuzen würde. Ich glaubte nicht mal, daß er seinen Camaro verscheuern würde, sagte aber trotzdem okay und erzählte ihm, ich würde am Uhrturm auf dem großen Platz in der Innenstadt von Mobay sein. Da ging ich fast nie hin, und jetzt würde ich auf jeden Fall um die Gegend einen großen Bogen machen.

»Mobay, hm. Nennt man das so?«

»Ja. Montego Bay.«

»Klingt cool. Da bleibst du einfach, Mann, und wenn ich nicht morgen abend in Mobay am Uhrturm bin, dann übermorgen. Übrigens, Chappie«, sagte er.

»Ja?«

»Treib 'n paar Spitzenweiber für uns auf, jamaikanische, Mann. Ich hab zur Zeit 'n Dauerständer, der will von 'ner echten schwarzen Möse gestreichelt werden.«

»Ja. Klar.«

»*Jawoll!*« rief er.

Dann sagte ich ihm, ich müßte jetzt gehen, verabschiedete mich, hängte ein und fragte mich, ob Russ schon immer so 'ne Arschgeige gewesen war, was ich nur nie gemerkt hatte, weil ich selber eine war. Und ich war tierisch sauer, sauer auf Russ, weil er das alles gesagt hatte, und auf mich selber, weil ich so 'ne beschissene Niete war und zurück nach Au Sable wollte, um mein Leben auf die Reihe zu kriegen, als ob ich das nicht genausogut hier oder sonstwo auf der Welt machen könnte. Aber als ich Russ angerufen hatte, war ich traurig und einsam gewesen wegen allem, was passiert war, und ich konnte ihm nicht ankreiden, daß er das nicht mitbekommen und verstanden hatte. Er war der, der er war. Aber wenn ich auch schon traurig und einsam gewesen war, als ich ihn angerufen hatte, war ich jetzt noch trauriger und einsamer.

Ich ließ mich auf den Plastikstuhl neben dem Telefon fallen und schob die Telefonnummer von Russ' Tante wieder in meine Brieftasche, als ein anderer Zettel herausflatterte und zu Boden fiel, und genau in diesem Moment fuhr ein leichter Windstoß durchs Foyer und wehte den Zettel wie bei einem Tanz quer durch den Raum. Ich war fast zu erledigt, um was zu unternehmen, wurde dann aber doch neugierig, was wohl auf dem Papier zu lesen war, stand auf, jagte über den gefliesten Boden des Foyers bis zur offenen Tür hinter ihm her und erwischte ihn gerade noch kurz vor der Tür. Ich warf einen Blick drauf. In meiner eigenen Handschrift stand da. *N. Rilay*, ein mir völlig unbekannter Name, und daneben etwas, das wie eine Telefonnummer aussah, und eine Vorwahl, die ich auch nicht kannte, 414.

Normalerweise bin ich nicht abergläubisch, aber ich muß wohl ein bißchen überdreht gewesen sein, weil ich seit fast zwei vollen Tagen nichts gekifft hatte, und von meinem Gespräch mit Russ. Das ist eine Botschaft, denke ich, eine geheime verschlüsselte Botschaft von I-Man, der meine Handschrift nachgemacht hat und mir auf diese Weise mitteilt, was ich als nächstes machen soll, und wie üblich verlangt er, daß ich meinen eigenen Kopf benutze, um es rauszukriegen. Vielleicht, denke ich, ist 414 die Vorwahl für Jamaika, und I-Mans geheimer Name ist N. Rilay, und N. steht vielleicht für Nonny, wie die alte Maroon-Kriegerin, die damals mit ihrer Möse die britischen Gewehrkugeln fing und aus dem Arsch zurückschoß, und daß die Buchstaben in Rilay umgestellt werden müssen. Ich sah sie mir ein Weilchen an und entschied mich schließlich für I-LYRA, was völlig vernünftig war, wenn es wirklich von I-Man stammte, denn eine Lyra ist so 'ne Harfe, auf der Engel spielen. Mittlerweile war ich echt ziemlich übergeschnappt.

Ich ging schnurstracks zum Telefon, tippte die Zahlen ein und benutzte dabei wie schon vorher die AT & T-Karte meiner Freundin aus Kentucky. Mann, denke ich, das wird echt kraß und total abgefahren. Als sich eine Frauenstimme meldete und »Ja?« sagte, war ich so geil darauf, wieder I-Mans Stimme zu hören, daß ich einfach losplatzte: »Ich will I-Man sprechen.«

»Wen?«

Da wurde mir klar, daß I-Man natürlich nicht mehr seine eigene Stimme benutzen würde, und ich sagte: »O Gott, Verzeihung, hoffentlich klang das nicht zu unhöflich. Sprehe ich mit... Nonny?«

»Ja. Hier ist Nancy«, sagt sie darauf, und irgendwas an der Stimme kommt mir bekannt vor. Sie klingt genuschelt und ein wenig undeutlich, als käme sie durch einen billigen Lautsprecher, dabei ist die Verbindung sehr gut.

»Äh... Sie sind nicht Nonny?«

»Auf keinen Fall, Süßer. Ich dachte, du hättest Nancy gesagt. Tut mir echt leid. Aber du kannst mit *mir* reden, wenn du willst«, sagte sie und lachte wie ein Crackhead, so 'n bißchen daneben. Da fiel es mir wieder ein. 414 war die Vorwahl von Milwaukee in Wisconsin, und ich unterhielt mich mit Nancy Rilay, der Mutter von Sister Rose.

»Tja, also... dann möchte ich wohl eher mit Sister Rose sprechen.«

»*Sister* Rose? Meinst du meine Rosie? Lieber Himmel, was bist'n du für einer, irgend 'ne Sekte oder so was? Ich hab keinen Bock...«

»Halt, legen Sie nicht auf! Ich bin so 'ne Art Freund von ihr, von Rosie. Ich hab sie damals zurück nach Hause geschickt, ich hab sie von diesem Buster Brown losgeeist. Wissen Sie noch? Ich... ich ruf bloß an, weil ich wissen will, ob es ihr gutgeht und so.«

»Na klar«, sagte sie. »Du bist der Knabe mit den Moneten. Yeah, sie ist gut hier angekommen. Übrigens, das war Busters Kohle, hab ich erfahren, und du hast sie ihm geklaut. Wenn er das je rauskriegt, Kleiner, dann legt er dich glatt um, das kannste mir glauben.«

»Das ist cool«, sagte ich. »Ist denn Rose da? Kann ich sie sprechen?«

»Nein.«

»Nein, ich kann nicht mit ihr sprechen, oder nein, sie ist nicht da?«

Sie schwieg lange. In dem Moment denke ich, falls ich je wieder zurück in die Staaten gehe, find ich diese Frau und bring sie um, und danach ist Buster dran. Schließlich sagt sie: »Beides.«

»Wie beides?«

»Du kannst sie nicht sprechen, und sie ist nicht da. Rose... Rose ist letzten September von uns gegangen.«

Mir fiel nichts mehr ein, was ich darauf hätte sagen können, und so hörten wir uns nur eine ganze Weile beim Atmen zu. Bis ich sagte: »Also wirklich. Sister Rose ist nicht tot.«

»Als sie hier ankam, war sie echt krank. Da haben Sie ein schwerkrankes Mädchen in den Bus gesetzt, Mister.«

»Krank, am *Arsch*! An was ist sie gestorben, du Schlampe?«

»Lungenentzündung, wenn du's genau wissen willst. Und red nicht so mit *mir*. Ich bin durch die Hölle gegangen. Ich hab versucht, sie zu retten, bin aber selbst krank, verstehste das? Rosie war mein kleines Mädchen, aber man hat sie mir weggenommen, als ob's meine Schuld gewesen wäre, daß sie krank war. Du warst auch schuld. Du hättest sie damals auf keinen Fall in den Bus setzen dürfen. Das hat ihr den Rest gegeben«, sagte sie.

Ich atmete ein paarmal tief durch, um nicht am Telefon total auszurasten, und fragte sie in aller Ruhe, wo Rose begraben lag. Ich wußte, eines Tages würde ich sie besuchen und Blumen auf ihr Grab legen, ganz bestimmt, aber das verriet ich ihr nicht.

Offenbar wußte diese Frau nicht mal, wo ihre eigene Tochter begraben worden war, und sie sagte bloß, das ginge mich nichts an, außer ich sei bereit, mich an den Beerdigungskosten zu beteiligen. »Wissen Sie, so was ist teuer, Mister, und ich bin pleite. Ich hab nicht mal genug Geld, um 'n kleinen Grabstein aufzustellen. Dabei könnten Sie mir helfen, wenn Sie wirklich ihr Freund sind, wie Sie sagen. Fünfhundert Piepen sollten reichen, schätz ich. Sie könnten es einfach über Ihre Kreditkarte laufen lassen und mir telegrafieren.«

»Lady«, sagte ich, »für das, was Sie getan haben, müßten Sie in der Hölle schmoren.«

»Schon gut, du kannst mich mal«, fauchte sie. »Ich schmor schon in der Hölle. Und hoffentlich findet Buster dich und schneidet dir die Eier ab«, sagte sie und legte auf.

Ein paar Minuten lang stand ich in dem Krankenhausfoyer, den Hörer in der Hand, und betrachtete ihn, als wäre er Ungeziefer. Dann hängte ich ihn in die Gabel. In meiner anderen Hand hielt ich I-Mans Botschaft, die für mich immer noch I-Mans Botschaft blieb, auch wenn sie sich um Sister Rose und nicht um ihn oder mich drehte, dann schob ich sie in den Mund, kaute und verschluckte sie. Später lag ich wieder unter den Sträuchern auf dem Krankenhausgelände, den Kopf auf meinem Rucksack, und versuchte, wieder Gedanken zu ordnen und meine Gefühle wenigstens so lange aus dem Spiel zu halten, bis ich entschieden hatte, was ich morgen tun würde, damit ich heute nacht einschlafen konnte. Mein bester Freund I-Man war weggeflogen, um sich in Afrika zu seinen Ahnen zu legen, wohin ich ihm nie folgen konnte. Sämtliche Türen Accompongs waren mir für immer verschlossen, und die Ameisenfarm war ein total zerstörtes Todeshaus, das ich nie wieder sehen wollte. Sister Rose war dorthin gegangen, wo kleine Kinder halt hingehen, wenn sie sterben, und ich war jetzt zu alt, um auch dorthin zu gehen und das Leben mit ihr von vorn anzufangen... ich war fast kein Kind mehr, ich wußte zu viel und war jetzt zu stark und zu clever, um ohne Kampf zu sterben. Und Russ, meinen Kumpel, den ollen Russ hatte ich sozusagen abgehakt. Auf Dauer. Mein Augenblick der Schwäche war wie eine dunkle Wolke über mich hinweggezogen und verschwunden, und nachdem Oma tot und Mom und mein Stiefvater nach Buffalo gezogen waren, gab es für mich – auch wenn es jetzt in Au Sable friedlicher wäre – nicht mehr Anlaß, dorthin zu gehen, als irgendwohin sonst in Amerika. Au Sable war eine Stadt wie jede andere auch, wo ich bloß ein Straßenjunge unter vielen wäre, der sich irgendwie durchschlüge und versuchte, sich von Drogen fernzuhalten und kein Aids zu kriegen. *Forget-tee*, sagte ich im stillen. Vergisses.

Aber hier auf Jamaika war ich Ausländer, illegal eingewandert und außerdem weiß, und wenn ich noch ein paar Tage lang auf den Straßen von Mobay um Kleingeld bettelte, dann würden mich die Bullen wegen Landstreicherei hopsnehmen, und ohne verläßliche Ganjaquelle könnte ich nicht mehr durch die Dealereien mit den Touristen meinen Lebensunterhalt verdienen und genug Geld zusammenkriegen, um ein richtiges Zimmer zu mieten. Es sah voll finster aus. Ich war noch nie so tief am Boden gewesen.

Ich hatte zwar keinen Bock drauf, aber es war an der Zeit, auf den Amerikaner zu hören. Zeit, das Mutterschiff aufzusuchen.

21

Bones Rache

Als ich am Morgen von dem Lärm und Dieselgestank der praktisch neben meinem Kopf auf der Gloucester Avenue vorbeirau-
schenden Laster und Busse aufwachte, hatte ich keine Ahnung,
daß dies mein vorletzter Tag auf Jamaika sein würde, aber wenn
ich es gewußt hätte, hätte das auch nichts daran geändert. Ich wär
genauso rauf zum Mutterschiff gegangen und hätte da oben so
ziemlich genau das gleiche gemacht, was ich sowieso tat. Ich
redete mir selber ein, ich ging dorthin, weil es der einzige Ort auf
der Insel war, wo ich jetzt sicher wäre, wie der Amerikaner auf der
Farm gesagt hatte, aber in Wirklichkeit hatte ich da mit meinem
Vater, mit Doc, mit Pa noch was zu erledigen, und deshalb ging
ich hin. Ich wußte nicht genau, was ich erledigen mußte, aber es
hatte – und da war ich mir ziemlich sicher – damit zu tun, daß ich
I-Man in jener Nacht an ihn verraten hatte, als I-Man Evening
Star gevögelt hatte, in der Nacht nach meiner Geburtstagsparty.
Das war so was wie 'ne Sünde, also was anderes als 'n Verbrechen,
und es lastete sozusagen immer noch schwer auf meinem Gewissen, und ich wollte das, wenn möglich, irgendwie wiedergutmachen, besonders jetzt nach I-Mans Tod, und dazu brauchte ich
meinen Vater, Doc, Pa.

Ich bettelte eine Zeitlang um Kleingeld, und am späten Vor-
mittag hatte ich ein paar Dollar in der Tasche und ein Meat-
Patty-Frühstück unter dem Gürtel, und so schlenderte ich rüber
zum Markt, wo ich, genau wie I-Man und ich beim erstenmal, den
Bus nahm, der die lange kurvige Straße aus Mobay raus in das
Dorf Montpelier fuhr, und ich stieg an dem grasbewachsenen

Weg aus, der zum Mutterschiff führte. Es war ein echt schöner, nicht zu heißer Tag, ein frischer Wind wehte, und die Sonne schien, und die Einheimischen, an denen ich vorbeikam, waren freundlicher zu mir, als ich es in Erinnerung hatte, was wohl an meinem Jahrstock, dem Rucksack und der Boom Box lag, mit denen ich vielleicht aussah, als käme ich von weit her (Australien oder so) nach Hause zurück. Oder sie kannten mich noch von meiner Geburtstagsparty letzten Sommer und freuten sich, daß ich wieder da war. Ich mochte die Einheimischen, die Bauern und so, die Frauen und Kinder, die in den Häuschen und Hütten im Busch um das Greathouse herum wohnten, möglicherweise die Nachkommen von Leuten, die dort mal Sklaven gewesen waren, und ich fand's echt spitze, daß auch sie sich anscheinend an mich erinnerten und mich mochten, deshalb lachte und winkte ich wie verrückt zurück, wenn sie lachten und winkten, und ich schwenkte meinen Jahstock wie einen Speer durch die Luft, als hätte ich eine heilige Mission zu erfüllen, nämlich den Drachen in der Höhle zu bekämpfen, der die Dorfbewohner seit Jahrhunderten terrorisierte. Das ist ein Hirngespinst, schon klar, aber so denk ich halt manchmal.

Schließlich hatte ich den höchsten Punkt des Hügels überschritten, von wo aus man auf Mobay runtersah, kam an das Schild »STARPORT«, trat durch das Steintor und ging die lange Auffahrt hoch, vorbei an den terrassenförmig angelegten Blumenbeeten und den vielen eigenartigen weißen Tieren mit den roten Augen und Mäulern, und marschierte die breite Vordertreppe hinauf zum Greathouse. Es war mächtig still, und ich sah niemanden, nicht mal den Typ, der im Garten arbeitete, oder seine Frau, die sich um die Wäsche kümmerte, aber dann fiel mir ein, daß es die heißeste Zeit des Tages war, da arbeitete sowieso nie jemand, aber ich sah außerdem keine Autos auf dem Parkplatz, und am Pool war auch niemand, was ziemlich ungewöhnlich war. Ich hatte das Anwesen noch nie zuvor so leer gesehen, und irgendwie gefiel es mir.

Ich brüllte ein paarmal: »Yo, Pak!« und: »Yo, Evening Star!«
und kam dann zu dem Schluß, daß ich die Bude erst mal zur freien
Verfügung hatte. Ich nahm ein kaltes Red Stripe aus dem Kühlschrank und schlenderte durchs Wohnzimmer, wo ich meinen
Kram fallen gelassen hatte, und stöberte so lange herum, bis ich
in einem silbernen Kästchen ein paar Kippen fand. Ich nahm 'ne
Handvoll und paffte eine, und weil ich ein paar Tage lang nichts
geraucht hatte, wurde ich sofort high, allerdings nicht wie von
Gras, und es ließ auch gleich wieder nach. Dann fiel mir neben
Pas Sessel sein CD-Spieler auf, und ich dachte, ich bin ziemlich
nervös, vielleicht ist das 'ne gute Gelegenheit, endlich mal die
Klassik-CDs zu hören, die ich aus dem Ridgewayschen Sommerhaus in Keene hatte mitgehen lassen, ging also zu meinem Rucksack und holte sie raus.

An die Bude in Keene mußte ich sowieso gerade denken, die
Situation war ja irgendwie ähnlich, ich war damals allein gewesen und war jetzt wieder allein, und beide Häuser waren alt, standen auf einem Hügel, und man hatte aus beiden eine herrliche
Aussicht, aber mir fiel auf, wie sehr ich mich seit damals verändert hatte, und zwar in gerade mal einem knappen Jahr. Natürlich war ich in vieler Hinsicht immer noch derselbe, aber es gab
echte und ziemlich erstaunliche Unterschiede, die hoffentlich
anhielten, denn egal, wie sich alles entwickelt hatte, das traurige
abgefuckte Kid vom letzten Jahr wollte ich nie wieder sein.

Die Typen, die diese ganzen CDs gemacht hatten, hatten fast
alle unaussprechliche Namen, überhaupt nicht wie bei typischen
Rock- oder Reggaebands, außer einem, auf den ich nicht nur aufmerksam wurde, weil ich ihn aussprechen konnte, Charles Ives,
sondern auch weil IVES in Großbuchstaben draufstand, was mir
wie ein spitzenmäßiger Rastaname vorkam; außerdem hatten ein
paar Stücke Titel wie »The Unanswered Question« und »The
See'r«, »All the Way Around«, und »Back«, was sich anhörte, als
ob es viellecht Rastasongs wären oder wenigstens irgendwie spi-
rituell, deshalb schob ich die CD rein, machte es mir in Pas Sessel

bequem und hörte sie mir an. Irgendwie hoffte ich wohl immer noch auf eine Botschaft von I-Man aus Afrika, in der er mir mitteilte, was ich als nächstes tun sollte, darum hörte ich mir diesen I-ves gründlicher an, als ich's sonst getan hätte, und fuhr zufällig voll auf diese Songs ab, von denen die meisten ohne Worte waren, aber das war egal, denn wenn sie welche hatten, wurden sie in 'ner Oper gesungen, und ich verstand sie kaum. Aber ich stand total auf die Musik von dieser Band, jede Menge Trompeten und Geigen, die aus verschiedenen Richtungen kamen und in verschiedenen Geschwindigkeiten und Lautstärken, aber doch auch miteinander verbunden. Weil kein Instrument im Vordergrund stand, dachte ich mir, Ras I'ves wär bestimmt der Songschreiber und wahrschenlich auch der Bandleader, vielleicht aber auch der Klavierspieler. Ich glaub nicht, daß er mitgesungen hat.

Ich blieb ein paar Stunden sitzen und spielte die CD immer und immer wieder, und je mehr ich zuhörte, desto stärker und gefestiger fühlte ich mich innerlich, bis für mich feststand, daß I-Man seinen alten Kumpel Ras I'ves einsetzte, um mich genauso zu Form und Klarheit zu trommeln, wie die Cockpit-Rastas das immer mit ihrem afrikanischen Getrommel taten, wenn sie nachts auf ihren Groundations gemeinsam um das Chillum hockten, um die Höhen und Tiefen des I auszuloten. Ich nahm an, daß Ras I'ves ein Weißer war, weil viele Songs weiße Titel hatten wie »Three Places in New England« oder »General William Booth Enters into Heaven«, aber beim Zuhören merkte man, daß er auf jeden Fall ein wahrer echter Rasta war, und langsam kam mir der Gedanke, *das* könnte vielleicht I-Mans Botschaft an mich sein, daß ich auch als Weißer trotzdem eines Tages ein wahrer echter Rasta werden konnte, aber nur, wenn ich nicht vergaß, daß ich Weißer war, so wie Schwarze nicht vergessen durften, daß sie Schwarze waren. Er sagte mir, daß ich in einer Welt wie unserer, die in Weiß und Schwarz geteilt ist, so schließlich doch zu mir selber finden könnte.

So gegen fünf hörte ich ein Auto die Auffahrt rauffahren, und wie sich herausstellte, war es der schwarze Buick, der Regierungswagen von Pa. Der Fahrer hielt an der Treppe, ließ Pa aussteigen, wendete und fuhr denselben Weg zurück, den er gekommen war. Ich sah sofort, daß Pa ultrabreit war, er schwanke und wankte, als er die Stufen hochkam, und knirschte mit den Zähnen, als ob er Speedballs, Koks mit Heroin, genommen hätte – wohl kaum der beste Zeitpunkt, um ihm zu sagen, daß sein Sohn in den Schoß der Gemeinde zurückgekehrt war. Ich schnappte mir meine Sachen, lief die Treppe rauf und runter bis zum Ende vom Flur in mein ehemaliges Zimmer, und erst dort fiel mit ein, daß immer noch die CD von Ras I'ves lief. Es war zu spät, wieder runterzulaufen, drum relaxte ich bloß und ließ ihn selber damit klarkommen. Ich hörte Pa unten nach Evening Star brüllen, und dann schrie er: »Verdammte Axt, wo *sind* eigentlich alle hin, lieber Himmel!«, und er murmelte vor sich hin, während er sämtliche Zimmer abging.

Etwas später fuhr noch ein Auto vor, dem Geräusch nach Evening Stars Range Rover, und man hörte die Stimmen von einem ganzen Trupp weißer Amerikanerinnen, einschließlich der von Evening Star, und ein Jamaikaner lachte, den ich als Jason erkannte, als er »Ich werd jetzt mal die Ziege totmachen«, sagte. Ein paar Frauen riefen: »Oo-o-o *nei-i-n*!«, aber sie machten nur Spaß und lachten, und kurz danach vernahm ich Plansch- und Eintauchgeräusche vom Pool, wo jetzt wohl alle 'ne Runde schwammen, außer Jason und Pa, den ich überhaupt noch kein einziges Mal hatte schwimmen sehen.

Dann hörte ich unten im Wohnzimmer Evening Star fragen: »Was hörst du dir da für 'n Zeugs an?«, und Pa, der gerade irgendwo anders war, wahrscheinlich in der Küche, antwortete: »Is mir 'n Rätsel. Keine Ahnung, das lief wohl schon, als ich gekommen bin«, und dabei klang er einigermaßen friedlich, so daß ich dachte, ich könnte mich jetzt genausogut zeigen.

Warum, weiß ich nicht, aber ich hängte mir den Rucksack um

und nahm meinen Jahstock mit. Ich wollte wohl 'n großen Auftritt haben, wenn ich die Treppe runterging, und das gelang mir auch, denn beide sahen mir schweigend zu, wie ich langsam runter ins Wohnzimmer schritt. Als ich dann auf der letzten Stufe angelangt war, kam Evening Star auf mich zu, nahm mich in die Arme – sie roch nach Brot –, und auf ihren Schultern und ihrem Hals sah ich einen dünnen Schweißfilm, an dem ich fast geleckt hätte, ließ es dann aber doch bleiben. Sie sagte: »O Bone, Lob und Dank! Lob und Dank sei *Jah*, Bone! Wir haben uns solche *Sorgen* um dich gemacht, Schatz! *Guck* mal!« sagte sie zu Pa, ließ mich los und drehte mich um, damit er mich besser sah. »Er ist wieder *da*!« sagte sie. »Dein Kurzer ist wieder *da*!«, und Pa setzte sein selbstzufriedenes schiefes Grinsen auf, als könnte er mich durch den Nebel fast sehen.

»Mein Kurzer«, sagte er und schob mir seine Hand durch die Luft entgegen, na ja, da schüttelte ich sie, aber es fühlte sich an, als ob man eine kalte Banane schüttelte, und so ließ ich sie echt schnell wieder los.

»Doc geht es nicht besonders gut«, sagte Evening Star zu mir, und ich: »Yeah, das seh ich.« In Wirklichkeit sah er echt horrormäßig aus, sogar noch hagerer als früher, hatte ein graues Gesicht mit dunklen Ringen unter den Augen, und er machte auch nicht gerade den Eindruck, als hätte er in letzter Zeit mal 'n Bad genommen.

»Schwere Woche gehabt, Liebling?« fragt sie mit so 'm leicht hämischen Unterton, aber in ihrem Südstaatendialekt, also wußte man es nicht so genau.

»Yeah, kann man sagen«, sagt er, läßt sich in seinen Sessel fallen, wobei er merkt, daß Ras I'ves noch läuft, und er fragt: »Verdammt, was'n *das* eigentlich?« und verzieht das Gesicht, als hätte er beim Hören körperliche Schmerzen. Der olle Ras I'ves ist gerade im Dunkeln mitten im Central Park, und darum antworte ich: »Central Park in the Dark«, und Pa schneidet 'ne Grimasse und wendet sich ab.

»*Gräßliches* Zeug«, sagt er. »Stell das ab, verflucht noch eins!«

Evening Star streckte die Hand aus, schaltete den CD-Spieler ab und sagte zu mir: »Komm mit in die Küche, Schatz. Dein Daddy ist *mies* drauf, aber *ich* möchte alles über deine Abenteuer hören. Ich will herausfinden, wo du die vielen Monate ge*steckt* hast. Wir hatten schon Angst, du wärst wieder zurück in die *Staaten*«, sagte sie. »Und zwar bis Jason uns erzählt hat, daß er dich drüben in Mount Zion getroffen hat.«

»Das hat er gesagt?«

»Aber sicher, is' erst ein paar Tage her. Er hat gesagt, er hätte dich bei I-Man gesehen, dem Ärmsten, und wir haben uns *solche* Sorgen um dich gemacht, nachdem I-Man erschossen aufgefunden wurde. Es ging um Drogen, stimmt's? Hoffentlich hattest *du* nichts damit zu tun. Bone, Süßer, sag mir, daß du nichts damit zu tun hattest. Du *mußt* mir alles erzählen, Lieber. *Alles.* Es kursieren *so* viele Gerüchte. Was ist *geschehen?*« fragte sie, drehte sich aber gleichzeitig um und ging Richtung Küche. Ich ließ Rucksack und Jahstock fallen, folgte ihr und hatte selber ein paar Fragen, aber sie brabbelte schon auf ihre überdrehte Art über die Speisenfolge des Abends, Ziegenbraten, den Jason für uns am Spieß zubereiten würde, und dazu *auserlesenen* Basmati-Reis, den uns die liebe, nette Rita mitgebracht hatte, was auch immer das sein mochte und wer auch immer Rita sein mochte, obwohl ich's mir denken konnte, als ich vom Pool her das Kreischen und Quieken hörte.

»Willst du'n bißchen schwimmen, Süßer? Du siehst total groggy aus. Ich muß das Abendessen auf die Reihe kriegen, aber mach du dich schon mal mit Rita und Dickie bekannt, zwei *unheimlich* nette Lesben aus Boston«, sagte sie, dabei interessierte es mich 'n Scheißdreck, daß sie Lesben waren. »Sie sind beide Künstlerinnen, und du wirst sie *echt* mögen.«

Evening Star trug 'ne Art weiten Kittel über einem beigefarbenen Bikini, und ab und zu sah ich 'n Stück Bein oder Bauch. Sie war phantastisch braun gebrannt, und das bestimmt am ganzen Körper, weil sie auf Nacktsonnenbaden stand. Sie und die anderen hätten den Tag in Doctors Cave verbracht, sagte sie, und wären später noch Souvenirs kaufen gegangen, die Rita und Dickie mit nach Hause nehmen wollten. Sie habe überall am Körper getrocknetes Meersalz, und es jucke, und sobald sie das Essen unter Kontrolle habe, wolle sie selber 'ne Runde schwimmen. »Also geh du schon mal vor, Schatz«, sagte sie. »In ein paar Minuten mach ich mit.«

Ich lehnte ab, wollte alles über I-Man hören, und während sie kochte und ich half, indem ich Gemüse schnitt und Kokosnüsse schabte und so was, erzählte sie, daß sie gehört habe, I-Man hätte versucht, irgendeinen großen amerikanischen Ganjadealer übers Ohr zu hauen, sie wüßte nicht, wen, und deswegen seien er und einer aus seiner Posse erschossen worden. Ich fragte sie, was mit Doc sei, ob er was darüber wüßte, und sie verneinte, obwohl... Doc kenne zwar etliche Dealer in Kingston und diverse zwielichtige Gestalten, wie sie es nannte, aber diese Sache sei auch ihm ein Rätsel. Ich fragte, ob Doc mit Drogen dealte, und erst zögerte sie kurz, sagte dann aber. »Na ja, gelegentlich ein bißchen, schätze ich, aber sag's nicht weiter. Bloß ein bißchen Ganja. An Touristen. In erster Linie«, fuhr sie fort, »ist Doc inzwischen Verbraucher. Das siehst du ja.«

»Yeah«, sagte ich. »Speedballs.«

Sie musterte seufzend ihre Hände. »Leider ja, Süßer«, sagte sie. »Leider ja. Ist kein sehr schönes Willkommen, stimmt's, mein Lieber?« sagte sie, legte mir ihre Hände auf die Schultern und sah mir traurig in die Augen. Wir waren ungefähr gleich groß, fiel mir auf, was bedeutete, daß ich etwa zehn Zentimeter gewachsen war, seit ich letzten Sommer mit I-Man nach Accompong abgehauen war. Sie ließ mich plötzlich los, schob ihre Dredlocks nach hinten und machte sich wieder an die Arbeit. Ein paar Minuten lang schwiegen wir beide, und ich beobachtete sie nur von hinten, während sie in einer Pfanne auf dem Herd jamaikanische Dreadnuts rührte. Am Pool wurde wieder gekreischt, und ich roch Holzkohlenrauch von der Grillecke, wo Jason gerade anfing, die Ziege zu braten. Doc hatte eine seiner CDs aufgelegt, ein altes Stück von Ike und Tina Turner, und bei einem Blick ins Wohnzimmer sah ich, daß er sich auf seinen gewohnten Platz gefläzt hatte, einen gepflegten Joint schmauchte und selig aussah.

»Eins wollte ich dich schon immer mal fragen«, sagte ich zu Evening Star.

Sie drehte sich um und sah mich lächelnd an. »Was denn, Schatz?«

»Also, ich hab mich gefragt... ich dachte, vielleicht würdest du mich gern ficken. Weil... ich hab's halt noch nie gemacht.«

Wahrscheinlich klang das kaltherzig, war es aber nicht. Wenigstens nicht nur. Ich meine, egal wie alt sie sein mochte, Evening Star war eindeutig 'ne scharfe Braut, und wie sie mich umarmt hatte, als ich die Treppe runtergekommen war – ich fand das echt voll geil, außerdem kam ich sowieso immer total auf Touren, sobald ich bloß in diesem Haus war. Bei dem ganzen Rumgevögel, das in Starport gang und gäbe war, war ich mir dort immer wie in so 'ner Sexhöhle vorgekommen. Wenn man in der Pubertät ist, fällt es einem besonders schwer, Lyrikerinnen aus New Orleans zu ignorieren, die sich am Pool mit Sonnenöl einreiben, und schwarze Natties mit tollem Körperbau und nacktem Oberkörper, deren Apparate sich unter ihren Shorts abzeichnen und die sich davonstehlen, um sich mit Evening Stars zahlreichen weißen Freundinnen und Verwandten zu vergnügen, und ich geb's echt ungern zu, aber es stimmt – ich fand Lesben aus Boston antörnend, die in ihren Bikinis durch die Gegend trabten, und von Anfang an hatten mich auch die erotischen Signale angemacht, die Evening Star permanent ausstrahlte, wie sie irgendwie den Eindruck vermittelte, ihr einziger Lebenszweck sei es, Freude zu bereiten, ganz gleich ob in Form von Essen, Drogen oder Sex, als sei das Geben wichtig, weil es ihr als einzige Freude zurückgab, was 'ne merkwürdige Form von Großzügigkeit ist, die – wenn man, so wie ich, genauer drüber nachdenkt – eher so an ständiges Begehren als an Großzügigkeit erinnert und für 'n Typ total sexy ist. Da hier so was seit Monaten und Jahren und vielleicht sogar Jahrhunderten ablief, seit der Zeit der Sklaverei, schwebte dieser Ort, wie ein phantastisches Lustschloß pulsierend, glitzernd über der Trübseligkeit des normalen Alltagslebens und verpaßte mir sozusagen einen Dauerständer, um den ich mich bisher irgendwie allein gekümmert hatte.

Aber daß Evening Star fragte, ob ich sie ficken konnte, oder genauer gesagt: ob sie mich ficken wollte, war auch kaltherzig. Erstens, weil ich sozusagen nach dem Motto »Jugend forscht« tierisch neugierig war, wie es sein würde, und mir seit mindestens ein, zwei Jahren über die mechanischen Abläufe beim Vögeln den Kopf zerbrach, seit ich nämlich erfahren hatte, daß Russ und andere Typen in meinem Alter oder etwas älter von Mädchen flachgelegt wurden, die sie beispielsweise in der Mall aufgegabelt hatten. Und zweitens wegen Doc und I-Man. Mehr als meine allgemeine andauernde Geilheit und als Evening Stars antörnendes Auftreten, mehr auch als diese auf Starport herrschende Lustschloßatmosphäre und ganz bestimmt mehr als mein Forscherdrang brachte mich das Bedürfnis, meine an I-Man begangene Sünde wiedergutzumachen, dazu, Evening Star an diesem Abend in der Küche anzubaggern.

Als ich Doc in der Nacht meines Geburtstags erzählt hatte, daß I-Man es mit Evening Star trieb, hatte ich mich von I-Man gelöst und mich mit Doc zusammengetan. Das dauerte zwar nur einen Moment, und ich tat es, weil Doc mein Vater war, trotzdem hatte ich meinen besten Freund und Lehrer verraten, der deshalb vielleicht sogar sterben mußte. Aber jetzt, indem ich das gleiche Verbrechen an Doc beging wie I-Man, nämlich etwas zu stehlen, was Doc für sein Eigentum hielt – was es natürlich nicht war, weil es sich ja um einen Menschen handelte –, löste ich mich von Doc und tat mich wieder mit I-Man zusammen. Stehlen ist nur ein Verbrechen, aber einen Freund zu verraten ist eine Sünde.

Anders gesagt, wenn man ein Verbrechen begangen hat, ist die Tat vorbei, und man hat sich innerlich nicht verändert. Aber wenn man sündigt, erzeugt man so 'ne Art Dauerzustand, mit dem man leben muß. Menschen leben nicht in Verbrechen, sondern in Sünde. Keine Ahnung, ob es funktionierte, ich war noch ziemlich neu in diesem Sünde-gegen-Verbrechen-Geschäft, aber ich mußte es probieren. Ich hatte schon genug Erfahrungen als Verbrecher gesammelt, um zu wissen, daß man ein Verbrechen nicht ungeschehen machen kann. Auch ein sogenanntes Vergehen nicht. Wenn man es getan hat, hat man es getan. Das wußte ich seit dem Tag, als mich meine Mom und mein Stiefvater aus ihrem Haus geworfen hatten, weil ich die Münzsammlungen meiner Großmutter geklaut hatte. Doch eine Sünde, die unendlich lange andauern kann, ganz gleich, ob man dafür bestraft wird oder nicht, ließ sich *wiedergutmachen*, jedenfalls hoffte ich das. Und wenn ich deswegen ein Verbrechen begehen mußte. Na ja, kein *richtiges* Verbrechen. Wie gesagt, Evening Star gehörte Doc ja gar nicht, das glaubte er nur.

Lange stand sie neben dem Herd, ein leichtes Lächeln auf den Lippen, und schwieg, als ließe sie in Gedanken schnell ein Video vorlaufen, um herauszufinden, wie ein Fick mit mir wohl sein würde. Endlich ließ sie den Kochlöffel los, mit dem sie umgerührt hatte, und drehte vorsichtig die Herdflamme klein. Dann wandte sie sich lächelnd zu mir um.

»Willst du's gleich tun?« fragte sie.

»Klar. Warum nicht?«

Sie warf einen kurzen Blick auf die Wanduhr – es würde nicht lange dauern – und sagte, sie müßte erst mal was aus ihrem Zimmer holen, vermutlich irgendein Verhütungsmittel, was ich cool fand, weil ich überhaupt keinen Bock auf Vaterfreuden hatte.

»Warte in der Waschküche auf mich«, sagte sie. »Da stört uns bestimmt keiner. Höchstens *du*. Und diesmal hab ich dich ja bei mir, stimmt's, Schatz?«

»Na klar!« sagte ich und ging durch die Tür in die dunkle

Waschküche, wo eine Waschmaschine, ein Trockner und verschiedene Gartengeräte standen, außerdem die kleine Liege an der hinteren Wand. Ich merkte, daß ich schon einen Mordsständer hatte, zog mich aber noch nicht aus. Aus Pornofilmen und so wußte ich, daß die Frau immer zuerst die Kleider auszieht, und so saß ich bloß wie im Behandlungszimmer von 'nem Arzt auf der Liege, bis die Küchentür aufging und ich in dem von hinten einfallenden Tageslicht sah, daß sie ihren Bikini ausgezogen hatte und jetzt bloß noch das dünne gestreifte Hemdchen trug, darunter nichts. Keine Frage, ich atmete jetzt schneller, hörte mein Herz pochen und hatte total verschwitzte Hände. Ich hatte einen Mordsbammel, und zwar eher davor, etwas Schlimmes zu tun, als vor Evening Star selber, aber jetzt einen Rückzieher machen? Kam nicht in Frage.

Sie kam rüber, setzte sich neben mich und küßte mich, steckte ihre Zunge in meinen Mund und so was alles, dann führte sie meine Hände zu ihren Brustwarzen, aber die mußten nicht groß geführt werden, drum ließ sie meine Hände los und machte sich an den Knöpfen und dem Reißverschluß meiner Cutoffs zu schaffen. Nun schleuderte ich meine alten Sandalen in die Ecke, wand mich aus meinem T-Shirt, und sie ließ ihr Hemdchen fallen, legte sich auf den Rücken, zog mich auf sich drauf, und ich drang sofort in sie ein, als wär das genau mein Ding, trotz allem, was in grauer Vorzeit mal sexmäßig mit mir passiert war. Die meisten Einzelheiten erspar ich euch, aber sie behielt weitgehend die Kontrolle, und das war auch okay, denn auf mich allein gestellt wär ich wohl ein paar Sekunden lang auf ihr herumgehopst und basta, und danach hätt' ich erst mal fünf oder zehn Minuten bis zum nächsten Versuch warten müssen, was tierisch peinlich gewesen wäre. Aber sie packte mit beiden Händen meinen Arsch, schob mich langsam rein und raus und brachte mir bei, mit den Hüften diese komischen kleinen, ruckhaften Bewegungen und verzögernden Schlenker zu machen, die ihr offenbar 'ne Menge Spaß brachten, und ich war schon richtig stolz, aber als sie dann anfing, zu stöhnen und mich immer schneller und schneller in sich reinzuziehen, merkte ich, wie wahnsinnig erregt ich war, und gerade als sich bei mir so'n paar richtig geile Gedankengänge abspulten – von wegen Sex mit einem anderen Menschen verdrängt alles andere aus deiner Birne, nur dieser eine Mensch beherrscht dein Denken und wird zum ganzen Universum, was einem echt hilft, sich zu konzentrieren und schließlich sämtliche Probleme zu vergessen, es beansprucht deine Aufmerksamkeit so sehr, daß du gar nicht mehr an dich selber denken kannst, es nicht mal versuchst, es blockiert sogar deine Gedanken –, gerade da wurden meine Gedanken blockiert, und ich kam.

Anschließend bewegte sie sich noch ein Weilchen, gab's dann aber dran, wohl weil mein Denken inzwischen wieder eingesetzt hatte; sie ließ meinen Arsch los, fiel rückwärts auf die Liege, war voll verschwitzt und roch nach Kuchen. Sie lächelte aber, wie ich in dem schwachen Licht erkennen konnte, das durch die Fensterläden fiel, und ich fand, daß sie echt phantastisch aussah, ein umwerfendes neues Wesen auf dieser Erde, als gehörte sie zu 'ner anderen, zehnmal so schönen Spezies wie ich. Sie war eine nackte erwachsene Frau, und weil ich noch nie eine aus dieser Nähe und so entspannt gesehen hatte, ließ ich mir einfach etwas Zeit und betrachtete sie gründlich.

Ich sagte, es täte mir leid, daß ich so früh gekommen sei, aber sie meinte bloß, keine Sorge, ich sei echt toll und würde mal 'n erstklassiger Liebhaber werden. Ich hätte die richtigen Bewegungen drauf, sagte sie, und sie sei stolz und glücklich, daß es ihr vergönnt wäre, einen Blick in meine Zukunft zu werfen, was für ein Kind in meinem Alter bei seinem ersten echten Beischlafversuch 'ne ziemlich scharfe Sache war, egal, was ursprünglich meine Motive gewesen sein mochten.

»Tja«, sagte sie, »jetzt muß ich mich aber wieder ums Abendessen für meine Gäste kümmern. Und danach spring ich zur Abkühlung in den Pool. Und was ist mit dir, Süßer? Wir essen nicht vor Einbruch der Dunkelheit, wenn Jason endlich die Ziege gebraten hat. Ich hätt's ja nicht gemacht, hab aber Rita und Dickie versprochen, es gäb *irie* jamaikanischen Ziegenbraten, und jetzt bestehen sie drauf, die bösen Mädels.«

Ich hatte mich inzwischen angezogen, stand neben der Tür und warf noch einen letzten Blick auf ihren schönen Körper, hatte aber gedanklich schon auf mein sonstiges Leben umgeblättert. »Weißt du«, sagte ich zu ihr, »drüben in Accompong hab ich das eine oder andere gehört. Über Doc.«

»Ach ja?« sagte sie mißtrauisch.

»Yeah, nichts Schlimmes, verstehst du. Aber eins wollte ich dich noch fragen, bevor ich mit ihm selber drüber rede.«

»Was denn, Süßer?«

»Man sagt, er hätte noch ein Kind. Vielleicht mehr als eins. Und zwar drüben in Kingston. Man sagt, die Mutter wär Jamaikanerin. Ich meine, einige Leute wußten, daß er ein Kind hatte, aber kein weißes. Stimmt das?«

»Es gibt 'ne Menge, was man von Doc nicht weiß, Schatz. Er ist ein geheimnisvoller Mensch.«

»Mag sein, aber mal ehrlich, du wüßtest doch, wenn er außer mir noch'n anderes Kind hätte. Verstehe mich richtig, ich find das nicht *schlimm* oder so. Es ist ja schließlich keine *Sünde* oder auch nicht mal bloß'n Verbrechen. Ich will's halt nur wissen und kann ihn irgendwie nicht fragen. Jedenfalls nicht jetzt.«

»Nein, jetzt auf keinen Fall. Aber… also schön, er hätte bestimmt nichts dagegen, daß ich's dir erzähle, ihm isses nur 'n bißchen peinlich, es dir selbst zu sagen. Ja, er hat noch einen anderen Sohn. Genaugenommen wohl zwei. Aber wer weiß das schon bei Doc? Vielleicht gibt es Familien in anderen Ländern. So ist er nun mal, weißt du. Jedenfalls solltest du nicht eifersüchtig oder so was sein. Doc liebt dich am meisten, das weiß ich persönlich. Er hat's mir hundertmal gesagt.«

»Und die Mutter? Ist die Jamaikanerin?«

»Ja. Ja, stimmt. Und eine gute Frau noch dazu, wie man mir versichert hat, und wenn Doc in Kingston ist, wohnt er bei ihr,

Paul und dem Brüderchen, und er wohnt bei dir und mir, wenn er hier ist!« schloß sie vergnügt.

»Sein Sohn heißt Paul?« fragte ich. »Genau wie Doc?«

»Der ältere. Leider fällt mir der Name von dem anderen nicht ein, oder ob es vielleicht doch nur noch den einen gibt. Doc hat mir gegenüber nur mal den Namen Paul erwähnt. Hör mal, Süßer, ich muß jetzt wieder an meinen Herd.«

»Wie alt ist der Sohn, der Paul heißt?«

»Keine Ahnung, so um die Zehn, nehm ich an. Ich bin dem Jungen nie begegnet. Er ist aber noch kein Teenager. Genug jetzt, wir können das alles später bequatschen. Im Augenblick muß ich arbeiten, Schatzi. Was hast du vor? Warum springst du nicht zur Abkühlung in den Pool?«

»Nein, ich zieh Leine«, sagte ich.

»Was soll denn das nun wieder heißen, Bone?«

»Ich hau jetzt ab.«

»Aber Bone! Hat's dir denn nicht gefallen mit mir?« Sie zog eine Schnute. »Willst du's nicht noch mal machen?«

»Klar, aber ich verschwinde von hier. Versteh das nicht falsch, mit mir hat das gar nichts zu tun.«

»Also wirklich, Bone, sei jetzt *bloß* nicht sauer wegen Docs anderer Familie. Ich hätt dir das *nie* und nimmer verraten dürfen.«

»Nö, das bedeutet mir nichts, so oder so. Sie tun mir sogar noch mehr leid als ich mir selber. Besonders der, der so heißt wie er. Ich war bloß neugierig, mehr nicht. Nein, ich verschwinde hier wegen Doc. Wenn er nicht hier wär, tja, vielleicht würd ich bleiben. Aber er ist hier.«

»Hör zu, Doc wird *nie* von uns erfahren, Süßer«, sagte sie und zog ihr Unterhemdchen eng um die Taille. Sie war für ihr Alter echt toll in Form. Sie sagte: »Warte erst mal bis später heut abend, Schatzi. Dann komm ich auf Zehenspitzen den Flur runter in dein Zimmerchen geschlichen und zeig dir 'n paar Kunststücke, bei denen dir *ganz* anders wird. Wart nur, bis alle anderen schlafen. Weißt du, der *Evening Star*, der Abendstern, heißt *Venus*. Das ist die Göttin der *Liebe*, Schatz. Vergiß das ja nicht.«

Sie küßte mich auf die Lippen und fuhr mir mit dem Zeigefinger übers T-Shirt, vom Schlüsselbein bis runter zu meinem Bauchnabel. Dann drehte sie sich um, lächelte mir über die Schulter zu, stieß die Tür auf, ging in die Küche und ließ mich in der Dunkelheit allein mit meinen Gedanken zurück, die sich in meinem Hirm wie Betonplatten auftürmten. Viele waren es nicht, aber sie waren fest und massiv und, wie ich inzwischen herausgefunden habe, so gut wie endgültig.

Die Abrechnung mit meinem Vater wurde dadurch erleichtert, daß er auf der Couch lag und total weggetreten war. Die CD war verstummt, und als ich durch die Küche ging, weil ich wußte, daß Evening Star schwimmen gegangen war, blieb ich ein paar Minuten lang in der Tür stehen und sah Doc an, der auf dem Rücken lag und weder blinzelte noch sich bewegte, auch später nicht, als ich ins Wohnzimmer kam, um meinen Rücksack und den Jahstock aufzuheben. Vom Pool wehte der Lärm nackter, im Wasser spielender Frauen herüber, das Wummern des Sprungbretts und so weiter, und dann legte jemand eine Heavy Reggaescheibe auf das große Soundsystem im Freien und dröhnte den Dschungel damit voll. Es war Peter Tosh, »Steppin' Razor«. Partyzeit. Doc regte sich kurz, wurde aber nicht wach.

Ich stand noch ein paar Minuten über dem bewußtlosen Körper meines Vaters, sah nach unten und fragte mich, wie ich jemals hatte glauben können, er sähe aus wie JFK. Er sah JFK genausowenig ähnlich wie der olle Buster Brown oder mein Stiefvater Ken. Ich war in meinem kurzen Leben schon einer Menge übler Typen begegnet, so kam es mir jedenfalls vor, und hoffte, daß es nicht ewig so weiterging, auch wenn ich jetzt viel besser damit umgehen konnte als früher. Ich dachte mir, selbst wenn ich John F. Kennedy persönlich kennengelernt hätte, würde er wahrscheinlich nicht so aussehen wie der Mann, als den ich ihn mir vorgestellt hatte. Nicht unbedingt schlimmer oder böser, halt anders. Aber Doc, mein Vater, der sah böse aus. Selbst wenn er so weggetreten war wie jetzt. Mir tat er fast leid, als wär er besessen.

Egal, ich hatte meinen Plan, und den setzte ich nun in die Tat um. Keine Zeit für Mitleid. Auf dem Beistelltischchen neben dem Telefon lagen Notizblock und Kuli, und ich riß ein Blatt Papier ab und schrieb in Großbuchstaben darauf: BONE HERRSCHT, VERGISSES NIE! Zuerst wollte ich es einfach auf Docs Seidenhemd heften, fand aber nirgends eine Nadel. Dann kam mir eine bessere Idee. Ich griff in meinen Rucksack und holte die ausgestopfte Waldschnepfe raus, die ich seit den Ridgeways mir mir rumgeschleppt hatte. In den Hohlraum, wo ich mal Busters Pornodollars versteckt hatte, packte ich den Zettel, so daß gerade genug davon rausguckte, daß man ihn nicht übersehen konnte, und dann stellte ich die Schnepfe so auf Docs Brustkorb, daß sie ihn anguckte und ihr Schnabel fast seine Nase berührte. Wie er dastand, sah der Vogel zwar eher behämmert aus, aber auch traurig und streng, als wäre der Vogel ich, und ich starrte meinen Vater mit dem bösen Blick an; beim Aufwachen mußte er ihn als erstes sehen, und wenn Doc dann nicht umgehend seinen Lebenswandel änderte, bekam er vielleicht wenigstens einen Herzinfarkt. So oder so, das ging mir inzwischen am Arsch vorbei. Und zwar völlig.

Eigentlich hätte ich mir am liebsten eine Weile das haitianische Gemälde angeguckt, das I-Man so geliebt hatte, aber es wurde schon spät, und die Sonne sank schnell, ich mußte mich also auf die Socken machen. Ich wollte zum Yachthafen in Mobay, und zwar bevor sie ihn dichtmachten und das Tor abschlossen. Letzten Herbst war ich mit I-Man ein paarmal da gewesen, um Gras zu liefern, ich kannte also die Vorschriften und wußte, daß man etwa ab neun Uhr nicht mehr zu den Liegeplätzen kam. Ich holte meine Machete aus dem Rucksack, steckte die Schultern durch die Riemen, nahm die Machete in meine linke Hand und den Jahstock in die rechte und ging raus auf die Terrasse, um mich mit Jason zu befassen.

Der stand auf der anderen Seite des hüfthohen Grills, einem zwei Meter langen, aus Schlackenbetonsteinen gebauten Teil mit'm langen Bratrost und 'm Spieß, an dem er langsam den verkohlten Kadaver der Ziege über dem Feuer drehte. Es roch ziemlich lecker, das muß ich zugeben. Da der Pool auf der anderen Seite der Terrasse und hiner einer hohen Mauer lag, konnte man oben am Grill von dort aus nicht gesehen werden, außer jemand stand auf dem Sprungbrett. Offenbar planschten die Frauen in aller Ruhe da rum oder relaxten bei 'm Joint, weil ich sie nicht mal mehr hörte, wenn die Anlage gerade zwischen zwei Songs 'ne Pause machte. Jason bemerkte mich erst, als ich schon fast bei ihm und nur noch durch den Grill von ihm getrennt war, und als er mich sah, grinste er, als wären wir Kumpels, und sagte: »Hey, Baby Doc! Respect, Mon. Willkommen daheim.«

»Nein, Mon, heiß nich' mehr Baby Doc«, sagte ich. Eigentlich wußte ich gar nicht, was ich tun oder zu Jason sagen sollte, besonders ausgereift war mein Plan nicht. Ich wußte bloß, daß ich mich mit ihm befassen wollte, was immer das heißen mochte. Aber er sah die Machete in meiner Hand, wurde plötzlich ernst, griff nach unten und schnappte sich seine eigene Machete, die vom Ziegenschlachten noch ganz blutig war, und in diesem Augenblick hatte ich das Gefühl, daß *ich* besessen sei, aber nicht von einem bösen Geist wie Doc, sondern von I-Mans gutem Geist. Meine Stimme und Worte schienen nicht mehr mir zu gehören, sondern ihm, und meine Bewegungen lenkte nicht ich, sondern er.

Ich hörte mich mit leiser, tiefer Stimme sagen: »Ich komm nich', um 'n Mon zu erschlagen, wenn Jah das viel besser erledig'n kann. Hör mir zu, Jason. Ich bin gekomm', um dich mit'm Fluch zu belegen, Mon. Hör mir zu, das is' der Fluch von Nonny, daß, wer durchs Schwert lebt, durchs Schwert umkomm' soll.« Dann machte ich einen Schritt vorwärts, und er hob seine Machete, als wollte er auf mich einschlagen, falls ich ihn angriff, was ich aber nicht tat, sondern ich legte bloß meine Machete etwas unterhalb der Ziege auf den Rost und trat schnell wieder zurück.

Die Kohlen waren rotglühend, und der Qualm bildete 'ne Art wabernden grauen Vorhang zwischen mir und Jason. Er wirkte verwirrt und verunsichert, hatte vielleicht sogar ein bißchen Schiß. »Weiß' du, dein Freund, der olle Rastaman I-Man, den hat 'er Nighthawk erschossen, der Weiße. Ich konnt'n nich' aufhalten, Bone. Ausgerastet isser, als er den Rasta gesehn hat, hat bloß bumm-bumm-bumm gemacht, einfach so! Mitter Uzi, Mon.«

Ich wußte, daß er log, und wär ich nicht von I-Man besessen gewesen, hätt' ich ihm das wohl auch gesagt, aber so entgegnete ich bloß: »Das Schwert da innem Feuer wird dich töten, Jason, das wird innem Feuer lieg'n, bis es rot glüht, und dann steigt's auf und fliegt durch die Luft und trennt dir 'n Kopf vom Hals, Mon, 's Schwert der Tugend wird's sein und den Lügner und den Heuchler mit'm einzigen Schlag fäll'n!«

Vermutlich hatte er sich inzwischen überlegt, daß ich 'ne Macke hatte, aber eigentlich harmlos war, weil... er lachte, schnappte sich die Machete vom Rost und hatte jetzt zwei Macheten, in jeder Hand eine, und dann sprang er auf den Grill, aber nicht auf den Rost, sondern auf die Betonsteine, die für seine bloßen Füße garantiert noch viel zu heiß waren, doch das war ihm offenbar egal. Da stand er, ohne Hemd und in Shorts hoch über mir, in jeder Hand eine Machete und mit'm wilden, irren bekifften Gesichtsausdruck. Wie der schlimmste Alptraum eines Weißen sah das aus, und hätte mich I-Man nicht immer noch unter Kontrolle gehabt, hätt' ich mich sofort aus dem Staub gemacht, wär um nichts in der Welt auf ein Schwätzchen geblieben, aber statt dessen macht sich der Jahstock selbständig und ruckt in meinen Händen plötzlich vorwärts, und obwohl ich versuche, ihn zurückzureißen, damit er Jason nicht verletzt, gelingt es mir nicht, und der Löwenkopf am oberen Stockende ruckt direkt auf Jasons Gesicht zu und ihm in die Augen. Er brüllt vor Schmerz, die Macheten fallen klappernd zu Boden, und er rutscht aus, fällt auf den Rost, schmeißt dabei die Ziege vom Spieß und zieht sich saumäßige Verbrennungen zu, und jetzt schreit er erst richtig vor

Schmerzen, und ich weiß ihm nicht anders zu helfen, als daß ich um den Grill rumlaufe und ihn möglichst schnell die Treppe runter zum Pool bugsiere, in dessen Mitte die Frauen schwimmen, die Hände vorm Mund, und entsetzt zugucken, wie ich Jason ins Wasser schubse.

Und mich verpisse. So schnell ich kann und ohne mich auch nur einmal umzusehen, renne ich die Treppe wieder rauf, schnappe mir den Jahstock und laufe im Eiltempo die lange Auffahrt runter, vorbei an den traurigen kleinen rotäugigen Kaninchen und Füchsen und so weiter, durch das Tor zum Weg und den langen Hang hinunter an den Hütten und Häusern der Einheimischen vorbei, die mich beobachten, und ein paar winken, aber ich winke nicht zurück. Ich laufe einfach immer weiter.

22

Segel setzen

Und das war's dann, so ziemlich die ganze Geschichte bis heute. Ich muß bloß noch erzählen, wie ich die Insel Jamaika verlassen habe, aber das war halb so wild, weil's eigentlich reines Glück war.

Ich wollte mich nach meinem Abgang aus Starport zum Yachthafen absetzen, weil ich wußte, daß dort jede Menge Yachten und privat Charterboote an- und ablegten, die von da aus in die gesamte Karibik schipperten, und ein paar Kapitäne solcher Boote waren bei der Auswahl ihrer Crew nicht besonders wählerisch, solange man bereit war, für miese Kost und keinen – oder fast keinen – Lohn schwer zu schuften. Das wußte ich, weil I-Man im Lauf der Jahre nebenbei ein bißchen mit etlichen Typen gedealt hatte, die an den Liegeplätzen und in den Hafenanlagen arbeiteten, und er hatte die Besatzungen und sogar ein paar Kapitäne kennengelernt, die sich dort regelmäßig mit Wasser, Treibstoff und anderen Vorräten eindeckten, einschließlich Ganja für sich und ihre Kunden, entweder reiche Leute, denen die Schiffe gehörten und die einfach gern damit herumkurvten, oder nicht ganz so reiche Urlauber, die sie mieteten.

Bevor I-Man und ich im letzten Sommer in die Hügel von Accompong geflüchtet waren, hatten wir drei- oder viermal Ganja in den Yachthafen geliefert, danach waren wir noch ein bißchen geblieben und hatten mit den Kunden gequatscht, wie immer, wenn I-Man eine Lieferung machte. Das gehörte wohl zum Service, außerdem kriegte er dabei Informationen über die Cops und so weiter und bekam so neue Kontakte für spätere Lieferungen. Ich dachte immer, I-Man sei generell zu gesellig und kein besonders toller Dealer, verglichen etwa mit Hector, dem Spanier aus dem Chi-Boom's in Plattsburgh, aber später war er – was das Dealen mit Gras anging – in meinen Augen einer der besten, sogar der beste, dem ich je begegnet war.

Jedenfalls fiel mir damals in der Nacht oben im Mutterschiff, als ich allein auf der Liege in der Waschküche saß und Fluchtpläne schmiedete, auf einmal ein gewisser Captain Ave ein, ursprünglich aus Key West in Florida, der von Mobay aus so 'n Charterboot, die *Belinda Blue*, unterhielt und außerdem einer von I-Mans Stammkunden war. Die *Belinda Blue* war ein kurzer plumper Fischkutter aus Maine oder so ähnlich, den er umgebaut hatte, um Leute auf zweiwöchige Charterkreuzfahrten zu den zahlreichen Inseln mitzunehmen, hauptsächlich Familien, Hochzeitsreisende und all so was, die bei Vertragsabschluß glaubten, wenn sie ein Schiff namens *Belinda Blue* mieteten und dazu noch nach Montego Bay, Jamaika, fliegen mußten, hätten sie es mit so 'm schnittigen Dreimaster zu tun, wie man sie in Illustrierten sieht. Ich schätze, Captain Ave führte sie auch hinters Licht, schickte ihnen Fotos von den Schiffen anderer Leute, so daß er in den Staaten Ärger bekommen hatte, und nur deshalb war sein Heimathafen Montego Bay statt Miami oder Key West.

Nun hatte Captain Ave – eigentlich ein ganz anständiger Typ – mächtig abgenervte Kunden, die glaubten, sie seien total beschissen worden, und ihre Wut deshalb wie jeder andere Idiot an der Besatzung ausließen, die auf solchen Booten als Bedienung malochen muß. Das hieß, daß er Probleme hatte, seine Crew zu behalten, und immer auf der Suche nach neuen Leuten war. Wenigstens erzählte man sich das im Yachthafen, und als I-Man und ich mal 'n Beutel Gras ablieferten, hatte mir Captain Ave selber gesagt, er könne immer mal wieder jemand brauchen, und wenn ich Lust auf 'ne Runde Inselhüpfen hätte, sollte ich mich bei ihm melden. Er wollte noch wissen, ob ich praktische Erfahrungen hätte, und ich antwortete, klar, ich hätte 'ne Menge Zeit auf den kalten Wassern vom Lake Champlain zugebracht, der zwar nicht gerade der Atlantische Ozean sei, zugegeben, aber da gäb's haufenweise große Schiffe, Fähren und so was, und ich könne an Bord arbeiten, na logo.

»In Ordnung, jederzeit, Kleiner«, sagte er. Er spürte wohl, daß ich Weiße ziemlich gut zulabern konnte, und das konnte er auf der *Belinda Blue* tierisch gut brauchen. Aber damals war ich gerade erst auf Jamaika angekommen, hatte ganztags als I-Mans Lehrling auf der Farm gearbeitet und fand die Vorstellung schwer abtörnend, bei Sonnenuntergang Essen und Cocktails zu servieren und die Klamotten von reichen weißen Amerikanern zu waschen, die zu sauer waren, um Spaß zu haben, weil sie erwartet hatten, auf 'm Windjammer mit weißen Segeln durch die warme romantische Karibik zu kreuzen statt in einer plump dahindümpelnden alten Wanne, die in Wirklichkeit eigentlich echt gemütlich und total cool war, so wie Captain Ave sie mit Kojen und 'ner Kajüte ausgestattet hatte, ja sogar mit zwei Luxuskabinen, wie er sie nannte.

Aber jetzt war alles anders. Jetzt ging ich bei niemand mehr in die Lehre. Als ich endlich den Hügel hinter mir gelassen hatte und vor dem Yachthafen aus dem Bus aus Montpelier gestiegen war, war es dunkel, und ich hoffte, daß man das Tor noch nicht abgeschlossen hatte, und so war es. Und als ich durch das offene Tor in den Yachthafen lief und mich im Zickzack durch die kreuz und quer liegenden Anlegestege bewegte, wo alle Boote festgemacht hatten, hoffte ich, die *Belinda Blue* an ihrem üblichen Liegeplatz vorzufinden – ich hoffte, hoffte, hoffte, und da war sie auch. Jetzt mußte ich nur noch beten, daß Captain Ave noch ein Besatzungsmitglied brauchte und daß die *Belinda Blue* bald ablegen würde, nämlich bevor Jason oder einer seiner Arbeitskollegen oder auch Doc rausfand, wohin ich verschwunden war. Auf einer Insel wie Jamaika kann man sich vor dem Rest der Welt ziemlich gut verstecken, bloß nicht vor den Menschen, die dort leben.

Captain Ave belud das Boot gerade allein mit kistenweise Bier und Soft Drinks, und als ich näher kam und fragte, ob er Hilfe brauchte, sagte er: »Klar, verstau diesen Müll da unten und komm an Bord, Kleiner, dann reden wir.« Das machte ich, und kurz danach saßen wir achtern und quatschten über Geschäftliches. Wie sich herausstellte, flogen am nächsten Tag ein Mann, seine Frau und ihre zwei kleinen Kinder aus New York ein, um mit der *Belinda Blue* zur Insel Dominica zu fahren, wo sie für einige Wochen ein Haus gemietet hatten, so 'ne Art einmonatiger Wasser-und-Land-Familienurlaub, den ihnen ein windiger Reisebüroheini in New York, den Captain Ave kannte, zusammengestellt hatte. Wie immer wollte niemand im Yachthafen für Captain Ave die Besatzung spielen, und zwar, wie ich wußte, aus den üblichen Gründen (obwohl er das nicht sagte), aber wohl auch, weil es eine Einfachkreuzfahrt ohne garantierte Rückfahrt war.

Der Mann war angeblich irgend so 'n berühmter Sänger aus den Sixties, der den Drogen und dem Suff abgeschworen, geheiratet und nun Kinder hatte etc. und so was wie'n stinknormaler Durchschnittsbürger geworden war, aber weil ich erst 1979 geboren war, hatte ich von dem Typ noch nie gehört. Captain Ave fand das voll daneben, aber er war halt 'n Sixties-Typ. Das Bier, das ich nach unten geschleppt hatte, sei für Captain Ave und seine Crew, sagte er, weil die Fahrt drogen- und alkoholfrei sein solle. Ihn nervte die ganze Angelegenheit echt. Außerdem hatte er rausgefunden, daß die gesamte Familie aus Vegetariern bestand, was er, wie er sagte, nicht von Unitariern unterscheiden könne. »Kannst du so was?« fragte er mich, und ich sagte: »Klar, ich koche Ital, echt jamaikanisch.« Er sagte, in Ordnung, Hauptsache, er müsse den Scheiß nicht selber essen. Dann einigten wir uns per Handschlag, daß ich auf Dominica zweihundert Dollar bekommen sollte.

Darauf tranken wir jeder ein Bier, und danach zeigte er mir, wo die Besatzung schlief. Das war ganz oben im Bug des Schiffes, so was wie'n einziger, spitzer, fensterloser Sarg, in dem sich zwei gut dreißig Zentimeter breite, mit Schaumgummimatratzen gepolsterte Bänke befanden, auf denen man pennen konnte. Da war ich echt happy, daß ich das einzige Besatzungsmitglied war, und beschloß, solange es nicht regnete, überhaupt nur auf dem Oberdeck zu ratzen, zerrte sofort so 'n Schaumgummiteil nach oben und legte mich drauf; wahrscheinlich wegen der Aufregungen der letzten paar Tage und aus Erleichterung, weil es mir gelungen war, aus Jamaika rauszukommen, dachte ich an gar nichts mehr und schlief fast sofort ein.

Ich erlebte auf Jamaika nur noch eine Sache, die sich zu erzählen lohnt. Sie war nicht besonders interessant, sondern eher irgendwie traurig. Am Morgen gab mir Captain Ave, der die Familie am Flughafen abholen mußte, einen Batzen Kohle und setzte mich am Markt von Mobay ab, damit ich so viel Gemüse kaufte, daß es bis Dominica reichte. »Hol genug für eine Woche«, sagte er, »und bring mir das Wechselgeld plus Quittungen.«

»Null Problemo«, sagte ich, war aber nicht gerade begeistert, sozusagen öffentlich aufzutreten, schon gar nicht auf dem Markt, wo ich auffiel und gewisse mir bekannte Personen ihr Essen kauften. Aber Captain Ave wußte nichts von meinen diversen Abenteuern, und ich konnte es ihm nicht erzählen, daher tat ich wie befohlen, latschte zu den verschiedenen Ständen und kaufte Brotfrüchte, Akee, Callalu, Kokosnüsse und unterschiedliche Obstsorten, die üblichen Bestandteile einer Ital-Mahlzeit und ohnehin so ziemlich das einzige, was ich kochen konnte. Er und ich könnten den Fisch essen, den wir fingen, sagte der Captain, außerdem würden wir unterwegs an mehreren Inseln anlegen, wo man normales amerikanisches Essen bekäme, was mir ganz recht war, so was hatte ich nämlich schon lange nicht mehr bekommen.

Ich war fast fertig und kaufte gerade einer Frau 'ne große Tüte Apfelsinen ab, als ich hochsah und in der Menge auf der anderen Seite des Marktes einen Weißen entdeckte, den ich sofort erkannte, auch wenn ich ihn seit damals im Haus der Ridgeway nicht mehr gesehen hatte. Es war Russ. Auf den ersten Blick sah er unverändert aus, bloß offensichtlich total verstört und verängstigt, besonders wegen der vielen Schwarzen, von deren Eingeborenensprache er bestimmt kein Wort verstand. Einen Moment lang mußte ich gegen den Drang ankämpfen, rüberzulaufen und ihm zu helfen, was ich aber rasch überwand, statt dessen duckte ich mich hinter der dicken Apfelsinenverkäuferin und sah ihn mir unter dem Tisch hindurch an. Russ schaute hektisch hierhin und dorthin, fuhr sich ständig mit der Zunge über die Lippen und schob immer wieder eine Haartrolle aus der Stirn. Er versuchte krampfhaft, cool zu wirken. Er hatte ein kurzärmeliges Hemd, Cutoffs und schwarze, hohe Doc Martens an, aber keine Strümpfe drunter, die Haare trug er an den Seiten extrem kurz und hinten zum Pferdeschwanz zusammengebunden. Dann fiel mir auf, daß er noch mehr Tätowierungen hatte als früher, überall auf den Armen und sogar auf den Beinen, haufenweise Schlangen, verschiedenfarbige Drachen und diverse Sprüche. Er war so ziemlich überall tätowiert. Echt erbärmlich sah er aus, und ich wünschte, wir können immer noch Freunde sein, aber dazu war es eindeutig zu spät.

Er suchte die Menge auf dem Marktplatz ab, garantiert nach mir, weil ich nicht wie versprochen am Uhrturm gewesen war, aber plötzlich sah ich, daß sich seine Augen auf etwas anderes hefteten, und ich folgte seinem Blick quer durch die Menge zu einer Gruppe, die aus drei weißen Frauen bestand, nämlich Evening Star und ihren Camperinnen Rita und Dickie. Als jamaikaerfahrene Einkäuferin zeigte Evening Star auf dieses und jenes und erklärte den anderen beiden alles, die dazu nickten und höfliches Erstaunen mimten. Und Russ steuerte schon direkt auf sie zu, wie eine Rakete im Teenageralter mit thermischer Zielsucheinrichtung. Ich mußte wirklich an mich halten, um nicht aufzustehen, mit den Armen zu wedeln und zu brüllen: »Russ! Tu's nicht, Russ! Komm mit mir nach Dominica, Russ!«

Aber selbst dafür war's schon zu spät. Evening Star hatte ihn in der Menge ausgemacht, lächelte schon in seine Richtung, er lächelte zurück, und ich wußte, daß er im Kopf schon seinen Spruch aufsagte. Er würde beispielsweise sagen: »Hallo, seid ihr öfter hier?«, und Evening Star würde antworten: »Jeden Samstag, Schätzchen«, darauf wieder er: »Wow, bestimmt lebt ihr hier, ich bin neu in der Stadt, eben erst aus den Staaten eingeflogen, und suche meinen alten Kumpel Chappie, der mich eigentlich am Uhrturm blablabla«, und der Rest war genauso vorhersehbar wie Teil eins.

Ich sah noch'n Weilchen zu, wie Russ und Evening Star sich gegenseitig vollaberten. Dann stellte sie ihn ihren Freundinnen aus Boston vor, wandte sich ab und sagte was Vertrauliches zu Russ, wahrscheinlich daß ihre Freundinnen lesbisch waren, was Russ – so wie ich ihn kannte – scharf machen würde, und genau deshalb hatte Evening Star – so wie ich sie kannte – es ihm auch erzählt. Jedenfalls trug er gleich darauf ihre Einkäufe und quatschte drauflos, als wären sie alle alte Freunde, und vermutlich würde Evening Star nur noch ein paar Minuten brauchen, um zu merken, daß Chappie, Russ' Kumpel aus Au Sable im Staat New York, derselbe Junge war, den sie als Bone kannte. Und in einer Stunde hatte Russ dann einen ofenrohrgroßen Spliff im Mund, lag auf dem Rücken und drehte im Pool von Starport seine Runden.

Sie schlenderten auf den Parkplatz zu, und ich stand schließlich auf und beobachtete, wie sie in Evening Stars Range Rover stiegen und davonfuhren. Der arme alte Russ, dachte ich, ich wünschte, ich hätte ihn retten können. Aber ich wußte, auch wenn ich's probierte, er würde sich nicht retten lassen. Das hätte ich sein können, dachte ich, dieser arme verstörte Knabe mit den Doc Martens und dem kleinen Pferdeschwanz, den schmerzhaft aussehenden, frischen rot-blau-schwarzen Tattoos überall auf seiner rosa Haut, wie er in das schicke Auto stieg und den Hügel rauf zum Greathouse fuhr, ein junger Kiffer, der sein unglaubliches Glück kaum fassen kann und sich schon drauf freut, sich mit

375

irgendeinem abgefahrenen Typ namens Doc, noch bevor die Sonne untergeht, auf der Terrasse 'ne Linie Koks reinzuziehen, und noch bevor sie wieder aufgeht, mit dieser flotten älteren Braut namens Evening Star in der Waschküche 'ne Nummer zu schieben.

Das *wäre* ich *gewesen*, hätte es nicht Sister Rose und I-Man gegeben und alles, was ich über mich und das Leben gelernt hatte, als ich die beiden da draußen im Schulbus in Plattsburgh liebengelernt hatte und als ich später mit I-Man auf der Farm und oben auf der Groundation in Accompong war. Sogar den großen bösen Bruce hatte ich ins Herz geschlossen, weil er beim Versuch gestorben war, mir bei dem Feuer in Au Sable das Leben zu retten, auch dadurch hatte ich 'ne Menge gelernt. Ich hatte nur drei Menschen aus eigenem Entschluß geliebt, und die lebten nicht mehr. Und doch, als ich in Mobay an diesem Morgen Russ zum letztenmal sah, wurde mir zum erstenmal klar, daß mir meine Liebe zu Sister Rose, I-Man und sogar Bruce Reichtümer hinterlassen hatte, von denen ich mein restliches Leben lang zehren konnte und dafür war ich ihnen mächtig dankbar.

An diesem Nachmittag legten wir gegen vier Uhr vom Yachthafen ab und stachen bei strahlendem Sonnenschein und einer leichten Brise in See. Von der Kombüse aus konnte ich während der Arbeit aufs Vordeck sehen und die Kids beobachten, Josh und Rachel, angeblich Zwillinge, aber sie sahen sich kein Stück ähnlich, und ich fragte mich, ob sie vielleicht adoptiert waren, weil… ihren Eltern sahen die beiden auch nicht ähnlich. Josh hatte ein Mondgesicht, blonde Haare und Sommersprossen, und Rachel hatte dunkle Krusselhaare und eine Brille und war größer als ihr Bruder. Sie mochten acht oder neun sein, verwöhnte reiche Kids, konnte man sagen, aber eigentlich ziemlich anständig und erstaunlich rücksichtsvoll zueinander, wenn man bedachte, daß von ihren Eltern so oder so kaum was rüberkam.

Ich weiß noch, wie sich der Sänger und seine Frau mit ihren makellosen Körpern auf Plastikliegen auf dem Vordeck sonnten und dösten und kein Wort sagten, nicht einmal zueinander. Sie befanden sich mitten in 'ner Art Dauerstreit, und weil sie nicht wußten, ob man zu ihm oder zu ihr halten würde, hielten sie den Mund, bis man Position bezogen hatte. Kein Lächeln, keine Scherze, keine Fragen außer »Wo ist die Toilette?« oder so. Unhöflich waren sie nicht, bloß total mit sich selbst beschäftigt, und einer machte dem anderen Vorwürfe, wenn irgendwas schieflief. Als wär ihr ganzer Urlaub schon in die Hose gegangen, weil die *Belinda Blue* keine Segelyacht war, aber statt halt das Beste draus zu machen, warfen sie sich wohl lieber wechselseitig böse Blicke zu und ignorierten alle anderen, einschließlich ihre eigenen Kinder.

Ich will mich ja nicht ewig beim Thema Sänger und seine Familie aufhalten, aber seine Kids, Rachel und Josh, hatten irgendwas an sich, das mir wirklich naheging, als wir am späten Nachmittag Mobay hinter uns ließen und in südöstlicher Richtung an der jamaikanischen Küste entlangfuhren. Ich hätte meiner Abreise von dieser Insel wohl mehr Aufmerksamkeit schenken sollen, wo mir in nicht mal einem kurzen Jahr so viel Gutes und Böses widerfahren war. Ich würde bestimmt nicht wieder hierher zurückkommen, außer vielleicht, um eines Tages oben auf dem Friedhof von Accompong I-Mans Grab aufzusuchen und Blumen draufzulegen. Zwar lebte mein leiblicher Vater auf Jamaika, aber das lockte mich nicht mehr, eher im Gegenteil, und ich hatte mein erstes umfassendes sexuelles Erlebnis mit einer Frau dort gehabt, aber so was erlebt man sowieso nur einmal. Und ich hatte auf Jamaika zu mir selbst gefunden, ich hatte die Erleuchtung des I in allen Höhen und Tiefen erlebt, aber auch das läßt sich nicht wiederholen. Entweder das Ich wird erleuchtet oder nicht, und wenn nicht, muß man immer wieder zu den Höhen und Tiefen zurückkehren, bis es soweit ist. Aber wenn das Ich erleuchtet wird, so wie bei mir damals in der Nacht in der Höhle, dann soll man danach aus dem I nach draußen und vorwärts schauen, nichts ins I und zurück. Man soll dieses helle neue Licht einzig und allein dazu nutzen, um in die Dunkelheit zu sehen.

Und das tat ich wohl, als ich nicht über die Schulter auf die rasch kleiner werdenden grünen Hügel von Jamaika zurückblickte, sondern statt dessen durch das kleine quadratische Kombüsenfenster die Kinder auf dem Vordeck beobachtete. Die Eltern hatten sich in der Mitte auf ihren Liegen langgemacht, mit von Öl glänzender bleicher Haut, die Augen hinter Sonnenbrillen versteckt. Josh saß auf der Steuerbordseite, Rachel backbord. Die Knie bis unters Kinn hochgezogen und die Arme um seine Schienbeine geschlungen, starrte der Junge ernst aufs Meer hinaus, und genauso ernst wie er hielt das Mädchen seine Zehen wie eine Ballettänzerin gestreckt und spähte auf der anderen Seite aufs Meer.

Diese Kids waren absolut allein, als wäre jedes von einem fernen Planeten irrtümlich auf die Erde geschickt worden, um unter erwachsenen Menschen zu leben und in allem von ihnen abhängig zu sein, denn verglichen mit den Erwachsenen waren es äußerst zerbrechliche Wesen, die weder die Sprache dort beherrschten noch wußten, wie alles funktionierte, und Geld hatte man ihnen auch keins mitgegeben. Und weil ihnen die Menschen verboten hatten, ihre alte Sprache zu benutzen, hatten sie die vergessen, so daß sie sich auch keine große Hilfe oder Gesellschaft mehr waren. Sie konnten sich nicht mal mehr über die alten Zeiten unterhalten, und jetzt gab es nur noch das Leben auf der Erde mit den Erwachsenen, die sie Kinder nannten und sich ihnen gegenüber verhielten, als wären sie ihr Eigentum, als wären sie Objekte statt lebende Wesen mit Seelen.

An ihrem Mienenspiel und ihren Gesten merkte ich, daß Josh und Rachel wahrscheinlich später mal genauso werden würden wie ihre Eltern. Sie übten schon. Aber wer konnte es ihnen verdenken? Niemand, der noch einigermaßen bei Trost war, würde ewig Kind bleiben wollen. Ich bestimmt nicht.

In dieser Nacht legten wir in Navy Island an, das am östlichen Ende von Jamaika vor Port Antonio liegt, und ganz spät, als alle schlafen gegangen waren, schleppte ich meine Matratze rauf aufs Oberdeck. Eigentlich war es bloß das Dach der Hauptkabine, aber Captain Ave nannte es das Oberdeck. Es war eine absolut sternenklare Nacht, und die Sterne waren der helle Wahnsinn, wie Myriaden winzige Lichter, die auf einem endlosen schwarzen Meer tanzten. Ich mußte immer noch an Josh und Rachel denken und fragte mich, von welchem Stern da oben sie wohl stammen mochten und ob sie es wußten, oder anders gesagt, wenn ich's rausfände und ihn den beiden zeigte, würden sie dann dorthin zurückkehren und wieder unter ihresgleichen sein wollen?

Wahrscheinlich nicht. Die Erfahrung, auf der Erde geboren zu sein und auch nur ein paar Jahre lang unter Menschen gelebt zu haben, verändert einen für immer. Es bleibt einem wohl nichts anderes übrig, als aus einer echt miesen Situation das Beste zu machen. Trotzdem, es wär nett zu wissen, daß es auf genau diesem Stern da drüben oder vielleicht auf dem da weiter rechts Leute gibt, die einen so lieben, wie man ist.

Solche und andere Gedanken gingen mir durch den Kopf, als mir auffiel, daß es stimmte – die größten, oder wenigstens die hellsten Sterne waren miteinander verwandt wie in einer Familie, und wenn man wollte, konnte man sozusagen die Punkte verbinden und ein Bild zeichnen wie die alten Schäfer, wenn sie nachts ihre Herden hüteten. Ich hatte oft genug probiert, Sternbilder zu sehen, aber weil's nie geklappt hatte, dachte ich mir, sie gehörten halt zu so Dingen wie Atome und Moleküle, von denen einem die Leute zwar erzählen, die man aber nicht sieht, deshalb sagt man: Und wennschon, egal.

Aber es *stimmte*. Hier gab es 'n Haufen heller Sterne und da noch einen und etliche andere Haufen, die sich von den Myriaden Sternen im Hintergrund abhoben. Jetzt konnte ich zwar mit eigenen Augen sehen, daß es da oben so was wie Sternbilder gab, aber das Problem war, daß mir keine Namen oder Bilder mehr einfielen. Ich wußte, es gab da angeblich irgend so'n Typ mit Pfeil und Bogen, einen Wagen, Pferde und haufenweise griechische Götter und Göttinnen, sah aber nicht, was was war.

Ich versuchte also, die Punkte auf eigene Faust miteinander zu verbinden. Als ich die Sterne von einer ziemlich tief am nördlichen Himmel stehenden Gruppe miteinander verband, ergaben sie 'ne Art perfekte Hantel. Das ist das Sternbild Bruce, dachte ich. Damit es nicht albern klang, nannte ich es dann doch lieber Adirondack Iron, das Zeichen des bösen Buben mit dem guten Herzen.

Ein anderer Sternhaufen, der ganz allein in einer echt düsteren Himmelsgegend schwebte, entpuppte sich als langstielige Rose, und als ich sie mir eine Zeitlang ansah, mußte ich fast heulen, so zart und verletzlich sah sie da oben aus, so ganz allein. Es waren kleine Dornen dran und herrliche rote Blütenblätter. Es war das Sternbild Rose, das Zeichen des verstoßenen Kindes.

Eine dritte Gruppe von Sternen hing direkt über mir, und ich lag auf dem Rücken und starrte sie an, bis sie die Gestalt eines Löwenkopfs annahmen, das Sternbild *Lion*-I, das Zeichen des offenen Geistes, und zwischen diesen Sternen – das wußte ich, obwohl ich ihn nicht sah – saß I-Man und schaute auf mich runter, die Unterlippen zu seinem leichten Lächeln vorgeschoben und die Augenbrauen ein wenig hochgezogen vor Überraschung, wie sich alles entwickelt hatte.

Die restliche Nacht schaute ich von einem Sternbild zum anderen und beobachtete, wie sie langsam über den Himmel wanderten, bis es irgendwann gegen Morgen draußen auf dem Meer im Osten leicht rosa wurde und die Sterne allmählich in die Dunkelheit hinter den Bergen glitten. Zuerst schob sich Adirondack Iron ins Dunkel, dann Sister Rose und am Ende Lion-I. Sie waren verschwunden, und sie fehlten mir, aber trotzdem war ich total glücklich. Denn egal wohin ich auf dem Planeten Erde ging und ganz gleich, wie ängstlich oder verwirrt ich sein mochte, solange ich lebte, mußte ich nur bis zum Einbruch der Dunkelheit warten, in den Nachthimmel gucken, und schon sah ich meine drei

Freunde wieder, und dann füllte sich mein Herz mit der Liebe zu ihnen, die mich stark und meinen Kopf klarmachte. Und wenn ich mal nicht wußte, was ich als nächstes tun sollte, fragte ich bloß I-Man um Rat, und dann würde ich ihn durch die gewaltige kalte Stille des Weltalls hindurch sagen hören: »Mußt du wissen, Bone«, und mehr brauchte ich nicht.

Richard Bausch
Gute Nacht, Amerika

Roman. Aus dem Amerikanischen von Sabine Roth.
432 Seiten. Gebunden.

Walter Marshall, ein wohlbehüteter, viel zu netter 19jähriger und glühender Kennedy-Verehrer, erlebt innerhalb von drei Wochen die Demontage all seiner idealistischen und hochfliegenden Träume. Plötzlich hat er zwei Frauen die Ehe versprochen und erfährt Dinge über JFK, die er lieber nicht wissen will. Richard Bauschs Roman, die Momentaufnahme einer Generation, eines ganzen Landes, ist ein Meisterwerk amerikanischer Erzählkunst.

»In dieser humorvollen und nahegehenden Studie über die letzten Augenblicke, da absolute Unschuld noch möglich war, läßt Bausch Komik, Brutalität und Schmerz aufeinanderprallen« New York Daily News

»Der melancholische Walter (ist) eine Art Forrest Gump mit subtilem Innenleben.« Der Tagesspiegel

»Ein wunderbar erzählter, facettenreicher Roman.« Subway

L

Luchterhand

MANHATTAN

»SPIEL DES JAHRES 1994«

Wer behält im Großstadtdschungel von Manhattan
einen kühlen Kopf, wenn es darum geht, die Skyline
von sechs Metropolen neu zu gestalten?
Eine imposante Kulisse aufzubauen ist allerdings nur die eine Seite
Denn wichtig ist es auch, dick im Geschäft zu sein
und die punkteträchtigsten Wolkenkratzer zu erobern.

HANS IM GLÜCK VERLAG, MÜNCHEN